Bajo el cielo de Berlín

Bajo el cielo de *Berlín*

Carmen **Sereno**

CHIC

Primera edición: mayo de 2021

© Carmen Sereno, 2021
© de esta edición, Futurbox Project S. L., 2021
Todos los derechos reservados.

Diseño de cubierta: Taller de los Libros
Imagen de cubierta: Freepik
Corrección: Cristina de la Calle

Publicado por Chic Editorial
C/ Aragó, n.º 287, 2.º 1.ª
08009, Barcelona
chic@chiceditorial.com
www.chiceditorial.com

ISBN: 978-84-17972-50-9
THEMA: FRM
Depósito Legal: B 8665-2021
Preimpresión: Taller de los Libros
Impresión y encuadernación: CPI Black Print (Barcelona)
Impreso en España — *Printed in Spain*

A Raúl, por todos los veranos.
Y todos los inviernos.

«Cada uno de nosotros es una península, con una mitad unida a tierra firme y la otra mirando al océano. Una mitad conectada a la familia, a los amigos, a la cultura, a la tradición, al país, a la nación, al sexo, al lenguaje y a muchos otros vínculos. Y la otra mitad deseando que la dejen sola contemplando el océano».

Contra el fanatismo, Amos Oz

«La flor que florece en la adversidad es la más bella y rara de todas».

Mulan, Walt Disney

«Lo mejor de todo se había condensado en ese instante. Y no podía ser otra cosa que amor».

Intimidad, Hanif Kureishi

1. Jamal

Dice un proverbio turco muy popular que el café debe ser negro como la noche, caliente como el infierno, fuerte como el pecado y dulce como el amor. Jamal Birkan lo sabe bien; por eso, lo que más detesta en el mundo después de las injusticias y el Bayern de Múnich es esa porquería empalagosa llamada «eiskaffe» que los berlineses toman a todas horas para combatir el calor estival. En el escaso kilómetro y medio que dista entre su casa, en Bergmannstrasse, y la de su padre, en Kottbusser Tor, no ha hecho más que ver copas rebosantes de esa mezcla de aguachirle, helado de vainilla y nata montada en las mesas de las terrazas que abundan por doquier. A decir verdad, no es que Jamal sea un gran adepto de las tradiciones que comparten origen con su nombre. De hecho, su padre a menudo le reprocha que ni siquiera tenga un nazar o una buena alfombra de Konya en el salón de su apartamento. Sin embargo, el café a la turca es sagrado para él. Está tan arraigado en su vida que se niega a tomarlo de otra manera: primero, se muelen los granos hasta obtener un polvo lo más fino posible. A continuación, se vierte un poco de agua en un *cezve* de cobre, se le añade azúcar al gusto y se calienta. Cuando empieza a hervir, se retira del fuego y se le agregan cuatro cucharaditas de dicho polvo. La mezcla deberá hervir dos veces más y reposar entre la primera y la segunda ebullición. Tras unos minutos, se sir-

11

ve sin filtrar en una taza pequeña de cuyo contenido solo se aprovecha la mitad, pues su elevada concentración deja unos posos más adecuados para la lectura de la fortuna que para el paladar. De algún modo, el *türk kahvesi* es el cordón umbilical que lo mantiene unido a sus raíces y a los veranos de su infancia en Estambul. ¡Ah, qué tiempos tan felices! El abuelo solía llevarlos a él y a Kerem al puente de Gálata a comer pistachos. De aquellas tardes conserva muchos recuerdos: los pescadores de aspecto rudo alineados pacientemente a lo largo de la vieja pasarela, las gaviotas sobrevolando el Bósforo en círculos, la lejana llamada a la oración del muecín, el penetrante olor a especias que emanaba del Bazar Egipcio y se adhería a la ropa durante días y, por supuesto, el café, siempre presente en la vida de los turcos como el eje alrededor del cual pivotaba una rutina por lo demás lenta y ceremoniosa, tan distinta a la alemana. Lo probó por primera vez a los diez años, en uno de esos locales tradicionales del barrio asiático de Üsküdar, donde los hombres todavía se sientan durante horas a jugar una partida de *tavla* tras otra mientras reflexionan sobre los misterios divinos y la estupidez de los políticos. El abuelo le había advertido que no lo removiera o los posos regresarían a la superficie y lo convertirían en un brebaje intragable. Pero la advertencia llegó demasiado tarde y el ímpetu de la edad hizo el resto. Jamal se echa a reír cada vez que desentierra el episodio de la memoria.

Por algo dicen que el primer café turco nunca se olvida.

Cuando Orhan Birkan abre la puerta y lo invita a pasar, lo abraza esa sensación de monotonía que acompaña al ritual de bienvenida de todos los domingos. El diálogo siempre es el mismo:

—*Hoş geldin.*

Que significa «Bienvenido».

—*Hoş bulduk.*

Que significa «Bien hallado».

El domingo es el único día que sus obligaciones le permiten pasar tiempo con el cabeza de familia, así que la costumbre de charlar largo y tendido alrededor de un pantagruélico desayuno que culmina con un café se ha convertido en su momento de tranquilidad. Jamal le entrega el ejemplar del *Hürriyet* que ha comprado de camino y que, una vez más, trae la crisis de los refugiados sirios en primera plana. Orhan *Bey* le echa un vistazo rápido y se lamenta en turco, meneando la cabeza como hacen los hombres cuando se sienten impotentes frente a la desgracia. Enseguida cambia a su idioma de adopción para concluir que:

—Los alemanes no hacen lo suficiente por esta pobre gente.

Habla alemán con un acento marcado, pero sin titubeos, como alguien que lleva mucho tiempo haciéndolo. Más de treinta años, para ser exactos. Jamal comparte su punto de vista, aunque con un pequeño matiz: la falta de humanidad no tiene bandera. Solo hay que darse una vuelta por el Kotti y escuchar lo que dicen algunos vecinos, no todos, claro, pero sí un grupo importante.

Afirmaciones como:

«La mayoría de los refugiados vienen aquí a robar y a traficar. Habría que retirarles los papeles y fuera, adiós, a su casa».

O:

«Ayudarlos tiene un coste demasiado elevado para nuestros bolsillos».

O incluso:

«Nunca se van a integrar. Son muy diferentes a nosotros».

Le hierve la sangre solo de pensarlo. Es curioso que esa gente hable de integración, teniendo en cuenta que viven en un barrio conocido popularmente como «el pequeño Estambul», donde ni siquiera hace falta conocer la lengua local para desenvolverse con facilidad. Y no, por supuesto que no reniega de sus raíces; al contrario, Jamal siempre ha creído que, si se pierden los orígenes, se pierde la identidad. Pero, del mismo modo que no tolera el complejo de superioridad alemán, le irrita el discurso del turco anquilosado en el pasado, cuando minorías como la kurda, la griega o la armenia suponían una carga para Turquía. Muchos no han entendido todavía que ahora son ellos los que conforman las minorías en otros países.

Antes de entrar, se quita las zapatillas deportivas y las coloca junto a los demás pares de calzado en el armario del recibidor, donde le aguardan sus viejas babuchas. Padre e hijo se dirigen al salón, bañado por la claridad de las mañanas de verano. Partículas de polvo flotan en el aire. Las agradables notas aromáticas del samovar humeante que reposa encima de la mesa, sobre un tapete de encaje amarilleado por el tiempo, le acarician el olfato. Completan el conjunto una bandeja de *simit,** un cuenco repleto de aceitunas verdes y negras, queso, ensalada de tomate y pepino y dos platos con sendos huevos fritos y *sucuk* a rodajas, un tipo de salchicha seca y condimentada que se come pasada por la sartén. Jamal se deja caer con su imponente metro ochenta y cinco sobre la silla, exhala de forma sonora y se frota los ojos con fuerza. Al momento, un rictus de preocupación se dibuja entre las espesas cejas oscuras de Orhan *Bey,* sentado a su lado.

—Trabajas mucho, hijo —lo reprende, mientras sirve el té en el único par de vasos de cristal fino que ha resistido a décadas de historia familiar—. Deberías descansar más o caerás enfermo.

Puede que no le falte razón. Desde que lo ascendieron a *Kriminalinspektor* de la BKA, la Oficina Federal de la Policía Criminal, su nivel de estrés ha aumentado considerablemente. Demasiado papeleo. Demasiadas reuniones a todas horas. Demasiadas luchas internas. Demasiadas presiones pendiendo sobre su cabeza como una espada de Damocles. Demasiada política. A veces, llega tan cansado a casa después de una de sus maratonianas jornadas laborales que se quita un zapato aquí, el otro allá, guarda el arma reglamentaria en el cajón de la mesita de noche —una SIG Sauer P229 capaz de disparar

* Pan circular sobre el que se espolvorean semillas de sésamo.

hasta quince balas en un único cargador. Trabajo alemán de calidad. Dios, cómo le gusta esa pequeña belleza— y se mete en la cama sin desvestirse. Ni siquiera las duras sesiones de entrenamiento militar a las que se somete casi a diario en el gimnasio de la Central logran destensarlo del todo. Pero admitirlo delante de su padre daría pie a una conversación que no le apetece mantener en ese momento.

—No seas neurótico, *baba*. Estoy bien —ataja. Parte un *simit* por la mitad, lo moja en la yema del huevo y se lo lleva a la boca. Las semillas se sésamo se esparcen sobre el tapete—. Además, me encanta mi trabajo. Es como una droga para mí. Una buena, claro —puntualiza, masticando con deleite.

—*Evet,** *evet*, y eso te honra, *maşallah*,[†] pero el trabajo no lo es todo. Hay otras cosas en la vida de un hombre, ya sabes a qué me refiero.

Naturalmente que lo sabe. No es la primera vez que hablan del tema y, por desgracia, tampoco será la última. La insistencia de su padre resulta exasperante. ¿Por qué demonios no entiende de una vez por todas que lleva la vida que ha escogido? Una vida centrada en su carrera. «Este tema se acaba aquí y ahora», piensa. Le gustaría decírselo, alto y claro, pero no lo hace. No quiere ofender a la persona que más respeta en el mundo.

Jamal suspira.

—A ver, ¿de verdad crees que un *kanack*[‡] habría llegado tan lejos en la BKA si no trabajara duro?

Orhan *Bey* lo apunta con el dedo índice.

—No me gusta que utilices esa palabra, Jamal. Que yo sepa, tú naciste en Berlín.

* Sí.

† Originalmente del árabe «Masha'Allah». Sirve para expresar aprecio, alegría, alabanza o agradecimiento.

‡ Palabra despectiva en alemán para designar personas con raíces turcas, árabes o de países de habla persa y pastún.

—Cierto, pero, para algunos, nunca seré un alemán de pleno derecho —reconoce, tras beber un sorbo de té.

Aunque parezca lo contrario, no hay ni un ápice de resentimiento en su voz. Ser turco y policía significa tener que demostrar el doble. No es fácil estar sometido constantemente al escrutinio de aquellos que perciben la diversidad cultural como una amenaza, pero Jamal está acostumbrado a lidiar con las incongruencias de su profesión. Nada más entrar en el cuerpo comprendió que no tenía sentido nadar entre dos aguas y que debía elegir cuanto antes un bando. Eligió el de la responsabilidad y se aferró a sus principios, convencido de que, con el tiempo, se ganaría el respeto de sus compañeros. Ha soportado muchas salidas de tono a lo largo de sus quince años de carrera, pero ahora los prejuicios le resbalan por la piel como el agua sobre una superficie metálica. Se siente tan turco como alemán. *Es* tan turco como alemán. Punto.

Orhan *Bey* asiente, se reconoce a sí mismo en los argumentos de Jamal. Cada arruga de su rostro oliváceo y cansado cuenta una epopeya. Para Jamal, ese hombre encarna por sí solo la historia de los miles de compatriotas que llegaron a Alemania como *gastarbeiter** en la década de los sesenta y decidieron quedarse en un país donde había posibilidades de prosperar.

—Sé que te esfuerzas más que nadie, pero tienes treinta y seis años y sigues soltero. A tu edad, yo ya estaba casado con tu madre, que Alá la tenga en su gloria —Dirige al techo una mirada que destila recuerdos y ausencias, como cada rincón de la casa—, y era padre. ¿No crees que deberías ir pensando en formar tu propia familia?

—Primero tendría que encontrar a la chica adecuada.

—Bueno, ¿y por qué no la buscas? Eres un hombre hecho y derecho, seguro que no te faltan candidatas.

«Porque no existe», piensa. Sin embargo, dice:

* Trabajadores de diversas nacionalidades contratados durante la década de 1960 por las autoridades de la República Federal de Alemania.

—No tengo tiempo para eso. Embarcarme en una relación seria no entra dentro de mis planes a corto plazo. ¿Qué sentido tiene encariñarme con algo que no va a durar?

—¿Cómo sabes que no va a durar?

—*Baba*, seamos realistas. Con el ritmo de vida que llevo, ninguna mujer en su sano juicio se quedaría conmigo.

—Se te está escapando la juventud entre los dedos, hijo —replica su padre, moviendo las manos en un ademán de desesperación—. Para ti solo existe el trabajo. Veinticuatro horas al día, siete días a la semana. Y vivir no va únicamente de perseguir a los malos.

Jamal aprieta los labios y lo mira con furia.

—*Yeter. Lütfen.*[*]

El tono es lo bastante tajante como para dar a entender que no es momento de llevarle la contraria, de modo que Orhan *Bey* claudica. Durante los siguientes minutos, ambos se limitan a comer en un silencio amortiguado por el ruido del tráfico y las voces que se cuelan por la ventana. Jamal es el primero en romperlo, golpeado por un sentimiento de culpa punzante que aviva el deseo de resarcir a su padre.

—¿Y Kerem? ¿Durmiendo? —Orhan *Bey* eleva la barbilla y chasca la lengua en un gesto de negación—. ¿Entonces? ¿Dónde está? No me digas que le ha dado por madrugar en domingo.

—Y yo qué sé. ¿Te crees que me da explicaciones de lo que hace o deja de hacer? Andará perdiendo el tiempo en Landwehrkanal, como siempre. ¿No te ha dicho ese cabeza hueca que ha dejado el trabajo? Ni una semana le ha durado esta vez. Menudo irresponsable. ¿Qué habré hecho yo para que caiga una maldición sobre esta familia? ¡Por el amor de Alá! —exclama, blandiendo las manos de forma teatral—. ¡Tiene treinta y tres años! ¿Es que no piensa madurar nunca? Me saca de quicio que se pase el día por ahí, con esa chusma

[*] Basta. Por favor.

con la que se junta. Ojalá se preocupara por su futuro, pero Kerem no es como tú. Lo único que le interesa es esa música del demonio.

Se refiere al hiphop.

Tras su letanía de disgustos, Orhan *Bey* parece quitarse un peso de encima. Al terminar, sus rasgos faciales se relajan de forma perceptible. Sus ojos se muestran algo más serenos y la tirantez bajo su espeso bigote negro se atenúa. Jamal sabe que el alivio le durará poco, pues hablar de Kerem Birkan siempre es sinónimo de problemas. Lo que dice su padre es cierto: su hermano y él son dos polos opuestos y no solo en el aspecto físico. Para Kerem, vestirse, comportarse e incluso expresarse como un vulgar matón de barrio es un acto de rebeldía, un modo de expresar su frustración contra una sociedad que considera injusta. «Alemania se encuentra en un avanzado estado de putrefacción»; una frase que le gusta y que utiliza con frecuencia. Para Jamal, en cambio, esa filosofía de vida casi delictiva está estrechamente relacionada con el lodo autocompasivo del gueto.

Kerem representa todo aquello que Jamal no es y viceversa. Son dos extremos de la humanidad unidos por un lazo sanguíneo.

—No te preocupes, *baba* —lo consuela, sacudido por un fuerte sentido de la responsabilidad—. Hablaré con él y le haré entrar en razón.

A fin de cuentas, cuidar de su hermano es lo que ha hecho siempre.

—*Inshallah.** —Los golpes que da sobre la mesa con los nudillos después de tocarse la oreja lo hacen sonreír. Al contrario que su padre, es un hombre de mente cartesiana que vive apartado de toda superstición, no tanto por una decisión consciente, sino por un reflejo involuntario—. Bueno, voy a preparar el café.

* Ojalá.

—*Tamam.*[*]

Hace un calor sofocante. Jamal se levanta y se asoma al balcón. Su mirada color miel se pierde en algún punto inconcreto del conocido paisaje urbano, más allá de las grúas, los grafitis y la huella socialista que perdura en los antiguos bloques de viviendas de hormigón. Unas franjas de nubes dispersas cubren el sol a intervalos. Fija la vista en los desgarrones azules que se divisan a lo lejos, entre los cúmulos detenidos en el horizonte. En ese instante, sin saber por qué, le viene a la mente el cielo aterciopelado de Estambul en verano y decide que no se parece en nada al de Berlín, que oprime a cualquiera contra el asfalto igual que a una colilla bajo la suela de una bota. Los recuerdos de su infancia parpadean a lo lejos como un faro viejo que amenaza con apagarse. Nunca se lo ha dicho a nadie, pero echa de menos la ingenuidad de un tiempo en el que ni siquiera imaginaba las atrocidades que los seres humanos son capaces de cometer. A veces, se siente atrapado en un momento indefinido del pasado, cuando no había tribulaciones en el corazón de su padre y Kerem y él no eran más que niños con los dientes torcidos y los bolsillos rebosantes de canicas. Es un pensamiento que lo acompaña en todo momento, sin alejarse demasiado, recordándole que su deber como hijo y como hermano mayor es recuperar el equilibrio perdido con la muerte de su madre. Quién sabe, tal vez sea esa la verdadera razón por la que está solo.

[*] De acuerdo.

2. Nina

3 de agosto de 2015
Distrito de Charlottenburg, Berlín

El peine se desliza con dificultad sobre la melena mojada de Nina Haas. Tiene el pelo muy largo, y los enredos a veces la obligan a usar la fuerza contra sí misma. Sería más práctico si se lo cortara por debajo de las orejas, ya que, de todas formas, en el hospital lo lleva siempre recogido. Incluso podría oscurecérselo un par de tonos. Seguro que a su rostro de facciones suaves le sentaría bien. Lo malo es que Klaus se opone rotundamente a que se lo corte y, mucho menos, a que se lo tiña. «Eres alemana, Nina. Así debe ser tu pelo, largo y rubio como el de una valquiria». Ella no le encuentra sentido al argumento, aunque prefiere no llevarle la contraria. Es otra de las muchas cosas que acata para evitar una discusión. Desde que se mudaron a Berlín hace unos meses, las cosas se han puesto bastante feas en casa. Su matrimonio nunca ha sido un camino de rosas, pero empieza a parecerse a un barco que navega en línea recta hacia un iceberg, sin posibilidad de cambiar el rumbo. Se fueron de Uckermark con la esperanza vana de salvarlo. Sin embargo, ni el cambio de aires ni su nuevo hogar —un apartamento amplio y luminoso, con muebles de diseño y piscina comunitaria en una zona residencial rodeada de extensas áreas verdes— son suficientes para restaurar la profunda grieta que los separa. Klaus Haas siempre ha sido un hombre de emociones inestables, tanto que resulta agotador. Su estado de ánimo oscila entre dos polos opuestos: de la frialdad a la ira, sin término medio. Cuando se enfada, cosa que sucede con frecuencia porque no soporta que le lleven la contraria, se le forma una enorme arruga encima de la nariz y su mirada de acero azul se vuelve aterradora. Nina teme que algún día le levante algo más que la voz, aunque nunca se lo ha contado a nadie. En lo que respecta a su vida personal, es una cámara acorazada.

Con el pelo todavía húmedo, sale del cuarto de baño y se dirige a la cocina. Klaus está sentado a la mesa leyendo el *Die Welt* en torno al mismo desayuno anodino de todos los días, que consiste en zumo de naranja de tetrabrik, café filtrado, huevos pasados por agua y pan de centeno con margarina. La mirada de Nina, que condensa toda la tristeza del mundo, se clava en su marido. Cabello rubio peinado a un lado, rasgos finos enmarcados en un rostro simétrico, traje comprado en alguna *boutique* de la avenida Ku'damm. Un hombre joven, con aspecto de triunfador *avant la lettre* que exhibe una mueca permanente de altivez. No levanta la vista del periódico cuando se sienta ni le da los buenos días. Es posible que esa indiferencia cada vez más acusada la hiciera sufrir en el pasado, pero, con el tiempo, Nina se ha acostumbrado a una falta de interés por su parte que ni siquiera se molesta en disimular. A menudo se siente invisible, como si no existiera. Tampoco la busca en la cama por las noches, aunque, si lo hiciese, aduciría cansancio, dolor de cabeza o pondría cualquier excusa que la exonerara de la tortura de yacer bajo un hombre que se limita a usarla como un recipiente donde verter su propia satisfacción. Lo más probable es que haya encontrado alivio entre las piernas de otra; no sería la primera vez que la traiciona. La diferencia es que ya no le importa. A sus treinta años, ha aprendido a aislar las emociones, a encerrarlas bajo llave en algún compartimento secreto del corazón. Simplemente, se deja llevar por la inercia mientras sus sentimientos agonizan heridos de muerte en una cuneta. Qué difícil resulta a veces comprender los motivos que nos empujan a tomar determinadas decisiones.

O a no tomar ninguna en absoluto.

Nina suspira con aire derrotista y se lleva la taza de café a los labios. Mientras bebe, se fija en el titular que ocupa gran parte de la portada del periódico.

«Alemania registra un récord de medio millón de refugiados procedentes de Siria, Afganistán e Iraq. Los centros de acogida temporal, al límite de su capacidad».

Es un buen momento para abordar un tema al que lleva días dándole vueltas, aunque sabe que la cuestión es delicada. Carraspea, preparándose para hablar, y, en un esfuerzo por sonar despreocupada, anuncia:

—Han dicho en Deutsche Welle que necesitan voluntarios en Tempelhof. Personal sanitario, sobre todo. —Hace una pausa para tomar impulso—. Quizá podría ir a echar una mano en mi tiempo libre.

Klaus dobla el periódico por la mitad y lo lanza sobre la mesa, airado.

—¿Y qué diablos se te ha perdido a ti en ese sitio, entre esa gente?

Pronuncia «gente» arqueando el labio superior en un gesto de desprecio, como si le diera asco retener la palabra en la boca. De nada serviría que Nina argumentase que, como enfermera, debe velar por la salud de las personas sin tener en cuenta su origen, raza o religión. Tampoco que apelara a la solidaridad más allá de las fronteras. Ni, por supuesto, que le recordase el capítulo más oscuro de la historia de Alemania, cuando eran los propios alemanes los que se veían forzados a huir del horror. Klaus levanta el puño y, de repente, golpea la superficie de madera con tal fuerza que derrama el café.

—¡Ni hablar!

Tendría que haberse imaginado lo que ocurriría. Él siempre encuentra alguna excusa para pelear, pero parece que lo que más le molesta últimamente es que ella tenga una visión del mundo distinta a la suya.

—No hace falta que te pongas así.

Su marido la perfora con una mirada afilada y dura.

—¿Y cómo esperas que me ponga si mi propia mujer insinúa que quiere mezclarse con esos sucios árabes? ¡Hay que ver lo ignorante que eres! ¿No te das cuenta de que lo único que va a conseguir el gobierno federal con esta infausta política de puertas abiertas es que el islam se acabe imponiendo en Alemania? ¿Es eso lo que quieres? ¿Que te obliguen a llevar burka y a hacer el ramadán? Necesitamos a alguien con las ideas claras en la Cancillería. Alguien como Marine Le Pen o como Nikos Michaloliakos, el de Amanecer Dorado. Si tuviéramos líderes con pelotas, no habría en todo el continente europeo un puñetero sirio mendigando asilo.

—No seas injusto, Klaus. Nadie es responsable del lugar donde ha nacido. Imagínate lo que debe de ser vivir en un país que lleva años en guerra. Sin objetivos, sin futuro, sin aspiraciones. ¿Quién querría permanecer en un sitio así?

—Bah, están acostumbrados. En Oriente Medio no conocen nada más que los bombardeos.

—Que no hayan vivido de otra manera no significa que no quieran hacerlo. Lo siento, pero creo que no podemos quedarnos de brazos cruzados ante esta situación de emergencia. Esas personas ponen en riesgo su propia vida para escapar de Siria. ¿Es que no has visto las imágenes? Se ahogan en el Mediterráneo, por el amor de Dios.

—¡Despierta de tu estúpida fantasía progresista! —contraataca, con un gesto de dignidad herida—. ¿Sabes cuántos terroristas han llegado a Europa infiltrados en lanchas de esas gracias a la *Flüchtlingspolitik?* Deberían deportarlos a todos y devolverlos a las cloacas a las que pertenecen en lugar de invitarlos a venir y servírselo todo en bandeja de plata. Como si no tuviéramos bastante con los turcos…

Nina frunce el ceño.

—¿Qué tienen que ver los turcos? La mayoría son tan alemanes como tú y como yo. Han nacido y crecido aquí, han ido a colegios alemanes. Este es su país. Y los países se construyen a base de ciudadanía, no de identidad.

El único cambio visible en el rostro de Klaus es el endurecimiento de la línea de la mandíbula. Suficiente para que Nina entienda que ha ido demasiado lejos.

—Haz el favor de no decir más tonterías, ¿quieres? Los *kanacks* no son más que la escoria de la sociedad, un montón de delincuentes barriobajeros que nunca han querido integrarse. ¡Pero si ni siquiera saben comportarse! ¡Hablan a gritos como si estuvieran en Turquía! Alemania se hunde por culpa de la multiculturalidad y las malditas concesiones de los *Sozis*.* Basta ya de inmigración masiva y de extranjeros que nos quitan el trabajo y convierten Berlín en un estercolero de crimen, prostitución y droga. En cuanto a los sirios, su guerra no nos concierne. ¿Sabes lo que te digo? Que ojalá esos fanáticos del Daesh lo volaran todo por los aires. ¡Bum! —Ilustra el sonido con un aspaviento—. Se acabaron los problemas en Occidente —añade, y una sonrisa cínica se le dibuja en los labios.

Ojalá pensara que no habla en serio.

Ojalá pudiera.

Pero es evidente que disfruta de la cadencia de sus propias palabras. Klaus está enamorado de su discurso.

El debate le provoca algo parecido a la náusea. Hay un término en alemán que designa el sentimiento de satisfacción generado por el sufrimiento de otro: *Schadenfreude*. Nina se pregunta en qué momento se ha convertido su marido en ese hombre que carece de empatía por la desgracia ajena; cómo ha podido germinar en su interior semejante desprecio por la vida humana. Claro que, cuando el odio se lleva dentro, una sola chispa basta para desatar un incendio.

—No irás a Tempelhof. ¿Está claro? —remata, levantando el dedo índice con gesto admonitorio.

Nina asiente en silencio, se refugia en su caparazón y, una vez más, igual que tantas otras a lo largo de ocho años, se

* Abreviación peyorativa del partido socialdemócrata.

abandona al bucle de la impasibilidad en el que vive atrapada. Como de costumbre, él tiene la última palabra y ella calla. La historia de su relación es la de una lucha de poder constante de la que siempre resultan vencedores y vencidos los mismos. Le encantaría chasquear los dedos y convertirse en otra persona, en una mujer más valiente, que ya no concede oportunidades ni pone la otra mejilla, pero no se atreve. La mayor parte del tiempo se ve a sí misma como un tronco arrastrado por la corriente de un río, sin posibilidad de oponer resistencia a su empuje. Es duro sentir algo tan devastador y masticarlo a solas.

—Bien —zanja Klaus antes de llevarse a la boca una rebanada de pan y engullirla.

Nina, en cambio, ha perdido el apetito. Dicen que cuando el amor aprieta demasiado acaba asfixiando. Centra la vista en la taza de café y exhala con resignación. Es el quejido sordo de quien sabe, desde hace mucho tiempo, que su lucha es estéril.

3. Jamal

17 de agosto de 2015
Distrito de Friedrichshain-Kreuzberg, Berlín

Los dedos tamborilean impacientes contra el volante del Volkswagen Golf R azul atlántico. El tráfico es muy denso a causa de las obras que paralizan Skalitzer Strasse. Será imposible llegar a tiempo. Jamal resopla exasperado y maldice en turco. Por desgracia, eso no resolverá el problema. La reunión con su jefe es dentro de diez minutos y todo el mundo sabe que Gerhard Müller, director de la División de Seguridad de Estado de la BKA, considera la impuntualidad algo muy poco alemán. Al mirarse en el espejo retrovisor del vehículo policial de *renting*, se pregunta si debería haberse puesto corbata para la ocasión. No acostumbra a hacerlo porque no le gusta fingir ser alguien que no es. Prefiere la sencillez de unos vaqueros y una camisa normal y corriente, a poder ser blanca, porque contrasta con su tono de piel bronce, o negra, porque es un color sobrio, pero no en exceso. Sin embargo, esa mañana no le interesa que su aspecto informal, apuntalado por su barba espesa y una media melena recogida en un moño a la moda, fastidie a Müller, que estará de un humor de perros para cuando llegue. Lo conoce bien; es un tipo serio y cuadriculado que da mucha importancia a las formas y los procedimientos.

Los cristales del vehículo amortiguan los ruidos de la ciudad, una amalgama de bocinas furiosas por el embotellamiento, taladros y excavadoras. «Berlín es la capital de las obras inconclusas», piensa, mientras contempla el desfile acompasado de coches y transeúntes. En la espera, la voz del locutor de la DLF se abre paso a través de las ondas con una noticia de última hora que lo lleva a subir el volumen de la radio.

«Esta madrugada se ha encontrado en Neukölln el cadáver de otro hombre de origen turco. Aunque todavía se desconocen los detalles, fuentes de la investigación han confirmado a este medio que la víctima habría recibido un disparo en la cabeza. Así pues, se trataría del cuarto crimen de idénticas características este mes de agosto, tras los cometidos en Wedding, Friedrichshain y Moabit en los últimos días. Según ha podido saber Deutschlandradio, la Policía de Berlín baraja la hipótesis de un ajuste de cuentas».

Jamal no necesita más datos.

—La Policía de Berlín no tiene ni idea de lo que hace.

No lo dice por decir, sabe de lo que habla.

Cuando Müller lo puso al frente de la Unidad Seis de la División de Seguridad de Estado, muchos creyeron que se trataba de una mera cuestión de cumplimiento de cuotas. Un turco que lidera el grupo de antiterrorismo de extrema derecha recién creado transmite una imagen muy conveniente de la policía, máxime cuando esa especialidad delictiva se cierne como la peste sobre el país y ha llegado a salpicar al ejército, a la clase política y a la propia policía. Pero Jamal se niega a que lo reduzcan a un estereotipo. Trabaja más que nadie para ser un buen *Kriminalinspektor;* si alguien se merece el puesto, ese es él. En su tiempo libre, se ocupa no solo de mejorar su forma física y su puntería, sino también de estudiar derecho, sociología y psicología criminal. Cuenta con experiencia sobre el terreno y siente pasión por el oficio, condición imprescindible en un departamento que no es ninguna bicoca, porque a) no dispone de tantos recursos como Antiyihadismo, pero b) la implicación y disponibilidad exigidas son inversamente proporcionales a los mismos. Su forma de encarar la tarea policial se caracteriza por una exhaustividad metódica y una gran atención a los detalles. Y lo más importante: es un hombre de principios férreos comprometido con la ley y la justicia. Por eso, tiene claro que su ascenso no obedece a ninguna jugada estratégica, sino a la necesidad de reforzar, de la manera más eficaz posible, la lucha contra una amenaza creciente. También sabe que Müller valora su integridad porque él mismo se lo dijo. «A este país le hacen falta policías y le sobran burócratas, Birkan».

Lo que no le gusta a Gerhard Müller es que le hagan perder el tiempo. Ese fue justamente el argumento que esgrimió para echarlo de su oficina cuando, días antes de la reunión que está a punto de tener lugar, Jamal insinuó que la línea de investigación seguida por la *KriPo** en el caso de los crímenes del Bósforo, como lo había bautizado la prensa sensacionalista, no era la adecuada. Tres homicidios, todos cometidos en los barrios con más población inmigrante de Berlín. Ningún testigo. Las víctimas, sin otra conexión aparente que su origen turco. A Jamal no le cabía la menor duda de que las habían escogido de forma aleatoria, y así lo expresó.

—¿Con qué motivación? —preguntó Müller.

—Terrorista —respondió sin dudar.

Müller pestañeó tras los cristales de las gafas que escondían sus ojos cansados.

—Birkan, no me joda —profirió, y le pidió con la mirada que contemporizase. Su jefe no se caracteriza por ser una persona que pierde los papeles con facilidad. Aun así, Jamal creyó detectar un cierto grado de nerviosismo en su voz.

—Con el debido respeto, *Herr Direktor,* usted sabe tan bien como yo que lo del ajuste de cuentas es una cortina de humo. La escalada de violencia en las calles ha aumentado desde que la Oficina Federal de Migración aprobó el decreto para la permanencia de los refugiados en suelo alemán. La LKA reporta a diario múltiples delitos de odio en todos los *länder:* insultos, pintadas, amenazas y agresiones. Le recuerdo que hace poco

* Abreviatura de Kriminal Polizei.

atacaron con bombas incendiarias dos centros de acogida, uno en Turingia y otro en Brandenburgo. Por otra parte, las manifestaciones de corte neonazi son cada vez más multitudinarias. A la que Pegida convocó en Dresden asistieron dieciocho mil exaltados, pero dentro de unos días habrá una marcha en homenaje a Rudolph Hess en Spandau, y sabemos que será masiva. Mientras tanto, esos fascistas sin complejos de la AfD ganan popularidad en las encuestas. Lo último que le conviene a la Cancillería en este contexto de grave alarma social es un lobo solitario del estilo de Anders Breivik.

—Muy bien. Ya veo que ha hecho usted los deberes, pero ¿tiene alguna evidencia que sostenga su argumento? Pruebas, Birkan. Sólidas y bien fundamentadas.

—Me temo que no. Sin embargo, la BKA cuenta con información fiable sobre cuarenta y tres individuos de ultraderecha que podrían estar planeando un ataque terrorista en el país, además de los doce mil setecientos neonazis registrados en el INPOL por cometer algún tipo de acto violento o compartir ideas extremistas en las redes sociales. Estamos en alerta cuatro, señor. Alemania es una olla a presión a punto de explotar. Solo era cuestión de tiempo que sucediese algo así. Creo que, como mínimo, deberíamos considerar la posibilidad de que estos crímenes tengan algún componente político relacionado con la *Rechtsradikale*.*

Tras meditarlo brevemente, Müller dio el tema por zanjado.

—No podemos actuar a menos que haya pruebas concluyentes que justifiquen una intervención federal. Así que, salvo que se produzca un giro radical en los acontecimientos, el caso es competencia de la Policía de Berlín, no nuestra. Lo siento. Y ahora, largo de aquí, Birkan. Tengo muchísimo papeleo pendiente y no me gusta que me hagan perder el tiempo.

Que Jamal acatara la orden sin cuestionarla no significa que haya dejado de pensar en el asunto; al contrario. Y cuanto más

* Ultraderecha.

lo hace, más se reafirma en su teoría. Por esa razón, la noticia del cuarto homicidio ni siquiera le sorprende. Lo que sí le sorprende es que, con la cantidad de agentes desplegados a causa del alto riesgo de atentados islamistas, la *KriPo* no haya encontrado todavía al homicida. «Sea quien sea, debe de haberse camuflado muy bien», medita, a la vez que repiquetea en el volante de forma distraída. Entonces, tuerce el gesto. Lleva días preocupado. Kreuzberg tiene todos los números para convertirse en el siguiente escenario de los crímenes del Bósforo, y, de ser así, su familia podría correr peligro. Si algo le ha enseñado su trabajo es que lo único que hace falta para convertirse en víctima de un ataque terrorista es estar en el lugar equivocado, en el momento equivocado. Solo con imaginarlo, la rabia le acelera el pulso. Deberá insistirle a Müller. Siempre que las obras le permitan llegar a la reunión, claro.

Central de la BKA en Berlín
Distrito de Treptow-Köpenick

En el aparcamiento subterráneo del mastodóntico edificio de la avenida Puschkin hay un ascensor de uso restringido desde el que se accede directamente al despacho de Gerhard Müller. Para ello, solo es necesario identificarse con la huella dactilar en el lector que hay junto a la puerta de acero galvanizado. Un zumbido seguido de un sonoro clic le confirman que tiene permiso para entrar. En el interior, Jamal rota el cuello hacia un lado y luego el otro, une los omóplatos, los mueve en círculos y se aprieta los nudillos de ambas manos, que crujen con estrépito. Se frota la cicatriz del antebrazo izquierdo, donde le rozó aquella bala, que asoma bajo la manga, semioculta entre el vello y las pulseras de cuero y plata. No es la única que tiene, pero sí la más importante. Quizá porque, en el fondo, las marcas de una bala cuentan su propia historia. Llega quince minutos tarde y se siente como un recluta a punto de desactivar una mina. Por fin, el ascensor se detiene en la sexta planta. Avanza apresuradamente por los silenciosos pasillos de moqueta que, poco después, albergarán ruidos de todo tipo: teléfonos, impresoras, voces, máquinas de café a pleno rendimiento, puertas que se abren y se cierran. Müller ha fijado para la reunión la estrecha franja horaria que va desde las siete menos cuarto hasta las siete y cuarto. A esas horas, es menos probable que alguien venga a tocarte las pelotas. Eso no significa que su jefe tenga por costumbre llegar tan temprano a la Central. De hecho, no suele dejarse caer hasta media mañana y aun entonces es bastante inaccesible incluso para sus colegas más cercanos. Su despacho es como una fortaleza inexpugnable vigilada en todo momento por una secretaria rolliza y con un inconfundible acento sajón que responde al inquietante nombre de Hermelinde.

—Entre. *Herr* Müller lo está esperando.

Jamal da dos golpes de cortesía en la puerta antes de abrirla. No es la primera vez que visita la trinchera personal de Müller, de estilo funcional y amplios ventanales con vistas a Treptower Park. Resulta curioso que un edificio absolutamente impenetrable como ese esté a la vista de cualquiera.

—Por fin aparece, Birkan. Ya estaba a punto de llamarlo.

—Lo siento, *Herr Direktor*. El tráfico es un auténtico caos esta mañana.

—Está bien, está bien —concede, contra todo pronóstico—. Siéntese, por favor. ¿Quiere un café antes de empezar? No sé usted, pero yo soy incapaz de meterme de lleno en el trabajo sin una buena dosis de cafeína.

Müller se esfuerza por hablar en un tono rutinario, pero Jamal percibe cierta tensión en su voz. Las manchas de envejecimiento que se le extienden por la frente y los pómulos acentúan su aspecto cansado y, a pesar del aire acondicionado, la calva le brilla por el sudor.

31

—No, gracias. Yo solo tomo café turco, señor. —Decide ir al grano—. ¿Se ha enterado de lo de Neukölln? Parece que han encontrado otro cuerpo.

—Sí, estoy al corriente. —Müller evita el contacto visual. Coge la taza humeante con el emblema de la BKA que descansa sobre el escritorio, junto al ordenador y una pila de papeles dispuestos en abanico, le da un sorbo al café y carraspea para preparar lo que dirá a continuación—. Precisamente de eso quería hablarle.

Jamal cruza los brazos sobre el pecho y se reclina, atento, en el respaldo de la silla.

—Le escucho, *Herr Direktor*.

—Anoche me reuní de urgencia con Steinberg.

Se refiere a Bettina Steinberg, la directora general de la BKA. Tiene fama de ser una zorra inflexible que se reserva cualquier muestra de amabilidad para el ministro del Interior o la prensa, pero Jamal siente cierta empatía hacia ella. Tal vez porque es la primera mujer que llega tan lejos en un entorno dominado por hombres. Por eso su apariencia tensa, porque tiene que ser mejor y más dura que nadie.

—¿Steinberg está aquí?

—No, en Wiesbaden;* nos vimos por videoconferencia —aclara. A continuación, apoya los codos sobre la mesa y entrelaza los dedos, gruesos como las salchichas de Núremberg—. Birkan, la Policía de Berlín nos ha informado de que han hallado restos de ADN en la escena del primero de los crímenes del Bósforo. Un cabello, en concreto.

—¿En Wedding? Pero eso fue hace al menos dos semanas. ¿Por qué no lo han dicho hasta ahora? El laboratorio no tarda tanto en procesar las pruebas.

—No lo sé —confiesa con aire catastrofista—. Puede que hayan cometido algún error administrativo. La *KriPo* no suele ser muy escrupulosa en su trabajo.

* La sede central de la BKA está en Wiesbaden (Hesse).

—Claro. O puede que quisieran llevarse el mérito de resolver un caso complicado por su cuenta. Lo de colgarse las medallas lo hacen a menudo —replica, en un tono corrosivo.

Su jefe le dedica una mirada conciliadora por encima de las gafas.

—Calma, *Herr Inspektor*. Mente fría, céntrese —dice, acompañando las palabras de un movimiento ondulante de manos—. En cualquier caso, los resultados ya se han cotejado con la base de datos de CoDIS y… el cabello conservaba la raíz, así que hemos tenido suerte. Hay una coincidencia. Fiabilidad del noventa y ocho por ciento, según el informe. —Traga saliva y la nuez se le acomoda sobre el cuello de la camisa azul celeste de alto funcionario—. Maximilian Bachmann.

—¿Qué?

Jamal se revuelve, activado por un resorte invisible. No da crédito a lo que acaba de oír. Bachmann es uno de los individuos más buscados por las fuerzas del orden alemanas desde que se dio a la fuga en un control de carretera en 2012. Ese año, un atentado con explosivo plástico en un restaurante *döner* del barrio turco de Colonia se cobró la vida de siete personas y dejó otros veinte heridos. El ministro del Interior de turno se apresuró a descartar el móvil terrorista. Un error de cálculo, ya que a los pocos días del suceso se filtró a la prensa el nombre de Maximilian Bachmann como el autor intelectual y material. La BKA, la LKA y el BND, el Servicio Federal de Inteligencia, lo habían señalado como sujeto extremadamente peligroso ya en 2010, tras establecer su vinculación con Combat 18, la facción armada de la red ultraderechista internacional Blood & Honour, en el marco de una serie de registros masivos. Nacido en 1976 en la antigua República Democrática de Alemania y radicalizado como tantos otros tras la caída del Muro de Berlín, Bachmann había comenzado sus andaduras delictivas en 1998, cuando la policía lo detuvo tras intentar acceder al memorial del campo de concentración de Buchenwald con un uniforme de las SS. A partir de entonces, varios *länders* lo investigaron por utilización de símbolos inconstitucionales, allanamiento, delitos de odio, tenencia ilegal de armas y resistencia a la autoridad. Una auténtica joya. Cuando los medios de comunicación preguntaron al ministro cómo era posible que un individuo que estaba en el punto de mira de la policía y la inteligencia hubiera cometido un atentado tan sangriento, este respondió: «Podemos adoptar medidas preventivas, pero no podemos encerrar a todo aquel que arme alboroto».

Aquellas desafortunadas declaraciones terminaron con su carrera política y sacudieron al partido en el gobierno, que fue duramente castigado en las siguientes elecciones.

—De modo que ese malnacido vuelve a ser el hombre del momento.

—Así es. Bachmann está en Berlín y eso lo cambia todo. Tenía usted razón, Birkan: existían indicios de sobra para hacer saltar las alarmas y yo no he sabido verlos, *mea culpa*. La próxima vez, tendré en cuenta su criterio y su intuición, se lo garantizo —admite. Suelta un pequeño suspiro, como si acabara de tomar una decisión que lleva tiempo posponiendo, y agrega—: En cualquier caso, hay que proceder con rapidez y discreción. Necesitamos resolver este caso antes de que se pudra y el olor atraiga a los buitres. La prensa no debe saber nada o entorpecería la instrucción. Son órdenes de arriba. Nos conviene que la ciudadanía continúe creyendo que se trata de un asunto relacionado con el crimen organizado, ¿comprende?

Que la verdad no te arruine un buen titular.

Jamal frunce los labios, pensativo.

—Disculpe, pero ¿a quién le conviene, exactamente? A la comunidad a la que yo pertenezco desde luego que no.

—¿Prefiere que los cien mil turcos que viven en Berlín salgan a la calle a protestar? Vamos, Birkan, no sea ingenuo —dice, de manera condescendiente—. Eso solo serviría para añadir más leña al fuego y, con las elecciones generales a la vuelta de la esquina, se convertiría en un verdadero problema de orden público.

O lo que es lo mismo: cuando se libra una gran guerra, a nadie le interesan las pequeñas batallas.

—Entiendo.

—Bueno, sepa que ya he solicitado la orden de investigación y la Brigada de Homicidios lo pondrá todo a disposición de la BKA a lo largo del día. Mientras tanto, reúnase con su equipo e infórmeles de la situación.

—De acuerdo, *Herr Direktor*.

Jamal cuadra los hombros y se incorpora enérgicamente. Nota cómo la frecuencia cardíaca y el ritmo respiratorio se le aceleran. No necesita mirarse en un espejo para saber que se le han dilatado las pupilas y que su piel presenta un aspecto enrojecido. Son los efectos de la descarga de adrenalina que le sacude el sistema nervioso en ese momento. Los conoce muy bien porque le ocurre lo mismo cada vez que se enfrenta a un caso de gran envergadura. Y, sin duda, ese lo es.

—Una cosa más, *Herr Inspektor*. Steinberg exige estar al tanto de las novedades —dice, y esboza una sonrisa de camaradería—, lo que significa que se pondrá muy tocapelotas si no hay resultados pronto; ya la conoce: su obsesión por el control es enervante. A veces, hasta me provoca acidez de estómago. El BND también querrá saber cómo evoluciona el asunto, claro. Supongo que no hace falta que le diga que se espera de la unidad que usted dirige un trabajo eficiente y concienzudo propio de la BKA. Confío en usted, sé que es metódico y que combina la experiencia con la pericia como nadie, y no pienso vigilar lo que haga como si fuera la hermana superiora de un convento de monjas. Pero este asunto es muy gordo, Birkan, así que no la cague. Si la caga, su cabeza no será la única que ruede, y no tengo la más mínima intención de jubilarme antes de la cuenta. ¿Entendido?

Errores de cálculo.

Daños colaterales.

Destrozos de fuego amigo.

A veces, el oficio de policía se parece demasiado a la guerra.

Jamal asiente y abandona el despacho como quien se adentra en territorio hostil, decidido a luchar. Él es así, vive su trabajo con intensidad.

4. Nina

18 de agosto de 2015
Hospital Universitario La Charité
Distrito de Mitte, Berlín

El uniforme de una enfermera se mancha una media de entre tres y cinco veces en un turno tan caótico como el que acaba de terminar. Lo más común son las salpicaduras de sangre, vómito, clorhexidina o la tinta de algún bolígrafo que, con el ajetreo, se guarda sin tapón en el bolsillo hasta que explota. Gajes del oficio. Según los preceptos, cuando eso ocurre, hay que cambiarse lo antes posible, pues una mancha, además de un probable foco de infección en el caso de los fluidos, es la vía directa a una queja formal. Nina se considera una buena profesional, pero, en ocasiones, el estrés y el descontrol impiden que cumpla el protocolo a rajatabla. Como esta es una de esas ocasiones, se le ha olvidado que iba por ahí con una enorme mancha azul en el uniforme.

«Qué desastre», se recrimina a sí misma.

El turno de tarde en las urgencias de La Charité, el hospital más grande de Berlín, ha sido de locos. Nina no había visto tanta gente de acá para allá en toda su carrera, y eso que está acostumbrada a las exigencias de su profesión —claro que La Charité no tiene nada que ver con el modesto *Kreiskrankenhaus* de Uckermark, donde trabajaba antes de mudarse—. Gente en los ascensores, en las salas de espera, en los pasillos, frente a los mostradores de información, confundida entre un enjambre de batas de distintos colores, voces y pasos apresurados. En el área de boxes, la cosa no pintaba mucho mejor. Aquello parecía un campo de batalla. Las camillas y las sillas de ruedas iban y venían. Cada vez que Nina terminaba con un paciente, las puertas se abrían para que entrara otro. Por eso, no es de extrañar que, al final de la jornada, sienta calambres en las manos y un molesto hormigueo en las articulaciones. A los múltiples vendajes, suturas e inmovilizaciones que la han mantenido ocupada hay que sumar una RCP e, incluso, un deceso por sección de la arteria femoral, a consecuencia de una herida de arma blanca, del cual ha sido testigo indirecto. Era de esperar que esos radicales de Spandau terminasen matándose entre ellos, cada año ocurre lo mismo. A Nina no le entra en la cabeza que, en la Alemania plural y democrática de 2015, se siga homenajeando a un nazi como Rudolph Hess. Es una falta de respeto intolerable hacia los millones de víctimas del Holocausto. Por más que lo intenta, no entiende de dónde viene ese odio nacional, absurdo e irrefrenable que se extiende como una epidemia y que no permite que los alemanes se reconcilien con el pasado de una vez por todas. Durante la jornada, ha atendido a un tipo que llevaba un campo de exterminio tatuado en el pecho junto a la frase «Jedem das Seine»* y una enorme esvástica. El mismo que minutos antes se había negado a que su compañera Fatma le atendiese. «Y una mierda me va a poner las manos encima una *kanack*. Antes muerto». Mentiría si no reconociera que, por un momento, ha sentido la tentación de quitarse los guantes quirúrgicos, lanzárselos a la cara y largarse del box. No lo ha hecho, lógicamente. Su profesión consiste en ayudar a la gente, a toda la gente, sin distinción. Aunque a veces requiera de una especie de coraza mental para soportar ciertas cosas.

En el vestuario, sigue la misma rutina de siempre: vaciar los bolsillos —esparadrapo, pinzas Kocher, su reloj y el bolígrafo

* A cada uno lo suyo.

que ha causado la mancha, que arroja a la basura—, quitarse el malogrado uniforme y depositarlo en el cubo de la ropa sucia.

—¡Por fin! —exclama Enke, delante de la taquilla contigua—. Qué tarde tan movidita. No sé tú, pero yo no he parado ni para vaciar la vejiga. ¡Por poco me estalla! Y, para colmo, he tenido a la sargento de caballería pegada al culo todo el día. «¿Está segura de que ha puesto la vía correctamente, *Fräulein* Brückner? El paciente se queja de que le duele el brazo» —la imita, en tono de burla—. Ni que acabara de salir de la universidad. ¡Pero ¿qué se habrá creído esa bruja?!

—Esa bruja es la *Oberschwester,*[*] Enke —le recuerda Nina.

—Sí, pero no por méritos profesionales.

Enke Brückner no solo es su compañera, también es la única amiga que tiene en Berlín. A pesar de que son como la noche y el día —o puede que gracias a ello—, Nina supo que se llevarían bien en cuanto se conocieron. A veces ocurre. Miras a una persona a los ojos y tienes la certeza de que puedes confiar en ella. Enke es un auténtico torbellino emocional. Su efervescencia choca con el carácter contenido de los alemanes, pero eso no le supone ningún problema porque suele hacer lo contrario a lo que se espera de ella. Es esa clase de persona que expresa lo que siente, hace lo que quiere y dice lo que piensa. Sin filtros. Por eso, Nina la admira. Y también la envidia, porque representa la libertad de espíritu que ansía para sí misma. Tampoco se parecen en el aspecto físico, pese a que ambas se ajustan al arquetipo de la mujer alemana por excelencia: alta, rubia y con los ojos azules. Nina es delicada como una hoja de sauce movida por el viento, mientras que Enke se caracteriza por una figura voluminosa cuyo contoneo vuelve locos a los hombres. No es guapa en el sentido tradicional de la palabra, pero tiene carisma y sabe sacar partido a sus encantos. Y siempre está bronceada en un país donde el clima casi nunca acompaña.

* Enfermera jefe.

—Oye, ¿te he dicho ya que me encanta tu vestido? —comenta Enke—. Deberías ponértelo más, esa combinación de colores te sienta fenomenal. De hecho, si no tuviera tres tallas más que tú, te lo pediría para mi cita con Helmut.

—¿Helmut es el chico que conociste en aquel club de Prenzlauer Berg? —pregunta Nina, al tiempo que se deshace la coleta y deja que la larga melena le caiga sobre la espalda.

—No, ese fue Christoph.

—Ya. ¿Y Helmut de dónde ha salido? Refréscame la memoria.

—Es el ex de mi hermana.

Nina se ríe y mueve la cabeza de forma reprobatoria.

—Enke, eres incorregible.

—Cielo, yo no soy tan afortunada como tú. Todavía no he encontrado a mi media naranja, pero te garantizo que, cuando lo haga, se acabaron las citas y se acabó Tinder. Estoy segura de que, muy pronto, el destino hará que me cruce con un hombre culto, detallista y tan activo sexualmente como Michael Fassbender en *Shame*. Y, si es posible, que se parezca físicamente a él. Tampoco pido tanto, ¿no?

«Mientras no se parezca a Klaus, no hay problema», reflexiona. No obstante, contesta:

—Pues claro que no. Es perfectamente posible.

Después de cambiarse el calzado reglamentario por unas sandalias veraniegas con la cuña de esparto, saca el bolso de la taquilla y revisa el móvil. Tiene un mensaje de Klaus enviado hace unos minutos que dice:

«No me esperes despierta. Voy a salir con Andreas».

Nina se muerde el interior de los carrillos mientras medita la repuesta.

«Vale, pero no cojas el coche si piensas beber más de la cuenta», escribe.

La respuesta de Klaus es inmediata.

«Pero ¿qué te crees? ¿Que soy un crío que necesita que le digan lo que debe hacer? Y, para tu información, he dejado el puto coche en el garaje».

Un suspiro prolongado que suena a resignación le brota desde el fondo de la garganta.

—¿Todo bien?

Lo cierto es que no tiene muy claro cómo contestar a la pregunta de Enke. Si no hubiera visto a ese tal Andreas con sus propios ojos, pensaría que su marido la engaña con otra. Fue un encuentro fugaz en el que apenas intercambiaron un par de frases de cortesía. Ni siquiera aceptó que lo invitara a pasar y se quedó en el umbral de la puerta mientras esperaba a Klaus. Un tipo de lo más raro. Por lo visto, Andreas tampoco es de Berlín. Se conocieron en el gimnasio y congeniaron enseguida. De hecho, Klaus pasa más tiempo haciendo Dios sabe qué con su nuevo amigo que en casa, pero mentiría si negara el alivio que le proporcionan esas ausencias reiteradas.

—Klaus tiene planes, así que esta noche estoy sola en casa.

Enke se lleva las manos a las caderas y la escudriña.

—Ajá. ¿Y qué piensas hacer?

—No lo sé. Ver un par de episodios de *Anatomía de Grey* e irme a la cama, supongo.

—*Anatomía de Grey*. ¿En serio? ¿No has tenido bastante con el turno de esta tarde? —pregunta. Acto seguido, resopla, frunce los labios y, con un mohín, añade—: No, ni hablar, de ninguna manera. Tú y yo vamos a salir a divertirnos. He visto en Fiestapp que hay una sesión de *house* en Badeschiff, así que iremos y nos tomaremos una copa. O dos. Y no hay discusión posible.

—Pero Enke..., ya sabes que la música electrónica no es lo mío.

—Cierto. Lo tuyo es la Orquesta Filarmónica de Viena interpretando *La marcha Radetzky* —contraataca con ironía, al tiempo que se enfunda en unos vaqueros tan ajustados que tiene que contener la respiración para poder subirse la cremallera—. Por Dios, Nina, estás en fase de negación profunda. ¿Cuántos años tienes? ¿Sesenta? Seguro que si ahora mismo registro tu bolso, encuentro compresas para pérdidas de orina, un pastillero y un libro de crucigramas.

—Madonna también tiene sesenta años.

—Acaba de cumplir cincuenta y siete. Y tú no eres la Ambición Rubia, precisamente.

—¿Me estás llamando aburrida?

—Totalmente.

—Ya, bueno. Es posible que tengas razón, pero estoy agotada. Los neonazis me han dejado sin fuerzas. ¿A ti no?

Una verdad a medias.

Aunque confíe en Enke, nunca le ha hablado con franqueza sobre Klaus ni de sus problemas con él. Le avergüenza reconocer que detrás de esa imagen de esposo devoto con la que lleva años engañando a todo el mundo se oculta un hombre duro, narcisista, sin escrúpulos, infiel y controlador. Y le avergüenza porque ella es cómplice de esa mentira.

—Oye, hoy ha sido un día muy duro. ¿No crees que tú también tienes derecho a divertirte un poco? Seguro que a tu marido no le importa. Por lo que cuentas, Klaus no es la clase de hombre que pone el grito en el cielo porque su mujer salga por ahí de vez en cuando.

En realidad, sí es esa clase de hombre.

Nina no recuerda cuándo fue la última vez que se permitió el lujo de relajarse y pasarlo bien, de ser ella misma y no el espectro que vive con el piloto automático en el que se ha convertido. La mayor parte del tiempo se siente como si le hubieran robado una parte esencial de la vida. Sus días son como las autopistas: recorrer una equivale a recorrerlas todas, sin más cambio que el de los nombres de los destinos en las señales. Tal vez, si no fuera por el trabajo, hace mucho que se habría tomado un bote entero de tranquilizantes. Pero también para eso le faltan agallas.

¿Hasta cuándo será capaz de aguantar?

¿Dónde está el límite?

La necesidad de experimentar algo distinto antes de volver a su rutina de horas huecas y carentes de sentido la aguijonea en el pecho. Reflexiona. Para otras personas, su dilema podría ser insignificante; para ella no. Mientras da vueltas a su anillo de casada con la yema del pulgar en un intento de calmar la ansiedad, los pensamientos se desdoblan. Y después de pensar en estrategias y calcular los riesgos, llega a una conclusión. «Klaus no tiene por qué saberlo», se consuela a sí misma, con secreta satisfacción.

—Vale —claudica, entre suspiros—. Pero solo una copa.

Su voz combina un sentimiento de placer y de culpa.

5. Jamal

18 de agosto de 2015
Badeschiff
Distrito de Treptow-Köpenick, Berlín

La piscina flotante sobre el río Spree es una de las atracciones preferidas de los berlineses en verano. De día, las colas para acceder al recinto, en un entorno industrial reciclado, son kilométricas. Dentro, algunos se refrescan en la antigua gabarra o juegan a las palas en la playa de arena artificial, mientras que otros toman el sol sobre una tumbona, ajenos al bullicio de los bañistas, las carreras de los críos importunos y la visita de alguna que otra avispa. Al atardecer, el lugar se transforma en un club al aire libre donde disfrutar de la puesta de sol con una copa y buena música de fondo. Y, dado que se encuentra muy cerca del complejo de la BKA, es el lugar de ocio habitual de muchos policías después de una dura jornada de trabajo.

Esa noche hay tanta gente que a Jamal y sus compañeros, los *Spezialagenten* Frida Bauer y Ulrich Grimmel, les toca quedarse de pie junto a la barra del chiringuito de inspiración caribeña. El camarero, un chico con cresta, dilataciones en las orejas y un montón de tatuajes en el cuello y los brazos, tiene pinta de ser nuevo, lo que explica que no sepa que Birkan es fiel a la *Weißbier* de barril.

—De medio litro —matiza.

—Otra para mí, por favor —dice Ulrich.

—Que sean tres. Y me pones también una *Currywurst,* que me muero de hambre. Bien de kétchup, ¿vale? —recalca Frida.

—Marchando.

Cuando el camarero se aleja, Ulrich se dirige a Frida.

—Supongo que sabes que las salchichas tienen un aporte nutricional nulo, ¿verdad? Por no hablar de que la industria cárnica en este país forma parte de un régimen de explotación sistemática y maltrato animal que cuenta con el respaldo de las instituciones.

Frida resopla de forma sonora y el aro plateado que lleva en el labio inferior se agita.

—¿Y tú tienes claro lo coñazo que eres? No me extraña que aún seas virgen, joder.

Ulrich le muestra el dedo corazón mientras se recoloca las modernas gafas de pasta transparente sobre el puente de la nariz pecosa, y replica:

—Ja, ja, ja. No soy virgen. Soy vegano, que es distinto.

—Da igual. Lo tuyo es pasar hambre, *cometofu.*

—Creo que deberías ir pensando en dejar la carne, Fri. Un exceso de proteína animal a tu edad es nefasto para la piel. ¿Te has visto la cara últimamente? Parece que te están saliendo patas de gallo.

—Ya. Y tú deberías cancelar de una vez por todas tu suscripción *premium* al canal gay de Pornhub, Ul. Parece que te están saliendo callos en la mano derecha de tanto meneártela.

—*Schwul ist Cool.**

Jamal los contempla a ambos y mueve la cabeza con gesto paternalista.

—Bueno, vale ya —zanja la disputa—. Siempre estáis como el perro y el gato. Cualquiera diría que sois polis.

—Es este, que me agota —protesta Frida.

—Mentira, te encanto —contraataca Ulrich antes de lanzarle un besito sarcástico.

* Ser gay mola.

45

Aunque Jamal procura ser imparcial con la veintena de personas que conforman la Unidad Seis, Frida Bauer y Ulrich Grimmel son los únicos a los que considera amigos de verdad. Para él, Frida es una especie de factótum. Treinta y cinco años, seis en la BKA, entrenada en tiro de combate y en cuatro técnicas de lucha cuerpo a cuerpo en el Mobiles Einsatzkommando;* un auténtico animal callejero. Malhablada y masculina, con unas copas de más es peor que un camionero, pero tiene más pelotas que muchos de sus compañeros juntos. Y en Ulrich confía plenamente. Veintinueve años, cinco en la BKA, coeficiente intelectual de ciento treinta, formación superior a la media y una retentiva prodigiosa, los detalles nunca se le escapan. Es el mejor analista de la Seis, un auténtico cerebrito, pero, a diferencia de su compañera, no está hecho para el trabajo policial práctico.

Frida y Ulrich. Ulrich y Frida. No se le ocurren dos personas más dispares. Y, sin embargo, se complementan a la perfección.

Pocos minutos más tarde, llegan las jarras de cerveza, con esas anchas coronas de espuma que dejan un bigote blanco bajo la nariz después de cada trago, y un plato de plástico con la *Currywurst* para Frida. Jamal saca la tarjeta de crédito de la cartera donde lleva la placa y, desoyendo las reticencias de sus colegas, paga la cuenta.

—Es una orden de vuestro jefe —concluye.

—¿Te digo por dónde me paso yo tus órdenes a partir de las ocho? —exclama Frida.

—Siempre y cuando no estemos de guardia —murmura Ulrich.

No es la primera vez que lo hace y no será la última. Sus genes le impiden compartir esa mentalidad alemana excesivamente individualista que se traduce, entre otras cosas, en que

* Unidad de intervención especial de las fuerzas policiales estatales alemanas.

46

cada cual paga lo suyo. Los turcos, en cambio, son más desprendidos. A la hora de pagar siempre hay discusiones porque todos quieren invitar. ¡La de veces que ha visto a su padre pelearse por ese motivo! La otra cara de la moneda es que no son nada ahorradores. Cuando tienen dinero se lo gastan a la velocidad del rayo y acaban endeudados hasta las cejas. Jamal no es así, ni su padre tampoco. Pero Kerem… es otra historia.

A Frida y a Ulrich no les queda más remedio que darse por vencidos. Los tres alzan las jarras y brindan a la voz unísona de «*Prost!*». Jamal bebe deprisa, un trago largo seguido de otro y otro más, hasta que la última gota de cerveza se desliza por su garganta y exclama de placer. Lo necesitaba; su cabeza ha sido un hervidero de pensamientos sombríos durante todo el día. Además, hace calor. Tanto, que la funda de la SIG Sauer que lleva oculta bajo la camisa le irrita la piel a causa del sudor. Deja la jarra vacía a un lado, se da la vuelta y se apoya en la barra para mirar a su alrededor. Hay mucha gente. Algunos beben desde la comodidad de sus mesas, aunque la mayoría baila al ritmo de la música electrónica que pincha el *disc jokey*. Jamal se une a la cadencia con un ligero cabeceo mecánico. Berlín respira ya las últimas luces y el sol desciende sobre un cielo de brasas encendidas. Detiene la mirada en las grúas y los edificios en construcción al otro lado del río. En ese instante piensa en la capacidad de transformación de la ciudad, que se expande frenéticamente por los cuatro puntos cardinales. Pronto, las voces de sus acompañantes, que debaten sobre temas banales, se disipan con el sonido ambiente. Debería participar en la conversación, pero no puede evitar abstraerse. Su mente vuela hacia las dos pizarras blancas de la sala de reuniones de la Seis. Las visualiza a la perfección, como si las tuviera delante. La primera, coronada por una fotografía antigua de Maximilian Bachmann, contiene imágenes de los cuatro hombres asesinados y un mapa en el que figuran, marcados con rotulador, los escenarios de los crímenes del Bósforo. La segunda aún está vacía. Es la que el grupo utiliza para las sesiones de lluvia de

47

ideas. Una vez más, repasa los detalles. No hay muchos. Nadie ha visto nada, nadie sabe nada. Las inspecciones técnicas previas de la Brigada de Homicidios aportan pocos datos interesantes, a excepción del cabello que apareció en Wedding, que sí ha resultado determinante. Jamal sabe que no será un caso fácil. Ninguno lo es, a decir verdad. En su campo, los tiempos son lentos y los objetivos, menos ambiciosos que en otras especialidades delictivas.

Pretender erradicar el terrorismo a corto o medio plazo no sería realista. Lo único a lo que se puede aspirar es a cercarlo, aunque eso suponga meses de investigación que, en ocasiones, conducen a un callejón sin salida. El secreto consiste en no precipitarse. Hay que tener paciencia para reunir, procesar e interpretar la ingente cantidad de información con la que trabajan en la Seis. No obstante, esta vez se siente como si librase una batalla a contrarreloj. Por un lado, está la presión burocrática. Si no encuentra a Bachmann pronto, Müller —y quien dice Müller, dice Steinberg— le arrancará los huevos y se los hará tragar con una cuchara. Y, por otro, la presión a la que él mismo se somete. Cada minuto que pasa aumentan las probabilidades de que ese tipo actúe en Kreuzberg. Por eso, su prioridad desde hace aproximadamente treinta y ocho horas es atraparlo. Y no piensa escatimar en recursos para conseguirlo. En su momento, la *KriPo* interrogó al entorno de las víctimas y revisó la red urbana de cámaras de seguridad, pero no encontró nada. Aun así, ha ordenado que se repitan los interrogatorios y se contrasten las imágenes mediante el programa de identificación de datos biométricos de la INTERPOL. Y el macrooperativo de vigilancia en la trastienda neonazi está en marcha desde la noche anterior. Sin embargo, pese a que la BKA dispone de información exhaustiva sobre el sujeto, es como si se lo hubiera tragado la Tierra.

Salvo por el hecho de que la Tierra no se traga a nadie.

La voz de Frida, plantada delante de él con los brazos en jarras y apariencia exasperada e insatisfecha, lo devuelve al presente.

—¿Has escuchado una sola palabra de lo que he dicho?

Jamal exhala y se frota la barba con indolencia.

—¿Quieres la verdad o prefieres que sea diplomático?

—Era una pregunta retórica.

—La mía también.

—Hay que joderse. ¿Es que no eres capaz de desconectar ni siquiera un rato?

—Dijo Robocop —masculla Ulrich con sarcasmo.

—No estoy hablando contigo, capullo —le espeta ella, con su habitual tono mordaz. Escruta de nuevo a Jamal y cruza los atléticos brazos sobre el pecho, como si esperase una explicación.

Él se encoge de hombros.

—Ya sabes lo que dicen en la Academia: «Si quieres que las calles sean seguras, debes patrullar de día, de noche, los fines de semana y en vacaciones». Nosotros no llevamos uniforme, pero somos policías las veinticuatro horas del día, siete días a la semana. Si los malos no tienen horario de oficina, nosotros menos. Estas son nuestras calles, Frida —remarca, al tiempo que señala el suelo— y nuestro trabajo es protegerlas de toda la escoria que pulula por ahí.

De repente, se produce un momento triangular de suspense mientras los tres se examinan entre sí. Jamal a Frida; Frida a Ulrich; Ulrich a Jamal. Luego, todos estallan en carcajadas.

—Joder, jefe. Solo te ha faltado una fanfarria militar de fondo —se burla Frida, entre risas—. Una lenta y solemne, como en una de esas pelis americanas supertaquilleras donde un exagente alcohólico y con problemas de control de la ira es el único que puede salvar al presidente de que lo asesinen los norcoreanos.

Ulrich añade:

—Y en un tiempo récord.

—Mira, si no te conociera tan bien, no me tragaría el rollo ese de —Hace un gesto de comillas con los dedos— «poli entregado». Pensaría que lo que en realidad te preocupa es perder el favor de Müller. Aunque lo entendería, ya lo creo. Puede que ese chupatintas necesite una lupa para verse la polla, pero es un auténtico cabrón cuando se lo propone. Dicen que antes de convertirse en un funcionario con el culo anclado a la silla de su despacho fue un policía de verdad, de los de la vieja escuela.

—Oye, ¿y tú cómo sabes que hace falta una lupa para eso? ¿Se la has visto? —se interesa Ulrich.

—Pero ¿cómo puedes ser tan pervertido? Da igual. De todos modos —se dirige a Jamal de nuevo—, sé perfectamente que lo que te inquieta no es la reacción de Müller. O, al menos, no es lo único. —Entonces, su tono se vuelve dulce y le pone la mano sobre el hombro de forma amistosa—. Te garantizo que pillaremos a Bachmann antes de que se le ocurra acercarse a Kreuzberg. Por algo somos el mejor cuerpo de policía del mundo.

—Con permiso del FBI —apostilla Ulrich.

—¡A tomar por culo el FBI! —se envara Frida—. No existen muros lo bastante altos ni sótanos lo bastante profundos que protejan a ese terrorista de la BKA. Además, la BPOL* ha reforzado la seguridad en todos los puestos fronterizos; si intenta escapar otra vez, lo coserán a balazos. ¡Bang! ¡Bang! ¡Bang! Así que relájate y disfruta, ¿vale?

—Está bien, está bien —concede Jamal. Pero sabe que solo es un parche temporal. No estará tranquilo hasta que no tenga a Bachmann esposado en una sala de interrogatorios, tan cerca que pueda olerle el miedo—. Pedid otra ronda mientras voy a mear.

Le toca hacer cola. Los baños portátiles a unos cuantos metros de distancia están ocupados. Mientras espera su turno, observa a su alrededor, sin fijarse en nada en concreto, con la conversación resonándole en la cabeza. Lleva días pensando en sugerirle a su padre que se vaya a Fráncfort, a casa de la tía Aynur, con la excusa de que se merece unas vacaciones, pero

---

* Abreviatura de *Bundespolizei* (Policía Federal).

eso implicaría hablar de una investigación en curso y no está autorizado para ello. Tampoco solucionaría el problema, porque, en el muy hipotético caso de que Orhan *Bey* accediera a marcharse, a Kerem no conseguiría moverlo de Kreuzberg ni aunque le pagara, y…

Entonces, la ve.

Y algo estalla.

Un rayo que parte el universo por la mitad, como si fuera de papel.

Está sentada en una mesa, frente a otra chica en la que Jamal apenas repara, con una copa de balón entre las manos. En ese instante, se olvida de todo: de la imperiosa necesidad de orinar, de Maximilian Bachmann, de su familia y de sus compañeros, que lo esperan en la barra. Nota la boca seca y traga saliva. La música deja de sonar, aunque sigue sonando. El mundo deja de girar, aunque sigue girando. No puede apartar la vista de ella; es preciosa, un ángel. A su tímida sonrisa la acompañan unos hoyuelos que le dulcifican aún más las facciones, enmarcadas en una larga melena rubia de aspecto sedoso. Tiene unos ojos brillantes como dos gotas de mercurio, diría que azules, aunque a esa distancia no puede asegurarlo, la nariz respingona y la boca… Dios, la boca es un corazón insoportablemente tentador. Cuando uno de los tirantes de su vestido blanco con estampado de cerezas le resbala por el hombro, se ve sobrepasado por la necesidad vesánica de tocar esa piel cremosa. La descarga eléctrica que lo sacude es desconocida, pero pulsátil y certera. *Melek yüz,* como la bautiza de improviso por su cara de ángel, se lo acomoda con un gesto distraído, ajena al escrutinio del observador furtivo. Parece frágil, tanto que Jamal siente un deseo inexplicable de protegerla. Hay algo en su mirada, una especie de nota melancólica, que le resulta hipnotizante y, al mismo tiempo, le despierta el impulso de aproximarse, tomarla en brazos y llevársela de allí. La sensación es extraña, como si un fuego ardiera en su interior, un fuego que consumiría a cualquiera que se acercara, que lo consumiría a él mismo. «¿Qué

51

me pasa? ¿Por qué me arde todo por dentro?». Es posible que el medio litro de cerveza que se ha bebido con tanta rapidez haya empezado a hacerle efecto y esté magnificando una simple atracción a primera vista. «Que la chica es una verdadera belleza y a ti te corre sangre turca por las venas, eso es lo que te pasa», trata de convencerse. Sin embargo, sigue ahí, contemplándola embelesado como si no existiera nada más en el mundo.

Tan embelesado que ni siquiera se da cuenta de que uno de los baños portátiles ha quedado libre.

Alguien a su espalda carraspea.

—Disculpa. ¿Vas a pasar o...?

Jamal se da la vuelta sobresaltado. Mira a la chica que hace cola detrás de él, pero no logra articular palabra. Ella arquea las cejas en un gesto que denota impaciencia. De repente, su móvil cobra vida y comienza a vibrar en el bolsillo de los vaqueros. El nombre de su hermano aparece en la pantalla, sobre una imagen de ambos fumando narguilé. Öykü, la ex de Kerem, les hizo la foto. Jamal recuerda bien aquel día, aunque fue hace mucho tiempo. En aquella época eran inseparables, sombras el uno del otro. Él llevaba el pelo corto, Kerem aún no había empezado a meterse en líos y su madre estaba viva. Las cosas han cambiado mucho desde entonces, ya nada es como antes.

—Todo tuyo —le dice por fin a la chica, que lo observa desconcertada.

A continuación, descuelga el teléfono y, antes de alejarse, busca con la mirada a *Melek yüz* por última vez. Pero ya no está. El único rastro que queda de ella es la copa vacía que ha dejado encima de la mesa.

Y no puede evitar sentir un pinchazo en el pecho.

Barrio periférico de Schöneweide

¿Qué demonios se le habrá perdido a su hermano en ese sitio? Solo existe una hipótesis plausible y no le gusta un pelo. Schöneweide, un vecindario obrero degradado del antiguo Berlín Este, se convirtió hace algunos años en *National befreite Zone*, un bastión neonazi cuyos prebostes sueñan con la proclamación del Cuarto Reich. En los seiscientos metros que distan entre la estación del S-Bahn y el final de Brückenstrasse, se concentran varios puntos calientes de la infraestructura marrón, el color que identifica al nacionalsocialismo. El más destacado es la taberna Zum Henker, donde se sirve sin reparos una cerveza conocida como «Himmla» que cuesta ochenta y ocho céntimos. Lo sabe porque la Seis cuenta con un agente infiltrado en la zona. Si un *kanack* pone los pies en Schöneweide, no sale vivo de allí, a menos que lo haga en ambulancia. Por eso, cuando Kerem lo llamó unos treinta minutos antes, no pudo evitar gritarle:

—¡¿Se puede saber qué cojones estás haciendo ahí?! ¡Como te hayas metido en un lío te vas a enterar!

—¿Vas a venir a buscarme o no?

Jamal resopló de pura exasperación antes de contestar:

—Voy para allá. Quedamos en la estación.

De modo que no tuvo más remedio que renunciar a la segunda cerveza, que ya lo esperaba en la barra, excusarse ante sus compañeros, nada conformes con la justificación —«Un asunto familiar de última hora»— y conducir hasta ese estercolero, donde ahora espera con el coche parado a que aparezca Kerem. Al hacer balance de la noche, le viene a la cabeza la imagen de esa chica preciosa y sonríe como un chiquillo. «¿Volveré a verla alguna vez?», se pregunta. Lo abraza una sensación extraña y difícil de describir, como de punto y aparte, magnificada por los oportunos acordes de «I want to know what love is», de Foreigner, que suena en la radio. Sin embargo, al caer en la cuenta de que vive en una ciudad demasiado grande para las casualidades, la sonrisa se le borra de golpe. «Berlín es el hogar de cuatro millones de personas que no son *Melek yüz*. Una jungla de asfalto», piensa.

La puerta del copiloto se abre de repente y Jamal se obliga a encapsular sus pensamientos.

Fin de la ensoñación.

—Pero ¿qué mariconada estás escuchando, *kardeş?** —le espeta Kerem nada más subirse al vehículo—. Yo te enseñaré lo que es música de verdad. —Trastea hasta dar con una emisora de hiphop y sube el volumen. Reclina el asiento, estira sus largas piernas, delgadas como alambres, y se acomoda. —Venga, arranca. ¿A qué coño esperas?

Jamal lo escruta con una mezcla de estupor e indignación. Detesta su actitud chulesca de *enfant terrible,* los tatuajes de estilo carcelario de sus brazos, esos ridículos pantalones caídos que dejan a la vista los calzoncillos y su estúpida gorra de visera plana torcida hacia un lado.

—Hola a ti también, Kerem. No te preocupes, no hace falta que me des las gracias por dejarlo todo para venir a recogerte —le reprocha con sarcasmo.

Kerem pone los ojos en blanco como un adolescente rebelde, se saca de detrás de la oreja lo que a todas luces parece un porro y se lo lleva a los labios. Tiene las yemas de los dedos ennegrecidas.

—Dame fuego.

—Aquí no se puede fumar. —Se lo quita de la boca con un movimiento ágil—. Y mucho menos esta mierda. —Baja la ventanilla y se deshace de él—. Tienes suerte de que no te confisque también la piedra.

—¿Qué piedra?

—La que tienes ahí escondida —responde, señalando hacia algún lugar impreciso de sus pantalones—. ¿O te crees que soy gilipollas?

—*Allah Kahretsin!*† Cómo te pones por un poco de chocolate.

Jamal apaga la radio y mira a su hermano de arriba abajo.

* Hermano.

† ¡Maldita sea!

—¿Has vuelto a las andadas, Kerem? ¿Otra vez estás trapicheando con hachís?

—Pero ¿qué dices? ¿Es que uno ya no puede ni fumarse un canuto sin que lo acusen de ser un narcotraficante?

—No me tomes por imbécil, ¿quieres? Tengo mucha calle, sé calibrar a la gente. El único motivo que se me ocurre para que hayas venido a Schöneweide es para venderle costo a algún neonazi. Sabes perfectamente que los turcos no somos bienvenidos aquí.

Los turcos no, pero su hachís sí.

A decir verdad, el hachís turco es muy codiciado en toda Europa, casi tanto como el marroquí. El secreto está en la concentración de sus aromas. No tiene un porcentaje muy alto de tetrahidrocannabinol, pero su sabor es tan intenso que es capaz de engañar al cerebro. Se dice que los sultanes del antiguo Imperio otomano lo fumaban en *shisha* mientras conversaban, de manera que la mente se mantenía despierta y el cuerpo, sosegado. Si Jamal sabe todo eso es porque ha pasado gran parte de su carrera en la Unidad de Narcóticos de la División de Delitos Graves. Allí aprendió mucho acerca de la mecánica interna de su trabajo, pero también de la condición humana. Por ejemplo, que en la vida no hay premios y castigos, sino actos y consecuencias. Fue en esa época cuando descubrió que Kerem se dedicaba al menudeo en Görlitzer Park, una zona controlada por Khanlar Şahin, alias El Kurdo, dueño absoluto del negocio de las apuestas deportivas y un sanguinario de mucho cuidado. El problema es que nadie trafica en el este de Berlín sin que El Kurdo saque tajada, así que Jamal tuvo que intervenir para que a su hermano no le cortaran los dedos y se los enviaran en una caja por correo certificado. Eso en el mejor de los casos, porque la venganza favorita de la mafia turca consiste en arrancar los dientes y desfigurar el rostro del cadáver para dificultar su identificación antes de abandonarlo en algún bosque de Berlín. «Deja al chico en paz y te garantizo que no habrá redadas en ninguno de tus locales en mucho tiempo», negoció. Así fue. Sin embargo, para un policía de férreos principios como Jamal Birkan, aquello supuso la pérdida definitiva de la inocencia. A veces, la línea entre hacer la vista gorda y cometer una ilegalidad puede ser muy delgada y, dado que siempre se había prometido a sí mismo no traspasar determinadas líneas rojas, el peso de la conciencia lo llevó a solicitar un cambio de unidad.

El resto es historia.

—Para tu información, he venido a echar un polvo. Eres tan retorcido que ni siquiera se te ha ocurrido contemplar esa posibilidad —se defiende Kerem—. ¿Qué? ¿Por qué me miras así? Te estoy diciendo la verdad. A las de Kreuzberg ya me las he tirado a todas, si estoy aquí es para probar suerte en otros mercados.

Jamal se ríe expulsando el aire por la nariz.

—Estás hecho un semental, ¿eh? —se burla—. ¿Ya te has olvidado de Öykü?

—No quiero hablar de Öykü. Ya sabes que lo pasado, pasado está.

—Muy bien. Entonces, hablemos de cuándo empezarás a comportarte como un adulto. Tienes treinta y tres años, *kardeşim*. Deberías dejar de hacer el tonto y centrarte de una vez en ser alguien.

Kerem deja escapar un bufido y se frota el rostro imberbe con indolencia.

—Ser alguien está sobrevalorado.

—¿Siempre tienes una respuesta para todo?

—Oye, si vas a darme la murga como el viejo, al menos me gustaría llenar el estómago antes.

—¿No te ha invitado a cenar tu *amiguita?* Parece que no la has dejado muy satisfecha, después de todo.

—Sí, vale, lo que tú digas. Préstame algo de pasta para el McDonald's, anda.

—*Hayır, olmaz.* Ni hablar. La cena te la pagas tú con el dinero que has ganado esta noche.

—¿Qué dinero, *abi?* Te juro que no he visto un solo euro desde que dejé el trabajo.

—Pues no haberlo hecho.

—Ya te expliqué que el capataz de la obra se pasaba el día dándome órdenes. ¡Haz esto! ¡Haz lo otro! ¡Venga, rápido! ¡Si no espabilas, te pondré a limpiar retretes! Una noche entraron a robar y se llevaron un montón de materiales. ¿A quién crees que echó la culpa ese cerdo racista? Al turco, por supuesto.

—¿Y? ¿Tuviste algo que ver?

Kerem chasquea la lengua, notablemente irritado.

—¡Lo que hay que oír! ¿Te crees que soy un vulgar ratero de Marzhan o algo?

—Bueno, digamos que no eres el tipo más digno de confianza que conozco. En resumidas cuentas, como no te gusta recibir órdenes, has decidido volver a tu faceta de «emprendedor». No te basta con que te pongan la comida en la boca, también la quieres masticada.

—¿Sabes una cosa? Me estoy empezando a arrepentir de haberte llamado.

—Son las diez y media —replica Jamal, con un tono áspero—. Todavía estás a tiempo de coger el último tren.

—Tendría que colarme y eso es ilegal.

—Pero tú estás acostumbrado a cruzar los límites, ¿verdad?

—Si te crías en el Kotti, haces lo que debes.

—No me vengas con el mismo rollo de siempre. Yo también me he criado en el Kotti y no por eso tiro mi vida por la borda. Lo que determina tu camino son las decisiones que tomas, no el azar. Estás jugando con fuego, Kerem. Ya te salvé el culo una vez, te aseguro que no habrá una segunda. ¿Sabes lo que te hará El Kurdo cuando se entere de que has vuelto a traficar a sus espaldas? Ese tipo está loco de atar. ¿Y *baba?* ¿Has pensado en él? Lo vas a matar de un disgusto, maldita sea.

* Hermano.

—El hijo modélico de los huevos… ¡Déjame en paz de una vez! Yo no tengo la suerte de ser un *Bulle** al que le abren las puertas de cualquier sitio solo con enseñar la placa. Yo me busco la vida como puedo, ¿entiendes?

—Que te quede clara una cosa: a mí nadie me ha regalado nada. Todo lo que tengo lo he conseguido con esfuerzo y trabajo duro.

—Quizá te habría costado menos si fueras un alemán auténtico.

—Yo soy alemán, Kerem, y tú también.

—¡Despierta, Jamal! Por muy integrado que te sientas en esta sociedad, siempre habrá miradas que te recuerden de dónde procedes. Basta con que cometas un solo error para poner fin a tu olimpo de poli respetable y que vuelvas a ser el *kanack* de toda la vida. A los alemanes les encanta dárselas de multiculturales, pero ahora echa una ojeada a tu alrededor y dime si ves a algún turco en este tugurio. —Hace una pausa como si quisiera que Jamal reflexionase—. Solo nos quieren para venderles mierda o para que se la saquemos de la calle. ¿Sabes lo que somos la gente como tú y yo para ellos? Escoria. Una pulpa patética y rancia, nada más. Y si no, explícame por qué existen guetos como Kreuzberg o Neukölln, donde nos aparcan como si fuéramos ganado contaminado. Nos odian por el mero hecho de existir.

No le gusta lo que oye, aunque comprende el resentimiento que se esconde detrás de esas palabras. Él mismo ha soportado muchas salidas de tono de sus compañeros alemanes a lo largo de su carrera. Cada vez que un turco cometía un delito, lo primero que le soltaban cuando llegaba a la Central por la mañana era: «¿Has visto lo que han hecho los tuyos esta vez?». Claro que eso era antes de que lo nombrasen *Kriminalinspektor;* ahora no se atreven a decírselo a la cara, aunque lo piensen. Porque es evidente que lo piensan. Para muchos, Jamal Birkan

---

* Forma coloquial de llamar a un policía en Alemania.

sigue siendo el hijo de un comerciante de especias nacido en Anatolia y, en menor grado, un enemigo en potencia. Sí, es difícil arreglárselas en una sociedad en la que uno se siente ajeno al sistema, pero no imposible.

—Mira, no sé qué idea tienes tú de lo que representa «sentirse integrado», pero te diré cuál es la mía. En mi opinión, significa vivir con arreglo a la ley y el orden. Ser productivo. Aportar algo provechoso para la comunidad a cambio de un beneficio. Derechos y obligaciones, de eso se trata. Las cosas solo pueden transformarse desde dentro, Kerem. Te quejas constantemente de que Alemania no te da nada. Pero ¿qué le das tú a Alemania?

—¿De qué derechos hablas, hombre? No estamos en igualdad de condiciones. ¡Este país está lleno de fascistas! Tarde o temprano, los de la AfD gobernarán y nos expulsarán a todos. Si no nos gasean antes como hicieron con los judíos, claro. Algunos lo están deseando.

—Bueno, entonces, ¿por qué no te vas a Turquía? Vete y cuéntaselo a Erdoğan, *hadi.**

Kerem gira la cabeza hacia la ventanilla y, en un susurro, musita:

—Porque Turquía no es mi hogar. Pero Alemania tampoco. Es como si estuviera atrapado entre dos mundos y no perteneciera a ninguno.

Heimat.

Significa «patria» en alemán.

Los sentimientos lo desbordan, no sabe qué más decir. Si algo ha enseñado la historia a los hombres es que no hay nadie más frágil que un apátrida. Sentirse excluido es frustrante, y la frustración es el germen del odio que conduce a la violencia y al caos. Cuando existe el resquicio, existe la posibilidad de que por ahí se cuele la catástrofe. «Ojalá *anne*† viviera. Ella siempre

* Vamos.

† Mamá.

encontraba las palabras adecuadas, en el momento preciso»,
piensa.

Después de un silencio espeso, enciende el motor y abandona el inframundo.

6. Nina

19 de agosto de 2015
Distrito de Charlottenburg, Berlín

La claridad que se filtra a través de las rendijas de la persiana la obliga a despegar los párpados. Un haz de luz en el que flotan innumerables partículas de polvo dibuja filas de motas en la pared más próxima a la ventana. El día, como no tardará en comprobar, ha amanecido tan despejado que hasta los objetos de la cómoda, semioculta por la penumbra en un rincón, se perfilan nítidos. El frasco de perfume. El tarro de crema hidratante. La fotografía enmarcada de la boda. Las velas perfumadas que compró en KaDeWe, aún por estrenar. O las llaves del BMW de Klaus, junto a las de su MINI. Nina enfoca la vista para comprobar la hora en el pequeño reloj despertador de la mesita. Las ocho y media pasadas, bastante más tarde de lo habitual. Aunque trabaja en el turno de tarde, suele madrugar para ocuparse de sus cosas e ir a clase de yoga.

—¡Cielos! —exclama, al incorporarse. Eleva el tono de voz cuando pregunta—: ¿Has visto qué hora es, Klaus? Me parece que el despertador no ha sonado. Se habrá quedado sin pilas —razona. A continuación, se lo acerca al oído y lo agita, sin saber muy bien por qué—. ¿Klaus? ¿Dónde te has metido?

Pero la única respuesta que obtiene es un silencio sordo y persistente.

La constatación de la ausencia, que en otras circunstancias carecería de importancia, esta mañana cobra un sentido espe-

61

cial, pues, en cuestión de minutos, Nina comprenderá que su marido no ha dormido en casa. Antes de llegar a esa conclusión, se levanta de la cama de un bote y se cerciora de que, en efecto, está sola. Consulta el móvil, olvidado en el fondo del bolso desde la noche anterior. No hay ninguna llamada de Klaus, pero sí de una larguísima extensión que probablemente pertenezca a alguna compañía aseguradora que ofrece pólizas en horarios intempestivos. Marca el número de su marido, pero salta el contestador; el teléfono está apagado o fuera de cobertura. Prueba otra vez. Nada. Se le ocurre que quizá esa mañana haya ido a trabajar en metro. La idea no es del todo descabellada, dado que Klaus se queja mucho del tiempo que pierde a causa de las obras de Potsdamer Platz. O puede que haya amanecido con resaca y no le apeteciese conducir. Tal vez llegó en pésimas condiciones de su juerga nocturna con Andreas —menos mal que no se llevó el coche— y se quedó a dormir en el sofá, de ahí que Nina no haya notado su presencia en la cama. Podría llamarlo a la oficina y dejarle un mensaje, aunque intuye que a él no le gustaría. *Por Dios, Nina, no te comportes como una de esas esposas pequeñoburguesas del animalario berlinés que lo único que saben hacer, además de pasear sus gordos traseros por Unter den Linden, es molestar a sus maridos con tonterías;* como si lo oyera. Se pondría hecho un basilisco si contactase con el prestigioso bufete de abogados Brinkerhoff y Asociados donde ejerce como contable y hablara con su secretaria, aunque la conversación no durase más que un par de minutos. Siempre encuentra un motivo para ponerse a la defensiva, incluso cuando el que debe dar las explicaciones es él. Y esta vez se las debe. Porque, para entonces, no le cabe la menor duda de que, si las llaves de su coche están allí, significa que no ha vuelto a casa. ¿Acaso no habría oído la puerta si lo hubiera hecho? Nina tiene el sueño muy ligero, hasta el zumbido de una mosca la despertaría. La invade la duda en forma de interrogante imaginario. ¿Y si la sospecha de que le está siendo infiel de nuevo es cierta? ¿Y si Andreas no hubiera sido más que una coartada? Tal vez tiene una aventura con su secretaria, aunque suene a cliché, y han pasado la noche juntos. No obstante, hay una pieza que no encaja en ese rompecabezas.

—¿Por qué demonios no se ha llevado el coche?

De pronto, la sensación inequívoca de que algo va mal le sacude la espalda. ¿Es posible que Klaus…? No lo sabe, pero un estremecimiento la previene. Nina no tiene intención de mortificarse con preguntas para cuyas respuestas no está preparada, así que decide ser práctica. Es preferible aferrarse a la posibilidad de que la esté engañando. Al menos, no es tan aterradora como esa otra que ha empezado a rondarle por la cabeza.

La que no se atreve a admitir en voz alta.

Lo primero que hace en cuanto sale de la ducha, un cuarto de hora más tarde, es mirar el móvil de nuevo. Podría decirse que el agua ha servido para eliminar los últimos vestigios del sueño y espabilarla, aunque la inquietud que la carcome por dentro desde hace rato se intensifica al comprobar que sigue sin noticias de Klaus. Resignada, se seca el pelo con una toalla y se viste con una blusa vaporosa de color azul eléctrico y unos vaqueros. No tiene apetito, así que se limita a tomar un café y un par de píldoras de vitamina B12 en la cocina mientras consulta las noticias en su iPad. No sabe qué busca, si es que busca algo. O sí lo sabe, pero no tiene agallas para verbalizarlo. A veces, uno se niega a ver la realidad por miedo a no ser capaz de soportarla. Luego, friega la taza y la cucharilla que acaba de usar, lo que da pie a una serie de quehaceres en cadena que la ayudarán a mantener la mente despejada durante al menos los próximos sesenta minutos: cambiar las sábanas, hacer la colada, regar las azaleas de la terraza, limpiar el polvo de las estanterías del salón. El tiempo pasa rápido y convierte la espera en algo más llevadero.

Pero ¿la espera de qué?

¿Qué espera, exactamente?

Lo último que hace es sacar la ropa ya limpia de la lavadora y meterla en la secadora. Acaba de encenderla cuando la vibración de su teléfono, que se mueve sobre la encimera como si tuviera vida propia, la sobrecoge. Todo su cuerpo se tensa, desde el cuero cabelludo hasta los dedos de los pies. A cada paso que da, siente que el corazón se le revuelve en la caja torácica con tal intensidad que podría explotarle. Con manos temblorosas, se dispone a responder. Otra vez se trata de una extensión muy larga, salvo que, en esta ocasión, intuye que no hay ninguna compañía aseguradora detrás de la llamada, lo que espolea su ansiedad.

—¿Di… Diga? —dice, con una voz apenas audible.

—Buenos días —contestan desde el otro lado de la línea—. ¿Es usted familiar de Klaus Wolfgang Haas?

—Sí, soy su mujer. ¿Qué ocurre?

Pausa.

—*Frau* Haas, la llamo del Hospital St. Marien. Hemos tratado de contactar con usted antes, pero no ha sido posible. Siento comunicarle que su marido ha sufrido un accidente de tráfico esta madrugada y está en coma.

Nina traga saliva. En ese instante, un extraño sabor metálico le cubre el paladar.

Hospital St. Marien
Distrito de Steglitz-Zehlendorf

Aproximadamente una hora más tarde, un celador le explica cómo llegar a la Unidad de Cuidados Intensivos. Hay que seguir la línea azul del suelo. Primero, girar a la izquierda; luego, a la derecha. A los pocos metros, se topa con la puerta automática por la que se accede a la UCI. Una agradable enfermera del puesto de control le indica que espere en una sala hasta que el médico vaya a hablar con ella. No le da más información y Nina tampoco la pide; conoce el protocolo. En la sala, vacía y desangelada, una abrumadora sensación de desamparo se apodera de su cuerpo. Frágil, expuesta, inmensamente sola. Todo en ese lugar es estático e inorgánico, claro que un hospital no se ve igual desde el otro lado. Camina de acá para allá al tiempo que rota el cuello para aliviar la presión que el peso de los minutos ejerce sobre su nuca. Por alguna razón, las agujas del reloj parecen moverse más despacio de lo normal. A los pocos pasos, una especie de ataxia pasajera la obliga a apoyar la espalda contra la pared y a respirar profundamente. Sabe que es una reacción natural, dadas las circunstancias, pero es inevitable que la angustia que la embarga se somatice de un modo u otro. En ocasiones, la incertidumbre es el más letal de los venenos.

El médico aparece por fin. Lleva una carpeta bajo el brazo y tiene el gesto serio.

—Soy el doctor Jürgen Fischer, jefe de Neurocirugía —se presenta y le tiende la mano—. *Herr* Haas ingresó de madrugada con un traumatismo craneoencefálico severo, un edema cerebral y contusiones como consecuencia del fuerte impacto recibido tras la colisión. —Lo explica de forma fría y desapasionada, con la voz tranquila del veterano que lo ha visto casi todo. Hace una pausa, sin abandonar su expresión solemne, y añade—: *Frau* Haas, lamento informarle de que hemos tenido que intervenir a su marido de urgencia.

—¿Podría ser más específico, *Herr Doktor?* Soy enfermera. Trabajo en La Charité —aclara. Aunque, en realidad, es una forma de blindarse contra el miedo que se materializa en su estómago.

Fischer abre la carpeta, que contiene analíticas, radiografías y los resultados de un TAC. Extrae estos últimos y señala con el bolígrafo el contorno de un cerebro cortado de forma transversal.

—Hemos realizado una craniectomía descompresiva, pero me temo que el pronóstico todavía es reservado. Habrá que ver cómo evoluciona el paciente en las próximas cuarenta y ocho horas, ya sabe que ese *impasse* es crucial.

Nina asiente en silencio. Un pensamiento le atraviesa la mente como un relámpago. Frunce el ceño y, saltándose las restricciones que ella misma se ha impuesto hace un rato, se arma de valor para preguntar:

—Pero ¿cómo ha sucedido? Quiero decir…, no ha sido con su coche, así que imagino que no conducía él. —En ese momento, descubre que lo que antes era una certeza se revela ahora como una duda—. ¿Alguien más ha resultado herido? ¿El conductor, quizá?

Por primera vez en el transcurso de la conversación, el doctor le ofrece una mirada más o menos compasiva.

—Me temo que no puedo darle esa información, señora.

—Comprendo. Me gustaría verlo, si es posible.

—Naturalmente. Acompáñeme, por favor.

Lo primero que hace cuando entra en el módulo es echarse en las manos un poco de gel desinfectante del dispensador de la puerta. Después, revisa los elementos que muestran el estado de extrema vulnerabilidad del paciente: intubación endotraqueal, ventilación mecánica, cánula orofaríngea, catéter intravenoso, sonda nasogástrica. Su profesión es un escudo tras el que preservar el aplomo, un muro de contención emocional que no tardará en venirse abajo. Pero todavía no. Klaus tiene parte de la cabeza rapada, vendada y sujeta por una malla, y el rostro, desfigurado por los múltiples hematomas y cortes. Está desnudo, cubierto solo con una sábana fina para garantizar la normotermia. Se acerca unos pasos y lo examina con detenimiento. Si no fuera por la cadencia de las constantes vitales y el ruido persistente del respirador, similar al de un balón al hincharse, parecería que duerme plácidamente. Es posible que sea así. En realidad, la palabra «coma» nace de la voz griega *koma* y significa «sueño profundo». Dicho en términos más científicos, la conciencia cognitiva se desactiva por una interferencia en la comunicación entre el cerebro y el tronco encefálico. No obstante, a pesar de que hay maneras de medir la actividad bioeléctrica cerebral, la ciencia carece de certezas sobre lo que ocurre en realidad en un cerebro comatoso. Quién sabe qué clase de batalla estará librando la conciencia de su marido en ese momento. Nina levanta la mano para acariciar su rostro, pero el movimiento se marchita a medio camino. Entonces, recuerda los mensajes que intercambiaron la noche anterior y se atormenta pensando que esas desagradables palabras podrían ser las últimas que se hubieran dirigido. Siente un nudo que le oprime la garganta. Klaus es el hombre al que antes consideraba la otra mitad de un conjunto en el que solo había cabida para ellos dos. Lo que tuvieron se apagó muy rápido, igual que una cerilla, pero hubo una época en que lo quiso. Y ahora su supervivencia es tan incierta como sus propios sentimientos. ¿Qué orden defectuoso del destino ha permitido que suceda algo así? Ojalá pudiera arreglar ese desastre o volver atrás en el tiempo.

La vida nos somete a pruebas demasiado duras.

—*Frau* Haas, preguntan por usted.

Una voz interrumpe sus pensamientos. Se ha quedado absorta, ve puntitos negros deambulando en la periferia del iris. Al darse la vuelta, se topa con un hombre y una mujer desconocidos junto a la enfermera que acaba de hablarle y que no tarda en desaparecer. Ambos son altos y corpulentos, bastante imponentes, sobre todo él. Le llama la atención cómo la observa, de un modo extraño, como si la conociera. O, mejor dicho, como si la reconociera. Nina pasea la mirada por las facciones duras de su rostro, parcialmente ocultas bajo una densa barba de color caramelo y aspecto cuidado. De ese mismo tono son también sus ojos, que centellean con fuerza, sus cejas, que parecen confluir en un leve sombreado sobre el puente de su nariz recta, proporcionada y de fosas nasales estrechas, y el pelo, recogido en un moño en la coronilla que resalta su aire exótico. Un tupido mechón rojizo le cae con gracia sobre un lado de la cara. A Nina le arden las mejillas con un voltaje inoportuno que le sube por el cuerpo. Es muy atractivo, eso es innegable. La clase de hombre que cualquier mujer recordaría, de haberlo visto antes. Pero no es el caso. De modo que no comprende por qué la mira así, con esa intensidad.

—¿Qué ocurre? ¿Quiénes son ustedes?

El hombre despega los labios con la intención de responder, pero la voz no parece encontrar su cauce y permanece en la garganta. Traga saliva, la nuez se le agita. La mujer que lo acompaña pestañea como si le pesasen los párpados y resopla sin disimulo; lleva un *piercing* en el labio que se le mueve al hacerlo. Acto seguido, se dirige a Nina y toma la palabra.

—Somos policías, señora.

La sensación de irrealidad se acentúa.

7. Jamal

—¿Qué ocurre? ¿Quiénes son ustedes?

Jamal parpadea un par de veces para cerciorarse de que los ojos no lo engañan. Durante una demencial fracción de segundo, se pregunta si su cerebro no habrá materializado una especie de espejismo, inducido por el estrés. Lleva en pie desde que recibió la llamada de la Central a las tres de la madrugada y está agotado; es posible que la mente juegue con sus percepciones. La mira con fijeza, intentando discernir si es ella realmente o solo alguien que se le parece, pero no hay duda de que es la misma chica. Es tan hermosa que sería imposible confundirla con otra. De cerca, lo es incluso más. Ese par de ojos que lo observan con curiosidad son más azules; esa melena, más dorada; esa piel, más cremosa; esa boca, más tentadora. Y la línea que discurre desde el cuello hasta los hombros, tormento y éxtasis al mismo tiempo.

Melek yüz.

No puede creerlo.

La noche anterior se preguntó si volvería a verla. Su cara de ángel y ese aire melancólico le habían causado un verdadero desbarajuste emocional, pero acabó descartando esa remota posibilidad. Tendrían que darse demasiadas coincidencias. Sin embargo, está ahí, delante de él, igual de esbelta que un junco,

69

conformando una visión clara y nítida como el día. El azar le ha tendido una cuerda y le pide a gritos que salte al otro lado del precipicio; solo es cuestión de agarrarla con fuerza y tomar impulso. De pronto, el aire a su alrededor se vuelve electrizante. Está tan impresionado que no es capaz de pronunciar una sola palabra. La mandíbula le tiembla sin control, le sudan las palmas de las manos.

Frida le dedica una mirada en la que reconoce la pregunta que él mismo lleva haciéndose un buen rato.

«¿Se puede saber qué demonios te pasa?».

Por suerte, su colega se adelanta y lo salva de un ridículo inminente.

—Somos policías, señora —aclara. Señala al hombre de la cama con un leve movimiento de barbilla y añade—: Es su marido, ¿verdad?

La chica asiente en silencio, visiblemente confundida, sin adivinar lo frágil que parece bajo la luz desvaída del módulo de la UCI. Y en ese instante la cruda realidad se le echa encima como un jarro de agua fría: está casada. La posibilidad de acercarse a ella se le escurre entre los dedos. Atrapar el viento con la red, como dicen los turcos. Jamal nota que algo se le rompe por dentro. No sabe qué es, pero lo siente. Entonces, se obliga a recordar por qué está allí y eso basta para aislar sus emociones.

«Suficiente. Céntrate. Sé profesional. Que no te pueda la víscera».

Carraspea para aclararse la garganta y toma la palabra.

—Jamal Birkan, *Kriminalinspektor* de la BKA —se presenta. El tono es firme y bastante frío—. Y esta es mi compañera, la *Spezialagent* Frida Bauer. —Ambos muestran la placa de una manera casi coreografiada.

—Nina Haas. No sabía que la BKA se ocupara de los accidentes de tráfico.

«Nina. Su nombre es tan dulce como ella».

—Eso no es cosa nuestra, señora —puntualiza Frida.

—Entonces, ¿para qué han venido?

70

—Para hacerle unas preguntas.

—¿A mí?

—Sí, a usted. Es lo que acabo de decir. ¿Tiene problemas de audición, *Frau* Haas?

Jamal tuerce el gesto. Nunca ha puesto en entredicho el estilo intimidante y agresivo de Frida porque suele resultar efectivo, pero esa forma de dirigirse a ella, carente de toda empatía, le sienta como un mazazo en el plexo solar, así que da un paso al frente para dejar claro quién lleva las riendas. No es solo una cuestión de jerarquía, también es una manera inconsciente de proteger a la chica.

—*Frau* Haas, imagino que estará muy afectada por lo ocurrido —interviene, conciliador. No se le escapa que Frida entorna los ojos con aire de desprecio y decide que más tarde tendrá unas palabras con ella, de jefe a subordinada—. No pretendemos incomodarla en un momento tan difícil, pero, como ya le ha dicho mi compañera, necesitamos hablar con usted de un tema un poco delicado. ¿Sería tan amable de acompañarnos fuera?

Nina deja escapar un suspiro sonoro.

—Está bien. Pero sean breves, por favor.

—Descuide. No nos llevará más de cinco minutos —asegura. Y esboza una sonrisa amable que ella le devuelve. Es un gesto sutil, apenas perceptible, pero acentúa la belleza inconmensurable de sus ojos azules—. Después de usted —dice, con un ademán de la mano.

Al pasar por su lado, Jamal percibe la deliciosa fragancia que deja tras de sí. Flores silvestres. Fresas. Madera de sándalo. Bergamota, quizá. El deseo de tomar un mechón de su pelo y aspirar la fragancia lo asalta de repente. Tiene que hacer un gran esfuerzo para frenarse.

—*Frau* Haas, ¿sabe adónde se dirigía su marido en el momento del accidente?

—Es que yo… —titubea—. No conozco los detalles, *Herr Inspektor*. Nadie me ha explicado cómo ha ocurrido. Esperaba que tal vez ustedes pudieran hacerlo.

Su tono de voz torturado desata la lástima en el corazón de Jamal, y, dado que ni la mujer ni su tragedia personal le resultan indiferentes, decide compartir con ella ciertos pormenores que de ningún modo habría compartido en otras circunstancias.

—El vehículo en el que viajaba su marido anoche circulaba a gran velocidad cuando chocó contra la mediana en la A103, dirección Potsdam.

—¿Potsdam? —La incertidumbre que reflejan sus facciones parece sincera. Se encoge de hombros y suspira con aire de derrota, pálida y exangüe, como si no tuviera fuerzas para seguir indagando—. Lo siento, no tengo ni idea de adónde iba.

—¿A qué hora hablaron por última vez?

—Sobre las ocho, al acabar mi turno en La Charité. Soy enfermera de urgencias —matiza—. Klaus me envió un mensaje para decirme que iba a salir con un amigo.

—¿Qué amigo? —ataja Frida.

—Andreas.

—Andreas ¿qué más?

—No sé cómo se apellida.

—Es amigo de su marido, pero no sabe cómo se apellida. Ya, claro. ¿Y espera que nos lo creamos?

—Les digo la verdad. Solo lo he visto una vez.

Jamal saca el móvil del bolsillo, lo desbloquea y muestra una imagen a Nina.

—¿Es él?

Nina la examina con el ceño fruncido.

—Pues... no estoy segura —confiesa, dubitativa al principio—. ¿Podría ampliarla? —Jamal agranda la fotografía. Su expresión cambia de la duda a la sorpresa en cuestión de segundos—. Sí, es él. Es Andreas. Aunque ahora lleva el pelo más largo y más oscuro. Diría que incluso ha ganado algo de masa muscular, por eso me ha costado reconocerlo.

Frida resopla de manera sarcástica.

—Vaya. Para haberlo visto solo una vez, se acuerda muy bien del color de su pelo y del tamaño de sus bíceps. Una de dos: o tiene usted memoria fotográfica o debió de impactarla mucho el tal Andreas.

—Oiga, ¿qué insinúa?

Jamal dirige a su compañera una mirada reprobatoria y menea la cabeza con discreción.

—¿Cuánto hace que su marido y él se conocen, *Frau* Haas? —pregunta entonces, con algo más de suavidad.

—No mucho. Nos mudamos a Berlín hace solo unos meses. Antes vivíamos en Uckermark, en la región de Brandenburgo. —Los ojos se le humedecen. Parpadea para mantener a raya las emociones, pero él lo percibe—. ¿Quién conducía el coche, *Herr Inspektor*? ¿Andreas o…? Dígamelo, se lo ruego.

Frida se adelanta.

—Resulta llamativo que lo pregunte cuando usted misma ha dicho que su marido la avisó de sus planes. ¿Qué ocurre, *Frau* Haas? ¿Acaso no confía en él? ¿Sospecha que se acuesta con otra? ¿Es eso?

—Bauer, por favor —la reprende Jamal. Respira hondo para disimular su exasperación y se centra de nuevo en Nina—. *Frau* Haas, escuche. El amigo de su marido ha estado utilizando una identidad falsa.

—¿Cómo dice?

—¿Se acuerda del atentado en el barrio turco de Colonia en 2012?

—Sí, claro que me acuerdo, fue una auténtica masacre. Nunca cogieron al… —se interrumpe. El estupor se le dibuja de forma progresiva en la cara—. Oh, Dios mío. ¿Cómo… cómo se llama Andreas en realidad?

Jamal guarda silencio unos segundos antes de responder. Se produce un momento de tensión mientras ambos se miran sin pestañear.

—Maximilian Bachmann.

Nina ahoga un grito con la mano. No hay un solo ciudadano alemán que no reaccione de la misma manera al oír ese nombre. Pero, en el caso de Nina Haas, es muy posible que su vida acabe de saltar por los aires.

—No puede ser —musita—. Tiene que tratarse de algún error. ¿Están seguros?

—Al cien por cien —ratifica Frida—. Lo que todavía desconocemos es si su marido estaba al corriente de las actividades delictivas de su amigo.

—Eso es imposible. Klaus no sabía nada.

Una sonrisa cínica se perfila en los labios perforados de Frida.

—Es una pena que no podamos preguntárselo a él.

—Entonces, pregúntenselo a Andreas, Maximilian o como demonios se llame —replica, sin disimular su indignación.

—Me temo que eso tampoco podemos hacerlo.

—¿Por qué no?

—Porque está muerto.

El móvil de Jamal comienza a vibrar en ese preciso instante. Se disculpa y se separa unos pasos, pero procura no perder de vista a Nina ni un segundo.

—Dime que tienes buenas noticias, Ulrich.

—Sí. La avanzada de reconocimiento ha encontrado el sitio y ha logrado asegurar el perímetro.

—Perfecto. Que todo el mundo se ponga en marcha inmediatamente. Envíame la ubicación, Frida y yo iremos para allá enseguida. Y, otra cosa. Busca todo lo que haya sobre Klaus Haas. Y cuando digo todo, me refiero a todo: redes sociales, correo electrónico, cuentas bancarias… Quiero saber hasta el lado hacia donde carga la polla ese tipo.

—Recibido. ¿Habéis hablado con la mujer?

—Sí —responde con los ojos clavados en ella.

—¿Y crees que está en el ajo?

—No. De todos modos, espero que el juez Von Wiebel no tarde mucho en emitir la orden de registro domiciliario. No podemos arriesgarnos a que invalide alguna prueba, aunque dudo que lo haga. Tengo que colgar, Ulrich.

—Vale. Suerte con el operativo.

—Gracias. Nos vemos luego.

De regreso junto a las dos mujeres, intercambia una mirada cómplice con su compañera y, en un tono solemne, anuncia:

—*Frau* Haas, la BKA va a investigar a fondo la relación de su marido con Maximilian Bachmann. A partir de ahora y hasta que finalice la investigación, Klaus Haas permanecerá bajo vigilancia policial. Eso significa que habrá un par de agentes de paisano controlando los accesos a este módulo las veinticuatro horas del día. Como es lógico, usted puede visitarlo, pero, por el bien de todos, le pido que sea discreta. Cuantas menos personas estén al corriente de este asunto, mejor. ¿Su familia vive en Uckermark?

—No. Mis padres pasan prácticamente todo el año en Mallorca.

—¿Y sus suegros?

—La madre de Klaus murió hace años y su padre está en una residencia. Tiene alzhéimer.

—¿Algún hermano u otro pariente?

Nina niega con un leve movimiento de cabeza. En su historia hay un poso de patetismo y soledad que cala en Jamal y le hace sentir de nuevo esa apremiante necesidad de protegerla. Le gustaría acercarse a ella, abrazarla y apretarla contra su cuerpo hasta que la tormenta hubiera amainado. Nadie debería pasar por algo así solo. Parece tan frágil que la idea de que esté implicada en algo turbio se revela como imposible.

«Ella no tiene nada que ver. Lo siento aquí, en el corazón», se dice a sí mismo.

—Comprendo. En ese caso, la única persona autorizada a entrar será usted. Sepa que también nos quedaremos el teléfono móvil de su marido para analizar su contenido. Bajo mandato judicial, por supuesto. Por otra parte, necesitamos que acuda a la Central de la BKA lo antes posible para que la interroguemos oficialmente.

—Creía que eso era lo que habían venido a hacer.

—Oiga, no se ponga a la defensiva y colabore, ¿quiere? Este asunto es muy serio —le advierte Frida.

—Bauer, ¿por qué no se adelanta y me espera en el coche?

—¿Me toma el pelo, *Herr Inspektor*?

Jamal la fulmina con la mirada. Durante una milésima de segundo, considera la posibilidad de recordarle allí mismo cuál es la manera más adecuada de dirigirse a un superior, sin paños calientes. Pero la técnica del palo y la zanahoria no va con él, de modo que se limita a reiterar la petición.

—Hágalo, por favor. No tardaré mucho.

—Como quiera —concede. Y a continuación se marcha dando zancadas, con el orgullo herido.

—Siento que mi colega haya sido tan brusca con usted, *Frau* Haas. —Nina sonríe. Es una sonrisa tímida, casi incómoda, como la de una chiquilla, y, sin embargo, es capaz de desarmarlo por completo—. En fin, yo… —Mete la mano en el bolsillo y saca de nuevo la cartera—… voy a darle mi tarjeta. Tenga, ahí figura mi número. Llámeme lo antes posible, por favor. Es urgente.

Al tendérsela, las delicadas yemas de Nina le rozan los dedos. Un toque casual, un gesto mínimo. Suficiente para que una fuerte descarga eléctrica le invada todo el cuerpo. En ese instante comprende que su vida acaba de dar un giro radical.

«Estás jodido, Jamal. Muy muy jodido».

Distrito de Lichtenberg, Berlín

El sitio al que se dirigen, una vieja nave abandonada, se encuentra a quince kilómetros al este, en una solitaria zona industrial cerca de la Alte Fleischfabrik, la antigua fábrica de carne. Tienen la ubicación exacta gracias al GPS del Toyota Corolla robado; era la única que figuraba en el historial de navegación y, con toda certeza, el destino previo al accidente. Dar con ese vehículo ha sido un auténtico golpe de suerte, un atajo en el camino hacia Bachmann. Que el número de bastidor no coincidiera con la matrícula fue motivo suficiente para que los agentes de tráfico que habían acudido al lugar del siniestro dieran el aviso. Pero lo que aceleró el proceso fue el hallazgo de un arma en la guantera. Jamal averiguó, horas más tarde, que se trataba de una CZ38 sin registrar, adquirida en el mercado negro; la misma pistola semiautomática de fabricación checa con la que se podrían haber cometido los crímenes del Bósforo, según los informes de Balística de la *KriPo*. Dormía cuando el zumbido del móvil lo despertó de un sobresalto. Sabe por experiencia que una llamada de la Central en mitad de la noche solo puede augurar algo muy gordo, pero no contaba con esa bomba.

—¡¿Qué?! —exclamó, apresurándose a salir de la cama. Mientras se frotaba la cara con vehemencia, preguntó—: ¿Estáis completamente seguros de que es él?

—Afirmativo, *Herr Inspektor* —respondió el oficial al teléfono—. La Científica ha encontrado hasta catorce puntos que coinciden entre la necrorreseña del sujeto y las huellas dactilares que figuran en el INPOL. No hay duda de que se trata de Maximilian Bachmann.

Bingo.

Fue como si, de pronto, alguien hubiera encendido una luz en una habitación a oscuras.

Quince minutos y una ducha rápida después, salía de su apartamento con el pelo húmedo, los ojos hinchados debido al repentino despertar y un fuerte terremoto interior. Las calles estaban desiertas y las luces y el tráfico todavía quedaban lejos, pero él debía ponerse en marcha cuanto antes. En el coche, respiró hondo y repasó los datos que tenía hasta el momento, disponiéndolos de forma meticulosa. Se infundió coraje para el día que le esperaba y arrancó, rumbo al Institut für Rechtsmedizin.* Su cerebro trabajaba ya a pleno rendimiento.

* Laboratorio forense.

—Aquí es —señala Frida, que lo devuelve al presente.

Jamal reduce la velocidad al aproximarse al cordón policial, a unos cien metros del punto exacto, enseña la placa a través de la ventanilla y aparca a una distancia prudencial. La discreta tira de luces LED que llevan los vehículos camuflados en una esquina de la luna delantera se apaga. Al bajarse, nota cada músculo del cuerpo en tensión. La adrenalina le corre por las venas igual que un líquido inflamable. Es una sensación que nunca desaparece, por más experiencia que acumule. Hasta el policía más avezado conserva un punto de inocencia. Abre el maletero y saca dos chalecos antibalas con el acrónimo «BKA» impreso en blanco en la espalda. Uno para él y otro para Frida. Es obligatorio llevarlo en intervenciones de ese tipo y ambos se lo colocan con rapidez para minimizar posibles riesgos.

—Cómo aprieta esta mierda —protesta ella, mientras se lo ajusta.

—No tanto como un ataúd.

—Mira que eres macabro.

—Macabro no, realista.

—No sé si ese es el adjetivo que te define mejor. Yo diría que «capullo» se adapta más a la opinión que tengo de ti ahora mismo.

Jamal finge una mueca de ofensa.

—Veo que sigues cabreada conmigo.

—Muy cabreada. Me has desacreditado delante de una testigo.

—¿De dónde demonios sacas eso? Lo único que he hecho es pedirte que me esperaras fuera. Reconócelo, Frida, estabas siendo demasiado agresiva.

—Tú lo llamas agresividad; yo, competencia profesional.

—¿Sugieres que no sé hacer mi trabajo?

—Claro que no. Solo digo que podrías haberle apretado un poco más las tuercas a esa muñequita de porcelana.

La rabia se refleja en cada una de las palabras de Frida. Jamal debe hacer un gran ejercicio de contención para no soltarle un infalible «¿Tengo que recordarte quién está al mando?», pero no lo hace porque no es ni el momento ni el lugar.

—Vale —cede finalmente—. Ya hablaremos de esto más tarde.

Justo entonces, cuatro furgonetas Mercedes Benz Sprinter negras se detienen tras ellos acompañadas del chirriar de los neumáticos y, al menos, dos docenas de agentes especiales del GSG9 armados hasta las cejas con fusiles de asalto SG 553, gases lacrimógenos y granadas aturdidoras se bajan en tromba. Casi al mismo tiempo llegan varios coches patrulla y una dotación del Laboratorio de Criminalística con las luces encendidas, pero sin hacer sonar las sirenas.

—Escuchadme todos —ordena Jamal—. El equipo táctico entra primero. Después, los perros y los artificieros. El resto nos quedamos aquí parados, a la espera de confirmación. La avanzada de reconocimiento ha hecho su trabajo, así que tenemos localizados los accesos de entrada y salida. Nada de disparos ni bajas injustificadas, ¿entendido? Si hay algún pajarito en el nido, lo reducís de forma limpia o con fuego no letal. —Se dirige al agente táctico al cargo—. *Kommandant* Wagner, treinta segundos para que empiece el *rock 'n' roll* —advierte, con la vista puesta en el reloj.

—¡Vamos, señoritas, ya habéis oído al inspector! ¡Todo el mundo en posición!

—Suerte, compañeros. Tened cuidado.

No necesita añadir nada. Confía en el gesto de conformidad que le hace el comandante, que le levanta el pulgar. Después de medio minuto, los agentes del GSG9 traspasan el cordón y enfilan hacia la nave como soldados, levantando el polvo del camino bajo las pesadas botas de punta de hierro. Jamal se coloca el microauricular que asegura la comunicación bilateral con el *Kommandant* Wagner. Otro par de coches patrulla acuden para bloquear la carretera e impedir que nadie entre o salga del perímetro. En ese mismo momento, aparece en el aire un helicóptero que sobrevuela la zona en busca de posibles fugitivos.

La operación se considera de alto riesgo, de ahí que la BKA no haya escatimado en recursos, para evitar fisuras. «Preparados para entrar en tres segundos. *Eins. Zwei. Drei*», oye decir a Wagner. El ariete da cuenta de la puerta principal con rapidez: unos pocos golpes secos y los hombres ya están dentro de la nave. El sonido amortiguado de pasos que impactan contra el suelo se confunde con los gritos de «¡Policía!» y «¡Despejado!» conforme el equipo se adentra en la guarida del lobo.

Después, un molesto ruido eléctrico corta la comunicación.

—Bravo Uno, ¿me recibe?

Nada.

—¿Qué pasa? ¿Se ha perdido la comunicación? —pregunta Frida.

—Bravo Uno. Bravo Uno. ¿Me copia? —insiste Jamal.

De forma instintiva, se lleva la mano a la empuñadura de la SIG Sauer, sujeta al muslo. Cruza una mirada de alerta con su colega, que lo observa expectante, y contiene el aliento hasta que la voz del comandante se abre paso con nitidez a través de las ondas.

—Aquí Bravo Uno. El inmueble está vacío. Los perros tampoco han detectado ningún artefacto sospechoso. Solicito permiso para la retirada.

Jamal cierra los párpados, embargado por una sensación de victoria y derrota al mismo tiempo. Ladea la cara en dirección al *walkie,* prendido a la pechera del chaleco y pregunta si la entrada es segura.

—Afirmativo.

—Bien, permiso concedido.

Se quita el auricular, que cuelga sobre su hombro, y se rehace el moño. Tres vueltas de goma, bien prieto; le incomoda cuando algún mechón que aún no es lo bastante largo se le suelta y le entorpece la visión. Son más de las doce del mediodía y hace un calor asfixiante. El fuego que desprende el Kevlar le abrasa la piel. Cuando pasa de la calle soleada al negro vacío de la nave abandonada, con Frida y los de la

Científica pisándole los talones, estos últimos embutidos en sus trajes blancos de protección integral, el sudor de la nuca se le enfría. Entonces, le sobreviene una sensación familiar parecida al vértigo. No a la clase de vértigo asociado al miedo, sino a la excitación. No tiene ni idea de lo que le espera ahí dentro, pero sabe que, de algún modo u otro, le otorgará cierta ventaja.

El secreto reside en manejar información.

Una vez en el interior, los agentes se dispersan. Todo el mundo sabe lo que tiene que hacer y se centra en su tarea; los continuos flashes de las cámaras que toman fotografías de cada cuadrante son un ejemplo de ello. Alguien presta a Jamal un par de guantes de látex y unas polainas para evitar una posible contaminación. Mientras se los coloca, escanea el lugar con los sentidos aguzados al máximo. Es una especie de almacén diáfano y lleno de columnas, poleas y cadenas, propiedad de la misma cooperativa que la factoría de carne. Las paredes son de cemento y se extienden hasta donde alcanza la vista. Los paneles acústicos del techo se han desmoronado y han caído al suelo con el paso del tiempo. Huele a polvo y a óxido, aunque hay indicios evidentes de que alguien ha utilizado recientemente ese lugar, como el generador eléctrico y el depósito de agua localizados en el exterior. No son los únicos. Un banco de musculación, un juego de pesas y una especie de cama improvisada con unos cuantos palés, una almohada y una manta raída lo convencen de que su corazonada es real.

—De modo que aquí es donde se escondía ese nazi —comenta Frida—. ¿No te resulta curioso que un tipo capaz de burlar a la policía alemana durante tres años haya sido tan descuidado como para introducir la dirección de un sitio así en el GPS de un coche robado?

—Bueno, teniendo en cuenta que, incluso los profesionales del crimen cometen errores, no sé si es curioso o, más bien, poético.

Frida esboza una media sonrisa.

—Voy a echar un vistazo ahí dentro. —Señala la puerta entreabierta de un pequeño habitáculo con poca iluminación.

Un técnico de Criminalística agachado en el suelo toma huellas dactilares de unas latas de cerveza vacías con ayuda de un pincel y polvos magnéticos latentes.

—¿Algo concluyente? —le pregunta Jamal.

—Tres parciales y dos completas de un pulgar, por ahora. Pero esto es inmenso, intuyo que encontraremos más.

Jamal también lo cree. Y en una investigación criminal, toda intuición es bienvenida. Su instinto le dice que Bachmann no es el único que ha frecuentado ese lugar. Por eso, lo primero que hará en cuanto finalice la inspección será solicitar una orden judicial urgente para triangular la zona y recabar de las compañías telefónicas todos los números que se hayan conectado a las antenas de esa área en los días previos. Sospecha —o espera— que uno de ellos será el de Klaus Haas y que aparecerá de forma recurrente en el listado. Un trabajo de chinos cuyos resultados podrían arrojar luz para dirigir las pesquisas en un sentido u otro.

De repente, el rostro congestionado de su compañera asoma desde el interior del habitáculo.

—Será mejor que vengas a ver esto.

8. Nina

Esperaba que un escalofrío le recorriese la espalda al volver a casa, pero no sucede. Contra todo pronóstico, la soledad del hogar le proporciona una sensación que se parece demasiado al alivio. Se siente culpable, injusta y cruel al experimentar esa especie de paz interior mientras Klaus se debate entre la vida y la muerte. Dadas las circunstancias, lo lógico sería que estuviera destrozada. Y, en cierta manera, lo está. El problema es que la lógica no forma parte de sus esquemas vitales desde hace tiempo. Se deshace del bolso y las sandalias y los deja en el recibidor. Está cansada, torpedeada, abatida y tiene hambre, así que se dirige a la cocina en busca de algo para comer un poco más consistente que el sándwich Reuben que había almorzado en la cafetería del St. Marien.

Después de eso, se había ido a trabajar.

Lo primero que hizo Enke al verla en el vestuario de enfermeras de La Charité fue abrazarla.

—Cielo, lo siento mucho —se lamentó.

Nina se lo había contado antes, en una escueta llamada en la que había omitido ciertos detalles escabrosos que no podía ni quería compartir con nadie, ni siquiera con su mejor amiga.

Lo segundo, echarle una reprimenda. Alzó una de sus rubias cejas en señal de desconcierto y le espetó:

—Pero ¿qué demonios haces aquí? No deberías haber venido, Nina. ¿Por qué no te has quedado con Klaus?

Buena pregunta, aunque difícil de responder.

Uno, porque la visita de la BKA le había revuelto el estómago hasta tal punto que no soportaba seguir allí. Dos, porque la presencia del agente con aire de guardaespaldas de Angela Merkel que vigilaba el módulo la incomodaba. Tres, porque tenía la sensación de que, después de ocho años, no conocía a su marido. Y cuatro, porque la verdad era un aterrador agujero de dimensiones desproporcionadas. Pero todas esas respuestas permanecían en algún espacio oscuro y denso, como un grito ahogado en el fondo de la garganta. De modo que Nina, prisionera de la negación y la resistencia, se limitó a encogerse de hombros, porque, cinco:

—Verlo conectado a un respirador artificial es muy duro.

Enke dejó volar sobre ella una mirada vidriosa que trató de contrarrestar con un discurso optimista.

—Se pondrá bien, ¿vale? Klaus es joven. Saldrá de esta, ya lo verás. Y cuando se recupere, os iréis por ahí de vacaciones, a alguna isla paradisíaca del Caribe, y os pasaréis el día bebiendo Margaritas bajo el sol y follando como conejos.

Las palabras de Enke se burlan de ella. Aunque Klaus sobreviva al accidente, ese supuesto imaginario de felicidad conyugal es una utopía, lo sabe. Su absurdo empeño por guardar las apariencias y fingir que lleva una vida plena la avergüenza, y la vergüenza no es más que un lastre que solo se aligera con el tiempo. Ahora, sin embargo, tiene la certeza de haber estirado una correa hasta que no le permite avanzar ni un solo centímetro más. «Asfixia» es una palabra que ni siquiera se acerca a describir lo que siente.

El rugido del estómago la conecta de nuevo con el presente. Como no le apetece cocinar, saca una lasaña precocinada de la nevera y la mete en el microondas. Ocho minutos, máxima potencia. En la espera, se sirve una copa de vino tinto y se la bebe deprisa, quizá demasiado para tener el estómago vacío, pero esa noche no le importaría emborracharse de forma trágica. No tarda en rellenársela.

—Por ti, Klaus —dice, antes de dar un trago generoso. Hay resentimiento y tristeza en su tono, aunque es difícil determinar cuál de esas emociones tiene mayor peso.

Algo le viene a la cabeza como un flash. Mete la mano en el bolsillo de los vaqueros y recupera la tarjeta de ese *Kriminalinspektor* de la BKA.

—Jamal Birkan —lee en voz alta. El sonido de su nombre le resulta agradable, así que lo repite, haciendo hincapié esta vez en la pronunciación de la *l* y de la *r*. Es como si las letras se le deshicieran en la boca—. ¿Turco? —Suavemente, desliza la yema del pulgar sobre la tarjeta—. Sí, un turco con unos ojos preciosos.

En ese instante recuerda cómo la miraba, como si intentase decidir entre un millón de frases posibles porque ninguna sería lo bastante adecuada, y se estremece. La sensación la perturba, es demasiado íntima. De pronto, sin saber por qué, se siente extremadamente vulnerable. Tal vez, porque nadie la ha mirado jamás de ese modo, tan intenso y compasivo al mismo tiempo que resulta desconcertante. Entonces, un montón de palabras sueltas, retazos intrincados e inconexos de la conversación, rebotan de un lado al otro de su cerebro como una pelota de *ping-pong*.

Potsdam… ¿Conoce a este hombre?… Maximilian Bachmann… Muerto… Atentado terrorista… Tenemos que interrogarla… ¿Su marido lo sabe?…

Nina trata de ordenar las ideas y analizar la situación para encontrar, desesperada, la lógica. Puede que Klaus se haya convertido en un xenófobo irredento, pero de ninguna manera sería cómplice de un terrorista neonazi, ni por acción ni por omisión. No, se niega a aceptarlo. ¿Acaso no lo habría denunciado, si hubiera estado al corriente de la verdadera identidad de Andreas? La pregunta la golpea por dentro una y otra vez. En ese momento, muy pocas cosas tienen sentido para ella.

Hay tantos interrogantes que su convicción flaquea. Un dilema ha empezado a germinar en el interior de Nina. ¿Y si en realidad…? La sensación de tener algunas respuestas delante de ella, de rozarlas con la yema de los dedos sin ser capaz de agarrarlas, la llena de angustia. Un terrible martilleo le golpea las sienes. Oye su propio pulso desbocado, el ritmo rápido y marcado de cada latido detrás de los párpados. Se está mareando. «Es el vino», se dice a sí misma. Las paredes comienzan a encogerse y se ciernen sobre ella. En ese instante cargado de dudas, lo único que quiere es escapar de allí. De esa cocina que la engulle. De esa casa. De esa vida. Le prendería fuego antes de salir y echaría a correr. Lo haría, si pudiera. Pero, igual que sucede en las peores pesadillas, las piernas no le responden; quizá esté demasiado unida a sus demonios.

Por suerte, la tormenta cesa en cuanto el microondas avisa de que la lasaña está lista. Los actos más triviales y cotidianos son, casi siempre, el punto de amarre necesario. Bebe un poco más de vino y exhala con un lento suspiro. La reconexión con la realidad es balsámica y, poco a poco, se tranquiliza. Cuando se da cuenta de que todavía tiene la tarjeta de Jamal Birkan en la mano, la observa detenidamente una vez más. Entonces, la abraza una sensación más fuerte que la angustia, más veloz que el tiempo, más certera que el destino.

La corazonada de que su salvación está ahí mismo.

En ese trocito de cartón.

9. Jamal

19 de agosto de 2015
Distrito de Friedrichshain-Kreuzberg, Berlín

Conduce por Michaelkirchstrasse con las manos apoyadas en el volante sin presión alguna y con la calma de quien conoce bien la ruta. Prácticamente podría conducir el resto del trayecto con los ojos cerrados. Suena «Long Cool Woman», de The Hollies, en su emisora de *rock* favorita. La brisa nocturna se cuela por la ventanilla y le agita los mechones que se le han soltado del moño. Es tarde. La noche cae sobre la ciudad como un ave de presa. El mosaico de neones, farolas y los icónicos semáforos de Berlín y sus *Ampelmännchen* rompe la oscuridad en un ambiente espeso. Afortunadamente, el tráfico a esa hora es fluido, porque lo único que quiere es llegar a casa, darse una ducha que le saque de encima la tensión acumulada tras cerca de veinte horas en pie, meterse en la cama y no salir en una buena temporada. Lástima que no sea posible. Hoy sería el cumpleaños de *anne,* por lo que, después de ducharse, tendrá que salir otra vez. No le apetece lo más mínimo, pero no puede escaquearse; su padre no se lo perdonaría. Cenar en familia el 19 de agosto es una tradición que los Birkan han procurado mantener desde que el cáncer acabó con la vida de su madre.

Hoy habría cumplido cincuenta y ocho años.

Jamal suspira con ademán exhausto. Ha sido un día muy intenso. Hace tiempo que no vive uno así. Un sinfín de imágenes le bullen en la cabeza a modo de resumen de la jornada: la llamada con la noticia de la muerte de Bachmann, la organización a contrarreloj del operativo posterior, el hallazgo en la nave abandonada y la reunión de seguimiento con Müller y Steinberg (esta última por Skype, pero igual de intimidante que si hubiera tenido lugar de manera presencial). Las palabras de la implacable directora general de la BKA todavía le reverberan en los oídos. Las había pronunciado con ese particular estilo tajante y altivo, odiado por unos y admirado por otros.

—Voy a ser franca, *Herr Inspektor* —había anunciado—. Si la BKA creó la Seis fue porque Alemania no podía permitirse que la comunidad internacional la acusara de permanecer impasible ante la amenaza del terrorismo neonazi. Nuestro pasado nos perseguirá siempre. No importa cuánto luchemos por demostrar que somos un país democrático; siempre habrá algún estúpido comisionado de la Unión Europea, la ONU o donde demonios sea dispuesto a recordarnos el monstruo que fuimos. Por desgracia, no se puede encerrar el pasado y tirar la llave. Lo único que se puede hacer es evitar que se repita.

»He seguido de cerca su evolución, Birkan. Es joven para un puesto tan comprometido, pero reconozco que me gusta. Ascender en el cuerpo en el que ambos servimos es algo que hay que ganarse día a día a lo largo del tiempo. Y usted lo merece porque reúne todas las condiciones que se requieren para este trabajo. Es observador, resolutivo y tiene una hoja de servicios casi ejemplar. Conoce la calle y sabe moverse en los bajos fondos. Pero... —Cruzó las manos frente a la robusta mesa de su despacho en Wiesbaden y lo perforó con una mirada glacial a través de la cámara de su portátil—... esto es distinto. No hablamos de vigilar a un sujeto con una esvástica en su foto de perfil de Facebook, sino de algo mucho más ambicioso. Puede que Maximilian Bachmann esté fuera de juego, pero sus planes no han perdido ni un ápice de vigencia. Lo que hemos visto hasta ahora solo es el preludio. Ese hombre no iba a conformarse con volarle la tapa de los sesos a cuatro pobres turcos; a las pruebas me remito —añadió, al mismo tiempo que señalaba con el dedo índice la copia del acta del registro de la nave que tenía al lado—. De usted depende que sus planes no se materialicen, o habrá consecuencias. Para empezar, retiraré el incremento presupuestario destinado a su unidad. ¿Me he expresado con la suficiente claridad, *Herr Inspektor*?

—Sí, *Frau Direktorin*.

—Perfecto. Entonces, póngase las pilas y tráigame a los cómplices de Bachmann antes de que lamentemos una nueva masacre —sentenció.

Acto seguido, cortó la comunicación con un gesto brusco, sin ninguna despedida. Claro que ella puede permitirse ese lujo; la organización policial es una sociedad de clases en sí misma.

Steinberg estaba cabreada, preocupada o una mezcla de ambas. Y no era para menos, considerando que, entre los efectos intervenidos por la mañana en el registro de la nave de Lichtenberg, figuraban, además de un montón de parafernalia nazi, varios fusiles de asalto AK-47, ametralladoras ligeras, una Glock supercompacta de nueve milímetros, dos machetes, teléfonos móviles de prepago y un plano detallado de Berlín. Un auténtico arsenal con una finalidad indiscutible: sembrar el caos. Y eso es lo que Jamal debe impedir a toda costa. La guerra es un mercado como cualquier otro. Por una parte, están los que van al tajo y se ensucian las manos; por otra, los que dirigen la acción desde arriba, desde la comodidad de sus poltronas, y, en medio de ambos, los que hacen negocios. Pues bien, la BKA dispone de información y evidencias suficientes como para determinar que Bachmann es —era— de los que se ensucian las manos por convicción. Lo que falta averiguar ahora es dónde encaja en todo esto Klaus Haas. La verdad es que le entra urticaria cada vez que piensa en ese tipo; no sabe por qué. O más bien sí. Lo que ocurre es que los motivos son tan profesionales como personales. Todavía siente ese chispazo de rabia por dentro al coger el rotulador azul y escribir su nombre con letra grande en la pizarra de la sala de reuniones de la Seis.

Nina tiene mucho que ver.

—*Melek yüz...* —susurra, arrastrando la voz.

La sensación es dulce en la punta de la lengua, cálida en el pecho y punzante en la pelvis, pero no quiere pensar más en ella. No debe. Por muchas razones que no va a enumerar porque tiene treinta y seis años y sabe cómo funcionan las cosas; no es ningún chiquillo impulsivo. Su cabeza está a punto de explotar y ya no da más de sí. Para colmo, el idiota de Selim, el dueño del restaurante *döner* que hay al lado de su casa, ha vuelto a aparcar su grasienta furgoneta de reparto en la plaza preferente de Jamal, así que no le queda más remedio que estacionar en doble fila, sacar la cabeza por la ventanilla y gritar:

—¡Eh, Selim! ¡Ven aquí y mueve tu furgoneta! *Hadi, hadi!*

Acompaña las voces con el sonido del claxon, pero eso tampoco surte efecto.

—Muy bien, tú lo has querido —mascullla, mientras se desabrocha el cinturón de seguridad dispuesto a cantarle las cuarenta.

El sonido de una llamada entrante lo frena. Posa la mirada sobre la pantalla del manos libres sin reconocer el número. No tiene ganas de hablar con nadie y la opción de ignorarla le parece muy tentadora. Sin embargo, al tercer tono contesta.

Deformación profesional.

—Birkan.

Lo que no imagina es quién aguarda al otro lado de la línea.

—Buenas noches, *Herr Inspektor.* Soy Nina Haas.

Apenas es un susurro suave, pero suficiente para cautivarlo. Todas las sensaciones lo invaden de nuevo al oír su voz: el calambre instantáneo, la contracción en la garganta, la boca seca, el hormigueo en el estómago, la humedad en las yemas de los dedos, los latidos del corazón convertidos en una detonación de gran alcance.

La paralización.

Es curioso cómo reacciona el cuerpo ante determinados hechos que el cerebro no quiere o no sabe procesar. ¿Cómo consigue causarle ese efecto una mujer a la que no conoce de nada?

—Lamento molestarlo a estas horas, pero…, bueno, usted dijo que lo llamara lo antes posible. ¿Prefiere que hablemos mañana? Seguramente estará en casa con su familia.

Jamal carraspea e intenta recobrar la compostura.

—Bueno, mi horario laboral es un tecnicismo. Quiero decir que siempre estoy disponible, así que no se preocupe por la hora. Además, ni siquiera he llegado a casa todavía. Y, aunque lo hubiera hecho, vivo solo.

Se arrepiente en cuanto pronuncia la última palabra.

«Pero ¿se puede saber por qué le das tantas explicaciones, idiota?».

Nina tarda unos segundos en responder.

—Parece que tenemos algo en común.

Jamal sonríe como si el mundo le perteneciera por decreto.

—¿Usted también es una adicta al trabajo?

—No sabría decirle si lo mío es adicción o refugio.

El hilo de voz metálica que le llega a través del teléfono suena a confesión. Es amargo, como si escondiese una tristeza permanente. Demasiado para alguien tan joven. Ambos guardan silencio unos segundos. El ritmo del diálogo decae y la conversación vuelve al tema inicial.

—En fin, yo… llamaba por lo del interrogatorio.

—Sí, sí, claro. Hagamos una cosa: venga a la Central mañana a primera hora y hablemos. Tiene la dirección en mi tarjeta.

—Si no hay inconveniente, preferiría que nos viéramos más tarde. Antes, pasaré por el St. Marien para hablar con *Herr Doktor* Fischer y ver a mi marido.

La mente de Jamal se regodea en muchas imágenes. Sus ojos brillan con un atisbo de rabia. Siente algo oscuro y denso en el pecho, como si respirase alquitrán. Tiene un mal presentimiento.

—Sin problema. Pregunte por mí en la recepción cuando llegue.

—¿Necesito un abogado?

—De momento, no. Puede estar tranquila.

—Bien. Gracias. Adiós.

Pero él no quiere colgar aún. Ha tenido una especie de epifanía en el último segundo. Nina no está bien. Lo que le ocurre es un error, un fallo del sistema.

—*Frau* Haas, espere. —Frunce los labios sopesando el impacto de lo que está a punto de decir—. Creo que no debería pasar por esto sola.

Al otro lado de la línea se oye el siseo lento de una exhalación, como el viento que se escapa por la grieta de una ventana.

—¿Y a usted qué más le da? —le espeta con dureza—. Discúlpeme, he sido una maleducada —añade enseguida.

—No pasa nada, tengo una buena coraza. Quince años en la BKA lo hacen a uno muy resistente. —Jamal oye su respiración y quiere pensar que ese último golpe de aire lo ha desencadenado una sonrisa—. Además, tiene toda la razón, no es asunto mío. Es solo que… quería decírselo.

—Le agradezco la preocupación, *Herr Inspektor*. Bueno, no quiero entretenerlo más. Nos vemos mañana, entonces.

Suena a promesa, como un encuentro para el que Jamal ya cuenta las horas, los minutos y los segundos.

—Que descanse, *Frau* Haas.

—Usted también. Buenas noches.

—Buenas noches —repite, como un tonto.

Después de colgar, mira fijamente la pantalla del manos libres, como si este fuera el culpable de la electricidad estática que flota en el ambiente. Y, después, hecho un lío, vacía hasta la última gota de aire de los pulmones y deja caer la frente contra el volante.

—¡Te juro que esto no se lo perdono! —exclama Orhan *Bey* con las cejas hoscas y la boca llena de reproche—. ¡Y ya sabes que yo nunca juro en vano! —concluye, antes de terminarse el *rakı* que le queda en el vaso. Tiene la cara enrojecida por la ira. Las venas de la frente parecen los ríos de un mapa.

—*Sakin ol babaciğim.** Como no te calmes, te va a subir la tensión. A lo mejor le ha pasado algo.

—Si le hubiera pasado algo, ya lo sabríamos. Las malas noticias vuelan. Lo que ocurre es que a tu hermano le importan más sus amigotes que la familia.

—No digas eso, hombre. Seguro que hay una explicación. Volveré a llamarlo.

—Haz lo que quieras, pero pierdes el tiempo.

Orhan *Bey* se levanta de la mesa con la dificultad de la edad combinada con el exceso de alcohol, recoge la olla de *çiğ köfte* que con tanto esmero había preparado y se dirige hacia la cocina tambaleante, dejando por el camino un reguero de imprecaciones en su lengua materna. Jamal aprovecha para marcar por tercera vez el número de su hermano. Le salta el contestador de nuevo.

—¿Dónde te has metido, Kerem? *Baba* está que trina. Llámame en cuanto oigas el mensaje.

Después de colgar, se frota la cara, hastiado. La pregunta vuelve a caer sobre él como una losa, y se le instala por dentro una disonancia nerviosa e incómoda. ¿Y si le ha pasado algo, algo malo de verdad? ¿Y si...? No, de ninguna manera. Pronto desecha la idea por exagerada. La única certeza que tiene es que, gracias a su hermano, la cena, que debería haber honrado la memoria de Adalet Birkan, ha transcurrido entre lamentos y silencios prolongados que ha intentado contrarrestar con charla mundana acerca de algún vecino, las obras de mejora de pavimentación de Kottbusser Tor o el inicio de la Bundesliga.

* Cálmate, papá.

—¿Crees que el Hertha hará algo bueno esta temporada?

—Psé.

—¿No te gusta Pál Dárdai como entrenador?

—Psé.

Y así todo el rato.

Jamal detesta ver sufrir a su padre. Bastante ha padecido ya desde que *anne* murió, hace cinco años. Cuando el cáncer se la arrebató, las cosas comenzaron a torcerse. Puede que Orhan *Bey* fuera la cabeza visible de la familia, pero Adalet *Hanım* era la columna vertebral que sujetaba esa cabeza. A la pena por haber perdido al gran amor de su vida, se añadieron otras vicisitudes, como la dificultad para sacar adelante el negocio o los problemas con Kerem. Orhan *Bey* le había ofrecido un empleo en Los Aromas de Estambul, la pequeña tienda de especias que regenta en el mercado turco de Kreuzberg. «Al menos, media jornada. Tú te encargas de atender a los clientes y yo, de llevar las cuentas y comprar la materia prima. Ahora que tu madre no está, no puedo con todo, me vendría muy bien la ayuda. Y a ti no te iría nada mal aprender un oficio y ganarte un sueldo honradamente, aunque sea modesto». Kerem no solo rechazó la oferta, también se mofó de ella. «¿Y perder el tiempo vendiendo *curry* en un zoco? Pero ¿es que te has vuelto loco? Gracias, pero no. Tengo otros planes».

Qué difícil es enseñar a quien no quiere aprender.

Termina de recoger la mesa. En la cocina, su padre vierte las albóndigas sobrantes en una tartera de plástico con un tenedor.

—No era el plato preferido de tu madre, pero era el que mejor se le daba cocinar. Qué ricas le salían, ¿verdad? —La nostalgia le tiñe la voz.

—Ya lo creo —admite Jamal, mientras se remanga la camisa hasta los codos. Echa un buen chorro de lavavajillas en el estropajo, abre el grifo y comienza a fregar los platos.

—¿Te acuerdas de aquella vez que tu hermano se comió diecisiete de estas del tirón?

—Claro que me acuerdo. El muy idiota se pasó una semana entera sin poder sentarse por culpa de las hemorroides. «*¡Anne,* me ha salido un grano en el culo del tamaño de una aceituna!» —se burla, imitando a Kerem.

Por un instante, las carcajadas de padre e hijo llenan el espacio.

—Sé que mi comida no es tan buena como la que hacía ella, pero ha sobrado mucha. —Se oye un clac; es la tapa de la tartera—. Llévatela a casa, ¿vale? Al menos cenarás en condiciones un par de noches.

—¿No le vas a guardar un plato?

Orhan *Bey* niega con un chasquido de lengua.

—Ni hablar, no se lo merece. Ni siquiera ha tenido la decencia de llamar para avisar de que no venía.

—*Baba,* no seas tan duro.

—Si alguna vez eres padre, me entenderás.

Una sensación de tristeza se apodera de Jamal. Se abstrae viendo cómo fluye el agua antes de colarse por los agujeros del desagüe. Le gustaría ser padre algún día, pero el mundo es un lugar demasiado hostil y la maldad está presente en todas partes. ¿Sería capaz de proteger a un hijo cuando a duras penas puede hacerlo con su hermano? Y luego está la otra parte: no tiene pareja. «Un pequeño detalle sin importancia», piensa con ironía.

Cuando termina de fregar, cierra el grifo y se seca las manos con un paño.

—Kerem está pasando por un momento existencial complicado. Ten paciencia con él, se está buscando a sí mismo.

—Que Alá nos ayude —dice, de manera sarcástica—. Pues más vale que se encuentre rápido si no quiere que un día de estos lo eche a la calle de una patada. Los jóvenes de vuestra generación tenéis la cabeza llena de pájaros. Yo jamás he pasado por nada parecido a una de esas crisis existenciales. ¿Sabes por qué? Porque siempre he trabajado sin descanso, de sol a sol, sin pensar en otra cosa. Cuando tu madre y yo nos fuimos de

Turquía, no teníamos nada salvo nuestras manos. Nada. Todo esto… —Señala a su alrededor—, esta casa, el coche con el que regresábamos cada verano a Estambul, la tienda, vuestra educación, la ropa, los tres platos de comida caliente al día…, nos lo hemos ganado con nuestro trabajo y esfuerzo. Nos hemos sacrificado muchísimo para que no pasarais por las mismas penurias que nosotros. Sé que adoras a tu hermano, pero ese chico es una causa perdida. Así que no lo justifiques, Jamal; tú no. Dime, ¿qué excusa puede tener para lo que ha hecho? Hoy es el cumpleaños de vuestra madre. ¿Cómo es posible que se haya olvidado de ella tan pronto cuando yo todavía siento que está aquí? Yo… —Se frota la cara, agotado, y exhala—. Su ausencia es una muerte en vida para mí. No sé cómo soportaré el tiempo que me queda hasta reunirme con ella. *Allah ruhuma merhamet etsin.**

Jamal observa el rostro fatigado de su padre y se pregunta en qué momento ha envejecido tanto. ¿Cuándo se le ha puesto el pelo blanco y por qué él no se ha dado cuenta? Aunque sabe que es absurdo, siente que el paso del tiempo es una pequeña traición al niño que un día fue.

—Nadie se ha olvidado de *anne,* te lo garantizo —trata de reconfortarlo—. Y ahora, tú y yo vamos a volver al salón, a poner su disco de Özdemir Erdoğan favorito y a beber en su honor hasta que no quede una sola gota de *rakı* en la botella. *Tamam?*

Orhan *Bey* asiente en silencio. En ese instante, el cansancio y las preocupaciones de Jamal pasan a un segundo plano porque lo que convierte a dos hombres en padre e hijo no es el vínculo de sangre, sino el corazón. Dicen que no somos más que hojas que el viento levanta, hace flotar en el aire y, después del baile, devuelve al suelo.

---

* Que Alá se apiade de mi alma.

10. Nina

20 de agosto de 2015
Central de la BKA en Berlín
Distrito de Treptow-Köpenick

El ascensor tarda una eternidad en completar el recorrido. Solo son cuatro pisos, pero la cabina avanza con lentitud. Las puertas de acordeón se abren por fin. Nina entra en un pasillo enmoquetado que se bifurca en dos direcciones. Unos grandes espacios abiertos, protegidos por barandillas, se asoman al atrio, en la planta baja del moderno y majestuoso edificio, desplegado radialmente como una estrella. Lo observa todo con curiosidad. Una sensación de vértigo en el estómago la lleva a aferrarse a su bolso con fuerza. Por el camino se choca con alguien. La acreditación que le han entregado tras el control de metales se le cae al suelo. La recoge y continúa su camino. Nota algo parecido a un aleteo en los oídos, como el de una avispa irritante. Está nerviosa. Es la primera vez en su vida que tiene que prestar declaración y va a hacerlo, nada más y nada menos, que en la Oficina Federal de la Policía Criminal. Por un asunto de terrorismo relacionado con su marido, que está en coma. ¿Cómo es posible que una vida pueda cambiar tanto en solo unas pocas horas? Hay algo más que la inquieta, aunque se niegue a reconocerlo: ver de nuevo a Jamal Birkan y enfrentarse a su mirada. Sobre todo, después de esa conversación telefónica tan extraña. Diría que llegó a ponerse… ¿íntima? No, íntima no, pero puede que algo privada sí. Demasiado para dos personas que apenas se conocen.

Al final del pasillo, se topa con una recepcionista que lleva puestos unos auriculares de teleoperadora. Está sentada frente al ordenador detrás de un gran mostrador y la luz de la pantalla se le refleja en las gafas.

—Buenos días. Vengo a ver a Jamal Birkan. Soy Nina Haas —aclara—. ¿Necesita algún tipo de identificación o...?

—Un momento, por favor. —La recepcionista marca un número de teléfono de forma mecánica y anuncia—: *Herr Inspektor,* ha llegado su visita. Claro, cómo no.

Cuelga y le indica que espere en los bancos de madera que hay frente al mostrador. Un chico pelirrojo de nariz pecosa y edad imprecisa que se presenta como el *Spezialagent* Ulrich Grimmel aparece enseguida. Lleva unas modernas gafas de pasta transparente y una camiseta de color verde con el mensaje «Go vegan». A Nina le sorprende su aspecto, muy informal para tratarse de un agente de la BKA. Siempre había creído que los policías federales eran tipos serios y trajeados que hablaban en código, como en las películas. Ahora tiene la certeza de que ficción y realidad son muy distintas. Lo sigue por un pasillo en el que se suceden, separados por mamparas de cristal, docenas de cubículos ocupados por personas concentradas en sus monitores. Un sonido persistente de teclas y clics llena el espacio, que huele a una mezcla de ambientador y a los cables calientes de los servidores. Tuercen a la derecha. Al poco, se detienen frente a una puerta junto a la que hay un cartel que reza «Sala de Interrogatorios III». Un escalofrío le recorre la columna vertebral. El *Spezialagent* la invita a pasar. Las paredes de la sala son de cristal polarizado y en el centro hay una mesa y tres sillas de tubo de acero. Una será para ella. Las otras dos, para sus interrogadores. También hay una cámara encima de un trípode, colocada de forma estratégica al otro lado de la mesa, el lado de los «buenos».

—Siéntese, por favor. El *Inspektor* Birkan no tardará en llegar. ¿Quiere tomar algo? ¿Café, té, agua?

—Estoy bien, gracias.

El *Spezialagent* Grimmel se marcha y Nina se queda sola. Los segundos pesan, convierten el aire en plomo. Aprieta el bolso contra el pecho y comienza a mover una pierna, que descansa sobre la planta del pie, en un tic inconsciente. Ve su imagen de cervatillo asustado reflejada en el cristal y no puede evitar preguntarse si él la estará observando. El pensamiento la trastorna. Centra la vista en el fluorescente del techo, que otorga al espacio una iluminación fría e impersonal. Tras unos minutos que se le antojan eternos, la puerta se abre. Nina se incorpora en cuanto ve al inspector, que lleva una carpeta en la mano. Camisa verde militar, vaqueros desgastados y ese perturbador aire salvaje. No recordaba que fuera tan alto. Ni tan fuerte. Ni que oliera tan bien. Lo acompaña la *Spezialagent* Frida Bauer, vestida de riguroso negro. El destello del metal del *piercing* le otorga una apariencia amenazante.

—Buenos días, *Frau* Haas. Gracias por venir —dice Jamal, y le extiende la mano libre.

Una mano proporcionada, masculina, impecable. Cuando la piel cálida del hombre toca la suya, la atraviesa una incómoda descarga eléctrica; un temblor que lucha por disimular, y, con rapidez, suelta la mano.

—No me han dejado alternativa.

Frida, que ni siquiera se ha molestado en saludarla, se ríe de forma presuntuosa y le dirige una mirada de desprecio.

El poli malo.

—¿Cómo se encuentra su marido? —se interesa él, quizá solo por cortesía.

—Sigue en estado crítico.

—¿Y usted?

—Un poco nerviosa.

Jamal le regala una sonrisa preciosa, y Nina tiene la impresión de que la mira como si quisiera abrazarla.

—Es normal, pero no tiene por qué preocuparse. Le garantizo que todo irá bien si coopera con nosotros.

El poli bueno.

Su colega carraspea de forma sonora.

—¿Podemos empezar ya?

—Claro. Por favor, tome asiento. —Jamal hace lo propio. Deposita la carpeta sobre la mesa y enciende la cámara—. Iniciando el interrogatorio a la testigo a las... —Consulta su llamativo reloj de acero—... 10:40. *Frau* Haas, primero le haremos una serie de preguntas de rigor. Limítese a contestar sí o no, ¿lo ha entendido?

Nina asiente.

—Debe decirlo en voz alta —la apremia Frida.

—Sí, lo he entendido.

—Bien. —Jamal abre la carpeta y hojea los documentos en el interior—. ¿Se llama usted Nina Marie Haas?

—Sí.

—¿Está casada con Klaus Wolfgang Haas?

—Sí.

—¿Puede certificar que ha nacido en Alemania, que tiene nacionalidad alemana y que sabe leer, escribir y hablar el alemán?

—Sí.

El inspector levanta la vista de los papeles y, como si recitase de memoria, dice:

—*Frau* Haas, sepa que comparece usted en calidad de testigo y que está obligada a prestar testimonio veraz o, de lo contrario, puede ser objeto de imputación penal. A tal efecto, le comunico que la presente toma de declaración, con fecha del 20 de agosto de 2015, está siendo grabada y que, posteriormente, se añadirá al atestado en calidad de prueba, si hubiera un procedimiento judicial. —Pausa—. ¿Lo ha comprendido?

Nina traga saliva para aclararse la garganta; todo ese lenguaje jurídico le ha dejado una sensación de malestar.

—Que si lo ha comprendido —la presiona Frida, lo que provoca que él le dirija una discreta mirada reprobatoria.

—Sí, señora.

Jamal cierra la carpeta y la deja a un lado. Se arremanga la camisa hasta los codos y cruza las manos sobre la mesa. Nina se fija en la cicatriz que tiene en el musculoso antebrazo izquierdo y en las pulseras de cuero y plata de la muñeca.

—*Frau* Haas, ¿cuándo vio a su marido por última vez, antes de que se produjera el accidente?

—Ya se lo dije ayer en el hospital.

—No importa, díganoslo otra vez.

—Por la mañana. Desayunamos juntos y después se fue a trabajar.

—¿A qué se dedica?

—Es contable en un bufete de abogados de Mitte, Brinkerhoff y Asociados.

—¿De qué hablaron en esa conversación?

—De trivialidades, supongo.

Frida enarca las cejas con aire de incredulidad.

—¿Supone? O sea, que no se acuerda.

—Pues no, no me acuerdo. ¿Acaso es un delito? Soy enfermera de urgencias, ¿sabe?

—¿Y? ¿Pretende impresionarme?

—No, por supuesto que no. Solo digo que, en mi profesión, trato con docenas de personas a diario, y cada una tiene una historia y...

—Vale. La he entendido —la interrumpe.

Su actitud con ella es incomprensiblemente agresiva. No le extrañaría nada que, de un momento a otro, colocara la silla del revés, pusiera los brazos en el respaldo y la estudiase en silencio como un depredador que espera paciente el momento idóneo para asaltar a su presa.

—¿Qué hizo usted cuando se marchó su marido? —prosigue Jamal.

—Fui a clase de yoga y después, al hospital; trabajo en el turno de tarde. Bueno —frunce el ceño—, antes comí algo rápido en el Wilmersdorfer Arcaden. Seguro que todavía tengo el recibo, si quieren comprobarlo.

—No hace falta —la disuade él, con un gesto de la mano, y sus pulseras se agitan—. Ayer dijo que su marido le había enviado un mensaje alrededor de las ocho diciéndole que iba a salir con Andreas.

—Maximilian Bachmann, para los amigos —puntualiza Frida.

—¿No decía nada más?

—No —musita, a la vez que desvía la vista. Le avergüenza admitir que las últimas palabras que le dirigió Klaus fueron bastante desagradables.

—¿Sería tan amable de enseñárnoslo?

Nina abre el bolso y saca el móvil. Busca la conversación bajo el atento escrutinio de Frida, que no le quita ojo de encima, y se la muestra a los policías.

—Que conste en la grabación —anuncia Jamal. Y a continuación, lee en voz alta—: «No me esperes despierta. Voy a salir con Andreas». «Vale, pero no cojas el coche si piensas beber más de la cuenta». «Pero ¿qué te crees? ¿Que soy un crío que necesita que le digan lo que debe hacer? Y, para tu información, he dejado el puto coche en el garaje». —Silencio—. Gracias, ya puede guardar el móvil. —Algo ha cambiado en el tono de su voz, aunque Nina no sabría determinar qué. Cierra los ojos un instante y se masajea el puente de la nariz mientras exhala, como si quisiera aliviar la tensión—. Dígame una cosa, *Frau* Haas. ¿Siempre la trata así?

Aquello la toma desprevenida. Abre la boca para contestar, pero no lo hace. No puede, tiene el corazón atrapado en la garganta.

—Olvídelo. La pregunta no procedía.

—Para que conste, la testigo no la ha respondido —apunta Frida.

—Volvamos a la relación de su marido con Bachmann. ¿Dónde se conocieron?

—En el gimnasio. O, al menos, eso me contó Klaus.

—¿En cuál?

Se encoge de hombros.

—Ni idea.

—¿No sabe a qué gimnasio va su marido? —inquiere Frida—. Vaya, tienen ustedes una relación de lo más peculiar.

—Klaus es muy reservado con sus cosas, apenas me cuenta nada. Solo puedo decirles que, poco después de mudarnos a Berlín, me comentó que se había apuntado a uno.

—Ya. ¿Y usted no preguntó?

—No, no lo hice. A Klaus no le gusta que lo presionen.

—Sí, eso nos ha quedado bastante claro —murmura la *Spezialagent* Bauer.

Jamal se coloca un tupido mechón suelto detrás de la oreja y Nina se sorprende a sí misma tratando de averiguar la tonalidad exacta de su pelo, que oscila entre el castaño y el rojizo. «¿Cómo le quedará cuando lo lleve suelto? Me encantaría verlo», piensa.

—¿Con qué frecuencia va a ese gimnasio?

—Al principio, solo un par de veces a la semana. Luego conoció a ese hombre y se aficionó a las pesas.

—Entiendo —concede Jamal. Acto seguido, intercambia una mirada con su compañera que a Nina no le pasa desapercibida—. ¿Qué más hacían juntos? ¿Alguna otra afición, que usted sepa? ¿Combates de boxeo? ¿Peleas de gallos?

—No sabría decirle, *Herr Inspektor*. Salían muchas noches, pero Klaus nunca me contaba adónde iban ni qué hacían. De todos modos, mi marido no es la clase de hombre que participaría en una apuesta ilegal ni nada por el estilo.

Frida cruza las manos por detrás de la cabeza en actitud chulesca, se reclina en la silla y esboza una sonrisa maligna.

—No se ofenda, señora, pero no parece que conozca al hombre con el que lleva... ¿cuánto tiempo?

—Ocho años.

—Vaya. Se casó usted joven. Debía de estar muy enamorada. ¿Todavía lo está?

—No entiendo adónde quiere llegar, *Spezialagent* Bauer.

—Pues es muy fácil, *Frau* Haas. —Su tono ha adquirido un repentino matiz acerado. Se acerca a Nina y la desafía con la mirada—. Quiero saber si está usted lo bastante enamorada como para esconder la mierda de su marido.

—Yo no sé nada de los asuntos de Klaus.

—Eso es lo mismo que suelen decir los familiares de los yihadistas cuando la BKA los interroga después de un atentado. Sea razonable, *Frau* Haas. ¿De verdad espera que nos traguemos que ese maltratador llevaba una doble vida sin que usted lo supiera?

—Oiga, no tiene ningún derecho a hablar así. Él no es ningún… —Se muerde el labio y agacha la cabeza, compungida—… maltratador —dice al fin en voz muy baja.

—Debo pedirle que hable más alto.

Nina percibe la mirada gélida de Frida Bauer y hace un gran esfuerzo para no perder el aplomo.

—He dicho que mi marido no es un maltratador.

—Ya. Y supongo que tampoco le ha sido infiel nunca, ¿verdad? Klaus Haas es un jodido dechado de virtudes. El puñetero ciudadano del mes. ¿Me explica entonces qué cojones hacía en un coche robado con el terrorista más buscado de Alemania?

—Calma, Bauer —le exige Jamal.

Pero ella sigue presionándola.

—¿Qué opina su virtuoso marido sobre el Holocausto?

—¿Cómo?

—Me ha oído perfectamente. ¿Diría que es un negacionista?

—Bauer…

—¿Y sobre los *kanacks*? ¿Qué opinión le merecen los turcos, los árabes y los persas de la periferia de Berlín? No me diga que tampoco lo sabe. Bueno, no se preocupe, pronto descubrirá la clase de escoria con la que ha convivido durante ocho años.

—¡Bauer! —El rostro de Jamal se contorsiona en una mueca de crispación y su voz es mucho más áspera que antes—. Fuera. Ahora.

—Todavía no he terminado —protesta, con el tono rebelde de quien no está de acuerdo con la orden de un superior.

Él resopla de pura exasperación y se frota la barba con la mano. Echa un vistazo al reloj y anuncia:

—Interrogatorio pausado a las 11:27. Salga, Bauer —le ordena. Ella se queda paralizada con la boca medio abierta, congelada en un sonido vocálico. Él insiste—: Bauer, obedezca. Ya.

Ha sonado tan tajante que Frida no tiene más remedio que acatar la orden. Así son las cosas. Se levanta, abre la puerta con ademán hosco y abandona la sala, no sin antes fulminar a Nina con una mirada rebosante de hostilidad. Una ráfaga de viento se cuela desde el exterior y refresca el ambiente, demasiado cargado en ese instante.

—Vuelvo enseguida, *Frau* Haas —se excusa Jamal, después de apagar la cámara.

Nina percibe un brillo de empatía en sus bonitos ojos color miel. Entonces, una chispa de certidumbre se le aviva en el centro del pecho: él sí está de su parte.

11. Jamal

20 de agosto de 2015
Central de la BKA en Berlín
Distrito de Treptow-Köpenick

Las tres normas básicas de un interrogatorio son:

1) No formular preguntas capciosas que comprometan al sujeto o lo hagan caer en una trampa.

2) Tantear al sujeto con cuidado. El miedo puede hacer que cuente todo lo que sabe para protegerse, pero también que se cierre en banda y no esté dispuesto a decir nada.

3) No llevarlo al terreno personal. El objetivo es que el sujeto proporcione toda la información posible, no convertir el interrogatorio en un duelo de voluntades.

O lo que es lo mismo:

1) Sagacidad.

2) Habilidad.

3) Inteligencia.

—¡Te has saltado todas las normas, una por una! —brama Jamal.

Por suerte, las paredes de la sala de observación están insonorizadas. Otro, en su lugar, no habría tenido inconveniente en ponerse a gritar en mitad del pasillo, pero él es bastante más considerado que la mayoría. El cincuenta por ciento del trabajo de un *Kriminalinspektor* consiste en saber gestionar a los que están por debajo, y para eso hay que tener mano izquierda. Birkan no es un tipo duro en el sentido clásico de la palabra, aunque su aspecto físico y su posición en la jerarquía policial induzcan a pensar lo contrario. Pero sí es profesional. Y la profesionalidad no tiene nada que ver con humillar a un subordinado en público. Por eso, nada más salir del interrogatorio, ha abierto la puerta de la sala contigua y ha sustituido las ganas de empujar a Frida hacia dentro por un gesto indicativo.

—Cálmate, ¿quieres? Íbamos por buen camino hasta que te has ablandado. Si me hubieras dejado cinco minutos más con esa mosquita muerta, habría cantado, créeme.

—Mírala bien, Frida. —Señala el cristal tintado—. ¿De verdad piensas que esa chica es cómplice de terrorismo?

—En una investigación policial hay que saber diferenciar entre hechos, opiniones y suposiciones; es lo primero que te enseñan en la Academia.

—Déjate de rollos. La testigo estaba cooperando, no hacía falta intimidarla.

—Solo la he sometido a un poco de presión razonable, nada más.

—Y una mierda. ¿Has pensado en qué pasaría si presentara una queja? ¿Lo has pensado? No, claro que no. —Sube el tono una octava—. ¡Porque Robocop nunca piensa! ¡Robocop solo actúa!

—No va a presentar ninguna queja, estoy convencida.

—Ah, ¿no? ¿Y cómo puedes estar tan segura?

—Igual que lo estás tú de que no sabe nada, a pesar de que no hay una sola prueba que la exculpe.

—Ni tampoco que la incrimine. Así que, mientras no se demuestre lo contrario, Nina Haas no es sospechosa.

—Te basas en su testimonio, aunque sabes de sobra que podría ser falso. ¿Qué pruebas tienes de que no está encubriendo a su marido? Ya sabes lo que dicen: «Si diez personas cenan con un nazi, hay once nazis a la mesa». Que ese montón de mierda no la tratara como es debido no significa que ella no crea que le debe lealtad. En fin —añade, y frunce los labios con desdén—, ya veremos si sigues pensando lo mismo después de que hayamos registrado el domicilio.

—Mira, Frida. Llevo quince años haciendo este trabajo. Quince. Me he equivocado muchas veces, más de las que quisiera, lo admito. Pero, en esta ocasión, confío en mi instinto.

Puede que eso no sea lo que cabría esperar de un investigador curtido como Jamal Birkan, que planifica cada operación al milímetro y calcula cada paso y cada movimiento con sigilo. Sin embargo, es lo que siente.

Entonces, su compañera lanza un bufido de indignación, cruza los brazos y lo fulmina con una mirada de reproche.

—El instinto, claro. Tú, que alardeas de ser el tipo más racional del mundo. —Deja escapar una risita sarcástica—. A lo mejor es que quieres tirártela.

Jamal arquea las cejas durante un instante y la observa incrédulo. Las palabras que acaba de pronunciar le resultan inverosímiles.

—¿Qué has dicho?

—Ya me has oído —responde ella, adoptando una actitud de confrontación—. ¿Crees que no me he dado cuenta de cómo la miras? Reconócelo: te encantaría metérsela. Me paso por el forro tu olfato de policía y tus quince años de experiencia, Jamal. Estás pensando con la polla y esta mierda es muy seria. Otro en tu lugar le habría puesto un seguimiento las veinticuatro horas, como mínimo. En cambio, ¿tú qué haces? Jugar a deshojar la margarita mientras el cretino del juez Von Wiebel se decide a emitir la orden de registro —se burla, con una voz empalagosa—. Joder, es ridículo.

Jamal soporta el chaparrón como puede, aunque sabe que, en cuestión de segundos, la rabia se apoderará de él. Ha tratado de contenerla con los puños, la garganta y los dientes apretados, pero no ha sido suficiente porque su paciencia no es infinita y hay límites que no se deberían traspasar nunca.

—Te has pasado de la raya —espeta. El tono es escalofriante.

—Soy tu amiga, creo que tengo derecho a decirte lo que pienso.

—No, Frida, no lo tienes. Y te aconsejo que no digas una sola palabra más o se volverá en tu contra.

Las líneas del rostro de Frida se contorsionan en una mueca de horror.

—Pero Jamal...

—¡Que cierres la puta boca! —exclama. Los tendones del cuello se le tensan—. Si tienes algún problema con mi forma de llevar la investigación, puedes pedirle a Müller que te asigne a otro departamento. Seguro que a Kowalski le encantaría contar con un activo como tú en la Dos. —Wladislaw Kowalski, jefe de la Unidad de Lucha contra el Terrorismo Yihadista y un lameculos de primera que nunca asume su responsabilidad cuando se equivoca—. ¿Es lo que quieres?

—Claro que no. Mi sitio es este, contigo. Ya sabes que yo... —Desvía la mirada y se muerde el *piercing* del labio con nerviosismo—... te aprecio.

Ve en los ojos de Frida un destello de vulnerabilidad que rara vez exhibe. Es evidente que uno nunca conoce del todo a quienes lo rodean y que lo único que sabe de las personas es que son condenadamente impredecibles. La estudia con el ceño fruncido y descubre lo innegable: la amistad que los une es el talón de Aquiles de Frida Bauer. En ese momento, siente una leve punzada de culpabilidad. No obstante, flaquear ahora sería un grave error. Un buen policía nunca deja que lo controlen las emociones.

Así que aparca lo personal y se centra en lo profesional para concluir que:

—Por muy amigos que seamos, no puedes hablarme como te dé la gana. Es una cuestión de respeto y obediencia jerárquica. Vuelve a dirigirte a mí en esos términos y haré que te sancionen por una falta de conducta grave y uso de lenguaje ofensivo hacia un superior.

—Pero si lo haces, me suspenderán y me citarán para una vista disciplinaria.

—Pues no me obligues a tomar medidas. ¿Me he expresado con claridad, *Spezialagent?* —Frida aprieta los dientes con rabia y Jamal insiste, esta vez con un tono aún más severo—. No te oigo, Frida.

—Sí, maldita sea.

—Bien. Ahora vete y averigua a qué gimnasio iban esos dos.

—¿Y el interrogatorio?

—Yo me encargo.

Frida asiente con resignación y abandona la sala.

Jamal expulsa todo el aire de los pulmones. Necesita un momento a solas antes de retomar el interrogatorio. Está demasiado dolido, demasiado enfadado. Pero ¿por qué, exactamente? ¿Qué es lo que le cabrea tanto? ¿Que lo acusen de ser poco profesional o que lo que le provoca esa mujer sea tan evidente? Sería muy peligroso que alguien más se diera cuenta de que Nina Haas no lo deja indiferente, esa es una línea que no se debe cruzar jamás. Entre suspiros, la observa a través del cristal polarizado y coloca la mano sobre la superficie, como si quisiera tocarla. Repasa con los dedos las líneas cóncavas del hueco de su garganta y desliza las yemas unos milímetros en dirección descendente.

Hacia su escote. Es la antesala de unos pechos perfectos, pequeños y redondos como un par de albaricoques.

Una imagen le atraviesa la mente como un rayo y toda lógica posible desaparece. Se ve a sí mismo entrando con ímpetu en la sala contigua, tomándola en brazos, arrancándole la ropa con sus propias manos y follándosela sobre la mesa. Pero antes de llegar a eso, la besaría de un modo arrollador, como sabe que nunca la ha besado el bastardo de su marido. Y en ese instante no habría ningún tipo de dudas, arrepentimientos ni problemas. No habría motivo para no seguir besándola hasta que se le secara la boca.

Pero los hay.

Hay un millón de razones por las que debería borrar esa imagen de la cabeza y centrarse, pero parece que su desbordante —y muy gráfica— imaginación tiene otros planes para él.

Ponérsela dura, por ejemplo.

—Me cago en la puta —masculla.

Exasperado, se frota los ojos mientras su cerebro se acelera e intenta pensar con claridad. Respira hondo y se rehace el moño para mantener las manos ocupadas. Cuando recupera el control sobre sí mismo, se sirve un vaso de agua del dispensador que hay junto a la puerta, al lado de un cartel que indica el procedimiento a seguir en caso de incendio, y se lo bebe de un trago. Después, lo tira a la papelera. Antes de salir, llena otro para ella.

Son esos pequeños detalles los que marcan la diferencia.

De vuelta en la Sala de Interrogatorios III, Nina le calienta el corazón con su tímida sonrisa de agradecimiento. Bebe deprisa, tenía sed. Al acabar, se seca delicadamente la boca con el dorso de la mano y a él le parece adorable.

—¿Su compañera tiene algún problema conmigo o se comporta así con todo el mundo?

—Por favor, no se lo tome como algo personal. Lamento que haya perdido los papeles, pero le aseguro que es una buena policía.

—Creo que lo prefiero a usted.

Jamal hace un gran esfuerzo para reprimir la sonrisa de satisfacción que sus labios amenazan con dibujar. Enciende la cámara y se sienta.

—El interrogatorio a la testigo se reanuda a las 11:45. *Frau* Haas, ayer aseguró haber visto a Bachmann, al que usted conocía como Andreas, en una ocasión. ¿Recuerda cuándo tuvo lugar?

—No lo sé exactamente, pero no hace mucho.

—¿Y cómo fue?

—Breve. Una tarde vino a casa a buscar a Klaus. Mi marido estaba en la ducha, así que lo invité a pasar. Él dijo que prefería esperar en la puerta, parecía que quería evitar el contacto conmigo a toda costa. Al cabo de un rato, se marcharon y eso fue todo.

—Su marido y usted se mudaron a Berlín hace unos meses, ¿verdad?

—Sí. Digamos que necesitábamos un cambio de aires.

—¿Por qué?

El suspiro de Nina es sonoro.

—Es complicado —musita. Aparta la vista y la centra en sus delicadas manos, recogidas sobre la mesa.

Jamal se fija en cómo juguetea con su anillo de casada. Intuye que lo hace porque está nerviosa y decide no seguir por ese camino. No quiere presionarla más. Es evidente que hay algo oscuro en su vida, algo que carga a cuestas como una bandeja llena de bebidas calientes que debe llevar de un lado a otro sin derramar. De ahí ese aire de melancolía perpetua que la acompaña en todo momento como una sombra.

—¿Ha notado algún cambio en el comportamiento de su marido desde que viven en Berlín?

La mirada se le oscurece. Un gesto de gravedad se le dibuja en el semblante, como si estuviera a punto de hacer una confesión.

—*Inspektor* Birkan, con respecto a lo que dijo antes la *Spezialagent* Bauer sobre las creencias de Klaus… Verá, él… digamos que siente un profundo desprecio por las personas con orígenes distintos.

Parece avergonzada.

—¿Quiere decir que es un xenófobo?

—Sí. Pero eso no lo convierte en cómplice de terrorismo, ¿verdad?

Le gustaría decirle que está convencido en un noventa por ciento de que ese gusano está de mierda hasta el cuello, pero no quiere ser tan duro con ella, por lo que decide ser más diplomático y responde:

—Me temo que, hasta que no se despejen todas las incógnitas, cualquier hipótesis es plausible. ¿Cuáles son sus inclinaciones políticas?

—Creo que tiene intención de votar a la AfD.

Ahora que empieza a perfilar la identidad de Klaus Haas, no le sorprende que ese cretino se sienta representado por el partido ultraderechista más exitoso de la historia de la República Federal.

—¿Y usted? —Jamal observa cómo la expresión de su rostro angelical se endurece de forma súbita en un gesto de clara consternación. Las pupilas le brillan de pura rabia.

—Le aseguro que mi forma de entender el mundo es radicalmente opuesta a la de Klaus.

Por un momento, Jamal prescinde de la lógica, la precaución y las defensas y afirma:

—Usted no tiene nada que ver con él.

De pronto, observa en la expresión que adoptan esos hermosos ojos azules un destello de reconocimiento alarmado, una colisión vertiginosa y precipitada. La mirada de una mujer que ama es fácil de reconocer y, desde luego, no es la suya. La de Nina es demasiado melancólica, demasiado imprecisa. Es la mirada de alguien que necesita huir, pero no se atreve a hacerlo. O quizá no puede. Jamal no lo sabe y tampoco quiere saberlo, no es su problema. Mentira, sí que quiere, claro que quiere. En ese momento, siente el mismo vértigo que quien se sienta sobre el alféizar de la ventana de un rascacielos. *Melek yüz* es como una cima que se vislumbra entre la niebla: lejana y difícil de alcanzar, pero imposible renunciar a ella.

Carraspea y se acomoda en la silla para resistir el impulso de cometer alguna estupidez.

—¿Cree que su marido conocía o participaba de algún modo en las actividades delictivas de Maximilian Bachmann? Por favor, piense bien la respuesta, *Frau* Haas. No se precipite.

Nina niega de manera casi imperceptible.

—Klaus será muchas cosas, pero no es un terrorista —afirma. Sin embargo, su actitud no se corresponde con sus palabras. Es cautelosa y Jamal percibe un leve atisbo de duda. Es la imagen de una persona que se debate entre dos lealtades: una, hacia sí misma y sus propios principios morales; otra, hacia su marido. Traga saliva y añade—: Y yo tampoco, *Inspektor* Birkan.

—Lo sé.

—¿Me cree?

Le sostiene la mirada antes de responder.

—La creo.

Intercambian una sonrisa breve pero amable que lleva implícito un reconocimiento. Después, Jamal da por concluido el interrogatorio.

«*Günaydın oğlum.** Solo quería avisarte de que tu hermano llegó de una pieza anoche. Dice que ha perdido el móvil, así que no te molestes en llamarlo. También dice que no vino a cenar porque estaba con *alguien*. ¿Crees que ha vuelto con Öykü? No es que vaya a perdonarlo por faltar al aniversario de vuestra madre, pero me quedaría más tranquilo si supiera que está con ella y no por ahí, haciendo Alá sabe qué. En fin, llámame cuando tengas un momento. *Kolay gelsin*».†

Jamal exhala, cuelga y guarda el móvil en la taquilla, con el resto de sus cosas. Su padre le ha dejado ese mensaje en el buzón de voz a primera hora de la mañana, pero, ahora mismo, los problemas familiares no son su prioridad. Está muy cansado para lidiar con las mentiras de Kerem y su falta de compromiso. Si llama a su padre, acabará contándole que su hijo menor es un camello de poca monta, y no es el mejor momento para hablar de eso, si es que alguno lo es. Acusa un nivel de estrés tan elevado que, en esta ocasión, decide que un solo cargador de quince cartuchos no será suficiente. Necesita al menos dos. No ha ido a la galería de tiro a practicar, sino a soltar lastre.

No hay nada mejor que disparar para relajarse.

* Buenos días, hijo.

† Que te sea leve.

El ambiente está cargado de olor a pólvora y a Ballistol. En la pista asignada, cierra la puerta, se pone los cascos y las gafas de protección y carga la SIG Sauer. Le gusta notar en sus manos el acero, suave y a la vez indestructible. Por algo dicen que el arma es la prolongación de los brazos de un policía. Acto seguido, se coloca en posición de combate. Cuando apunta al objetivo, a diez metros de distancia, un impulso de violencia y desesperación que lo devora todo se adueña de Jamal. No puede luchar contra él y tampoco quiere.

Por todo.

La investigación.

La discusión con Frida.

Kerem.

Y ella.

Sí, maldita sea. Sobre todo, por ella, que ha entrado en su vida como una apisonadora.

Tras acompañarla a la salida después del interrogatorio, escuchó sin querer cómo varios de sus hombres hablaban de la cantidad de cosas distintas que consideraban que Nina podría hacer con la boca. «¿Y qué me decís de las tetas? Pequeñas, pero bien puestas. Seguro que esa monada también tiene el coñito prieto y bien depilado», comentó uno de ellos. A Jamal se le tensó la mandíbula y le rechinaron los dientes. En ese instante, fantaseó con la idea de patearles la cabeza uno a uno hasta dejársela de la misma consistencia que el papel de periódico mojado. Que lo condenen si no lo hubiera hecho. Por suerte para todos, se limitó a espetarles un irónico «¿Queréis que os traiga unas cervezas y os ponéis cómodos, chicos?» que sirvió para que esos capullos cuadraran los hombros y volvieran al trabajo. No se enorgullece de haberlo pensado. Él no es como esos tipos violentos que no conocen los límites; lo que sucede es que detesta que se refieran a una mujer como si fuera un pedazo de carne. ¿Es que acaso no tienen madre? ¿O hermanas? Y Nina…, bueno, Nina le mueve algo por dentro. No sabe qué ni en qué medida, pero, sea lo que sea, está ahí, desplazándose de la garganta al pecho y del pecho al estómago cada vez que la tiene delante.

Entonces, la oscuridad comienza a absorberlo. Es el momento de apretar el gatillo y disparar. Una oleada de electricidad le recorre hasta el último átomo del cuerpo cuando la primera bala abandona el cañón en dirección al blanco y sigue disparando hasta agotar la munición. Cada proyectil tiene el mismo nombre, el mismo rostro, y el sonido de los casquillos al caer y golpear el suelo le proporciona una irracional onda de frescor que va y viene y lo atraviesa desde la coronilla hasta la punta de los dedos de los pies.

12. Nina

21 de agosto de 2015
Distrito de Charlottenburg, Berlín

Ni siquiera está vestida cuando suena el timbre; hace poco que se ha levantado. Se pone la bata blanca de seda encima del minúsculo camisón y se la anuda a la cintura. Intuye que será *Herr* Mayer, el encargado del mantenimiento del edificio, un anciano entrañable al que le quedan unos pocos meses para jubilarse. Antes, mientras preparaba el café, ha oído el ruido del cortacésped por la ventana de la cocina. Es posible que haya llamado a la puerta de los Haas porque necesita algo y ellos son los únicos vecinos de todo el edificio que no están de vacaciones, así que abre sin mirar.

Error.

De entre todas las personas que podrían llamar a su puerta un día cualquiera a primera hora de la mañana, Jamal Birkan es la última que esperaba encontrarse. Pero ahí está, tras unas gafas de sol oscuras que le confieren una atractiva apariencia de tipo duro. Se habría alegrado de verlo si no fuera porque lo siguen media docena de hombres igual de intimidantes.

Nina frunce el ceño.

—¿Qué ocurre, *Herr Inspektor* Birkan?

—Buenos días, *Frau* Haas. Traigo una orden judicial para entrar en su domicilio y registrarlo. —Jamal le muestra un documento, pero lo único que consigue apreciar antes de que lo doble en cuarto partes y se lo guarde en el bolsillo es el sello oficial del Ministerio Federal de Justicia sobre el membrete—. Déjenos pasar, por favor.

—¿De verdad es necesario? —replica, perpleja—. No sé qué espera encontrar en mi casa. Mi marido y yo somos buenos ciudadanos.

Jamal se quita las gafas de sol y sonríe con indulgencia.

—Trataremos de causarle las menores molestias posibles, se lo aseguro.

Ella suspira con aire de derrota y se hace a un lado para dejar paso a la comitiva, que entra con rapidez en la vivienda. El inspector va acompañado de cuatro policías de paisano pertrechados con chalecos reflectantes y un tipo con pinta de funcionario desabrido que lleva peinado en una espantosa cortinilla el poco pelo que le queda. Dos agentes de uniforme permanecen frente a la puerta para vigilar. El hecho de que no haya vecinos en el edificio consuela a Nina, que se siente aliviada al saber que no hay testigos de su desgracia, por lo que no tendrá que soportar murmullos ni miradas recelosas. No le gusta llamar la atención. En general, prefiere que nadie hable de ella.

A la incomodidad propia de la situación se le suma otra que no hace más que acentuar la anterior: esa dichosa bata de seda es tan corta que deja demasiada piel a la vista.

—¿Podría ir a ponerme algo más presentable, por lo menos?

—Me temo que debe quedarse aquí conmigo, *Frau* Haas. A no ser que quiera que la acompañe a vestirse, claro. —Jamal remata la frase con una mirada tan intensa que Nina no puede evitar sentirse desnuda.

El escalofrío es instantáneo, un hormigueo le recorre la piel.

—No es necesario, gracias.

—Eso suponía—. Una leve mueca de sonrisa le curva los labios—. ¿Hay alguien más en la casa? —indaga, mientras se coloca un par de guantes de látex. Ella niega con la cabeza—. ¿Cuántas habitaciones hay?

—Dos. El dormitorio y un estudio.

—¿Cuartos de baño?

—Solo uno.

—Bien. Vamos.

En el salón, asiste horrorizada a una invasión de su intimidad sin precedentes. Mientras uno de los policías mueve el sofá, otro revuelve las estanterías y otro profana cajones, desencadenando una lluvia de papeles que inunda la moqueta. Son muchas las sensaciones que le trepan por la garganta: rabia, confusión, dolor, bilis. Todas tan amargas que siente la irremediable necesidad de echarse a llorar en medio de ese caos que tan bien representa el desorden de su propia vida. No obstante, lucha contra sí misma para contener el llanto. Derrumbarse delante de esos salvajes no es una opción, se sentiría indefensa.

Más todavía.

Poco a poco, la conmoción da paso a la rabia. Después, a la impotencia. Y, por último, al dolor.

—Caballeros, por favor —protesta el hombre de la cortinilla. El bolígrafo que tiene en la mano derecha repiquetea con una cadencia molesta contra la carpeta metálica que sostiene con la izquierda—. ¿No pueden darse un poco más de prisa? El juez Von Wiebel me espera en veinticinco minutos.

—Le rogaría que no pusiera nerviosos a mis hombres, *Herr Sekretär* Hoffmann —lo recrimina Jamal, sin atemorizarse ante la hosca mirada del hombre.

Minutos más tarde, los agentes determinan que en el salón no hay nada relevante para la investigación.

—¿Siempre son tan cuidadosos? —cuestiona Nina con ironía.

Jamal la mira apenado, pero no responde. En cambio, se dirige a sus hombres y les dice:

—Vamos a dividirnos para agilizar esto un poco, ¿de acuerdo? Vosotros dos, encargaos de la cocina y el cuarto de baño, y vosotros, del estudio. Buscad a fondo, que no quede ni un solo rincón sin inspeccionar. Vaya con ellos, *Herr Sekretär* Hoffmann.

—¿Y usted? —pregunta este, receloso.

—Yo iré con la señora a su dormitorio y lo registraré. —El hombre lo escruta con aire escéptico y Jamal contraataca—: ¿Qué le pasa, Hoffmann? ¿No decía que tenía prisa? Ya sé que no se fía de mí, pero no se preocupe: si encuentro algo relevante, lo precintaré delante de sus narices para que pueda hacerlo constar en el acta.

—Como quiera, Birkan, pero esto es altamente irregular. Pienso dar parte, que lo sepa.

—Me parece perfecto. ¿Podemos centrarnos en lo que nos ocupa, por favor?

Hoffmann resopla con cara de pocos amigos, se da la vuelta y desaparece del campo de visión de Nina junto al resto de agentes. Al pasar por su lado, lo oye mascullar la frase de marras «Turco tenía que ser» y le entran ganas de vomitar. No le interesan las diferencias que haya entre ellos —y es evidente que las hay—, pero si algo detesta por encima de todo son los prejuicios. Por desgracia, como decía Einstein, es más fácil desintegrar un átomo que un prejuicio. En ese momento, se pregunta con cuántos tipos como ese secretario judicial con cara de informante de la Stasi lidiará Jamal Birkan a diario.

Hay demasiada gente con ideas preconcebidas, más de lo que ninguna estadística se atreve a reflejar. Alemania es una paradoja sociológica. En general, el pueblo alemán es plural, democrático y solidario. No hay calle o plaza en la que no se recuerde a las víctimas del Holocausto con una *stolperstein,*[*] y todos los años se celebran homenajes como el de la Noche de los Cristales Rotos, cada 9 de noviembre. Es uno de los países de Europa que más refugiados acoge y cuenta con una gran comunidad turca, asentada desde hace décadas. Sin embargo, la violencia y la xenofobia tienen cada vez más representación en el espacio público, reproducidas por el discurso supremacista de la extrema derecha, que ya no se molesta en disimular su

[*] Literalmente, una piedra en el camino. Pequeños cubos de cemento recubiertos de latón que conmemoran a todos los que fueron perseguidos durante el nazismo.

simpatía por el nazismo. Los peores disturbios que se recuerdan desde la caída del Muro de Berlín y la reunificación tienen lugar en esos días. Algunos, como las cacerías de extranjeros secundadas por Pro Chemnitz,* se parecen demasiado a los pogromos de los años noventa. Pero Nina sospecha que ni los prejuicios ni las ideas preconcebidas hacen mella en la piel curtida de ese atractivo policía de ojos color miel. Y, al pensarlo, la asalta una brizna de admiración cuya procedencia desconoce.

Ya en el dormitorio, la embarga una especie de cosquilleo nervioso. La idea de compartir un espacio tan personal con él la inquieta hasta el punto de que nota los latidos del corazón en un lado del cuello y el pulso detrás de las orejas. Temerosa de sus propias sensaciones, se apoya en la pared con las manos detrás de la espalda, como una niña.

Es justo como se siente.

Jamal lo observa todo con expresión grave y concentrada, como si quisiera absorber hasta el último detalle de la habitación. Sus ojos revisan los rincones, se deslizan sobre las cortinas, se detienen en la cama aún deshecha y regresan para acorralarla.

—¿Cómo se puede renunciar a esta vida?

—¿Perdón?

Él sonríe de forma indulgente.

—Olvídelo. Solo pensaba en voz alta.

Luego, parado frente a la cómoda, examina detenidamente los objetos dispuestos encima: las velas perfumadas, el tarro de crema hidratante, el frasco de perfume, la fotografía de su boda y las llaves del coche de Klaus.

—Está en el garaje comunitario, en la plaza número nueve. Es un BMW negro —aclara.

—Tendremos que registrarlo también —le informa. A continuación, abre el primer cajón de la cómoda. Traga saliva, se frota la barba y después de una pausa más larga de lo esperable, empieza a revolver con sumo cuidado.

* Asociación popular de extrema derecha.

121

Nina se tensa como las cuerdas de una guitarra.

—¿Qué busca, exactamente?

—Cualquier cosa que suponga una prueba relevante para la investigación.

—¿Y cree que va a encontrarla entre mi ropa interior?

Jamal trata de reprimir una sonrisa, pero los pronunciados surcos que se le forman alrededor de los ojos lo delatan.

—Es el procedimiento habitual —asegura. Cierra el cajón enseguida y prueba con el siguiente.

Mientras inspecciona el dormitorio, Nina no se mueve de su sitio. En ese intervalo de tiempo, descubre algo que ya intuía: le gusta mirarlo. Mucho. Más de lo que se consideraría apropiado. No es solo su rostro o su pelo lo que le atrae de él. También es esa espalda inabarcable, esos brazos cuya envergadura amenaza con desgarrar las mangas de la camisa de un momento a otro y esas piernas fuertes como dos columnas de hierro que sujetan un trasero muy bien puesto. Le perturba lo poderoso que es su atractivo sexual. Pero lo que más le gusta es esa seguridad en sí mismo que desprende sin que para ello necesite pisotear a nadie. El inspector se mueve despacio de un lado a otro de la habitación. Mira debajo de la cama y en el armario, donde palpa bolsillos y recorre costuras y forros con una delicadeza que nada tiene que ver con su aspecto vigoroso, como si tratara de alterar su equilibrio lo menos posible. En realidad, siempre ha sido muy amable con ella. Incluso la ha protegido, en cierto modo, y está de su parte. La cree, él mismo se lo dijo, por lo que, aunque carezca de toda lógica, Nina se siente segura cuando está cerca de Jamal Birkan.

Tras llegar a esa conclusión, consigue relajarse un poco. Se aclara la garganta y confirma:

—Su compañera no ha venido.

—La *Spezialagent* Bauer tenía otros asuntos que atender. ¿Por qué? No me diga que la echa de menos —comenta, en tono jocoso.

—Todo lo contrario. De hecho, de ahora en adelante, preferiría tratar solo con usted. —Jamal la mira expectante, sin parpadear. Nina intuye que espera una aclaración que dé el significado adecuado a sus palabras, así que matiza—: Ya sé que no estoy en posición de negociar, pero usted parece más empático.

Esta vez, Jamal no disimula su sonrisa. Es más franca, menos reservada que antes, y muestra una hilera de dientes formidables, algo irregulares, pero aun así formidables.

—Procuro serlo, la realidad es demasiado complicada para los dogmas. Hay una historia detrás de cada persona. Incluso los peores criminales tienen algo que contar, algo que debemos escuchar con atención para entender su conducta y corregirla.

—Debe de resultarle difícil empatizar con el enemigo.

—Mucho, pero le aseguro que nadie comete un crimen de forma aleatoria o sin sentido, ni siquiera un terrorista. Aunque el hecho de que un inocente pueda morir en nombre de una causa sobre la que tal vez jamás haya oído hablar, solo por estar en el lugar y en el momento equivocados, es injusto y cruel. A veces, me doy cuenta de que estoy muy lejos de llegar a comprender la estupidez humana, aunque lo intento. En fin… —Agita la mano—, no quiero aburrirla más con divagaciones sobre psicología criminal, es muy temprano.

—No me aburre. Habla con propiedad y me gusta escucharlo. Y le garantizo que, ahora mismo, es mejor que centrarme en mis propios pensamientos.

Ha sonado a confidencia, a algo privado. Avergonzada por haber ido tan lejos, desvía la vista y la posa en la ventana. El cielo, sin una sola nube en esa calurosa mañana de agosto, parece un lienzo infinito de color añil. Nina percibe la cercanía de Jamal en la bruma de perfume masculino que avanza hacia ella y la envuelve. El aroma le resulta tranquilizador, como si de él emanase una calma que se respira en toda la habitación. Juraría que ha extendido la mano con ademán de tocarla; le ha parecido percibir el destello de una de sus pulseras de plata.

Pero cuando las miradas se encuentran de nuevo, descubre que la ha retirado. Lástima. Hasta la última partícula de su cuerpo deseaba que la reconfortase de algún modo, que le ofreciera algo sólido a lo que agarrarse, ahora que su pequeño mundo se desmorona. Sabe que eso está mal y busca en su interior el rechazo moral, pero no lo encuentra.

La honestidad de sus sentimientos es más fuerte.

De repente, uno de los agentes se asoma a la puerta del dormitorio y anuncia:

—Hemos encontrado algo.

Parece que se ha librado una batalla campal en el estudio: han movido el escritorio y la cama de invitados de su sitio y la moqueta está cubierta de papeles, libros y enseres de todo tipo. Escandalizada, Nina se lleva las manos a la boca. Si Klaus viera lo que han hecho esos bárbaros con su espacio personal, se pondría hecho una furia y exigiría hablar de inmediato con la máxima autoridad competente.

—¿Y bien? ¿Qué tenemos?

—Un ordenador portátil y un iPad. Ya los hemos precintado. —El policía señala una caja de cartón con el logotipo de la BKA en cuyo interior se encuentran los objetos enumerados, cada uno en su respectiva bolsa para pruebas.

—Espere un momento —protesta Nina—. Hagan lo que quieran con el portátil, pero el iPad es mío, no pueden llevárselo. Hay material privado ahí dentro, *Inspektor* Birkan.

—Descuide, *Frau* Haas, es pura rutina. Se lo devolveremos lo antes posible, le doy mi palabra —asegura de un modo que la invita a confiar en él—. Por otra parte, ayudaría mucho que nos facilitara la contraseña o el patrón de desbloqueo —añade. Nina suspira y asiente en silencio, un gesto al que el inspector responde con una encantadora sonrisa de agradecimiento—. ¿Algo más? —pregunta al agente.

—Sí, esto. —Le extiende un libro. Un ejemplar de *Mi lucha,* de Adolf Hitler—. Dudábamos de si llevárnoslo o no.

Nina siente la imperante necesidad de dar explicaciones.

—Le aseguro que es la primera vez que veo *eso* en mi casa.

—Parece que alguien lo ha estudiado a conciencia —observa Jamal, al tiempo que lo examina detenidamente—. Está lleno de pasajes subrayados y anotaciones a pie de página. Escuche esta: «Un *kanack* no es más que una molesta piedra en el zapato de un alemán». O esta otra: «La democracia es una trampa. Es hora de pelear con nuestras propias manos, con armas, bombas y todo lo que tengamos a nuestro alcance». Inspirador —comenta, sardónico. Cuando le muestra el apunte que acaba de leer en voz alta, la invade una oleada de vergüenza insoportable—. ¿Es la letra de su marido?

—Sí —susurra con una voz que no es la suya, débil y seca que le lija el fondo de la garganta—. Pero eso no demuestra nada.

Ha sonado desesperada, en busca de algo a lo que aferrarse en medio de aquella maleza. Pero a su alrededor no hay más que ramas secas y quebradizas.

—Leer o poseer una copia de *Mi lucha* no es algo ilegal, aunque todos sepamos que se trata de un libro peligroso.

—Bueno, tampoco hace falta exagerar —apostilla el secretario judicial—. Más que peligroso, yo diría que es notoriamente visceral.

Jamal se ríe expulsando el aire por la nariz.

—¿Me toma el pelo, Hoffmann? Esta basura propagandística es la jodida obra fundacional del nazismo.

Hoffmann exhala.

—Entonces, ¿qué? ¿Lo incluyo en el acta o no? —pregunta, sin abandonar ese odioso aire de tipo ocupado que tiene un sitio mejor donde estar.

—Precíntalo —ordena el inspector, y lanza el libro al agente, quien lo atrapa al vuelo.

Cerca de una hora más tarde, los hombres abandonan el domicilio de los Haas. Jamal se entretiene un momento en la puerta, frente a Nina, y se excusa:

—Lamento todo esto tanto como usted. Créame, lo lamento de veras. —Pronuncia las palabras sin parpadear. La sinceridad es patente en cada una de las líneas de su rostro—. Si necesita algo, sea lo que sea, no dude en llamarme. A cualquier hora. ¿De acuerdo?

—De acuerdo.

—Bien. Hasta pronto, *Frau* Haas.

Pero antes de que le dé tiempo a darse la vuelta, Nina le pone la mano en el antebrazo, justo encima de la cicatriz, y lo detiene.

—*Inspektor* Birkan, espere. —La mirada color miel de Jamal salta de la mano a sus ojos. Parece turbado ante el inesperado contacto físico. A decir verdad, ella también lo está. Traga saliva y susurra—: Gracias.

El hombre curva los labios en una mueca de sonrisa apenas perceptible. Luego desaparece.

Hospital Universitario La Charité
Distrito de Mitte

En la cafetería del hospital, se respira una sensación de júbilo. Nina debe de ser la única que carece de motivos para alegrarse de que sea viernes. De hecho, es la primera vez en toda su carrera que daría lo que fuera por no librar, pero Enke ha insistido en que necesitaba pasar más tiempo con Klaus, y prácticamente ha obligado a la *Oberschwester* a rehacer el cuadrante de turnos para que su amiga dispusiera del fin de semana.

—No me parece justo que renuncies a tus planes para cubrirme, Enke —se lamenta Nina durante el descanso de veinte minutos.

—Cielo, la justicia es un concepto relativo. ¿Es justo que me coma este delicioso *strudel* de crema de manzana mientras damos gelatina a los pacientes? Pues no lo sé, pero me importa un rábano —dice, antes de llevarse a la boca un pedazo de ho-

126

jaldre y devorarlo con placer—. Además, no tengo nada mejor que hacer, así que no me importa.

—¿Qué ha pasado con…?

—¿Helmut? He roto con él.

—Vaya, lo siento.

—No lo sientas. De todos modos, dudo que hubiéramos llegado a tener algo serio. No creo que salir con el ex de mi hermana fuera una buena idea, la verdad. Sería como quedarse con las sobras y renunciar al plato principal, ya me entiendes.

Nina escurre la bolsita de té con ayuda de la cucharilla y el líquido cae en el interior de la taza humeante. Después, la deja a un lado del pequeño plato.

—En cualquier caso, encontraré la manera de compensarte.

Ha sonado un poco ridículo, pero es lo mejor que se le ocurre, ya que no puede oponerse a la firme decisión de su amiga de cubrirla dos días seguidos. Pero ¿cómo podría hacerlo, con una situación personal que la supera? ¿Qué le diría? ¿Que prefiere pasarse el sábado y el domingo poniendo vías y cambiando vendajes antes que visitar a su marido en coma, aunque sepa que es su deber como esposa? ¿Que su vida en esos momentos le parece tan lejana, paralela e intangible que necesita recuperar, como sea, la sensación de normalidad? Una normalidad construida a golpe de resignación de la que Enke no tiene ni la más remota idea. Como tampoco sabe que la BKA investiga la relación de Klaus con un terrorista. Ni que la han interrogado. O que han registrado su casa esa misma mañana. Y, por supuesto, no le ha hablado de Jamal Birkan ni de lo mucho que le atrae ese hombre, lo cual complica todavía más las cosas. A veces, Nina duda de si se merece la amistad de Enke Brückner cuando ni siquiera es capaz de ser sincera con ella.

—No seas tonta. ¿Para qué están las amigas, sino?

13. Jamal

22 de agosto de 2015
Sede de la BKA en Berlín
Distrito de Treptow-Köpenick

Hay un momento en el curso de toda investigación policial en que es necesario volver al punto de partida. El caso Bachmann ha llegado a ese punto, sin progreso aparente, y Jamal se encuentra en una encrucijada. ¿Qué hacer cuando uno duda entre tomar el camino de la izquierda o el de la derecha? La respuesta es detenerse, dar media vuelta y desandar los propios pasos.

Lo sabe por experiencia.

Sábado, siete de la tarde. La sala de reuniones de la Seis, de diseño abierto y circular, está vacía. Jamal apura el té y lanza el vasito de poliuretano a la papelera. La pizarra frente a él parece invitarlo a iniciar en ella un nuevo proceso de deducción. La borra hasta que queda completamente limpia, destapa el rotulador azul y empieza a anotar todas las averiguaciones por orden cronológico.

Y las averiguaciones son:

1) Los cuatro crímenes del Bósforo. No hay conexión entre las víctimas, salvo su origen turco y un tiro en la cabeza con una CZ38. No hay testigos.

2) Un cabello en la escena del primer homicidio que coincide con el ADN de Maximilian Bachmann, autor intelec-

tual y material del atentado de Colonia en 2012. En busca y captura desde entonces.

3) Un accidente de coche ocurrido la madrugada del 18 al 19 de agosto en la A103 en dirección a Potsdam. En el interior del vehículo, un Toyota Corolla robado, aparece un arma de idénticas características a la usada para perpetrar los crímenes. Dos pasajeros: un varón que la Científica identifica como Maximilian Bachmann y otro, Klaus Haas, sin antecedentes. Bachmann muere en el acto. Haas es hospitalizado bajo vigilancia policial y permanece en coma.

4) Una nave industrial abandonada en Lichtenberg, posible escondite de Bachmann. Se incautan armas de largo y corto alcance, munición, teléfonos móviles de prepago y planos de Berlín. El contenido de los dispositivos tecnológicos no es concluyente, pero todo apunta a la planificación de un atentado. Hay huellas latentes de al menos otras dos personas, sin coincidencias en la base de datos del INPOL. Se sospecha que una de ellas podría ser Klaus Haas.

5) El registro del domicilio de Haas, del que requisan un ordenador portátil, un iPad y un ejemplar de *Mi lucha* a modo de manual de conducta.

6) La mujer de Haas, Nina Haas, interrogada en calidad de testigo, que manifiesta que la relación entre el terrorista y su marido es de carácter amistoso y que este no sabía de la actividad delictiva del primero, conocido en el núcleo familiar como Andreas. Sin embargo, según sus propias declaraciones, Klaus Haas es un xenófobo convencido.

En ese punto, Jamal deja de escribir y da unos cuantos pasos hacia atrás para contemplar el cuadro completo. La pizarra muestra un enorme galimatías azul de palabras, flechas y garabatos ilegibles, pero no importa; lo tiene todo en la cabeza, hasta el más mínimo detalle. Y es precisamente ese conocimiento minucioso combinado con la experiencia y la sagacidad proverbial que lo caracterizan lo que le lleva a afirmar en voz alta y de forma categórica:

—Estás de mierda hasta el cuello, Haas.

Por desgracia, nada de lo que tienen es lo bastante sólido todavía, así que más le vale refrenar la impaciencia. Lo primero que necesita entender es por qué un hombre con la vida bien resuelta y casado con una mujer preciosa, dulce y entregada se embarcaría en una cruzada terrorista. Solo así podrá anticiparse a los planes que Bachmann ha dejado incompletos. De pronto, piensa en Nina sin querer, quizá porque, últimamente, ella siempre está en todas partes. No deja de visualizarla con esa tormentosa bata de seda blanca que mostraba las piernas más bonitas que ha visto nunca. ¿Por qué no puede sacarse la imagen de la cabeza? Mientras registraba su dormitorio —ese maldito dormitorio que comparte con el cretino de su marido—, sintió la tentación de abrazarla. De hecho, estuvo a punto de hacerlo. Afortunadamente, se controló, porque, si el secretario judicial o alguno de sus hombres hubieran presenciado la escena, lo habrían puesto en la picota. Lo último que le faltaba para entrar en combustión era que ella le tocase el brazo; un gesto sutil e inocente que bastó para que, a sus treinta y seis años, descubriese un montón de sensaciones desconocidas y perturbadoramente placenteras.

Suspira y se frota la nunca con lasitud.

—¡Menudo tablón, *True Detective*! —exclama Ulrich nada más entrar en la sala de reuniones—. ¿De verdad eres capaz de aclararte con eso?

—Entiendo mi propio caos, aunque no sé si podría entender el de los demás. ¿Qué me traes? —ataja, sin apartar la ávida mirada de la carpeta de su compañero.

—De todo un poco. ¿Por dónde empiezo? ¿Por lo malo o por lo bueno?

—Por lo malo.

—Vale. —Ulrich abre la carpeta y le muestra un documento—. Esto es una transcripción del contenido del móvil de Klaus Haas. Me temo que no hemos encontrado nada relevante, salvo algún intercambio puntual de mensajes con su mujer. Ese tipo no tiene ni idea de cómo tratarla, procura no cabrearte mucho cuando los leas.

Jamal aprieta la mandíbula y contiene un exabrupto.

—¿Qué hay del portátil y el iPad?

—Nada. Ni en el historial de navegación ni en los archivos.

—¿Y en la nube?

—Tampoco. Solo hemos encontrado facturas, fotos y ese tipo de archivos. Nina Haas es muy fotogénica, ¿sabes?

—¿Desde cuándo te interesan a ti las mujeres?

—No me interesan lo más mínimo, pero tengo ojos en la cara. Esa chica es una preciosidad, las cosas como son. Comprendo que te sientas atraído por ella.

—Joder, Ulrich —resopla—. ¿Tú también?

—Que conste que no te juzgo. Quien esté libre de pecado que tire la primera piedra. No seré yo, desde luego —agrega, recolocándose las gafas sobre la nariz con el dedo—. ¿Te acuerdas de Bruno Becker?

—¿El tarado aquel que quiso desplegar una esvástica enorme en la Nueva Sinagoga? Sí, claro que me acuerdo.

—Bueno, pues ese tarado me ponía más caliente que el aceite de una moto. Una vez soñé que coincidíamos en el aseo y…

Jamal agita la mano con ímpetu y lo interrumpe.

—Vale, vale, no me interesan los detalles de ese… encuentro onírico. ¿Sabemos algo de los registros de las redes telefónicas?

—Todavía estamos procesando los datos para establecer la ubicación del móvil de Haas en los días previos al accidente. Ya sé que ese tema es prioritario, pero la cantidad de números que nos han proporcionado las compañías es descomunal.

—Por el amor de Dios, dame una buena noticia para variar, ¿quieres?

Ulrich abre la carpeta de nuevo.

—He investigado los movimientos bancarios de Klaus Haas y adivina. —Jamal levanta la barbilla con un gesto interrogante—. Resulta que, desde que se mudó a Berlín, ha extraído considerables sumas en efectivo con frecuencia. Mira, fíjate. Aquí seiscientos, aquí cuatrocientos cincuenta, aquí quinientos y aquí trescientos —enumera, a la vez que señala el informe.

—De modo que así es como ha financiado Bachmann su pequeña infraestructura terrorista, con el dinero de Haas.

—Al menos, eso es lo que parece. En cualquier caso, ya tenemos un hilo del que tirar. Una puerta se cierra y otra se abre. ¿Crees que su mujer sabrá algo?

—Rotundamente no. Aun así, habrá que interrogarla de nuevo.

—Ya. Pues Frida está que muerde. Es capaz de arrancarle el corazón y comérselo crudo en el segundo asalto.

—Te garantizo que Frida no se va a volver a acercar a ella.

Su colega suelta una carcajada estridente.

—Vaya. Te ha dado fuerte, ¿eh? Y yo que me sentía culpable por haber fantaseado con Bruno Becker...

Jamal suelta un bufido y pone los ojos en blanco.

—Por mí como si te fabricas una réplica de su polla con una impresora 3D y te la guardas bajo la almohada, me da lo mismo. Y respecto a lo de Nina Haas, no es lo que piensas. A Frida se le cruzaron los cables el otro día. Fue hostil con la testigo durante el interrogatorio y también lo fue conmigo después. Se extralimitó, Ulrich. No puedo ignorarlo y fingir que no ha pasado nada.

—Bueno, ya la conoces, es una jodida bocazas. De todos modos, creo que deberías tratar de arreglar las cosas. Ella es demasiado orgullosa para dar el primer paso. ¿Por qué no le envías un mensaje y la invitas a tomar unas cervezas o algo?

Pero Jamal también tiene su orgullo.

—Hoy no. Otro día, tal vez.

—Como quieras. —Se encoge de hombros—. En fin, si no necesitas nada más, me largo. Mi chico y yo habíamos planeado ir a cenar al nuevo vegetariano de Prenzlauer Berg, y se me ha hecho un poco tarde. ¿Vienes?

—No, me quedo. Tengo que llamar al fiscal para ponerlo al tanto de todo.

—Vale. Nos vemos el lunes, entonces.

—Hasta el lunes, Ulrich. Ah, y buen trabajo —añade, mientras levanta la carpeta con los documentos que le ha entregado su colega y la agita en el aire.

Cinco minutos más tarde, Jamal deja la misma carpeta encima de la mesa, saca el móvil de su bolsillo, respira hondo y marca un número que, por supuesto, no es el del fiscal.

14. Nina

22 de agosto de 2015
Hospital St. Marien
Distrito de Steglitz-Zehlendorf, Berlín

La enfermera conecta la dexametasona diluida en suero fisiológico a la vía del paciente y adapta el ritmo de la perfusión.

Acto seguido, le pregunta:

—¿Está segura de que no quiere un cojín? Se va a destrozar la espalda en esa butaca.

Nina sonríe, aunque declina la oferta.

—No se preocupe. Estoy bien así.

De todos modos, no pretende quedarse mucho más. Se siente incómoda. No es por la butaca ni por el hecho objetivo de que la UCI de un hospital no es un lugar agradable, sino por el agente de paisano de la puerta. Verlo ahí sentado, incorruptible como un cancerbero, le recuerda la batalla que se libra entre la tristeza y la rabia en su interior. Tristeza, porque quizá Klaus no se recupere del accidente. Y rabia, porque no sabe quién es el hombre con el que convive. A decir verdad, tampoco se conoce a sí misma. Y es que, últimamente, se apodera de ella la sensación de ser dos personas diferentes a la vez y, tarde o temprano, tendrá que decidir cuál quiere ser a tiempo completo y cuál debe dejar atrás.

La valiente. O la cobarde.

—Bueno, si cambia de opinión, avíseme. Estaré en el control —le comunica la enfermera antes de salir del módulo.

La tarde avanza silenciosa, pero la cabeza de Nina está llena de ruido. Según algunos neurólogos, hablar a un paciente en coma es positivo para su recuperación, pero a ella se le atasca la garganta cada vez que lo intenta porque no sabe por dónde empezar. ¿Qué se supone que debe decirle? ¿Que su confianza es como un muro a punto de desplomarse y que no hay puntal lo bastante fuerte como para evitarlo? ¿Que no sabe qué pensar? Quiere creer en su inocencia y se esfuerza por convencerse a sí misma de que lo que la BKA considera pruebas relevantes en realidad no son más que una sucesión de desafortunadas coincidencias. «Por el amor de Dios, leer *Mi lucha* no convierte a nadie en un terrorista». Sin embargo, no termina de creerse su propio discurso. Hay algo que falla, una fisura por la que se cuela una certeza líquida y venenosa que le recorre las venas y la lleva a cuestionar sus convicciones. Quizá por eso le cuesta tanto estar allí, porque no soporta enfrentarse a sí misma, a la mujer que no ha sabido predecir su propia desgracia, y a unos pensamientos de los que trata de huir.

Mientras pueda.

Nina se masajea las sienes para tranquilizarse, pero su mente es un avispero de pensamientos que le impide hacerlo. Las escenas de los últimos días se suceden delante de ella como si se tratase de una película: el interrogatorio, la casa arrasada tras el registro, Jamal Birkan. De repente, un zumbido inesperado la trae de vuelta al presente. Rebusca en su bolso. La pantalla iluminada de su teléfono móvil muestra un número que reconoce de inmediato. En ese instante, un diminuto riachuelo de sudor le desciende por la espalda. Desliza una mirada hacia Klaus, enredado en una maraña de cables y tubos, y experimenta una extraña sensación de culpabilidad, como si le fuese infiel con su intención de atender la llamada. Intenta encontrar una distancia moral, una excusa, pero no es capaz. Se incorpora entre suspiros y sale del módulo. No responde hasta que está lo bastante lejos del policía que lo custodia.

—¿Sí?

—Buenas tardes, *Frau* Haas.

El impacto le reverbera en el centro del pecho. La voz del hombre tiene una tonalidad profunda, cadenciosa y bien articulada que la hace vibrar. Miel y humo, terciopelo y plata. Al evocar su rostro, su pelo, sus ojos, sus labios, siente cómo se le acelera el ritmo cardiaco y se le encoge el estómago al mismo tiempo.

—Buenas tardes, *Herr Inspektor* Birkan.

—Lamento molestarla a esta hora. ¿Está ocupada?

—No, es decir…, ahora mismo estoy en el St. Marien. ¿Quería algo?

—Necesito verla.

Silencio. Esa franqueza tan pronta y tan inesperada la ha dejado sin palabras.

—¿Sigue ahí? —insiste él.

—Sí, sigo aquí. ¿Hay algún problema?

—Me gustaría hacerle unas cuantas preguntas más. Es urgente.

—Ya le he contado todo lo que sé —replica, inquieta ante la idea de someterse a un nuevo interrogatorio—. Por favor, no me obligue a volver a esa sala, no sé si soportaría otro enfrentamiento con su colega.

—Tranquila, esta vez no tendrá que ver a Bauer. Ni siquiera es necesario que venga a la Central. Puedo pasarme por su casa en cualquier momento.

—¿Y vendría solo?

La ha traicionado el subconsciente.

—No muerdo, *Frau* Haas. Aunque, si lo prefiere, podemos vernos en cualquier otra parte. En una cafetería, por ejemplo. ¿Qué le parece?

—¿Eso es ortodoxo? ¿O se trata de algún truco policial para aparentar informalidad y ganarse mi confianza?

Una suave risa aspirada le acaricia el oído desde el otro lado de la línea.

—Pues no, no es muy ortodoxo, pero le garantizo que no se trata de ningún truco. Solo quiero que se sienta cómoda conmigo. Créame, soy el primer interesado en esclarecer la situación de su marido, así que no se preocupe si mis métodos le resultan un tanto particulares.

—No me preocupo.

Pero sí lo hace.

Tal vez porque la idea de encontrarse con él a solas en terreno neutral es como una inyección de miedo y euforia.

—Bueno, ¿cuándo cree que podríamos vernos, *Frau* Haas?

—¿Mañana? —propone.

—Perfecto. Los domingos suelo desayunar con mi padre, pero me acercaré adonde me diga a partir de las cuatro.

—Mejor escoja usted el sitio. Yo todavía no me he familiarizado con Berlín.

—De acuerdo. ¿Qué le parece Alexanderplatz? Es céntrico, no tiene pérdida. Y, para su tranquilidad, siempre hay gente —asegura, tras una pausa un tanto teatral.

Nina se muerde el labio y se sorprende a sí misma sonriendo como una niña.

—Muy bien, allí estaré. Hasta mañana, *Inspektor* Birkan.

—Hasta mañana, *Frau* Haas.

La conversación ha durado solo unos minutos. Después de colgar, Nina mira el teléfono durante un momento largo como si estuviera en trance, con las mejillas encendidas y el corazón todavía acelerado. Algo ha cambiado, está segura.

15. Jamal

23 de agosto de 2015
Alexanderplatz
Distrito de Mitte, Berlín

Puede que «Alex» no sea la plaza más bonita de Berlín, pero es la que mejor sintetiza la convulsa historia de la capital alemana. A pesar de las diversas representaciones del capitalismo más desaforado —franquicias, grandes almacenes como la Galería Kaufhof y restaurantes de comida rápida—, todavía es posible apreciar la huella de un pasado socialista que se resiste a desaparecer. Desolada por los bombardeos a finales de la Segunda Guerra Mundial, fue el centro neurálgico de Berlín Oriental durante las casi tres décadas de división. En los años sesenta, el gobierno de la República Democrática de Alemania la amplió y la peatonalizó. Y para demostrar su poder, levantó en la zona la icónica Torre de Televisión de Berlín, uno de los edificios más altos de Europa. Otro de sus símbolos es el famoso Reloj del Mundo, que, además de marcar a la vez los distintos husos horarios del planeta, es un punto de encuentro muy popular para locales y visitantes. Para entretener a cualquier persona —o casi—, basta con observar la amalgama de gente de edades, etnias y tribus urbanas de toda índole que se concentra alrededor del monumento: turistas, buscavidas, punkis, adeptos a la cerveza pasados de rosca, grafiteros, vendedores ambulantes de salchichas y artistas callejeros.

Jamal camina de acá para allá con movimientos que destilan una leve irritabilidad. Uno, dos, tres, media vuelta. Uno, dos, tres, vuelta a empezar. Un reguero de sudor le irrita la espalda con la voracidad de un manojo de ortigas. Las manos le estorban y, aparte de juguetear con el iPad de Nina, no sabe muy bien qué hacer con ellas. Revisa su móvil por tercera vez en el último minuto y suspira con impaciencia. Ha llegado antes de lo previsto y le cuesta gestionar la espera de una forma sosegada. No es una cita, pero imaginarse lo contrario resulta tan excitante como jugar a la ruleta rusa. Simular que hay algo entre ellos es la única forma de calmar la corriente eléctrica que le hormiguea por todo el cuerpo.

A las cuatro en punto la ve salir del tranvía y la ansiedad se vuelve un poco más soportable. Desde la trinchera de sus gafas de sol oscuras se permite el lujo de contemplarla de arriba abajo sin delatarse a sí mismo. Lleva el pelo recogido en una coleta alta que se balancea con cada paso que da, igual que los pliegues de su colorido vestido de flores, bajo el que asoman esas piernas esbeltas y sedosas. La suya es una belleza verdadera que trasciende las modas de lo etéreo o lo voluptuoso, una auténtica perfección atemporal. No puede apartar la vista de ella, es como si hubiera una especie de campo magnético gravitando entre los dos. Cuando llega al punto de encuentro, se para delante de él y sonríe con timidez. Se ha pintado los labios de rojo; imposible no sentir una chispa irracional de orgullo masculino. Jamal deja volar la mirada sobre el óvalo perfecto de su rostro angelical. La simetría de los pómulos, el azul intenso de sus ojos, el brillo de su pelo, igual que un campo de trigo en junio, la nariz respingona y esa boca siempre entreabierta que parece estar a punto de revelar un secreto. No hay nada en ella que no le guste. Nina es tan hermosa que lo hace temblar.

—Buenas tardes, *Inspektor* Birkan. ¿Lleva mucho tiempo esperando?

—Buenas tardes, *Frau* Haas. Descuide, acabo de llegar —miente.

—Vaya, pero si me ha traído el iPad.

—Ya le dije que se lo devolvería cuanto antes.

—Veo que es usted un hombre de palabra.

Jamal sonríe.

—Lo intento, al menos. ¿Le parece bien si vamos a esa cafetería de ahí? —señala.

—Claro, vamos.

El aire acondicionado del Einstein Kaffee mitiga el calor de la calle. Eligen un sitio discreto, todo lo discreto que un local tan concurrido les permite, y se sientan el uno frente al otro. Jamal se quita las gafas de sol y las deja encima de la mesa, junto al móvil, silenciado para garantizar que nadie los moleste. Junta las yemas de los dedos de una mano con las de la otra y sonríe. Está ridículamente nervioso, pero ella también, y eso lo consuela. Lo demuestran sus gestos erráticos y carentes de sentido, como abanicarse o cambiar el bolso de sitio varias veces. Suena «Smooth Operator» en el hilo musical. La voz sensual de Sade los envuelve en una atmósfera de intimidad que no desea romper hablando de la investigación; todavía no. En realidad, no quiere hablar de otra cosa que no sea ella. Se quedaría ahí sentado durante horas, con la mirada fija en su rostro y un millón de preguntas en la cabeza. Le interesa todo de la mujer que observa con curiosidad la cicatriz de su antebrazo: cuál es su color favorito, qué espera de la vida o si gime cuando tiene un orgasmo.

Nina rompe el hielo.

—¿Qué le pasó?

—Me dispararon. Hace tiempo, cuando estaba en Narcóticos, detuve a un camello de Neukölln con un fardo de veinte kilos de hachís. El tipo quiso asegurarse de que me acordaría de él para siempre —bromea, pasándose la mano por la zona—. Por suerte, la bala solo me rozó.

—Una laceración superficial. ¿Tiene alguna otra cicatriz?

—Sí, aquí. —Se levanta la camiseta unos centímetros y le muestra una pequeña huella en el lado inferior derecho del trabajado abdomen.

Ella parpadea varias veces seguidas.

—¿Un navajazo?

—Apendicitis.

—Menos mal.

Ambos ríen. Después, la risa se apaga del todo y da paso a una pausa prolongada en la que se estudian mutuamente con el propósito de averiguar la voluntad del otro. Jamal no aparta la suya, aunque se le estremece una fibra en lo alto del pómulo. Nina, en cambio, se aferra a la carta de la cafetería como a un salvavidas. Solo la suelta cuando una joven camarera vestida con un uniforme se acerca a la mesa para tomarles nota. Los dos piden té.

De repente, su expresión se vuelve seria.

—¿Para qué quería verme, *Inspektor* Birkan? ¿Hay alguna novedad en la investigación?

Es absurdo que se sienta decepcionado; al fin y al cabo, no han quedado para tomar té y charlar de sus heridas de guerra. Pero hay furias que solo obedecen a su lógica interna. Adopta un registro profesional y dice:

—Hemos averiguado que su marido ha estado retirando dinero contante y sonante de su cuenta bancaria.

—No veo qué tiene eso de especial. Que yo sepa, llevar efectivo no es ningún delito.

—Por supuesto que no, pero resulta llamativo que haya continuado usando la tarjeta de crédito para los gastos, con esas cantidades tan elevadas.

—¿A qué cantidades se refiere exactamente?

—Hablo de extracciones de entre trescientos y seiscientos euros cada dos semanas desde que se mudaron a Berlín. Así que, sáqueme de dudas, porque no creo en las casualidades. Tengo que preguntárselo, *Frau* Haas: ¿para qué querría su marido ese dinero? ¿Para sufragar alguna deuda de juego, tal vez? ¿Drogas? ¿Prostitutas de lujo?

Nina respira hondo.

—No lo sé. Le aseguro que cada vez conozco menos al hombre con el que me casé.

Jamal aprieta la mandíbula. El deseo de extender la mano y tocarla es acuciante, pero sabe que no es el camino, así que trata de reprimirse. Teme propasarse y que la torpeza ensombrezca la decencia de sus intenciones. No sería apropiado. Por fortuna, la camarera aparece con las bebidas y la tensión dramática se rebaja unos cuantos grados.

—Hábleme de él —le pide.

—¿Qué quiere saber?

—Todo. ¿Cómo se conocieron?

—Nos presentó un amigo común —explica, mientras vierte el sobre de azúcar en el té y lo remueve despacio—. Yo acababa de terminar la carrera y él llevaba las cuentas en el taller de reparación de coches de su padre cuando empezamos a salir juntos. —La cara se le ilumina como si relatase la mejor experiencia de su vida. Los labios inmaculadamente pintados se apartan de los dientes en un movimiento que, más que una sonrisa, es pura poesía—. Volvía locas a la mitad de las chicas de Uckermarck, ¿sabe?

—Pero la eligió a usted.

«Y no lo culpo», piensa.

—Pronto nos casamos y nos mudamos a un pequeño apartamento en un barrio periférico algo disonante. Vivíamos en el tercer piso de un edificio con goteras y olor a moho. —Sonríe con aire nostálgico—. Era terrible, pero no podíamos permitirnos otra cosa.

—¿Cuántos años tenía?

—Veintidós recién cumplidos.

—¿Y Klaus?

—Veintitrés.

Jamal frunce el ceño.

142

—¿A qué se debía tanta prisa? ¿No eran muy jóvenes para dar un paso tan importante? Hoy en día, nadie se casa antes de los treinta.

Un silencio inoportuno barre la mesa.

—Nunca he hablado de esto con nadie, *Inspektor* Birkan. Yo… —Traga saliva y desvía la mirada, ensombrecida por una turbación momentánea—. Ni siquiera sé por dónde empezar.

—¿Qué tal si empieza por el principio?

Nina expulsa todo el aire de los pulmones antes de dar comienzo al relato.

—Klaus era un chico atormentado —admite. Centra la vista en la taza, juguetea con la bolsita de té y la sumerge en el agua una y otra vez—. Su padre le hacía la vida imposible.

—¿Lo maltrataba?

—Sí. Y a su madre también.

—¿Era alcohólico?

—Peor aún, era un exmilitar de la Bundeswehr que impuso a su hijo una educación basada en los valores *völkische*: disciplina, obediencia y patriotismo fanático. Cuando era niño, lo despertaba de madrugada y lo obligaba a permanecer a la intemperie. Si no se mantenía firme, le daba una paliza. Cualquier excusa era buena para ponerle un ojo morado, incluso cuando ya era un adulto. Klaus se rebelaba, pero siempre acababa sometiéndose a su voluntad. —Hace una pausa. Mira a Jamal a los ojos y todo el peso de su melancolía recae sobre él—. Me quedé embarazada al poco tiempo de conocernos. Su padre lo presionó para que se casara conmigo. —Otra pausa. Esta vez, para tomar aire y expulsarlo despacio—. Perdí el bebé a las doce semanas de gestación. Desprendimiento prematuro de placenta —añade, con voz muy queda.

Se hace el silencio.

Diría muchas cosas, pero permanece callado, sin aportar nada al ruido de la cafetería, hilvanando retazos de información. Se siente abrumado por el relato, teme ser demasiado visceral. Verla tan vulnerable, con esa tristeza que le vela la mirada, esa tristeza enquistada que empieza a comprender, hace que sienta unas ganas incontrolables de salir ahí fuera y partirle la cara a cualquiera que se atreva a hacerle daño. La rabia lo invade como una marea densa y oscura. Quiere abrazarla; tiene la sensación de que Nina lo necesita. Sin embargo, el sentido común le aconseja que no lo haga, de modo que resiste el impulso de dejarse llevar, se retrepa en la silla y se limita a decir:

—Se le va a enfriar el té.

Una tontería que sirve para ocultar sus sentimientos porque le aterran y el miedo no es algo con lo que esté acostumbrado a convivir.

Nina sopesa las palabras y asiente con un gesto leve de aceptación, como si hubiera reconectado de golpe con la realidad. Se lleva la taza a los labios y bebe un sorbo. Él procura no mirar la marca de pintalabios que ha dejado en el borde.

—¿En qué anda metido Klaus? —pregunta—. Soy su mujer, creo que tengo derecho a saberlo.

—Me temo que no puedo ayudarla. El juez ha decretado el secreto de sumario. Pero usted puede ayudarme a mí. Necesito entender a su marido, *Frau* Haas.

Sin pretenderlo, Jamal se pierde unos instantes en su rostro. Un conflicto de emociones brilla en el par de ojos que lo contemplan inquisitivamente, así que no insiste y deja que Nina se tome un tiempo para ordenar las ideas.

—Klaus es una persona muy complicada —explica, por fin—. Es narcisista e inseguro a la vez. Hace años que no se habla con su padre. De hecho, que yo sepa, nunca ha ido a visitarlo a la residencia de ancianos donde vive desde que le diagnosticaron alzhéimer. Poco después de casarnos, encontró un empleo en una empresa química. Lo ascendieron enseguida y ganaba un buen sueldo, pero parecía insatisfecho. Siempre he tenido esa sensación con él, ¿sabe? Como si le faltara algo. Luego, nos mudamos a una casa en Lychen, junto al lago Zens, con ventanas blancas a cuarterones y el tejado de color azul. Mis padres son los propietarios —puntualiza—, nos la dejaron en usufructo cuando se fueron a vivir a Mallorca. Eso tampoco le gustaba, detestaba sentirse en deuda con ellos. —Se interrumpe unos segundos y se lleva una mano temblorosa a la frente—. No sé en qué momento se convirtió en el hombre que es ahora, de verdad que no lo sé. Puede que Bachmann fuera una pésima influencia para él, que le lavara el cerebro minuciosamente. O puede que heredara de su padre las ideas radicales y el carácter violento. Tal vez no fue Berlín lo que le hizo cambiar. Quizá siempre fue así y yo no supe o no quise verlo.

Parece frágil y cansada.

—No tiene por qué sentirse culpable, dar las cosas por sentado es humano. Arriesgado, pero humano, en definitiva. Creemos conocer a quienes nos rodean y bajamos la guardia hasta que, de repente, sucede algo y las máscaras se caen. Solo entonces nos damos cuenta de lo equivocados que estábamos.

—Esto es el siglo xxi, *Inspektor* Birkan. Todo el mundo lleva una máscara.

—Todo el mundo no, créame.

Los labios de Nina perfilan una sonrisa más visible y menos reservada.

—Me encantaría escuchar su historia —confiesa, examinándolo con expectación.

Jamal huye del azul imposible de sus ojos y se esconde detrás de un sorbo de té que le calma la sed, aunque no la ansiedad.

—Y lo hará, se lo prometo, pero hoy no. Por ahora es mejor que nos centremos en usted —zanja—. He estudiado a fondo la edición de *Mi lucha* que encontramos en su casa. Es evidente, dada la naturaleza de las anotaciones, que su marido siente un verdadero desprecio hacia los *kanacks*.

—Por favor, le ruego que no emplee esa palabra. Es denigrante.

—Bueno, no ofende quien quiere, sino quien puede. Por mí no se preocupe. Nadie va a conseguir que me avergüence de mi origen turco.

—Si le sirve de consuelo, yo sí opino que la diversidad cultural es enriquecedora. Y esta ciudad es la máxima expresión de esa riqueza —replica, con una convicción que la hace aún más bella.

—¿Su marido es consciente de cómo piensa usted?

—Sí, por eso prefiero no hablar del tema con él. Es la única manera de no empezar una discusión. Es muy irascible.

Un espontáneo resuello de indignación emerge de la garganta de Jamal, quien, a esas alturas, ya ha esbozado un perfil psicológico de Klaus Haas. «Dominante, manipulador, agresivo y un jodido xenófobo que culpa a la sociedad de los fracasos personales; menuda joya. ¿Cómo ha podido convivir durante ocho años con alguien así sin volverse loca?», se pregunta.

—Por lo visto, su marido es incapaz de respetar un principio tan esencial como el de la libertad de expresión.

—No pasa nada, ya estoy acostumbrada —musita Nina, replegándose sobre sí misma como si la hubieran abofeteado.

De repente, el animal que lleva dentro despierta. Se concentra en un esfuerzo titánico por no perder los papeles y contener el torrente de agravios que amenaza con estallarle en la boca como una bomba de relojería. Entre ambos se impone un silencio espeso, casi tangible, que borbotea en el breve espacio que los separa. Jamal se frota la cara y deja escapar un ahogado y frustrado *«Allah kahretsin»* que rasga el aire por la mitad.

—Sí, sí que pasa. Claro que pasa. Usted no se merece que ese tipo la ningunee —dice, golpeado por una ráfaga de furia.

Era de esperar. Tarde o temprano se le fundirían los plomos y perdería el control sobre sus impulsos. Todo tiene un límite.

—Cada uno maneja su vida como quiere o como puede, ¿no le parece? —le espeta Nina, con resentimiento—. Oiga, estoy cansada. Si no tiene más preguntas, me gustaría irme a casa.

La energía en el ambiente ha cambiado.

A veces, calcula mal y se deja llevar por las emociones.

—Claro —concede, con la amarga sensación de haber estropeado las cosas entre ellos—. Pago la cuenta y nos vamos.

Un tiempo muerto para rebajar la tensión.

—Deje que pague mi parte —le pide ella.

Pero Jamal se opone.

—De ninguna manera —objeta.

Y al extender la mano para impedir que saque el monedero del bolso, le roza los nudillos con las yemas de los dedos. Una chispa de calor brota en medio del frío que ha congelado la conversación. Breve, pero intensa y certera como la propia mutabilidad de la vida humana.

«Entonces, no está todo perdido», se convence a sí mismo. Y un rayo de esperanza se desliza en su interior.

16. Nina

23 de agosto de 2015
Alexanderplatz
Distrito de Mitte, Berlín

Cae un aguacero tremendo. Suele ocurrir de forma inesperada; el tiempo en Berlín es muy inestable a finales de agosto. Nubes densas cubren el cielo, que ha adoptado una tonalidad oscura y plomiza de un gris acorazado, fugazmente iluminado por el resplandor de algún relámpago a lo lejos.

Nina mira hacia arriba con preocupación y suspira.

—Vaya, qué fastidio. No ha llovido en todo el verano y justo lo hace cuando no llevo paraguas —se lamenta, más para sí misma.

—Puedo acercarla, si quiere —le ofrece Jamal—. Mi coche está aquí mismo, en un *parking* de Grunerstrasse.

—Se lo agradezco, pero no es necesario. Esperaré a que amaine y tomaré el tranvía.

—Por favor, *Frau* Haas —insiste. Un fulgor de impaciencia brilla en sus pupilas—. Deje que la lleve a casa, es lo mínimo que puedo hacer por usted.

Su voz se pierde entre el rumor del agua al estrellarse contra el suelo. Por alguna extraña razón, ese hombre parece decidido a complacerla, y eso la halaga. De algún modo, consigue que se sienta un poco menos invisible. Y, para qué negarlo: pese a todo, la idea de pasar más tiempo con él le resulta muy atractiva.

—Está bien —claudica.

Jamal sonríe satisfecho, como si de pronto hubiera recuperado la fe en la humanidad. Los surcos que se le forman alrededor de los ojos son profundos y se prolongan hasta las mejillas, enterrados bajo el espesor de la barba. Hay algo magnético en su sonrisa, algo que le impide apartar la vista. Tal vez, su franqueza. Su sinceridad. Lo limpia que es.

De pronto, un relámpago sacude Berlín hasta los cimientos y rompe la magia del instante con violencia.

—Será mejor que nos vayamos antes de que la cosa empeore —la apremia.

Frente a la entrada de la cafetería se ha formado un charco de proporciones similares a las del lago de Wannsee, imposible de sortear. Lo bueno de Jamal Birkan no es solo que tenga unas piernas largas y robustas, sino que, además, es un caballero. Así que, tras una zancada de amplitud y agilidad olímpicas, extiende el brazo y la toma de la mano con determinación. En el segundo exacto en que sus pieles se fusionan, una onda expansiva le sacude el pecho. El corazón se le revuelve con tanta fuerza que Nina teme que salga disparado de la caja torácica en cualquier momento. Como es lógico, eso no sucede, pero ya no hay duda de que la breve chispa que ha sentido antes, cuando él la ha rozado involuntariamente en la cafetería, solo era el preludio de algo mucho más poderoso. Una vez sorteado el obstáculo, echan a correr bajo las cornisas de los edificios sin soltarse. La mano de Jamal es grande y cálida, y Nina, que siente la suya pequeña y frágil, se da cuenta de que no desea renunciar a ese calor. Le gusta que la proteja, que sea su respaldo. Hacía mucho que no experimentaba algo así, el ritmo constante del pulso de otra persona en contacto con el suyo. Los pies de ambos se coordinan, el derecho con el derecho, el izquierdo con el izquierdo, chocan contra el suelo a la vez y dejan huellas en el pavimento encharcado. Es como si flotara sobre una nube de algodón.

Frente al parquímetro, Nina lo contempla en secreto. Las gotas de agua le resbalan por el pelo y la frente, ruedan por su nariz de proporciones romanas y se estrellan contra su mentón. Algunas resisten unos milímetros más hasta extinguirse en el cuello de pico de su camiseta de color gris claro, ahora oscurecida por la lluvia. La tela empapada se le pega al torso y revela lo que ya imaginaba: que su cuerpo es una fantasía de músculos y acero. Traga saliva. Es el momento de apartar la mirada, recoger los retazos de dignidad que le queden y guardárselos en el bolsillo. Pero no puede hacerlo. No puede porque le asoma la punta de la lengua entre los labios mientras introduce el código de la tarjeta de crédito en la pantalla de la máquina y la visión vuelve a ser magnética.

Igual que antes.

Como siempre.

En ese instante, Jamal tuerce la cabeza en su dirección y sonríe con una dulzura que contrasta con su apariencia de tipo duro.

Y ella se sonroja como una colegiala.

En el interior del Volkswagen Golf R, se respira un agradable aroma a ambientador de pino mezclado con el de la ropa calada. Nina se acomoda en el asiento del copiloto y se abrocha el cinturón.

—Me gusta su coche —admite.

—Oh, no es mío. Cortesía de la BKA —aclara Jamal. Introduce la llave en el contacto y enciende el motor. Al momento, el reproductor de música se activa y suenan los inconfundibles acordes de «Jump», de Van Hallen. Baja el volumen—. ¿Tiene frío? ¿Quiere que ponga el climatizador un rato?

Nina ladea la cabeza.

—Estoy bien, gracias. Resulta agradable refrescarse un poco, con lo asfixiante que está siendo este agosto.

«Asfixiante en muchos sentidos», piensa. Aunque no lo verbaliza, claro.

A Jamal no le hace falta introducir su dirección en el GPS, ya sabe dónde vive. Nina revive en su memoria el ruido de los portazos, la cadena de crujidos de los cajones y los muebles, los pasos de aquellos hombres al registrar su casa mientras la recorrían una y otra vez en busca de alguna caja fuerte, armas o lo que fuera. El recuerdo es tan amargo que se obliga a apartarlo de la mente.

—Es la primera vez que subo a un coche de policía —reconoce.

—Tranquila, no dolerá —replica, con una media sonrisa canalla y *sexy*. Acto seguido, le guiña el ojo con naturalidad, como si se conocieran desde hace mucho. Tal vez por eso se siente segura con él, porque le inspira confianza.

Salen del *parking* y se dirigen a Charlottenburg por el suroeste. En pocos minutos, recorren Unter den Linden y dejan atrás la histórica Puerta de Brandenburgo, sin visitantes a causa de la tormenta, que cubre el cielo como una capa húmeda y sofocante, pero al llegar a la B2, a la altura del parque de Tiergarten, el tráfico se espesa.

Nina contrae los labios en un rictus de exasperación.

—¿No tiene la sensación de que Berlín se vuelve insoportablemente torpe cada vez que llueve?

—Usted no ha estado en Estambul, ¿verdad? Créame, allí la palabra «caos» toma una dimensión superior.

—¿Cómo es? Se lo pregunto porque mis conocimientos sobre Turquía se limitan a unos pocos clichés y a lo que cuenta Fatih Akın en sus películas.

—¿Estambul? —Jamal deja ir una sonora bocanada de aire, como si necesitara meditar la respuesta—. Bueno, Estambul es tradición y modernidad al mismo tiempo. Un laberinto urbano de pequeñas ciudades dentro de una misma. Una metrópolis romántica y pintoresca, a ojos de un alemán, que funciona a dos velocidades: la europea y la asiática.

—Interesante. ¿Y cuál es la que más le conviene, en su opinión?

—Depende de para qué. Turquía lleva años intentando entrar en la Unión Europea, pero parece que a Erdoğan solo le preocupa construir mezquitas, y no todos los turcos somos musulmanes, ¿sabe? No me extraña que Europa no vea con buenos ojos una posible adhesión. ¡Está obsesionado con la religión, joder! —exclama. Aunque enseguida se excusa—. Lo siento. Disculpe mi lenguaje, *Frau* Haas. —Nina le da a entender que no tiene importancia con un sutil gesto. Le encanta escucharlo. Quiere saber quién es Jamal Birkan cuando abandona el rol de *Kriminalinspektor* de la BKA—. En cualquier caso —prosigue—, no me gustaría que la verdadera esencia de Estambul se perdiera entre negociaciones políticas. Pasé los veranos de mi infancia en la costa asiática. En el barrio de Üsküdar aún quedan callejones sinuosos con casas de madera pintadas de colores, y así es como quiero recordar la ciudad.

—¿Hace mucho que no va por allí?

—Unos cuantos años.

—¿Y no le gustaría volver?

—Tal vez lo haga algún día. Pero, de momento, no —dice, con aire nostálgico.

Mantienen el pulso unos segundos, con el rumor del limpiaparabrisas activado en la posición más rápida como único testigo. Después, Jamal se concentra en la conducción y el silencio se asienta entre ellos. La lluvia aumenta durante ese tramo. Nina no hace más que mirarlo de reojo mientras circulan por la B2. Le gusta cómo sujeta el volante con una sola mano y cómo cambia de marcha; cómo resopla impacientemente porque el embotellamiento no le permite pisar el acelerador todo lo que querría; cómo ese mismo gesto le mueve el mechón aún mojado que se le ha soltado del moño y le baila sobre un lado de la cara; cómo se lo coloca detrás de la oreja, esa oreja perfecta, de tamaño justo y piel y cartílago en simetría absoluta, antes de frotarse la barba para provocar un sonido áspero que le pone la carne de gallina. Le gusta su olor, su voz, su ropa, sus pulseras. Todo.

«Por Dios, basta. Basta ya».

La hace sentir como si estuviera mareada.

Nina se obliga a sí misma a girar la cabeza hacia la ventanilla y concentrarse en algún punto indeterminado de la carretera, tras la lámina de agua que la desfigura. Las gotas se precipitan contra el cristal y convierten los faros de los coches que circulan en dirección contraria en estrellas fracturadas. Sin embargo, a pesar de la ferocidad con la que la mente rechaza la idea, el corazón le grita, le exige, que vuelva a mirarlo. Quiere decir algo que haga más soportable la situación, pero no sabe qué, y él tampoco habla. Quizá es de esas personas que no necesitan rellenar el silencio con palabras huecas. Por suerte, solo tardan diez minutos más en llegar al destino. En Charlottenburg, las calles anchas salpicadas de zonas verdes oxigenan la visión de la predominante gama de grises urbanos. Jamal para el coche en doble fila y la observa con expectación sin romper el silencio. Ella se desabrocha el cinturón, aunque su lenguaje corporal no muestra ninguna evidencia de que quiera bajarse del vehículo. Tampoco en él. La lluvia tintinea sobre el capó y los limpiaparabrisas se mueven al son de un extraño gemido.

—Soy una persona muy reservada, ¿sabe? —revela Nina de pronto, mientras juguetea con su anillo de casada. Inspira hondo antes de retomar su argumento—. Me cuesta abrirme. Nunca he hablado con nadie de mis problemas con Klaus. Ni siquiera con Enke, mi única amiga en Berlín, ni, mucho menos, con mi madre. Quizá porque siempre he creído que la única forma de reconciliar las contradicciones diarias de mi vida es manteniendo dos relatos: uno público y otro privado. Eso es lo que he hecho desde que me casé.

—*Frau* Haas, no me debe ninguna explicación —asegura.

Pero Nina alza una mano para que la deje continuar.

—Por favor, *Inspektor* Birkan. Quiero contarle esto. No sé por qué, ni yo misma lo entiendo, solo sé que necesito hacerlo.

—Bueno, a veces cuesta menos desnudarse emocionalmente ante un desconocido.

—Sí, aunque encajar los golpes es igual de difícil. Antes ha dicho que mi marido me ningunea y me ha dolido. Mucho. Por eso he sido tan brusca con usted.

—Lo siento —se disculpa Jamal, compungido.

—No lo sienta. No es culpa suya que las palabras hieran cuando van cargadas de verdad. —Suspira y vuelve la cabeza hacia la ventanilla—. ¿Ha oído hablar del campamento de refugiados de Tempelhof?

—¿El que está en los barracones del antiguo aeropuerto? Sí, claro.

—Me encantaría colaborar allí como voluntaria. —Una sonrisa de profunda sinceridad se le dibuja en los labios—. Siento que debo contribuir de algún modo. ¿Me entiende, *Inspektor* Birkan?

—Por supuesto que la entiendo, más de lo que se imagina. Su trabajo y el mío se parecen mucho, ¿sabe? Ambos nos dedicamos a proteger y a servir, la diferencia está en los métodos que empleamos. Que quiera ayudar a esas personas la honra, *Frau* Haas. Dice mucho a su favor.

La sonrisa de Nina se convierte de forma progresiva en una mueca triste y amarga.

—Ojalá Klaus se hubiera mostrado tan comprensivo cuando se lo dije, en vez de amenazarme. Él no me respeta, nunca lo ha hecho. Hay hombres que necesitan sentir poder y mujeres dispuestas a aceptarlo —se lamenta. Una cortina de llanto que todavía no ha derramado le difumina la mirada—. Yo... ya no puedo más, no me quedan fuerzas. A veces, quiero que despierte del coma y otras, en cambio...

Para su total consternación, es incapaz de terminar la frase. Nina se apresura a enjugarse las lágrimas que empiezan a brotar de sus ojos para que no la vea llorar, pero es demasiado tarde. Los ojos se le embarullan, los sollozos se le agolpan en la garganta, y una tiritera nerviosa le sacude todo el cuerpo de arriba abajo, así que se rinde al llanto. Entonces, oye el clac del cinturón de seguridad de Jamal, que se acerca y le acaricia el hombro muy despacio. El contacto le envía una sensación de calidez por toda la piel que va directa al corazón, como un pinchazo de adrenalina.

Minutos después, recupera la compostura.

—Discúlpeme —musita, mientras se seca el reguero de lágrimas de la mejilla—. No sé qué me ha pasado, no soy de llanto fácil, se lo aseguro.

Jamal abre la guantera con cuidado y extrae del interior un paquete de pañuelos de papel para ella.

—Mi abuelo, que en paz descanse, decía que el llanto es lo más noble que posee una persona.

Nina se sorbe la nariz delicadamente.

—Supongo que no era alemán, claro.

—Era turco de pura cepa. De un pequeño pueblo de la región de Anatolia —añade. La mira fijamente, como si así pudiera penetrar en la resistencia que ella ha construido—. ¿Se encuentra mejor, *Frau* Haas?

—Por favor, *Inspektor* Birkan, tutéeme. Se me hace raro que siga llamándome «señora» a estas alturas.

—Está bien, está bien. Pero solo si tú haces lo mismo. ¿Trato hecho, Nina?

En su voz, suena dulce y prometedor.

—Trato hecho, Jamal.

—Así me gusta.

Sellan el pacto con una sonrisa suspendida en el tiempo, clara y sin atenuantes, que ninguno de los dos se molesta en disimular.

—Prefiero verte sonreír —admite Jamal—. Pero siempre que necesites un hombro sobre el que llorar, el mío estará disponible.

Es lo más hermoso, sincero y desinteresado que le han dicho en toda su vida. Y le gusta que haya salido de los labios de Jamal Birkan. Más de lo que está dispuesta a reconocer.

—Debería irme ya, se está haciendo tarde. Gracias por… todo, supongo.

—Espera —la detiene, antes de que le dé tiempo a abrir la puerta. Ella observa cómo le sube y le baja la nuez de forma violenta—. Ve a Tempelhof, ¿vale? Hazlo por ti. Nada ni nadie debería impedirte nunca ser la persona que quieras ser.

Nina asiente en silencio. Tiene un nudo en la garganta.

Después, sale del coche con la inequívoca sensación de que todo ha empezado ahí, en ese preciso instante.

17. Jamal

El cielo está despejado, no hay rastro de los nubarrones negros que lo embrutecían hace un rato. Sin embargo, en su cabeza, la lluvia ha dejado paso a un huracán de categoría cinco en la escala Saffir-Simpson que arrasa con todo. Aparca en la plaza reservada, cierra los ojos durante un instante y se deja caer contra el volante. El camino de vuelta a Kreuzberg ha sido un calvario. Le pesa hasta la última fibra del cuerpo, como si acabara de librar una cruenta batalla contra el enemigo, que, esta vez, es su propia conciencia. La ética.

Pero la ética es un concepto muy relativo. Por ejemplo: ¿es ético que la idea de estrangular a Klaus Haas con sus propias manos orbite frente a sus ojos con el mismo frenesí que una peonza desbocada?

Dadas las circunstancias, cualquier respuesta es válida.

Cuando acordaron verse, Jamal no se imaginaba que el encuentro se convertiría en una intensa terapia de choque para ambos. No había planeado nada. Pero ella le ha mostrado las costuras de sus alas de ángel caído y ahora siente como si un trozo de su alma hermética y complicada le perteneciera. Evoca el matiz doloroso en su voz mientras le relataba los capítulos más oscuros de su historia. La mirada melancólica, las manos inquietas, diseccionando el pasado y el presente, las lágrimas… Nina ha compartido sus miserias con él, y eso lo perturba porque aviva un sentimiento prohibido y nada ético que va mucho más allá del simple deseo. Sí, la desea. ¿Qué hombre no querría estar con ella? La diferencia radica en la naturaleza de su necesidad. El deseo es una pulsión puramente física que desaparece una vez satisfecha, como agua que aplaca la sed. Pero a *eso otro*, se llame como se llame, lo mueve el impulso irrefrenable de protegerla a cualquier precio. De sostenerla con fuerza en mitad de la tormenta, aunque lo tenga todo en contra. Por eso sus sentimientos son tan peligrosos: preconizan la llegada de tiempos duros.

—Basta —susurra entre suspiros de derrota—. Basta, basta, basta.

Aleja esas cavilaciones tan rápido como puede. El espejo retrovisor le devuelve la imagen de su pelo encrespado por la lluvia y se rehace el moño. Después, saca la llave del contacto para poder abandonar la sofocante atmósfera; necesita ordenar sus ideas, poner fin a sus tribulaciones o dar paso a otras menos angustiantes. Antes, decide revisar el móvil. La llamada perdida de Frida Bauer lo hace resoplar. Duda entre devolvérsela o no, pero la conciencia y el sentido del deber hacen que se decante por la primera opción.

—Te he llamado hace un buen rato —le reprocha su colega.

—Lo siento, no he oído el teléfono. —Tras un breve paréntesis, agrega—: He estado con Nina Haas. Ulrich ha descubierto movimientos sospechosos en la cuenta bancaria de su marido.

Al otro lado de la línea, solo se escucha el silencio.

No estaba muy convencido de contárselo, pero, ya que de todos modos tendría que hacerlo, ha preferido ser transparente.

—¿Tú solo? —pregunta con suspicacia.

—No ha sido más que una entrevista informal. En cualquier caso, ella no sabe nada.

—Claro, cómo no —ironiza Frida.

Jamal pone los ojos en blanco.

—Bueno, ¿para qué me llamabas? —ataja.

—A ver, ya he descubierto dónde se conocieron Bachmann y Haas. Se trata del SuperFit, en el distrito de Mitte. Lo he visto *in situ* y, desde luego, no es la clase de gimnasio cochambroso donde suelen entrenar nuestros amigos los neonazis. En fin, he hecho unas cuantas preguntas. Por lo visto, Bachmann dejó de ir un mes después de haberse inscrito, en cuanto venció la primera cuota. El administrador del gimnasio dice que nunca llegó a abonarla.

—¿Y Haas?

—Haas paga religiosamente, aunque, según el registro de entradas y salidas, hace meses que no le ven el pelo por allí.

—Tiene sentido. Bachmann necesita pasar desapercibido mientras se busca un prosélito para la causa, por lo que elige un lugar donde no levante sospechas. Cuando lo consigue, desaparece sin dejar rastro. Obviamente, un terrorista en busca y captura no dispone de tarjeta de crédito. Por eso, convence a Haas para que se entrenen en su escondite de Lichtenberg, mucho más discreto que las instalaciones del SuperFit, pero, eso sí, le exige que tome ciertas precauciones, por si acaso. —Hace una pausa. Casi puede percibir el chirrido de los engranajes de su cerebro—. El cerco se estrecha. Buen trabajo, Frida.

—Gracias. ¿Sigues cabreado conmigo por lo del otro día?

—No.

—Y una mierda que no.

—Oye, no quiero parecer borde ni nada por el estilo, pero ahora no es buen momento para discutir de eso. Mañana hablamos con calma, ¿te parece?

—Vale —concede Frida, entre exhalaciones.

Ha sonado decepcionada, dolida… Puede que haya sido demasiado brusco con ella.

«Bravo, Jamal. Otra preocupación más que añadir a la lista», se recrimina a sí mismo.

Le apetece estirar las piernas, así que se dirige hacia Landwehr-kanal sin ningún propósito concreto. Las temperaturas han aumentado de nuevo y las calles recobran el pulso estival. Sucede siempre así: al primer rayo de sol, las terrazas, los parques y los *biergärten* vuelven a llenarse de gente. Jamal se siente parte del Berlín moderno, *multikulti* y gentrificado que ofrece esa zona de Kreuzberg, donde los grafitis, los clubes de ocio nocturno y las tiendas de ropa alternativa conviven en armonía con los puestos de kebabs, la mezquita y el mercado turco. Turquía está presente en cada rincón del «pequeño Estambul»: en las discusiones acaloradas de los hombres que toman té en vasos altos, en las miradas fugaces de las mujeres cubiertas con *hiyab,* en las antenas parabólicas que decoran los balcones de los edificios, todas con la misma orientación, o en el olor a fruta madura y a especias que aromatiza el ambiente. Sin embargo, la bandera de la diversidad se pierde al sur del distrito, donde la palabra integración suena a ironía. El infierno es un hospicio comparado con lo que ocurre allí; Jamal lo sabe bien. En esas calles oscuras que reflejan a la perfección la opresión plomiza de los domingos, bandas de jóvenes turcos y árabes rivalizan entre sí para imponer su propia ley. Los yonquis y los alcohólicos mendigan a las puertas de los locales comerciales, ocupados en su mayoría por una extensa red clientelar de narcotraficantes y proxenetas, sin otro resultado que una costilla rota o un ojo morado, en el mejor de los casos. Por supuesto, todo el mundo hace la vista gorda. En el gueto se aprende muy pronto que meterse en los asuntos de los demás no es una buena idea.

Cuando llega a Landwehrkanal, un penetrante olor a hachís le despierta los sentidos. Muchos de los chicos del barrio se juntan en esa zona limítrofe de aspecto degradado, con los muros de contención llenos de pintadas descoloridas y un montón de desechos acumulados en los márgenes del agua. Hace tiempo que ningún asunto lo lleva hasta allí, pero rápidamente se da cuenta de que nada ha cambiado: los planes de mejora trazados años atrás no se han materializado. En uno de los bancos de madera desportillada que bordean el curso del canal, Kerem y sus amigos escuchan hiphop en un iPhone probablemente robado. No le sorprende encontrar a su hermano en ese lugar. Este farfulla algo acerca de la poca originalidad del *beat* y los demás se limitan a darle la razón entre gruñidos apáticos. Muestran más interés en fumarse el porro que pasa de una mano a otra hasta que la cadena se rompe de improviso.

—¡Eh, tú! ¿Por qué mierda lo has tirado al suelo? —protesta Kerem—. Recógelo ahora mismo, *birader.**

—Tío, cállate. —Su amigo le indica con un gesto de la barbilla que gire la cabeza y, al hacerlo, Kerem se encuentra con la mirada inquisitiva de Jamal.

—¡Me cago en la puta! —blasfema. Inmediatamente, se incorpora como si lo impulsase un resorte y le espeta—: ¿Qué cojones haces tú aquí?

Tiene los ojos rojos y la lengua de trapo. Es evidente que va colocado. Jamal le dispensa una gélida caída de párpados, cruza los brazos sobre el pecho y se dirige a los otros. Tras barrerlos con la mirada uno a uno, les ordena:

—Perdeos.

—Oye, colega, Alemania es un país libre —se envalentona uno de ellos.

—Será mejor que os esfuméis antes de que os cachee y encuentre motivos suficientes como para enviaros dos noches seguidas al calabozo.

Habla en voz baja, con una calma intimidante, pero las palabras son perfectamente audibles, igual que si estuviera a solas con cada uno de los miembros del grupo.

—¿Nos estás vacilando o qué? Tú no puedes hacer eso.

* Coloquialmente, hermano.

—Será mejor que no me pongas a prueba, *colega*. Venga, largo de aquí. Ya me habéis oído.

Dicho y hecho.

La placa no lo resuelve todo. Pero casi.

Segundos después, Jamal se acomoda en ese mismo banco, ahora desocupado, con las piernas abiertas y los brazos extendidos a lo largo del respaldo.

—Vete a tomar por culo, *abi* —le espeta Kerem—. Lo que acabas de hacer se llama «abuso de autoridad».

—Relájate, hombre. Ven, siéntate. —Señala el banco con un leve movimiento de la cabeza—. Tú y yo tenemos que hablar.

Kerem frunce el ceño.

—¿Para eso has venido? ¿Para tener una charla? ¿No podías llamar antes o algo?

—Está bien, está bien. La próxima vez que quiera verte procuraré concertar una cita con tu secretaria, ¿vale? —dice en un tono arrastrado de hermano mayor que está a punto de perder la poca paciencia que le queda—. De todas maneras, ¿cómo iba a localizarte? ¿No se supone que has perdido el móvil? ¿O es otra de tus mentiras?

—Eres un jodido masoquista, Jamal. ¿No te cansas nunca?

—¿De qué, exactamente?

—De intentar domesticarme.

—Si dejaras de jugar a ser un matón de barrio y te enderezaras de una vez, no tendría que hacerlo.

—¿Sabes una cosa? Te estás volviendo predecible. A veces no tengo claro si eres poli o asistente social.

Jamal suelta una carcajada sarcástica.

—Puede que sea un masoquista, pero también soy el único de los dos que tiene algo de materia gris en la mollera. Y resulta que tú —Lo señala con el dedo índice— eres sangre de mi sangre.

No hay réplica.

En ocasiones, las palabras son un dardo en la diana.

Kerem se aleja unos cuantos pasos y apoya los codos en la barandilla metálica que circunda el canal, oxidada y cubierta de pegatinas y excrementos de pájaro en algunos tramos. Jamal hace lo mismo. El agua lame los márgenes y deja sobre los muros una espuma de un desagradable tono amarillo pálido.

—¿Por qué no fuiste a casa la noche del cumpleaños de *anne*?

—Porque estaba follando. Con una tía que te cagas —precisa—. ¿Te acuerdas de lo que es eso o hace tanto que no mojas que ya se te ha olvidado?

—¿Te crees que soy tonto? Tú no has estado con nadie desde que Öykü te dejó. Puede que engañes a *baba,* pero a mí no. —Suspira y mueve la cabeza en señal de desaprobación—. Te estás metiendo en un campo de minas y, tarde o temprano, alguna te estallará en la cara.

—Bueno, ¿y qué? —replica Kerem, gesticulando con vehemencia—. Ni que fuera tu puto problema.

—Veo que sigues sin enterarte de cómo funcionan las cosas. ¿Quién crees que irá a salvarte el culo cuando El Kurdo se entere de que has vuelto a trapichear a sus espaldas? ¿Tus amigos los *fumetas?*

—Tranquilo. Tengo claro que eres tú quien me saca siempre de la mierda, me lo has repetido unas cuantas veces.

—La cuestión no es quién te saca de la mierda, Kerem. La cuestión es por qué te empeñas en meterte de lleno en ella.

Kerem vacía sus pulmones en una larga exhalación y mira a su hermano con un brillo revelador en los ojos.

—Necesito la pasta, ¿vale? Quiero irme de esta puta ratonera cuanto antes. Quiero mi propia vida.

—La vida se la debe ganar uno mismo. Nadie regala nada, ya deberías saberlo. Piensa un poco en nuestro padre, por favor. ¿No te parece que ya ha sufrido bastante?

De pronto, la expresión del rostro de su hermano menor se endurece, como si un interruptor hubiese activado alguna especie de distorsión interna. Las cejas se le crispan, igual que la boca, arrugada en una mueca de reproche.

—¿Y yo qué, Jamal? ¿Acaso no he sufrido yo también? ¡Su dolor no es más sincero que el mío! —se lamenta. Habla con tanto ímpetu que, más que pronunciar las palabras, las escupe—. ¿Quieres saber por qué no fui a cenar la otra noche? Muy bien, te lo contaré. No fui porque estoy harto de esa farsa. *Baba* se obceca en celebrar su aniversario año tras año, como si eso nos fuera a devolver a nuestra madre. Pero no es así. *Anne* no va a volver, *kardeş*. ¡Está muerta, joder! ¡Muerta! —recalca, con los ojos vidriosos y las orejas intensamente coloradas.

—Kerem, tranquilízate.

Pero Kerem no puede tranquilizarse. No en ese momento, porque Jamal ha abierto la caja de Pandora y porque, en el fondo, todavía es un niño confuso y perdido con un corazón frágil y un alma cándida que no sabe cómo sobrellevar las pérdidas. Entonces, rompe a llorar. Se quita esa estúpida gorra de visera plana y ese estúpido disfraz de gamberro tatuado y saca todo lo que lleva dentro: la frustración, los sueños rotos, el desaliento, ese sitio que no encuentra, ese patrón en el que no encaja… Y, por segunda vez en lo que va de día, el hombre inquebrantable que nunca se derrumba aparca sus propias preocupaciones y se centra en consolar a otra persona. Primero a Nina y ahora a Kerem, al que abraza con fuerza, movido por una sacudida de lástima que lo lleva a cumplir, así, con su papel de hermano mayor y entregado.

No hay que dejar solo a quien sufre. Eso solo prolonga el dolor.

—Todo irá bien, *kardeşim*. Te lo prometo —le susurra.

Un triste letargo se asienta entre ellos. Algunas concesiones pesan más que los años, duelen más que los golpes.

18. Nina

1 de septiembre de 2015
Centro provisional de refugiados de Tempelhof
Distrito de Friedrichshain-Kreuzberg, Berlín

Nuevo mes, nueva vida.

En su primer día como enfermera voluntaria, Nina ha comprobado con sus propios ojos que hay muchísimo más trabajo del que pensaba. Según le ha contado el doctor Assam, el supervisor de la pequeña clínica recién creada donde se asiste a los refugiados, cerca de dos mil personas viven repartidas en tres hangares del antiguo aeropuerto de Berlín, hoy reconvertido en parque. Paradójicamente, fueron los nazis quienes levantaron la terminal de pasajeros de Tempelhof. De hecho, sus líneas sobrias y racionalistas encajan en el megalómano plan de Albert Speer, el arquitecto favorito de Hitler, para la reconstrucción de la capital alemana.

La historia es caprichosa.

Si se tiene en cuenta que los barracones se diseñaron para albergar aviones, las condiciones de vida de los refugiados son deplorables. Duermen en carpas, en un espacio de menos de tres metros cuadrados por persona, y ni siquiera disponen de algo tan básico como una ducha. Los puntos de acceso al agua son muy escasos, así que, para lavarse, tienen que desplazarse en autobús a un estadio de fútbol cercano. La ropa limpia se seca fuera de las tiendas, en las vallas de metal que separan las carpas del parque. Por otra parte, la escasa ventilación y la acumulación de gente favorece el ambiente nauseabundo que se respira en todo el lugar. A todo eso hay que añadir que muchos llegan en un estado de salud lamentable, debilitado después de la peligrosa travesía emprendida por mar y tierra para llegar a Europa: Turquía, Grecia, los Balcanes, Hungría, Austria y, por fin, la gran Alemania. Nina ha visto de todo en esa primera toma de contacto, desde cuadros catarrales complicados hasta infecciones respiratorias o enfermedades severas de la piel. Lo peor, un bebé de dieciocho meses con una herida de metralla en la frente. Se llama Amel, que significa «esperanza» en árabe.

A las ocho y media concluyen las labores sanitarias y el escaso personal abandona el módulo prefabricado que hace las veces de consultorio. Antes de irse, el doctor Assam sondea a Nina para saber qué le ha parecido la experiencia.

—Dura, pero enriquecedora —reconoce ella.

—¿Eso significa que va a volver?

—Naturalmente, *Herr Doktor*. Libro el fin de semana, así que cuente conmigo.

—No se imagina lo mucho que me alegra oír eso. Toda ayuda es bien recibida, ya ha visto en qué condiciones estamos. Además, parece usted una profesional competente y entregada, *Frau Krankenschwester*. Justo lo que necesitamos.

Nina asiente, agradecida.

—¿Cuánto tiempo se supone que van a permanecer en el centro?

—Inicialmente, la idea era que se quedaran solo un par de semanas, mientras se tramita su solicitud de asilo, para luego llevarlos a otro refugio mejor habilitado que este. El problema es que ni los trámites van todo lo rápido que se esperaba ni hay espacios con capacidad para albergar a tanta gente.

—¿Y el LAGeSO* no hace nada al respecto?

El doctor Assam esboza una sonrisa indulgente.

---

* Oficina de Sanidad y Asuntos Sociales.

—Me temo que están desbordados —se lamenta, mientras se quita la bata y la cuelga detrás de la puerta—. La situación es dramática, cada vez llegan más refugiados a Alemania. Y seguirán llegando si la comunidad internacional no interviene pronto. Los países fronterizos con Siria están al límite. Solamente Jordania ha recibido más que la mayoría de naciones europeas juntas. Pero no es momento de cerrar filas, esa pobre gente escapa del infierno. Se lo digo yo, que nací en Damasco y tuve que huir del Mukhabarat.

—¿El Mukhabarat?

—*Idarat al-Mukhabarat al-Amma* —aclara el médico, con un fuerte acento árabe—. El servicio sirio de inteligencia, una pieza esencial para la supervivencia del régimen de Al Assad. Es mejor correr si uno se los encuentra, ya me entiende. De todas maneras, mi pueblo tiene una gran capacidad de resiliencia, no solo para sobreponerse a situaciones terribles, sino también para mirar hacia el futuro. Algún día, la guerra civil acabará y el Estado Islámico será derrocado. Mientras tanto, esperemos que las autoridades estén a la altura en esta terrible crisis humanitaria global y pongan a nuestra disposición todos los recursos necesarios. En fin, basta de charla por hoy, *Frau Krankenschwester* —zanja—. Es tarde, mi esposa y mi hijo me esperan. Vayámonos antes de que cierren el parque. ¿Hacia qué salida va, norte o sur?

—Norte.

—Yo a la sur. Descanse, *Frau* Haas. Se lo ha ganado.

Sí, está realmente agotada, pero también satisfecha. Sobre todo, se siente orgullosa de haber tomado, contra todo pronóstico, la decisión correcta. Los últimos días se ha sentido invadida por una fuerza sobrenatural, la clase de fuerza que nos impulsa a hacer esas cosas que llevamos mucho tiempo posponiendo y que, en otras circunstancias, nos parecerían impensables. Cosas como, por ejemplo, cortarse el pelo al estilo *boho*. ¿No dicen que cambiar de imagen simboliza el inicio de un ciclo? En su caso, además, el resultado es muy favorecedor.

Incluso Enke, que siempre ha sentido una auténtica devoción por su larga melena, opina que ese nuevo aire desenfadado le queda mejor. «Estás fantástica, pareces otra», admitió. En cierto modo, se siente distinta. O, mejor dicho, se siente ella misma. Ella, que se había acostumbrado a convivir con la amarga sensación de no ser más que una piel olvidada tras una muda. La vida es sorprendente: cuando parece que no tienes nada a lo que aferrarte, descubres un asidero en el interior del pozo y todo cambia como por arte de magia.

Se llama «punto de inflexión».

Y el suyo es un accidente de tráfico.

Desde que Klaus está en coma, Nina se siente libre para moverse en cualquier sentido y cambiar de carril en la carretera de destino incierto que ahora recorre. Es difícil desprenderse de la costra de deslealtad; tantos años de abuso emocional dejan secuelas. Pero, por primera vez en mucho tiempo, divisa en el horizonte un nuevo mundo que hasta hace poco le parecía lejano y fuera de su alcance. Un mundo conformado por un agradable silencio, sin gritos ni mentiras, en el que toma sus propias decisiones, desde cortarse el pelo hasta ejercer de enfermera voluntaria en un campamento de refugiados sirios. La suave oleada que la mece cuando se acuesta por las noches se parece bastante a su idea de la felicidad. Ahora que en su fuero interno los dilemas comienzan a ceder espacio a sus propias necesidades, Nina vive una auténtica revolución personal.

Fuera del recinto vallado, el parque de Tempelhof se extiende a lo largo de más de trescientas hectáreas de césped donde se suceden las pistas deportivas y las áreas de pícnic. Hay un buen trecho hasta la salida norte. Son casi las nueve, empieza a anochecer. El aire de septiembre es fresco, un respiro tras el asfixiante mes de agosto, y sacude con suavidad las copas de los árboles. Nina anda todo lo deprisa que las plantas de sus pies doloridos le permiten y esquiva a los corredores rezagados que se le cruzan durante el trayecto. Por lo visto, no son los únicos que apuran los últimos minutos antes del cierre. En la cancha desvencijada que queda a su derecha, un grupo de hombres juegan al baloncesto sin otra preocupación aparente que encestar en la canasta contraria. Desliza una mirada fugaz y continúa su camino, con el eco distante de sus propias pisadas.

De pronto, escucha una voz que reconoce al instante y el corazón se le detiene.

—¡Nina! ¡Eh, Nina! ¡Espera! —exclama esa voz de terciopelo que la acaricia en zonas a las que no tiene derecho a llegar.

Frena en seco y se vuelve despacio, tensa de anticipación. Entonces, Jamal, que corre a toda prisa hacia ella, aparece en su campo visual. Ropa deportiva, pelo suelto, una gorra blanca del revés que le otorga un irresistible aire rebelde y ese cuerpo esculpido, que brilla por el sudor. ¿Qué probabilidades había de que se lo encontrara, precisamente a él, en ese momento y en ese lugar? Puede que menos de un uno por ciento, pero la estadística suele ser tan impredecible como el destino.

Mentiría si dijera que no se alegra de verlo.

Que no le tiembla hasta la última fibra del cuerpo.

O que el corazón no le late a un ritmo frenético.

Por extraño que parezca, Jamal es la única persona que ha logrado burlar el blindaje emocional de Nina y que entiende el alcance de su tristeza. Pero su presencia también la perturba porque, desde aquella tarde en Alexanderplatz, la persigue una sensación desconocida y misteriosa, una especie de atracción prohibida que amenaza con destruir su autocontrol cada vez que piensa en él.

Y es una sensación constante.

Está presente a todas horas.

Entonces, algo la ilumina por dentro. Una luz que se enciende y que se expande con la misma resonancia de un trueno. Una chispa que antes de prender ya es fuego.

19. Jamal

1 de septiembre de 2015
Tempelhofer Feld
Distrito de Friedrichshain-Kreuzberg, Berlín

Han pasado muchos días desde la última vez que la vio. Nueve, para ser exactos. La habría llamado, pero ha estado muy ocupado. Lleva otros asuntos, aparte del caso Bachmann. Vigilancias, seguimientos, infiltraciones. Con la escalada de tensión en las calles alemanas, la lista de *Gefährder** que la BKA tiene en el punto de mira aumenta. Su trabajo es demasiado absorbente.

«Sí, mi trabajo es demasiado absorbente».

Podría seguir tragándose sus propias mentiras y no reconocer que, si no ha marcado su número, es porque a) carecía de excusas creíbles para hacerlo y b) temía confesarle a la primera de cambio que no podía sacársela de la cabeza.

«Me habría puesto en evidencia».

Y ahora la tiene justo delante, como si hubiese salido de repente de una de sus ensoñaciones, y ella lo mira con una expresión que combina contracción y sorpresa.

«Parece que el destino me esté pidiendo a gritos que me ponga en evidencia, después de todo».

Con el pulso aún acelerado por el esfuerzo físico, se detiene ante Nina. Un soplo de su delicioso aroma frutal le acaricia

---

* Que puede cometer un delito a gran escala.

170

las fosas nasales. Se seca el sudor de la frente con el dorso de la mano, que, acto seguido, se frota contra la tela del amplio pantalón de deporte. No sirve de mucho, pues la prenda está casi tan húmeda como su piel. Ojalá se hubieran encontrado en otras circunstancias. Habría preferido llevar ropa limpia y no apestar a macho después de un partido improvisado de baloncesto, pero tendrá que conformarse.

—¡Vaya, qué casualidad! —exclama—. Estaba ahí —Señala hacia la cancha—, te he visto pasar y me ha parecido que eras tú. ¿Qué haces a estas horas por aquí? Esto queda un poco lejos de Charlottenburg.

—Hola, Jamal. —Un escalofrío le recorre el cuerpo, aunque en esta ocasión no es desagradable. Es fascinante cómo pronuncia su nombre, con la *m* obligándola a juntar los labios y la lengua despuntando en la *l*—. Vengo de los hangares. Hoy ha sido mi primer día como voluntaria en el centro temporal de acogida —explica, con una sonrisa que le abarca todo el rostro.

Jamal observa los pronunciados hoyuelos que se le dibujan en las mejillas y tiene que esforzarse para contener las ganas de besarla. Está resplandeciente, hay algo distinto en ella. Se ha cortado el pelo y parece más sofisticada, pero no es eso. O, al menos, no es lo único. Es la luz que irradian sus ojos, la chispa de ilusión renovada que los hace centellear.

Lo entiende todo enseguida.

—¿De veras? ¡Qué maravilla! Me alegro de que te hayas decidido a dar el paso, sé lo mucho que significaba para ti.

Su tono de voz destila la misma emoción y la complicidad de quien descubre que ha entrado en el universo privado de otra persona y se ha vinculado de una forma inexplicable a su peripecia vital.

—Bueno, fuiste tú quien me animó a hacerlo.

—Yo solo dije lo que pensaba, Nina. El mérito es tuyo, de nadie más. Por cierto, me gusta —admite, en alusión a su corte de pelo—. Mucho —enfatiza.

—Te has dado cuenta.

Parece sorprendida.

Jamal sonríe y se humedece los labios. Le diría que claro que se ha dado cuenta, que es imposible no fijarse en ella, pero no quiere pasarse de la raya. Tampoco cree que haga falta; sus pensamientos deben de ser tan claros como el cristal veneciano, a juzgar por el parpadeo huidizo de Nina y la pincelada de rubor en el rostro.

—Espérame un minuto, ¿vale? Voy a por mis cosas y te acompaño a la salida.

Lo dice rápido y se da la vuelta para no darle tiempo a negarse.

Falta poco para que cierren el recinto, pero ellos caminan el uno al lado del otro sin prisa. Jamal procura mantenerse a una distancia bastante prudencial, con su bolsa de deporte en una mano y una sudadera en la otra a modo de barrera. No quiere caer en la tentación de tocarla.

—¿Vienes mucho a este parque? —se interesa Nina.

—Pues sí, siempre que puedo. El deporte al aire libre me ayuda a desconectar. Vivo aquí cerca, en Bergmannstrasse. Antes vivía en Kottbusser Tor. Mi padre tiene una tienda de especias en el mercado turco. Se llama Los Aromas de Estambul, es bastante popular.

¿Por qué no puede callarse?

Él nunca habla tanto.

—No conozco Kreuzberg. Como sabes, llevo poco tiempo en Berlín y, entre unas cosas y otras, apenas he salido de Mitte o Charlottenburg. —Se encoge de hombros—. Me limito a ir del hospital a casa y de casa al hospital.

«Unas cosas y otras» y Klaus, claro. Se juega los dedos de ambas manos a que ese gilipollas pondría el grito en el cielo si supiera dónde está su mujer en esos momentos.

—Pero ahora tienes una buena excusa para venir a menudo. —Ella le desliza una mirada de desconcierto y Jamal se apresura a aclarar: —Lo digo por el campamento de refugiados. Por cierto, ¿cómo es?

Nina toma aire antes de contestar.

—Lúgubre. Precario. Desolador. Sabía que esas personas vivían en condiciones deplorables, pero una cosa es verlo en las noticias y otra, muy distinta, vivirlo en primera persona. Los que se oponen a la entrada de refugiados a nuestro país deberían abrir los ojos. Ojalá vieran lo que pasa en Siria y entendiesen que la desesperación conduce al éxodo.

Hay tanta rabia en sus palabras que podría masticarla y escupirla. Las palabras de Nina no solo confirman que tiene un alma buena y pura, sino que, además, Jamal ha descubierto algo que desconocía: es una mujer apasionada, comprometida, con ideales. Eso le gusta todavía más.

—El mundo es un lugar enfermo de violencia y desigualdad. Puede que la tecnología haya evolucionado, pero la estupidez humana sigue intacta. Se ha vuelto todo muy complicado. He visto mucha mierda en mis quince años en el cuerpo, puedo corroborarlo. Y seguro que tú también.

—Lo peor es ver morir a un niño. Eso nunca se olvida, es demasiado duro —confiesa Nina.

Jamal traga saliva y se deja llevar por el momento como quien se deja mecer por las olas del mar en calma.

—Siento mucho que perdieras a tu bebé —dice entonces, con un matiz íntimo y suave.

Necesitaba decírselo, se lo debía.

Nina asiente. Sin embargo, sea lo que sea lo que piensa, no lo verbaliza. Un silencio denso se instala entre ambos, y a Jamal lo atraviesa un estremecimiento de preocupación que no se desvanece hasta que salen del parque y llegan al letrero luminoso del U-Bahn. Ahí, permanecen el uno frente al otro y se miran a los ojos como si ninguno de los dos quisiera ser el primero en marcharse. Las aceras están desiertas, la temperatura es agradable y las farolas proyectan una luz cálida y anaranjada.

—¿Has venido en metro? —se interesa Jamal, pese a que la respuesta es obvia.

—Sí. Solo utilizo el coche para ir al trabajo. Todavía no me he acostumbrado al embrollo de carreteras en obras de Berlín, pero creo que será mejor que el próximo día venga en coche.

—¿Cuándo?

—El sábado. De cuatro a ocho y media de la tarde.

—¿De cuatro a ocho y media? ¿Es que no descansas nunca?

Es curioso que sea justo él quien lo pregunte.

—Descansar está sobrevalorado —rebate Nina, desechando el argumento con un gesto de la mano—. Ahora mismo, lo único que me apetece es vivir.

Jamal vuelve a descubrir su fuerza tras el iris brillante. «Y a mí, que me despierten cuando acabe septiembre, como dice la canción», piensa, al tiempo que pasea la mirada sobre esas preciosas facciones angelicales. La detiene en sus labios y se pregunta cómo sería acariciarlos con los suyos.

—Me alegro tanto de verte…

Puede que haya ido demasiado lejos, pero no ha podido evitarlo. Le ha salido de dentro, tan espontáneo e incontrolable como un parpadeo, un latido, una exhalación.

—Yo también me alegro mucho —reconoce. Se muerde el labio como si sopesara lo que va a decir a continuación—. El otro día fuiste encantador conmigo. Nunca me había sentido así.

—¿Cómo?

—Especial.

«Una mujer especial atrapada en una vida mediocre», lee en sus ojos.

—Pues lo eres, Nina. Muy especial. Y, si me permites el consejo, no pierdas ni un minuto de tu precioso tiempo tratando de demostrárselo a quien no te entiende.

Se miran en silencio durante un instante. No median palabra, pero se dicen muchas cosas. Luego, Nina cambia de tema y un abismo se abre bajo sus pies.

—¿Hay novedades en el caso?

Las hay, sí, aunque quizá son bastante tangenciales de momento.

Jamal discurre a toda prisa acerca de lo que podría revelarle y lo que no y sobre cuál es la mejor manera de hacerlo sin que la investigación sufriera algún menoscabo. Sin embargo, no halla ninguna solución satisfactoria para su dilema moral, por lo que sonríe con indulgencia y responde:

—Nada que pueda contarte.

—Claro, lo entiendo. En fin, es tardísimo, me voy ya. Gracias por acompañarme, Jamal.

—No hay de qué. Adiós, Nina, cuídate. Nos vemos pronto.

Nina asiente, da media vuelta y desaparece en el interior de la boca del metro como agua que se escurre entre los dedos. Jamal la ve alejarse igual que se alejan las cosas que nunca se consiguen, las que se desean en secreto, y bajo el mar de tinieblas que se le cierne sobre la cabeza, siente que su voluntad ya no es suya y que alguien, en algún lugar, lo gobierna de marea en marea, de derrota en derrota.

Una mujer con cara de ángel.

En ese instante, un miedo desmedido le golpea el pecho. Es distinto, nunca se ha enfrentado a nada igual.

20. Nina

Después de la clase matinal de yoga, Nina cambia su rutina por un impulso. Tenía la intención de ir a ver a Klaus, han pasado varios días desde que lo visitó por última vez, pero ha cambiado de parecer. En vez de tomar la A100 en dirección al Hospital St. Marien, conduce varios kilómetros por Otto-Suhr-Allee, atraviesa Tiergarten y, al llegar a Checkpoint Charlie, aparca el coche y se baja. En realidad, no tiene que estar en Kreuzberg hasta las cuatro, pero ha sentido una necesidad imperante de conocer el distrito, caminar por sus calles, impregnarse de su esencia y comprobar en primera persona que su marido se equivoca al afirmar que el barrio turco de Berlín no es más que una sucia escombrera radiactiva.

Hace un día espléndido. Aparte de una nube desgreñada que se deshilacha en el aire, el sol dispone del cielo para él solo. Por suerte, ha elegido un atuendo adecuado: sandalias, *shorts* vaqueros y una camiseta de rayas marineras que le deja los hombros a la vista; menos mal que se ha aplicado una generosa capa de crema solar en la zona antes de salir. Camina hasta el East Side Gallery, atestado de turistas haciéndose fotos en el tramo mejor conservado del Muro. Es la primera vez que se para a observarlo con calma, aunque lo ha visto docenas de veces antes. De todas las pinturas murales, la que más le llama la atención es la que representa el beso entre Brezhnev y

Honecker. Debajo, una frase reza: «No más guerras. No más muros. Un mundo unido». Es curioso que unas palabras escritas décadas atrás sigan vigentes. A los pocos minutos, llega al puente de Oberbaum y lo recorre sin perder de vista la interesante panorámica del río Spree con la Torre de la Televisión al fondo. Si girase la vista en sentido contrario, en dirección a Treptower Park, otearía una triple figura humana que levita sobre el agua. Se trata de *Molecule Man,* una gigantesca escultura de aluminio. A medida que se acerca a la zona de Kottbusser Tor, Kreuzberg adquiere un aire pintoresco. Las fachadas de los edificios, mucho más modestos y menos pulcros que en Charlottenburg, conviven con los grafitis. Las calles están colmadas de fruterías, panaderías abiertas las veinticuatro horas, peluquerías que ofertan cortes baratos, comercios de alfombras, de empeños o de relojes de imitación. Hombres de todas las edades charlan en las terrazas de las casas de té que abundan por doquier. Las conversaciones son unos cuantos decibelios más elevadas que en otros distritos; las pieles, más oscuras; los ojos, más expresivos. De los restaurantes emanan olores exóticos: especias, embutidos, pescado en salazón. Una música de fondo cubre el ambiente y se mezcla con el alboroto; una boda turca tradicional. Es posible que Nina se encuentre en el lugar menos alemán de todo el país.

Y lejos de disgustarle, le fascina.

Un poco más tarde, en el mercado de Maybachufer, el corazón le da un vuelco al pasar por delante del establecimiento llamado «Los aromas de Estambul». Es la tienda del padre de Jamal. Se detiene justo enfrente, abrumada por las ganas de descubrir algo más del hombre que se ha colado en sus pensamientos de forma irreversible. Esas ganas la llevan a abrir la puerta. Las bisagras chirrían y un sonido tintineante de cascabeles que se agitan anuncia su entrada. El local es humilde, aunque agradable, de paredes forradas de madera. Instantáneas de los lugares más icónicos de Estambul enmarcadas aquí y allá, un retrato en blanco y negro de Mustafá Kemal Atatürk y un amuleto contra el mal de ojo. Los estantes están repletos de tarros, botes de cristal y paquetes. Del techo cuelgan ristras de chiles, ajos y tomates secos. En el centro, una báscula antigua, un molinillo eléctrico y una caja registradora reposan sobre el gran mostrador principal. Docenas de sacos y barriles colmados de especias de todos los colores se amontonan en el suelo: *curry*, pimienta rosa, cardamomo, canela, azafrán, té de manzana; pequeñas pirámides de polvo y grano que dotan al lugar de un perfecto aire simétrico, colorido y aromático.

Entonces, un hombre mayor ataviado con un delantal blanco se abre paso por las cortinas de tiras metálicas y se detiene frente al mostrador.

—Buenos días, *Fräulein*. ¿En qué puedo ayudarla? —pregunta, con acento turco.

Nina lo contempla de arriba abajo mientras compara sus rasgos con los de Jamal: tez aceitunada, cejas espesas, pelo blanco, bigote oscuro y poblado... Las facciones de su cara le aportan una apariencia amable y honrada. Cree reconocer en su mirada el mismo centelleo que reflejan los ojos de Jamal, solo que más apagado. Es posible que los desmanes de la vida le hayan arrebatado la luz.

—Pues... me gustaría comprar algo, pero no sé el qué. Su tienda es muy popular, por eso he venido —se justifica, sin necesidad de hacerlo.

El hombre esboza una agradable sonrisa que acentúa las arrugas de su rostro.

—Ha hecho usted bien. Veamos. —Frunce el ceño con gesto pensativo—. ¿Le gusta el té?

—Sí, mucho.

—Me lo figuraba. ¿Qué le parece... —Se agacha con cierta dificultad y saca de un cajón una lata que deposita sobre el mostrador—... esta mezcla de tés aromáticos?

Nina abre el recipiente, se lo acerca a la nariz y lo olfatea.

«La verdad es que huele igual que las infusiones que se compran en un ALDI cualquiera», piensa.

—No está mal —condesciende—, pero querría probar algo más genuino. ¿Usted toma té?

—Como si fuera agua, señorita. ¿No ve que soy turco?

—Entonces, véndame el que más le guste a usted.

—Muy bien, *maşallah* —concede, satisfecho.

A continuación, sale de detrás del mostrador y se encorva frente a uno de los sacos.

—Nosotros lo llamamos *çay* —explica, mientras llena una bolsita de papel de unos cien gramos con ayuda de un cucharón metálico.

—*Çay* —repite Nina.

—Eso es. El negro es el que tomamos por sus propiedades antioxidantes y porque contrarresta los efectos del tabaco y del alcohol, que tanto se consumen en mi país. ¿Nunca ha oído la expresión «fumar y beber como un turco»? —A Nina se le escapa una risita—. Pues ahora ya sabe de dónde viene. —Se incorpora, dobla las esquinas de la bolsita y se la ofrece—. Tenga. Este té es más fuerte que el que toman ustedes, los alemanes. Le sugiero que lo beba de la manera tradicional, con un terrón de azúcar bajo la lengua.

—De acuerdo.

—¿Desea alguna cosa más?

—No, eso es todo.

—Serán cinco euros, por favor.

Nina extrae la tarjeta de crédito del monedero y se la da. El hombre se dirige de nuevo al mostrador, teclea la cantidad en el datáfono e introduce la tarjeta en la ranura. Mientras espera a que se complete la transacción, Nina repara en la fotografía que hay junto a la caja registradora. La imagen muestra al hombre que tiene delante, pero unos cuantos años más joven. A su lado, una mujer de cabello azabache y dos muchachos sonríen a la cámara con despreocupación delante de la emblemática Mezquita Azul. Uno de ellos, el de complexión más fuerte, es Jamal; no le cabe ninguna duda. La ausencia de barba y ese pelo corto le confieren un atractivo especial, pero no tanto como el actual. Una sonrisa privada se le dibuja en los labios. Le gustaría decir algo, pero no sabe muy bien qué.

—Mi mujer y mis hijos —aclara el hombre—. ¿Conoce Estambul, señorita?

—Me temo que no.

—Visítela si tiene la oportunidad. Es una ciudad hermosa, aunque un poco caótica. Le prometo que no hay nada en el mundo equiparable a la luz del cielo reflejada sobre el Bósforo, su belleza es inigualable. El mar es un espejo que no sabe mentir. Esta foto es de la última vez que fuimos. —Desliza una mirada hacia la imagen y suspira—. Ya han pasado más de cinco años. El tiempo vuela —musita, con la voz impregnada de melancolía—. Bueno, no la entretengo más. Aquí tiene, su tarjeta y su recibo. Espero que disfrute del té. Muchas gracias por la compra.

—Gracias a usted por su amabilidad, *Herr*...

—Birkan, pero puede llamarme Orhan *Bey*.

—Nina Kessler. —Ha dado su apellido de soltera. Es la primera vez que lo hace en ocho años y ni siquiera sabe por qué—. Encantada de conocerlo, señor.

Orhan *Bey* le cubre ambas manos con las suyas y a Nina la envuelve una extraña sensación de calidez como si, de alguna forma, aquella piel áspera fuera la de Jamal. Como si le contara esa historia que tanto ansía conocer.

—Vuelva pronto a Los Aromas de Estambul.

—Lo haré, se lo aseguro.

Centro provisional de refugiados de Tempelhof, Berlín

Ocho y media de la tarde. Nina coge el bolso y antes de abandonar el consultorio, dedica una mirada compasiva al doctor Assam.

—Está usted haciendo una gran labor, *Herr Doktor*. No se rinda nunca, por favor.

El médico levanta la vista del ordenador, donde completa uno de los informes, y asiente en silencio sin dejar de teclear. Hace rato que sus ojos esconden una mezcla de rabia y tristeza propias de quien advierte que su lucha es en vano y está a punto de tirar la toalla. La imagen del cadáver del pequeño Aylan Kurdi en la playa turca de Ali Hoca Burnu ha dado la vuelta al mundo y ha puesto el suyo del revés. Apenas tenía tres años y toda la vida por delante. Podría haber sido su hijo. «¿Y sabe qué es lo peor, *Frau* Haas? Que esa foto, por más dura que sea, no servirá para nada. Seguirán muriendo personas y seguiremos con la vista puesta en otro lado», se había explayado antes, en un arranque de furia que no pudo contener durante más tiempo. Nina lo entiende perfectamente. A ella también le duele.

Cualquier vida truncada duele, pero más aún cuando es la de un niño.

Al salir del recinto vallado, las cuatro válvulas del corazón se le dilatan a la vez. La bicúspide, la tricúspide, la aórtica y la pulmonar. Pestañea varias veces.

Jamal está allí.

Tiene los brazos cruzados sobre el pecho y apoya la pierna derecha, flexionada, contra un bloque de hormigón con un grafiti en el que puede leerse «Rise up». Viste vaqueros desgarrados a la altura la rodilla, una camisa blanca arremangada hasta los codos que dejan a la vista sus pulseras de cuero y plata y el enorme reloj metálico y lleva el pelo recogido en un moño desaliñado. Su atractivo y su frescura resultan casi ofensivos en un momento tan amargo como ese.

Se acerca a él sin esconder la expresión de asombro y le pregunta:

—¿Qué haces aquí?

—Te esperaba.

Nina arruga la nariz, desconcertada.

—¿Has venido a buscarme para hablar de la investigación?

—No. He venido a buscarte porque, a pesar de todo, Kreuzberg sigue siendo Kreuzberg y no creo que sea seguro que vayas sola a estas horas.

Silencio.

La ha desarmado por completo, se mentiría a sí misma si no lo reconociera.

—Te has quedado sin palabras —advierte Jamal—. Debes de estar pensando que soy un acosador o cualquier cosa parecida.

—No, en absoluto. En realidad, creo que es un detalle muy bonito por tu parte.

Jamal le devuelve una sonrisa tan deslumbrante que toda la oscuridad del mundo se disipa de inmediato.

—Vamos, te acompaño.

De camino a la salida norte, muestra interés en saber cómo le ha ido en el centro de refugiados. Nina le relata la experiencia y él la escucha atento. También le habla del doctor Assam y de lo mucho que le ha afectado la imagen del pequeño Aylan.

—Venirse abajo es inevitable de vez en cuando en estos tiempos que corren —admite Jamal, con la vista fija en sus botas oscuras—. Dicen que estamos todos en el mismo barco, pero no es verdad. Estamos en el mismo mar, que es distinto. Y, mientras unos navegan cómodamente en yates de lujo, otros nadan a contracorriente y luchan con todas sus fuerzas para sobrevivir.

—¿Dónde estamos tú y yo, Jamal?

—Puede que en una lancha motora. O quizá en un bote salvavidas.

En ese instante, Nina comprende que él, igual que ella, también esconde en el fondo del alma una pequeña tragedia personal. Quizá se comprenden tan bien porque ambos son dos personas solas cuyos caminos han coincidido por obra del destino.

Conectan.

—No hace falta que continúes —anuncia, al llegar a la salida—. Mi coche está en Checkpoint Charlie.

—¿Tan lejos?

—Sí, bueno, es que esta mañana he estado paseando por la zona —explica. Le habla de forma sucinta de su recorrido por Kreuzberg, pero decide omitir la visita a la tienda de su padre. No quiere que sepa que le despierta una curiosidad cada vez mayor ni, mucho menos, que cuanto más sabe sobre él, más atraída se siente—. En fin, gracias por preocuparte por mi seguridad, pero creo que estaré bien si continúo sola a partir de aquí.

—Cena conmigo —dice Jamal, de repente. No ha podido contener las palabras, que le han salido disparadas de la garganta, como si una fuerte corriente interior las hubiera arrastrado hacia fuera.

—¿Qué?

—Es muy tarde, seguro que tienes hambre.

No hay nada que le apetezca más que estar con él, pero tiene miedo de sí misma, de lo que siente cuando están cerca el uno del otro.

—¿Me lo pide el inspector de policía?

Jamal la mira fijamente, como si quisiera saber más sobre ella. Por alguna razón, Nina desea que encuentre la respuesta a la pregunta que parece rondarle la mente, aunque no sabe cuál es.

—Te lo pide el hombre —dice, con voz grave y tono firme. Parpadea con lentitud, como la caída de la hoja de un árbol en otoño. Un silencio electrizante se instala entre ambos. ¿Está intentando seducirla? No, él no es ese tipo de hombre, lo intuye, pero desde luego sabe cómo ponerla nerviosa—. Por favor —insiste—. Solo quiero que vivas una experiencia gastronómica turca de verdad para que no puedas decir que lo único que sabes de Turquía se basa en clichés —añade, antes de guiñarle el ojo.

Ella se echa a reír. Dirá que sí, no puede negarse.

—¿Cómo lo haces, Jamal?

—¿El qué?

—Conseguir que todo parezca fácil.

—No lo sé, Nina. Contigo me sale así.

Jamal lo llama «El asador del tío Tarkan», aunque, en realidad, no guarda ningún parentesco con el propietario. Está en la zona de Kottbusser Tor, en pleno corazón del barrio turco, y, por lo visto, es muy conocido entre los vecinos por sus brochetas de carne.

—No te dejes llevar por las apariencias —le advierte, mientras esperan a que los acomoden—. El sitio tiene un aspecto un poco decadente, pero te aseguro que la comida es la mejor de todo Kreuzberg.

Nina barre el local con la mirada. Es un lugar oscuro y un olor a anís rancio en el ambiente le da ese toque de taberna decrépita. Mesas de madera protegidas por manteles de plástico gastado, vasos de cristal rayados, platos descascarillados, cubiertos deslucidos. Del techo cuelgan docenas de banderas turcas, como en una feria de pueblo, y uno de esos viejos ventiladores de aspas que da vueltas sin parar. Las carcajadas y las voces se superponen a la música que suena en segundo plano, tan pasada de moda como el propio establecimiento. El sitio es ruidoso y, desde luego, poco sofisticado. Sin embargo, no recuerda haberse sentido tan bien nunca. Es sábado por la noche, por lo que el restaurante está abarrotado de gente y no cabe ni un alfiler. Aun así, el tío Tarkan encuentra enseguida una mesa para dos. Es un hombre enjuto y encorvado, pero se mueve sorprendentemente rápido. Tiene la piel de la cara repleta de manchas cutáneas, el cabello blanco como la nieve y en su sonrisa asoman unos caninos inferiores de oro. Cuando termina, les indica que se sienten con un gesto de la mano.

—*Eyvallah**—dice Jamal.

Ambos mantienen una breve conversación en turco. A Nina no le pasa desapercibida la mirada del hombre, que se dirige a ella con una complicidad manifiesta. Comenta algo que hace reír a Jamal, le da una palmadita amistosa en el hombro y luego desaparece.

—¿Qué ha dicho?

—Que ya era hora de que trajera a alguna mujer bonita a su casa.

Nina nota que una pincelada de rubor se le materializa en las mejillas al instante. No está acostumbrada a recibir cumplidos. Quizá por eso trata de contrarrestar la sensación con algún apunte ingenioso.

—¿Eso significa que las que has traído hasta ahora no lo eran?

Jamal parpadea despacio y curva los labios en una ligera sonrisa sardónica.

—No soy esa clase de hombre.

—¿Te refieres a los que cenan con mujeres poco atractivas? —incide con picardía.

—A los que salen a cenar. A decir verdad... —Exhala y se frota la barba—, es la primera vez que lo hago en mucho tiempo.

De repente, la asaltan un millón de preguntas. «¿Por qué yo?», «¿Por qué esta noche?». Pero todas se le mueren en los labios antes de pronunciarlas. Es mejor no preguntar, las respuestas podrían ponerla en una disyuntiva. Jamal parece honesto, lo es, y la honestidad, en ocasiones, resulta peligrosa.

Desvía la mirada y se centra en la carta.

—Solo está en turco —advierte.

* Gracias.

—Es que aquí no vienen muchos alemanes.

—Entonces, ¿cómo decido qué pedir?

—Tendrás que confiar en la autoridad competente —contesta, con un divertido aire teatral.

Nina accede. En el fondo, la idea le encanta.

En ese momento, el tío Tarkan aparece y les pregunta en un alemán con acento si ya saben lo que quieren. Jamal pide un surtido de *meze,* dos especiales de la casa y una botella de *rakı* de veinte centilitros. El hombre asiente, lo anota todo en su rudimentaria libretilla de camarero y se marcha con prisa.

—¿Qué es el raki? —indaga Nina.

Jamal esboza una sonrisa adorable y niega enérgicamente con la cabeza.

—No, no, no, raki no. *Rakı* —corrige. La *i* suena cerrada, casi como una *e*—. Es la bebida nacional de Turquía. Los hombres la toman como símbolo de honor y las mujeres, de resistencia. Espero que mañana no trabajes, por tu bien —añade, cáustico.

—Pues me temo que sí, pero ¿qué demonios? Si hay que resistir, resistiré.

—*Harika.** Esa es la actitud.

La comida no tarda en llegar en un constante desfile de bandejas. Primero, los aperitivos: queso feta, berenjenas fritas, hojas de parra rellenas, empanada de espinacas, aceitunas y pan de pita.

—¡Santo cielo! Pero ¿cuánto coméis los turcos?

—Menos de lo que parece. En realidad, la comida turca es muy ligera, más que la alemana, créeme. Lo que ocurre es que somos esclavos de los sabores. Nos encanta rodearnos de un montón de platos y pasarnos horas picando de aquí y de allá mientras charlamos, sin preocuparnos por la hora.

Los labios de Nina dibujan una mueca irónica.

—Igual que los alemanes.

* Genial.

A continuación, llega la bebida. Jamal echa un poco de *rakı* en los vasos y luego lo rebaja con agua. El líquido adquiere enseguida una tonalidad traslúcida.

—En Turquía se dice que un amigo no es verdadero hasta que no has compartido con él un viaje, un préstamo monetario o uno de estos —explica, al tiempo que le acerca un vaso. Al hacerlo, sus dedos se rozan y Nina siente un chispazo—. Otra curiosidad: el *rakı* se bebe en la *cilingir sofrası,* que quiere decir «mesa del cerrajero». —Ella arquea las cejas con aire interrogativo, pero no lo interrumpe. Le gusta que la haga partícipe de su historia, indudablemente alemana y turca al mismo tiempo, así que se limita a escucharlo con la barbilla apoyada en un puente de dedos entrecruzados—. Existen varias teorías para explicar el significado, pero mi favorita es la siguiente: cuando tienes un problema del que no quieres hablar, un amigo te invita a un *rakı*. Después de dos o tres vasos, se lo acabas contando. Por tanto, ese amigo representa el cerrajero que te abre la puerta y el *rakı,* la herramienta para lograrlo.

—Bonita metáfora.

—Mucho. Y ahora, a brindar. *Şerefe!* —exclama Jamal, alzando el vaso.

Nina se lleva el suyo a la boca y bebe de golpe, sin recordar que se trata de un aguardiente de ochenta grados. Un vergonzoso ataque de tos profusa le sobreviene de inmediato. Le arde el esófago.

Jamal se echa a reír.

—*Yavaş yavaş!* Despacio, o tendré que sacarte en brazos de aquí antes de que hayas probado un solo bocado. Bebe un poco de agua, hazlo siempre después de cada trago, ¿vale? ¿Sabes cómo se reconoce a un buen bebedor? Por las horas que es capaz de mantener con vida una botella de *rakı* acompañada de *meze*.

«Horas».

Toda una declaración de intenciones.

El tiempo pasa y los platos se vacían. Comen sin prisa y paladean los sabores y el momento. Nina se fija en su boca cuando mastica, en el movimiento de su mandíbula, en el brillo húmedo que deja la lengua a su paso por las comisuras de los labios. Es sorprendente cuán erótico le resulta un acto tan cotidiano como comer. Charlan de una infinidad de temas muy variados: política, libros, música, viajes, el cambio climático o la realidad de Kreuzberg, vibrante y complicada a la vez. La compenetración es absoluta, como si se conocieran desde siempre. La gran cantidad de cuestiones inexploradas que tienen por delante la abruma. Pasaría su vida conversando con él, un hombre culto y experimentado que sabe escuchar y respeta los puntos de vista que difieren del suyo. Le resulta agradable compartir su propia visión del mundo sin temor a ser juzgada. También la hace reír; Jamal tiene un sentido del humor fabuloso. Es expresivo y gesticula sin parar. Ninguno de los dos menciona una sola palabra acerca del caso Bachmann ni de Klaus en el transcurso de la cena. Es como si hubieran hecho un pacto tácito para no estropear un momento que les pertenece solo a ellos.

Mejor así.

Entonces, llega más comida: el plato fuerte. El especial de la casa consiste en unas brochetas de carne jugosa y especiada, verduras a la brasa, arroz aromático y una ensalada refrescante y colorida. Nina protesta, no será capaz de terminárselo.

—Tiene una pinta exquisita, pero es muchísimo.

—No te preocupes, el *rakı* te ayudará a digerir.

Y a reactivar el espíritu, si continúa bebiendo.

Poco a poco, se acostumbra al fuerte sabor del anís. En algún momento, ha pensado que lo que hacía era incorrecto, pero el alcohol y la compañía aniquilan cualquier viso de culpabilidad. Se siente cada vez más relajada, arropada por una cálida y agradable sensación que le recorre todo el cuerpo. Jamal le habla de su padre y de su hermano pequeño, Kerem, al que adora, pese a que representa todo lo que aborrece. Ama a su familia, se nota en la pasión que le tiñe la voz.

Ojalá ella sintiera lo mismo.

Le gustaría que alguien desempolvara alguno de sus recuerdos de la infancia.

Las piezas que le faltan a uno son las que le sobran al otro.

—¿Qué hay de tu madre?

—Murió hace cinco años —responde Jamal, sin dejar de escarbar en el plato—. Cáncer de pecho —matiza.

—Lo siento. Debió de ser muy duro.

—Lo fue, sí, y aún lo es. La herida que provocó su muerte nunca sanará por completo. Y la añoranza es el peor dolor que puede experimentar una persona, te lo aseguro. Aunque yo lo llevo un poco mejor que mi padre y mi hermano. Supongo que soy el más fuerte de los tres.

Quizá su intención era sonar orgulloso, pero ha sonado triste.

—Ser fuerte está bien, pero recuerda que tienes derecho a romperte alguna vez.

En ese momento, la sonrisa franca y agradecida que Jamal le dedica se le antoja como lo más reconfortante del mundo. Un fogonazo de optimismo le arde en el pecho. En ocasiones, hace falta muy poco para sentirse bien.

Más tarde, con los platos y los vasos ya vacíos, deciden saltarse el postre y pedir directamente el café, que se demora una eternidad en llegar.

—Es que el *türk kahvesi* es como el amor, Nina: cuanta más paciencia se tenga para prepararlo, mejor sabe —afirma, sin dejar de mirarla a los ojos.

A ella le gusta más el ritual que su propio sabor, pero se abstiene de comentar nada al respecto.

La atmósfera adquiere un matiz más íntimo algunos minutos después. De repente, en la mesa contigua, un comensal se pone a tocar el saz, un instrumento parecido al laúd, pero con el mástil largo. Las risotadas de sus acompañantes se disipan y el local se sume poco a poco en un silencio a flor de piel. Tras los primeros acordes, la voz del hombre, rasgada como un lamento, irrumpe en el espacio, alzándose y cayendo en suaves olas. La melodía fluye despacio, triste y hermosa a la vez, y la conquista. Nina está emocionada. No entiende una sola palabra de lo que canta, aunque tampoco lo necesita. La música es un idioma universal capaz de evocar los sentimientos más profundos. Cuando la canción termina, todos los comensales estallan en vítores y aplausos. Todos menos ella. No puede porque se queda petrificada al volver la cabeza en dirección a Jamal y advertir cómo la mira.

Como si todo lo demás se hubiera evaporado.

En ese instante, siente una conexión entre ambos de un poder inmenso.

—Quiero estar contigo —dice él de pronto, con un tono ronco que la seduce.

El corazón de Nina se dispara y late desbocado. Los dedos de los pies se le encogen en las sandalias. Contiene la respiración y se clava las uñas en las palmas de las manos. No esperaba algo así, ese giro repentino, y cualquier intento de réplica nace muerto en sus labios. Hay palabras que son una frontera irreversible: una vez pronunciadas, no se puede volver atrás. «Yo también. Pero no he bebido suficiente *rakı* como para admitirlo», piensa.

—Jamal, yo…

Va a decirle que no puede ser, que, pese a todo, es una mujer casada. Afortunadamente, él la interrumpe justo antes de que le dé tiempo a hacer el ridículo.

—Es el título de la canción. *Canım Senle Olmak İstiyor.* Significa «Quiero estar contigo». Es muy popular en Turquía.

Nina sonríe como si lo hubiera entendido todo de golpe y aprieta los párpados un segundo.

—Claro —musita—. La canción.

Cuando salen del restaurante, se siente un poco achispada.

—Ese *rakı* es matador —reconoce—. Tú, en cambio, parece que solo hayas bebido agua. ¿Cómo demonios lo haces?

Jamal inclina la cabeza hacia atrás y se ríe. El blanco de sus dientes contrasta con el tono bronceado de su piel. Destellos rojizos le flamean en la barba.

—Será que soy medio turco. Estoy tan acostumbrado que mi cuerpo ya no nota nada. Venga, vamos a dar un paseo, así te despejas.

A pesar de lo tarde que es, no parece que Kreuzberg vaya a apagarse pronto. Las calles siguen repletas de tráfico y peatones. Más allá de Kottbusser Tor, hay música y luces por todas partes, vida nocturna. Pequeños restaurantes de cocina internacional, tiendas de diseño, supermercados abiertos, *pubs,* bares, terrazas. Nina y Jamal caminan muy pegados, tanto que el roce de sus manos se convierte en una constante inevitable contra la que ninguno de los dos se rebela; toques sutiles, aunque no inconscientes. El aire, fresco y agradable, alivia el ardor que provoca el alcohol. De vez en cuando, se cruzan con algún conocido de Jamal y este se detiene a saludar. Nina permanece siempre en segundo plano, pero se da cuenta de cómo la examinan. «No es lo que parece. Solo somos… ¿amigos?», explica en silencio.

Pero ¿por qué?

¿Por qué siente la necesidad de dar explicaciones?

Y ¿a quién?

—Eres muy popular en el barrio —observa.

—Bueno, es normal. Siempre he vivido aquí, me conoce todo el mundo.

—Y eres *Kriminalinspektor* de la BKA. Seguro que eso contribuye a que tus vecinos te respeten.

—Es posible —conviene con sencillez, sin intentar imponer la obviedad—. Pero no me gusta alardear de mi posición ni aprovecharme de ella. Ir por ahí con una placa puede alterar tu relación contigo mismo y con los demás y distorsionar la realidad. Algunos policías la utilizan para su propio beneficio, sin justificación, solo porque les pone cachondos tener el control, y el control es una tentación irresistible, pero yo no. Jamás haría algo así. Sería una deshonra para mí mismo y un insulto a la sociedad. Al fin y al cabo, soy un servidor público, mi sueldo lo pagan los ciudadanos.

Nina lo mira con detenimiento, como si tuviera la facultad de observar cada partícula de su interior con la precisión de un microscopio. Es una desventaja del alcohol: a veces se lleva por delante la prudencia y el disimulo.

—Eres un tipo extraño, Jamal Birkan.

—¿Por qué lo dices?

—Porque no existen muchos hombres como tú.

Él sonríe.

Minutos después, llegan a Oranienstrasse, la principal arteria comercial de Kreuzberg, muy concurrida a esas horas.

—Qué zona tan animada —comenta Nina—. ¿Sales mucho por aquí?

—La verdad es que no. De vez en cuando me tomo unas copas con mis compañeros de trabajo, pero eso es todo. No dispongo de mucho tiempo libre y el que tengo, prefiero emplearlo en cosas más estimulantes. Por supuesto, lo de esta noche entra dentro de esa categoría —aclara, buscándola con los ojos.

—Quizá te resulta estimulante porque roza lo ilegal.

Jamal frena en seco, se vuelve hacia ella y se enfrenta a su mirada.

—¿Desde cuándo es ilegal que un hombre y una mujer cenen juntos?

—Desde que el hombre es inspector de policía y la mujer, testigo de una investigación en curso.

—En ese caso es peligroso, pero no ilegal —la corrige. Pasea la mirada sobre el óvalo de su rostro y parpadea despacio. Esa intensidad hace que sienta como si los separase un puente en llamas—. Pero la vida no valdría tanto la pena si no existieran ciertos peligros. ¿No crees, Nina?

Nina se encoge de hombros. Qué sabrá ella, si durante años se ha limitado a dejarse arrastrar por la inercia. Desvía la vista y la dirige al cielo, donde la luna brilla en cuarto creciente sobre un tapiz oscuro. La corriente de emociones que le circula por dentro en ese instante le impide concentrarse en sus propios pensamientos.

Continúan caminando.

—Yo tampoco salgo mucho. En mi caso, por motivos distintos a los tuyos —confiesa, con un amargo matiz en la voz—. Enke siempre se queja de que soy muy aburrida...

—Tú no eres aburrida —la interrumpe Jamal.

—... aunque solo lo dice porque no tiene ni idea de cuál es mi situación personal. Es mi mejor amiga, pero no me atrevo a sincerarme con ella. Creo que necesitaría muchas botellas de *rakı* para eso —continúa ella, con una sonrisa triste a la vez que cómplice—. Me avergüenza que sepa la verdad. Y la verdad es que Klaus... —Cierra los ojos con fuerza y suspira. No termina la frase. Sin embargo, el muro que ha levantado a lo largo de los años para proteger sus emociones se tambalea delante de él sin que pueda evitarlo—. La culpa es mía, llevo años perpetuando una mentira. Soy un fraude, una experta en disimular, en fingir que todo va bien y una estúpida. Me he comportado como la típica esposa sumisa que espera en casa consciente de que su marido se acuesta con otras. Vinimos a Berlín para salvar la relación, pero es inútil tratar de reanimar algo que lleva muerto tanto tiempo. Maldita sea, he envuelto mi dignidad en un trapo y la he tirado por una alcantarilla.

Jamal se detiene de nuevo, aunque esta vez se planta delante de ella.

—Nina, ya basta. Mírame —le ordena. Ella no responde, se limita a volver la cabeza y centrar la vista en sus pulseras de cuero y plata, a salvo del incendio color miel de sus ojos, pero él la toma suavemente de la barbilla para que lo mire. Un calor que ya le resulta familiar viaja desde su cara al resto del cuerpo—. Oye, no eres ningún fraude, ni tampoco estúpida. Eres lo opuesto a todo eso: una mujer inteligente que ha decidido reconducir su vida y luchar por aquello en lo que cree. ¿Sabes por qué quieren apagarte? —Traga saliva y se humedece los labios. Le echa hacia atrás un mechón rubio, como si consolara a una niña que acaba de despertarse de una pesadilla—. Porque brillas con luz propia. Lo único malo en ti es el hombre con el que estás casada.

—Lo sé —musita.

—Entonces, ¿por qué sigues con él?

Por qué, por qué, por qué. La verdad puede ser una ecuación cuántica de difícil solución. ¿Qué va a decirle? ¿Que ni siquiera lo sabe? ¿Que se siente atrapada en una vida sin sentido? Su vida ahora mismo está patas arriba y carece de toda lógica o razón.

—No me hagas preguntas difíciles de responder, por favor. Esta noche no.

Las palabras se le vuelven piedras en la boca.

Él permanece inmóvil un instante, observándola con una nota de desesperación en el gesto, hasta que retira la mano y se aparta.

—Está bien —transige, entre suspiros. Ya no hay fuerza en su voz. Se ha desvanecido.

Después, se hace un silencio que la oprime de repente.

—No quiero irme a casa todavía —le pide Nina. Su tono suena a súplica infinita.

—Vale. ¿Y qué quieres hacer?

Respirar, tomar oxígeno. Verlo todo, probarlo todo, experimentar, exprimir cada minuto, sentirse repleta de felicidad por dentro y protegida. Reír sin motivo y llorar sin reservas. Ser libre, sin restricciones emocionales.

Y que sea cierto, no otro espejismo.

Necesita salvarse de sí misma.

Si no lo hace ahora, ¿cuándo?

—Bailar. Hasta que salga el sol o hasta que me duelan los pies. ¿Sabes cuánto hace que no bailo?

Jamal sonríe expulsando el aire por la nariz.

—Suena bien —dice—. ¿Puedo acompañarte?

Somos los miedos que vencemos, los que vamos dejando atrás.

«Kreuzberg 36». Así es como se conoce a la parte del distrito comprendida entre Moritzplatz y Schlesisches Tor. El nombre viene de SO36, el antiguo código postal que delimitaba el área en el Berlín del Muro. Los alquileres bajos favorecieron la llegada de estudiantes, artistas con pocos recursos, visionarios y okupas, y el SO36 se convirtió en cuna de la contracultura y el movimiento *underground*. También es una de las mejores zonas de ocio nocturno de la ciudad. O eso dicen los entendidos.

Un poco más al oeste, a orillas del Spree, la cola para entrar al Watergate es kilométrica, y la paciencia de los que esperan se agota de manera gradual. Risas, voces, gritos… No tiene nada que ver con la clásica contención alemana. Algunos aprovechan el tiempo muerto para hacerse fotos y publicarlas en Instagram. Dentro está prohibido. «Aquí se viene a sentir la música», reza un cartel en la puerta de la popular discoteca.

Nina resopla agobiada, se le van a pasar las ganas de bailar.

—Hay mucha gente —se lamenta.

—Tranquila, conozco al tío de seguridad desde que trabajaba en Narcóticos. Nos dejará pasar.

—Eso es tráfico de influencias, *Herr Inspektor*. ¡Y yo que pensaba que tu reputación era intachable! —bromea Nina.

Jamal le dedica una sonrisa tan ardiente que podría derretir la Antártida.

—No te fíes de las apariencias. Todos tenemos un lado oscuro —replica, y le guiña el ojo.

La toma de la mano con decisión y enfilan hacia la entrada, a pesar de la consternación de los que esperan pacientes en la cola, que protestan y piden explicaciones en vano. El portero es un armario de casi dos metros de alto con pinta de ex-Spetsnaz y con las facciones típicas de la fisonomía eslava: pómulos prominentes, ojos penetrantes, nariz y mandíbula superior grandes. Saluda a Jamal y repasa a Nina con la mirada sin ninguna discreción.

—Local estar muy lleno esta noche, pero tú y tu chica poder pasar —afirma, con un marcadísimo acento ruso.

—Gracias, Yuri.

—*Da, da* —concede, acompañando la prerrogativa de un gesto con el brazo.

Nina se deja guiar hacia dentro, donde la música electrónica inunda el espacio a más decibelios de los que el oído humano puede soportar. No es su favorita, ni tampoco la de él, que prefiere el *rock*, pero esa noche todo cobra una dimensión distinta. Jamal se abre paso con torpeza entre la multitud sin soltarla de la mano. Ya en la barra, le pregunta al oído qué quiere tomar y ella se estremece al notar el roce de su barba en el lóbulo de la oreja.

—Lo mismo que tú —le responde.

Mientras él se encarga de pedir, Nina contempla la escena fascinada y todos sus sentidos se liberan. Las luces de colores golpean de manera intermitente los rostros de la gente y crean un efecto estroboscópico que la hipnotiza. Sobre la masa borrosa de personas que se mueven con la música se dibuja a capricho un mosaico de azules y verdes. No puede apartar la vista. La adrenalina comienza a fluir a través de su cuerpo y cristaliza en leves movimientos oscilatorios. Rodilla izquierda, rodilla derecha. Hombro izquierdo, hombro derecho. Por fin, un impulso repentino la empuja hacia la pista. La inercia de los cuerpos en movimiento la lleva de un lado a otro como si fuera una pelota, y, sin pretenderlo, aterriza en los brazos de un rubio que aparenta veinte años recién cumplidos. Es joven, pero su actitud es decidida. La agarra de la cintura —tal vez, de un poco más abajo— y le dice algo al oído que no entiende y que ni siquiera le interesa. Menea la cabeza, le aparta las manos y se da la vuelta para dejarle claro que sus posibilidades con ella son exactamente cero. Por suerte, el rubio capta el mensaje y se va por donde ha venido sin caras largas ni objeciones.

Jamal aparece entonces con las bebidas. Dos tubos de cristal colmados de un líquido ámbar que sostiene por la base con la palma de una sola mano. Posa su mano libre sobre la espalda de Nina.

—¿Qué quería ese? —pregunta con un tono suspicaz, de interrogatorio policial, una octava por encima del habitual, para superar los decibelios de la música.

—Lo mismo que todos, supongo. Lo he mandado a paseo.

—Mejor —conviene él—. Treinta segundos más y le leo los derechos aquí mismo.

A ella le entra la risa. Se muere de ganas de preguntarle si está celoso, aunque la mera idea de planteárselo resulta ridícula. Toma el vaso que le ofrece Jamal y bebe un sorbo pequeño. Después, un trago más generoso seguido de otro, y otro más. *Whisky* con lima y *ginger-ale*. Extraña combinación, aunque refrescante.

—No salía por ahí desde la noche del accidente —admite. Él agacha la cabeza y se inclina un poco para poder oírla—. Enke insistió en que fuéramos a una sesión de *house*. Si me viera ahora mismo, le daría un infarto.

Otro trago.

—Estuviste en Badeschiff aquella noche.

Nina ladea la cara y lo mira extrañada.

—¿Cómo lo sabes?

Jamal frunce los labios, parece dudar.

—Lo dijiste en el interrogatorio.

«Qué raro. No lo recuerdo», piensa Nina.

La noche se mueve y con ella, las luces y las sombras. Los minutos avanzan en el reloj. Puede que la música no sea de su estilo, pero incita a bailar, que es lo importante. Nina sacude la cabeza, levanta los brazos, los desliza alrededor de la nuca, del pecho, del vientre, de las caderas. Cierra los ojos entregada al sonido metálico, al calor que la abraza, a la sensualidad de saber que la observan. Las preocupaciones desaparecen y el alcohol disuelve cualquier atisbo de timidez. Parece otra mujer, más libre y desinhibida, y se siente eufórica por ello. Tanto que, en un momento dado, trastabilla de pura emoción. Menos mal que ahí está él para sujetarla con rapidez por el brazo y ahorrarle así una caída torpe. En ese instante de ingravidez, las piernas flotan y las miradas se cruzan durante una décima de segundo. La de Jamal refulge con una fuerza tan deslumbrante que tiene la impresión de que saltan chispas entre ellos.

Entonces, Nina se le acerca al oído y le pregunta:

—¿Te gusta lo que ves?

Jamal se humedece los labios despacio en un gesto que lo dice todo, que habla por sí mismo.

—Demasiado —susurra, con voz torturada.

Una corriente eléctrica la recorre de arriba abajo. Es una sensación ardiente mezclada con una dolorosa contracción en la pelvis.

—Baila conmigo —solicita ella.

—Me hace falta más alcohol para eso.

—Luego.

Nina avanza sin dar tregua y le coloca las manos sobre el pecho. Jamal permanece impávido, inmóvil como una estatua de sal, aunque siente que el corazón le late con frenesí bajo la palma izquierda. Ella comienza a moverse con un contoneo suave a una distancia prudencial, pero la música, la marea de gente, el alcohol y esos ojos brillantes de pupilas dilatadas la empujan inevitablemente hacia él, más y más, hasta que los tres palmos que los separaban al principio se convierten en uno solo. De pronto, la agarra de la cintura y la pone de espaldas contra su cuerpo. Ella se deja hacer, le gusta sentir esas manos fuertes y masculinas. La onda expansiva que guía sus movimientos es tan devastadora que necesita sujetarse a sus brazos. Se aprieta contra él como si ambos fueran a la deriva en ese océano de humanidad. El aire se vuelve más denso, la atmósfera pesa como el plomo. Ahora es él quien marca el ritmo, ondeando la cintura despacio, muy despacio, terriblemente despacio. A Nina se le eriza la piel, nota su aliento en la nuca, denso, caliente, jadeante. Y no es lo único que nota. En cada uno de los puntos de contacto experimenta una sacudida eléctrica. En los hombros, en las caderas, en la curva de su trasero. Una sensación oscura que no reconoce despliega las alas en su interior. Será que ella también se ha escorado hacia ese lado. En el fondo, a todos nos atrae el fuego de lo prohibido, la efervescencia de aquello que no podemos tener.

Aunque nos arda el pecho de lo mucho que lo deseamos.

Treinta segundos. Es el tiempo que dura la secuencia que tiene lugar a continuación. Nina se da la vuelta sin despegarse de él. No podría, aunque quisiera, y tampoco es el caso. Las manos de Jamal siguen ancladas a su cintura con firmeza. Las suyas, que han cobrado vida propia, trepan despacio hacia su pelo de finas hebras rojizas. Las yemas de sus dedos se deslizan hasta que se topan con el moño, tiran de la goma y lo deshacen. La media melena de corte escalado se le suelta y cae hacia atrás revuelta, como aguas salvajes.

Es hermoso.

Jamal la observa fijamente, con los ojos entornados y la boca entreabierta.

—¿Te gusta lo que ves? —pregunta, con un ribete seductor.

Nina estudia su expresión seria y atractiva. Lleva la camisa blanca abierta tres botones por debajo de la nuez.

—Demasiado.

Es el alcohol quien habla por ella.

O quizá es más ella que nunca.

A veces, bastan solo treinta segundos para averiguar quién eres, qué quieres y hasta dónde eres capaz de llegar para conseguirlo, aunque roce lo ilegal y sea peligroso.

Entonces, la realidad se le echa encima, inmisericorde como una avalancha.

—Creo que deberíamos irnos ya, Nina —dice, a la vez que le atrapa las manos y las retiene contra el torso—. Es tarde y necesitas descansar, mañana trabajas.

Aquello le sienta como un puñetazo en el estómago. Sabe que es una excusa y por eso se siente tentada a zafarse de él, tomarlo por los hombros y sacudirlo mientras le grita a la cara que se equivoca. Sin embargo, no lo hace. El alcohol no se le ha subido tanto a la cabeza como para cometer alguna estupidez sin sentido de la que no quiere arrepentirse más tarde.

—Vale, pero antes necesito ir al baño.

Acuerdan que se verán fuera, allí dentro hace mucho calor, y cada uno se va por su lado. En el aseo, Nina se moja la cara, el cuello y el escote. Se mira en el espejo sin reconocerse. Tiene las pupilas dilatadas, las mejillas encendidas y el pelo revuelto. Los receptores de su cerebro echan chispas; el esfuerzo por disimular la excitación resulta agotador. Se fija en que lleva la goma de pelo de Jamal en la muñeca y, a apenas unos centímetros, el anillo de casada en el dedo anular. A su lado, una chica se pinta los labios de algún color impreciso que no puede clasificar. Igual que sus emociones en ese momento. De camino a la salida, cree ver a Frida Bauer acechándola entre la multitud y una agitación insoportable le revuelve las tripas. «No, imposible». Debe de haberse confundido.

Jamal la espera junto a la puerta, alejado del barullo, con una botella de agua para ella y el semblante serio. Parece estar a kilómetros de distancia del punto al que han llegado hace solo unos minutos. La bofetada de aire fresco la reactiva y verlo de nuevo, también.

—Estás muy pálida.

—Un poco mareada, nada más. Supongo que he bebido más de la cuenta.

—Ahora mismo te pido un taxi —dice, con el móvil ya en la mano. No oculta su impaciencia, su ansiedad por poner fin a la situación—. Deja el coche en Checkpoint Charlie hasta mañana. No puedes conducir así.

Comienza a teclear algo en la pantalla del teléfono, pero las palabras de Nina le congelan el movimiento.

—Tengo la sensación de que quieres deshacerte de mí.

—No, claro que no. Yo no... —Exhala de forma sonora y se frota la cara con indolencia—. Lo he pasado muy bien esta noche, Nina.

—Yo también. Y me encantaría que lo repitiéramos en otra ocasión.

Jamal permanece en silencio un instante y Nina cree advertir en sus ojos la batalla que se libra en su interior. Tras lo que parece una eternidad, concluye:

—No creo que sea buena idea.

—¿Por qué no? —inquiere ella.

—¿Quieres que te diga la verdad o prefieres que sea diplomático?

—Prefiero que seas franco conmigo, Jamal, creo que me lo merezco. Al fin y al cabo, has sido tú quien ha ido a buscarme y me ha invitado a cenar.

Él asiente, pero desvía la mirada. Juguetea con sus pulseras de forma mecánica y se toma su tiempo. Por fin, tras expulsar hasta el último ápice de aire de sus pulmones en un largo suspiro, admite:

—Porque soy un hombre. Y tú, una mujer preciosa. En todos los sentidos.

No añade una sola palabra más, aunque tampoco es necesario. Nina se pierde en su rostro de expresión atormentada. Resulta paradójico que alguien como él, grande y fuerte, que ha visto las costuras del mundo con sus propios ojos y atesora una marca de bala en el antebrazo, se muestre vulnerable. Quiere abrazarlo, romperse en él como el mar en las rocas, pero tiene miedo de que alcancen un punto de no retorno si se acercan demasiado.

—Jamal...

—No digas nada, por favor. Es mejor así, créeme.

201

Nina suspira.

—Está bien. De acuerdo.

Después, se quedan callados encajando el golpe en silencio, sumidos en sus propios pensamientos mientras la ciudad continúa su pulso, ajena a los pequeños dramas de quienes la habitan. Nada se detiene, todo sigue avanzando como el engranaje de un reloj. El aire se escarcha. En el horizonte, una mancha de color violeta oscuro engulle el firmamento. El taxi aparece a los pocos minutos y se para a escasos metros de la entrada a la discoteca. Jamal la acompaña y le abre la puerta con un gesto caballeroso.

—Adiós, Jamal. Gracias por esta noche —concluye desde el interior del vehículo.

Él le dedica una leve sonrisa a modo de despedida que se le antoja triste y resignada. Entonces, se acerca a la ventanilla del conductor y le tiende un par de billetes de veinte euros.

—Asegúrese de que entra en casa.

El conductor arranca al escuchar la señal inequívoca de dos golpecillos en la carrocería. Nina lo ve alejarse calle abajo, con las manos en los bolsillos y nota un dolor intenso en el centro del pecho, como si algo se le hubiese roto por dentro. Entonces, saca el móvil del bolso y escribe el siguiente mensaje:

«Ojalá te hubiera conocido en otras circunstancias».

Pero lo borra enseguida. Será como si esa noche no hubiera existido.

Lástima que la goma del pelo continúe en su muñeca para mortificarla.

21. Jamal

7 de septiembre de 2015
Central de la BKA en Berlín
Distrito de Treptow-Köpenick

«Por lo tanto, se evaluará la conveniencia de activar al grupo de seguimiento para mantener controlado al sujeto hasta...».

—Hasta... ¿Hasta qué? Mierda.

Jamal selecciona la frase inacabada con el ratón y la borra. Lleva cerca de veinte minutos tratando de redactar un informe que, en circunstancias ordinarias, no le habría supuesto más de cinco. Diez, como mucho. Pero esas circunstancias no lo son, de ahí que le resulte imposible concentrarse. Exasperado, abre un cajón del escritorio, extrae un comprimido de un blíster y lo traga con ayuda del té. Lo martillea una jaqueca horrible, la angustia del lunes por la mañana tras una noche inmisericorde precedida de un día desesperante. Vueltas y más vueltas sobre la cama, tratando en vano de apartar las imágenes de la cabeza, que regresaban sin tregua.

Nina en el restaurante.

Nina en la discoteca.

Nina en el taxi.

Nina, siempre Nina. Piensa en ella a todas horas y no puede dejar de hacerlo. En sus piernas esbeltas, en sus hombros desnudos, en su perfil perfecto, en sus ojos azules de pestañas infinitas, en su cara de ángel. En el calor insoportable de aquel efímero momento, cuando estaban cuerpo a cuerpo y la sujetaba por su cintura estrecha mientras luchaba contra sí mismo para no besarla, para no meter las manos bajo su camiseta y tocarla en dirección ascendente. O descendente. Piensa en la sutil sensualidad de su perfume, en la forma que dibujó su boca al susurrar aquellas cinco palabras. «¿Te gusta lo que ves?». Cómo no iba a gustarle. Por Dios, verla bailar es lo mejor que le ha pasado en mucho tiempo. Todavía se pregunta cómo demonios consiguió regresar a casa sin haberse abalanzado sobre ella. Su autocontrol es sorprendente. No bebió tanto como para perder los papeles, pero su fuerza de voluntad empieza a parecerse demasiado a un líquido inflamable.

Por eso, debe poner fin a lo que siente por ella.

Fingir que no existe, que no ha existido ni lo hará jamás.

Aunque cualquier cosa en la que posa la vista le recuerda al cuerpo de Nina pegado al suyo: el ratón, el vaso de té o el maldito móvil, que no ha dejado de mirar de manera compulsiva en las últimas veinticuatro horas. «¿La llamo o no?». Las imágenes de la noche del sábado se suceden una tras otra en su mente.

Fue un error ir a buscarla a Tempelhof, nunca debió haberlo hecho y todo tiene consecuencias.

Exhala y se masajea los ojos con los nudillos. Las emociones contenidas suponen un desgaste enorme, necesita recuperar el dominio sobre sí mismo, concentrarse. En su trabajo, las distracciones se pagan muy caras. Una ventana emergente en la pantalla del ordenador le recuerda que tiene una reunión con Müller en cinco minutos, así que guarda el documento que trataba de redactar sin éxito, sale de su despacho con decisión y se dirige al de su jefe.

Gerhard Müller pone bocabajo los papeles que está leyendo, le da los buenos días sin demasiada ceremonia y lo invita a sentarse. Dos profundas arrugas se le marcan entre las cejas y su mirada refleja un pragmatismo endurecido. Parece exhausto. Ha pasado varios días en Lyon, en un encuentro internacional de altos mandos policiales en la sede de la Interpol. Jamal sabe por experiencia lo fatigantes que son esos eventos. Él mismo acudió, no hace mucho, a una jornada teórico-práctica sobre capacitación en tácticas antiterroristas liderada por miembros del GIGN francés, el SAS británico y la Sayeret Matkal israelí. Fue muy estimulante, pero realmente intenso.

—No tengo tiempo para cortesías ni conversación superficial, así que iré al grano —anuncia Müller. Extiende los brazos y apoya las palmas sobre la mesa, en clara actitud defensiva. Sus gruesos dedos tamborilean contra el escritorio con la cadencia lenta de una película de suspense—. Siento comunicarle que Steinberg no está contenta, Birkan, y yo tampoco. El caso Bachmann no avanza y exijo saber por qué. ¿Qué demonios hacen en la Seis, aparte de meneársela con ambas manos?

Jamal niega con un movimiento de cabeza enérgico. La insinuación velada de Müller le ha dolido tanto como una patada en los testículos, y no es un buen día para poner a prueba su umbral de tolerancia al dolor. Aun así, se muerde la lengua.

—Hacemos cuanto podemos, *Herr Direktor*.

—Ya, pues hagan más. Y dense prisa.

—Con el debido respeto, señor, la Seis no gravita en torno al caso Bachmann. Hay otros muchos asuntos que requieren de nuestra atención, y los recursos de los que disponemos son limitados. ¿Sabe cuántos seguimientos tenemos activos en estos momentos? ¿Cuántos teléfonos, cuentas de correo electrónico y perfiles de redes sociales hemos intervenido? —Alza las manos y las deja caer contra los muslos como un peso muerto—. Mis hombres no dan abasto.

—Steinberg le ha triplicado el presupuesto.

—Pero sigue siendo insuficiente, comparado con el de Antiyihadismo. Y, francamente, *Herr Direktor,* hace tiempo que este país va hacia la deriva. Es un error subestimar el grado de amenaza que supone el terrorismo de extrema derecha solo porque los que empuñan las armas no lo hacen en nombre de Alá. ¿Qué diferencia hay entre un muyahidín que se inmola en un mercado navideño y un neonazi del Gruppe Freital que provoca un atentado con explosivos en un albergue de refugiados? Son los mismos degenerados dispuestos a cualquier cosa para que se hable de ellos.

—Tiene toda la razón, pero la economía alemana está en recesión y nosotros somos la BKA, no nos salen billetes de las orejas como al tío Gilito, así que tendrá que conformarse con lo que se le ha asignado o exponer sus quejas en el sindicato. Usted decide. Mientras tanto, le sugiero que se centre en el caso Bachmann y le dé prioridad absoluta. —Expele el aire, se quita las gafas y se pellizca el puente de la nariz—. ¿Qué sabemos del origen de las armas?

—No mucho. Nuestros informadores no nos han facilitado nada fiable. Uno de mis analistas se dedica a rastrear el mercado negro de internet a tiempo completo, pero la naturaleza inconstante de la red oscura dificulta el seguimiento de las cadenas de suministro. —Carraspea—. Tengo entendido que el MIT trabaja en un algoritmo basado en inteligencia artificial que...

—No me interesan los algoritmos, Birkan —lo interrumpe Müller con un gesto brusco—. La financiación —dice, a la vez que golpea la mesa varias veces con el dedo índice—, ese es el hilo del que hay que tirar.

De repente, Jamal tiene la poderosa tentación de preguntarle si cree que acaba de licenciarse de la Academia de Policía, pero se contiene.

—Suponemos que lo hizo Haas, aunque no podemos probarlo de momento —afirma—. El tipo sigue en coma.

—*Herr Inspektor,* las suposiciones afectan a la observación. Lo que necesitamos son hechos objetivos. ¿Qué dice la mujer de Haas?

—Nina no sabe nada.

La expresión de Müller cambia radicalmente. Las cejas, que antes le dibujaban arcos espesos en la frente, parecen estar a punto de tocarse ahora, apretadas en un ceño fruncido.

—¿«Nina»? ¿Tanto ha intimado con la testigo como para eliminar el tratamiento formal?

Jamal se tensa al instante y maldice por dentro su falta de reflejos. La ha llamado por su nombre, un error imperdonable.

—No, por supuesto que no, *Herr Direktor*. No me lo tenga en cuenta, por favor. Ha sido un lapsus.

Disimular es tan difícil como intentar apagar el sol. El sudor de la frente lo traiciona, irradia culpa. Nina ha ocupado un lugar tan importante en su vida en las últimas semanas que tiene que esforzarse mucho para que no se le note. Intenta que no se le transparenten en la piel las emociones al hablar de ella o al oír su nombre. No obstante, hay mucho en juego. No puede permitirse ni un solo desliz más.

Müller se recoloca las gafas, menea la cabeza tras meditar brevemente y recupera su mirada más severa.

—Eso espero, Birkan. Pero se lo advierto —Puntualiza con el dedo—: no me apetece lo más mínimo que los de Asuntos Internos vengan a meter las narices en busca de un conflicto de intereses, así que procure mantener la polla dentro de los pantalones y ahórreme el mal trago. ¿Lo ha entendido, *Herr Inspektor?*

—Sí, *Herr Direktor*. Perfectamente.

Levanta una vez más la barra y luego la baja de forma lenta y controlada hasta rozar los pectorales. Venas hinchadas, sensación de ardor en los brazos. El ácido láctico no tardará en ponerse en marcha, como la turbina de una máquina perfecta. Repite el ejercicio de nuevo, a pesar del creciente dolor muscular que siente. Está derrotado. Cuarenta kilos en cada extremo, más los doce de la barra, son demasiado. Pero nada pesa tanto como la carga de sus propios pensamientos, así que se obliga a pasar por alto los calambres, aprieta los dientes y termina la serie con toda la dignidad de la que es capaz porque dejar las cosas a medias no es su estilo. La constancia es la clave del éxito en la vida. Tras dejar la barra en el soporte, jadea exhausto, se reclina y se seca el sudor con una toalla.

Frida le lanza una botella de Powerade azul que atrapa al vuelo. Desenrosca el tapón y bebe un generoso trago.

—Alguien debería enseñar a boxear a ese *pichafloja* —comenta su compañera, al tiempo que señala a Ulrich, que en ese preciso instante descarga un derechazo contra el maltratado saco de boxeo Everlast del gimnasio de la Central—. ¿Has visto cómo golpea? —se burla, imitando su estilo, un tanto descoordinado. Acto seguido, ahueca las manos alrededor de la boca como si se tratara de un megáfono y grita—: ¡Eh, Grimmel! ¡Se supone que tienes que hacer daño, ¿no te lo han explicado en clase?! ¡Y sube la guardia si no quieres que te rompan esa nariz pecosa!

Ulrich le dedica una media sonrisa.

—¡Que te jodan, cariño! —replica, y Frida le muestra el dedo corazón a modo de respuesta.

Jamal se incorpora y se dispone a aliviar la tensión articular de los brazos con unos movimientos rotatorios básicos.

—¿Fin de la sesión? —le pregunta ella.

—Sí. Estiro un poco y me voy directo a la ducha.

—Yo también. Si me esperas, podemos ir a tomar una cerveza y charlar. Ya sabes, como hacíamos antes de la caída del Muro. Qué tiempos aquellos, ¿verdad?

—Detecto el tonito acusatorio de tus palabras.

—Solo era ironía, jefe —se defiende, con las manos levantadas como quien trata de demostrar su inocencia—. De todas formas, reconoce que ha pasado mucho tiempo desde la última vez.

—Tienes razón —admite Jamal, que se cuelga la toalla al cuello—. Pero estoy hecho polvo, Frida. Necesito dormir ocho horas como una persona normal; si son nueve o diez, mejor. ¿Te importa si lo dejamos para otro día?

Su compañera asiente repetidas veces, como si absorbiera cada palabra. Sin embargo, un ensombrecimiento notable le vela los ojos y la frustración se apodera de sus facciones. Cruza los atléticos brazos por delante del pecho y dice:

—Creía que para eso servían los fines de semana, para descansar.

—Ya, bueno. Digamos que el mío ha sido... movidito —confiesa. Frida profiere una risa crispada y él frunce el ceño, sin entender a qué se debe su actitud sarcástica, aunque la ignora y continúa—. Y, para colmo, Müller me ha metido más presión esta mañana. Quiere resultados y no está dispuesto a darnos más tiempo. A lo mejor se cree que tengo una varita mágica o algo así. Mierda... —mascula—. Odio cuando la política se interpone en una investigación.

—Eh, no te agobies. Steinberg ha debido de meterle un microscopio por el culo. ¿Y qué pretende? ¿Que Haas se despierte del coma de repente y cante? ¿No le parece suficientemente incriminatorio que el registro de las redes telefónicas lo sitúe de forma recurrente en la zona de Lichtenberg, tal como sospechábamos?

—Eso no es suficiente para el fiscal. Puede que Haas hubiera ido a menudo a esa nave industrial y aun así no estuviera al tanto de los planes de Bachmann. Cualquier abogado defensor con un poco de perspicacia alegaría que las armas estaban ocultas en un cuartucho y que, por lo tanto, su cliente no pudo verlas. Y te recuerdo que Haas trabaja en uno de los mejores bufetes de Berlín, no le costaría nada conseguir a un buen picapleitos que convenciera a un juez blando como Von Wiebel de su inocencia.

—Ambos sabemos que ese maldito fascista no iba tres veces por semana al escondite de su amiguito para hacer pesas.

—Claro que no, pero la justicia alemana exige que se respete la presunción de inocencia hasta que se compruebe que se ha cometido el delito o que había intención de ello y no se puede perseguir a nadie por su supuesta peligrosidad o sus filiaciones políticas. En la ficción, el poli detiene primero y pregunta después; en la realidad, solo cuando existe la certeza de que puede hacerlo. —Pausa—. Müller quiere que nos centremos en el dinero, y me parece razonable, pero...

209

—Pero ¿qué? —le interrumpe Frida con impaciencia.

Jamal mueve el cuello a un lado y otro para desentumecer los músculos y hace una mueca de dolor.

—No sé, Frida. Tengo la impresión de que estamos dando palos de ciego. Por las huellas que encontramos en Lichtenberg sabemos que hay una tercera persona que coopera con Bachmann y Haas. Pero ¿quién? ¿Y a qué demonios espera para mover ficha y dejarse ver?

—¿Cómo sabes que no lo ha hecho ya? A lo mejor la tienes delante de tus narices, pero estás, digamos, distraído con otras cosas y no te has dado cuenta.

Las cejas de Jamal se disparan hacia lo alto de la frente.

—¿Distraído? —repite.

Frida esboza una sonrisa forzada, le pone la mano sobre el hombro y dice:

—Vete a casa y desconecta un poco, anda. Tienes mala cara.

22. Nina

9 de septiembre de 2015
Hospital St. Marien
Distrito de Steglitz-Zehlendorf, Berlín

—*Frau* Haas, su marido se encuentra en estado vegetativo o lo que en Neurología se conoce como «Síndrome de Vigilia sin Respuesta» —anuncia el doctor Fischer en un tono aséptico—. Eso significa que el paciente conserva los ciclos de sueño y vigilia, aunque carece de la capacidad de interactuar con el entorno. Habrá notado que ha abierto los ojos de forma espontánea. Sin embargo, no puede fijar la mirada ni seguir objetos con ella. Por el momento, la estimulación multisensorial no está dando frutos, aunque haya respuestas motoras reflejas. Seguiremos insistiendo en la terapia cognitiva, pero...

—¿Pero?

El médico fuerza una sonrisa y el estómago de ella se contrae como si lo oprimiese una garra silenciosa.

—Ya han pasado más de cuatro semanas desde el accidente, *Frau* Haas. Me temo que los daños cerebrales podrían ser irreversibles, si esta situación se prolonga. En ese caso, tendríamos que trasladarlo a la unidad de daño cerebral crónico severo.

—Comprendo. ¿Hay alguna posibilidad de que despierte?

—No es imposible, pero usted sabe tan bien como yo que es altamente improbable.

El nudo que la ahoga se estrecha un poco más.

Minutos después, en los pasillos del St. Marien se respira una extraña calma inalterable que acompaña a la resignación que se apodera de Nina ahora. Lo último que le apetecía después de la explosión emocional vivida unas pocas noches atrás era ir a ver a su marido, pero empezaba a sentirse culpable y necesitaba librarse de esa sensación, a pesar de que no parece haberlo conseguido. Mientras Klaus languidece en una cama de hospital con la mirada errática, su vida ha dado un giro de 180 grados. ¿Es justo que después de lo que ha dicho el doctor quiera salir de allí y no volver nunca más? ¿Que su matrimonio se haya convertido en una carga de la que solo parece que se libraría con un desenlace fatídico?

La culpa, maldita sea, es una de las mayores condenas del ser humano.

De camino a la salida, examina ese sentimiento: la ausencia de miedo ante la catástrofe. ¿De dónde procede su valentía para rebelarse contra la costumbre y romper con todo? La respuesta se abre paso con fuerza entre las redes sinápticas del cerebro como una revelación.

Algo ha cambiado.

Mucho.

Todo.

O casi todo.

Ni siquiera tiene claro si es la persona que era, la que soportaba su existencia con una sonrisa plastificada y activaba el piloto automático para no enloquecer, o si alguna vez volverá a serlo. Tras sentirse hueca por dentro durante ocho largos años, ahora se siente tan sólida que no está dispuesta a renunciar a ello. Está harta de sentimientos aletargados, de concesiones, de poner la otra mejilla, de ser víctima de su propia impasibilidad frente a las manipulaciones de Klaus. El sufrimiento humano actúa como un gas en una cámara vacía: se expande completamente por todo el interior, con independencia de la capacidad del recipiente. Lo leyó en *El hombre en busca de sentido*, de Viktor Frankl, y se le quedó grabado. Ha

hecho falta una tragedia para que ese recipiente se resquebra-
je. Ahora, toda su voluntad se centra en un único propósito:
ser la mujer que quiere ser, la que siempre debería haber sido,
y no necesita saber qué se debe al destino y qué a un desvío
en el recorrido.

«Entonces, ¿por qué sigues con él?».

El eco de la voz de Jamal regresa para golpearla donde más
duele y le recuerda que los buenos propósitos carecen de valor
si no se transforman en acciones. Algunas fronteras deben cru-
zarse para seguir adelante. Para vivir, para ser feliz, para ocupar
un lugar importante en el mundo. Nina busca algún argumento de peso que le sirva como objeción. No lo hace por voluntad
propia, sino como acto reflejo. Sin embargo, en su fuero interno sabe que no va a encontrar nada, así que se limita a liberar
la frustración que la oprime en una larga exhalación.

Y tampoco quiere pensar en Jamal.

No en ese momento ni en ese lugar.

En el aparcamiento, las suelas de los zapatos amortiguan
el sonido de los pasos. Cuando está a punto de subirse al
coche para poner rumbo al trabajo, alguien la aborda por
detrás. Se gira sobresaltada y se topa con una mujer morena y
atractiva, de edad imprecisa, que le sonríe como si le debiera
la vida.

—¡Oh, vaya por Dios! Perdóneme, *Frau* Haas. No pre-
tendía asustarla —se disculpa, con un tono afable, aunque
empalagoso. Tiene el característico acento de Turingia, que
se reconoce con facilidad por su melódica entonación, muy
idiosincrática.

—¿Nos conocemos? —pregunta, intrigada.

—Soy compañera de trabajo de su marido, Sonja Wenders.

La mujer le extiende la mano y Nina se la estrecha con
vacilación. Busca en sus archivos mentales, pero no encuentra información relacionada con ese nombre. No recuerda que
Klaus la haya mencionado nunca, lo cual tampoco le extraña,
dado que él apenas le cuenta nada.

—¿Entonces trabaja en Brinkerhoff y Asociados?

—Así es, en el departamento de Recursos Humanos. De hecho, fui yo quien reclutó a su marido.

Nina pestañea dos veces seguidas como si quisiera comprobar lo que acaba de oír.

—No me diga.

—Sí. Klaus es un hombre con las ideas claras. En cuanto lo vi, supe que lo quería en el equipo. Su pasión y sus convicciones me cautivaron al instante. Profesionalmente, claro —puntualiza, y muestra una sonrisa benevolente que se destensa enseguida—. Cuando supe lo que les había sucedido a él y a Andreas… —Sonja se tapa la boca y no dice nada más. Parece realmente compungida—. La vida puede llegar a ser muy cruel, ¿no le parece?

«Tan cruel como uno quiera», piensa Nina.

—*Frau* Wenders, no me gustaría parecer grosera, pero tengo un poco de prisa. ¿En qué puedo ayudarla?

—Llámeme Sonja, por favor.

—Está bien. Sonja. Usted dirá.

—Solo quiero saber cómo está Klaus, *Frau* Haas.

Nina toma aire y lo expele lentamente por la nariz.

—Me temo que su condición sigue siendo crítica.

La expresión del rostro de su interlocutora muta en un gesto indescifrable.

Un parpadeo.

Otro.

—Comprendo. —Su tono se vuelve sobrio, tajante—. En ese caso, no la molesto más. Gracias por la información, *Frau* Haas. Ha sido un placer charlar con usted. *Auf Wiedersehen.*

Cualquier intento de respuesta muere ahogado en la garganta de Nina, que observa boquiabierta cómo Sonja Wenders desaparece entre las sombras igual que un espectro. Tiene la sensación de que hay algo extraño en su actitud, pero no sabe qué y tampoco es capaz de interpretar qué acaba de suceder.

«Sea lo que sea, tendrá que esperar», se apremia a sí misma, mientras comprueba la hora en el reloj. Entonces, se sube al MINI, introduce la llave en el contacto y enciende el motor.

Distrito de Charlottenburg

Despega los párpados sobrecogida y se incorpora de golpe, como si hubiera tenido una premonición en sueños. La luz aterciopelada de una farola se filtra a través de las cortinas y el silencio nocturno envuelve la estancia con una rotundidad inquietante. «Son las cuatro menos cuarto de la madrugada», parece reprocharle el despertador, que la observa desde la mesita como si hubiera cobrado vida. Nina lo ignora. Sabe que no volverá a dormirse esa noche, y puede que la siguiente tampoco, al menos hasta que identifique la anomalía que le distorsiona los pensamientos.

—El diablo está en el detalle —dice en voz alta.

Coge el móvil y abre la aplicación de Facebook. Ignora la docena de notificaciones que le saturan el perfil, intacto desde hace meses, y teclea «Sonja Wenders» en el buscador. Los resultados no son nada alentadores: hay cientos de usuarios con ese nombre y las fotografías que ve en sus cuentas no parecen determinantes. Tendrá que probar de otro modo. Entonces, una bombilla imaginaria se le enciende sobre la cabeza. En la barra de búsqueda de Google, escribe el nombre del bufete de abogados donde trabaja Klaus. El primero de los resultados corresponde a la página web de Brinkerhoff y Asociados. Nina accede a una pestaña titulada «La firma».

—Veamos… —murmura.

Desliza la yema del pulgar hacia abajo, tensa por la anticipación. Socios fundadores, dirección, cuerpo técnico…, nada de eso le interesa. Tesorería…, no, eso tampoco. Recursos Humanos. ¡Bingo! Pero entonces no da crédito a lo que ven sus ojos. La pantalla muestra una imagen de Sonja Wenders que confirma su sospecha: la mujer que la abordó en el *parking* del St. Marien no es quien dice ser.

Nina inspira profundamente.

—¿Qué has hecho, Klaus?

23. Jamal

10 de septiembre de 2015
Central de la BKA en Berlín
Distrito de Treptow-Köpenick

Está siendo un día de *esos*. Hay muchos días de *esos,* últimamente.

La noticia lo sacó de la cama de madrugada y tuvo el mismo impacto que una bomba nuclear. La Sección de Homicidios de la Policía de Berlín había informado de la aparición de un cuerpo en Kottbusser Tor. El *modus operandi* —un tiro limpio en la cabeza— y el tipo de víctima —varón, mediana edad, nacionalidad turca— daban cuenta de la conexión con los crímenes del Bósforo, por lo que, a falta de un informe definitivo de Balística, la *KriPo* se apresuró a pasar la patata caliente a la BKA. Sin embargo, había dos diferencias notables entre ese homicidio y los anteriores. La primera, que varios testigos aseguraban haber visto a una mujer de cabello oscuro, y, la segunda, que Jamal conocía a la víctima. Se trataba de Faruk Yılmazoğlu, natural de Ankara y propietario de una casa de té del «pequeño Estambul». El tío Faruk llevaba más de media vida en Alemania y era un hombre respetado por la comunidad turca de Kreuzberg. ¡La de veces que lo había visto con su padre, jugando al *tavla* con un cigarrillo de tabaco negro entre los dedos mientras discutían sobre Erdogan! Jamal necesitó un momento para asimilarlo, estaba consternado. Lo sentía mucho por Faruk, pero la certeza inequívoca de que podría haber sido cualquiera lo devoraba por dentro. Cuando telefoneó a Orhan *Bey*, la noticia corría ya como la pólvora por todo el barrio.

—Faruk era un buen hombre —reconoció su padre, al otro lado de la línea. Sonaba devastado—. Nunca ha hecho daño a nadie. No puedo creer que lo hayan asesinado a sangre fría. *Allah merhamet etsin!* —sollozó—. Quieren hacernos creer que estos crímenes son cosa del hampa, pero no me lo trago. Nos están matando porque somos turcos, estoy convencido. ¿Te das cuenta de que me podrían haber disparado a mí? ¿O a tu hermano? Media vida trabajando para ellos, reconstruyendo Alemania, y ¿así nos lo pagan? —Silencio—. ¿Tú sabes quién anda detrás de esto, hijo?

Jamal aguantó las palabras con el mismo desánimo con que se soporta una súbita tormenta y, tras una inspiración profunda, contestó:

—No puedo compartir esa información contigo. Pero... —agregó—... lo estoy investigando.

—Pues me alegro de que seas tú quien vaya a averiguarlo y no un policía alemán.

—*Baba*, yo soy un policía alemán. Y sé discreto, por favor. No hagas que me arrepienta de habértelo contado.

—*Evet, evet, merak etme.* Lo que quiero decir es que eres uno de nosotros, seguro que le pones más empeño que cualquiera de esos puñeteros boches.

En ese punto, Jamal se vio forzado a hacer un paréntesis para reconducir la conversación.

—¿Has hablado con Kerem?

—Todavía está durmiendo —dijo su padre. Luego se oyó un ruido de ventanas correderas—. Acabo de salir al balcón. Hay muchos policías ahí abajo. Al menos, cuatro o cinco coches patrulla.

* ¡Que Alá tenga piedad!

† Sí, sí, no te preocupes.

—Vale, escúchame bien, *baba:* es posible que hoy o mañana se líe bien gorda en el Kotti. Prométeme que te mantendrás alejado de las protestas.

—No pienso permanecer de brazos cruzados mientras esos malditos nazis masacran a mi gente. Si hay protestas, iré.

—Los antidisturbios cargarán contra los manifestantes, así que quiero que te quedes en casa, ¿me has entendido?

Orhan *Bey* elevó el tono unos cuantos decibelios.

—He dicho que no. ¿Quién te crees que eres para darme órdenes? Iré a la manifestación y tú también deberías ir, que eres turco. Faruk se lo merece, igual que todos los hermanos a los que han asesinado.

—Pero *baba*…

—No hay peros que valgan. Hasta donde yo sé, manifestarse es un derecho constitucional. ¿No presume Alemania de ser una democracia moderna y civilizada? Pago impuestos en este país desde hace más de treinta años y nadie va a impedir que ejerza mis derechos —remató, en su lengua natal.

Jamal, sin embargo, continuó hablando en alemán.

—No se trata de tus derechos. La cosa se pondrá tensa. Montarán barricadas, quemarán contenedores y la *SchuPo* sacará el armamento disuasorio: cañones de agua y proyectiles de gas pimienta. ¿Sabes lo que escuece eso? A poca distancia, puede incluso causar ceguera temporal.

—¡Si no soy más que un viejo inofensivo, hombre! ¿Cómo van a dispararme a mí?

—Los antidisturbios no hacen distinciones, *baba*. Van a por todas. Tienen órdenes de desalojar y, si no lo consiguen por las buenas, lo harán por las malas.

—Muy bien, pues correré el riesgo y se acabó. No hay más que discutir —zanjó.

Dicho esto, colgó. Y a Jamal lo asaltó una sensación de impotencia mezclada con rabia que vuelve a dominarlo en ese mismo instante, al rememorar la conversación.

—Jamal.

La voz de Frida lo reconecta con el tiempo y el espacio de forma disruptiva. Nueve y media de la mañana, sala de reuniones de la Seis, equipo al completo.

—Lo siento, me he distraído. ¿Por dónde íbamos? —pregunta, mientras se rehace el moño de forma mecánica.

—La mujer morena —responde uno de sus hombres.

—Sí, eso. Necesitamos un retrato robot para difundirlo en las comisarías de todos los *länder*. Con urgencia —recalca.

—¿Y a la prensa? —interviene otro.

—Negativo. Müller no ha dado luz verde. Cree que podríamos precipitar su huida —indica, tratando de disimular el asco que le provoca la naturaleza puramente política de la decisión.

—Los periodistas no son idiotas, jefe. Puede que sean un montón de mierda, pero saben sumar dos más dos. Tarde o temprano empezarán a especular y será mucho peor.

Jamal se encoge de hombros.

—No contamos a los medios lo que hacemos mientras lo hacemos. Son órdenes de arriba.

—Gerhard Müller no tiene ni pajolera idea —suelta Frida, a bocajarro—. ¿Qué? ¿Por qué me miráis así? ¿Acaso no llevo razón? Es muy fácil mandar desde una poltrona y dar lecciones sobre cómo solucionar los problemas sin ensuciarse las manos. Me gustaría ver a ese mamón en la calle.

—Frida, no puedes hablar así de un superior —la reprende Jamal, que le lanza una mirada elocuente.

—No te creerás en serio ese rollo. ¡Venga, no me jodas! ¡Si aquí todos pensamos lo mismo!

—La diferencia está en que los demás no lo verbalizamos —precisa Ulrich—. No somos tan temerarios como tú.

—Vaya, así que ahora a tener pelotas para decir las cosas claras se le llama ser temerario. —Sonríe y ladea la cabeza—. Eufemismos de los huevos… —masculla.

—Bueno, quizá es que no tengo ganas de que me abran un expediente.

—¿Sabes qué, Ulrich? Métetelo por el culo —le espeta Frida, a la vez que le muestra el dedo corazón—. Seguro que de eso sí tienes ganas.

—Solo si luego te lo metes en la boca.

—Antes me arranco el puto dedo de cuajo.

El equipo al completo estalla en carcajadas, excepto Jamal, a quien se le agota la paciencia por momentos.

—¿Podéis dejar vuestras gilipolleces de una vez? Os recuerdo que ahí fuera están matando a gente. Y esto es un lugar de trabajo, no un tugurio cualquiera de Friedrichshain, maldita sea —se queja en un tono modulado que convierte la frase en una sentencia. Ulrich desvía la vista avergonzado y Frida pone los ojos en blanco. Jamal se frota el puente de la nariz entre exhalaciones—. Bien, como decía, necesitamos un retrato robot de esa mujer.

—La *KriPo* lo ha intentado, pero los testigos se niegan a ir a comisaría —explica alguien de la unidad—. No quieren tratar con la Policía de Berlín y con la BKA aún menos. Nos va a costar mucho convencerlos para que vengan a declarar.

—Iré yo —anuncia Jamal—. Hablo su idioma y conozco bien la mentalidad turca. Tú vienes conmigo, Frida. El resto, ocupaos de visualizar todas las imágenes de las cámaras de seguridad en un radio de diez kilómetros de las últimas doce horas. Buscad mujeres morenas en el registro de personas desaparecidas o ingeniáoslas como queráis, pero de aquí no se mueve nadie hasta que tengamos una pista sólida. ¿Me he explicado con claridad?

Tajante.

El ambiente que se respira en la sala de reuniones de la Seis es una mezcla de excitación y agotamiento. La audiencia se revuelve impaciente y Jamal los inmoviliza con una mirada glacial. Todo el mundo asiente en silencio.

—Perfecto —se sosiega—. Vamos, Frida, andando.

Su móvil suena en ese momento. Al leer el nombre en la pantalla, levanta un dedo en dirección a su compañera, que ya está de pie y con la chaqueta puesta, para excusarse un momento, abandona la sala y se encierra en el despacho.

—¿Qué pasa, Nina? ¿Va todo bien? —pregunta, preso de una ansiedad repentina.

—Hola, Jamal. ¿Es mal momento? Puedo llamar más tarde, si estás ocupado. No quiero molestar.

Le encantaría decirle: «Tú nunca molestas, *Melek yüz*», pero se ha prometido a sí mismo que sería profesional y, en honor a la verdad, ese es un pésimo momento.

—Tengo cinco minutos —replica, más seco de lo que le gustaría—. Pero cuéntame, ¿qué pasa?

—Vale. A ver, ayer me abordó una desconocida en el aparcamiento del St. Marien.

—¿Quién?

—Se presentó como Sonja Wenders. —Jamal anota el nombre en un *post-it* y lo pega en una esquina de la pantalla del ordenador—. Dijo que trabajaba en Brinkerhoff y Asociados, en Recursos Humanos. También dijo que era ella quien había reclutado a Klaus y un montón de estupideces acerca de su talento que me sonaron a secta.

—Continúa.

—Me preguntó por él y luego se esfumó. Mira, no me habría resultado extraño de no ser por un pequeño detalle, algo que dijo.

Jamal comienza a dar vueltas de acá para allá; es una manera de atemperar la impaciencia.

—¿El qué?

—Dijo: «Cuando supe lo que les había sucedido a él y a Andreas». En ese momento, no reparé en la importancia de la frase, tenía prisa y quería marcharme de allí lo antes posible, pero no he dejado de darle vueltas desde entonces. ¿Cómo sabía que Klaus iba con Andreas en el coche, si los empleados del bufete no tienen esa información? Es más, ¿cómo sabía siquiera de la existencia de Andreas o, mejor dicho, de Bachmann? A Klaus nunca le ha gustado mezclar el trabajo con los asuntos privados. No tiene lógica.

—No, no parece que la tenga, salvo que esa tal Sonja Wenders no sea quien dice ser —apunta.

—Exacto, porque no lo es. Anoche busqué en la página web de Brinkerhoff y Asociados y adivina qué: la verdadera Sonja no se parece en nada a la mujer del aparcamiento.

De pronto, frunce el ceño y entorna los ojos. Una idea le viene a la cabeza.

—Tengo que hacerte una pregunta. ¿Recuerdas de qué color tenía el pelo?

—Oscuro.

—¿Estás segura?

—Cien por cien segura.

—¿Algún otro detalle importante? ¿Tatuajes, *piercings,* alguna cicatriz?

—No, pero tenía un inconfundible acento de Turingia.

En el curso de una investigación policial, a veces ocurre que, tras un periodo de tiempo sin sensación aparente de progreso, las piezas comienzan a encajar de repente.

Jamal inspira y expele el aire despacio. En su interior se dirime una dicotomía de sentimientos encontrados: oscila del alivio al nerviosismo como un péndulo, aunque está acostumbrado a ese contraste de emociones en su trabajo. Es posible, pero solo en parte, que en esta ocasión la balanza tienda a inclinarse un poco más hacia el nerviosismo porque Nina, su angelical Nina, está implicada en el asunto de forma indirecta.

—Necesito que nos veamos lo antes posible, Nina. ¿Puedes venir ahora a la Central?

24. Nina

10 de septiembre de 2015
Central de la BKA en Berlín
Distrito de Treptow-Köpenick

Sonríe como una boba al pensar en lo que está a punto de pasar. No era consciente de la magnitud de su necesidad hasta ese instante. O quizá sí, pero se ha empeñado en ignorarla. Han tenido que reencontrarse para que recuerde la fuerza de sus propias emociones. Cuando esos ojos de color miel se clavan en los suyos, colapsa por completo y hasta la última fibra de su cuerpo comienza a temblar.

—Gracias por venir tan rápido —dice Jamal al estrecharle la mano.

No es un gesto cualquiera, sino una caricia que le incendia la piel.

—Me necesitabas y aquí estoy —replica Nina.

Tampoco es una frase cualquiera, sino una declaración de intenciones.

Jamal cierra la puerta y la invita a sentarse mientras baja las persianas metálicas que cubren las paredes de cristal del pulcro —aunque impersonal y puede que demasiado corporativo— despacho modular. Luego, se apoya en el borde del escritorio, delante de ella, y se cruza de brazos. La postura le realza los musculosos bíceps.

—¿Cómo estás? —pregunta.

—Un poco confundida.

—Conozco esa sensación. Últimamente me acompaña todo el tiempo, a todas partes.

Nina siente una especie de cosquilleo ridículo.

—¿Por qué estoy aquí, Jamal? Por favor, sé sincero conmigo.

Él cierra los ojos con fuerza, como si con ello fueran a desaparecer los hechos, y tensa la mandíbula para ganar algo de tiempo.

—Por favor, Jamal —insiste—. Estas semanas han sido una auténtica montaña rusa de emociones, tú lo sabes mejor que nadie. Necesito entender qué demonios pasa.

—Está bien, está bien... —claudica. Deja caer las palmas de las manos sobre los muslos con lasitud y suspira—. Lo que voy a contarte es confidencial, Nina. Si sale de aquí, me sacarán del caso por la vía rápida y me expedientarán. Voy a arriesgarme porque mereces saber con quién compartes tu vida. La conexión entre Maximilian Bachmann y tu marido no es casual. ¿Has oído hablar de los crímenes del Bósforo?

—Sí, claro, cómo no. Dicen que están relacionados con la mafia turca.

—Eso es lo que el Gobierno federal quiere que la sociedad crea para evitar que se desate el caos en Alemania. Rectifico. Alemania *ya* es un caos. El motivo por el que la verdad no ha trascendido todavía a los medios es simple: para no manchar la imagen impoluta de nuestro magnífico modelo de convivencia democrática —ironiza—. ¿Has visto *The Wire?* «Cuanto más grande es la mentira, más se la tragan». En fin, lo que intento explicarte es que Bachmann, Klaus y un tercer sujeto cuya identidad desconocemos están detrás de los homicidios. Me ahorraré los detalles escabrosos, pero tenemos pruebas para concluir que habrían conformado una estructura terrorista neonazi con el objetivo de cometer un atentado de gran magnitud en Berlín.

Nina ahoga un grito de horror con la mano. No da crédito a lo que acaba de oír.

—Eso es imposible...

—¿Imposible? —Un matiz de resentimiento se cuela en el tono de Jamal. Hace una breve pausa, como si quisiera recalcar la importancia de lo que va a decir a continuación, y añade—: Te aseguro que ese ejemplar de *Mi lucha* lleno de anotaciones xenófobas haría las delicias de cualquier fiscal.

—¿Estás diciendo que Klaus es un… asesino?

—Estoy diciendo que es cómplice de un delito de terrorismo. Puede que no haya apretado el gatillo, pero te garantizo que tiene las manos tan manchadas de sangre como Bachmann. Y te lo voy a demostrar.

—Debe de tratarse de un error, Jamal. Él no…

Entonces, Jamal se inclina hacia delante y la agarra por los hombros con desesperación.

—¡Por el amor de Dios, Nina! ¡Abre los ojos de una vez! —exclama—. Los asesinatos indiscriminados formaban parte de un plan para sembrar el pánico en los distritos con mayor concentración turca. Ese plan culminaría por todo lo alto con una bomba. Maldita sea, tenemos las armas, los planos… incluso el sitio donde se reunían y la frecuencia con que lo hacían. ¿Adónde te crees que iban la noche del accidente? Klaus ha financiado la célula, es cuestión de tiempo que podamos probarlo. Anoche hubo otro asesinato en Kreuzberg, a pocos metros de donde cenamos juntos el sábado. —Nina le devuelve una mirada de pavor y desconcierto. Los ojos se le mueven con rapidez mientras procesa el torrente de información—. ¿No has visto las noticias? Yo conocía a la víctima. Era un hombre honrado. Es imposible que tuviera tratos con el hampa. Hay testigos que sitúan a una mujer morena en la escena del crimen. ¿Te das cuenta de lo que eso significa, Nina? —Le aprieta los hombros para enfatizar la pregunta—. La falsa Sonja Wenders es la pieza que completa la tríada. Necesitamos que nos ayudes a realizar un retrato robot, por eso…

Un gesto le impide terminar la frase. Nina le ruega con la mirada que se aparte y se levanta de la silla. El pequeño despacho modular se sume en un silencio que ella misma rompe.

—No, no, no —repite, y se lleva las manos a la cabeza para sostenerla.

Su mente es un hervidero de ideas diferentes que le borbotean a una velocidad vertiginosa. Los pensamientos son confusos, dispersos como una baraja de cartas lanzada al aire. Por la espalda le corre un sudor urticante, los latidos del corazón le retumban en las sienes y llenan el espacio de ecos vertiginosos. La revelación la asedia como una ola oscura que amenaza con devorarla hasta que se le echa encima y sumerge las últimas dudas que albergaba.

Siente un regusto de bilis en la boca.

—Dios mío… He estado viviendo con un terrorista… Pero ¿cómo he podido estar tan ciega? ¿Cómo no me he dado cuenta de la clase de monstruo que es? ¡Soy estúpida! ¡Soy estúpida!

Pronuncia las palabras con dolor y mucha rabia hacia sí misma. Cuando la vida da un vuelco, uno tiende a mirar hacia atrás para buscar el momento exacto en el que las cosas se torcieron. Es natural, pero, en el fondo, Nina ni siquiera está segura de querer seguir el rastro de su infortunio hasta la raíz.

—¡Eh! No es culpa tuya que Klaus haya renunciado a su moral.

—Es que no me cabe en la cabeza. No es un psicópata, sabe distinguir entre el bien y el mal. O eso creía yo. ¿Qué razones puede tener para hacer algo así? ¿De dónde nace ese odio tan infinito como para ser capaz de arrebatarle la vida a otra persona?

—Realmente, no siempre se necesita un motivo para actuar con crueldad. A veces, basta con tener la oportunidad. Diría que incluso los terroristas más curtidos ignoran lo que les ocurre. Solo con un chispazo en el subconsciente —Chasquea los dedos—, su forma de ver el mundo cambia. ¿Has oído hablar del arquetipo de la sombra de Carl Jung? —Nina niega con un movimiento de la cabeza casi imperceptible—. Digamos que la sombra representa el lado oscuro, la personalidad oculta. En la psique humana existen ciertas dimensiones reprimidas, instintos heredados que a veces esconden violencia, rabia u odio. La moral nos enseña a sumergir ese submundo convulso en los abismos más profundos de nuestro ser, pero algunas personas, por los motivos que sean, están más predispuestas que otras a sufrir un detonante que haga salir toda la mierda a flote. Hitler es el ejemplo perfecto.

Nina suspira.

—Toda esa teoría psicoanalítica está muy bien, pero no me consuela. Soy una idiota, Jamal. Una idiota que no ha sabido ver su propia desgracia. ¿Qué voy a hacer ahora? No podré mirarme al espejo. Esto me perseguirá para siempre, hasta el día en que me muera.

—Escúchame. Sé que suena a tópico, pero el tiempo recompone cualquier fractura. La angustia desaparecerá, Nina, te lo prometo.

Ha oído perfectamente lo que ha dicho Jamal, pero no consigue encontrar sentido a sus palabras. Está demasiado cansada, herida. De pronto, se le emborrona la vista. Durante una fracción de segundo, sus puntos de referencia se volatilizan. Un sollozo violento le sacude los hombros y destroza sin piedad su muro de contención. La primera lágrima no tarda en precipitarse a lo largo de su pómulo. Trata de enjugársela, pero Jamal se adelanta y la recoge con la yema del dedo, cerca de la comisura del labio. Intenta evitar a toda costa que caiga la segunda. Sin embargo, el impulso es apremiante.

Necesita llorar.

Respirar es sentir que la cortan con un cuchillo.

Jamal se acerca más en ese instante, la envuelve con los brazos y la aprieta contra su cuerpo sin decir nada. No es un abrazo cualquiera, es un refugio de piel cálida. Y en ese refugio que invita a quedarse, Nina hunde el rostro, aspira su olor y cierra los ojos hasta que el llanto se extingue para dar paso a una calma extraña, una aceptación: la certeza de que sí hay algo bueno en su vida, algo capaz de colarse por cada una de las fisuras de su escudo para impedir que se derrumbe.

—¿Estás mejor? —pregunta entonces, sin variar la postura un solo milímetro. La resonancia de su voz amortiguada en la caja torácica la estremece. Nina asiente—. Vale, eso me gusta más —susurra—. Nina, yo… quería llamarte. Desde el sábado no he podido dejar de…

Un giro inesperado de los acontecimientos trunca la confesión, fuera cual fuese. Un instante antes de que las palabras salgan de la boca de Jamal, su tosca compañera, Frida Bauer, abre la puerta del despacho de golpe y los sorprende entregados al abrazo. Tardan apenas un segundo en separarse el uno del otro, como activados por un resorte invisible.

Acción y reacción.

—¡Maldita sea, Bauer! ¿Es que no sabe llamar? —protesta Jamal, visiblemente irritado.

—Lo siento, *Herr Inspektor*. No imaginaba que estaría usted tan… —Desliza una mirada siniestra hacia Nina, que se ve obligada a desviar la suya. Algo parecido a una actitud de desafío arde en los ojos afilados de Frida—… ocupado. Solo he venido a avisarle de que el técnico está esperando para el identikit.

—Muy bien, vamos. ¿Lista, *Frau* Haas?

Nina se adecenta el vestido y se arregla el pelo antes de asentir en silencio.

25. Jamal

10 de septiembre de 2015
Distrito de Friedrichshain-Kreuzberg, Berlín

Un suspiro involuntario de placer le brota de la garganta cuando el chorro de agua caliente impacta contra su piel. Nota la tensión en los músculos, sobrecargados. La sesión de ejercicio ha sido más intensa de lo habitual, pero el esfuerzo ha valido la pena. Necesitaba soltar lastre. Empezaba a sentir como si todo el peso del mundo recayera sobre sus hombros.

Salir a correr no estaba dentro de sus planes. De hecho, no pensaba hacer otra cosa que plantarse en casa de su padre después del trabajo e impedir que asistiera a la manifestación que la TGD, la Asociación de la Comunidad Turca de Alemania, había convocado para esa misma tarde en Kreuzberg, pero un imprevisto en el último minuto y el tráfico de hora punta se habían encargado de que no llegase a tiempo.

Llamó a Orhan *Bey*, sin éxito. Luego, probó con Kerem y tuvo mejor suerte.

—Cálmate, *abi. Baba* está conmigo —le confirmó con el tono de una canguro que tranquiliza a un padre sobreprotector. Pero lejos de calmarlo, aquello lo puso todavía más nervioso. Se oía barullo de fondo y, entre una consigna y otra, Jamal acertó a entender la que clamaba justicia para la comunidad turca. «Gerechtigkeit für die türkische Gemeinschaft!»—. Oye, te dejo. La *SchuPo* ha empezado a cargar —añadió, antes de colgar.

Así que fue la impotencia la que hizo que, acto seguido, se calzara las zapatillas de deporte y saliese a quemar el asfalto.

Buena decisión.

En el móvil, encima de la repisa situada junto al lavamanos, suena una vez más «Canım Senle Olmak İstiyor». Esa canción de Özdemir Erdoğan se ha convertido en una especie de cobijo particular en los últimos días. El ruido de la ducha apenas le permite oírla, pero no le importa, se la sabe de memoria. La tararea distraídamente mientras se enjabona y sonríe al pensar cómo una melodía es capaz de evocar etapas tan distintas de una misma vida. Hasta ese momento, lo transportaba a los veranos de su adolescencia temprana en Estambul: a las fiestas populares en las calles empedradas de Üsküdar, a los torpes besos con sabor a *ayran** en la oscuridad de algún portal y a las promesas que nunca se cumplirían porque el paso del tiempo les restaría valor. Pero Jamal sabe que, de ahora en adelante, siempre que la escuche pensará en la noche que pasaron juntos.

«Anladım sendin aradığım hayatım boyunca».†

Casualidad o no, la canción habla de un hombre que no busca el amor. Todo cambia el día que conoce a una mujer hermosa y se da cuenta de que, en realidad, lleva toda su existencia esperándola.

Moraleja: el destino es inevitable. Tarde o temprano, acaba atrapándote.

Por desgracia, la vida real es bastante más compleja que una canción de amor turca. El verdadero problema de Jamal no es que la persona correcta no haya aparecido todavía, sino justo lo contrario. Por dos motivos: uno, porque esa aparición ha puesto del revés sus convicciones y la soledad ya no resulta una opción tan atractiva como antes. El apartamento vacío, el silencio en el que se instala por la noche, cuando se deja caer en el sofá tras un duro día de trabajo…, todo eso empieza a pe-

---

* Bebida a base de yogur y agua.

† Sé que eres la persona que he estado buscando toda la vida.

sar demasiado, a convertirse en un sedimento de dimensiones cada vez mayores, una costra que se le adhiere al cuerpo como un parásito. Y dos, porque no puede estar con ella. Lo desea. Con todas sus fuerzas. Pero es imposible y muy peligroso. Supondría poner en riesgo la carrera por la que tanto ha luchado durante quince años. Bastante se ha expuesto ya al contarle los pormenores de la investigación. Y, para más inri, va Frida y los sorprende abrazados en el despacho. Qué profesional. La imagen le provoca el mismo efecto que un latigazo. Quería mantenerse a una distancia prudencial, mostrar frialdad y entereza, pero tiene la sensación de vivir aferrado a una cuerda elástica que lo impulsa una y otra vez hacia ella. ¿Cómo no iba a desarmarse frente a sus lágrimas? Lo más doloroso de todo es que, si se aleja demasiado, se congela, y si se acerca, se quema. Jamal exhala derrotado y permanece bajo el grifo con los ojos cerrados y una sola certeza: tendrá que hacer un sacrificio enorme para extirpar eso que se extiende con tanta fuerza por su interior.

Poco después, tras secarse y vestirse con ropa cómoda, se abre una cerveza bien fría y se dirige al salón. Entre suspiros, se deja caer sobre el sofá, apoya los pies en la pequeña mesa auxiliar de madera y enciende la Xbox 360. Seguro que una partida de FIFA World Cup lo ayuda a abstraerse del mundo. La *Mannschaft* acaba de imponerse a Brasil en el Maracaná con un golazo de Miroslav Klose por la escuadra cuando el móvil empieza a sonar. Escupe una blasfemia ahogada en turco, pausa el juego y alarga el brazo en dirección al teléfono, en el otro extremo de la mesa. El nombre que ve en la pantalla le dibuja una expresión de alarma en el semblante. Responde de inmediato, espoleado por la extraña sensación de *déjà vu* que lo embarga.

—Nina, ¿va todo bien?

—No lo sé, Jamal. —Su voz suena trémula y confusa, transmite preocupación—. Acabo de llegar del trabajo y…

—¿Qué pasa? —insiste, con los nervios crispados.

—Hay una pintada en la puerta de casa. —La oye suspirar al otro lado de la línea—. Dice: «Sé lo que estás haciendo, zorra».

Jamal se incorpora de un salto, tenso hasta el último músculo del cuerpo. Escuchar esa frase hace que un impulso incontrolable le recorra la médula y le explote en el bulbo raquídeo. «Joder, joder, joder. Wenders va a por ella», elucubra. Se frota la cara con la mano libre, toma una bocanada de aire y pregunta despacio:

—¿Han forzado la cerradura?

—Creo…, creo que no.

Una voz prudente le advierte que no se meta en problemas. Es una pena que, desde que conoce a Nina, haya dejado de hacer caso a esa voz.

—¿Dónde estás ahora mismo?

—En la calle. Yo… no sabía qué hacer ni a quién llamar, Jamal. Eres la única persona…

—Está bien, está bien, has hecho lo correcto. Pero necesito que me escuches con atención y hagas lo que voy a decirte, ¿de acuerdo?

Lo que está a punto de pedirle es un atentado en toda regla al manual de buena praxis policial, pero, en ese momento, lo único que le importa es protegerla.

No espera a que conteste.

—Quiero que cojas un taxi y vengas a mi casa.

—¿A tu casa?

—Sí. Lo más conveniente es que pases la noche aquí.

Silencio.

—¿Crees que… es una buena idea?

A pesar de la lucha de emociones que se dirime en su interior, Jamal reafirma su convicción con tono claro y controlado.

—No se me ocurre otra mejor, Nina. Oye, voy a colgar para enviarte un mensaje con mi dirección. Ten el móvil a mano en todo momento, ¿vale? Cuando llegues, sube directamente. El portal siempre está abierto.

—¿Y qué pasa con la pintada? Se supone que debería denunciarla o algo así.

—No te preocupes por eso, yo me encargo de todo.

—Jamal.

—¿Sí?

—Estoy en peligro, ¿verdad?

Jamal aprieta los párpados con fuerza, como si Nina hubiera verbalizado el temor que alberga desde el inicio de la conversación y pudiera hacerlo desaparecer con ese gesto.

—No dejaré que te pase nada malo, Nina. Nunca —asegura. Los ojos le brillan igual que si comunicara una verdad trágica y profunda.

La promesa, a pesar de ser solo un susurro, es férrea.

En menos de un minuto, llama por teléfono a Ulrich.

—Ya sé que no estás de guardia, pero necesito que me hagas un favor. Es muy importante.

—Claro. ¿De qué se trata?

26. Nina

Después de secarse el sudor de las manos en el vestido, llama al timbre del ático del número veintisiete de Bergmannstrasse con el pulso tembloroso. Él la recibe descalzo, con el pelo suelto, una camiseta blanca de tirantes muy ancha y un pantalón corto oscuro. El aroma a gel de ducha y a desodorante masculino le acaricia el olfato. También percibe leves notas de cerveza en su aliento cuando le dice:

—Bienvenida. Pasa y ponte cómoda, por favor. Estás en tu casa.

Nina le da las gracias. Se quita los zapatos y deja el bolso en el colgador que hay junto a la puerta, al lado de un chubasquero abandonado a su suerte. Jamal sonríe; ella también. La tensión acumulada durante el trayecto en taxi comienza a deshacerse como la vela de un barco que se despliega lentamente. Es evidente que con él se siente segura.

—Por aquí —le indica con un gesto.

El apartamento no es mucho más que un salón amplio con una cocina americana a un lado y el acceso a la terraza al otro, pero está ordenado y es acogedor. Nina observa a su alrededor con curiosidad y determina que la esencia de Jamal Birkan está presente en todas partes. En el humo del suave incienso de sándalo que flota en el ambiente, en la luz tenue de la lámpara colgante de estilo arabesco y en los cojines de colores sobrios

235

desparramados sobre el sofá. También en la correspondencia sin abrir que se amontona sobre la mesa, al lado de una pila altísima de dosieres con el logotipo de la BKA, en las pesas de diez kilos apoyadas en el suelo de parqué, a los pies de un banco de abdominales plegable, frente a la gran pantalla plana anclada a la pared de ladrillos. Y en las estanterías, llenas de libros distribuidos de forma desigual entre los que se encuentran un enorme narguilé, una inmensa jarra de cerveza del Oktoberfest de 2010 y una foto familiar idéntica a la que había en la tienda de especias de su padre: los Birkan al completo, con la Mezquita Azul de fondo bajo el cielo níveo de Estambul. Parecen un grupo indivisible en la imagen. La mujer de cabello azabache mira a cámara con una viveza poderosa, como si desafiara al destino.

—Tu madre era una mujer muy guapa —admite Nina—. ¿Cómo se llamaba?

—Adalet. Significa «justicia» en turco. No podría tener un nombre más apropiado —reconoce, con la voz impregnada de nostalgia—. Su muerte dejó un gran vacío en la familia. Nuestras vidas cambiaron de forma radical, dejamos de viajar a Turquía. De hecho, esa fue la última vez. Cuando nos hicimos la foto, ella ya sabía que estaba enferma, pero no dijo nada. No lo hizo hasta que regresamos a Alemania. Aquel verano insistió mucho en que fuéramos juntos de vacaciones, algo que no ocurría desde hacía años. El cáncer estaba muy avanzado. Metástasis. Quizá intuía que iba a ser su última oportunidad de reunir a toda la familia en Estambul.

—Parecíais muy felices.

—Lo éramos —asegura—. Ahora las cosas son diferentes.

—¿Por qué? ¿Qué ha pasado?

Jamal inspira profundamente, absorbiendo las palabras que se dispone a pronunciar.

—La vida es lo que ha pasado, Nina. Todo se hundió con la muerte de mi madre. Mi padre, mi hermano y yo...

Ella completa la frase.

—Tú permaneciste a flote.

—No me quedó otra opción.

—Sentiste que tenías el deber de rescatarlos.

—Veo que empiezas a conocerme.

—El mérito no es mío, Jamal. Creo que eres un hombre bastante transparente.

La apreciación de Nina le dibuja una sonrisa que destila orgullo.

—Ven, te enseño el resto del apartamento.

Dos puertas se abren en el pequeño espacio contiguo al salón, una frente a la otra. La de la derecha da al cuarto de baño, de diseño moderno y práctico, y la de la izquierda, al dormitorio de Jamal, que Nina escanea para empaparse de todos los detalles. Le llama la atención el gran póster de *Metrópolis,* la icónica película de Fritz Lang, enmarcado sobre la cama.

—*«Mittler zwischen Hirn und Hand muss das Herz sein»* —cita de memoria—. El mediador entre el cerebro y las manos debe ser el corazón. ¿No crees que el cine alemán siempre se ha adelantado a su tiempo?

—Bueno, el propio Lang dijo años más tarde que la idea de una convivencia armoniosa entre la razón —Se señala la cabeza—, el trabajo —Voltea las manos— y los sentimientos —Posa la palma derecha sobre el corazón— era una utopía.

—¿Y tú qué opinas?

—Que necesitamos utopías para que el mundo cambie.

Nina sonríe.

—Me resulta chocante que un hombre con una herida de bala en el antebrazo sea tan idealista.

—Ser idealista no es malo si sabes cómo encajar los golpes de la realidad. Porque, créeme, esos golpes llegan tarde o temprano y tienes que estar preparado para que no te pillen con la guardia baja. —Nina no dice nada. Siente la energía suspendida en el aire—. Bueno, tú puedes dormir aquí. Yo me quedaré en el sofá.

—Pero Jamal…

—Nina, no tengo fuerzas para discutir. Esta noche no. Estoy agotado —admite, y une las manos en actitud de ruego para suplicarle que contemporice—. ¿Tienes hambre?

Ella hace un mohín.

—Todo este asunto de la pintada me ha dejado sin apetito. Dudo que me entre algo en el estómago en las próximas setenta y dos horas.

—Es comprensible, ha sido un día muy intenso. De todos modos, deberías intentarlo. ¿Cuándo has comido algo por última vez?

—Pues... —Se infla los carrillos de aire y lo suelta de golpe antes de responder—... no estoy muy segura. En el desayuno, tal vez.

Jamal la reconviene con la mirada; ella le solicita con la suya que sea comprensivo.

—Mira, sé que estás agobiada. Tiene que haber sido durísimo encajar las noticias de esta mañana y ahora lo de la pintada esa, pero no quiero que te preocupes. Todo irá bien, ¿vale? Me encargaré personalmente de que sea así, te lo prometo—. Podría sonar a frase hecha en boca de cualquier otro, pero en la de Jamal las promesas nunca son huecas—. ¿Por qué no te das una ducha caliente y te relajas un rato? Mientras tanto, puedo prepararte un té o lo que te apetezca.

Entonces, de forma espontánea, Nina le pone la mano en el brazo derecho y la baja despacio hasta que se tropieza con la suya y entrelaza los dedos.

—¿Qué más vas a hacer por mí, Jamal Birkan?

—Haría cualquier cosa por ti —contesta sin titubear, con la voz áspera y grave, contenida en un susurro.

—¿También quieres rescatarme?

La esquina de la boca se le alza ligeramente hasta dibujar una sonrisa torcida que le confiere un aspecto muy seductor. No responde. En cambio, le coge la mano y, sin dejar de mirarla a los ojos, le besa con suavidad el interior de la muñeca, cauteloso e insinuante a la vez. Es un gesto inocente que, sin embargo, comporta una demoledora carga erótica que la destroza por dentro. La barba le hace cosquillas y se estremece.

De pronto, Jamal frunce el ceño.

—¿Esa es la goma de pelo que me robaste el sábado? —pregunta, sorprendido.

Nina retira la mano como si se hubiera quemado.

—Sí, pero no pienso devolvértela.

—*Tamam, tamam* —concede, riéndose de una forma adorable—. Bueno, necesitarás una toalla limpia y algo cómodo para dormir. Veamos… —Abre el armario y rebusca entre su ropa—. ¿Esto? No, con esto te asarás de calor. Mejor esto. —Extrae una enorme camiseta azul marino de la BKA y se la ofrece—. Si quieres, también puedo prestarte unos pantalones, pero se te caerán.

—Así está bien, gracias.

—Vale.

—Vale —repite Nina, como una chiquilla.

—En fin, será mejor que vaya a… —Apunta hacia la puerta de la habitación con el pulgar.

—Sí, y yo a…

Ambos sonríen a la vez, como un par de adolescentes.

En el cuarto de baño, la abraza una sensación extraña, como de irrealidad. Se desnuda, se mete bajo el grifo y trata de poner en orden el caos que gobierna en su cabeza. Le cuesta creer que esté en *su* apartamento, en *su* ducha, usando *su* jabón. El torrente de emociones es difícil de clasificar. ¿Qué es lo que la empuja irresistiblemente hacia ese hombre? Lo desconoce. Solo tiene la certeza de que, cuando está cerca de él, el mundo es un lugar un poco menos oscuro y los problemas adquieren otra magnitud, una más ligera. No sabe cuánto está dispuesto a arriesgar por ella y tampoco quiere que lo haga, pero la percepción de que Jamal lo pondría todo a un lado para protegerla la reconforta, aunque sea egoísta por su parte. Nunca se ha sentido así, jamás, y tal vez por eso no quiere reducirlo a una simple anécdota. Nina desliza los dedos sobre su muñeca mojada y cree percibir la huella de esos labios esponjosos en su piel.

Se habría quedado a vivir en ese beso.

El aroma que la recibe al salir es dulce e intenso. Huele a canela y a algo más que no logra distinguir. En la cocina, Jamal remueve enérgicamente el contenido de una taza humeante.

Se acerca y le pregunta qué es.

—Salep. En realidad, se toma en invierno para combatir el frío, pero es un gran reconstituyente y he pensado que te vendría bien. Cuidado, está muy caliente —le advierte, al extenderle la taza.

Solícita, se la lleva a la boca. Después de soplar unas cuantas veces seguidas, ingiere un pequeño sorbo. La bebida, blanquecina y de una textura densa, le deja en el paladar agradables notas de leche, azúcar, canela y…

—¿Amapola?

—Orquídea —la corrige—. De Anatolia. ¿Te gusta?

—Pues sí, está muy bueno. Nada que ver con eso que los turcos os empeñáis en llamar «café».

Jamal suelta un resuello de indignación fingida y menea la cabeza con aire teatral.

—Ahora resulta que los alemanes entienden mucho de café. *Allah Allah!* Lo que hay que aguantar. Por cierto, te sienta muy bien el vestido —observa, en alusión a su camiseta de la BKA, que le llega casi por las rodillas.

Nina se ríe expulsando el aire por encima del borde de la taza.

—Tonto.

Es bonito que, pese a todo, ambos conserven la capacidad de bromear. Y muy significativo.

—¿Te sientes mejor ahora?

—Sí. Aunque... —Deja la taza sobre la encimera— me preocupa que te metas en problemas por mi culpa. Ya sé lo que vas a decir, que no hacemos nada malo, pero estarás de acuerdo conmigo en que el hecho de pasar la noche en tu apartamento trasciende ciertos límites. Y en los últimos días hemos bordeado unos cuantos. ¿Qué pasará si se enteran en la BKA?

—Nadie tiene por qué saberlo.

—Ya, pero ¿y si ocurre?

—Si ocurre, asumiré las consecuencias, sean las que sean.

—No me gusta cómo suena eso, Jamal.

—Esperaba una respuesta como esa.

—Me alegro de que tú también me vayas conociendo.

Jamal esboza una sonrisa, se lleva las manos detrás de la cabeza y entrecruza los dedos a la altura de la nuca. La postura amplifica el tamaño de sus músculos.

—He enviado a un par de agentes de la Científica a tu casa para que hagan una inspección ocular y tomen fotos de la pintada. Dudo que encuentren nada relevante, pero nunca se sabe. Uno de mis mejores hombres irá con ellos, alguien de mi absoluta confianza. Se encargará de preguntar a los vecinos si han visto algo.

—¿Crees que ha sido esa mujer? ¿Sonja Wenders?

—La impostora de Sonja Wenders, querrás decir. —Ahora cruza los brazos por delante del pecho—. Sí, estoy convencido en un noventa por ciento de que esa pintada es un aviso. Quiere que sepas, mejor dicho, que sepamos que está al corriente de que has colaborado con nosotros.

—¿Y el diez por ciento restante?

—Me temo que para eso no tengo una explicación coherente.

—Me está vigilando.

—De hecho, lleva tiempo haciéndolo. Si no, ¿cómo se entiende que supiese quién eras cuando te abordó en el aparcamiento del St. Marien?

Nina suspira con hastío y se lleva las manos a las sienes.

—¿Te das cuenta de lo que significa eso? —Una mueca de horror le deforma el rostro de manera progresiva—. Estoy en el punto de mira de un grupo terrorista. Un grupo terrorista del que mi marido es parte activa.

—Escúchame —le pide, y a continuación la toma de las mejillas para tranquilizarla. Sus labios le quedan a la altura de los ojos, y a Nina le parecen un buen sustituto para no enfrentarse a su mirada—. No estás en el punto de mira de ningún grupo terrorista porque ya no lo hay. Bachmann está muerto; Haas, fuera de juego, y Wenders... caerá. Tarde o temprano lo hará, la está cagando mucho. Llevo tiempo haciendo esto, Nina. Sé por experiencia que el primer error conduce al principio del fin. Y ella ha cometido uno tras otro. Acercarse a ti en el hospital ha sido un error, hacerse pasar por otra persona, otro. Y el regalito que te ha dejado en la puerta de casa, otro más. Pero ¿sabes cuál ha sido el peor de todos? Tropezarse conmigo, que soy un jodido hueso duro de roer. Y ese va a pagarlo muy muy caro, créeme.

—Solo quiero que esto acabe de una vez por todas.

—Acabará pronto, confía en mí —replica, mientras le recoloca detrás de la oreja un mechón de pelo aún mojado tras la ducha.

Nina advierte la entrega total y absoluta con la que la mira y cómo sigue las líneas de su rostro con esos ojos en los que es imposible no perderse, hasta que se los clava en los labios porque no puede, no sabe o no quiere eludir la oportunidad de contemplarlos sin reservas. La chispa de calor que siente en su pecho se convierte en una enorme bola incandescente que la abrasa. El hormigueo en su piel pasa a ser un temblor. El mareo, por su parte, se torna en una sensación de vértigo que la zarandea y no le permite identificar sus sentimientos.

Eso que crece.

Con una fuerza imparable.

Como un incendio fuera de control.

Contra toda lógica o precepto.

¿Va a besarla? Por un momento cree que lo hará, así que ladea ligeramente la cabeza, entreabre los labios y se prepara para la colisión.

Diez.

Nueve.

Ocho.

Siete.

Hasta que Jamal interrumpe la cuenta atrás.

—Es tarde. Será mejor que te vayas a la cama.

A Nina le faltan fuerzas para replicar. Ha sonado un tanto brusco y no puede evitar sentirse indefensa y avergonzada.

—Sí, tienes razón. Además, estoy muy cansada. Demasiadas emociones. —Esboza una leve sonrisa nerviosa—. En fin, buenas noches, Jamal.

—Llévate el salep. —Señala la taza—. Te sentará bien.

Nina trata de evadirse de los pensamientos que le taladran la cabeza, pero le resulta imposible. Conciliar el sueño tampoco parece viable. Se siente intranquila. Al hecho sustancial de que aquella cama enorme no es la suya se le añade un factor que la perturba incluso más: las sábanas huelen a él. Hace un rato, al entrar en el dormitorio, no ha podido resistir la tentación de husmear en sus cosas. Sí, era plenamente consciente de que eso estaba mal, pero, cuanto más tiempo pasa con Jamal, más incontrolable se vuelve la necesidad de conocerlo, de saberlo todo sobre él. Así que ha guardado su conciencia en un cajón y ha abierto su armario para examinar el interior. Camisas, vaqueros, ropa y calzado deportivos, botas y zapatos de vestir, algún que otro traje, jerséis de cuello vuelto y de cuello redondo, unos gruesos y otros finos, una cazadora de piel marrón y un anorak de estilo militar. Todo perfectamente ordenado y

243

bien distribuido. Después, le ha tocado el turno a la mesita de noche, sobre la que reposaban, junto al flexo, una novela de Philip Kerr y un ensayo en inglés acerca del ascenso del terrorismo de extrema derecha en Europa. Nina se ha sentado en el borde de la cama y ha hojeado este último, pero al ver que estaba lleno de anotaciones a lápiz ha preferido dejarlo. Dicen que es mejor no buscar lo que uno no quiere encontrar. A continuación, ha inspeccionado el cajón con sumo cuidado. Entre los calcetines y los calzoncillos negros que se contaban por pares, figuraban una pistola, balas, la placa policial y una caja de preservativos. El descubrimiento le ha propiciado tal descarga eléctrica que la ha llevado a cerrarlo con mucha menos delicadeza que la que había tenido para abrirlo. En ese momento no ha sabido discernir qué le había impactado más, si el arma o los condones. Sin embargo, más de treinta minutos después del singular hallazgo, da con la respuesta.

Y eso la irrita profundamente porque es absurdo.

Jamal es un hombre pragmático que no tiene intención de comprometerse, hace bien en ser precavido. El auge de infecciones venéreas es una realidad, lo sabe muy bien gracias a su trabajo. Y luego está lo *otro*. Un embarazo no deseado a veces requiere tomar decisiones equivocadas que te persiguen de por vida. Eso también lo sabe. Por otro lado, con su personalidad arrolladora y ese físico, es lógico que no le falten candidatas para pasar un buen rato. Y lo más importante, es libre de hacer lo que le dé la gana, cuando le dé gana y con quien le dé la gana, siempre que sea de un modo consensuado. Por lo tanto, ¿qué sentido tiene que se altere por una caja de preservativos?

Pero lo está.

Porque podría haberla besado y no lo ha hecho.

A veces, advierte el miedo en sus ojos.

Miedo a alejarse. O a quedarse.

Suspira con frustración y se da por vencida. Decide levantarse de la cama, abre la puerta del dormitorio y se dirige hacia el salón. El suelo cruje bajo los pies descalzos. La lámpara de techo de estilo arabesco está encendida, pero en el sofá no hay nadie. Abre el ventanal corredero y sale a la terraza del ático. Es espaciosa y la ilumina el suave resplandor amarillento de una hilera de farolillos. El verano se aleja poco a poco, pero la temperatura todavía es agradable. Jamal está estirado bocarriba en una tumbona con las manos cruzadas sobre la nuca y observa el cielo cobalto de Berlín, salpicado de estrellas desvaídas de un brillo casi mortecino. Al oírla, se incorpora enseguida.

—¿Tú tampoco puedes dormir? —le pregunta.

—No.

—En ese caso, hagámonos compañía un rato. Ven —Da unas suaves palmaditas la tumbona—, siéntate aquí.

Flexiona las piernas para dejarle espacio y Nina se acomoda en el otro extremo, con las manos entre los muslos de forma educada. Advierte unos cuantos envoltorios de chocolatinas arrugados en la mesa auxiliar que hay a su lado y no puede contener la risa.

—¿Qué? —se defiende él, con gestos de gran vehemencia—. El chocolate ayuda a liberar serotonina.

—Así es. Y la serotonina regula la secreción de la melatonina, entre cuyas funciones se encuentra la de ajustar los ritmos circadianos y el sueño. Pero el chocolate también contiene elevadas concentraciones de teobromina y se ha demostrado que esa sustancia estimula el sistema nervioso central.

Parpadeo.

Parpadeo.

Silbido.

—Impresionante.

Nina inclina la cabeza de forma teatral, aunque en realidad no cree que sea para tanto.

—No has terminado de contarme lo que pasó con tu padre y tu hermano —dice, al cabo de un rato—. ¿Pudiste rescatarlos al final?

Jamal se pasa las manos por el pelo y exhala.

—A mi padre lo rescataron el trabajo y las obligaciones, la vida diaria, la rutina… Pero con Kerem es diferente… —Niega con un gesto—. Comenzó a rodearse de malas compañías y a meterse en líos. Drogas, peleas, ese tipo de cosas. No dejé Narcóticos por casualidad, pero esa historia te la contaré otro día. Desde entonces, le he salvado el culo unas cuantas veces. No solo para protegerlo a él, sino también a mi padre, que bastante tiene con haber perdido al amor de su vida. Pero el muy cretino de Kerem no aprende. Comete los mismos errores una y otra vez, y ya no sé qué hacer para que madure. Es desesperante.

—No quiero meterme donde no me llaman, pero ¿no crees que quizá no sea responsabilidad tuya? Quiero decir que tu hermano es un hombre adulto con capacidad para escoger qué camino seguir.

—El problema es que ha escogido uno equivocado, Nina, y yo no puedo quedarme de brazos cruzados mientras jode su vida y la de quienes formamos parte de ella.

Iluminado únicamente por la tenue luz ambiental, su rostro adquiere una extraña tonalidad cálida. En ese momento, su apariencia estoica se desvanece para mostrar su lado más vulnerable y Nina por fin comprende dos cosas. La primera, que cada persona carga con una cruz particular. La suya es su matrimonio, pero la de Jamal es la desgracia que dividió a su familia. Y la segunda, que es un hombre que necesita tenerlo todo bajo control. Porque él es así, antepone el bienestar de aquellos que le importan al suyo propio.

Es como un bastión contra el que rompen las olas.

Un hombre bueno que cree en las utopías.

Como dicen los judíos: quien salva a una sola persona, salva a toda la humanidad.

—¿Puedo preguntarte por qué decidiste ser policía?

Jamal emite una risa nasal que suena un tanto irónica, como si la respuesta a esa pregunta fuera más que evidente.

—Porque vengo del Kotti, Nina. He visto con mis propios ojos lo que ocurre cuando cruzas al otro lado, al lado del crimen y de las bandas, y es que te acabas quemando. Y una vez te has quemado, ya no hay vuelta atrás. Naces, creces y mueres y siempre escuchas las mismas consignas, como un disco rayado. Te dicen que formas parte de todo eso, que tu sitio está en el gueto, que nunca serás un verdadero alemán. Esa vida se parece mucho a una guerra, ¿sabes? Pero yo odio las guerras y todas esas patrañas que defienden la redención mediante la violencia. Son las que han conducido a generaciones enteras a instalarse con comodidad en el límite de la ley. He sido testigo de tanta delincuencia despreciable que la única manera de no parecerme a los que la practicaban era cambiarme de bando. De modo que, entre mantenerme al margen o sumarme a una «causa» —Entrecomilla con los dedos— en la que nunca he creído, elegí la mía propia: ser policía y tratar de cambiar las cosas en la medida posible.

—Tu utopía particular.

—Sí, supongo que sí. —Sonríe—. En el mundo hay dos tipos de personas: los que permanecen en silencio ante las injusticias del sistema, cuya pasividad los convierte en cómplices, y los que deciden luchar por sus ideales, aunque para ello tengan que nadar a contracorriente. Tú y yo formamos parte de la segunda categoría, Nina.

—Yo nunca me he considerado una luchadora.

—Pues lo eres. De la misma manera que yo combato la violencia desatada y todo tipo de aberraciones, tú combates el dolor y la desesperación. Lo primero, en el hospital, y lo segundo, en el centro de refugiados. Has emprendido tu propia cruzada contra las injusticias, una de las muchas cosas que me fascinan de ti.

—Fascinar es una palabra demasiado grande para referirte a mí —musita al tiempo que juguetea, distraída, con su anillo de casada.

Entonces, Jamal se desplaza unos centímetros sobre la tumbona para acercarse a ella y le posa la mano en la rodilla desnuda. A ella se le eriza la piel.

—Eh, no digas eso.

—Ocho años de convivencia con un hombre como Klaus minarían la autoestima de cualquier mujer.

—¿Y no te parece que ya es suficiente?

Nina emite una exhalación que anticipa su respuesta.

—Hace tiempo que sé que mi matrimonio no tiene ningún sentido, Jamal. Mi relación con Klaus es tan opresiva como una camisa de fuerza, y el amor no tiene nada que ver con eso. Amar significa crecer de la mano de la otra persona y estar dispuesto a ver el mundo a través de sus ojos. Alguien que ama de verdad no humilla, ni manipula, ni obliga al otro a encogerse hasta reducirlo a una efímera combinación de átomos. Amar no implica hacer daño —agrega, con un hilo de voz casi inaudible.

Jamal le retira la mano de la rodilla y se frota la cara con desesperación, al tiempo que profiere una imprecación. Luego, la mira a los ojos con una franqueza feroz y Nina siente que la rabia crepita en torno a él como electricidad estática.

—¿Te ha pegado alguna vez?

—No. Pero me ha hecho cosas que duelen más que los golpes. ¿Nunca te has sentido tan ajeno a ti mismo que has llegado a pensar que ya no te conocías en absoluto? Como un espejo que no refleja nada. Te miras, pero no te ves.

—Es hora de quitarse esa camisa de fuerza, Nina.

En realidad, ya ha empezado a desprenderse de ella. Y en esa especie de duelo personal que ha emprendido sin apenas ser consciente no queda sitio para las lágrimas ni el arrepentimiento. Hay que vivir, con todo lo que ese verbo implica. Sin percances ni interrupciones. En ese instante, Nina mira al horizonte. La ciudad se ha transformado en un millón de puntos de luz; racimos de halógeno y neón que resplandecen como lámparas de sodio en la noche. Las cicatrices que las adversidades han marcado en su propia historia continúan presentes, indelebles, y muestran los enfrentamientos, las disyuntivas y la violencia que la han hecho ser así: joven e infeliz y, sin embargo, con el futuro por delante. Quizá porque Berlín se asentó originariamente en un terreno pantanoso, nada de lo que le ha ocurrido ha permanecido inalterable mucho tiempo. Ni siquiera el Muro, que cayó en 1989 casi con la misma rapidez con la que se había levantado cerca de tres décadas antes. Berlín siempre ha sabido sacar de sus cenizas el ánimo necesario para seguir adelante.

Igual que ella.

Una corriente de aire fortuita la estremece y la lleva a frotarse los brazos con vigor.

—Deberías entrar ya, vas a coger frío —le sugiere Jamal en un tono paternalista.

—Prefiero quedarme aquí fuera un poco más, si no te importa. El aire de la noche es un bálsamo para el alma. Y estas vistas me dan una sensación de conexión con la ciudad que no tengo en Charlottenburg.

—Vale. ¿Quieres que te deje sola?

—No. Quédate conmigo.

27. Jamal

11 de septiembre de 2015
Distrito de Friedrichshain-Kreuzberg, Berlín

El amanecer ha comenzado su ascenso y la luz de la mañana asoma ya en el interior del salón. Jamal recibe el impacto despiadado de la claridad. Los ojos, que aún tardarán un rato en adaptarse, luchan en vano por aguantar cerrados un poco más. Al abrirlos, consulta la hora en su reloj, que reposa sobre la mesa auxiliar. Las cinco y treinta y siete. Muy temprano incluso para él, que acostumbra a ponerse en marcha en cuanto despunta el alba. Se incorpora, pero se queda sentado unos minutos, todavía entumecido a causa del fango articulatorio del sueño y del sofá, que ha resultado ser muy incómodo. Claro que culpar al sofá es más fácil que reconocer que el hormigueo inquietante que le ha robado el descanso tiene nombre propio y duerme en el cuarto de al lado. Entre bostezos, se despereza como un león y se frota la cara con indolencia antes de levantarse. Ha bajado la temperatura. Desde la ventana, la ciudad parece contagiada del ambiente brumoso de una novela gótica. Un viento frío del nordeste mueve las copas de los árboles y el cielo refleja el color del acero pulido.

De camino al cuarto de baño, se detiene delante de la habitación. No se oye nada, por lo que deduce que Nina sigue durmiendo. La tentación de abrir la puerta es poderosa, aunque se contiene; bastante se ha arriesgado ya. La noche anterior, cuando se echó a su lado en la tumbona, le apoyó la cabeza en el pecho y le pidió que la abrazara, tuvo que hacer un esfuerzo sobrehumano para controlarse. Sentirla tan cerca fue devastador. El impulso de besarla crecía como una bola de fuego que le ardía en el cuello y lo asfixiaba. No lo hizo, pero, mientras le masajeaba el cuero cabelludo, fantaseó con la idea de desnudarla y hacerle de todo con la boca allí mismo. Y no solo con la boca. Por suerte para su pobre corazón torturado, Nina se quedó dormida pocos minutos después, así que aprovechó la ocasión para tomarla en brazos —«Dios, pesaba menos que una pluma»—, llevarla a la cama y tranquilizarse de una maldita vez. Pero no fue posible porque al dejarla sobre el colchón, ella se giró inconscientemente hacia el lado contrario y una de sus bonitas nalgas redondeadas asomó bajo las minúsculas bragas blancas de encaje. Jamal inclinó la cabeza hacia atrás, cerró los ojos con fuerza y resopló atormentado. Cinco segundos después, salía de la habitación con la certidumbre de que, esa noche, ni la frustración ni la presión en los testículos lo dejarían dormir.

Y no se equivocaba.

Permanece un buen rato bajo el chorro de agua caliente, con las manos apoyadas en las baldosas, la espalda encorvada y la barbilla pegada al cuello. La cascada de agua lo relaja y le desentumece los músculos, pero no es suficiente. Nina está allí. En su casa. En su cama. En su cabeza. Todo el jodido tiempo. Y eso le hace pensar en lo que no debe cuando no debe. Tiene que encontrar una solución urgente o el día menos pensado acabará abalanzándose sobre ella. La imagina entre las sábanas y se excita al instante. El pene se le pone tan duro que sabe que acabará muy rápido, de modo que procura masturbarse despacio, recreándose en la forma perfecta de ese culo. De pronto, un pensamiento prohibido le viene a la cabeza: ¿y si ella estuviera haciendo lo mismo en ese preciso instante? Imaginarla le provoca una potente sacudida. De forma involuntaria, incrementa la presión de la mano y eleva la cadera.

Daría lo que fuera por verla.

Por estar dentro de ella.

Aunque solo fuera una vez.

Mentira. Lo suyo no lo soluciona un polvo. Ni dos ni tres.

—Oh... —gruñe.

Ya no puede aguantar más, así que entierra la cabeza en el brazo libre, que sigue apoyado sobre las baldosas, y eyacula bajo el grifo con la misma violencia de un aspersor.

—Joder, qué alivio... —mascula una vez ha satisfecho su necesidad.

Después de la ducha, se dirige a la cocina para preparar el desayuno; Nina no tardará mucho en levantarse. Mientras se calienta el agua de la tetera y se tuesta el pan, escribe el siguiente mensaje en el móvil:

«Tengo algo jugoso para ti. ¿Podemos vernos? Es urgente».

La respuesta llega enseguida, acompañada de una discreta vibración.

«OK. Quedamos a las diez en la Isla de los Museos».

Se la está jugando, lo sabe, pero no está dispuesto a seguir el rollo a los gerifaltes de la BKA ni un día más. Y menos ahora, que ella corre peligro.

Después, llama a Ulrich. No contesta, así que decide que probará más tarde.

Pasados quince minutos, Nina entra en la cocina. Ya se ha vestido. Aunque todavía tiene los ojos hinchados, la sombra de cansancio que la perseguía parece haberse disipado. No hay restos de la pesadez angustiosa que la envolvía como una crisálida la noche anterior.

—Buenos días.

—Buenos días, Nina. ¿Qué tal has dormido?

—Muy bien, gracias. Aunque... —reflexiva, se rasca la nuca—... no recuerdo cómo llegué a la cama.

Jamal sonríe con indulgencia.

—Yo te llevé. Te quedaste dormida en la terraza.

—¿Encima de ti? Vaya, qué vergüenza.

—No, en absoluto —dice, con un gesto de la mano que pretende restar importancia al asunto—, estabas adorable. Espero que tengas hambre. Como no sabía qué te gusta desayunar, he preparado un poco de todo.

Por «un poco de todo» se refiere a:

- Té
- *Brötchen* con mantequilla
- Embutido
- Queso
- Fruta fresca
- Ensalada de pepino y tomate
- Yogur con muesli

—¿Así es como desayunáis los turcos? —pregunta Nina, con las cejas arqueadas en un gesto de asombro—. ¿Como si estuvierais en el bufet de un hotel?

—Oh, esto no es más que un pequeño aperitivo comparado con un *türk kahvaltısı** de verdad. Tendrías que ver los que prepara mi padre.

Sentados en la pequeña barra que separa la cocina del salón, comen en silencio, entre miradas y sonrisas cómplices. Jamal se sorprende a sí mismo al reconocer lo feliz que le hace la escena. Con ella allí, el apartamento parece más agradable que nunca. Le gusta ver su bolso en el perchero y sus sandalias en la entrada, junto a las botas de él. Representan la imperfección del día a día y le gustan esa armonía y la naturalidad de lo cotidiano. Tal vez por eso necesita creer que todo aquello forma parte de su vida y que no va a terminar justo en el momento en que salgan por la puerta y emprendan rumbos distintos, en direcciones opuestas. Quiere que sea real, que el tiempo se detenga sin que la burbuja se rompa, y que esa mañana, ese desayuno, dure al menos cien días.

Pero sabe que no es más que una ilusión.

Y será mejor que lo asuma cuanto antes.

---

* Desayuno turco.

Carraspea y adopta un repentino aire de seriedad.

—Creo que deberías llamar a tus padres y pedirles que vengan a Berlín una temporada, Nina. No es buena idea que lidies con todo esto tú sola.

—Me temo que eso no es posible.

—¿Por qué?

Nina deja escapar una exhalación apenas audible pero impregnada de resignación.

—Porque mi familia no es como la tuya, Jamal. A mis padres lo único que les preocupa son los caballos. Se dedican a la cría —puntualiza—. Tienen una finca de miles de hectáreas en la sierra de Mallorca que los mantiene muy ocupados —añade, mientras allega distraídamente el plato—. No estuvieron a mi lado cuando perdí el bebé y dudo mucho que vayan a hacerlo ahora.

Jamal tensa la mandíbula y reprime las ganas de maldecir.

—¿Saben al menos por lo que estás pasando?

—No hablamos desde hace meses.

En ese momento, Jamal comprende por fin lo terriblemente sola que se siente Nina y la constatación del hecho le duele como un latigazo en la espalda. Quizá sea esa la verdadera razón por la que todavía no se ha separado de Klaus, y no la culpa. No podría. En el fondo, nadie quiere sentirse solo; la soledad supone un cara a cara con uno mismo para el que no siempre se está preparado.

Cuando levanta la mirada del plato, se tropieza con el azul huracanado de sus ojos, cuya devastadora franqueza lo engulle sin piedad.

—De todos modos, me gustaría que estuvieras acompañada, al menos, hasta que sepamos que no corres peligro. ¿Qué hay de tu amiga, Enke? ¿Podrías quedarte en su casa unos días?

—Tendría que darle muchas explicaciones, aunque supongo que me acogería sin problema —concede, entre suspiros.

Parece decepcionada. Él también lo está, pero consigo mismo, por animarla a marcharse de su lado cuando, en realidad, lo que desea es pedirle que se instale en su apartamento indefinidamente. En su cama. En su vida.

—Vale, entonces habla con ella y pregúntaselo. Mierda, se ha hecho tarde —se queja tras mirar el reloj—. Voy a vestirme, pero tú desayuna con calma, por favor. Vuelvo enseguida.

Cuando llega al dormitorio, descubre que Nina ha hecho la cama y ha doblado la camiseta que le prestó. Es incapaz de contenerse y la coge, se la lleva a la nariz y aspira. La fragancia lo envuelve y se rinde a ella.

—Me vas a volver loco —susurra para sí mismo.

Decide centrarse. Coloca la camiseta bajo la almohada y se viste. El día ha amanecido otoñal así que, además de los socorridos vaqueros, se enfunda un jersey negro entallado. Después, abre el cajón de la mesita de noche y saca la cartera y la SIG Sauer, que se coloca con cuidado bajo el jersey. Durante unos instantes, se queda mirando la caja de preservativos y piensa en la última vez que mantuvo relaciones sexuales. Fue antes del verano, con aquella agente del BAO que conoció en Dresde durante una macrooperación internacional contra Hammerskin. ¿Cómo se llamaba? Greta. No, Gretchen. ¿O era Gretel? Lo ha olvidado como se olvidan todas las cosas que no son importantes.

Suspira y cierra el cajón antes de abandonar la habitación.

Se detiene un momento en el baño para lavarse los dientes, recogerse el pelo, acicalarse la barba y rociarse con unas gotas de Sauvage Dior, su perfume habitual. Cuando llega al salón, advierte que Nina ha fregado los platos y la reprende por haberse molestado.

—¿Después de todo lo que has hecho por mí, Jamal?

—Cualquiera, en mi lugar, habría hecho lo mismo.

Ella se acerca, le acaricia suavemente la mejilla y replica:

—Tú no eres cualquiera.

Entonces, él le atrapa la mano y la coloca en su pecho, bajo la suya.

—Tú tampoco.

«Crac».

Así es como suena una coraza cuando se agrieta hasta hacerse añicos.

Incluso aquellas que creíamos inquebrantables acaban revelando la fragilidad del material con que están hechas.

—Deberíamos irnos, Nina. Tengo que estar en un sitio dentro de un par de horas y me gustaría llevarte a casa antes.

—Claro.

Salen del apartamento y enfilan hacia el coche. En la calle, los sorprende una de esas insidiosas lloviznas tan típicas de Berlín a principios de otoño. El tiempo ha cambiado de repente y los paraguas cubren Bergmannstrasse como un tapiz. Una vez dentro del vehículo, Jamal enciende el climatizador y los limpiaparabrisas y pone el motor en marcha. La sintonía de Deutschlandradio interrumpe el silencio. La tertulia matinal del día versa, una vez más, sobre los refugiados. Uno de los comentaristas argumenta que, dado que la población alemana está envejecida, el país podría beneficiarse de un influjo de jóvenes trabajadores.

—«Está claro que pone en riesgo la prosperidad de Alemania, pero si el crecimiento laboral se mantiene, más de la mitad de los migrantes tendrá trabajo dentro de cinco años».

Otro le rebate:

—«Una situación como la que hemos vivido este verano es demasiado perjudicial para la economía. ¿Sabe cuánto dinero invierten los *Länder* en asistencia social? Es necesario controlar las fronteras exteriores de la Unión Europea. Alemania debe decir basta. Nuestro tejido socioeconómico se está deshilachando».

Nina centra la vista en el paisaje urbano, más allá del cristal salpicado de gotas.

—Eso es lo único que les importa —murmura.

Jamal le desliza una mirada inquieta y cambia de emisora. Los acordes de «Wind of Change», de Scorpions, se apoderan del espacio. Algo más tarde, llegan a Charlottenburg.

Nina se niega a hacerle perder más tiempo, pero él insiste en acompañarla para asegurarse de que todo está en orden. El mensaje sigue en la puerta, como era de esperar. Lo observa con atención.

«*Ich weiß, was du machst, Schlampe*».

Han utilizado pintura negra en aerosol, se necesitará algo más que agua y jabón para borrarla. No le sorprende porque Ulrich le envió una foto al móvil la noche anterior; aun así, lo invade un pronto de rabia casi tan difícil de ignorar como un vertido de petróleo que se le cuela por las suelas de las botas y le trepa por las piernas hacia el pecho.

Si a ella le pasa algo, no se lo perdonará jamás.

Nina introduce la llave en la cerradura y entra, pero Jamal la detiene y le pide que espere en el salón mientras comprueba que no hay nada extraño. No lo hay, o al menos eso parece, y así se lo comunica. Ella suspira de alivio.

El móvil de Jamal comienza a vibrar en el interior de su bolsillo.

—Birkan —responde con tono grave—. Recibido. Mantenedme informado. —Cuelga y se guarda el teléfono—. Tengo que irme, Nina. No te preocupes, mis hombres acaban de llegar, están abajo, en un coche de paisano. Te escoltarán a todas partes hasta que detengamos a Sonja Wenders.

—¿Es necesario este despliegue?

—Ya te dije que haría todo lo que estuviera en mi mano para protegerte. —Nina esboza una mueca de angustia—. Oye, todo saldrá bien, ¿vale? Mis hombres no te quitarán ojo de encima. Además, mi número está a tu entera disposición las veinticuatro horas del día. Siempre, Nina. Siempre.

Entonces, ella lo besa en la mejilla.

Es un beso suave, pero prolongado. Sutil, pero salvaje. Inocente, pero erótico. Discreto, pero elocuente.

Y, sobre todo, sincero.

Es un gesto tan espontáneo que lo coge por sorpresa y no sabe cómo reaccionar. Tiene miedo de tocarla y quemarse, pero arder un segundo le parece una condena más atractiva que congelarse de por vida. Así que se libera de las cadenas internas que le sujetan los órganos, los músculos y las articulaciones y la abraza con tanta fuerza que podría desencajarla si quisiera. Después, como guiados por un impulso irrefrenable, sus rostros se separan lentamente y se alinean el uno delante del otro, a escasos centímetros del punto de referencia frente al que gravitan sus miradas. Sin embargo, sus cuerpos no se desplazan un milímetro. Jamal siente que el corazón le late a un ritmo desaforado que se coordina a la perfección con el vaivén del pecho de Nina. Ella lo mira con los labios húmedos, entreabiertos y dispuestos. Quiere que la bese casi tanto como él desea hacerlo.

Pero no debe.

Es posible que sea el hombre más cobarde de la Tierra.

O, quizá, el más valiente.

Sea como sea, traga saliva, carraspea y se aparta. Turbado. Frustrado. Excitado. Le agota tener que disimular sus sentimientos en todo momento cuando lo que anhela es estar con ella. Cada nueva escena, cada momento de intimidad no consumada, le deja pequeñas cicatrices en el alma.

—Tengo que irme, Nina. De verdad —se excusa, abatido.

—Claro. Perdona, te estoy entreteniendo. ¿Puedo limpiar la pintada de la puerta o necesitas inspeccionarla de nuevo?

—Hazlo, pero asegúrate de usar algún tipo de disolvente o no se irá con facilidad. En fin, llámame si me necesitas. Y cuídate. Adiós, Nina.

—Adiós, Jamal. Que tengas un buen día.

Central de la BKA en Berlín
Distrito de Treptow-Köpenick

—Menudas horas, jefe —le reprocha Frida, cuando se cuela en su despacho sin llamar—. Es más de mediodía. ¿Dónde estabas?

—Tenía cosas que hacer —responde Jamal. Acaba de llegar y todavía no ha tenido tiempo de acomodarse. Se sienta en la silla y enciende el ordenador.

—Ah, ¿sí? ¿Qué cosas?

Jamal cierra los ojos con gesto irritado. Como policía, está acostumbrado a ser él quien haga las preguntas, no al revés.

—¿Querías algo o has venido para someter a tu superior a un tercer grado?

—Joder con lo de «tu superior». Últimamente te encanta repetírmelo —gruñe Frida.

—Porque parece que necesitas que te lo recuerden.

Frida resopla de forma ruidosa y pone los ojos en blanco.

—Te estás volviendo idiota, ¿sabes?

—Vale, lo que tú digas —zanja. Decide ignorar el reproche de su compañera porque está tenso y teme perder la paciencia más rápido que en otras circunstancias. Al fin y al cabo, Frida Bauer es su amiga y uno de sus mejores activos—. ¿No tienes trabajo?

—Solo he venido a decirte que… —Justo en ese momento, Ulrich golpea con los nudillos en el cristal de la puerta y no completa la frase—. ¿Y tú dónde cojones te habías metido?

—En la sala de visionado —responde, con naturalidad.

—Pues te he llamado unas cincuenta y seis veces, capullo.

Ulrich se encoge de hombros.

—Tenía el móvil en silencio.

—No me digas…

—Ya está bien, Frida —la interrumpe Jamal—. Ulrich, ¿has comprobado lo que te he pedido?

—Sí —concede su compañero, que se ajusta las modernas gafas de montura transparente—, pero no he visto nada que me llame la atención.

Jamal chasquea la lengua y hace una mueca de fastidio.

—Mierda. Estaba convencido de que encontrarías algo.

Frida examina a uno y a otro con expresión confusa.

—¿Se puede saber de qué habláis?

—De las cámaras de videovigilancia de Charlottenburg —explica Ulrich—. Las que están cerca del Palacio y la Ópera Alemana, para ser más precisos. El jefe quería que revisara las imágenes que se captaron entre las siete y las diez de anoche y buscara a alguna mujer que encajase con el retrato robot de Sonja Wenders que nos proporcionó Nina Haas. Ah —agrega, dirigiéndose a Jamal—, también he pedido las de la estación de metro de Richard-Wagner-Platz. Es la más concurrida del distrito y he pensado que, tal vez, podría utilizar el software de reconocimiento facial Videmo 360. Quién sabe, puede que tengamos suerte. Estoy esperando a que la BVG* me las envíe.

—Bien pensado. Avísame cuando las tengas.

—Un momento, un momento… —Frida resopla y se masajea las sienes—. No entiendo un carajo. ¿Me podéis explicar qué coño pasa aquí?

Ulrich la mira con expresión atónita.

—Pero ¿no te has enterado?

—¿Cómo quieres que me entere? Es evidente que nadie se ha molestado en contarme qué pasa. Para ser tan listo, a veces pareces un pelín retrasado.

—Ja. Ja. Ja. Bueno, resulta que anoche dejaron un mensajito en la puerta del domicilio de los Haas que decía «Sé lo que estás haciendo, zorra». Parece que a Sonja Wenders le gusta hacer las cosas al estilo Vito Corleone. —Esto último lo dice imitando el característico tono ronco de Marlon Brando—. Espero que esa pobre chica no se encontrase también una cabeza de caballo entre las sábanas. —Ambos prorrumpen en carcajadas, pero Jamal los fulmina con una mirada glacial y el eco de las risas se apaga enseguida. El *Spezialagent* carraspea y

* Siglas de Berliner Verkehrsbetriebe, la principal empresa de transporte público de Berlín.

prosigue—: El caso es que me acerqué hasta allí con un par de tíos de la Científica, pero no encontramos nada.

—Así que Wenders tiene a la muñequita en el punto de mira —dice Frida, en tono cáustico—. ¿Dónde está la denuncia? Quiero verla.

—No hay denuncia —responde Jamal, al tiempo que juguetea con un lápiz—. *Frau* Haas me informó directamente y yo llamé a Ulrich.

—¿Y por qué no me llamaste a mí?

—Porque tú no eres imparcial en este caso.

Frida emite una carcajada crispada.

—¿Y tú sí?

Jamal exhala de puro agotamiento, aunque decide ignorarla de nuevo.

—He dispuesto una cápsula de seguridad para *Frau* Haas hasta que trinquemos a Wenders.

—¡No me lo puedo creer! ¿Y qué pasa con las demás investigaciones que tenemos en marcha? ¿Vamos a dejarlas en *stand by* para poner todos nuestros recursos al servicio de la puñetera Nina Haas?

—En eso tiene razón, Jamal —tercia Ulrich—. Nos estamos aferrando a un clavo ardiendo y andamos escasos de efectivos.

—Ya lo sé, ¿vale? ¿Creéis que vivo en una realidad paralela como Müller? Llevo meses peleándome con la dirección para que amplíen el presupuesto de la Seis, joder. En cualquier caso, tengo la corazonada de que esa terrorista tiene los días contados. Y no vamos a dejar nada en *stand by*.

—¿Una corazonada? Vaya, qué riguroso te has vuelto, *Inspektor* Birkan —ironiza su compañera.

Se quedan en silencio. Es como si Jamal se agarrara a una cuerda para refrenar la ira que le crece por dentro.

—Como decía, daremos con la falsa Sonja Wenders. No obstante —puntualiza con el dedo—, hasta entonces, no voy a dejar a la testigo expuesta. Si le he asignado una vigilancia de intensidad media es porque puedo, y me importa una mierda si os parece bien o no. Pero bueno, ¿desde cuándo tengo que rendiros cuentas a vosotros dos? No hace falta ser Sherlock Holmes para entender que ese mensaje es una advertencia y que Nina Haas corre peligro, así que no me toquéis los huevos y dejadme hacer mi trabajo. ¿Algo más?

Ulrich niega con un gesto de cabeza y sale del despacho con el semblante preocupado. Pero Frida todavía guarda una bala en la recámara.

—Supongo que hoy no vendrás a comer con nosotros.

—Supones bien —concede, con la vista centrada ya en la pantalla del ordenador.

—¿Puedo hacerte una pregunta?

Él cierra los ojos y suspira.

—¿Qué quieres, Frida?

—¿Has contemplado la posibilidad de que la autora de esa pintada sea la propia Nina Haas?

—Deja de decir chorradas, ¿vale? Me parece que por hoy ya has cumplido el cupo.

—Te lo preguntaré de otro modo. Si tanto te importa esa mujer y, a juzgar por cómo la abrazabas ayer en este mismo despacho, parece que mucho, ¿por qué no fuiste tú mismo a inspeccionar el domicilio cuando te llamó? ¿Por qué enviaste a Ulrich?

—¿Adónde demonios pretendes llegar?

—Muy sencillo: ella hace la pintada, te llama desconsolada y consigue tu atención. De modo que la pregunta es qué hacías tú mientras el pringado de Grimmel buscaba pruebas. Espera, déjame adivinarlo: consolar a tu amiguita, ¿verdad?

Jamal detecta un fugaz destello de tiranía en sus ojos, cortantes como el filo de un cuchillo. Entonces, la apunta con el índice y, con un tono de voz tan contundente que no precisa gritos, le espeta:

—¿Sabes cuál es tu problema, Frida? Que necesitas buscar un conflicto para sentirte satisfecha. Eres como un pez que solo sabe nadar en aguas turbias. Y si no están lo suficientemente sucias, tú misma te encargas de agitar la cola para llenarlas de mierda. No me extraña que no puedas dormir por las noches, la conciencia no te deja.

Ambos se examinan como si fueran dos boxeadores en el cuadrilátero.

—Me parece irónico que justo tú hables de conciencia. Haz lo que tengas que hacer, pero no se te ocurra venir a darnos lecciones al resto —sentencia, antes de salir del despacho con un portazo estruendoso.

Entonces, lo que ha comenzado mal, acaba en catástrofe. En un pronto de ira incontrolable, Jamal rompe por la mitad el lápiz con que jugueteaba hacía un instante y lanza los pedazos al suelo. Luego, se frota la cara con la respiración acelerada. Y, de repente, la sensación de estar caminando sobre una cuerda floja se le cierne sobre la cabeza como nubarrones que auguran tormenta. Será mejor que destierre esos pensamientos y se concentre en el trabajo.

28. Nina

11 de septiembre de 2015
Hospital Universitario La Charité
Distrito de Mitte, Berlín

Se suponía que iba a pasar la noche en casa de Enke. Se lo había comentado durante el descanso y ella había accedido de buen grado, no sin antes mostrar una curiosidad natural por tan repentina petición.

—Oye, por mí puedes quedarte hasta 2020, si quieres, pero me gustaría que me explicaras qué diablos pasa. Soy tu amiga, tengo derecho a saberlo —le instó su compañera.

Nina inspiró profundamente y dijo:

—Te prometo que esta noche te lo cuento todo.

—Sin escatimar un solo detalle —le advirtió Enke.

—Ni uno solo —reiteró Nina.

En ese momento lo tenía claro. Sin embargo, la necesidad de sincerarse se ve eclipsada ahora por otra mucho más fuerte que, como un impulso fuera de control, la lleva a subirse al coche al acabar su turno en las urgencias de La Charité y conducir bajo esa pegajosa lluvia intermitente en dirección opuesta a la casa de Enke en Prenzlauer Berg. Sin dar explicaciones y sin mirar atrás. Es posible que esté cometiendo un error, piensa durante el trayecto, pero no se puede vivir sin asumir ciertos riesgos. Y a veces eso implica la aceptación de sentimientos tan poderosos que es absurdo ignorarlos. No sirve de nada ningunearlos con un encogimiento de hombros, darles la espalda o fingir que no existen. Cuando son imposibles de domar, lo único que queda es rendirse a su voluntad. Por eso ignora el vértigo y el vacío que siente en la boca del estómago y se lanza como una suicida en busca de otra vida, una que sí merezca la pena, con la convicción de que determinadas decisiones se convierten en el punto y aparte que separa una etapa de la siguiente. Algunas pertenecen al destino. La pastilla roja o la azul. La puerta de la derecha o la de la izquierda. El camino que lleva al norte o el que lleva al sur. Otras, simplemente, son ineludibles, el último eslabón de una cadena, la pieza necesaria para que todo lo demás encaje. De ahí que, tras una jornada llena de altibajos y contradicciones emocionales que han arrasado con su parte más racional, se dirija a Kreuzberg en lugar de a casa de Enke. Al llegar, aparca y toma aliento. Cinco minutos después, sube a toda prisa las escaleras que llevan al ático del número veintisiete de Bergmannstrasse y, sin dar tregua a los pulmones para recuperar el ritmo de su respiración, llama a la puerta, empapada por la lluvia y la pasión contenida.

Ella no lo sabe todavía, pero ese pequeño gesto dividirá su existencia de un modo tan acusado como el tiempo geológico en los estratos sedimentarios.

Cuando él la ve en el umbral, con ese aspecto y esa sonrisa de colegiala, la expresión se le contrae en una mueca de sorpresa mezclada con preocupación. Las pupilas se le mueven inquietas, como cámaras de seguridad en busca de un objetivo.

—¿Qué haces aquí? Deberías estar con tu amiga. Habíamos quedado en eso, ¿no?

Lo primero que hace Nina, de manera instintiva, es buscar una excusa, pero no encuentra ninguna, así que elige la verdad. Es inútil seguir disimulando.

—No puedo dejar de pensar en ti. Lo intento, pero es imposible. —Habla de forma atropellada y tropieza con cada palabra que pronuncia, como si todas ellas se hubieran apoderado de su voluntad y brotaran descontroladas—. Yo... anoche... —Se concede una pequeña pausa para tratar de apaciguar el ritmo acelerado de su respiración. No lo logra. Está a punto de explotarle el corazón, estrangulado por los nervios—. Sencillamente, no puedo.

Jamal tensa la mandíbula y suelta todo el aire como si necesitara descomprimir la caja torácica con urgencia. Una nota de angustia le enturbia la mirada, que parece más oscura a la luz imprecisa del rellano. Traga saliva. Por la rapidez con la que la nuez le sube y le baja por la garganta, Nina augura que lo que está a punto de escuchar la va a romper en mil pedazos.

—Tienes que irte —dice, con una voz que suena casi rota—. Mis hombres te están siguiendo. No puedes estar aquí.

En ese instante, Nina siente un frío insoportable que le congela las venas. La felicidad se desvanece de su rostro y la fortaleza sobre la que se cimentaban sus ilusiones se derrumba. No hay forma de expresar la vergüenza que le impide apartar la vista del suelo. Ojalá se la tragara la tierra. Al garete. Todo. En un santiamén. Aquello no se parece lo más mínimo a lo que había bosquejado en su cabeza de camino a Kreuzberg.

—Claro, qué estúpida. Ni siquiera había pensado en eso. Lo siento, ya me voy —se lamenta, herida de muerte en el orgullo y esforzándose por reprimir las lágrimas que amenazan con emborronarle la vista.

Dicho esto, se da la vuelta con la intención de huir escaleras abajo y fingir que aquello no ha sucedido jamás, que nunca ha estado allí. De modificar *ese* eslabón de la cadena.

Pero no contaba con que él la frenase.

—Joder… —masculla Jamal, desalentado—. ¡Espera, Nina, espera!

No necesita correr mucho para alcanzarla, apenas una zancada para recortar la distancia que los separa y logra atraparla de la muñeca.

—Quédate.

—Suéltame —le pide ella, sin ninguna convicción.

Sin embargo, la petición surte el efecto contrario. Con un movimiento rápido, Jamal la atrae aún más hacia sí y la inmoviliza contra su cuerpo.

—No vas a irte a ningún sitio.

—Deja que me vaya, por favor. ¿No es lo que quieres?

—No —asegura, pronunciando la palabra con un tono modulado—. Y tú tampoco. Así que vamos a dejar de mentirnos de una vez.

Nina intuye lo que va a suceder a continuación y no puede hacer nada para impedirlo. Es imposible ir en contra de las normas de la física, y lo que está a punto de ocurrir entre ellos dos es pura física.

«Con toda acción ocurre siempre una reacción igual y contraria; las acciones mutuas de dos cuerpos son iguales y dirigidas en sentidos opuestos». Principio de acción-reacción, tercera ley de Newton.

—¿Qué estamos haciendo? —pregunta en un susurro atormentado.

—Lo que deberíamos haber hecho ya —responde él a la vez que deja vagar una mirada de rendición sobre el óvalo de su rostro—. A la mierda todo, Nina. Voy a besarte, ¿vale?

Ella no contesta. Se ha quedado sin habla.

Jamal le sujeta la cara con ambas manos y la besa en los labios como si tuviera hambre de ella. Un hambre voraz e insaciable. Y mientras lo hace, Nina necesita aferrarse a sus brazos de hierro para conservar la verticalidad y el juicio, porque ese beso…, ese beso húmedo y desesperado no se parece a nada. Ese beso, esa colisión maravillosa e imparable, es tan real como el suelo que tiene bajo los pies.

La física les ha ganado la partida.

Un jadeo rompe la calma del edificio, teñido por las voces amortiguadas de los vecinos y el volumen de alguna televisión en segundo plano. Se lo ha arrancado él, al introducirle la mano en el pelo por la nuca y atrapárselo apasionadamente en la raíz. El fluorescente automático del descansillo se apaga en ese momento, oportuno como un preludio.

—Vamos dentro —le susurra.

Y, por alguna razón, Nina se acuerda de respirar.

La toma de la mano con firmeza y la guía hacia el dormitorio. La luz de la mesita está encendida. Los dosieres desparramados sobre el colchón y la deformidad de la almohada revelan lo que estaba haciendo antes de su llegada. Nina advierte también la camiseta que le prestó la noche anterior, hecha un gurruño. Es increíble cómo han cambiado las cosas entre ellos en apenas veinticuatro horas. Tras despejar la cama con la impaciencia propia de la situación, Jamal vuelve a besarla. Suavemente, le roza los labios a la vez que le acaricia la línea del mentón con la yema del pulgar, un contacto delicado y anticipatorio que le eriza la piel. Luego, la mira a los ojos como si pidiera permiso para lo que va a hacer, ladea la cabeza y se lanza a su boca igual que un loco a un acantilado. Su cuerpo fuerte y musculoso se tensa contra el de ella, y una corriente de calor sofocante la inflama desde el pecho hasta la pelvis.

Nunca había experimentado algo así.

Jamás.

—Me muero de ganas de estar contigo. ¿Lo sientes, Nina? ¿Te das cuenta de lo que me provocas?

Nina se humedece los labios con la lengua. Está demasiado nerviosa y excitada. Tiembla como si tuviera fiebre y el fuego que la consume por dentro amenaza con arrasarlo todo.

—Sí. Es lo mismo que me provocas tú.

Jamal la insta a sentarse en el borde de la cama y se arrodilla frente a ella sin dejar de mirarla; es su forma de tranquilizarla, de decirle que entiende su miedo y de pedirle que lo destierre. Le quita un zapato y luego el otro. Después, se coloca entre sus piernas, le mete las manos por debajo del vestido y la acaricia sobre las medias muy despacio, en dirección ascendente. Al tropezarse con los encajes a la altura de los muslos, murmura:

—Joder, son de esas. —Acto seguido, le levanta los bajos del vestido y la contempla como si fuera testigo de una visión increíble—. Te has propuesto acabar conmigo, ¿verdad?

Pero Nina no es capaz de responder. Entonces, Jamal entierra la cara en la juntura de sus caderas y suspira de placer, igual que un mártir en el paraíso.

—Oh, *Melek yüz…*

Le encantaría saber qué significan esas palabras.

Con dedos torpes e indecisos, se atreve por fin a acariciarle el pelo, que le cae alborotado sobre el regazo, y empieza a trazar pequeñas espirales a lo largo de cada mechón que se convierten en tirones al notar que su lengua melosa la empapa por encima de las bragas. Se tensa al instante y trata de cerrar las piernas en un acto reflejo; el cúmulo de sensaciones la desborda, la sumerge en un estado de embriaguez sensorial insoportable. Jamal levanta la cabeza y la mira con un destello de inquietud en las pupilas.

—¿Quieres que pare?

Sí.

No.

—Quiero dejarme llevar, pero… estoy un poco nerviosa —titubea.

El enemigo interior, siempre a punto para sabotearla.

—Eh —susurra Jamal. Se incorpora sobre las rodillas y la toma del mentón con delicadeza—. No haremos nada que no quieras hacer.

Hay algo tan humano y cálido en él, en el brillo de sus ojos, que incluso la excitación pierde fuerza unos segundos.

—Es que no hay nada que no quiera hacer contigo.

Tras la confesión, se deja caer sobre la cama y abre las piernas en una invitación tácita. Jamal se quita el jersey por la cabeza en un único movimiento y acerca su cuerpo al de ella. El olor de su perfume, suave pero intenso, invade sus sentidos al instante. Un millón de exclamaciones se le ahogan en las cuerdas vocales en cuanto nota la fuerte presión de la erección en el pubis, a pesar de que todavía lleva puestos los vaqueros. La besa apasionadamente y le lame el lóbulo de la oreja, el cuello y la garganta. Ella ni siquiera sabe dónde poner las manos porque quiere ponerlas en todas partes al mismo tiempo. Después, la desnuda. Sin prisa, pero sin pausa. El vestido y la ropa interior caen al suelo, pero las medias no. Las medias permanecen en su sitio.

—Sabía que eras hermosa, pero no me imaginaba hasta qué punto —dice Jamal, mientras pasea las yemas de los dedos sobre la cumbre rosada de sus pechos, estremecidos al tacto.

La acaricia sin olvidar un solo rincón de piel como si cada centímetro le importara, como si le resultara apetecible. Su cuerpo es un templo sagrado que él venera con devoción, a la vez que silencia a los demonios que habitan en su mente. A los dedos los siguen los labios, y a estos, la lengua en un frenético tormento que le arranca de la boca un gemido tras otro. Nina también anhela tocarlo, de modo que desliza las yemas de los dedos a lo largo de su mandíbula, de su cuello y del tendón que lo conecta con el hombro, tenso como las cuerdas de un violín. Su piel quema igual que la lava y, sin embargo, ejerce sobre ella un magnetismo que la incita a seguir abrasándose. Le acaricia el torso, duro, trabajado y sin apenas vello; la poderosa espalda; el abdomen definido. No existen calificativos que describan con fidelidad ese físico soberbio. Cuando llega a la cinturilla de los vaqueros, se detiene y lo mira a los ojos, suplicante.

—Quiero tenerte dentro.

Posiblemente, lo más erótico que se haya escuchado pronunciar en toda su vida.

—Pensaba que no me lo ibas a pedir nunca.

En menos de un minuto, Jamal se deshace de los pantalones y los calzoncillos, coge un preservativo de la mesita de la noche y se lo pone sin abandonar esa expresión grave y concentrada. Nina lo contempla fascinada. Lo que debería ser un acto meramente profiláctico se convierte en la escena más excitante de la que ha sido testigo jamás. Su pene es grande y, por un momento, teme que vaya a hacerle daño. Pero él, que parece leerle el pensamiento de nuevo, se inclina sobre ella y le acaricia el lado interior del muslo, húmedo de anticipación, mientras le dice al oído:

—No tengas miedo. Iré todo lo despacio que pueda.

Luego, la penetra imprimiendo una cadencia lenta y profunda que la hace gritar, y no de dolor, precisamente. Jamal echa la cabeza hacia atrás y deja escapar un jadeo largo y pesado.

—Sí —murmura, con voz aspirada—. Dios, sí. Por fin.

Ha sido un encaje perfecto.

Nina se estremece de placer y le clava las uñas en la espalda. No da crédito a lo que está ocurriendo. Se deja llevar hacia un lugar oscuro sin tener claro si ganan o pierden, pero no le importan las consecuencias porque esa noche, en esa cama, solo importa lo que siente. Y lo que siente es increíble. Incomparable. Insuperable. Su cuerpo se sacude cuando Jamal se hunde en ella una segunda vez. Lenta, agónica. La observa como si calibrara el impacto de sus movimientos. Como si lo único que le preocupara fuese complacerla. Ella quiere que lo haga más rápido, más fuerte, que la parta por la mitad de una vez, pero se resiste a expresarlo en voz alta, y eso solo provoca que aumenten las ganas de que la llene. Gime y él responde con un embate más intenso, más profundo, seguido de otro, envueltos en jadeos y palabras candentes que mueren ahogadas en algún rincón de la piel. Siente el impulso de cerrar los ojos, pero la imagen de Jamal, con los párpados apretados, los labios entreabiertos, la cabeza apuntando al techo y cada tendón del cuello tensado es tan hermosa que no puede dejar de mirarlo.

Es un placer prohibido.

Que lleva su resistencia al límite.

Justo como la de él, y así se lo indica.

—Nina, no puedo más. Estoy a punto de correrme.

—No pares —solloza, al borde del éxtasis. Desmadejada, ladea la cabeza, cierra los ojos y se agarra a sus nalgas prietas para maximizar la fricción—. No pares, por favor... Todavía no...

Y Jamal se emplea a fondo para darle lo que quiere.

Las convulsiones del orgasmo son tan devastadoras que Nina se siente morir bajo el peso de su cuerpo. Dos sacudidas después, llega la liberación de Jamal, que se derrumba encima de ella entre espasmos y gruñidos, con los ecos del placer todavía presentes en la piel. Murmura algo en turco que ella no entiende, pero siente su cálido aliento en el cuello. Permanecen unos minutos así, vencidos, el uno sobre el otro. Luego, él levanta la cabeza y la mira. No dice nada, pero tampoco hace falta. Su mirada es tan elocuente que no necesita apoyarse en palabras.

Y todo lo que expresa la aterra de repente.

—Tengo que ir al baño.

—Vale, pero no tardes —le pide él. La besa con suavidad en la frente, en la punta de la nariz y en los labios; ella sonríe y le besa, a su vez, la cicatriz del antebrazo—. Y, por favor, no te las quites —añade, en alusión a las medias.

Acto seguido, rueda sobre la cama entre exhalaciones, se sienta en el borde y se deshace del preservativo.

Nina se levanta y se encierra en el aseo. Frente al espejo, contempla su desnudez, el cuello y los pechos enrojecidos por el roce pertinaz de la barba, la humedad viscosa entre los muslos, doloridos a causa del impacto reiterado. Se recrea unos instantes en esa sensación y la asalta un leve estremecimiento de feminidad. De pronto, sin saber por qué, rompe a llorar en silencio. Son lágrimas hechas de felicidad y culpabilidad que no es capaz de detener, de modo que las deja brotar durante un rato. Un minuto. Cinco, tal vez. O puede que diez. Después, se moja la cara para recobrar la calma y regresa a la habitación. Jamal está tumbado bocabajo, todavía desnudo. La cálida luz del flexo le ilumina la espalda y acentúa su curvatura. En la quietud de la noche se percibe la cadencia de su respiración pesada, como en fragmentos sueltos, y Nina comprende enseguida que se ha quedado dormido. Se acerca a él, dispuesta a acariciarlo, pero retira la mano en el último momento.

Es tan hermoso que tiene la impresión de que es imposible que algo tan bueno le haya pasado a ella.

Inspira profundamente.

Y, acto seguido, recoge su ropa y se marcha.

29. Jamal

Estira el brazo para comprobar lo que sospechaba entre sueños: Nina no está en la cama. Aguza el oído con la esperanza de escuchar algún ruido en el cuarto de baño o la cocina. Sin embargo, lo único que obtiene es un inquietante silencio sordo. Quiere consultar la hora, pero no recuerda dónde dejó el reloj y el móvil, que reposa sobre la mesita, se ha quedado sin batería.

—Mierda.

Lo primero que hace después de incorporarse es ponerse los calzoncillos. Lo segundo, cargar el teléfono y encenderlo. Son las seis y veinte de la mañana. No tiene ninguna llamada ni ningún mensaje suyo. Inspira y se frota la cara, abatido. Tarda cinco segundos en llegar a una conclusión: se ha ido. Pero ¿cuándo? ¿Por qué? ¿Y cómo es posible que no haya oído la puerta? ¿Cómo es siquiera posible que se quedara dormido tras haberse acostado con la mujer que ocupa sus pensamientos a todas horas y en todas partes?

Entonces, cree entenderlo.

—Tengo que llamarla.

No le importa lo temprano que sea. La ha cagado y necesita arreglarlo cuanto antes.

Un tono.

Dos tonos.

Tres.

En la espera, se pasea de un lado a otro del dormitorio con la impaciencia de un chiquillo. Siente un nudo doloroso en el pecho, pero procura ignorarlo. Por fin, tras el quinto tono, salta el contestador.

Se aclara la garganta y dice:

—Hola, soy yo. Acabo de despertarme y no estás aquí. —Lo manifiesta con sencillez, sin reproches. El sentido del tacto le aconseja no presionarla—. Siento haberme quedado dormido, Nina. Lo siento mucho, de veras. —Pausa—. Llámame cuando oigas el mensaje, por favor. Quiero saber que estás bien, que estamos bien.

Y necesita deshacerse de la sensación de que lo ha arruinado todo.

Pero, en vez de eso, acaba perdiéndole el pulso a la fatalidad. Se lleva las manos a la cabeza y se desploma en la cama como un peso muerto. Cierra los ojos y la imagina allí mismo, donde yacía desnuda pocas horas antes, nerviosa y excitada a partes iguales. Sabe que ha traspasado una línea roja, aunque no se arrepiente. ¿Cómo podría? Fue increíble lanzarse al abismo con ella. Besarla. Acariciar su piel de seda. Explorar sus sombras, sus perfiles, sus brillos y sus líneas. Muy intenso. Tanto que está convencido de que no existe otra mujer en el mundo capaz de hacerle sentir lo mismo. El carrusel de imágenes de su cuerpo rendido al placer lo atormenta fotograma a fotograma y le despierta una sensación incómoda en la entrepierna, además de inoportuna.

—No, joder. Ahora no.

Entre exhalaciones, resuelve que lo más conveniente es desterrar esos pensamientos y centrarse en otros de una naturaleza más práctica. De modo que, después de pasar por el baño para vaciar la vejiga y lavarse la cara, llama al equipo de vigilancia del turno de noche, que debe de estar a punto de dar el relevo al de la mañana.

—El objetivo entró en un domicilio particular de Bergmannstrasse alrededor de las nueve horas y cuarenta y cinco minutos de anoche y lo abandonó a las doce —le informa el agente al otro lado de la línea.

Los ojos se le ensombrecen y un temor hasta entonces desconocido lo aprisiona.

—¿Habéis averiguado a quién pertenece?

—Negativo. No teníamos visibilidad desde nuestra ubicación, desconocemos a qué piso subió. —Jamal sabe que es una excusa barata. Una simple llamada a la Central habría bastado para obtener la relación de los residentes en la finca, y, a partir de ahí, tirar del hilo. En otra ocasión, su dejadez les habría valido una reprimenda, pero, esta vez, respira aliviado—. ¿Cómo consigues aparcar en Kreuzberg, Jamal? Es imposible.

—Pago una plaza de residente. ¿Qué hizo después?

—Volvió a su casa.

—¿Y sigue ahí?

—Afirmativo. No se ha movido de aquí en toda la noche. Y nosotros tampoco. Bueno, a decir verdad, yo me ausenté veinte minutos para un 10-42.

—¿Veinte minutos? —pregunta Jamal, arqueando las cejas con aire de incredulidad.

—Fue culpa del kebab *alles drauf* que pillé en un *Imbiss*† para cenar. Esa mierda me dio una cagalera tremenda.

—Vale, vale… Ahórrame los detalles escatológicos, ¿quieres? ¿Algún movimiento sospechoso o fuera de lo común?

—Nada en absoluto.

—Bien. Gracias por la información.

Cuelga con una mezcla de decepción y rabia y, antes de que se disipen esas emociones, marca otra vez el número de Nina, que no contesta.

—Vale. Tú lo has querido —dice en voz alta, antes de lanzar el teléfono contra la cama.

* Con todos los ingredientes.

† Quiosco de comida rápida.

Una ducha y un té más tarde, elucubra una excusa sólida que le cubra las espaldas y se dispone a salir. Cuando llegue a Charlottenburg, aparcará el coche cerca de su casa, se bajará con total naturalidad, buscará a los agentes a cargo de su protección y les dirá despreocupadamente que ha venido para aclarar una cuestión con la testigo. Sin embargo, sus planes se ven truncados por una inoportuna llamada de su padre que no puede ignorar, aunque le gustaría hacerlo, porque, en ese instante, recuerda algo que había olvidado por completo.

«El entierro del tío Faruk. Le prometí que lo acompañaría».

—Me he entretenido un poco, *baba*. En diez minutos paso a recogerte y vamos a Şehitlik —le indica, a la vez que consulta el reloj.

—En realidad, te llamaba para otra cosa. Necesito que me hagas un favor.

—¿Un favor? Dime, ¿de qué se trata?

Orhan *Bey* toma aire. Lo retiene unos segundos antes de expulsarlo y responder. No se precisa un instinto demasiado desarrollado ni un olfato fino para percibir la gravedad de lo que va a decir.

—Anoche detuvieron a Kerem.

—¿Cómo?

—Parece ser que hubo una reyerta en Marzhan y el muy idiota estaba allí —comenta, con notable desdén—. A veces, creo que lo único que tiene ese descastado en la cabeza es serrín. En fin, no sé si podrías ocuparte tú de sacarlo del calabozo. Está en la comisaría del distrito. Yo... no tengo fuerzas para enfrentarme a él. Hoy no.

Jamal expulsa todo el aire de los pulmones e, invadido por ese pertinaz y agotador sentido del deber, aparca a Nina en algún recóndito lugar de su mente y lo cierra con llave. Al menos, por el momento.

—Claro, *baba*. Yo me encargo.

Luego, se calza las botas y sale del apartamento blasfemando en su idioma materno.

277

No ha resultado muy difícil convencer a ese tal Gunther Kauf-mann, el oficial de pelo rubio a cargo de la *SchuPo*, de que ponga a Kerem en libertad, a pesar de que al principio parecía un hueso duro de roer. Por suerte, han llegado a un acuerdo. Podría decirse que la falta de antecedentes penales ha jugado en su favor, aunque lo más determinante ha sido que Jamal mostrase la placa.

—¿BKA? ¡Haber empezado por ahí, hombre!

Quince minutos más tarde, tras rellenar el papeleo, Kerem sale del calabozo y ambos abandonan la comisaría de Mar-zhan. ¿Influencia o un acto de buena fe? Ambas, lo más pro-bable. Pero no piensa perder el tiempo en preguntárselo, con todo el ruido que tiene en la cabeza esa mañana. En el exterior de las dependencias policiales, de camino al aparcamiento, no logra reprimir las ganas de golpearlo en la nuca con la mano abierta.

—Pero ¿qué haces, capullo? —protesta Kerem.

Jamal le dispensa una mirada de párpados pesados, mezcla de asombro e indignación.

—¿Capullo? ¿Te atreves a llamarme capullo? De no ser por mí, Kaufmann te habría dejado encerrado las setenta y dos ho-ras de plazo máximo legal y luego te habría llevado directamen-te ante el juez. Al menos podrías dar las gracias, para variar.

—Antes que nada, Kaufmann me puede chupar la polla. Y además, nadie te ha pedido que vengas. Honestamente, ni siquiera sé qué haces aquí. Yo les dije a esos cerdos que llama-ran al viejo.

—A mí tampoco me apetecía mucho verte la cara, pero *baba* está tan disgustado contigo que no me ha quedado más remedio que venir a por ti en su lugar. Y menos mal, porque estás hecho un asco —añade, repasándolo con desdén—. ¿Qué demonios hiciste anoche? Quiero tu versión de los hechos.

—Te lo cuento si me invitas a desayunar unas buenas salchichas por ahí. Joder, me muero de hambre.

—Me parece que no será posible. No tengo tiempo para desayunos ni para charlas fraternales. Te acerco a casa y me lo cuentas de camino.

—Pero si hoy es sábado, *abi*. ¿Adónde vas con tanta prisa?

—Los *cerdos* también trabajamos los sábados, ¿sabes? —le suelta sarcástico, al tiempo que saca la llave del coche del bolsillo. Presiona un botón y las luces traseras del Volkswagen Golf R color azul atlántico se encienden de forma instantánea.

Kerem pone los ojos en blanco y sube al coche entre resoplidos.

Llave en el contacto, cinturones abrochados, retrovisores desplegados, radio encendida. Jamal baja el volumen y pregunta:

—¿Me lo vas a contar ya o qué?

—Le pateé la cara a un jodido neonazi, eso es lo que pasó.

Contrariado, lo observa un instante.

—¿Te parece que es para sentirse orgulloso, Kerem? ¡Madura un poco, por el amor de Dios! Todo Kreuzberg está en el entierro del tío Faruk, y ¿qué haces tú? Deshonrar a la familia y a la comunidad.

—Eh, para el carro, *kardeş*. Si lo he hecho ha sido justamente por Faruk, porque se lo debía. Yo y todos. Igual que a los demás hermanos asesinados.

—Lo siento, no te sigo. ¿Quiénes son «todos»?

—Los turcos de Alemania, Jamal, nosotros —remarca, golpeándose en el pecho—. A ver, hace dos días, en la manifestación de la TGD, unos neonazis comenzaron a provocarnos. Tendrías que haber visto cómo cantaban *Deutschland, Deutsch-*

land über Alles como fanáticos, con sus camisas marrones, y pedían la expulsión de los extranjeros. Fascistas de los cojones...

—Espera, espera. ¿Estás diciendo que hubo un enfrentamiento y yo no me he enterado? ¿No se suponía que ibas a cuidar de nuestro padre? *Siktir git!*[*] ¿Cómo esperas que confíe en ti después de esto?

—¡Que no, joder, que no! Cálmate y escúchame, ¿vale? Eso ocurrió después de la concentración. Hubo un poco de barullo, los de la *SchuPo* cargaron, la cosa se caldeó y *baba* se fue a casa. El viejo le vio las orejas al lobo y decidió retirarse a tiempo.

—Menos mal. ¿Qué pasó después?

—Que aparecieron esos tíos y comenzaron a insultarnos.

—¿Así? ¿Sin motivo?

—Oye, si no me crees, pregúntaselo a tus amigos los mamporreros.

—Supongo que te refieres a los antidisturbios. ¿Qué hicieron?

—¿Tú qué crees? —Suelta una carcajada sarcástica—. Lo que hacen siempre, Jamal: ponerse del lado de los fascistas. No sé si es que la poli les tiene miedo o que en el fondo son tan mierdas como ellos.

—No digas eso, Kerem. No es justo.

—Pero sí es justo disparar gas pimienta a un turco solo porque su piel es más oscura que la de uno de esos defensores de la raza aria.

—¿Estás seguro de que solo fue por eso? No os enfrentaríais a ellos a pedradas ni nada parecido, ¿verdad?

—¡No me jodas, hombre!

Jamal suelta un suspiro de impaciencia.

—Bueno, ve al grano. ¿Qué pasó después de que os dispersaran?

—Pues que unos cuantos camisas pardas acorralaron a uno de los nuestros en un callejón y le dieron una paliza. Está en el

* ¡Que te jodan!

280

hospital, tiene tres costillas rotas. Los muy desgraciados le escupieron, le mearon encima y le dijeron que… —Las palabras parecen encallársele por la indignación—… todos los turcos nos merecíamos acabar como Faruk y los demás, con un tiro en la cabeza.

Una chispa se aviva en los ojos de Jamal hasta convertirse en un intenso fuego que lo arrasa todo en su interior. Pero ni un ápice de ese incendio se filtra en su voz, expresión o movimientos. Cambia de marcha con suavidad y, sin despegar la vista de la carretera, le pide que continúe con el relato de los hechos.

—Total, que anoche nos juntamos un montón de colegas del Kotti y fuimos a Marzhan a darles su merecido. Esos cabrones tenían bates y puños americanos, pero les plantamos cara —se enorgullece—. Entonces, llegaron los *Bullen* y nos engrilletaron a todos.

—O sea, que fue premeditado.

—Por supuesto que lo fue, Jamal. ¿Qué esperabas que hiciéramos? ¿Quedarnos de brazos cruzados mientras nos humillaban?

—Suenas igual que nuestro padre, quién lo diría —reflexiona, y esboza una sonrisa débil y amarga—. De todas maneras, no tendrías que haberlo hecho. Si me hubieras llamado…

—¿Si te hubiera llamado? ¿No dices siempre que estás harto de salvarme el culo?

—Lo único que has conseguido, aparte de iniciar otra maldita guerra, es que te fiche la policía.

—¿Y qué? Tarde o temprano tenía que pasar. Además, ¿acaso no lo estamos todos los *kanacks* de este país, de una forma u otra?

—¿Sabes qué? Estoy cansado de discutir contigo. Te dejo en el East Side y te vas andando a casa.

—*Tamam.* Haz lo que te salga de las pelotas.

El ambiente se escarcha entre ambos. Jamal sube el volumen de la radio, busca su emisora de *rock* favorita y deja que

Rammstein inunde el interior del vehículo. Permanecen callados el resto del trayecto, cada uno sumido en sus propios pensamientos. Cuando su hermano se baja del coche, da un portazo y desaparece sin decir adiós.

—De nada, capullo —profiere Jamal—. Desagradecido…

Tiene la intención de enfilar por Gitschiner Strasse en dirección a Charlottenburg, pero una nueva llamada de Gerhard Müller lo obliga a permanecer estacionado unos minutos más.

—¿Se ha enterado, Birkan? —La voz de su jefe transmite algo parecido al nerviosismo.

—Perdone, *Herr Direktor,* pero he estado ocupado con asuntos familiares toda la mañana. No tengo ni idea de a qué se refiere.

Pero sí la tiene.

Solo está disimulando.

Un suspiro sonoro y prolongado llega desde el otro lado de la línea.

—La prensa está al corriente de la implicación de Maximilian Bachmann en los crímenes del Bósforo. El *Bild* ha publicado un artículo en su versión digital.

—¿Qué? Pero ¿cómo demonios se ha filtrado?

—Eso mismo me pregunto yo, Birkan. ¿Cree que alguno de sus hombres ha podido dar el soplo?

—Imposible —descarta, de forma tajante—. Dígame, ¿qué han publicado, exactamente?

—Información muy sesgada, la verdad. Muestran el retrato robot de la sospechosa sin identificar, pero no mencionan el hecho de que Bachmann está *kaputt*. Ni siquiera hablan de Klaus Haas. Un poco extraño, ¿no le parece?

—Bueno, puede que eso sea todo lo que tengan.

—Puede. En cualquier caso, es suficiente como para que las aves carroñeras de la prensa sensacionalista se den un buen festín. Siento arruinarle el sábado, Birkan, pero necesito que se reúna conmigo en la Central. La BKA dará esta tarde una rueda de prensa y debemos elaborar una estrategia de comunicación robusta. Steinberg está de camino, ha cogido el primer vuelo desde Wiesbaden. Venga cuanto antes, por favor.

—Por supuesto, *Herr Direktor*. Ahora mismo voy para allá.

Cuelga, resopla exasperado y se pone en marcha. De nuevo, Nina tendrá que esperar.

30. Nina

12 de septiembre de 2015
Hospital Universitario La Charité
Distrito de Mitte, Berlín

—Estás molesta conmigo, ¿verdad?

Enke cierra la taquilla de un portazo. El estruendoso ruido metálico la sobrecoge. Le dirige una mirada furibunda y replica con tono irónico:

—¿Y por qué iba a estar molesta contigo? Ni que me hubieras dejado plantada sin darme ningún tipo de explicación y hubieras pasado olímpicamente de cogerme el teléfono. —Eleva la barbilla con un gesto retador y añade—: Anoche te llamé siete veces, Nina, siete.

—Lo sé. No hay excusa. —Deja caer las manos sin fuerza.

—¿Qué clase de amiga eres?

—Una pésima. Lo siento. Espero que puedas perdonarme en algún momento.

Enke suspira con resignación y acorta la distancia entre ambas en un claro ademán conciliador.

—Oye, sé que estás pasando por mucho. Quiero ayudarte, ¿vale? Pero no puedo hacerlo si no me cuentas todo lo que pasa. ¿Es por Klaus o hay algo más?

En ese instante, Jamal aterriza en sus pensamientos como un avión de combate y una bofetada de culpabilidad la golpea en la cara. La mirada de Nina es la de una mujer superada por las circunstancias.

—Hay algo más. Mucho más, en realidad. Si te soy sincera, no sé qué voy a hacer con mi vida.

—Eh, eh, eh. —Le pone la mano en el hombro y ella agradece la calidez del gesto—. Todo irá bien, ya lo verás. Lo superaremos juntas. Y esta noche, cuando salgamos de aquí, iremos a mi casa, nos pondremos hasta arriba de helado y lloraremos viendo *El diario de Noah*. Noche de chicas, sin pretextos. ¿Trato hecho?

—Suena bien, salvo por un pequeño detalle: no me gusta Ryan Gosling.

—A mí tampoco, es demasiado aniñado. Yo los prefiero más cachas, como Christian Bale en *American Psycho*. —Se muerde el labio inferior con picardía—. Joder, sí.

Nina se ríe y abraza a su amiga, que la estrecha con afecto contra su cuerpo. Le reconforta saber que cuenta con ella de forma incondicional, pase lo que pase. De ahora en adelante, se esforzará más por preservar su amistad. Se acabaron los silencios, las mentiras y las verdades a medias. Enke merece sinceridad y transparencia.

Ocho horas y algunos minutos más tarde, ambas salen del vestuario de enfermeras de La Charité y enfilan hacia la salida dispuestas a llevar a cabo el plan que Enke ha trazado al inicio de la jornada. Comentan el turno, que ha sido duro, como de costumbre. Los sábados, las urgencias del hospital más grande de Berlín se convierten en un territorio casi ingobernable, desafiante y frenético. Los nuevos ingresos se cuentan por docenas, y los traslados de pacientes se suceden entre extracciones de sangre, curas de heridas o quemaduras, colocación de vías intravenosas, administración de antipiréticos y lavados gástricos que mantienen al personal sanitario en tensión constante. Pero a Nina le gusta que sea así. Dicen que la mejor terapia contra la angustia es no disponer de tiempo para regodearse en ella, de modo que mantenerse con las manos ocupadas durante buena parte del día la ha ayudado a calmar la mente y dejar a un lado las preocupaciones.

Hasta ese preciso instante.

Ahí está Jamal, al final del pasillo, apoyado en la pared contigua a las puertas automáticas de acceso a urgencias. Cazadora de cuero ajustada, vaqueros y botas, el ceño fruncido. La luz crea destellos color rubí en su barba. Los nudillos de su mano derecha repiquetean impacientes contra el muslo y con la palma de la izquierda se alisa el pelo de forma mecánica. Nina palidece. Un reguero gélido se le extiende despacio por las entrañas cuando sus miradas conectan y se engarzan la una en la otra como si hubiera transcurrido una vida entera desde la última vez. La ansiedad se materializa en una insoportable presión a la altura de la nuca, una sensación que le ralentiza el ritmo cardíaco y hace que todo suceda a cámara lenta. Su mera presencia vuelve el aire más denso, más difícil de respirar, y el trayecto, de no más de quince segundos, le resulta agotador.

Ojalá le cayese encima un rayo y no quedara de ella más que una huella humeante en el suelo.

Se detiene delante de él ante la expresión atónita de Enke. Las pupilas de Jamal se le clavan en el iris durante un instante que se le antoja eterno, envuelto en un silencio absorbente. El ardor que siente en la cara no encaja con el sudor frío de la espalda. Por fin, se arma de valor y le pregunta:

—¿Qué haces aquí?

Sin preámbulos.

—Creo que ya lo sabes —responde Jamal, igual de directo—. ¿Hay algún sitio donde podamos hablar a solas?

—No creo que sea el momento ni el lugar más apropiado.

—Mis hombres están fuera, Nina. Tiene que ser aquí y ahora —insiste. El tono, quizá sin pretenderlo, adquiere un cariz agresivo, casi desesperado.

Enke carraspea.

—Perdona, pero ¿quién coño eres tú y por qué acosas a mi amiga? —interviene, al tiempo que lo examina de arriba abajo con suspicacia—. ¿Y qué significa eso de que «tus hombres están fuera»?

—Tú debes de ser Enke Brückner. Encantado de conocerte, he oído hablar mucho de ti. —Extiende la mano. Su interlocutora lo observa perpleja y, tras unos segundos en tensión, corresponde a la cortesía—. Jamal Birkan.

—Jamal, ¿eh? —Dirige una mirada de soslayo a Nina, que se ruboriza y aparta la suya—. Pues yo, en cambio, no he oído ni una palabra sobre ti. Me pregunto por qué.

Jamal se ríe soltando el aire por la nariz y se dirige de nuevo a Nina.

—No quiero parecer grosero, pero ha sido un día muy largo, demasiados fuegos que apagar. Me gustaría dormir tranquilo esta noche, así que, por favor, hablemos.

Nina se da por vencida.

—Está bien —concede tras un prolongado suspiro—. ¿Me das cinco minutos, Enke?

Su amiga arquea las cejas asombrada, como si tratara de averiguar en qué momento de la rocambolesca escena se ha perdido.

—¿Estás segura? —Nina asiente en silencio—. Bueno, como quieras, pero me quedo con tu bolso y tu chaqueta, así me aseguro de que vuelves. Te espero en el coche. Y si este tío se pasa de la raya…

—No te preocupes —la tranquiliza Nina, que le entrega sus cosas—. Estaré bien.

Acto seguido, Enke desaparece tras las puertas automáticas, no sin antes advertir a Jamal con una mirada de escarcha que se ande con cuidado. Segundos después, Nina toma aire y lo conduce al aseo más cercano a la salida, para el desconcierto de él.

—¿En serio? ¿No había otro sitio donde pudiéramos hablar? ¿Un almacén de material sanitario o algo así?

—¿Qué quieres, Jamal?

—Una explicación —contesta, tras cruzar los brazos a la altura del pecho a modo de trinchera—. Te he llamado muchas veces, incluso te he dejado un mensaje. ¿No lo has oído?

«Hola, soy yo. Acabo de despertarme y no estás aquí. Siento haberme quedado dormido, Nina. Lo siento mucho, de veras. Llámame cuando oigas el mensaje, por favor. Quiero saber que estás bien, que estamos bien».

Claro que lo ha escuchado. Lo ha reproducido tantas veces que podría recitarlo de memoria.

Jamal la taladra con la mirada en busca de alguna señal en la suya, huidiza y trémula. Sin dejar de hacerlo, inspira la pregunta que tanto teme y la espira en dos palabras:

—¿Por qué?

—Yo... —titubea—. Estoy confundida.

—Estás confundida. Vale, lo entiendo. Pero ¿te has parado a pensar por un instante cómo me siento yo? Te presentas en mi casa, follas conmigo y te largas en mitad de la noche sin decir una sola palabra. ¡Me siento utilizado, joder! —ruge. Nina lo ve tragar saliva y advierte que le vibra un músculo en la mandíbula.

Avergonzada, frunce los labios.

—Por favor, baja la voz. Trabajo aquí, por si lo habías olvidado.

Sin embargo, Jamal prosigue con su particular batalla dialéctica como si no la hubiera oído. El semblante, hasta entonces crispado por la confrontación, se le transforma en una mueca de dolor y decepción.

—Dime una cosa, Nina, ¿qué soy yo para ti, exactamente? ¿Un juego o un experimento?

—¿Cómo puedes pensar eso de mí, Jamal? —le reprocha. La pregunta ha ido directa a la línea de flotación—. Yo nunca he jugado contigo. Es absurdo que creas algo así después de todo lo que hemos vivido juntos.

—Lo que es absurdo, infantil y egoísta es tu comportamiento, igual que el hecho de que estemos discutiendo sobre esto en los lavabos de un hospital.

—Has sido tú quien quería hablar ahora.

—Porque *tú* —La apunta con el dedo— me has obligado a forzar la situación. Si al menos te hubieras molestado en contestar alguna de mis llamadas… —No acaba la frase. Cierra los ojos, dolido—. Me has hecho daño, ¿sabes?

—Te aseguro que no era mi intención. Si lo hubiese imaginado, habría hecho las cosas de otra manera, pero pensé que…

—¿Qué, Nina? ¿Qué pensaste? ¿Que no me importaría? ¿Que por ser un hombre sufriría menos?

—Lo de anoche estuvo mal.

Entonces, Jamal se acerca a ella hasta casi acorralarla contra la pared y su aroma a jabón y a madera de cedro la envuelve como un manto.

Y le despierta los sentidos.

—No, Nina. No lo estuvo. Fue increíble. Pero no es suficiente para mí. Quiero más y sé que tú también. Hay algo magnético entre tú y yo —confiesa, en un tono íntimo y suave.

El corazón le da un vuelco provocado por la combinación de su mirada, su voz susurrante y su proximidad.

—Estoy casada, Jamal.

Él eleva las cejas y la mira mientras trata de procesar lo que acaba de decir. Sacude la cabeza y sonríe de forma irónica, una sonrisa bajo la que se adivina un reproche amargo que esperará su momento para golpearla.

Las palabras le salen de la boca disparadas como dardos.

—No me vengas con esas. No te atrevas a escudarte en un matrimonio que te hace tan infeliz, con un hombre que no te ama y que no solo es un completo maltratador psicológico, sino también un jodido terrorista. —Habla con rapidez, como si se le acabara el tiempo—. Crees que le debes lealtad porque está en coma, pero no le debes una mierda. ¿Sabes lo que te pasa? Que tienes miedo. Te da pánico ser feliz porque ese miserable te ha hecho creer que no te lo mereces, así que huyes y, de paso, arrasas con todo sin que te importen las consecuencias.

—Hay amargura en lo que dice, pero no falta a la verdad—. Por primera vez en mucho tiempo, sientes algo diferente y real, auténtico, que saca a la otra Nina que vive en ti, la luchadora; pero esta de aquí —Hace un ademán con la mano—, la cobarde, se empeña en acabar con ella. —Pausa. Chasquea la lengua. Frunce el ceño un instante, como si no estuviera muy seguro de lo que está a punto de decir—. ¡Por el amor de Dios! ¿Crees que yo no tengo nada que perder? ¡Me estoy jugando la carrera porque soy incapaz de renunciar a ti!

En ese preciso instante, la convicción de Nina flaquea. Porque ella también es incapaz de renunciar a él. La voluntad forcejea con el corazón, que acaba ganando la partida. De repente, siente como si las fibras de su cuerpo se separaran unas de otras y la abandonasen las fuerzas. Se apodera de ella una energía de distinta naturaleza, más primaria e instintiva, de manera que se pone de puntillas, lo agarra de la cazadora de cuero y se abalanza sobre esos labios que no ha dejado de evocar con una determinación indoblegable. Nada en el mundo habría podido evitar que lo besara. Al principio, Jamal no la corresponde, se muestra titubeante, como si aún no hubiera tomado una decisión. Incluso se aparta unos centímetros de ella, visiblemente sorprendido. Pero Nina atisba un brillo inconfundible en sus ojos color miel, seguido de una calidez súbita en la cintura, y pronto cambian las tornas. Un parpadeo después, la toma por las caderas, la alza lo justo para rozarla con las suyas y se encierra con ella en uno de los retretes. Se besan con ansia y desesperación, apoyados contra la maltrecha pared metálica.

—¿Aún piensas que soy una cobarde? —susurra sin despegarse de su boca.

—Sí. Y vas a tener que esforzarte un poco más para que cambie de opinión, aunque reconozco que vas por buen camino —replica él, antes de morderle suavemente el labio inferior.

Nina le rodea el cuello con los brazos y le entierra los dedos en el pelo. La respuesta de Jamal consiste en apretarse contra su cuerpo como si buscara aliviar una necesidad creciente que no puede o no quiere disimular. Cuando le mete la mano por debajo de la blusa y le acaricia la espalda, ella se estremece. Y, cuando esa misma mano, caliente como la lava de un volcán, le recorre el vientre y se posa sobre uno de sus pechos, jadea.

—Necesito que me frenes, Nina. Ahora mismo —le pide, aunque los dedos, implacables, ya se han colado dentro del sujetador—. Será mejor que lo hagas porque soy una bomba de relojería.

—¿Y si no quiero que pares?

—Entonces, vamos a tener un problema muy serio.

La pared tiembla por el ímpetu con que Jamal la besa. En la boca, en el cuello, en el escote. Le desabrocha los primeros botones de la blusa y libera sus pechos. Los junta con ambas manos y succiona con lujuria. Nina se humedece y gime de forma involuntaria. Lo siente duro y exigente. En un intento por recuperar la cordura, trata de pronunciar su nombre, pero no encuentra la firmeza necesaria y la voz se le apaga en algún punto a media distancia entre la garganta y la boca. El deseo se impone. Arquea la espalda a modo de invitación y Jamal interpreta el gesto a la perfección. Se dispone a desabrocharle los vaqueros cuando un ruido repentino lo frena en seco. Alguien ha entrado en el cuarto de baño. Ambos permanecen en un silencio expectante de bocas tapadas y contienen la respiración, inmóviles como si estuvieran al borde de un precipicio.

Un minuto después, el sonido de la puerta les indica que se han quedado solos. Las risas cómplices no tardan en dispersarse por todo el cuarto de baño. Al principio, no son más que un ruido sordo en el fondo del pecho, pero pronto se convierten en carcajadas sonoras que rebotan contra las paredes metálicas del retrete.

—Creo que esto no es buena idea —admite Jamal, una vez apagado el eco de las risas, y comienza a abrocharle la blusa—. Será mejor que salgamos de aquí antes de que se nos vaya de las manos.

—Sí, tienes razón.

Frente al espejo, se atusa la melena mientras él se rehace el moño. Cruzan una mirada, y esa fuerza magnética que los une los empuja a refugiarse el uno en brazos del otro. Se funden en un abrazo, como si un huracán amenazara con volarlo todo por los aires y permanecer juntos fuera la única manera de sobrevivir.

—Siento haberme puesto como un energúmeno antes, pero me estaba volviendo loco —confiesa, con los labios apoyados en la sien de Nina—. Cada hora que pasaba sin saber nada de ti me desesperaba un poco más. —Hace una pausa—. Ven a casa. Pasa la noche conmigo. Por favor.

Nina eleva la cabeza unos milímetros para mirarlo.

—Necesito pensar, Jamal. Yo…, todo esto es nuevo para mí. Y difícil.

—Para mí también. Nuevo, difícil y peligroso. Mucho, créeme. El problema es que me he convertido en un adicto a ti. A tu piel… —La besa en la mejilla—. A tu olor… —La besa detrás de la oreja—. A tu sabor… —La besa en la comisura de los labios—. Y a tu cuerpo, hecho a medida para mí… —remata, a la vez que le recorre la espina dorsal con los dedos—. Dime, ¿cómo se supera una adicción tan fuerte?

—Todavía estamos a tiempo de poner fin a esta locura —contesta.

Sus sentidos se rinden al placer de los besos y al cosquilleo de las caricias.

—No —niega categóricamente—. La locura es que nos privemos de estar juntos, a pesar de lo mucho que lo deseamos. Así que olvídalo porque no pienso ponértelo tan fácil. No voy a rendirme, Nina, ni voy a dejar que tú lo hagas.

Entonces, le sostiene la cara con las manos y la besa de un modo arrollador, como si quisiera rubricar de alguna forma las palabras que acaba de pronunciar.

—Jamal, tengo que irme —dice, aferrada a sus antebrazos de cuero—. Enke se estará preguntando si sigo viva.

Jamal exhala.

—Sí, ve. Hazlo antes de que me arrepienta de dejar que te marches. Sal tú primero, ¿vale? Es evidente que yo no estoy en condiciones —admite, en alusión al delator bulto de la entrepierna.

—Jamal.

—¿Qué?

—Si no me sueltas, no podré salir.

—Cierto —concede. Sonríe y un montón de surcos se le dibujan alrededor de los ojos.

La besa en la frente y la libera.

Prenzlauer Berg
Distrito de Pankow

—Y bueno, nos ha faltado poco para hacerlo en el cuarto de baño —confiesa Nina, aferrada a la copa de vino blanco como si se tratase del único anclaje posible contra la gravedad.

Ha necesitado dos más como esa para tener la valentía de sincerarse y explicarle su historia personal a Enke. Con la primera, ha sintetizado sus ocho años de absoluta infelicidad junto a Klaus, el embarazo que la condujo a una boda apresurada por imposición de su padre, el traumático aborto posterior, las infidelidades, las mentiras, el maltrato psicológico. Con la segunda, algo más desinhibida, le ha contado lo de la investigación de la BKA, incluidos el interrogatorio y el registro domiciliario, aunque ha sustituido la palabra «terrorismo» por «un delito muy grave» para no traicionar la confianza de Jamal. Y con la tercera, arropada por un halo de bienestar etílico, le ha hablado de él, de todos los momentos que atesoran juntos y de esa fuerza imparable que la lanza a sus brazos una y otra vez.

Enke, que ha escuchado con atención el relato, deja caer la espalda contra el sofá color crema de su coqueto apartamento y silba con perplejidad.

—Vaya… estoy… joder, no sé ni qué decir.

—Te he decepcionado, ¿verdad?

—Bueno, habría preferido que confiaras en mí y me lo hubieras contado antes.

—Confío en ti, Enke. Es solo que… hay cosas difíciles de expresar en voz alta.

—Si lo que te preocupaba era que te juzgase, ten por seguro que jamás lo habría hecho. Al contrario, te habría apoyado.

—Lo sé, pero me habrías hecho preguntas que no estaba preparada para responder. Me daba vergüenza reconocer que, en realidad, mi vida es un puñetero desastre.

—¿Acaso la mía no lo es? Tengo treinta años y me he pillado de todos los tíos de Tinder en un radio de ciento cincuenta kilómetros. Después de haberme acostado con ellos, claro —puntualiza, mientras se rellena la copa de vino—. Soy emocionalmente dependiente, Nina. Si eso no es desastroso, que venga Dios y lo vea —añade, antes de dar un generoso trago.

—Al menos, eres libre —replica Nina, jugueteando con su alianza.

Enke eleva una ceja y la mira de hito en hito.

—¿Y tú no?

—Es distinto —contesta.

—Ya, ¿y no será que te has encadenado tú misma?

—No sé adónde quieres llegar.

—Solo digo que revises los motivos por los que aún no te has separado de Klaus, pese a lo infeliz que eres con él.

—Porque está en coma, Enke. Y no tiene a nadie más, soy su única familia. ¿No te parece que sería cruel abandonarlo justo ahora? Ni siquiera sé si es legal.

—Lo que me parece es que ha llegado el momento de que pienses en ti y hagas lo que en realidad deseas hacer, no lo que consideras que debes hacer; el matiz es importante. ¿Qué pasa si no despierta nunca? ¿Vas a obligarte a permanecer a su lado solo porque firmasteis un contrato? Pues deja que te aclare algo, Nina, un contrato no sirve de nada cuando una de las partes lo incumple de forma sistemática, y eso es justo lo que ha hecho tu marido desde que os casasteis. Pero ¿sabes qué?

—Alza las manos y sacude la cabeza—. No quiero malgastar saliva hablando de ese... —Crispa los labios en una mueca de desprecio—... tipo, no merece la pena. Prefiero que nos centremos en tu Delicia Turca. ¿Te has enamorado de él?

Parpadea.

—Enamorarse requiere tiempo, Enke.

—Vale, formularé la pregunta de otro modo: ¿te estás enamorando de él?

Nina deja la copa encima de la mesa, sobre un posavasos con motivos invernales, suspira profundamente y se masajea las sienes.

—No lo sé.

Enke lee en sus ojos y al poco asiente varias veces seguidas.

—O sea, que sí. Y, además, es recíproco.

—¿Tú crees?

—No lo creo, estoy convencidísima de ello. Hazme caso, cielo, cuento con bastante más experiencia que tú en este campo.

—Mierda, Enke —se lamenta, entre suspiros—. Estoy hecha un lío. ¿Qué demonios voy a hacer?

—Para empezar, tratar de aclararte. A ver... —Cruza las piernas sobre el sofá, en posición de loto—, dame un solo argumento por el cual no deberíais estar juntos. Y, por favor, que no sea tu matrimonio porque no me vas a convencer con eso.

—No quiero poner en peligro su carrera, no se lo merece. Le apasiona su trabajo y ha luchado mucho para ser *Kriminalinspektor*.

—Pero él está dispuesto a correr el riesgo. Si no, no habría ido a buscarte hoy al hospital, así que eso tampoco me sirve. ¿Qué más?

Silencio.

—La verdad es que no se me ocurre nada.

—Muy bien. Entonces, busquemos argumentos por los que sí deberíais estar juntos. Si quieres, empiezo yo. Argumento número uno: Delicia Turca está más cachas que Christian Bale en *American Psycho*.

Ambas ríen a carcajadas.

—No creo que eso sea determinante, Enke.

—Pues no, pero ayuda a que la balanza se decante hacia el lado correcto. Venga, ahora tú.

—De acuerdo… Argumento número dos: es un hombre muy legal —aporta Nina.

—En todos los sentidos. Y no negaré que el hecho de que sea poli tiene mucho morbo.

—Argumento número tres: es atento, detallista, familiar y protector.

Enke se lleva las manos al corazón.

—Nos encanta que cuiden de nosotras. ¿Es celoso? Dime que no, por favor.

—Jamal no es esa clase de hombre.

—Mejor, no soporto a los tíos con mentalidad del siglo pasado. Sigue.

—Argumento número cuatro: tiene un lado… salvaje. Ya sabes lo que quiero decir.

—¡Ajá! —canturrea Enke—. Esto empieza a ponerse interesante. ¿Cómo de salvaje? Dame más detalles, quiero saberlo todo.

—Argumento número cinco…

—Espera, espera —la interrumpe—. ¿No piensas contarme nada?

—No estoy tan borracha todavía. Argumento número cinco —insiste Nina, sin hacer caso de la mueca de burla de su amiga—: me escucha, me valora y me ayuda a crecer como persona. Saca lo mejor de mí. Si no me hubiera animado a ello, quizá nunca me habría atrevido a ejercer de voluntaria en el centro de refugiados.

—Cada vez me gusta más este hombre.

Una enorme sonrisa eleva las comisuras de los labios de Nina.

—Argumento número seis: me hace sentir viva, que quiera hacer planes, que piense en el futuro, que me ilusione…

—¿Lo ves? Ahí lo tienes. Las mujeres siempre acabamos enamorándonos de los hombres que nos salvan.

—Soy yo quien debe salvarse a sí misma, Enke.

—Siempre es más fácil si te allanan un poco el camino.

—Aún hay otro argumento más.

—Venga, suéltalo ya.

Nina toma aire y exhala con lentitud antes de enunciar el argumento número siete, quizá el más importante de todos.

—Estoy aprendiendo a quererme otra vez —confiesa, en un finísimo hilo de voz.

En ese momento, ambas se cogen de las manos y rompen a llorar como si se hubieran reencontrado tras una larga ausencia.

—Creo que no lloraba tanto desde que Alphonse Rüttinger le contó a todo el mundo que me había desvirgado en secundaria —admite Enke, entre risas y sollozos, con la cara bañada en lágrimas. Inspira hondo y afirma—: Tenéis que estar juntos, Nina. Lo demuestran siete argumentos a favor y uno en contra. Olvida a Klaus y el maldito conflicto de intereses y tírate a la piscina. Atrévete a vivir, a experimentar, a sentir. ¿Qué hay de malo en eso? Si necesitas unos días para poner en orden tus ideas, adelante, concédetelos, estás en tu derecho. Pero, después, ve a por él.

—¿Y si me equivoco? Tengo miedo de que salga mal, Enke. «El amor es como el vino, y como el vino también, a unos reconforta y a otros destroza»; lo dijo Stephan Zweig.

—Zweig se suicidó, cielo, no creo que sea el mejor ejemplo. Mira, si te equivocas, tendrás el resto de tu vida para enmendar el error, pero, al menos, jamás podrás reprocharte no haberlo intentado. «Da más fuerza saberse amado que saberse fuerte: la certeza del amor, cuando existe, nos hace invulnerables»; lo dijo Goethe.

—¿Goethe? ¿Te atreves a citar a Goethe? No fuiste a clase el día que hablaron del «efecto Werther», ¿verdad? Ese hombre prácticamente instauró la moda del suicidio por amor.

—Está bien, puede que tampoco sea un ejemplo demasiado acertado, pero ¿qué más da? Lo importante es que te quedes con el mensaje. —Hace una pausa—. Sé feliz, Nina Haas, te lo debes.

—Kessler. Es mi apellido de soltera —aclara.

Enke sonríe.

—Pues encantada de conocerte, Nina Kessler.

31. Jamal

20 de septiembre de 2015
Distrito de Friedrichshain-Kreuzberg, Berlín

Domingo. Una semana más. O menos, según se mire.

Después de vestirse, revisa el móvil por enésima vez. Hacerlo cada quince minutos se ha convertido en una especie de liturgia en los últimos días. Frustrado, destierra las ganas de marcar su número y guarda el teléfono en el bolsillo. Después de tantos días, ha asumido que no lo va a llamar y, aunque daría lo que fuera por escuchar su voz, es mejor no agobiarla. Nina necesita tiempo, lo entiende. Puede que el sábado anterior se pasara de la raya presentándose en La Charité sin avisar y poniéndola contra las cuerdas. En parte se arrepiente de haberla presionado de esa forma y, en parte, no. Primero, porque, de no haberlo hecho, la situación se habría convertido para entonces en un nudo difícil de deshacer. Las personas somos así, a veces dejamos que los malentendidos y los enfados nos alejen de quienes más nos importan. Y segundo, porque necesitaba verla después de haber pasado la noche con ella, asegurarse de que lo que había sucedido era real y que no lo había soñado. Y, a decir verdad, estar a punto de repetir la experiencia en los lavabos del hospital es lo más excitante que le ha pasado en mucho tiempo. Además, que Nina diera el primer paso y lo besara no solo prueba que siente lo mismo que él, sino que su coraza tiene los días contados. Es cuestión de resistir, y a eso no lo gana nadie. Pero no puede negar que está desesperado.

¿Cómo se le ha podido meter bajo la piel en tan poco tiempo? No han vuelto a hablar desde entonces y ya ha pasado una semana. Ni una llamada, ni un solo mensaje, nada. Sabe que está bien porque ha estado vigilándola. No es que se haya convertido repentinamente en un acosador, ni mucho menos, pero Müller ha cancelado el dispositivo de seguridad porque, según sus propias palabras, «la BKA no se encuentra en disposición de malgastar recursos de los que carece».

La noticia le sentó como un jarro de agua fría.

—¿Y cómo se supone que vamos a protegerla de un posible ataque de la sospechosa, *Herr Direktor?* —preguntó, encolerizado.

—Ya han pasado varios días desde el episodio de la pintada, Birkan. Si, llegados a este punto, Wenders no ha movido ficha todavía, dudo mucho que lo haga. Y menos ahora, que su rostro figura en todos los medios de comunicación de Alemania.

—Permítame que lo corrija, *Herr Direktor.* Lo que se ha filtrado es el retrato robot, y todos sabemos que su fiabilidad es limitada. ¿Tiene idea de cuántas llamadas de ciudadanos que aseguran haber visto a la supuesta Sonja Wenders ha registrado el 110 desde la semana pasada? Doscientas setenta y ocho.

—Señal de que los alemanes están comprometidos con la ley y la justicia —afirmó Müller.

—O confundidos. Ayer, sin ir más lejos, alguien llamó para avisar de que Wenders estaba en Bonn, y apenas veinte minutos más tarde, otra persona la situó en Núremberg. Hay cerca de quinientos kilómetros entre una ciudad y otra, y, que nosotros sepamos, esa mujer no puede estar en dos sitios a la vez. En mi opinión, *Herr Direktor,* Sonja Wenders sigue en Berlín. Y Nina Haas podría correr peligro.

—Pues lo siento mucho, *Herr Inspektor,* pero no me queda otra opción. Esto no es una democracia, ya lo sabe. —Jamal asintió en silencio. Le constaba, desde luego que sí—. Y haga el favor de dejar de quejarse. Le recuerdo que la Seis no es la única unidad afectada por los recortes presupuestarios.

Los ojos de Jamal se encharcaron de ira, aunque fue capaz de contenerla en su respuesta.

—Pero sí es la que más los sufre, me temo.

Müller resopló de forma sonora, se quitó las gafas y se frotó la cara con ambas manos.

—Oiga, si tanto le preocupa la integridad de la chica, vigílela usted mismo. ¿Qué quiere que le diga? Pero ándese con cuidado, Birkan, está jugando con fuego.

Y con ese argumento, Gerhard Müller zanjó el tema. Pero a Jamal Birkan no le gusta dejar nada al azar, de manera que decidió tomarse al pie de la letra la sugerencia de su jefe y ocuparse él mismo de la protección de Nina en la medida de lo posible, aunque fuera a costa de robarle horas al sueño y a su vida personal. Eso sí, procuró adoptar un perfil lo bastante discreto como para que ni ella ni ninguno de sus colegas de la BKA se enterasen. En los últimos días, la ha visto ir a su clase de yoga, al hospital, al centro de refugiados de Tempelhof o a casa de Enke, donde ha pasado varias noches y, probablemente, vaya a pasar también el día que empieza, lo que le deja cierto margen de maniobra. No ha ido a ver a Klaus ni una sola vez y eso, en el fondo, lo tranquiliza, ya que demuestra que se está esforzando en borrar su huella. Lástima que no pueda borrar de un plumazo también las cicatrices internas que su marido le ha dejado bajo la piel.

«Tiempo, Jamal. Es todo lo que necesita».

Con la mente obnubilada por los pensamientos, coge la cazadora del colgador y sale de su apartamento. Da dos vueltas de llave a la puerta y se dirige hacia el ascensor, sin imaginarse la sorpresa que le espera en el vestíbulo y con la que se da de bruces justo al abrir la puerta.

—Nina.

Al verla allí, se queda atónito. Intuye que ha venido desde casa de Enke sin haber pasado antes por la suya porque lleva la misma ropa del día anterior —americana de felpa, blusa azul con lazo al cuello y unos vaqueros ajustados que realzan su figura esbelta—, lo cual es bueno. Mucho. Denota impaciencia por verlo. Por primera vez en toda la semana, Jamal tiene la sensación de que la vorágine de emociones en la que había caído se esfuma y que recupera el control. Parece que el vacío existencial anclado a su vida desaparece. Es el efecto reparador que Nina ejerce sobre él, como si cada cosa volviera a su estado natural.

—Buenos días.

—Acaban de mejorar sustancialmente —afirma él, observándola embelesado, incapaz de disimular la felicidad que le provoca su presencia—. De hecho, creo que nunca habían sido tan prometedores.

La tímida sonrisa de Nina lo ilumina todo de golpe.

—Yo... venía a... quería... he pensado que tal vez... podríamos... —Las palabras se le juntan en la boca, se niegan el paso unas a otras—. En fin, da igual. Puedo volver en otro momento. Ya veo que ibas a salir.

—Iba a desayunar a casa de mi padre. Hoy es domingo —le recuerda—. Pero no te preocupes, ahora mismo lo llamo y le digo que no voy.

Nina le posa la mano sobre el antebrazo.

—Espera, no, por favor. No cambies tus planes por mí. Tendría que haberte avisado de que vendría. Será mejor que me vaya.

Pero Jamal frustra su plan de huida.

Otra vez.

—Ni hablar, no pienso dejar que te marches después de haberme privado de ti durante una semana entera.

—Solo han sido unos días de avituallamiento en soledad. Necesitaba pensar, eso es todo.

—Y yo necesito besarte. Ahora mismo. ¿Puedo, Nina? Te lo pregunto porque me muero de ganas, pero no sé si es lo que tú quieres.

—Sí, puedes besarme. Por supuesto. Y sí, yo también quiero. De hecho, deseaba que lo hicieras nada más abrir la puerta.

—Por Dios, ven aquí —susurra con una seductora voz ronca, a la vez que la agarra de la cintura y la atrae hacia su cuerpo.

Le busca la boca y la besa como a él le gusta, de la única forma que podría hacerlo, absorbiendo hasta la última gota de su aliento, envolviéndole la lengua con la suya igual que un ciclón. El deseo se transmite a través del contacto, de piel a piel. Jamal nota el gemido que le nace a Nina en el fondo de la garganta, cierra los ojos y se deja arrastrar a ciegas hacia el torbellino de sensaciones que amenazan con nublarle el juicio. Cuando la tiene entre los brazos, por fin pierde la cabeza. Demasiado cerca, demasiado dulce; peligrosa combinación para actuar de forma racional.

—He pensado en ti cada jodido minuto de cada jodido día —confiesa.

—Eso son muchos minutos —replica Nina, que ha empezado a juguetear con el mechón cobrizo que se le ha soltado del moño.

Jamal le atrapa la mano, se la lleva a los labios y la besa con extrema delicadeza.

—Diez mil ochenta, para ser exactos. Acabo de contarlos —puntualiza. Entonces, advierte un detalle importante, algo que marcará un punto de inflexión en el desarrollo de los acontecimientos. Traga saliva y manifiesta lo evidente—: Te has quitado el anillo.

—Bueno, llevarlo ya no tiene sentido.

—Pero mi goma de pelo sigue en tu muñeca.

Nina sonríe.

—En cuanto pueda voy a dejar a Klaus, Jamal. Por ti.

Lo que Jamal experimenta en ese instante es la mezcla de euforia y seguridad que solo ha llegado a sentir en los mejores momentos de su vida.

—No, Nina. Por ti.

—Yo también —dice ella de pronto. Él frunce el ceño, confundido—. Dijiste que querías más. Bueno, pues yo también quiero más, Jamal. Pero me aterra que esto salga mal y nos haga daño a ambos.

—¿Y si sale bien? ¿Has pensado en esa posibilidad? —pregunta, al tiempo que estudia esa cara de ángel con una calma inusitada.

Nina duda unos segundos antes de compartir su razonamiento.

—Si hacemos esto, si damos rienda suelta a lo que sentimos... —Antes de concluir la frase, cubre las mejillas de Jamal con sus delicadas manos—, prométeme que antepondrás tu carrera a lo que sea que haya entre nosotros.

—No voy a prometerte eso, Nina. No puedo. Me importas demasiado.

—Jamal, por favor. Necesito que me lo prometas. No soporto la idea de que tu puesto en la BKA pueda estar en peligro por mi culpa.

—Nina...

—Por favor, Jamal —insiste.

—Está bien, de acuerdo —claudica entre suspiros—. Te prometo que procuraré no tener que escoger nunca entre el trabajo y la mujer más increíble que he conocido en mi vida.

—No creo que sea eso lo que...

Pero Jamal la interrumpe con el dedo índice sobre los labios.

—Calla...

Luego, vuelve a besarla, aunque en esta ocasión la temperatura sube diez grados de golpe. El fuego de la pasión crepita con viveza entre ellos.

—¿Quieres subir? —le pregunta, visiblemente turbado—. No me apetece que los vecinos me denuncien por escándalo público.

—Me encantaría, pero... —Se muerde el labio— te están esperando para desayunar.

—Mierda, es verdad —protesta. Resopla al tiempo que se lleva las manos a la cabeza. De pronto, la mira como si hubiera tenido la mejor idea del siglo—. ¿Quieres venir conmigo? —propone.

Nina abre los ojos como platos.

—¿Yo? ¿A casa de tu padre? No creo…, no creo que sea una buena idea. Además, ni siquiera…, ni siquiera lo has avisado y no me gustaría causar ninguna molestia, la verdad.

—¿Qué dices, Nina? Orhan *Bey* estará encantado de conocerte. ¿Sabes cuánto tiempo lleva dándome la lata para que salga con alguien?

—Pero tus hombres nos verán juntos. Se supone que me siguen a todas partes.

Decide omitir el hecho de que ahora se encarga él solo de su seguridad y trata de calmarla.

—No te preocupes por eso, ¿vale? No hay ningún problema. —Hace una pausa—. Vamos, Nina, solo es un desayuno. No te estoy pidiendo que hagas las maletas y vengas a vivir conmigo.

Aunque la mera idea le maravilla. Sabe que es una locura, pero le encantaría llegar del trabajo por las noches y que Nina corriera a la puerta a recibirlo, se abalanzara sobre él y lo besara. Le gustaría ver esa sonrisa y sus ojos azules como gemas de zafiro cada día.

—¿Y qué vas a decirle? Me refiero a nosotros. ¿Cómo vas a presentarme? ¿Como tu amiga?

—Tú y yo no somos amigos, Nina.

—Entonces, ¿qué somos?

—No lo sé. Aún estoy descubriendo hacia dónde nos lleva todo esto, pero no necesito definir lo que siento por ti. Sé que quiero construir algo contigo y, con eso, es suficiente de momento.

El abrazo de Nina es tan espontáneo y genuino que logra destruir cualquier barrera que quedara todavía entre ellos.

—¿Dónde has estado toda mi vida?

—¿Y tú, *Melek yüz*? ¿Dónde has estado tú?

—*Baba,* te presento a Nina Haa…

—Kessler —lo corrige ella a toda prisa—. Me llamo Nina Kessler.

Orhan *Bey* deja volar una mirada perpleja sobre la chica, como si ya la hubiera visto antes y tratara de recordar dónde. Jamal sabe que eso no tiene ningún sentido y que lo más probable es que tan solo esté sorprendido.

—Espero que no te importe que hayamos venido sin avisar.

Las líneas del rostro arrugado del hombre se destensan enseguida.

—¡Por supuesto que no! —exclama—. Encantado de conocerte, Nina. —Le estrecha la mano con fuerza.

—Lo mismo digo, *Herr* Birkan.

—Orhan, nada de *Herr* Birkan. Pero no os quedéis en la puerta, chicos, ¡pasad, pasad! Nina, puedes dejar los zapatos ahí dentro —Señala el armario del recibidor— y ponerte las babuchas de Jamal. Son esas de ahí, las más grandes.

Nina frunce el ceño con disimulo y mira a su acompañante de soslayo, que se encoge de hombros.

—Cosas de turcos —le dice este al oído.

—Jamal, tú ponte las de Kerem.

—¿No está en casa?

Una sombra cubre el rostro de su padre.

—Como de costumbre, pero no sé dónde anda. Habrá pasado la noche con su nueva novia.

—Sí, claro —ironiza Jamal.

En el salón, flota un apetitoso aroma a comida casera de la que da cuenta el gran *serpme kahvalti* dispuesto sobre la mesa principal. Junto al samovar humeante hay pan, miel, mantequilla, mermelada, ensalada de tomate y pepino, crema de pimiento rojo picante, diferentes tipos de queso, aceitunas negras y verdes, *sucuk* y una cazuela con *menemen*. El dueño de la casa los invita a sentarse mientras va en busca de unos cubiertos para la invitada.

—Es muchísima comida —advierte Nina, preocupada—. ¿Seguro que no le has dicho que vendrías acompañado?

—A estas alturas ya deberías saber que los turcos no nos andamos con chiquitas cuando se trata de llenar el estómago.

—Y que lo digas.

Nina lo observa todo con una encantadora mezcla de curiosidad y timidez, como si quisiera apropiarse de la historia de los Birkan, pero temiera parecer grosera. Examina los retratos de las paredes, la ornamentación del mueble, algo pasada de moda, y el tapete de encaje que cubre la mesa. Jamal la observa. Le resulta inevitable pensar en lo distinta que parece ahora esa mañana de domingo, destinada en un principio a ser igual que las demás. Sin embargo, no lo es. Nada es lo mismo ahora que lo suyo con Nina ha dejado de ser imposible para convertirse en inevitable. Algo en él ha cambiado. Para empezar, no siente vértigo. En otras circunstancias, no se le habría pasado por la cabeza llevar a una mujer a conocer a su padre. Nunca lo había hecho porque no se había involucrado con nadie hasta ese punto. No quería hacerlo y tampoco lo buscaba. Sin embargo, con Nina todo es distinto. Desea romper sus propias normas, pasar de fase, sentirse cada vez más cerca de ella, no solo en un plano físico, sino también emocional.

«Sé que quiero construir algo contigo».

Algo sólido y real.

La primera relación seria de su vida.

Y, tal vez, la única. Quién sabe.

En un arrebato, la toma de la mano y le besa los nudillos, uno por uno, con auténtica devoción.

—Me alegro mucho de que hayas venido —confiesa.

—Yo también.

Orhan *Bey* aparece en ese instante y ambos se sueltan a la vez, como si la piel del otro quemara.

—Bueno… —resuella, al tiempo que descarga su humanidad en la desgastada silla. A continuación, sirve un poco de *menemen* en un plato y se lo ofrece a Nina—. Aquí tienes, hija. *Afiyet olsun.* Buen provecho. —A juzgar por su expresión, no tiene ni idea de qué es, de manera que el hombre aclara—: Huevos revueltos con queso y verdura. Espero que te guste la comida turca.

—Oh, le gusta, ya lo creo —confirma Jamal, orgulloso—. Una noche la llevé a cenar al asador del tío Tarkan —comenta, mientras se sirve un poco de todo—. Aunque no pudo acabarse su plato, come como un pajarillo. Y el *rakı* casi la noquea.

Los Birkan se echan a reír sin mala fe y Nina hace un mohín.

—Yo no lo recuerdo así exactamente. Creo que, para ser mi primera vez, tuve bastante aguante —se defiende.

Jamal le revuelve el pelo en un gesto cargado de complicidad. Su padre los contempla sin poder disimular la nota de felicidad que le ilumina el semblante.

—No te sientas avergonzada —media—. El *rakı* es muy fuerte. Es lógico que se te subiera a la cabeza si no estás acostumbrada a beberlo. Y, en cuanto a la comida turca, pues sí, es abundante, aunque también es muy ligera. De todos modos, no te apures y come solo lo que te apetezca, que estás en tu casa.

—Es usted muy amable, *Herr* Birkan.

—Orhan. Y tutéame, por el amor de Alá, que estamos en familia —la reprende en tono paternalista. Acto seguido, colma los vasos de té y los reparte—. Contadme, ¿hace mucho que os conocéis?

—La verdad es que no —responde Nina, con timidez.

—El suficiente —comenta Jamal—. Mmmm…, *baba,* esto está delicioso. *Elinize sağlık.* Que Dios te conserve esas manos. —Corta un pedazo de *sucuk* y se lo coloca a Nina en la boca—. Prueba esto. —Ella sonríe, ajena al encantador arrebol de sus mejillas, y mastica con naturalidad. Eleva las cejas y emite un sonido desde el fondo de su garganta—. Rico, ¿a que sí?

—Riquísimo.

—*Teşekkür ederim.* Gracias. Me alegro de que te guste la comida, Nina. ¿Eso significa que volverás?

Jamal le acaricia el muslo por debajo de la mesa y la observa, expectante.

—Naturalmente. Siempre que usted... que tú —se corrige—, siempre que estés de acuerdo y que el trabajo me lo permita, claro.

—¿A qué te dedicas?

—Soy enfermera de urgencias en La Charité.

—Además de voluntaria en el centro de refugiados de Tempelhof en su tiempo libre —agrega Jamal.

—¡Fíjate! ¿De veras? Ayudar a los necesitados es una labor encomiable, sobre todo si se hace de forma desinteresada —apunta Orhan *Bey*.

—Solo hago lo que considero que es mi deber como profesional de la salud. Es una cuestión de ética, nada más.

Pero Jamal no está de acuerdo.

—No te quites mérito, Nina. No sacrificas tu tiempo libre solo porque lo consideres tu deber. Lo tuyo es pura vocación. Te apasiona cuidar de los demás, especialmente de los que se encuentran en situación de vulnerabilidad, como esas personas originarias de Oriente Medio.

—De verdad que no es para tanto.

Orhan *Bey* alarga la mano y le acaricia la suya de un modo paternal.

—Me parece que eres demasiado modesta, hija. Jamal tiene razón. Eres una buena chica, eso se ve enseguida, y la bondad es una condición cada vez más escasa en este mundo perverso en el que vivimos. ¿No has oído nunca eso de que el hombre inventó la guerra y la mujer, la resistencia? —Se detiene, deja pasar unos instantes para permitirle comprender la idea y, a continuación, tantea—: ¿Sabes? Llevo un buen rato pensando que tu cara me suena. ¿Es posible que nos hayamos visto antes?

—Lo dudo mucho —se adelanta Jamal, justo antes de llevarse a la boca un trozo de pan untado con crema de pimiento—. Nina no es de aquí.

—Soy de Uckermarck, en la región de Brandenburgo.

—Uckermarck. ¿No es ahí donde nació la canciller?

—Sí. También es una zona muy conocida por sus lagos y sus extensos bosques. Lo cierto es que solo llevo unos meses en Berlín.

—Me habré confundido —dice Orhan *Bey*, aunque no parece muy convencido—. ¿Tus padres viven aquí? Me encantaría conocerlos. Tal vez podría invitarlos a tomar el té un día de estos.

Jamal se percata de que Nina se ha puesto rígida y decide intervenir.

—No la atosigues, *baba*. Déjala respirar.

Orhan *Bey* voltea las palmas con aire victimista.

—Así hacemos las cosas los turcos, Jamal. Si tenéis una relación formal, lo natural es que me presentes a sus padres cuanto antes. Y desde luego que la tenéis. Si no, no la habrías traído a casa. ¿Cuándo crees que podrían venir, hija? —la sondea—. ¿El próximo domingo es muy precipitado?

Nina carraspea para aclararse la garganta antes de explicarse.

—Me temo que eso no va a ser posible, Orhan. Mis padres viven en Mallorca y no suelen venir a Alemania.

Desde la confusión, pregunta:

—¿Y no tienes hermanos o algún otro pariente? —Nina sacude la cabeza—. Comprendo —concede. Claro que, en realidad, parece muy lejos de comprenderlo. Se frota el bigote y la barbilla, como si valorase la idoneidad de lo que se dispone a comentar—. Escucha, no quiero parecer grosero, pero ¿cómo es posible que tus padres te hayan dejado sola?

—¡*Baba*! Eso no es asunto tuyo. Además, Nina es una mujer de treinta años, no necesita que nadie la vigile. Puede cuidar de sí misma y tomar sus propias decisiones. Las cosas no son como en Turquía hace treinta años. Por suerte, los tiempos cambian.

—No pasa nada, Jamal —tercia ella para rebajar el alcance de sus palabras—. Tu padre tiene derecho a preguntar lo que crea conveniente. De todas maneras, no va muy desencaminado. Mis padres son un poco... bohemios. Se mudaron a Mallorca cuando cumplí veinte años, en medio de una época bastante complicada para mí por razones personales en las que preferiría no entrar. —Orhan *Bey* asiente—. Digamos que el concepto de familia de los Kessler no se parece mucho al de los Birkan —añade, con una sonrisa triste.

El corazón se le hace pedazos al oírla. Y, a juzgar por la expresión de su rostro, a su padre también.

—Si te sirve de consuelo, en esta casa siempre serás bien recibida.

Jamal lo conoce bien, sabe que habla con sinceridad.

—Gracias, significa mucho para mí.

—Y para mí también, hija.

—Bueno —interviene Jamal—, comamos antes de que esto se convierta en una de esas telenovelas turcas lacrimógenas.

El resto del desayuno transcurre en un ambiente distendido. Saborean la comida sin prisa, beben un vaso de té tras otro y charlan de todo un poco. Orhan *Bey* se muestra muy interesado por su labor en Tempelhof y Nina le habla de su supervisor, el doctor Assam, voluntario en la Media Luna Roja hasta que se vio forzado a abandonar Siria. También le cuenta la historia de Layla, una joven maestra que huyó al Líbano desde la histórica ciudad siria de Alepo. La primera víctima de la guerra que conoció Layla fue uno de sus alumnos, Assim, que murió en un bombardeo. Entonces, decidió ponerle el nombre del pequeño a su escuela a modo de homenaje. Layla le había explicado a Nina en un inglés precario que Assim significa en árabe algo así como «el que garantiza y protege».

—Pero llegó un día en que el número de niños muertos a los que honrar era demasiado elevado —continúa—. Cuando el Estado Islámico tomó el control de Alepo, Layla logró escapar. Pasó una temporada en el asentamiento Talyani de Bar Elias, una de las regiones más pobres del Líbano. Luego, reunió todo el dinero que pudo y compró un pasaje para subirse a un bote hinchable con destino incierto. El chaleco salvavidas no entraba en el precio. La embarcación llegó a las costas de la isla de Lesbos. Iban treinta y cinco personas a bordo, pero solo sobrevivieron unos pocos.

—Jesús, menuda tragedia —se lamenta Orhan *Bey*, consternado.

—Sí, pero es aún más trágico lo que esas pobres personas están condenadas a sufrir si permanecen en Siria. Una vez leí en alguna parte que nadie pone a su hijo en un barco a menos que el agua sea más segura que la tierra.

Aunque Nina despierta en Orhan Birkan un interés notable, este no ahonda tanto como para que ciertos aspectos de su vida privada salgan a la luz. Por ejemplo, que está casada, aunque su matrimonio sea un callejón sin salida, o que su marido es uno de los terroristas implicados en los crímenes del Bósforo, de cuya investigación se encarga Jamal. No quiere ni imaginar cómo reaccionaría si se enterarse. Por suerte, eso no sucede. Con el paso de las horas, su padre parece cada vez más satisfecho con la elección de Jamal. Es innegable que Nina le gusta y así se lo hace saber a su hijo durante una ausencia momentánea de la joven para ir al cuarto de baño. Su aprobación es muy importante para él.

—¿Por qué no me habías hablado de ella? —le pregunta en su lengua natal.

—Todavía estamos conociéndonos —le responde Jamal en el mismo idioma.

—Pues es una joven fantástica. Bonita, educada, inteligente, trabajadora y caritativa. Es perfecta para ti, Jamal.

—Lo sé.

—Y hacéis muy buena pareja. —Jamal sonríe—. De modo que procura tratarla como es debido y consérvala, ¿me has entendido?

—Te aseguro que no entra dentro de mis planes dejarla escapar.

—Más te vale, porque dudo mucho que encuentres otra como ella. ¿De dónde la has sacado?

Jamal traga saliva y desvía la mirada mientras intenta dar con un argumento lo bastante convincente.

—De Facebook —improvisa.

Su padre arquea las cejas con aire de asombro.

—¿De Facebook? ¿No dices siempre que odias las redes sociales?

«Mierda. A ver cómo demonios lo arreglo ahora», piensa.

—Bueno… —titubea—, es cierto que, por mi trabajo, a menudo tengo que bucear en la inmundicia de internet. Pero, de vez en cuando, también me encuentro cosas buenas. Nina y yo tenemos amigos en común —miente—. Así es como se conoce la gente hoy en día, ¿sabes? La forma de relacionarnos los unos con los otros ha cambiado, hay que aceptarlo. «El cambio es la única cosa inmutable».

—¿Esa frase es tuya? —pregunta Orhan *Bey* con suspicacia.

—No, de Schopenhauer. Un filósofo.

—Ya sé quién es Schopenhauer. Puede que sea un simple comerciante de especias, pero te aseguro que no soy un ignorante.

Cuando Nina regresa del cuarto de baño, recogen la mesa entre los tres y se sientan en el sofá para tomar café y ver álbumes de fotos. Jamal resopla de puro fastidio, pero ella está encantada con la idea.

—Mira. —Orhan *Bey* señala una imagen en blanco y negro—. Este soy yo con doce años, antes de que emigrásemos a la capital. Cuando era pequeño, en los pueblos solía decirse que el suelo de Estambul estaba hecho de oro, así que muchos dejaron Anatolia y se marcharon en busca de un porvenir mejor. Eran otros tiempos —admite, y esboza una sonrisa nostálgica—. Entonces, los hombres no tenían el hábito de buscar excusas para evitar trabajar con sacrificio. Tampoco se dejaban el pelo largo ni esperaban hasta casi la cuarentena para formar una familia.

Jamal pone los ojos en blanco.

—Ya empezamos... —rezonga.

—A mí me gusta su pelo —apunta Nina, dejando volar una mirada de admiración sobre el rostro de Jamal—. Le otorga un aire muy... exótico.

Que le parta un rayo si no la besaría allí mismo, en ese preciso momento. Claro que, por respeto a su padre, no lo hace. Reserva los besos para más tarde y se limita a decir:

—¿Lo ves? A ella le gusta.

—En mi época no le habría gustado, *aslan.**

—No le hagas caso, Nina. Cuando toma el camino de la amargura, no hay quien lo pare. El pobre está en una edad en que solo le divierten las viejas historias, así que aprovecha la menor oportunidad para hablar de cosas que nadie ha vivido ni recuerda —se mofa Jamal.

Nina le propina un codazo en el costado.

—Calla, no seas maleducado. Por favor, Orhan, continúa. ¿Qué pasó cuando tu familia y tú llegasteis a Estambul?

—Que nos dimos cuenta enseguida de que las calles de la Encrucijada del Mundo estaban hechas de piedra y asfalto, como las de cualquier otra ciudad.

—¿La Encrucijada del Mundo?

—Así es como se conocía popularmente a la antigua Constantinopla. Dada su situación estratégica entre el Cuerno de Oro y el mar de Mármara, se la consideró durante mucho tiempo el nexo comercial entre Europa y Asia. Lástima que ahora no seamos más que el pariente pobre de un continente y del otro —se lamenta.

—*Allah Allah!* —exclama Jamal, con cierto retintín—. ¿Ves? Esto es lo que pasa cuando hablas con un turco de la generación de mi padre: te llevan de la gloria del Imperio

* León.

314

otomano a la decadencia de Erdoğan en menos de treinta segundos.

Luego, continúa enseñándole más fotos. La boda de Orhan y Adalet, la llegada de la pareja a Berlín, el primer verano de vuelta a Estambul, el nacimiento de Jamal —«¡Cielo santo, qué bebé tan gordito y precioso!»— y, tres años después, el de Kerem, la infancia feliz de los hermanos Birkan a caballo entre ambas culturas, los paseos con el abuelo en Üsküdar, las visitas a Fráncfort, a casa de la tía Aynur, las inexorables transformaciones físicas de la adolescencia, el paso a la edad adulta, el servicio militar, las últimas vacaciones. Un buen rato después, tras el viaje por todos esos recuerdos que condensan no solo la historia familiar, sino el abrazo entre Turquía y Alemania, Jamal enciende la televisión para tratar de aplacar el sabor agridulce de la nostalgia. La ZDF emite en esos momentos el programa de los domingos, que repasa la actualidad de la semana. En la pantalla se suceden una serie de imágenes acompañadas por una voz en *off* femenina que narra:

—«La noticia llegó a los medios de comunicación la semana pasada, para gran sorpresa de la población alemana. Los ciudadanos Yusuf Öztürk, Mustafá Çelik, Sevilin Kaya, Kahraman Buğday y Faruk Yılmazoğlu no habrían sido asesinados por la mafia turca, como se había especulado en un principio, sino que se trataría de un acto de terrorismo vinculado a la extrema derecha».

Nina y Jamal cruzan una mirada de preocupación.

—Hijo, sube el volumen, por favor.

Jamal complace a su padre. Observa de nuevo a Nina, tensa como la cuerda de una ballesta, y dibuja la palabra «tranquila» con los labios.

—«Aunque ningún grupo ha reivindicado los llamados crímenes del Bósforo, el diario *Bild* asegura que los autores de estos podrían ser Maximilian Bachmann, en busca y captura desde 2012 por su presunta implicación en el sanguinario atentado en el barrio turco de Colonia, y la mujer que ven a continuación… —El retrato robot de la falsa Sonja Wenders ocupa todo el plano—, quien también se encuentra en paradero desconocido. De ella solo se sabe que tiene acento de Turingia y que utiliza una identidad falsa. Las autoridades han pedido la colaboración ciudadana para dar con ellos».

En ese punto, aparece una imagen de la rueda de prensa que la BKA convocó a toda prisa una semana atrás, después de la inesperada filtración de la noticia. Sentada en una mesa repleta de micrófonos junto a Gerhard Müller y el ministro del Interior, Bettina Steinberg hace auténticos malabares para esquivar la pregunta que cualquier periodista incisivo y con un mínimo de respeto por el código deontológico de su profesión formularía:

—«¿Desde cuándo sabe la Oficina Federal de la Policía Criminal que la motivación de los crímenes es terrorista y por qué lo ha ocultado a la opinión pública alemana?».

Evasivas a modo de respuesta.

—«Desde las fuerzas de seguridad federales estamos trabajando sin descanso junto con el Ministerio del Interior para minimizar la amenaza terrorista y que las calles de Alemania vuelvan a ser el espacio seguro de integración y convivencia que siempre han sido».

Bla, bla, bla. Política y más política. El arte de no decir nada en absoluto.

—Veo que tus jefes se mantienen en sus trece —protesta Orhan *Bey* con el rostro transido por la decepción—. O sea, que la BKA, que sabía desde el principio lo que había detrás de esos asesinatos, ni siquiera tiene la decencia de pedir perdón por haber engañado a los ciudadanos. ¿Y estos son funcionarios del Estado? ¡Y un cuerno!

—Por favor, *baba,* cálmate. Te recuerdo que no estás solo en casa.

Orhan *Bey* suspira profundamente y se ablanda.

—Tienes razón. Lo siento, Nina. Te pido disculpas por mi lenguaje. No suelo utilizar esas palabras, pero este tema saca lo peor de mí. ¿Te ha contado Jamal que la última víctima, Faruk, es... era —se corrige— un buen amigo mío?

—Sí, me lo ha contado. Siento muchísimo tu pérdida, Orhan. Y no es necesario que te disculpes conmigo, entiendo tu reacción. Yo misma me avergüenzo de pertenecer a una sociedad capaz de cometer tales atrocidades.

—Sé que mi hijo es un policía honrado que hará todo lo que esté en su mano para atrapar a esos neonazis y que se pudran en la cárcel, pero me enervan las argucias políticas. Sobre todo, las que se utilizan para criminalizar aún más a mi gente. ¿Cómo quieren que nos sintamos como auténticos alemanes? Así nunca lo conseguirán. He llegado a una edad en la que acepto mis fracasos y mis limitaciones, pero ¿qué pasará con mis nietos? ¿Tendrán que seguir soportando el estigma de llevar un apellido turco?

«Suficiente».

Jamal apaga el televisor y se incorpora.

—Muy bien, ya es hora de irnos —anuncia, al tiempo que invita a Nina a hacer lo propio.

—¿Ya os vais? ¿Tan pronto? ¿Por qué no os quedáis un poco más y jugamos al *tavla*? Hay dulces y frutos secos en la despensa y puedo preparar más café.

—En realidad, a Nina no le gusta el café turco, *baba*. —Ella lo reprende con la mirada y él le guiña el ojo—. Además —añade, mientras consulta el reloj—, tengo que llevarla a Tempelhof.

—Bueno, en ese caso, no insisto más, el deber es lo primero. Vamos, os acompaño a la puerta.

En el recibidor, una vez han recuperado los zapatos que habían dejado en el armario al llegar, Nina le extiende la mano a Orhan *Bey* y le da las gracias por la acogida y el desayuno.

—Las gracias debo dártelas yo a ti. Hacía mucho tiempo que no veía a este grandullón tan feliz, *maşallah*. ¡Pero ven aquí y dame un abrazo, *tatlım!* —La estrecha entre sus brazos con

---

* Cariño.

cariño paternal—. Me ha encantado conocerte, Nina. Que Alá te bendiga. Vuelve pronto, ¿de acuerdo? Y, por favor, ten paciencia con mi hijo.

Nina sonríe y asiente.

—*Görüşürüz baba* —se despide Jamal.

—*Görüşürüz.*

Tempelhofer Feld

Jamal estaciona en una calle cercana a la entrada sur del recinto, se desabrocha el cinturón de seguridad y dirige a Nina una mirada de preocupación. Ha hecho un gran esfuerzo por mantener una conversación durante el trayecto, pero al ver que solo recibía respuestas monosilábicas por su parte, se ha acabado dando por vencido y se ha dedicado a contemplar el paisaje urbano mientras conducía hacia Tempelhof, con «Is This Love», de Whitesnake, de fondo.

—¿Qué pasa? ¿Por qué tienes esa cara? —le pregunta—. Apenas has abierto la boca en los últimos veinte minutos. Si te preocupa mi padre, puedes estar tranquila: le has encantado.

—Lo sé, y él a mí también, de verdad. Es solo que… me agota fingir. —Sus ojos azules viajan hasta la ventanilla y se pierden en el amenazante tono plúmbeo del paisaje—. Me siento como una mentirosa patológica, Jamal.

—Eh, mírame —le pide, al tiempo que le presiona la barbilla con los dedos—. Dime una sola cosa que le hayas contado que no sea verdad.

—Le he ocultado mi situación. ¿Te parece poco?

—Técnicamente, eso no es mentir, sino omitir información.

Una arruga profunda se dibuja en la frente de Nina.

—¿Has pensado en lo que pasará cuando la prensa descubra que Klaus está implicado en el caso? Mi nombre aparecerá en todos los periódicos del país, perderé el trabajo, pondré el tuyo en riesgo y tu padre se enterará de que la amante de su hijo está casada con un terrorista que asesina a turcos. —Aprieta los párpados en un gesto que le confiere el aire vulnerable de un pajarillo herido—. Jamal, creo que lo mejor es que nos olvidemos de esto. No es buena idea, no...

Está a punto de decir algo, pero las palabras mueren en sus labios cuando Jamal la ataja con rapidez. Oír lo que insinúa le provoca un dolor lacerante en el pecho, como si le hubieran sumergido el corazón en agua hirviendo.

—Basta, se acabó. No quiero oír una sola palabra más. ¿Cuántas veces tengo que repetirte que no pienso renunciar a estar contigo? Hablo en serio, Nina, y me importa una mierda contra qué o quién deba luchar. Tú no eres responsable de los actos de Klaus, y quien no lo entienda así se las verá conmigo.

—No puedo permitir que eches a la basura todo lo que has construido.

—Te dije que haría cualquier cosa por ti, y soy un hombre de palabra —replica, sin arredrarse. Luego, suelta todo el aire de golpe. Se pasa las manos por el pelo y las deja caer contra el volante—. Fui yo, Nina. Yo di el chivatazo a la prensa.

Nina lo observa atónita.

—¿Qué?

—La mañana después de que hicieran la pintada te dije que tenía que ir a un sitio, ¿te acuerdas? —Ella frunce los labios como si buscara en algún compartimento de su memoria a corto plazo. Parece encontrar lo que busca enseguida—. Bien, pues después de dejarte en tu casa, fui a la Isla de los Museos para reunirme con Alexander Kramer.

—¿Alexander Kramer?

—Sí. Es periodista de sucesos en el *Bild,* un viejo conocido de mi época en Narcóticos. Pierde el culo por un poco de carnaza, pero no es mal tipo.

—¿Y por qué hiciste algo así, Jamal? ¿Por qué te arriesgaste a comprometer la investigación y a desobedecer las órdenes de tus superiores?

—Porque quería protegerte. Me asusté, ¿vale? Así de simple. No podía arriesgarme a que la falsa Sonja Wenders te hiciera daño. Primero, te aborda en el St. Marien y, luego, te deja ese mensaje que era un aviso en toda regla. Pensé que si el retrato robot de esa mujer salía a la luz, conseguiría limitar sus movimientos y estrechar el cerco sobre ella.

Nina se lleva las manos a la cabeza y crispa la boca en una mueca de horror.

—¡Si se enteran de esto en la BKA te sancionarán!

—Tranquilízate, ¿vale? Nadie va a enterarse de nada. Kramer no se irá de la lengua porque no le conviene. Confía en mí, lo tengo todo bajo control. ¿Por qué crees que la identidad de Klaus no se ha filtrado? Se la oculté a propósito para mantener tu anonimato, por lo menos hasta que se resuelva el caso. Tampoco les dije que Bachmann está muerto para evitar que intentasen conseguir más información. Oye —añade, conciliador, acariciándole la mejilla con el dorso de la mano—, pase lo que pase, lo superaremos. Juntos. Ya no concibo que sea de otra manera.

—Pero yo no quiero que sigas exponiéndote por mí, Jamal. No me parece bien, no es justo.

Jamal esboza una sonrisa de medio lado, lenta y genuina.

—Lo que no es justo es que tenga que esperar más de cuatro horas para volver a verte —protesta. Acto seguido, la coge de la nuca y la desarma con un beso tan pausado que ella habría podido detenerlo un millón de veces antes de que sus labios se rozasen siquiera.

Salvo que no lo hace.

—¿Siempre vas a zanjar nuestras discusiones con un beso?

—Solo cuando considere que te has quedado sin argumentos —replica él, con arrogancia fingida—. Y no discutíamos. Te recogeré a las ocho y media, ¿vale? Por favor, di que sí.

Nina lo obsequia con una sonrisa radiante, aniñada y contagiosa.

—Sí, claro que sí.

Y Jamal se derrite.

Empiezan a devorarse en el ascensor. Sus lenguas se unen en busca de sabores nuevos, sin contención alguna. No dan tregua a una respiración acompasada. Se tienen demasiadas ganas el uno al otro. A Jamal lo traiciona la impaciencia cuando mete la llave en la cerradura con tanta torpeza que por poco se queda atascada en el interior. Blasfema en turco y Nina se echa a reír. Sin embargo, el sonido dulce de su risa se apaga de repente al cruzar el umbral de la puerta. Se acabaron los juegos. Van a terminar lo que dejaron a medias hace una semana y llevan todo el día posponiendo. Va a suceder y esta vez nada ni nadie se lo va a impedir. El resplandor con el que arden sus pupilas dispersa la oscuridad del apartamento. Jamal enciende el interruptor. La lámpara colgante de estilo arabesco ilumina el salón con una sutileza muy apropiada para lo que está a punto de pasar. Deja las llaves y el móvil encima de la mesa y abraza a Nina por detrás, que se estremece al notar su presencia envolvente.

—Oh, Jamal… Te deseo tanto que siento que voy a explotar.

—No, *aşkım*,* no explotes todavía. Antes, quiero hacer muchas cosas contigo.

—¿Qué tipo de cosas?

—Todas las que he imaginado en los últimos diez mil ochenta minutos de mi vida.

La besa en la curvatura del cuello y ella responde con un tímido gemido que le resulta de lo más excitante. Lo único en lo que es capaz de concentrarse en ese momento es en la sua-

* Mi amor.

vidad de su piel. Entonces, le sostiene el rostro con una mano y le acaricia los labios con el pulgar. No contaba con que ella abriría la boca y se lo atraparía, un gesto espontáneo que le dispara las pulsaciones al instante.

—Vas a hacerme perder la cabeza un día de estos —le susurra con el rostro oculto en la espesura de su cabello rubio.

Con una erección descomunal entre las piernas, se estrecha contra ella para maximizar el contacto con su cuerpo. Mientras Nina lo tortura y le lame el dedo, Jamal le acaricia los pechos por debajo de la blusa a modo de revancha. Sus gemidos lo invitan a aumentar la intensidad de las caricias, que se endurecen al mismo tiempo que sus pequeños pezones rosados. Aunque eso no es lo único que se vuelve de la misma consistencia que el volframio. En ese punto, decide dar un paso más allá y baja la mano, le desabrocha los vaqueros con calma y se cuela a traición en la intimidad de sus delicadas bragas de encaje. Ella está tan húmeda que los dedos se le deslizan hacia dentro sin ninguna dificultad. Los jadeos llenan el espacio de un sonido delicioso. Nina ladea el rostro, con los ojos cerrados de placer, y lo deja caer sobre el pecho de Jamal, que baja la mirada para verla mejor. Ser testigo directo de su excitación es demasiado hermoso como para perdérselo. Quizá de forma involuntaria —o quizá no—, comienza a frotarse contra sus nalgas, firmes y redondas, que piden a gritos que las agarren y les hagan de todo. Tiene el pene tan duro que, si no estuviera seguro de que los vaqueros son lo suficientemente resistentes, se creería capaz de romperlos. Nina, cada vez más empapada, balancea la pelvis adelante y atrás en unos movimientos que desatan su lujuria. En su imaginación, se baja los pantalones, la empuja contra la mesa, le separa las piernas y la penetra hasta el fondo con una embestida. «Sí, joder, sí. Voy a follarte hasta que pierdas el sentido». El animal que lleva dentro lo incita a usar la violencia como una bestia primitiva que solo busca derramarse en su presa para aliviar la necesidad. Claro que él jamás haría algo así. Ni él es una bestia que no pueda controlar sus instintos más primarios, ni ella es su presa. Jamal no desea satisfacerse a costa de Nina, sino con Nina. En igualdad de condiciones. ¿Acaso hay algo más placentero que el propio acto de dar placer?

Entonces, ella se da la vuelta.

—Yo también quiero tocarte —anuncia con un hilo de voz ronca.

Le tira del jersey hacia arriba y se lo saca por la cabeza mientras él la ayuda y levanta los brazos para facilitarle la tarea.

—Dios… Eres perfecto… —susurra, y desliza las yemas a lo largo de su torso con suavidad—. Absolutamente perfecto. Todo esto es…

Jamal completa la frase por ella.

—Tuyo. Solo tuyo.

No tarda en desabotonarle los vaqueros y meterle la mano dentro de los calzoncillos. Al notar que los delicados dedos de Nina se le cierran en torno al pene, lleva la cabeza hacia atrás y gruñe. Al principio, lo acaricia de forma tímida, quizá algo torpe, aunque no por ello menos agradable, pero, entonces, intensifica el movimiento y el placer lo desborda. Cuando siente que ya no aguanta más, le baja las bragas y los pantalones hasta los muslos, se agarra el glande y se lo restriega contra la hendidura húmeda y caliente.

—Déjame follarte, por favor —le pide, impaciente.

Un instante después, despojados ya de la ropa, Jamal se pone el preservativo que ha sacado de la cartera y se sienta en una silla.

—Ven aquí.

Nina obedece. Se coloca encima de él a horcajadas y le rodea el cuello con los brazos.

—Esta vez no va a ser dulce —le advierte Jamal.

—No quiero que lo sea.

—¿Lo prefieres así? —pregunta con un tono de voz meloso justo antes de penetrarla. El movimiento es feroz y Nina amortigua el grito en su hombro—. ¿O así? —Repite la acción, aunque esta vez la sujeta por la cintura y la eleva ligeramente antes de embestirla de nuevo.

No responde con palabras, pero sus gemidos y la expresión de placer rotundo de su cara hablan por sí mismos y disparan los embates, cada vez más fuertes, rítmicos y profundos. Está más preciosa que nunca, con las mejillas enrojecidas, los ojos entrecerrados, la boca semiabierta, el pelo revuelto. Y esos pechos que lo vuelven loco, pequeños y turgentes, que apuntan en la dirección adecuada: su boca. Un reguero de sudor le resbala despacio por el escote y Jamal no puede reprimir las ganas de recorrerlo con la lengua. Nina le atrapa el pelo y le pide más. La lujuria ha sustituido cualquier rastro de timidez en su tono de voz. Contorsiona su espalda y él se hunde dentro de ella, aferrado a sus caderas, que oscilan arriba y abajo con una determinación desconocida.

—Joder, pero qué elástica eres.

A Nina se le escapa la risa.

—Es por el yoga —reconoce, sin dejar de moverse.

—Ah, ¿sí? Pues bendito yoga.

Le fascina que sea ella quien marque el ritmo, porque es muy significativo. Denota que empieza a ganar seguridad en sí misma y eso le provoca unas sensaciones aún más placenteras que las físicas. El sexo tiene un componente psicológico muy importante, y no solo para las mujeres. Lo que sucede a continuación podría calificarse como de alto voltaje. Jamal le coge la mano y la insta a acariciarse el clítoris mientras él la penetra con vigor. Resulta de un erotismo perturbador verla buscar su propio placer hasta obtenerlo. Después, cuando las violentas convulsiones del orgasmo la sacuden, Jamal hace un esfuerzo para retrasar el suyo y poder contemplarla. No mentiría si dijera que, en su vida, no hay nada comparable a lo que siente en esos momentos. Es algo que no podrá experimentar nunca con otra mujer, y tampoco quiere.

Algo físico e intangible al mismo tiempo.

Después de la ducha, se ponen ropa cómoda y se sientan en el sofá, el uno junto al otro: Nina, en posición de loto, ligeramente ladeada y Jamal, con las piernas estiradas encima de la mesa auxiliar, sobre la que también reposan las copas de vino tinto que acompañan a los espaguetis con salsa de tomate picante, queso y albahaca seca que han preparado hace un rato, entre besos y arrumacos. De fondo suena música turca: Sezen Aksu, Mustafa Sendal, Fikri Karayel. No es el género preferido de Jamal, pero es lo que a ella le apetecía escuchar. Mientras comen, se miran a los ojos y se sonríen como si por fin hubieran encontrado su lugar en el mundo y estuvieran dispuestos a quedarse allí. Como si el contacto de sus pieles pudiese vencer los inviernos más fríos de sus vidas. O como si se hubieran perdonado a sí mismos por cada excusa, palabra silenciada y caricia frustrada, por el miedo y el tiempo perdido.

Sin ocultarse nada, sin reservas.

Nina apoya el plato sobre la mesa y se rasca la frente con aire ausente.

—¿En qué piensas? —le pregunta Jamal.

—Trato de recordar esas palabras en turco que me dices a veces. *Me…*

—¿*Melek yüz*?

—¡Eso es! ¿Qué significa?

—Cara de ángel.

—Me gusta cómo suena y la manera en la que juntas los labios cuando pronuncias la u. Dime algo más. Algo bonito.

Pausa.

Parpadeo.

Parpadeo.

—*Seni seviyorum.* —Nina lo observa expectante como si aguardase una aclaración que se demora en llegar—. Eso te lo traduciré más adelante —aclara, y le guiña un ojo. Deja su plato junto al de ella y alcanza una servilleta—. Tienes la boca manchada de tomate —advierte, al tiempo que le limpia con delicadeza la comisura de los labios—. Pareces una niña. Una niña preciosa. *Çok güzel, çok.**

—Quizá es porque me siento como si lo fuera.

—¿Eres feliz? Me refiero a ahora, en este instante.

—Bueno, he tenido un orgasmo increíble con el hombre más *sexy* de todo Berlín, si no de Alemania entera, y me acabo de comer un plato de pasta deliciosa. ¿Qué más se puede pedir?

Jamal se ríe expulsando el aire por la nariz.

—Deduzco que no vas a desaparecer en mitad de la madrugada.

—No, esta vez no.

—Bien. Es bueno saberlo porque dudo mucho que hubiera soportado otro amanecer sin ti. —Hace una pausa—. Joder... pero qué cursi ha sonado eso.

Más risas. La de Nina es refrescante, como un manantial helado en mitad del desierto.

—No sabía que fueras un romántico.

—Yo tampoco. Y me sorprende, la verdad. Nunca he hecho esto, Nina. Es la primera vez que cocino pasta con una mujer a las... —Alarga el brazo para consultar el móvil—... diez y media de la noche.

—¿Eso quiere decir que soy una privilegiada?

—No. Significa que contigo descubro cosas de mí mismo que desconocía. Siempre he valorado mucho mi independencia, ¿sabes? No me malinterpretes. No soy uno de esos tipos con un pasado traumático que le impide involucrarse emocionalmente ni tengo alergia al compromiso, ni nada por el estilo. Simplemente, he estado demasiado centrado en mi carrera como para pensar en otra cosa. O, tal vez, la persona adecuada no había aparecido todavía. Pero tú... —Jamal la contempla

* Muy bonita, mucho.

embelesado—. Dios, *aşkım*. Amor mío, eres tan hermosa que resulta imposible.

—¿Qué resulta imposible?

La toma de la mano y le besa los nudillos con delicadeza, deseando en secreto que esa noche, ese momento que parece diseñado en exclusiva para ellos, dure para siempre.

—No enamorarse de ti a primera vista. En turco se dice *«ilk görüşte aşk»*. Y eso fue justo lo que me ocurrió cuando te conocí. Ahora me doy cuenta.

—¿En el hospital?

Jamal niega con un gesto que destila indulgencia.

—No fue allí donde te vi por primera vez, Nina, sino en Badeschiff, la noche anterior.

Nina enarca las cejas, incrédula.

—¿En serio?

—Al cien por cien.

—¡Claro! —exclama, tras una pausa valorativa—. Por eso sabías que yo había estado allí, no porque te lo hubiera contado en el interrogatorio. De hecho, estoy segura de que ni siquiera lo mencioné.

—Tienes razón, no lo hiciste. La verdad es que Badeschiff está muy cerca de la Central de la BKA, así que, en verano, solemos pasarnos por allí después del trabajo. —Sin parar de hablar, alcanza las copas de vino, se queda una y le ofrece la otra a Nina, que lo escucha atenta—. Aquella noche, fui a tomar unas cervezas y, mientras hacía cola para ir al baño, te vi. Estabas sentada en una mesa con otra chica, supongo que sería Enke, aunque, para ser sinceros, ni siquiera me fijé en ella. —Da un trago generoso que parece armarlo de valor—. Y no lo hice porque no podía apartar los ojos de ti. Me impresionaste, Nina, como ninguna mujer lo ha hecho jamás. Joder, ni siquiera Nastassja Kinski me pareció tan hermosa como tú, y eso que me volví loco por ella cuando la vi en *París, Texas*. —Nina emite una risita adorable y se lleva la copa a los labios—. Parecías un ángel con las alas rotas, y yo... —Suspira y se pasa la mano por el pelo, suelto y algo húmedo por la ducha—. No sé por qué, pero sentí la necesidad incontrolable de cuidar de ti. De algún modo, sabía que estabas herida y quise protegerte. Todo esto parece una locura, ¿verdad?

—Sí, pero es lo más bonito que me han dicho nunca.

—Llevabas un vestido blanco con estampado de cerezas.

—¿Cómo puedes acordarte de eso?

—Ya te lo he dicho: no podía dejar de mirarte, así que absorbí todo lo que pude de ti.

—Bueno, ¿y por qué no te acercaste?

—Si vemos las cosas con perspectiva, dudo que hubieras querido hablar conmigo en ese momento. Además, lo más seguro es que Enke me hubiera sacado de allí de una patada en el culo. Me sentía abrumado. Te prometo que nunca me había pasado nada parecido. Después, una sucesión de hechos que no dependían de mí hizo que te perdiera de vista. Asumí que no volvería a verte y, por eso, cuando te encontré en el hospital al día siguiente, me puse tan nervioso que no podía ni hablar. Menudo idiota.

—A mí no me lo pareciste. Pero sí me extrañó que, sin conocerme de nada, me mirases con tanta intensidad.

—Ahora ya sabes por qué, *Melek yüz*.

Dicho esto, Jamal le quita la copa de las manos, se acerca a ella y la besa apasionadamente. Sin paradas ni descansos o interrupciones que extingan las ganas de beber de su boca para aplacar una sed que no ha conseguido calmar con el vino. De pronto, Nina lo aparta de forma delicada y le confiesa con prudencia que no es el único que guarda un secreto.

—La noche que fuimos a cenar…

—Espera, espera —la interrumpe él con la mano—. Di mejor «la noche que tuvimos que hacer un ejercicio sobrehumano de autocontrol para no acabar enrollándonos en una discoteca».

Nina esboza una sonrisa tímida y asiente.

—Es verdad. Reconozco que bailar contigo me resultó muy excitante. Si me hubieras besado, no te habría rechazado. De hecho, me moría de ganas de que lo hicieras.

—Lo sé, por eso no lo hice. Supongo que me equivoqué, pero creía que era lo mejor para ambos. Venga, continúa.

—A ver, esa noche te dije que había pasado la mañana en Kreuzberg, pero no te conté que también conocí a tu padre.

Las cejas castañas de Jamal se contraen en una expresión de sorpresa.

—¿Cómo?

—Verás, yo… fui a Los Aromas de Estambul. Bueno, no es que lo hiciera de forma deliberada, sino que me topé con la tienda por casualidad y digamos que sentía tanta curiosidad por ti que no pude evitar entrar. De modo que lo hice, compré una bolsa de té turco, delicioso, por cierto —puntualiza—, y charlé un rato con Orhan.

—Vaya, vaya, vaya… ¿Y de qué hablasteis, si puede saberse?

—De nada en particular. Me dijo que tomara el té con un terrón de azúcar en la boca. La verdad es que me pareció un hombre muy agradable. Me ha sorprendido que no me haya reconocido hoy, aunque imagino que es normal. La tienda está en la zona del mercado, por lo que debe de hablar con mucha gente todos los días. —Se produce un silencio prolongado—. ¿Te has enfadado conmigo?

Jamal sonríe.

—No, claro que no. Haría falta algo muy gordo para eso —reconoce, al tiempo que le acaricia el pelo por detrás de la oreja—. Pero ¿por qué no me lo habías contado antes?

—Me daba vergüenza admitir lo mucho que deseaba conocerte. Creo que yo también empezaba a enamorarme de ti, solo que todavía no era consciente de ello. O puede que sí. Puede que lo supiera desde aquella vez en Alexanderplatz, cuando me diste la mano bajo la lluvia y me ofreciste un hombro sobre el que llorar, pero me aterraba aceptarlo. Fuiste tan dulce conmigo… En aquel momento me di cuenta de lo especial que eres. Ningún hombre me ha tratado nunca como tú, Jamal.

—*Aşkım*, amor mío… —susurra. La atrae hacia sí y la abraza con fuerza. Luego le envuelve las mejillas con las manos y la mira a los ojos con una honestidad brutal—. No creo que tratar bien a una mujer me convierta en un hombre especial. ¿Acaso no debería ser siempre así? Y no lo digo porque una estúpida costumbre machista nos haya hecho creer que sois el sexo débil. Las mujeres tenéis la extraordinaria capacidad de dar a luz. ¿Cómo demonios vais a ser débiles? No, se trata de respeto. Mi abuelo trataba a mi abuela con respeto, y eso que, en aquella época, la sociedad turca era todavía más sexista que ahora. Mi padre hacía lo mismo: besaba el suelo que pisaba mi madre. En cuanto a mí, puede que hasta ahora no haya más que relaciones esporádicas en mi historial, pero jamás me he comportado como un cerdo con ninguna mujer, te lo aseguro. —Traga saliva y parpadea varias veces seguidas—. Lo que quiero decir es que yo nunca te trataría como Klaus, Nina. Bajo ningún concepto. Quiero que te lo grabes aquí —Le señala la sien— porque es de suma importancia.

—Lo sé. Tú no tienes nada que ver con él, absolutamente nada. Eres un hombre de los pies a la cabeza, uno de verdad. Honesto, íntegro, fuerte y con un corazón de oro. Créeme, si te parecieras lo más mínimo a Klaus, no estaría aquí contigo.

—Te creo.

—Yo tampoco soy la misma desde que te conozco. He cambiado. Ahora me siento más segura y... poderosa. Incluso en la cama.

Jamal exhibe una mueca de triunfo.

—Lo he notado.

—¿Te ha gustado? —pregunta, con ese aire de candidez que lo vuelve loco.

—Veo que todavía no eres consciente del poder que ejerces sobre mí o sobre cualquier otro hombre con solo chasquear los dedos. —Suspira con aire indulgente y le acaricia un mechón que sigue con la mirada—. Sí, Nina, me ha gustado muchísimo. Ha sido alucinante, una fantasía erótica increíble, pero lo más importante es que te haya gustado a ti.

—Nunca había experimentado nada parecido, Jamal.

Una mueca seductora le curva los labios.

—En ese caso, te sugiero que lo hagamos de nuevo. Y cuanto antes, mejor. Aunque solo sea para que tengas algo con lo que compararlo.

Nina le sigue el juego.

—Eres un hombre muy generoso —dice, sin poder contener la risa.

—No te haces a la idea —zanja él, antes de inclinarse sobre ella.

32. Nina

3 de octubre de 2015
Distrito de Friedrichshain-Kreuzberg, Berlín

Sexo.

Si tuviera que escoger una palabra que resumiera las dos últimas semanas de su vida, sin duda, sería esa. Jamal es insaciable. Y Nina también, aunque no ha sido consciente de ello hasta ese momento. Lo han practicado a todas horas y en todas partes. Han probado todas las posturas posibles e imaginables. Sexo, sexo y más sexo. Placentero, desinhibido y, a veces, incluso místico. Lento y con preliminares por la noche, en la cama en la que duermen abrazados desde que él le confesó que no soportaría otro amanecer sin ella, o salvaje y rápido por la mañana; ya sea en la ducha, donde el acto de enjabonarse el uno al otro se ha convertido en un excitante preludio, o, por qué no, en la cocina. Como el día en que los juegos eróticos bajo el agua no fueron suficientes y no pudieron —o no quisieron— evitar un frenético segundo asalto sobre la encimera, mientras se calentaba el agua para el té. Un té que no se tomaron porque a Jamal se le echó el tiempo encima y tuvo que salir de casa a toda prisa, despeinado y con la camisa a medio abotonar. Nina se sintió tan culpable que, media hora después, se subió al coche con una bolsa de *börek* que había comprado en un puesto callejero de comida turca de Bergmannstrasse y condujo hasta la sede de la BKA. Aparcó en una calle cercana al majestuoso edificio, en un sitio lo bastante discreto, y le envió un mensaje:

«¿Puedes salir un momento? Estoy en la esquina de Elsenstrasse. Tengo algo para ti».

Alrededor de quince minutos más tarde, se besaban dentro del MINI como dos adolescentes en plena explosión hormonal. Antes de llegar a ese punto, Jamal observó con asombro la bolsa que Nina le había depositado sobre las rodillas al subirse al coche y le preguntó:

—¿De verdad me has traído el desayuno al trabajo?

—Sí —respondió, avergonzada—. ¿Te parece muy infantil?

—Claro que no, *aşkım*, es todo un detalle por tu parte. —Abrió la bolsa—. ¡Fíjate, pero si son de queso, mis favoritos! —exclamó. Luego, dejó caer la cabeza contra el respaldo del asiento del copiloto y le acarició la mejilla con absoluta adoración—. Nina, Nina, Nina —suspiró, mirándola de esa forma que la envolvía y, al mismo tiempo, la desnudaba—. Dame una sola razón para que no te arranque la ropa y te haga el amor aquí mismo.

Ella no pudo contener una risita nerviosa.

—No puede ser que tengas ganas otra vez.

—¿Quieres apostar?

La atrajo hacia sí y la besó sin reservas, sin importarle lo más mínimo traspasar la línea roja que podría desatar la catástrofe de que los descubrieran. Aquella no era la primera vez que se besaban en la calle, ni sería la última, aunque, por el lugar en el que se encontraban en ese momento, puede que sí fuese la más peligrosa. Pero ¿cómo se oculta un secreto que deseas contarle al mundo con todas tus fuerzas?

Es demasiado complicado.

La vida sexual de Nina no es lo único que ha cambiado en esas dos semanas de ensueño. También su rutina diaria es muy distinta. Han sido días emocionantes, llenos de promesas y sensaciones nuevas. Prácticamente se ha instalado en el apartamento de Jamal y solo pasa por su casa de Charlottenburg cuando tiene clase de yoga para coger ropa limpia, regar las azaleas y revisar el correo. También lo hace porque necesita calmar su conciencia. Lo que la atormenta no es la opresión de su matrimonio ni la situación de su marido, sino la amenaza que se cierne sobre cualquier relación cuyos cimientos no se han asentado todavía, bien porque estos no son lo bastante sólidos o bien porque el terreno es pantanoso.

Una noche, enredados bajo las sábanas, con los efluvios de la pasión todavía presentes en la piel, Jamal abrió el cajón de la mesita, extrajo un pequeño cofre de terciopelo y lo depositó sobre el vientre desnudo de Nina.

—¿Qué es?

—Ábrelo.

Cuando lo hizo, descubrió en el interior un deslumbrante llavero de vidrio con forma de nazar.

—No creo en los amuletos, pero pensé que te gustaría. Hace juego con tus ojos —aclaró él.

—¡Por supuesto que me gusta! Es precioso, Jamal. Muchas gracias —dijo, antes de besarlo en los labios de forma apasionada.

—*Aşkım.*

—¿Mmm? —pronunció, curiosa.

—A ese llavero le hace falta una llave.

Nina tragó saliva. Sabía perfectamente qué trataba de decirle.

—¿No te parece que estamos yendo muy deprisa?

—Es posible —concordó—. Pero yo ya no puedo ni quiero echar el freno, Nina. Necesito acostumbrarme a ti, a tu olor, a tu voz, a ver tus cosas por todas partes y que tu cara de ángel sea lo primero que vea cada mañana al despertar. Me apetece desayunar contigo y oírte tararear canciones de Modern Talking en la ducha, subirte la cremallera de ese vestido negro ajustado que me vuelve loco. O bajártela. Y también observarte mientras te pintas los labios frente al espejo. O mientras te corres en mi boca cada noche. Necesito que estés aquí y compartas la vida conmigo. Eso es lo correcto. Me cuesta mucho funcionar con normalidad cuando no te siento cerca. ¿Entiendes lo que digo?

Claro que lo entendía. La respuesta de Jamal no solo la hizo llorar de felicidad, sino que la ayudó a suavizar el vértigo. En cierto modo, Nina ha sufrido una transformación. Sigue siendo una chica prudente, quizá en exceso, con la diferencia de que ahora sí está dispuesta a asumir riesgos que merezcan la pena. Y Jamal Birkan es uno de esos riesgos. Él la completa, la ayuda a conocerse mejor a sí misma y a valorar a la persona que ha vivido oculta bajo docenas de capas, le demuestra lo que se debe esperar del amor y lo que nunca, bajo ningún concepto, se puede tolerar. De algún modo, siente que ha vuelto a la vida. Es un proceso lento pero constante, como una semilla que brota.

Jamal ha cambiado su mundo.

Lo ha hecho más habitable, menos hostil.

Y también está el argumento de Enke, que, aunque atiende a otro tipo de criterios, no es nada desdeñable.

—Lo tuyo es increíble, cielo —observó una tarde mientras se cambiaban en el vestuario del hospital—. ¡Cada día estás más cañón! No me extraña que a Delicia Turca le apetezca revolcarse contigo a todas horas. Venga, ponme los dientes largos: ¿cuántos orgasmos tuviste anoche?

—Enke...

—Nada de «Enke». Desembucha de una vez, ¿quieres?

Nina suspiró, echó un vistazo a su alrededor para asegurarse de que nadie podía oírlas y susurró:

—Tres. Y otros dos esta mañana.

—Claro, por eso tienes la piel tan tersa. Te odio con todas mis fuerzas. ¿Nunca te lo he dicho?

—Sí, unas ciento cincuenta veces esta semana.

—Oye, ¿Delicia Turca no tiene algún hermano soltero que me puedas presentar?

Enke siempre tan pragmática.

Berlín también se ve de otro color. Ese 3 de octubre, Jamal le propuso por la mañana que salieran a celebrar el Día de la

Unidad Alemana, pero sin estar pendientes del reloj o el móvil. Al principio, Nina se mostró reticente a abandonar la seguridad de su refugio particular de Kreuzberg. Habían hecho de aquel pequeño apartamento un oasis secreto que atesoraba cada momento que pasaban juntos, sin cabida para cualquier cosa que no fuera disfrutar del presente o ilusionarse con el futuro.

Sin cabida para la investigación.

Ni para Klaus.

—No creo que exponernos tanto sea una buena idea. Podría vernos algún compañero tuyo de la BKA.

—Las probabilidades de que eso suceda son mínimas, Nina. Berlín es una ciudad enorme. ¡Vamos, *aşkım!* Hoy es la fiesta nacional de Alemania y la primera vez que sale el sol en toda la semana. Sería una pena que nos quedáramos en casa justo el día en que ninguno de los dos tiene que trabajar, ¿no crees?

Jamal tenía razón y Nina claudicó. Aún quedaban rincones de aquella gran urbe moderna y cosmopolita que no conocía y descubrirlos de la mano del hombre que ocupaba su corazón era, pese a todo, un plan inmejorable. De modo que desayunaron, se vistieron y salieron. Por comodidad, decidieron prescindir del coche y tomaron la línea morada del U-Bahn hasta Französische Strasse. Empezaron el recorrido con un paseo por la plaza de Gendarmenmarkt, construida en el siglo XII. Soplaba ese viento berlinés que parece que te corta al pasar, pero hacía sol. Bajo aquel cielo brillante desprovisto de nubes para variar, las líneas arquitectónicas de la Konzerthaus y las iglesias gemelas se veían aún más nítidas.

—Dicen que esta es la plaza más bella de Berlín —comentó Nina.

—Puede. Aunque, para mí, la más especial siempre será «Alex» —replicó Jamal con una sonrisa cómplice a la que ella le correspondió con otra igual.

La luz solar incidía en la tonalidad miel de sus ojos, en las mechas rojizas de su barba, en el blanco inmaculado de sus dientes. Todo él brillaba con un fulgor inaudito, como si fuera el mismo centro del universo, y Nina se descubrió a sí misma enamorada de pies a cabeza. Temblaba, exultante de alegría. Después, recorrieron Unter den Linden cogidos de la mano. Los históricos tilos de la avenida comenzaban ya a desprenderse de las primeras hojas del otoño, que crujían bajo sus pies.

—¿Qué pasaría si descubrieran lo nuestro en la BKA? —quiso saber—. ¿Te echarían del cuerpo?

—Lo dudo mucho, pero intuyo que un conflicto de intereses como este supondría una mancha imborrable en mi expediente.

Nina suspiró.

—A veces creo que te estoy condenando a la catástrofe.

Entonces, Jamal se detuvo frente a ella y le colocó las manos en las mejillas como hacía siempre antes de decirle algo importante. El viento jugueteaba con los mechones sueltos de su cabello, que descansaba en su habitual moño sobre la coronilla.

—Si hay una cosa por la que merece la pena perderlo todo, esa eres tú —confesó.

Las comisuras de sus labios, el contorno de sus ojos, la dirección de sus cejas; cada arruga de expresión de su rostro reflejaba una determinación incontestable, la voluntad convertida en gesto y palabra, el anhelo reprimido durante tantos días. Y Nina supo que sería inútil tratar de convencerlo de lo contrario. Sonrió tanto que creyó que iba a llorar. Pocas veces se había sentido tan feliz.

Dejaron atrás la Isla de los Museos y, al llegar al pintoresco barrio medieval de Nikolaiviertel, disfrutaron de un buen plato de codillo con puré de patata y una jarra de Berliner Weisse con frambuesa en la terraza cubierta de una de las múltiples tabernas de la zona.

—¿Nunca te he dicho que me encanta verte comer? Me vuelve loco cómo te llevas el cubierto a la boca con aire indiferente y lo mantienes ahí dentro un rato. Es tan erótico…

-—Me parece que a Freud le resultaría muy interesante lo que acabas de decir.

Jamal se echó hacia atrás en la silla y soltó una carcajada tan ruidosa que algunos de los clientes se volvieron para observarlos.

Después de compartir una deliciosa crema bávara de postre, Jamal apoyó la cucharilla en el plato y dijo:

—Hace tiempo que quiero preguntarte algo, pero quizá es demasiado personal, así que si no quieres responder lo entenderé.

—No tengo secretos para ti, Jamal. Puedes preguntarme lo que quieras.

—De acuerdo, allá voy —anunció. Luego, carraspeó varias veces para aclararse la garganta. La sonrisa de Nina sugería que estaba intrigada y tranquila, pero el nudo en la boca de su estómago se tensó. La expectativa era paralizante. Exhaló, y por fin preguntó—: ¿Intentaste volver a quedarte embarazada después de perder al bebé?

Eso la pilló desprevenida. Fue como si, de repente, se hubiese abierto una puerta en algún lugar y una corriente de aire frío le hubiese congelado hasta la última gota de sangre. En ese instante, el mundo se pausó. Tratar ese tema suponía hablar de Klaus, y no quería hacerlo. No estaba dispuesta a revivir lo que formaba parte de otra vida que había empezado a superar. Al principio, le esquivó la mirada y sintió el impulso de recluirse en su caparazón, como había hecho siempre.

—Lo siento, olvídalo —se disculpó Jamal—. No debería haberte preguntado nada, es un tema muy doloroso para ti. He sido un insensible.

Pero el corazón le exigía sincerarse ante el hombre del que estaba enamorada, así que posó la mano sobre la suya y se la apretó.

—Voy a contártelo. Quiero hacerlo —enfatizó. Tomó aire y lo expulsó muy despacio—. Klaus y yo no volvimos a intentarlo después de sufrir el aborto. En realidad, él nunca había querido ser padre, así que me pidió, o, mejor dicho, me exigió que tomara pastillas anticonceptivas. —Tragó saliva con fuerza en un gesto que denotaba orgullo, dignidad y el odio que había almacenado en su interior a lo largo de ocho años—. De todos modos, traer un hijo suyo al mundo habría sido el peor error de mi vida y no habría podido enmendarlo jamás.

Silencio.

—Creo que serías una madre maravillosa, Nina.

—Y tú, el mejor padre posible, Jamal.

La conversación había dado un giro excesivamente íntimo y parecía que ninguno de los dos era capaz de encontrar el camino de vuelta. Les había traicionado el subconsciente y pactaron, sin necesidad de mediar palabra, que no volverían a hablar de ello.

Para digerir la copiosa comida, retomaron el paseo después de la sobremesa. Cruzaron el Spree de vuelta a Mitte y caminaron durante un buen rato por las anchas avenidas del distrito, hasta que el sol comenzó a navegar a la deriva y el aire se volvió más fresco. Frente al Reichstag, en la Platz der Republik, donde suelen celebrarse los festejos del Día Nacional, había gente por todas partes, música en directo, globos de colores y banderas alemanas. El ambiente era muy animado, así que decidieron quedarse a tomar una cerveza en alguno de los numerosos puestos de comida y bebida regionales montados para la ocasión. En un día como aquel, pero veinticinco años atrás, se firmó en el Kronprinzenpalais el acuerdo de reunificación de las dos Repúblicas alemanas. Aquello supuso un punto de inflexión muy importante para el país, que desde los albores del siglo xx había protagonizado una serie de episodios de una violencia sin precedentes en la historia de la humanidad.

—¿Tú te sientes alemán, Jamal?

—Pues claro. Yo he nacido y me he criado en este país, soy tan alemán como cualquiera. Han tardado mucho en concederme la doble nacionalidad, pero, créeme, también he entonado el «Nun ade, du mein lieb' Heimatland»* alguna vez. De todos modos, dime una cosa: ¿cuál es la verdadera identidad alemana? Si es que existe, claro.

Nina se encogió de hombros.

—No lo sé —reconoció—. Aunque tampoco me importa. Ninguna otra cuestión ha causado al mundo tanto dolor y destrucción. Solo espero que jamás volvamos a cometer los mismos errores del pasado.

—El pasado es lo que nosotros elegimos hacer de él.

—Exacto. Por eso me niego a creer que no hemos aprendido nada desde 1945.

—Mira a tu alrededor, Nina. Celebramos una conciliación que todavía es un espejismo. Aún hay una brecha notable entre la que fue la Alemania socialista y su hermana occidental. Tú, que vienes del este, sabes que lo que digo es cierto. Y el clima de tensión y la polarización de posturas que vivimos, alentados en gran parte por la extrema derecha, no ayuda. Me temo que el riesgo a repetir ciertos errores existe, aunque haya tomado una forma más acorde a los tiempos. Piénsalo.

—Lo haré. Pero, por ahora, déjame disfrutar de la cerveza y del placer de tu compañía. *Zum Wohl!* —Levantó la jarra ceremonialmente y bebió.

Y él, complacido, la imitó. Acto seguido, le limpió la espuma del labio superior con el pulgar y la besó.

Han vuelto a casa hace un rato. Están exhaustos, aunque felices por haber compartido una jornada inolvidable. Durante los quince minutos que ha durado el trayecto en metro, no han dejado de tocarse. No les importaban los suspiros reprobatorios de la pareja de mediana edad sentada a su lado, ni las risitas de las veinteañeras que examinaban a Jamal sin disimulo desde la fila de asientos de enfrente.

---

* Canción popular alemana.

—Esas chicas te miran como si fueras un caramelo —le susurró al oído.

—Me he dado cuenta. De todos modos, tú eres la única que tiene derecho a deshacer el envoltorio y saborear el interior.

Son casi las ocho cuando, por fin, se sientan en el sofá. Jamal enciende el televisor y se echa sobre el regazo de Nina, que le enreda los dedos en el pelo de manera distraída mientras se concentra en la emisión de *Wer wird Millionär?* de la RTL.

—«¿Cuántos mares rodean la península de los Balcanes?» —pregunta Günther Jauch, el popular presentador del concurso—. «Opción A: tres. Opción B: cuatro. Opción C: cinco. Opción D: seis. Por favor, piense bien la respuesta antes de contestar».

—«Tres» —afirma el concursante.

—«¿Está usted seguro?».

—«Sí, completamente. Tres».

Jamal gesticula con vehemencia y exclama:

—¡Pero ¿qué dice este tío?! ¡La respuesta correcta es la C, idiota!

—¿Cinco? ¿De verdad?

El aparato enmudece cuando él baja el volumen con el mando a distancia. El presentador sigue sonriendo y charlando sin sonido.

—Sí, cinco. Mira —Gira la cabeza en dirección a Nina y comienza a enumerar con los dedos—: el Adriático, el Egeo, el Jónico, el Negro y *Marmara denizi.*

—El mar de Mármara.

—Exacto. ¿Sabes por qué se llama así? —Nina niega con la cabeza—. Por la isla de Mármara. Viene del griego *marmaros,* que significa «mármol». En la Antigüedad, había grandes cantidades de mármol blanco en la isla y los comerciantes asiáticos y europeos la apreciaban tanto que le dieron nombre al mar que la bañaba.

—Interesante. ¿Has estado alguna vez allí?

—¿En la isla de Mármara? Sí, no está muy lejos de Estambul, aunque prefiero las Príncipe; sobre todo Büyükada, que es la mayor de las nueve islas que conforman el archipiélago.

—¿De qué me suena ese nombre?

—Es posible que hayas oído hablar de Büyükada como el lugar al que se exilió Trotski cuando Stalin lo amenazó de muerte. Cuando era un niño, mi padre solía llevarnos a mí y a Kerem antes de que acabara el verano y regresáramos a Berlín —relata con la mirada brillante de nostalgia—. Los vehículos motorizados están prohibidos en la isla, así que montábamos en bici o en burro. Comíamos pescado fresco en la playa y, a veces, si no hacía mucho calor, íbamos al Luna Park, un antiguo parque de atracciones en el cerro de Aya Yorgi. Dios, es increíble lo rápido que ha pasado el tiempo. Parece que aún oigo a Kerem berreando porque se cagaba de miedo en El Martillo.

Ambos ríen.

—Tuviste una infancia muy feliz —reconoce Nina—. Ojalá yo pudiera decir lo mismo.

Jamal alarga el brazo y le acaricia la mejilla.

—Eh, no te pongas triste, *Melek yüz*.

Nina le atrapa la mano y se la besa.

—Me encantaría ir contigo a Turquía, Jamal, para que me enseñaras todos los sitios que te vieron crecer y, así, pudiese acercarme a las costumbres de tu familia, mezclarme con tu gente, entrar en su mundo para olerlo, tocarlo y saborearlo todo.

—Algún día te llevaré, Nina. Cuando estemos preparados. Cuando yo lo esté. Te lo prometo.

33. Jamal

4 de octubre de 2015
Distrito de Friedrichshain-Kreuzberg, Berlín

El escándalo de los timbrazos y el estruendo de los golpes en la puerta lo despiertan de repente. Sobrecogido, abre los ojos como si hubiera tenido una premonición y se incorpora de un salto. Al mirar el reloj, comprueba que son más de las doce. Aquello no pinta bien. Sabe por experiencia que determinados ruidos después de medianoche solo pueden significar problemas.

Nina se despereza a su lado.

—¿Qué pasa, Jamal? —pregunta, con voz de dormida.

—No lo sé, pero vamos a averiguarlo enseguida —responde, a la vez que se enfunda a tientas lo primero que encuentra—. Voy a ver. Tú quédate aquí, *aşkım*.

La escena con la que se encuentra en el rellano lo deja sin palabras. Sus ojos registran el rostro ensangrentado de Kerem, que se apoya con dificultad contra la pared del rellano para no perder el equilibrio.

—Dios mío. Pero qué...

—*Abi*, me estoy mareando. Lo veo todo negro. Creo que voy a...

No le da tiempo a terminar la frase. De pronto, se desploma delante de Jamal, pero sus rápidos reflejos impiden que acabe en el suelo.

—Mierda. ¡Nina! ¡Nina, ven, rápido!

343

Nina aparece enseguida, envuelta en su bata blanca de seda. Cuando ve a Jamal sujetar a Kerem, malherido, se lleva la mano a la boca y ahoga un grito.

—Es mi hermano, se ha desmayado. Ayúdame a llevarlo al salón, por favor.

Entre los dos, lo acuestan en el sofá. Jamal se sienta a su lado y Nina se arrodilla para abanicarlo con un dosier de la BKA. A los pocos minutos, Kerem recupera el conocimiento y trata de incorporarse, aturdido. Tiene los ojos vidriosos y una inmensa hinchazón en un lado de la cara.

—No te muevas —le indica Nina—. Debes permanecer tumbado al menos diez minutos.

Él la observa, extrañado.

—Dime que... estoy en el cielo y que tú... eres un ángel —dice, con notable dificultad para respirar.

Nina esboza una sonrisa dulce.

—No exactamente. Estás en casa de tu hermano y yo soy enfermera. Me llamo Nina. Has perdido el conocimiento. ¿Cómo te encuentras ahora?

—Me duele todo... el jodido cuerpo.

—Ese lenguaje... —le reprocha Jamal con un movimiento de cabeza. Y, acto seguido, agrega—: Me has dado un susto de muerte, kardeşim. Ne oldu? ¿Qué ha pasado?

—Voy a buscar algo para limpiarte la cara, ¿de acuerdo? —anuncia Nina—. Por favor, procura no moverte. —A continuación, su esbelta figura se desvanece en el interior del cuarto de baño.

—Así que esta es la famosa Nina de la que baba no deja de hablar. Claro, ahora entiendo por qué. Qué calladito te lo tenías, abi —masculla Kerem.

Jamal ignora el comentario y se centra en lo importante.

—¿Quién te ha hecho esto?

Su hermano traga saliva con esfuerzo y ladea la cabeza para no enfrentarse a la mirada de Jamal. El cuello de su sudadera está desgarrado y manchado de sangre reseca.

—No lo sé.

—Y una mierda. Han sido los hombres de El Kurdo, ¿verdad? —Silencio—. Maldita sea, Kerem, no pienso jugar a las adivinanzas contigo. O me lo dices de una maldita vez o te lo arranco yo mismo con unos putos alicates. Tú decides.

—Está bien, tranquilo —conviene, entre suspiros—. Sí, han sido ellos.

Jamal aprieta los puños y tensa la mandíbula. Lo sabía. Sabía que ese animal tomaría represalias en cuanto descubriera que Kerem se la estaba jugando de nuevo con la venta de hachís.

—Cuéntamelo todo. ¿Cuántos eran?

—Qué más da, *kardeş*.

—Responde a la pregunta, Kerem.

—Diría que tres o cuatro, aunque no estoy seguro. Me estaba fumando un canuto tranquilamente en Landwehrkanal cuando esos matones han aparecido de la nada y se me han echado encima como una jauría de perros rabiosos. Uno vigilaba mientras los otros... ya sabes.

—¿Y tus amigos?

Kerem hace una mueca amarga.

—Los muy cagados se han esfumado a la primera de cambio. Me han dejado allí tirado como una colilla. No tenía pasta para un taxi, me las he arreglado como he podido para venir renqueando desde el canal.

—Podrías haberme llamado para que fuera a buscarte.

—Lo habría hecho si los hombres de El Kurdo no me hubieran destrozado el móvil.

—¡Joder, Kerem! —exclama, con las manos en la cabeza—. ¿Eres consciente de que podrían haberte matado?

—Pero no lo han hecho, ¿vale? Así que cálmate.

—¡¿Cómo quieres que me calme, idiota?!

La indignación se refleja en sus pupilas y la vena de la sien le palpita con tanta fuerza que tiene la sensación de que le va a estallar en cualquier momento.

Nina regresa al salón con un botiquín improvisado que consiste en alcohol de noventa y seis grados, gasas y algodón. También lleva un vaso de agua y un comprimido.

—Incorpórate despacio y tómate este antiinflamatorio, ayudará a mitigar el dolor.

Jamal se levanta del sofá y se cruza de brazos. Nina se sienta al lado de Kerem, empapa un algodón en alcohol y se lo pasa por cada brecha que encuentra para desinfectarla. En la ceja izquierda, en el pómulo y en la barbilla, donde tiene un corte profundo de aspecto desagradable que no deja de sangrar. Lo cubre con una gasa y la mantiene presionada.

—¡Cómo escuece esta mierda!

—¡Venga ya, que solo es un poco de alcohol! —protesta Jamal, a punto de perder la paciencia. Resopla y pone los ojos en blanco. Luego, se dirige a Nina—: ¿Crees que puedes ocuparte de él?

—Bueno, puedo curarle las heridas más superficiales, pero ese corte necesita puntos. Además, le cuesta respirar. Es posible que tenga una costilla rota o una fisura. Hay que llevarlo al hospital para que le hagan una radiografía.

—No pienso ir al hospital.

En ese momento, Jamal explota. Está cansado, preocupado y furioso, y siente un hormigueo en los dedos que no augura nada bueno.

—¡Cierra el pico, Kerem! —le ordena—. ¡Estoy harto de escucharte berrear! ¡Si me hubieras hecho caso desde el principio no estaríamos en esta situación! —Exhala. Se frota la cara, frustrado. Busca a Nina con la mirada y le pide—: Necesito que te encargues de él. Por favor, llévalo a La Charité o adonde sea y que le atienda un médico. Después, tráelo de nuevo a casa para que mi padre no se entere de nada. ¿Lo harás por mí?

—¿No vas a venir con nosotros?

—No puedo. Tengo que limpiar la mierda que este descerebrado deja por donde pasa.

—*Kardeş*, no irás a hacer lo que creo que vas a hacer, ¿verdad?

Jamal le dirige una caída de párpados hostil, se da la vuelta y camina hacia el dormitorio. Nina lo sigue. En la habitación, entorna la puerta y le pregunta:

—¿Puedes explicarme qué pasa, Jamal?

—Le han dado una paliza a mi hermano, eso es lo que pasa —responde de manera cortante, mientras saca del armario unos vaqueros y una sudadera negra con capucha y comienza a vestirse.

—Eso es evidente, pero me gustaría saber por qué.

—Ahora no tengo tiempo de explicártelo. —Abre el cajón de la mesita de noche, saca la SIG Sauer y, tras comprobar el cargador, se la guarda en la parte trasera de los pantalones.

—Al menos, dime adónde vas.

—A hablar con esa gente.

—No necesitas el arma para hablar con nadie.

—Oye, sé lo que tengo que hacer, ¿vale? —asegura, con aire indulgente.

Entonces, Nina se pone delante de la puerta del dormitorio y la bloquea con su cuerpo.

—¿Qué haces, Nina?

—Protegerte. Impedir que hagas una tontería.

—Déjame salir, por favor.

El tono de voz de Jamal es frío como la escarcha. Ella le sostiene la mirada de forma desafiante, como si midiera su fuerza, su pulso, su resolución.

—No pienso dejarte salir —replica, con decisión—. A tu hermano le han destrozado la cara y tú corres a vengarlo en mitad de la noche como si fueras el puñetero Clint Eastwood. Si esperas que me quede de brazos cruzados, estás muy equivocado.

Jamal se masajea el puente de la nariz y cuenta mentalmente hasta diez. Uno. Dos. Tres. Cuatro. No quiere ser brusco. Cinco. Seis. Con ella no. Siete. Ocho. Pero cada minuto que pierde dándole explicaciones, la bola de ira que le contrae el estómago se hace más grande. Nueve. Y diez.

—Nina, de verdad, no tengo tiempo para esto. Apártate —le exige, en un tono severo e inflexible.

Una lágrima traicionera se le desprende del ojo.

—¿No puedes enviar a una patrulla a que los detenga y venir con nosotros al hospital?

Nina busca la respuesta en el rostro de Jamal con una urgencia y una intensidad que a él le resultan casi insoportables. El hielo en su expresión comienza a derretirse.

—Las cosas no funcionan así.

—¿Y cómo funcionan? Explícamelo, porque hasta hace poco pensaba que creías en la ley.

Jamal se acerca a ella y le enjuga la mejilla con el pulgar.

—Soy el primero que detesta hacer las cosas de esta manera, pero mi deber es proteger a mi familia. Todo irá bien, confía en mí. Volveré dentro de unas horas y te lo explicaré todo, te lo prometo. Ahora necesito que cuides de Kerem mientras soluciono este asunto.

—De acuerdo —claudica al fin—. Haz lo que tengas que hacer, pero ten cuidado, por favor.

Él asiente, le planta un beso firme y desesperado en la frente y se marcha.

34. Nina

4 de octubre de 2015
Hospital Universitario La Charité
Distrito de Mitte, Berlín

—¿Quieres que te traiga un café de la máquina? —pregunta Nina—. ¿O tú tampoco lo tomas si no es turco?

—Entre tú y yo, *abla** —responde Kerem, a modo de confidencia—, no soporto el *türk kahvesi*. Sobre todo, el que prepara mi padre. Esa porquería sabe a agua de alcantarilla.

—No está tan malo —comenta.

Kerem emite una risa nasal.

—Creía que eras una chica inteligente, no lo estropees ahora —se burla. Luego, resopla y se revuelve con dificultad en el incómodo asiento de la sala de espera, que está abarrotada de gente pese a la hora—. Oye, ¿sabes cuándo me van a llamar? Llevamos más de veinte minutos esperando y se supone que esto es Urgencias.

—Ten un poco de paciencia, Kerem. El servicio está saturado. Parece que ha habido disturbios por el Día de la Unidad Alemana durante toda la noche y este es el resultado —dice, señalando a su alrededor con un gesto discreto. Los heridos se cuentan por docenas. En su mayoría, son varones jóvenes cuyos rasgos indican su pertenencia a alguna tribu urbana determinada.

* Hermana.

—¡Ja! Los alemanes, grises como la ceniza y aun así capaces de darse de hostias entre ellos el día que celebran su unidad —ironiza—. Ver para creer.

—¿Por qué hablas en tercera persona? ¿Acaso tú no eres alemán?

Nina examina los ojos oscuros y apagados de Kerem. Apenas puede abrirlos, sobre todo el izquierdo. Le ha aplicado una compresa fría sobre la cara antes de salir, pero la hinchazón todavía no ha remitido. Es difícil determinar si hay alguna emoción en su rostro debido a los enormes hematomas de aspecto blando y tonalidad rojiza que se le han formado bajo los párpados como consecuencia de los golpes.

Sorbe por la nariz con fuerza y contesta:

—Yo no soy el mismo tipo de alemán que tú.

—No sabía que hubiera distintos tipos de alemanes, pero gracias por ilustrarme —replica, con agudeza—. En fin, da lo mismo. De todos modos, estoy segura de que el doctor Rothschild te atenderá lo antes posible.

—¿Es bueno ese matasanos?

—Sí. O, al menos, es el mejor traumatólogo de guardia esta noche.

—Genial. Aunque, ya que trabajas aquí, podrías hablar con él y pedirle que me dejara pasar, ¿no? —sugiere en un tono que pretende sonar convincente.

Sin embargo, no lo consigue.

—Me temo que no. La Charité es un hospital público, el trato de favor no está bien visto aquí. Esperaremos nuestro turno como todo el mundo.

Kerem deja ir un resuello sarcástico.

—Ya veo que mi hermano y tú sois tal para cual. Con la diferencia de que tú eres una verdadera preciosidad, si no te importa que te lo diga. —Nina eleva una ceja y lo mira como si no diera crédito, aunque se lo toma con humor. Kerem le cae bien. No se parece en nada a Jamal, pero le gusta y, al menos, la conversación la ayuda a acorazarse ante el miedo y la incertidumbre y sobrellevarlos con cierto estoicismo—. ¿Qué? No estoy intentando ligar contigo ni nada parecido, solo constato una obviedad —alega, en defensa propia—. Ese cabronazo podría haberme contado que por fin se ha echado novia. ¡Es increíble que me haya tenido que enterar por mi padre! *Allah Allah!*

—Bueno, no sé si esa es la palabra que mejor define nuestra relación. Hace poco que nos conocemos, todavía no hemos decidido qué somos.

—No me hagas reír, por favor, que me duelen las costillas. Vosotros dos no necesitáis definir una mierda, *abla*. Hasta ahora, la única mujer que se había sentado a la mesa con mi padre, aparte de *anne* y la tía Aynur, era Öykü, mi ex. Tuvimos una relación intermitente, de idas y venidas, pero lo bastante larga como para que mi familia la considerara una más. Si mi hermano te ha presentado a Orhan *Bey* es porque está muy colgado de ti. Y me imagino que tú también, o no estarías con el capullo de tu cuñado en urgencias un sábado a la una y media de la madrugada. ¿Tengo razón o no?

Nina sonríe.

—Sí, supongo. Pero que conste que no me pareces un capullo.

—*Ama ben bir aptalım.*

—¿Qué?

—Nada, nada... Oye, voy a cambiarle el agua al canario. Vuelvo enseguida —anuncia, al tiempo que se incorpora con esfuerzo. Nina hace lo mismo y lo sostiene del brazo.

—¿Quieres que te acompañe?

Él sacude la cabeza y le devuelve una sonrisa socarrona.

—Por mí encantado, pero no creo que a Jamal le hiciera mucha gracia.

Cuando se queda sola, revisa el móvil. Al comprobar que Jamal aún no ha dado señales de vida, rechina los dientes con frustración. ¿Dónde estará? Ni siquiera ha visto el mensaje que le ha enviado hace ya un buen rato para avisarle de que habían llegado al hospital. Es inevitable que se preocupe, dadas las circunstancias. Tiene un mal presentimiento, una perturbadora sensación que se le adhiere a los órganos internos de forma tenaz.

—¿Alguna novedad? —pregunta Kerem cuando regresa.

Nina niega con un movimiento de cabeza y guarda el teléfono en el bolso, sobre el regazo.

—Joder, lo siento —dice, en un repentino tono contrito—. Lo siento mucho, *abla*. Todo esto es culpa mía. ¿Puedo hacer algo para compensarte?

—Solo quiero saber qué demonios ha pasado.

—¿Jamal no te ha contado nada?

—Lo único que sé es que ha salido de casa en mitad de la noche y armado.

Kerem exhala despacio y cambia de postura, lo que le provoca una mueca de malestar. Su rostro se ha convertido en un borrón difícil de distinguir a causa de las múltiples contusiones.

—Jamal se va a cabrear si te lo cuento, pero asumiré el riesgo. De todas maneras, me he ganado a pulso que mi hermano me retire la palabra. A ver, por dónde empiezo. Digamos que la manera en la que me gano la vida no es demasiado legal. —Baja el volumen de la voz y se acerca a ella—. Vendo hachís turco.

Hace una pausa, como si esperase la reacción de Nina, quien le devuelve una mirada de perplejidad absoluta.

—¿Eres traficante de droga?

—Mujer, dicho así parece que estés hablando de Pablo Escobar. Yo solo me dedico a la venta a pequeña escala —se excusa.

—Pero sigue estando mal, Kerem. ¿Por qué lo haces?

—¿Tú qué crees? Por dinero. —Baja la voz incluso más y le añade un tono conspirativo—. Empecé a trapichear hace un tiempo. Poca cosa, solo para sacarme algo de pasta extra e ir tirando. Quería pillarme una mesa de mezclas. Me mola el

352

hiphop, ¿sabes? Y cuando eres un turco de Kreuzberg sin otra titulación que el Abitur,* no tienes muchas más opciones; créeme. Al principio, solo lo vendía en Görlitzer Park, pero poco a poco empecé a expandir el negocio hacia otros mercados. Mi producto es bueno y barato y los consumidores se quedan satisfechos cuando lo prueban, así que vuelven a por más.

A Nina le sorprende y, en cierta manera, le indigna la naturalidad con que se refiere a «su producto», como si en vez de hachís hablase de aspiradoras domésticas o lubricante para coches, pero se abstiene de comentar nada.

—El problema es que en el este de Berlín nadie puede ir por libre —prosigue Kerem—. Y, si a alguien se le ocurre desafiar a El Kurdo, tarde o temprano acaba pagando las consecuencias.

—¿Quién es El Kurdo?

—El jefe. El tipo que controla el narcotráfico en la zona oriental de la ciudad. No solo es uno de los padrinos más importantes de la mafia turca, sino que, además, está loco de atar —agrega, con un gesto muy descriptivo.

Nina traga saliva. Se mira las manos, agarradas con fuerza a las asas del bolso, y vuelve a levantar la vista.

—Ha sido ese delincuente, ¿verdad? Él te ha hecho esto.

—Bueno, en realidad han sido sus matones.

—Da igual. Tenemos que hacer algo, Kerem —ataja, como si no hubiera escuchado la última parte de la historia—. Si ese hombre es como dices, y a juzgar por la paliza que te han dado lo es, Jamal corre peligro. Tenemos que llamar a la policía de inmediato —remata, presa del nerviosismo. La desesperación en sus ojos se intensifica.

—Si hacemos eso, se meterá en problemas, Nina. Problemas muy gordos. Y ya se está jugando bastante por mi culpa.

«Y por la mía», piensa, apesadumbrada. Se cubre el rostro con las manos y ahoga un sollozo mudo. Entonces, Kerem se acerca a ella y le acaricia el hombro sin ser consciente de lo

* Educación secundaria.

mucho que el gesto lo acerca a su hermano. Tal vez no sean tan distintos. Al fin y al cabo, son cuña de la misma madera.

—Confía en Jamal, ¿vale? Él sabrá cómo tratar a esa gente. Tiene experiencia y un buen par de pelotas. Les plantará cara, no sería la primera vez que lo hace.

«Eso es precisamente lo que más miedo me da», se dice a sí misma.

Sonríe con un gesto sutil, duro y forzado y nota que los labios le tiemblan por el esfuerzo.

35. Jamal

4 de octubre de 2015
Distrito de Neukölln, Berlín

Khanlar Şahin, alias El Kurdo, natural de una pequeña aldea al norte de Diyarbakir, la capital no oficial del Kurdistán turco, controla gran parte del negocio de las apuestas en Berlín. Es el dueño de los cuatro locales Magic Star, que están repartidos por los suburbios y cuya finalidad, además de dar alas a la ludopatía, es la de blanquear el dinero del narcotráfico ganado a espuertas en el último decenio. Según una extensa investigación de la BKA todavía en curso, Şahin cuenta con una sólida red de hombres de paja en Estambul y Ankara que invierten un porcentaje nada desdeñable de sus ingresos delictivos en transacciones limpias, lo cual dificulta su persecución. A eso hay que añadir el hecho de que la mayoría de las operaciones que se han llevado a cabo en las fábricas de droga de la mafia turca han resultado infructuosas hasta la fecha. Sin embargo, solo es cuestión de tiempo que la policía le aseste el golpe definitivo, como ya hizo anteriormente con el clan de los *mhallami** Al-Zayn.

Jamal aparca cerca de Britzer Garden, se hace un moño bien tirante y respira hondo para alejar los pensamientos que lo acorralan desde que ha salido de casa. Está a punto de caer por segunda vez en el peor error que podría cometer y no puede evitar sentir una punzada de repugnancia hacia sí mismo en

* Grupo tribal kurdo de habla árabe.

el pecho. El estigma del policía que se corrompe escuece demasiado. Sin embargo, lo que va a hacer también es, en cierto modo, un áncora de salvación. O eso espera.

Las cavilaciones le martillean el cerebro cuando se baja del coche y se abre paso entre la bruma con el único sonido de sus propias pisadas y el ulular de un viento seco y cortante, que agita las copas de los árboles. Millones de almas duermen mientras él explora la noche, tan oscura que no alcanza a diferenciar dónde acaba el horizonte y dónde empieza el firmamento. Solo en lo más alto, un grupo de estrellas iluminan el cielo. Así es el mundo: mucha oscuridad, poca luz. No hay nadie en la calle y hace frío. Preferiría estar en la cama con Nina, abrazado a su espalda desnuda y con la cara enterrada en su pelo. A una manzana de distancia, se encuentra el centro de operaciones secretas de El Kurdo, un pequeño local donde cada madrugada se suceden las timbas de póker ilegales y los apretones de manos entre criminales. Conoce el sitio porque estuvo allí una vez. Por eso sabe que:

a) Esa puerta oscura de metal oxidado, que habría pasado desapercibida para cualquiera, en realidad es la entrada trasera.

Y

b) Allí, una cámara de seguridad le apunta directamente desde el ángulo superior derecho.

Se sube la capucha para ocultar su rostro y llama con un par de golpes. El estruendo deja un eco que rompe el inquietante silencio de la noche. Uno de los secuaces de El Kurdo, una auténtica mole de cejas espesas y pinta de no medir bien su fuerza, abre a los pocos segundos y lo mira amenazadoramente. Tiene los nudillos amoratados y la mano hinchada. «Es uno de ellos», piensa Jamal. Lo invade un pronto de furia que asciende desde el estómago hasta la boca, pero se esfuerza por conservar la calma. Tensa la mandíbula.

—¿Qué cojones quieres? —le espeta el matón.

—Vengo a ver a tu jefe.

No se inmuta.

—El Kurdo no está aquí, así que lárgate antes de que te reviente a base de hostias.

Jamal sonríe con malicia y se envalentona.

—Parece que no me has entendido, bola de sebo.

—¿Qué has dicho, pedazo de maricón? ¡Te voy a...!

El coloso le lanza un puñetazo, pero Jamal lo esquiva y le propina un gancho en el estómago que lo dobla por la mitad. Es un golpe profesional, ejecutado con suma pericia.

—Hijo de...

Entonces, saca la SIG Sauer a una velocidad extraordinaria, quita el seguro con un movimiento seco del pulgar y encañona al matón, que lo observa con el rostro congestionado y la incredulidad reflejada en los ojos. Trata de hacerse con el arma que lleva prendida a la cintura —los hombres a sueldo de un traficante nunca van desarmados—, pero los reflejos de Jamal son más rápidos. En una fracción de segundo, su pistola está en el suelo.

—Quieto. Las manos en alto. —El tipo hace lo que le indican—. Buen chico. Ahora date la vuelta muy despacio y llévame con El Kurdo. Y como se te ocurra hacer alguna tontería, te juro por Dios que te meto una bala en la nuca.

Caminan por un largo pasillo iluminado por un fluorescente que parpadea de forma molesta como en una película de terror. El suelo está pegajoso. Jamal aguza los sentidos mientras avanzan en dirección a la puerta del fondo. Ir a buscar a un mafioso sin cobertura de ningún tipo es lo más irresponsable, estúpido y temerario que podría haber hecho, pero está dispuesto a correr el riesgo para proteger a Kerem. Cuando el matón abre la puerta, Jamal lo empuja hacia el interior con el cañón del arma. Escanea rápidamente la sala de izquierda a derecha y descubre a tres tipos de complexión fuerte en un sofá de cuero que ríen y baten palmas al compás de una música folclórica kurda. Dos chicas jovencísimas y ligeras de ropa bailan algo parecido a la danza del vientre y otro hombre cuenta billetes con una máquina en una robusta mesa de madera. El ambiente huele a humo de cigarrillos y a burdel. De pronto, al advertir su llegada, las chicas comienzan a gritar y los hombres se levantan del sofá, empuñan sus pistolas y apuntan a Jamal en una secuencia extraordinariamente acelerada.

—Bajad las armas —dice alguien con un acento muy marcado.

Jamal reconoce esa voz al instante. El Kurdo aparece desde una esquina en la penumbra y se le acerca despacio. Estatura media, tez oscura, el clásico vientre abultado de los tipos sedentarios, una característica marca de labio leporino y unos cuantos tatuajes carcelarios en las manos. No es un hombre imponente, pero hay algo en él que resulta intimidante.

—¡He dicho que bajéis las armas! —Sus secuaces obedecen enseguida—. Tú, llévate a estas putas de aquí —le ordena al hombre que cuenta los billetes. Este obedece sin rechistar. A continuación, se dirige al rehén de Jamal, que sigue con los brazos en alto—. En cuanto a ti, bola de grasa, no vales para nada.

Escupe en el suelo.

—No des ni un paso más, Khanlar —le advierte Jamal—. Y pon las manos donde pueda verlas o le vuelo la tapa de los sesos a tu esbirro.

El Kurdo sonríe con aire despectivo y se encoge de hombros.

—Por mí como si lo trituras para hacer hamburguesas. Me importa una mierda lo que hagas con este gordo inútil.

—Veo que eres el mismo de siempre.

—No te creas, *Herr Inspektor.* Estoy más viejo. Los negocios implican muchas preocupaciones, y eso hace que a uno le salgan más arrugas de la cuenta. Tú, en cambio, sigues tan en forma como la última vez que nos vimos. ¿Quieres una copa, amigo mío? Tengo una botella de Stolichnaya. ¿Sabes que es uno de los vodkas más caros del mundo?

—No he venido a beber y, mucho menos, a charlar, *amigo*.

—Bueno, de todas maneras, el vodka es una bebida vulgar que no tiene ni punto de comparación con el *rakı. Ew ne bi vî rengî ye?*[*]

—Lo siento, no hablo kurdo. Diles a tus secuaces que vacíen los cargadores de sus pistolas y los dejen sobre la mesa donde yo pueda verlos —ataja Jamal.

El Kurdo hace un gesto con la cabeza y sus hombres siguen las indicaciones.

—Tú también, Khanlar. Venga.

El mafioso curva los labios con expresión de «vale, tú mandas». Abre el cajón de la mesa, saca una recortada, le quita las balas y lo coloca todo encima de la superficie de madera.

—Ahora, lo justo sería que dejaras de apuntar a mi hombre —dice, sin perder la calma.

—Primero, que se larguen todos.

—Está bien. Dejadnos solos.

—Pero jefe… —protesta uno de ellos.

—¡He dicho que nos dejéis solos, cojones!

El rugido surte efecto.

Solo entonces, Jamal baja la pistola y libera a su rehén.

—Hay que reconocer que tienes un par de huevos, *Herr Inspektor* —admite El Kurdo cuando se quedan frente a frente—. Presentarte aquí solo sin más protección que el arma reglamentaria…

—¿Quién ha dicho que haya venido solo?

—¡Ja! Te estás marcando un farol. En cualquier caso, me gustan los tipos como tú. Si algún día te cansas de ser poli, ven a verme. Podríamos hacer grandes negocios juntos. Estoy convencido.

—Jamás haría negocios contigo, gusano.

—¡Pero si ya los hicimos hace un tiempo! ¿O ya no te acuerdas de nuestro trato, jodido turco arrogante? La BKA ha-

---

[*] ¿No es así?

cía la vista gorda y yo le perdonaba la vida al mierdecilla de tu hermano.

Jamal levanta la SIG Sauer y vuelve a apuntarlo.

—Cuidado con lo que dices.

Todo el cinismo del mundo se condensa en la risa de su oponente.

—En el fondo, nos parecemos mucho, Birkan. A ambos nos importa la familia por encima de todo.

—No te atrevas a compararte conmigo, sabandija asquerosa. Tú eres un mafioso, a ti lo único que te interesa es el dinero.

—*Allah Allah!* Qué previsible eres. ¿Acaso dar de comer a cientos de personas es un crimen? Muchas familias dependen de mí en Berlín. Como comprenderás, no puedo permitir que un camello cualquiera les arrebate el sustento. Hay normas que se deben cumplir. El honor es muy importante, es el único escudo de un hombre. ¿Sabes qué decía mi bisabuelo? —pregunta, al tiempo que abre la botella de vodka y se sirve un vaso—. Que cuando un hombre pierde su honor, vale menos que un kurush lleno de muescas. *Badenoş!* —Alza el vaso, se lo bebe de un largo trago y lo devuelve a la mesa con un golpe sonoro.

—Las calles no son tuyas, Khanlar. Tú no impones las reglas.

—Claro que sí, Birkan, y tú lo sabes, o no estarías aquí. No has venido para acabar conmigo, aunque te gustaría. No te faltan agallas para apretar el gatillo, pero eres un hombre de ley, no un asesino. Has venido a negociar, porque tienes claro que lo que le ha pasado a tu hermano es un aviso. *Yo* quería que vinieras, ¿entiendes? El castigo para los que me traicionan es ineludible. En otras circunstancias, mis hombres le habrían cortado las manos a ese desgraciado y las habrían tirado al vertedero de Grossziethen, pero he decidido hacer una excepción con él por ser quien es y mostrar clemencia. Aun así, todo tiene un precio.

—¿Qué quieres?

* ¡Salud!

—Cinco mil euros, en concepto de intereses. Es un cálculo estimado del dinero que me debe tu hermano.

Jamal se ríe expulsando el aire por la nariz y baja el arma.

—¿Cinco mil euros, Khanlar? ¿De verdad un tipo que nada en una piscina llena de billetes con restos de coca me está pidiendo cinco mil euros?

—Lo reconozco, no necesito el dinero —admite orgulloso—. Pero ¿qué clase de mensaje daría si perdonara a todos los que están en deuda conmigo? Desde luego, no sería el hombre respetado y temido que soy.

—Estás enfermo. ¿Cómo consigues mirarte al espejo por las mañanas?

El Kurdo deja escapar un suspiro largo y lento.

—Los turcos sois muy soberbios. Siempre os habéis creído mejores que nosotros, los kurdos. —Se cruza de brazos—. Te voy a contar una historia, *Herr Inspektor*. En mi infancia, estudié en una pequeña escuela a orillas del Tigris. Supongo que nunca has estado en Diyarbakır. —Jamal niega con la cabeza—. Pues deberías. Tenemos la segunda muralla más importante del mundo, después de la de China. El caso es que había un maestro en mi escuela, el profesor Karabulut, de Esmirna, que obligaba a sus alumnos a permanecer frente a la pizarra, sobre un solo pie, si osaban pronunciar una sola palabra en kurdo. Nunca olvidaré a ese cabronazo.

—Un relato conmovedor, de verdad, pero los tiempos han cambiado, Khanlar. Ahora, incluso, hay un partido prokurdo en el Meclis.*

—¿Y qué? Por mucho que lo intentéis, jamás podréis enmendar ni una parte de todo el daño que habéis causado a nuestras familias. Las Fuerzas de Defensa Popular del PKK nunca debieron retirarse de Turquía ni tampoco debimos declarar el alto el fuego. Y Abdullah Öcallan no tendría que estar pudriéndose en una asquerosa cárcel turca.

* Parlamento unicameral de Turquía.

—Ese hombre es un terrorista.

—No es cierto. Apo es un héroe que solo organizaba una lucha legítima contra la opresión de nuestro pueblo.

—Es increíble que precisamente tú, un criminal que se enriquece a costa del sufrimiento ajeno, hables de opresión.

El rostro de El Kurdo se ensombrece de repente.

—La charla ha terminado, Birkan. Tienes tres días para entregarme los cinco mil euros.

—Ajá. ¿Y cómo los quieres? Espera, déjame adivinar, en efectivo y dentro de una bolsa de deporte, ¿no?

—¿Me tomas por un aficionado? Lo quiero en Bitcoins. Así será imposible rastrear la transacción. Considéralo una especie de *quid pro quo*. Uno de mis hombres se pondrá en contacto contigo para darte más detalles.

—No voy a entregarte una mierda.

Khanlar Şahin echa la cabeza hacia atrás y suelta una detestable carcajada desde el fondo de la garganta.

—Te aseguro que lo harás. —Avanza hacia él hasta detenerse tan cerca que Jamal huele el vodka en su aliento—. Porque si no lo haces, esa putita rubia a la que te estás follando sufrirá las consecuencias. Te lo advierto, Birkan, si en tres días no tengo la pasta, dejaré que mis hombres se la metan por el culo hasta que se desangre igual que un animal degollado. ¿Me has entendido?

Jamal se tensa como si una corriente eléctrica le hubiera contraído todos los músculos del cuerpo al mismo tiempo y su expresión cambia por completo. Una furia repentina le crece por dentro y amenaza con incendiarlo todo a su paso. No estaba preparado para oír algo así y El Kurdo lo sabe; sabe que acaba de ganarle la partida. Una vez más, levanta la pistola y le apunta a la cabeza. El cañón está a menos de seis centímetros de la frente del mafioso, que no se mueve. A Jamal le tiembla el pulso. Tiene claro que ante un criminal no se cede ni se muestra miedo, pero en ese momento está aterrorizado. Teme que la única mujer a la que ha amado en su vida esté en peligro y esa es la ventaja con la que juega Khanlar Şahin.

Porque Nina es su debilidad.

Su talón de Aquiles.

Su flaqueza.

—Escúchame bien, montón de mierda. Como le pongas tus sucias manos encima, te juro que te coseré a balazos.

—Si me pagas lo que me debes, a la chica no le pasará nada.

El dedo de Jamal se curva sobre el gatillo.

Podría apretarlo.

Lo haría, maldita sea.

—Yo no te debo nada, Khanlar.

—Pero Kerem sí. Tu hermanito se ha metido con la persona equivocada y ha cruzado una línea que no se debe cruzar. Dos veces. Pero no soy tan estúpido como para cargarme al hermano de un federal. Por eso estás tú aquí, para llegar a un acuerdo que nos satisfaga a ambos. Supongo que no hace falta que te diga que, si ese *comemierda* no para de trapichear, te exigiré un segundo pago, así que ya sabes qué tienes que hacer, *Herr Inspektor*. Y, ahora, baja el arma y sal de mi vista de una jodida vez. ¡Abdel! ¡Jihan! —grita.

En ese instante, dos de sus secuaces irrumpen en la sala e intentan reducir a Jamal. Uno trata de arrebatarle la SIG Sauer, pero él lo agarra del puño con la mano libre y le retuerce el brazo hasta que el hombre grita de dolor.

—Ni se te ocurra volver a tocarme —le advierte, antes de soltarlo.

Después, se dirige a la salida, escoltado por los matones. Antes de salir, vuelve la cabeza en dirección a El Kurdo. Ambos intercambian una mirada de desprecio.

—¿Lo ves, Birkan? Yo *sí* impongo las reglas.

Una vez fuera, Jamal estrella el puño contra la puerta metálica con tanta furia que la piel de los nudillos se le levanta. La vergüenza y el miedo, oscuros como la noche, le nublan el juicio.

Unas veces se gana. Otras, se pierde.

36. Nina

4 de octubre de 2015
Distrito de Friedrichshain-Kreuzberg, Berlín

Cuando abre la puerta del cuarto de baño y lo encuentra reclinado sobre el lavabo, derrotado, asume que el problema es más grave de lo que pensaba. La incertidumbre le preocupa, pero no quiere preguntar. Al menos, no todavía. Por el momento, se conforma con saber que Jamal ha vuelto a casa sano y salvo. O eso es lo que parece. De pronto, repara en los restos de sangre reseca que tiene en los nudillos de la mano derecha, apretada en un puño, y, sin mediar palabra, comienza a lavársela con delicadeza. Él se muestra dócil y deja que se la cure sin poner objeciones. Sus miradas se cruzan en el espejo. Nina percibe la imagen de un hombre hecho polvo. No es un cansancio físico, sino que se parece más a la angustia. Algo lo consume por dentro como la cera de una vela.

—Ven —dice Nina, y lo conduce de la mano hacia la ducha—. Te sentará bien.

Abre el grifo. El agua caliente empieza a correr y el espacio no tarda en llenarse de vapor. Se da la vuelta y le quita la sudadera. Él levanta los brazos de forma mecánica para ayudarla. En ese instante, un par de lágrimas se desbordan de sus párpados y le resbalan por las mejillas hasta estrellarse contra su torso desnudo. A veces, la fragilidad acaba por revelarse de manera inevitable, incluso la de las personas cuya entereza parece hecha a prueba de balas. Por eso, cuando Jamal se rompe delante de ella, Nina se deshace por dentro. Lo abraza con todas sus fuerzas en un intento de abarcar cada rincón de su enorme cuerpo como si quisiera envolverlo, recomponerlo. Necesita demostrarle que está ahí con él, para él, sin importar las consecuencias. Lo ama, maldita sea. Sí, lo ama. Él entierra la cabeza en el hueco de su cuello y cede al llanto. Llora sin pausa como si las lágrimas se hubieran gestado en su interior durante mucho tiempo. Es entonces cuando Nina siente que conecta con su dolor y lo hace suyo. Y, así, ambos vencen la infame creencia de que el verdadero sufrimiento aflora en soledad. Se estremece porque jamás había experimentado una sensación tan profunda, capaz de sacudir los cimientos de su propia existencia, de modo que también rompe a llorar. Entonces, Jamal la mira con la franqueza de unos ojos anegados por el llanto, sin miedo a hacerla partícipe de su vulnerabilidad, tal vez porque, como ella, ha entendido que, en realidad, el amor conlleva mostrarse débil, sin temor a ser atacado. Después, la toma de las mejillas y la besa. Primero suave. Luego, con pasión. Pronto se vuelve difícil distinguir si las lágrimas frías y saladas que le humedecen los labios son suyas o de Jamal.

No tarda en alzarla en vilo y meterse con ella en la ducha sin molestarse siquiera en quitarse la ropa. Nina lo rodea con las piernas mientras él la empuja contra el alicatado. El agua cae en cascada sobre ellos y le empapa el camisón blanco de seda, que se le adhiere a la piel de forma provocadora. Jamal no deja de besarla con vehemencia por todas partes. En los labios, en el cuello, en los pechos. Nina le agarra del pelo incapaz de contener el gemido que le sale de la garganta como un líquido a presión. Un calor comienza a arderle por dentro en el punto exacto donde confluyen todos los fuegos.

Lo desea.

Se desean.

Bajo el implacable chorro, Jamal se baja los pantalones lo suficiente con una sola mano. Ese mero movimiento, la certeza del deseo sin ambages, le borra de la mente cualquier atisbo de preocupación o miedo. Después, le retira las bragas hacia un lado con esas manos ásperas, delicadas, brutales y exigentes y se hunde en ella con una urgencia que nace de la desesperación. Nina cierra los ojos y deja escapar un gemido a medio camino entre el placer y el dolor, mientras Jamal la embiste una y otra vez. La hace balancearse hacia la pared de azulejos con una furia irrefrenable, cegado por el placer. Y ella se deja guiar. Ninguno de los dos articula palabra, pero tampoco hace falta. A veces, el sexo habla por sí solo como lo hacen la piel, el corazón o los ojos. Los jadeos que llenan el espacio, amortiguados tan solo por el sonido del agua, culminan a los pocos minutos con una brutal sacudida que desencadena una deliciosa oleada de réplicas. Tras el éxtasis, permanecen un rato quietos, en la misma posición. Laten juntos, rendidos a la locura. Impregnados el uno del otro, empapados por dentro y por fuera.

Solo cuando los cuerpos han hablado, Jamal rompe el silencio.

—*Seni seviyorum* —susurra con la mirada puesta en ella—. *Seni seviyorum. Seni seviyorum. Seni seviyorum* —repite, al tiempo que le deposita suaves besos mojados por todo el rostro.

—¿No vas a traducírmelo?

—No necesitas que lo haga —responde. Le coge la mano y se la coloca sobre el pecho, agitado todavía por el esfuerzo físico—. Ya sabes lo que significa.

Diez minutos más tarde, ya secos, entran en el dormitorio y se meten en la cama. Nina le ofrece una píldora de codeína para aliviar el dolor de la mano y los pinchazos que siente en la cabeza. Aunque al principio la rechaza, se la acaba tomando con ayuda de un poco de agua. Luego, se acurruca a su lado. Es evidente que está cansado. Ella también lo está. Son casi las cuatro de la madrugada y ha sido un día muy largo, lleno de emociones muy diversas.

Jamal suspira.

—Siento haber sido tan brusco. ¿Te he hecho daño?

—No, al contrario. Me ha gustado mucho, pero tu hermano duerme en el sofá, así que estoy segura de que se habrá enterado de todo.

—Bueno, Kerem es un hombre adulto. Supongo que tiene una ligera idea de lo que hago con mi mujer cuando estoy a solas con ella.

En la boca de Nina se perfila una sonrisa entre el asombro y la adoración.

—¿Tu mujer?

—Es lo que eres para mí, *aşkım*. Tal vez no sobre el papel, pero aquí sí. —Se pone la mano en el corazón.

Nina lo acaricia con delicadeza. Deja que sus dedos le recorran las cejas, los párpados, el contorno de su nariz perfecta, que tracen formas en la mejilla y se pierdan en el espesor de la barba, en la suavidad de los labios. Nunca en toda su vida se había sentido tan amada.

—Gracias por ocuparte de él en mi ausencia —dice Jamal—. ¿Se ha comportado? Puede ser un auténtico capullo cuando se lo propone.

—Ha sido muy amable conmigo en todo momento. Kerem es un buen chico, Jamal.

—Cuando quiere. ¿Qué ha dicho el médico?

—Las radiografías y las tomografías no han revelado ninguna fractura o inflamación en el cerebro, aunque, como temía, tiene una fisura en la costilla. Necesita reposo y calmantes. En unas cuantas semanas ya se habrá curado, pero es importante que siga el tratamiento. También le han dado puntos en la ceja y en la barbilla.

Jamal cierra los ojos y se frota los párpados con vigor.

—Tendrá que quedarse aquí unos días. Al menos, hasta que recupere el color normal de la cara. Me temo que vamos a estar un poco apretados.

—Puedo volver a casa. Será más cómodo para vosotros.

—Ya hemos hablado de eso, Nina. Quiero que vivas conmigo, te necesito a mi lado, y no pienso dejarte sola mientras

367

Sonja Wenders suponga una amenaza. En realidad, lo que me preocupa es qué demonios le voy a decir a mi padre.

—¿Por qué no le cuentas la verdad?

—Porque sería demasiado humillante.

Silencio.

—Entonces, supongo que a mí tampoco vas a explicarme nada.

De nuevo, solo recibe un mutismo devastador a modo de respuesta.

—Estamos juntos en lo bueno y en lo malo, Jamal.

—Lo sé —admite. Le busca la mano y la entrelaza con la suya—. Y todo es mucho más fácil gracias a eso, créeme, pero no quiero que te preocupes, Nina.

—Es un poco tarde para eso, ¿no te parece? —Hace una pausa para calibrar la reacción de Jamal y añade—: Kerem me lo ha contado todo. Sé que trafica con hachís, que has ido a ver a El Kurdo y que no es la primera vez que negocias con criminales.

Un brillo metálico y pétreo atraviesa los ojos de Jamal. Tensa la mandíbula.

—Mi hermano no debería haberte dicho nada.

—No te enfades con él, por favor. He presionado yo para que me lo contase.

—Tranquila. No tengo energía para enfadarme con nadie ahora mismo.

Nina se muerde el interior de la mejilla antes de lanzar la pregunta que le taladra el cerebro.

—Ese hombre y tú… ¿habéis llegado a algún acuerdo?

Jamal frunce los labios y exhala a través de ellos mientras considera la respuesta.

—Digamos que he solucionado el problema. Es todo lo que necesitas saber. Hemos pasado un día estupendo, no dejemos que lo que ha sucedido esta noche lo enturbie, ¿vale?

La tensión en el semblante de Nina se calma ligeramente, aunque no llega al alivio.

—De acuerdo. —Suspira, vencida—. Supongo que tendré que resignarme a que me dejes a oscuras.

—*Aşkım…* —susurra, al atraerla hacia sí—. Solo intento protegerte. Hay ciertos aspectos de mi vida en los que no me gustaría que te vieras involucrada. Lo último que quiero es ponerte en peligro. A ti no. Si te perdiera, no sobreviviría ni un minuto.

—No digas eso.

—Es lo que siento, Nina. —Se humedece los labios—. ¿Sabes? Nunca había llorado frente a una mujer. En realidad, nunca lo había hecho delante de nadie, pero esta noche he tocado fondo y tú estabas ahí.

—El llanto es lo más noble que posee una persona, ¿recuerdas?

Jamal sonríe. Sin embargo, su mirada vuelve a brillar de dolor y desesperación.

—Te necesito como nunca he necesitado a nadie antes —musita—. Y no creía que esto fuera a pasar.

Nina percibe el sufrimiento en su voz, la vulnerabilidad en su rostro, el miedo a perder.

A perderla.

Después, hacen el amor de nuevo, en esta ocasión sin urgencia. Se recrean en cada caricia y en cada beso, conquistan territorios como si se tratara de la primera vez hasta que los vence el cansancio y el sueño los transporta a la inconsciencia. Casi ha amanecido. Falta un instante para cruzar el umbral entre la noche y el día.

37. Jamal

—¿Qué hora es? —pregunta Kerem, mientras se despereza.

—Alrededor de las cinco de la tarde —responde Jamal, sentado sobre un cojín en el suelo.

—¿En serio? La leche, pues sí que he dormido.

—Debe de ser por la medicación. —Guarda el documento en el que trabaja y deja el portátil sobre la mesa, al lado del móvil y de una taza de té vacía. Vuelve la cabeza en dirección a su hermano y dice—: Tienes mejor aspecto que ayer. ¿Cómo te encuentras?

—Como si unos matones me hubieran dado una paliza —ironiza. Trata de incorporarse hasta quedar medio sentado, pero el cambio de postura lo hace aullar de dolor.

—Ni se te ocurra moverte. El médico ha dicho que debes guardar reposo.

—Pero necesito mear, *abi*. No querrás que me lo haga encima.

Jamal se levanta de un salto para ayudarlo a ponerse en pie. Pese a las protestas de su hermano, le rodea los hombros con el brazo y lo acompaña hasta el cuarto de baño.

—¿Puedes arreglártelas?

Kerem suelta una risotada sarcástica.

—Creo que soy capaz de sacarme la polla yo solito, gracias.

Unos minutos más tarde, tras aliviar la acuciante necesidad fisiológica, se sienta en uno de los taburetes metálicos que rodean la barra de la cocina, donde Jamal le prepara té y huevos fritos con salchichas.

—¿Y Nina?

—En el trabajo.

—Pero si hoy es domingo.

—Es enfermera, Kerem. A veces trabaja los fines de semana también.

—Pues menuda putada. ¿Vendrá luego?

Jamal se da la vuelta y lo observa con una ceja enarcada.

—¿A qué viene tanto interés? ¿Acaso te gusta?

—¿Que si me gusta? —Frunce los labios y sonríe—. Joder, ya lo creo. Me casaría con ella mañana mismo.

—¡Ja! Me parece que eso no será posible, *kardeş*.

—Bueno, como decía el abuelo: *«Aşığa Bağdat uzak değil»*. Para el enamorado, Bagdad no está lejos. —Jamal le lanza una mirada encendida y le apunta con la espumadera—. ¡Tranquilo, hombre! —se defiende Kerem con las manos en alto—. Solo es una broma. En esta vida, algunas cosas son sagradas y una de ellas es la mujer de mi hermano mayor. Además, aunque quisiera algo con ella, que no es el caso, no tendría nada que hacer. Esa preciosidad está coladita por tus huesos.

—Ah, ¿sí? —masculla, con un fingido aire de desinterés. Sirve la comida en un plato y lo coloca sobre la barra, junto a una servilleta y un juego de cubiertos. Acto seguido, llena dos tazas de té y se sienta delante de su hermano—. ¿Te ha dicho eso? Quiero decir..., ¿te ha comentado algo acerca de nosotros?

Kerem esboza una sonrisa triunfal. Corta un trozo de salchicha y lo moja en la yema antes de metérselo en la boca.

—Mmmm... —Mastica con fruición—. Qué buenos te salen siempre los huevos fritos, *abi*. Con la clara crujiente y la yema líquida, justo como a mí me gustan. *Baba,* en cambio, los cuaja en exceso. En vez de huevos, parecen suelas de zapatos. No hay quien se los coma.

—Déjate de rollos y cuéntamelo todo, anda. Es una orden.

371

—Vaya, vaya, vaya. Te ha dado fuerte con la chica, ¿eh? En el hospital, no dijo nada en concreto, pero no dejaba de mirar el móvil por si la llamabas. Parecía muy preocupada por ti.

—Y tú empeoraste las cosas contándole lo de El Kurdo.

—Oye, no te cabrees conmigo. Solo lo hice porque consideré que era lo más justo para ella. Se me partía el corazón al verla sufrir.

—Ah, pero ¿tú tienes corazón, Kerem?

—Ja. Ja. Ja. —Un tono amargo le empaña la voz. Pone los ojos en blanco y sacude la cabeza. Vuelve a centrarse en la comida—. ¿De dónde la has sacado? —pregunta, al cabo de un rato—. *Baba* dice que de internet, pero no me lo trago. Las mujeres como Nina no se encuentran en la red, te lo aseguro. O, al menos, yo no he dado con ninguna.

—Es una larga historia —zanja Jamal, entre trago y trago de té.

—Qué casualidad, ella dijo lo mismo cuando le pregunté cómo os habíais conocido. ¿A qué se debe tanto misterio? Solo tendría sentido que lo ocultarais si estuviera casada o algo por el estilo.

Jamal aprieta la mandíbula y aparta la vista. En ese instante, Kerem deja caer los cubiertos, que provocan un gran estruendo al golpear el plato.

—¡No me jodas! ¡Está casada! —exclama entre carcajadas.

—*Kapa çeneni*. Cállate, Kerem.

Pero el hermano menor de los Birkan no está dispuesto a quedarse callado.

—¿Y quién es el cornudo de su marido, si puede saberse? ¿Algún viejo alemán podrido de pasta al que ya no se le levanta?

—No digas tonterías, ¿vale? —Hace una pausa para meditar si es buena idea contárselo—. Solo es un tipo al que sigo la pista.

Los ojos negros de su hermano se oscurecen de pronto.

—¿Te has enamorado de la mujer de un criminal al que, además, investigas?

—Eso me temo.

Ya es hora de asumirlo, de ponerle nombre a esa necesidad de estar con Nina que lo devora por dentro como un parásito. Está enamorado. La ama con todas sus fuerzas.

Kerem emite un silbido.

—Y yo que creía que estaba metido en problemas. Eres mi ídolo, *abi*.

Una severa mirada de advertencia acompaña la respuesta de Jamal.

—Que esto no salga de aquí, ¿lo has entendido? —Un matiz de nerviosismo le quiebra la voz—. Nadie puede enterarse de que tenemos una relación. Nunca, bajo ningún concepto. Nos perjudicaría mucho a ambos.

Algo en lo profundo de su ser se estremece ante la idea de la multitud de desgracias que podrían desencadenarse.

—Tranquilo, no voy a decir nada. Puedes confiar en mí.

A Jamal se le escapa un resuello sarcástico. Kerem abre la boca para replicar, pero cambia de parecer, de modo que se limita a expresar su frustración mediante un resoplido.

—Vas a tener que quedarte unos días hasta que te recuperes. Si *Baba* te ve así, le dará un infarto —argumenta con un gesto que señala el rostro amoratado y todavía hinchado de su hermano—. Bastante ha tenido en los últimos días, entre el asesinato del tío Faruk y tu detención. Pasaré por su casa cuando esté en la tienda y te traeré algo de ropa.

—Y el portátil, *lütfen*. ¿Has hablado con él?

—Sí —concede. Bebe otro sorbo de té—. Lo he llamado esta mañana para avisarle de que no iría a desayunar porque tenía un montón de trabajo pendiente. También le he dicho que ayer viniste a cenar a casa con *tu nueva novia* —ironiza— y que te has quedado a dormir. No sabes cuánto odio mentirle.

Kerem aparta el plato hacia un lado y susurra un afligido «lo siento». Se rasca la cabeza a través del cortísimo pelo moreno y, tras un eterno minuto de silencio plomizo, formula la pregunta que tanto teme.

—¿Me vas a contar qué pasó anoche?

—Fui a ver a El Kurdo.

—Eso ya lo suponía. No soy tan ingenuo como para creer que saliste de casa en mitad de la noche con el arma en el bolsillo para dar un paseo. Sé que te la llevaste porque me lo contó Nina —aclara—. Dime que, al menos, le partiste la cara a ese cerdo.

—No, a él no. Aunque me habría gustado hacerlo. Si te sirve de consuelo, noqueé a uno de los que te dieron la paliza, un tío enorme, una auténtica mole, y le retorcí el brazo a otro de sus secuaces.

—Bien hecho. ¿Qué te dijo El Kurdo?

—Que te perdonaba la vida por ser mi hermano. ¿Has terminado de comer?

—¿Así de simple? No me lo creo. Seguro que quería algo a cambio.

—Cinco mil euros —responde, al tiempo que se levanta y empieza a recoger la mesa.

—¿Qué? Venga ya, me estás vacilando.

Pero Jamal se planta delante de él con los brazos cruzados sobre el pecho y le dedica una mirada elocuente.

—¿Tengo pinta de estar vacilándote?

—Supongo que no piensas dárselos.

—Debo hacerlo y tengo tres días como mucho.

—¡Y una mierda, *abi!* No puedes dejar que ese mafioso te extorsione. Si viene a por mí otra vez, lo destrozaré, te lo aseguro. Sé cuidar de mí mismo.

Una sonrisa indulgente se dibuja en el rostro de su hermano mayor.

—Permíteme que lo dude. De todas maneras, si no le pago, no irá precisamente a por ti. El Kurdo es un hombre muy inteligente, sabe cómo cubrirse las espaldas. Por eso la BKA no ha logrado trincarlo todavía. ¿Crees que va a jugársela con el hermano de un poli federal?

Silencio.

—Un momento… Entonces… Oh, no… ¿Nina?

Jamal asiente despacio.

—Irá a por ella si no le doy el dinero.

Kerem se lleva las manos a la cabeza y las desliza poco a poco a través de su rostro magullado.

—¡Pero te está chantajeando! ¿Por qué no lo detienes y punto?

—¿Detenerlo en base a qué? Sabes que no puedo hacer eso. Para empezar, ya no tengo competencias en la Unidad de Narcóticos. Podría mover algunos hilos, pero entonces se descubriría el pastel. La BKA se enteraría de que he estado, digamos, negociando con un capo del crimen organizado. Y, lo más importante, ni siquiera así podría garantizar la seguridad de Nina.

—¡Mierda, mierda, mierda! —brama, acompañando las voces con puñetazos que aterrizan en la superficie metálica de la barra.

—Oye, destrozándote los nudillos no vas a conseguir nada, así que haz el favor de mantener la calma.

El rostro de Kerem dibuja una mueca de horror que se ve magnificada por los múltiples hematomas.

—¿Cómo puedes estar tan tranquilo?

—Estoy de todo menos tranquilo, créeme. Tengo tantos frentes abiertos en este momento que no sé cómo demonios voy a ocuparme de todos, pero si a Nina le pasa algo por mi culpa…

—Querrás decir por la mía.

—Da igual, pagaré a El Kurdo el dinero que me ha pedido y se acabó.

—Es mucha pasta, *kardeşim*.

—Puedo permitírmelo. Tengo un buen sueldo y ahorros suficientes.

—Aun así, es una cantidad desorbitada.

—Te aseguro que saldría mucho más caro perderla a ella.

Kerem mantiene la mirada en un punto indefinido del horizonte, como si meditara y, por fin, concluye:

—La quieres de verdad.

Ha sonado a revelación.

Jamal toma aire por la nariz y lo expulsa lenta y prolongadamente.

—Sí, la quiero.

—Yo... Lo siento de veras, Jamal. Lo siento mucho. Te juro que te devolveré la pasta. Hasta el último céntimo. Buscaré un trabajo, sea cual sea, o iré a la tienda con *baba,* si hace falta.

Entonces, se pone de cuclillas delante de su hermano y le posa las manos en los hombros de forma fraternal.

—Me da igual el dinero, Kerem. Cinco mil euros no es nada comparado con la tranquilidad de saber que las personas que me importan están a salvo, pero no puedes seguir así. Te estás haciendo daño a ti mismo y a los demás. No siempre vas a poder contar conmigo para que te solucione los problemas. Puede que la próxima vez que te metas en un lío, llegue demasiado tarde. Por eso necesito que dejes esta mierda, te centres y te olvides de todas esas patrañas de turco del gueto marginado por la sociedad que te han servido de excusa hasta ahora. Estamos en el siglo xxi, y sí, el mal convive con nosotros, pero eso sucede en todos lados, en Alemania y en Turquía también, así que más vale que madures y aceptes que si no paras ahora mismo y tomas el camino adecuado, no llegarás vivo a los cuarenta. Piensa en lo mucho que se ha sacrificado *baba* por nuestra familia desde que emigró a Alemania. Y ten presente a *anne,* que seguro que te ve desde donde quiera que esté. ¿No te gustaría que se sintiera orgullosa de ti?

Kerem sonríe con amargura.

—*Asla olmamı istediğin kişi olmayacağımı hissediyorum.* Siento que nunca seré la persona que esperas que sea, Jamal. Quiero ser mejor, de verdad, mejor hijo, mejor hermano, mejor hombre, pero me da miedo decepcionarte. ¿Y si no lo consigo?

—No es a mí a quien debes demostrárselo, sino a ti mismo. Lo único que te pido es que reflexiones. Decide qué quieres hacer con tu vida y hazlo. ¿Quieres dedicarte al hiphop? Adelante, yo te ayudaré. *Biz kardeşler doğduk ve öleceğiz kardeşler.* Nacimos hermanos y moriremos hermanos, que no se te olvide nunca.

—Esta es la última vez, la definitiva. Se ha terminado, Jamal, te lo juro —musita.

—Bien. Eso es lo que quería oír. Y, ahora, dame un abrazo, enano.

—Eh, ten cuidado, Hulk. Me vas a desmontar.

—Nenaza… —se burla—. Anda, ve a ducharte. Apestas a estiércol, *Keremcığım.*

Hacía mucho tiempo que no utilizaba ese apelativo.

Hospital Universitario La Charité
Distrito de Mitte

Jamal aparca en el área de visitantes del pabellón de urgencias de La Charité, se baja del coche y ayuda a su hermano a hacer lo mismo.

—Nina se va a cabrear.

—Deja que hable yo con ella. Nos entendemos bien —lo tranquiliza Kerem.

Entonces, se apoya de brazos cruzados en la puerta del copiloto mientras Jamal camina impaciente de un lado a otro. No se calma hasta que la ve salir, acompañada de Enke. Está preciosa, como siempre. Lleva una gabardina *beige* sobre un vestido de lana color burdeos que se le adhiere al cuerpo como un guante y realza su espectacular figura femenina. Sabe que debajo de la ropa se ocultan unas medias negras de liga con encajes porque la vio poniéndoselas por la mañana, o, mejor dicho, a mediodía, cuando fingía que estaba dormido, pero en realidad la espiaba. La imagen de Nina subiéndose las medias le pareció tan insoportablemente erótica que fue incapaz de re-

377

primir las ganas de abalanzarse sobre ella, tumbarla en la cama y levantarle el vestido.

—Voy a llegar tarde al hospital —protestó—. Y Kerem está en el salón. Deberíamos ser un poco más discretos.

—Anoche no decías lo mismo —replicó juguetón al tiempo que le mordisqueaba el cuello y la acariciaba entre los muslos. Luego, la puso de costado y se colocó detrás de ella, con su musculosa pierna apoyada en la de Nina para no dejarla escapar.

—Jamal…

—Jamal qué, ¿eh? —susurró, frotando su creciente erección contra las nalgas de ella.

Nina gimió excitada al notar que la tocaba con el dedo índice por encima de las bragas, pero en cuanto intentó ir más allá, le apartó la mano y se incorporó de un brinco.

—No, no, no. No haremos nada mientras tu hermano esté aquí —anunció.

Jamal no daba crédito. Se inclinó ligeramente sobre un codo y la observó con expresión de carnero degollado.

—¿Quieres decir que no habrá sexo hasta que Kerem no se vaya?

—Exacto —afirmó, mientras se echaba perfume en el cuello y en la cara interna de las muñecas.

—Vale. Ahora mismo le digo que se largue.

Nina rio con esa dulzura suya tan característica.

—Un poco de contención no te hará daño. Así me desearás más.

—¿Más, *aşkım*? ¿Quieres que me vuelva loco del todo?

—Madre mía, es tardísimo —zanjó—. Tengo que irme. ¡Nos vemos esta noche! —añadió, con tono animado antes de besarlo.

Luego, se esfumó dejando tras de sí la deliciosa estela de su perfume y Jamal se dejó caer sobre la almohada entre gruñidos de pura frustración y con una erección inmensa. Por eso, ha pasado el día entero esperando a que anocheciera para darle una sorpresa e ir a recogerla al trabajo, llevarla a tomar una copa a algún sitio y, después, hacerle el amor en el asiento de atrás de su coche. Lo malo es que Kerem se ha empeñado en acompañarlo porque, según sus propias palabras, el apartamento se le caía encima y necesitaba respirar aire fresco. Debido a las injustas restricciones que Nina le ha impuesto, todo apunta a que va a quedarse con las ganas de dar rienda suelta a su fantasía.

«Maldita sea mi suerte», piensa.

Pero esa negatividad se esfuma enseguida. Cuando Nina lo ve en el aparcamiento, corre hacia él como una preciosa colegiala de mejillas sonrosadas, se le sube encima de un salto y le rodea el cuello con los brazos. Casi al mismo tiempo, Jamal la aúpa tomándola de las caderas y se echa a reír.

Se siente estúpidamente feliz.

Lo mejor de la vida son las cosas que surgen de forma espontánea.

—Yo también me alegro de verte, *aşkım* —susurra, antes de que sus bocas se unan en un beso.

Ninguno de los dos muestra el menor indicio de prudencia. Por un momento, han olvidado quiénes son y dónde están. Es como si necesitaran sacar a la luz ese amor enclaustrado a la fuerza para alimentarlo y que crezca aún más.

Enke carraspea. Solo entonces recobran la compostura y se sueltan.

—¿Qué hacéis vosotros aquí? —pregunta Nina, algo azorada. Se dirige a Kerem—: Y tú, se supone que debes guardar reposo. Tienes una fisura en las costillas, por si no lo recuerdas.

—Te lo he dicho… —murmura Jamal.

—Si no descansas, podría haber complicaciones. Pero bueno, ¿cómo es posible que seáis tan irresponsables los dos?

—A mí no me mires —se excusa Kerem—. Ha sido él quien me ha obligado a venir.

Jamal sonríe expulsando el aire por la nariz.

—Cabrón mentiroso… —mascula entre dientes—. Si estas señoritas no estuvieran delante, te daba una buena. Hola, Enke.

—Hola, Jamal.

—*Abla,* ¿no vas a presentarme a tu amiga?

—Sí, claro. Esta es Enke Brückner. Enke, este es Kerem Birkan, el hermano de Jamal.

—Encantada de conocerte.

—Yo sí que estoy encantado. —Silba mientras la repasa con descaro de arriba abajo como si la sometiera a un control de calidad—. Menuda hembra.

Nina y Jamal cruzan una mirada cómplice. Saben que está a punto de caerle un buen rapapolvo y por eso tienen que hacer un gran esfuerzo para aguantarse la risa. Enke pone los brazos en jarras y deja caer sobre el chico una mirada de lo más hostil.

—Vale. Lo primero, nunca, bajo ningún concepto, vuelvas a llamarme «hembra». No soy una puñetera vaca sajona, soy una mujer, y como te atrevas a repetirlo, haré que esos puntos —Señala haciendo círculos alrededor de su rostro, sobre la zona de la ceja y de la barbilla— sean la menor de tus preocupaciones. Y lo segundo, ¡quítate esa ridícula gorra cuando hables conmigo!

Jamal estalla en carcajadas. Nina no tarda en imitarlo.

—Alguien tenía que ponerte en tu sitio de una vez, *kardeş.*

Kerem resopla con resignación y se quita la gorra.

—¿Te parece bien así, *milady?* —dice.

—Perfecto. Y luego decís que somos el sexo débil y otras chorradas por el estilo.

—Tú de débil no tienes nada, me ha quedado bastante claro.

—Eh, parejita —los interrumpe Jamal—. ¿Por qué no vamos a tomar una copa por aquí cerca los cuatro? Así os conocéis mejor.

—Sí, vamos, que se me están helando las pelotas.

Enke resopla.

—¿Siempre es tan capullo? —le pregunta a Jamal.

—Sí, y eso que hoy tiene un buen día.

—Venga, dejaos ya de rollos y pongámonos en marcha.

—Tú deberías estar descansando —lo reprende Nina.

—Pero *ablacım*... —contraataca, poniendo morritos—, solo será un rato. Y me quedaré quitecito en todo momento, te lo prometo. Anda, ten piedad de este pobre enfermo...

—Te vendrá bien relajarte un poco, *aşkım* —tercia Jamal.

—A mí también me apetece —reconoce Enke.

Rendida, Nina alza las manos.

—Vale, pero solo una copa.

Kerem hace un gesto de triunfo con el puño y la besa en la mejilla.

—¿Nunca te han dicho lo adorable que eres?

Entre todos se ponen de acuerdo para ir a Spreebogen Park, en la zona del Reichstag. No está lejos, así que deciden caminar hasta allí. Enke y Kerem van delante. Jamal y Nina, detrás. Él la coge de la mano. Se miran y se sonríen el uno al otro.

—Lo que has hecho antes me ha parecido jodidamente *sexy* y excitante —confiesa, en voz baja.

—¿Intentas seducirme, *Herr Inspektor*?

—Puede.

Va a añadir algo, pero el repentino sonido de un móvil interrumpe el momento. Nina rebusca en el interior de su bolso hasta dar con él.

—¿Diga? Sí, soy yo.

De pronto, frena en seco y su rostro se contrae en una mueca de horror absoluto. El teléfono se le cae de las manos. Jamal se agacha para recogerlo y se lo devuelve. Está paralizada, como si ninguno de sus músculos le perteneciera. Entre ellos se impone un denso silencio, el mutismo trágico de la fatalidad inesperada.

—¿Qué pasa, Nina? —pregunta, inquieto—. ¿Quién era?

—Era... era el personal del St. Marien. —Traga saliva—. Klaus ha despertado del coma.

Su universo acaba de implosionar.

38. Nina

4 de octubre de 2015
Hospital Universitario La Charité
Distrito de Mitte, Berlín

—A ver, a ver, cálmate y cuéntame qué te han dicho exactamente.

La tensión otorga a su rostro la misma apariencia de la piel tirante de un tambor. Es el gesto de un hombre que se esfuerza por mantener la compostura pese al fuego que le arde por dentro. Un fuego que se alimenta del miedo y la rabia. Sabía que este momento llegaría tarde o temprano, que era inevitable. Una lágrima rueda en ese instante por la mejilla de Nina. Se siente como si las paredes del mundo se derrumbaran sobre ella hasta aplastarla.

—Solo eso, que ha despertado hace unas horas, no han entrado en detalles. ¿Qué va a pasar con nosotros ahora, Jamal? —Suena desesperada—. Dime que esto no lo cambia todo, por favor.

Jamal le seca la lágrima con el dorso de la mano.

—Claro que no, Nina. Esto no cambia nada entre tú y yo, ¿me oyes? Eres mi mujer. Mía —enfatiza con un impetuoso golpe en el pecho—. Y te aseguro que nadie va a lograr separarte de mí.

—No quiero verlo —solloza.

—Lo sé, lo sé. Yo tampoco quiero que te acerques a ese hijo de puta, créeme. —Hace una pausa y deja vagar la mirada sobre su rostro, como si meditara lo que va a decir—. Sin embargo, creo que es el momento de que te enfrentes a él por fin. Dijiste que le dejarías cuando tuvieras la oportunidad. Bien, pues esta es. Se acabó, Nina. Es hora de quitarse la camisa de fuerza, no tiene sentido esperar más. Ya no hay nada en absoluto que te retenga a su lado. Vas a decírselo, ¿verdad?

No siempre se pueden controlar los hechos, pero sí la manera de responder a ellos.

—Sí, lo haré esta misma noche.

Jamal la abraza fuerte y la besa en la cabeza con una ternura balsámica. Justo en ese instante, le vibra el móvil en el bolsillo de los vaqueros. Lo saca y responde adoptando el registro formal propio de cuando lo llaman del trabajo.

—Birkan. De acuerdo, enseguida voy para allá. Que nadie se acerque al módulo salvo el personal sanitario. —Tensa la mandíbula—. Sí, su mujer también —escupe malhumorado antes de colgar. Guarda el teléfono—. Tengo que ir al St. Marien, Nina. Será mejor que vayamos en coches separados. No me apetece tener que dar explicaciones. Hoy no.

Nina suspira.

—De acuerdo.

Enke y Kerem vuelven sobre sus pasos.

—Nina, ¿qué pasa? Estás muy pálida. ¿Te encuentras bien? —pregunta Enke con semblante preocupado.

Pero Nina no responde. La noticia le abrasa la garganta, necesita enfriarla un poco antes de empujarla hacia el exterior.

—Oye, me estás asustando. ¿Qué demonios pasa?

Uno.

Dos.

Tres.

—Klaus ha despertado del coma. Eso es lo que pasa.

—Mierda —mascula Enke—. Mierda, mierda, mierda. Pero ¿cómo es posible, si se encontraba prácticamente en estado vegetativo? ¿Te han dado algún diagnóstico? Quiero decir, ¿qué secuelas le han quedado? —Nina se encoge de hombros. Enke se acerca a ella y la abraza—. Bueno, cielo, no importa, no te pre-ocupes, ¿vale? Ese hombre no volverá a hacerte daño. ¿Quieres que te acompañe al hospital para que no estés sola?

Jamal interviene:

—Yo me encargo, Enke, gracias. ¿Te importaría llevar a mi hermano a casa, por favor?

—Por supuesto, lo que haga falta.

Jamal saca las llaves de su bolsillo, separa las del coche de las del apartamento y le extiende estas últimas a Kerem.

—Espérame allí. Y compórtate, por favor. No te metas en más líos —le advierte, en un tono cansado—. Dame al menos una noche de tregua.

Después de que el viejo Opel Corsa de Enke desaparez-ca del recinto de La Charité, Nina y Jamal permanecen allí durante unos minutos más. Él la besa en los labios con una dulzura extraordinaria, como si tuviera miedo de romperla, y luego apoya su frente en la de ella.

—Creo que deberías irte antes de que sucumba a la tenta-ción de secuestrarte.

—Hazlo, Jamal. Llévame contigo. Vámonos lejos de aquí. Tú y yo. Ahora mismo.

En el rostro de Jamal se perfila la sonrisa más triste del mundo.

—Ojalá pudiera, *aşkım*.

La despedida es demasiado amarga.

De camino al St. Marien, la invade la sensación de estar atrapada dentro de un reloj de arena que ha comenzado la cuenta atrás. Una inquietud dolorosa repta por las profundi-dades de su alma como una nube que trae tormenta. Un mal augurio. Tiene el presentimiento de que todo está a punto de torcerse y no puede hacer nada para prevenirlo. De pronto, comprende que se encuentra atrapada por dos fuerzas: por un lado, la certeza de dejar atrás, por fin, ocho años en los que ha vivido arrinconada y, por otro, el temor a no ser capaz de ha-cerlo, la condena de permanecer encadenada a un matrimonio desdichado. Le cuesta respirar. Una punzada en el pecho se lo impide y no puede dejar de llorar durante todo el trayecto. En parte, por la canción de Özdemir Erdoğan que suena en el equipo de música, pero también porque teme que la recuperación de Klaus suponga un dique en su relación con Jamal. Sabía que eso podía pasar, pero no esperaba que fuese tan pronto. No en el mejor momento de su vida, tras descubrir que está enamorada de verdad. Mientras conduce, evoca todos los momentos que han compartido juntos, desde que se conocieron en el hospital hasta la noche anterior, cuando él la hizo suya bajo el agua y le susurró aquellas palabras en turco, hermosas y desesperadas.

«Seni seviyorum».

—Yo también te quiero —dice en voz alta, con los ojos anegados en lágrimas.

Hospital St. Marien
Distrito de Steglitz-Zehlendorf

El doctor Wolff, el joven intensivista de guardia, conduce a Nina a su despacho y la invita a tomar asiento.

—Tengo entendido que es enfermera, así que iré al grano, *Frau* Haas. Su marido ha despertado hace unas horas, como ya le han informado por teléfono, y créame que nosotros somos los primeros sorprendidos. Fíjese —explica, mientras le muestra unas imágenes en blanco y negro—: este es el TAC que mi compañero, el doctor Fischer, mandó que le hicieran tras el accidente. Como ve, el lóbulo frontal sufría daños severos y había falta de irrigación masiva. Cuando eso sucede, las células mueren por falta de oxígeno y nutrientes. Algunas funciones motoras se mantienen, pero el paciente pierde la consciencia y es imposible que la recupere. Bien. Ahora fíjese en esta otra imagen. —Saca una segunda fotografía del interior de una carpeta y la coloca en la mesa, al lado de la anterior—. Este es el TAC que le hemos realizado hace dos horas, tras la exploración inicial. Disponemos de un tomógrafo helicoidal, por eso tenemos los resultados tan rápido —aclara.

Nina abre los ojos como platos.

—Pero... ¿cómo es posible? El doctor Fischer me aseguró que Klaus padecía daños irreversibles. Incluso sugirió la idea de trasladarlo a la unidad de daño severo crónico.

—La resistencia humana es un motor asombroso. Le sorprendería saber la cantidad de gente prácticamente desahuciada que se las ha arreglado para salir adelante. El coma es un misterio para la medicina. Se desconoce por qué algunas personas se despiertan, otras se apagan hasta que el encefalograma plano muestra el cese definitivo de actividad y otras, aunque abran los ojos, permanecen postradas en una cama, ajenas al mundo.

—¿Es ese el caso de Klaus?

—No. Aunque no voy a engañarla, señora. La vida real no es como las películas. Su marido llevaba cuarenta y seis días inconsciente. Nadie que despierte de un coma profundo hace vida normal al día siguiente. El gran problema no es el coma en sí, sino lo que viene a continuación. Algunos pacientes evolucionan hacia un estado vegetativo sin respuesta al entorno, otros permanecen en un estado de mínima consciencia, pero son capaces de generar respuestas comunicativas y emocionales muy débiles, y, por supuesto, hay quien logra recuperarse poco a poco. Dentro de este grupo, muchos pierden la visión y la movilidad, no controlan el esfínter, desarrollan hemiparesia... Son como bebés, dependientes de por vida. Sin embargo, tras el examen clínico preliminar, parece que su marido responde a los estímulos. Todavía es pronto, pero presiento que se recuperará en un tiempo récord, por extraño que suene. ¿Sabe? —Sonríe—. Klaus ha intentado hablar, claro que solo ha emitido sonidos ininteligibles. Tiene la garganta irritada después de tanto tiempo intubado. De hecho, parecía muy agitado y ha intentado incluso arrancarse las vías. Puede ir a verlo, supongo que lo estará deseando, ¿no?

De pronto, llaman a la puerta. Dos golpes secos. Antes de que al facultativo le dé tiempo a preguntar quién es, Jamal irrumpe en el despacho acompañado de Ulrich Grimmel, el pelirrojo con gafas de pasta transparente y esa característica constelación de pecas en la nariz. A Nina se le para el corazón al instante.

—Buenas noches, *Herr Doktor*. Soy Jamal Birkan, de la BKA —se presenta, con la placa en la mano—. Este es mi compañero, el *Spezialagent* Ulrich Grimmel. —Nina vuelve la cabeza y él la observa durante unos segundos con la mandíbula tensa. Avanza unos pasos hasta colocarse a su lado—. Buenas noches, *Frau* Haas. Disculpe, no sabía que estaba aquí.

Nina traga saliva.

—Buenas noches, *Herr Inspektor*. —Le cuesta horrores dirigirse a él de ese modo y oír de su boca ese detestable tratamiento formal—. Buenas noches a usted también, *Spezialagent* Grimmel.

Ulrich le dedica una agradable sonrisa.

—*Herr Doktor*, supongo que está al corriente de que Klaus Haas se encuentra bajo una investigación policial que todavía está en curso.

—Por supuesto. Sus agentes nos lo recuerdan día y noche —replica, con un punto osado.

—Tranquilo, no se embale —le espeta Jamal con un gesto muy significativo—. Nos han informado de que Haas ha despertado del coma.

—En efecto. Precisamente le contaba a su esposa que…

—Debemos interrogarlo cuanto antes —lo interrumpe.

La tez de por sí rubicunda del doctor enrojece aún más.

—Me temo que eso no es posible por ahora, *Herr Inspektor*. *Herr* Haas ha pasado cuarenta y seis días en coma, no puede hablar todavía. Además, está bastante desorientado.

Piensen en el *shock* que supone para un paciente despertar después de tanto tiempo «durmiendo» —Entrecomilla con los dedos.

—Sí, claro, lo tenemos en cuenta, pero se trata de un asunto de seguridad de Estado, *Herr Doktor*. Así que dígame, ¿cuándo cree que podremos verlo?

El doctor Wolff reflexiona un momento antes de contestar. Su expresión denota algo semejante a la incomodidad.

—Denle al menos unas horas para que se ubique. Vuelvan mañana por la mañana y lo decidiremos tras valorar su estado general de salud.

Ulrich se cruza de brazos.

—¿Lo decidiremos? No sé si comprende que está usted hablando con la Policía Criminal Federal alemana, Wolff.

—Por supuesto, pero yo soy quien toma las decisiones en lo que se refiere a la salud de mis pacientes. Y, ahora, si no les importa, les rogaría que se marchasen para que pueda acompañar a la señora a ver a su esposo.

Nina esboza una sonrisa circunspecta. Mira de soslayo a Jamal, que aprieta la mandíbula con rabia y aparta la vista.

—De acuerdo, volveremos mañana. Adiós, *Frau* Haas.

—Adiós, *Herr Inspektor* Birkan. Adiós, *Spezialagent* Grimmel.

Cuando Jamal abandona el despacho, se siente como si la hubiese abatido un pelotón de fusilamiento.

—Lo lamento mucho, señora. A veces, creo que algunos policías de este país carecen por completo de empatía. Solo les importa su investigación.

—No se preocupe, *Herr Doktor*.

Salen de la aséptica oficina y se dirigen al módulo de la UCI donde se encuentra su marido. Al verlo, un poso de malestar se le instala en el pecho. Han pasado muchos días desde la última vez que fue a visitarlo al hospital y se siente extraña. Ese no es su lugar, ella no le pertenece, ya no. Sin embargo, no puede evitar que los remordimientos la atormenten.

—Mire quién ha venido, Klaus —dice el médico—. ¿La reconoce?

Klaus tiene los ojos abiertos, aunque entornados. Mueve la cabeza con dificultad como si asintiera.

Wolff sonríe, satisfecho.

—Muy bien. Los dejo solos. Si necesita cualquier cosa, no dude en llamar a la enfermera.

Acto seguido, abandona el módulo. Klaus ladea la cabeza con esfuerzo y la mira con los párpados entrecerrados. Nina es incapaz de sostenerle la mirada.

—¿Cómo te encuentras? —pregunta, para no estar callada.

Él compone una mueca que recuerda vagamente a una sonrisa porque solo le responde el lado derecho de la cara. Su apariencia refleja la combinación de un cerebro agotado tras una extenuante carrera para aferrarse a la vida y un cóctel de fármacos muy intenso. Mueve los dedos, como si reclamara la atención de su mujer, y trata de decir algo, pero la voz no le sale. Se revuelve, frustrado.

—Tranquilo, Klaus. No debes hacer esfuerzos.

Nina le acaricia la mano sin ganas. El tacto de esa piel reseca y amoratada la repugna. De pronto, Klaus le palpa el dedo anular, desnudo. Con una voz muy ronca, consigue pronunciar las primeras palabras.

—¿A... ani... llo? ¿Dón... de?

Quiere decirle la verdad: que se lo quitó porque ya no significa nada, que lo que había entre ellos se ha terminado y que su mera presencia le produce rechazo.

Pero no puede.

Todavía no.

Porque, a pesar de todo, es un ser humano.

De modo que finge.

—Está en casa, Klaus. A veces, me lo quito para trabajar porque es lo más práctico.

Entonces, vuelve la cabeza hacia la puerta del módulo y se da cuenta de que Jamal está allí y observa la escena con toda la tristeza, rabia y desesperación que un par de ojos son capaces de atesorar.

Alguien aprieta un botón y el mundo se apaga.

39. Jamal

Va a romper su norma no escrita de no tomar café si no es turco. Claro que ¿quién puede culparlo? Necesita grandes dosis de cafeína para afrontar el lunes que le espera. Para más inri, no ha pegado ojo en toda la noche. Nina no volvió a casa. Tampoco llamó ni le devolvió las llamadas. Había apagado el móvil. La angustia que lo reconcomía por dentro le ha impedido conciliar el sueño.

—¿Tú quieres algo? —pregunta a Ulrich, al tiempo que introduce una moneda en la ranura de la máquina expendedora del vestíbulo del hospital y pulsa el botón de «Espresso»—. ¿Café? ¿Té?

—Gracias, pero no me apetece morir envenenado. ¿Qué opinas de lo que ha dicho el médico?

—Que es un milagro que Haas siga vivo y, sobre todo, que se recupere a esa velocidad. Ayer no podía hablar, pero hoy, por lo visto, ya ha empezado a comunicarse. ¿No te parece increíble?

—Bueno, ya sabes lo que dicen: «Mala hierba nunca muere».

Tras un pitido, la máquina escupe el vasito de poliuretano con el café. Jamal lo coge por el borde con el meñique estirado —un gesto muy característico en él—, sopla y se lo lleva a la boca. Bebe un sorbo.

—Por Dios, qué asco —se lamenta.

—Deberías haber elegido un *MilchKaffe*.

—Estás de coña, ¿no? El café se toma solo, Ulrich. Siempre. No hay debate posible al respecto.

—Tienes razón. Además, no veo por ningún lado la opción de añadir alguna bebida vegetal sin proteínas ni hormonas animales. En fin, volvamos al tema de Haas. Me parece muy conveniente que no recuerde nada del accidente. Amnesia postraumática, claro, qué oportuno. ¿Qué hacemos?

—Por lo pronto, debemos reforzar la vigilancia. La falsa Sonja Wenders podría aparecer en cualquier momento.

—¿Eso crees?

—No subestimes la inteligencia del adversario, Ulrich. Wenders está agazapada en su escondite. Tan solo está esperando el momento perfecto para actuar.

Jamal apura el café de un trago largo y lanza el vaso a la papelera.

—Mira —advierte Ulrich de pronto, y le señala la entrada del St. Marien con un movimiento de barbilla—. Por ahí viene la mujer de Haas.

Al volver la cabeza y verla, todas las fibras del cuerpo se le mueven a la vez como si un vendaval las agitase. Ella, que también lo ha visto, avanza hacia él con una expresión de languidez en el rostro que evidencia que ha pasado la noche en vela. Pese a su aspecto apagado, su belleza angelical sobrecoge a Jamal de nuevo. Se ha cambiado de ropa y lleva un jersey ancho de lana en tonos tostados, vaqueros ajustados y botas de caña alta.

Cuando Nina se detiene frente a ellos, aferrada a su bolso como a un salvavidas, Jamal se percata de que lleva puesta la puñetera alianza de nuevo. Además, se ha quitado su goma de pelo de la muñeca. Entonces, algo en su interior se quiebra hasta romperse en mil pedazos que se esparcen como diminutos cristales; astillas de vidrio que le arañan las paredes internas de los órganos sin piedad.

—Buenos días, *Herr Inspektor* Birkan. *Spezialagent* Grimmel.

—Buenos días, *Frau* Haas. ¿Se encuentra bien? No tiene muy buena cara esta mañana —observa Jamal. Hay resentimiento en su tono de voz, amargura y cierto reproche.

—Usted tampoco —responde, cortante.

—Supongo que es lo normal, dadas las circunstancias.

Ulrich los observa como si tratara de interpretar el doble sentido que encierra el diálogo.

—¿Ha venido a ver a su marido, *Frau* Haas? —tercia, en un esfuerzo por sonar agradable.

Jamal desvía la mirada, pero siente la de Nina clavada en su rostro.

—Sí, claro. ¿A qué otra cosa habría venido, sino? Si me disculpan —añade, antes de desaparecer en el interior del hospital.

«Se va. Maldita sea, se va. Y está dolida. Soy un idiota, un jodido idiota. Tengo que hablar con ella enseguida», se dice a sí mismo, preso de la desesperación.

—Espérame en el coche, Ulrich. —Le lanza las llaves y su compañero las atrapa al vuelo—. No tardaré.

Acto seguido, sale disparado detrás de Nina, que ya ha recorrido un buen trecho del pasillo del hospital. Por el camino, se choca con un enfermero que transporta un carro de medicación. El ímpetu de la carrera es tal, que algunos de los utensilios que había en la parte superior caen al suelo y se dispersan por todas partes.

—¡Oiga, mire por dónde va!

Jamal hace un gesto de pedir disculpas y continúa. Una vez ha recortado la suficiente distancia entre ambos, la llama a gritos.

—¡Nina! ¡Nina, espera! —Ella se da la vuelta enseguida. Jamal frena por fin, trata de recuperar el aliento y, algo sofocado por la carrera, pregunta—: ¿Podemos… hablar?

—No creo que este sea el lugar más adecuado.

Entonces, se le aproxima hasta tenerla a escasos centímetros de él. El aroma de su champú, con ligeras reminiscencias frutales, se apodera de sus sentidos.

—Por favor, *aşkım* —susurra—. Por favor. No me castigues así, me estoy volviendo loco.

Nina cede. La toma del codo discretamente y la conduce a la sala de espera más cercana. La estancia es pequeña y no hay nadie, pero el hilo musical está encendido. A través de un altavoz instalado en una esquina, llegan sonidos de la naturaleza combinados con un arpa. Le resultaría muy relajante si no se le hubiera desatado un huracán en la cabeza.

—No has venido a dormir a casa —le recrimina.

—He tenido que quedarme aquí. Klaus ha estado despierto casi toda la noche, habría sido muy raro que me marchara. Quería llamarte, pero se me acabó la batería del móvil y el cargador está en tu apartamento. Iban a hacerle pruebas a primera hora, así que esta mañana he pasado por mi casa para ducharme y cambiarme de ropa.

—Claro, y has aprovechado para ponerte el anillo otra vez —le escupe, con una mezcla de sarcasmo y rabia.

Nina cierra el puño de manera instintiva.

—Jamal, no es lo que crees. Anoche se dio cuenta de que me lo había quitado. ¿Qué querías que hiciera?

—¿Contarle la verdad, tal vez? Maldita sea, Nina, dijiste que lo harías.

—Y voy a hacerlo, Jamal, te lo prometo. Pero ayer… no pude, no me atreví. Acababa de salir del coma después de cuarenta y seis días, decírselo justo en ese momento me pareció muy cruel. Es un ser humano, por el amor de Dios.

A Jamal se le escapa una sonrisa frustrada.

—Lo de humano le queda un poco grande, ¿no crees?

Oyen los pasos de alguna enfermera que se acerca por el pasillo, calzada con los característicos zuecos. Nina espera a que se aleje para volver a hablar.

—El médico cree que no le convienen los sobresaltos. Necesita tranquilidad para recuperarse.

—¿Eso es lo que quieres? ¿Que se recupere para volver con él?

—¡Claro que no! —replica Nina, con el semblante crispado y un gesto de absoluta indignación—. Oye, pero ¿qué te pasa, Jamal? No te reconozco. ¿De verdad piensas que mis sentimientos pueden cambiar de la noche a la mañana?

—No lo sé, Nina, dímelo tú. Anoche vi cómo le acariciabas la mano.

«Y hoy ni siquiera llevas mi goma de pelo en la muñeca», piensa. Aunque prefiere no verbalizarlo.

—Solo quería ofrecer un poco de calor a una persona cuyo futuro es incierto, nada más —se defiende.

—¡Es un terrorista! ¡Y un jodido maltratador que te ha hecho sufrir durante ocho años! Así que no esperes que sienta empatía por él porque no puedo. Ni una pizca, Nina, ni una miserable pizca.

Dolido en el orgullo, se aleja hasta la pared opuesta y se pasa las manos por el pelo con lasitud. Sabe que está montando una escena, que no está siendo justo con Nina y que, más tarde, se odiará a sí mismo por ello, pero en ese instante la ira lo domina y se le clava en el corazón como millones de alfileres.

Nina se le aproxima en un claro gesto conciliador, le sujeta las mejillas y apoya su frente en la de él.

—Solo quiero encontrar el momento adecuado para decirle que se ha acabado, ¿vale? —Calla un momento. La sala se queda en silencio, salvo por el sonido lejano de las aves y el discurrir del agua que llega a través del hilo musical—. Es contigo con quien deseo estar. ¿Todavía no te has dado cuenta de que estoy enamorada de ti?

Jamal cierra los ojos con fuerza. Siente la necesidad de inhalar de forma larga y profunda, una inspiración que lo limpie por dentro, y así lo hace.

—Lo siento, *aşkım*. Perdóname. Sé que no debería haber reaccionado de un modo tan infantil, pero es que no soporto verte con ese anillo en el dedo. No soporto verte a su lado. No soporto que no duermas conmigo. No soporto no saber qué va a pasar.

—Sí que lo sabes.

Entonces, lo besa en los labios con una delicadeza reparadora que, combinada con los exóticos sonidos de la naturaleza, lo transportan a un universo paralelo. La alteración con la que ha llegado a esa fría sala de espera se volatiliza, la ansiedad desaparece en ese momento.

Pagaría una fortuna por detener el tiempo justo ahí, en ese preciso instante.

—Tengo que ir a hablar con el doctor Fischer —anuncia Nina.

—¿Vendrás esta noche a casa?

—Todavía no lo sé. Dame unos días hasta que las cosas se estabilicen.

—Está bien, está bien, no quiero presionarte. Tómate el tiempo que necesites. Pero, por favor, vuelve pronto. Ya sabes que me vuelvo loco cuando no estás cerca, acabas de comprobarlo.

—Estaré contigo, Jamal. —Le toca el corazón para enfatizar el mensaje—. Aquí. Siempre.

Sin embargo, una asfixiante sensación de pérdida lo envuelve cuando ella se va. Odia tener que soltarla, dejarla ir.

Central de la BKA en Berlín
Distrito de Treptow-Köpenick

—Así que Haas está fuera de peligro, ¿eh? —dice Gerhard Müller, al tiempo que entrelaza los gruesos dedos sobre el escritorio de su despacho—. Los misterios de la vida humana son inescrutables. No entiendo cómo alguien que se había destrozado el cráneo en un accidente de coche se despierta tras más de un mes en coma sin apenas presentar secuelas.

—Todavía le queda un largo camino por delante, *Herr Direktor* —argumenta Jamal—. Tiene reflejos y ha conseguido mover las extremidades, así como articular algunas palabras sueltas, pero aún no se vale por sí mismo.

—¿Qué han dicho los médicos?

—Que sufre amnesia postraumática. Al parecer, no recuerda nada del accidente ni de las horas previas.

Müller se ríe de una forma cínica.

—Muy conveniente.

—El *Spezialagent* Grimmel y yo pensamos lo mismo. Según el neurocirujano que lo ha tratado durante todo este tiempo, el estado de confusión es habitual después de un accidente como el suyo. Cree que recuperará la memoria con el tiempo, aunque aconseja no forzarlo. De momento, no podemos interrogarlo.

—¿Qué hay de la mujer?

—¿Qué quiere decir?

—¿No mantenían ustedes una relación, digamos, especial?

Jamal se revuelve incómodo en la silla.

—No sé a qué se refiere, señor.

—Olvídelo. Lo que quiero decir es que, en estos momentos, ella es su máxima aliada. Puede que, para los médicos, lo primordial sea la salud de Klaus Haas, pero para la BKA, para el Ministerio Federal del Interior y para la propia Cancillería, lo más importante es la seguridad. No me fío ni un pelo de ese hombre, Birkan. Si su recuperación es tan rápida como parece, en pocas semanas estará en acción de nuevo.

—Por eso he ordenado que refuercen la vigilancia. Si a su cómplice se le ocurre acercarse al St. Marien, la atraparemos. Y la fiscalía actuará.

—Me temo que no, *Inspektor*. Y menos ahora que, a causa de la maldita filtración al *Bild,* tenemos a toda la prensa del país con la nariz pegada al culo. Estamos hartos de escuchar sentencias judiciales que remarcan que son las acciones y no la motivación lo que debe imputarse. —Se quita las gafas y las hace girar en las manos con actitud reflexiva. Después, las deja sobre una pila de documentos—. Por lo tanto, es fundamental tener a la esposa de Haas de nuestro lado.

—Le rogaría que fuera más específico, *Herr Direktor*.

—Necesitamos que *Frau* Haas colabore con la BKA de forma activa. Lo más seguro es que a su marido le den el alta en unas semanas. No creo que Von Wiebel nos autorice a pincharle el teléfono, ya sabe que es un juez prudente y metódico al que no le gusta apresurarse. —«Más bien blando», reflexiona Jamal—. De modo que necesitaremos un par de ojos adicionales. Que *Frau* Haas haga vida normal con él y nos informe de todo.

—¿Quiere que espíe a su marido? —pregunta sin poder disimular el tono de desconcierto—. Con el debido respeto, señor, dudo que sea una buena idea, si es que se llega a dar el caso.

—¿Por qué no? —replica Müller, acompañando las palabras de un gesto.

—En primer lugar, porque sería muy arriesgado. *Frau* Haas no está preparada para ello y él es un criminal. Imagínese lo que podría pasar si descubriera que su mujer es una confidente de la BKA. —Hace una pausa mientras pasea la vista sobre la superficie de la mesa y la imagen de Nina le viene a la cabeza. Lo sorprende la aguda punzada de dolor que siente en el pecho al pensar que podría perderla—. Por otro lado, *Herr Direktor,* me consta que Nina... es decir, *Frau* Haas —rectifica— tiene intención de separarse lo antes posible. Hay razones personales que me llevan a esa conclusión.

Lo pronuncia de forma segura, enérgica, intimidante; Jamal Birkan sabe representar su papel.

Pero Gerhard Müller es cualquier cosa menos idiota. La expresión de su jefe, que nunca es cordial, se oscurece mientras lo estudia con cierto aire de recelo. Arquea una ceja y suspira de forma silenciosa y suave. Por fin, dice:

—Eso constituiría un delito de abandono mientras Haas no estuviera recuperado al cien por cien o, al menos, pudiera valerse por sí mismo.

—No si alegáramos que pertenece a un grupo terrorista.

—No podemos. De momento, no tenemos pruebas.

—Entonces, ¿qué demonios sugiere, *Herr Direktor?* ¿Que la obligue a seguir viviendo bajo el mismo techo que el hombre que la ha maltratado?

Ha subido el tono de voz unos cuantos decibelios.

Demasiados.

—Solo hasta que Haas nos dé un motivo lo bastante sólido como para llevarlo ante el juez. Confiemos en que lo haga pronto.

—Lo siento, no me parece justo.

—Si se trata de que sea justo o no, no es algo que nos competa a nosotros determinar —sentencia Müller. Se retrepa en el asiento para mirarlo fijamente—. Y le aconsejo que controle sus impulsos, *Herr Inspektor.* Ya le dije una vez que no nos conviene un conflicto de intereses. La prensa mira con lupa cada paso que damos, no vamos a dar carnaza a esos carroñeros. ¿Se imagina lo que diría Steinberg si se enterase de que usted y la testigo mantienen una relación carnal?

Jamal titubea. Ni siquiera tiene claro qué se supone que debe responder. ¿Es mejor que lo niegue todo? ¿O debe ser sincero de una vez por todas? ¿Qué es lo correcto?

—Señor, yo no…

Müller lo interrumpe con la mano.

—¿Cree que me chupo el dedo, Birkan? No nací ayer. Y usted es demasiado transparente. Quizá ese sea su peor defecto, en términos de lo que significa ser un buen policía. Mire, a mí me da igual con quién se divierta siempre que sea discreto y que su actividad no interfiera en la investigación, pero todo tiene un límite y hay que saber cuándo frenar. Se supone que pronto me jubilaré. Mi esposa, Traudl, lleva años dándome la tabarra para que hagamos un crucero por las islas griegas. Y claro, si este caso no se resuelve pronto, no podré retirarme. Una investigación de estas magnitudes no se abandona a medias. ¿Sabe lo que significa eso, *Inspektor?* Que me veré obligado a posponer nuestras vacaciones en el maldito mar Egeo y Traudl me pedirá el divorcio. Le aseguro que, a estas alturas de mi vida, la soltería no me resulta atractiva, supongo que lo entiende.

—Perfectamente, *Herr Direktor*. Y le garantizo que haré todo lo que esté en mi mano para cerrar la instrucción lo antes posible. Sin embargo, creo que es justo que sepa que no mantengo una relación carnal con Nina Haas. —Mira a través del gran ventanal del despacho hacia Treptower Park y la ciudad que se extiende a lo lejos. El sol se esconde tras nubes pasajeras que oscurecen la claridad del día y vuelve a aparecer a capricho, como si no estuviera seguro de qué clima concederle a Berlín ese día—. En realidad, estoy enamorado de ella, señor.

Silencio.

Sobran las palabras.

Entonces, Jamal Birkan hace algo que nunca pensó que haría. Se saca la placa policial del bolsillo y la deja sobre el escritorio. Se requiere mucha valentía para un gesto como ese. Más de la que él mismo creía tener. No solo hay que saber cuándo frenar, sino también cuándo dar la cara.

Y no mirar atrás.

Nunca.

Müller permanece impasible, quizá en un intento de no exteriorizar el malestar que le produce la situación. Los ojos celestes del hombre lo examinan con una frialdad devastadora. Jamal deja que el silencio se extienda y le concede a su superior el tiempo suficiente para decidirse.

—Guárdese eso ahora mismo, *Herr Inspektor* Birkan —le espeta—. Haría falta un motivo bastante más robusto que una relación sentimental para que aceptara su dimisión. Usted es uno de los mejores activos de la BKA. —Inspira y expulsa el aire por la nariz—. Muy bien. Si ama de verdad a esa mujer, no seré yo quien le impida estar con ella, pero antes hay que cerrar el caso, así que deberá convencerla para que colabore. Tiene carta blanca para darle todos los detalles de la investigación que considere oportunos, si no lo ha hecho ya, claro. Y olvídese de verla hasta que Haas y Wenders no estén en la cárcel cumpliendo condena. Esas son mis condiciones, Birkan, y no son negociables. ¿Me he expresado con claridad?

Una victoria agridulce.

—Sí, *Herr Direktor*. Deme al menos unos días antes de comunicárselo. Nina… *Frau* Haas tiene demasiadas preocupaciones en la cabeza en este momento.

—De acuerdo. No tengo inconveniente en concederle una pequeña tregua. De todas maneras, a Haas ni siquiera le han dado el alta todavía.

No sabría explicar por qué, pero al salir del despacho de Gerhard Müller, Jamal tiene la sensación de haber escapado de su guarida.

Distrito de Friedrichshain-Kreuzberg

No le ha importado esperar treinta minutos en la cola de Mustafa's Gemüse para pedir el kebab de pollo, verdura asada, queso feta y salsa de yogur picante que ahora reposa en el plato, encima de la barra de su cocina, junto a una generosa ración de patatas fritas y una cerveza helada. Además, nadie en todo Berlín hace los kebabs tan buenos como Mustafa *Bey*, sea cual sea su secreto. Por esa razón, el sencillo puestecito de comida rápida de Mehringdamm, en pleno corazón de Kreuzberg, se ha convertido en una especie de establecimiento de culto en los últimos años.

Sin embargo, el nudo que tiene en el estómago desde la noche anterior ocupa tanto espacio que le ha quitado las ganas de comer.

—No me estás escuchando, *abi* —le reprocha Kerem, sentado al otro lado de la barra.

—Lo siento, me he distraído. ¿Qué decías?

—Que Enke es increíble —parlotea—. Es la primera vez desde que Öykü y yo rompimos que conecto de verdad con alguien, y eso que no nos hemos acostado todavía. Aunque dudo mucho que tardemos en hacerlo, porque se nota que le gusto tanto como ella a mí. Anoche, cuando me acompañó a casa, le pregunté si quería subir, pero se negó. Estoy seguro de que, en realidad, se moría de ganas de estar conmigo. Ya sabes cómo son las mujeres, *abi:* dicen no cuando quieren decir sí para hacerse respetar. Y a mí me gusta que me lo pongan difícil, no te voy a engañar.

—Me alegro por ti —musita Jamal, forzando una sonrisa que se destensa enseguida. Tras apurar la cerveza de un trago, se levanta del taburete con la intención de lavar los platos apilados en el fregadero.

—Oye, ¿no vas a comerte eso?

—No tengo hambre —admite.

—Pues, si no te importa, yo sí —dice Kerem, que no tarda en alargar la mano y llevar a su plato el kebab que Jamal ha dejado intacto—. Estás muy serio, *abi.* ¿Es por Nina?

Jamal exhala la respuesta en tres palabras.

—Es por todo.

Abre el grifo, se coloca un par de guantes de goma para fregar y vierte un chorro de lavavajillas en el estropajo.

—Relájate un poco. Ella te quiere, *kardeşim.* Con eso debería bastarte. En cuanto al cornudo de su marido, conozco a alguien de Neukölln que por un módico precio…, ya sabes.

—Deja de decir tonterías, ¿vale? —ruge Jamal.

—Tranquilo, hombre, solo bromeaba. Hay que ver cómo te pones.

—Con esas cosas no se bromea.

—De acuerdo, tienes razón, pero no te cabrees. —Hace una pausa y se incorpora poco a poco del taburete—. Mira, soy consciente de que tienes demasiadas preocupaciones ahora mismo, pero ya sabes lo que opino al respecto, *kardeş:* no puedes solucionarlo todo siempre. Primero, porque no es justo y, segundo, por tu propia salud mental.

—No sé si eres el más indicado para dar consejos, Kerem. —Vuelve la cabeza en dirección a su hermano—. No hay más que verte.

¡Pum! Ha sido un golpe bajo. Uno del que se arrepiente enseguida.

—Perdona, no debería haber dicho eso.

Kerem recorta la distancia entre ambos.

—Si prefieres estar solo, lo entiendo, Jamal. Ya sabes que no me llevo muy bien con el viejo, pero no tengo ningún problema en volver a casa y enfrentarme a las consecuencias. No quiero seguir invadiendo tu espacio. Ya has hecho suficiente por mí.

—Ni hablar, *kardeş*. Todavía tienes la cara llena de hematomas.

—¿Y qué? Le decimos a *baba* que he tenido un accidente con algún colega y punto.

—Pero ¿te has vuelto loco? —Cierra el grifo, se quita los guantes con brusquedad y los lanza al fregadero—. ¿Quieres matarlo de un disgusto? *Hayır olmaz*. Te vas a quedar aquí al menos hasta que te quiten los puntos.

—Muy bien. Entonces, consígueme juegos nuevos para la consola, porque los tuyos ya me los he terminado y me aburro como una ostra. Hoy he pasado todo el día viendo vídeos porno y meneándomela. Si me la hubiera cascado una sola vez más, se me habría caído la polla a trozos, *birader*.

—No te habrás pajeado en mi sofá, ¿no?

—Tranquilo, tío, he usado papel higiénico.

Jamal sacude la cabeza.

—Joder… En fin, también podrías haber leído algún libro. Hay muchísima variedad. —Señala el mueble del salón—. Novela negra, histórica, ciencia-ficción…, lo que quieras.

—*Nah*, paso. Solo me motivan los cómics y ese tipo de cosas. Bueno, ¿y qué hay de lo otro? Se supone que mañana es el último día para darle la pasta a El Kurdo.

«Mierda». Con tantas cosas en la cabeza se ha olvidado de responder al mensaje con las instrucciones para hacer transacciones de criptomonedas que uno de los hombres de El Kurdo le ha enviado.

—No te preocupes, lo tengo en mente.

—*Tamam*. ¿Te apetece que veamos una peli o algo? Una de acción, con persecuciones a toda leche y muchos tiros. O un capítulo de *Grosstadtrevier*.* Jan Fedder en el papel del oficial Dirk Matthies es lo mejor que le ha pasado a la televisión alemana en mucho tiempo.

—La verdad es que estoy muerto, Kerem. Me voy a la cama y mañana será otro día. No te olvides de tomarte la medicación, ¿vale? *İyi geceler.*†

—*İyi geceler abi.*

Después de pasar por el cuarto de baño para vaciar la vejiga y cepillarse los dientes, se encierra en su habitación. Se desnuda, se suelta el pelo y se tumba en la cama en calzoncillos. Suspira. Mira al techo. Luego, vuelve la cabeza. El lado en el que duerme Nina está frío y vacío, pero las sábanas aún conservan su olor. Jamal siente una punzada de dolor en lo más profundo de su alma y se pregunta cómo es posible que el destino le haya dado ese revés. Todas sus preocupaciones —el caso Bachmann, Kerem, la deuda con El Kurdo, el ultimátum de Müller, las mentiras que le está contando a su padre— son un grano de arena en el desierto comparado con lo que más le angustia.

Su ausencia.

Y no sabe cuándo volverá.

Juguetea con el móvil entre las manos, tentado de llamarla solo para oír su voz. Quiero verte. Ahora mismo. Déjalo todo. Ven. Te necesito. Lo considera seriamente, pero no es una buena idea. No quiere presionarla ni ocasionarle problemas. Quizá

---

* Serie de televisión que sigue a una comisaría de policía ficticia de Hamburgo.

† Buenas noches.

esté con Klaus en el hospital. Tampoco sabe si su móvil está operativo porque el cargador sigue allí, como el resto de sus cosas, esparcidas por cada rincón del apartamento, que muestran en todo momento la huella imborrable de su presencia. ¿Cómo va a soportar verla al lado de ese hombre? ¿Cómo va a ser capaz siquiera de decirle que no pueden estar juntos todavía? Ensaya posibles discursos para salir del bucle en el que se encuentra, pero ninguno le parece convincente. Todos le resultan patéticos. Cuando lo haga, cuando le cuente que deben dejar de verse hasta que esa pesadilla haya terminado, tendrá que blindarse por completo si no quiere desmoronarse igual que un castillo de naipes.

Tendrá que ser duro con ella.

Y, sobre todo, tendrá que serlo consigo mismo.

Cierra los ojos, aunque es inútil. Esa noche, como la anterior, las especulaciones no le permitirán conciliar el sueño.

40. Nina

El personal sanitario de la Unidad de Hospitalización Médico-Quirúrgica del St. Marien lo conoce como «el hombre milagro». El suyo es un caso extraordinario, una probabilidad entre un millón, una hipótesis poco plausible que se ha convertido en un hecho. Fue milagroso que Klaus despertara del coma, pero lo verdaderamente excepcional es que, tres semanas más tarde, esté a punto de abandonar el hospital por su propio pie. A los pocos días de recobrar la consciencia, recuperó también el habla, no como antes del accidente, pero con la suficiente fluidez como para mantener una breve conversación. No tardó en dejar la UCI y pasar a planta, donde tuvo que quedarse un tiempo. Durante ese período, el doctor Fischer siguió muy de cerca sus progresos. Estaba tan fascinado por la evolución clínica de Klaus que deseaba compartirla con todos los médicos de Alemania, si no del mundo entero. Por supuesto, la BKA no se lo permitió; ya era bastante difícil mantener al paciente aislado para no comprometer la investigación. Lo último que necesitaba la policía era que una historia tan jugosa como aquella llegara a oídos de una televisión y docenas de reporteros acudieran al St. Marien como moscas atraídas por la miel.

Lo curioso es que, pese a los avances, Klaus aún no ha recuperado la memoria a corto plazo. Sus últimos recuerdos nítidos son de unos días previos al accidente. O eso dice. Fischer insiste en que se respeten sus tiempos. Es importante no contarle nada que pueda disgustarlo, ya que recibir información inesperada podría empeorar su recuperación y resultarle traumático. Sin embargo, el hecho de que no haya preguntado por su amigo ni una sola vez desde que despertó, ha generado en Nina la duda sobre cuánto hay de verdad y de fingido en su supuesta amnesia postraumática. ¿Cómo es posible, con la amistad tan estrecha que tenían? Compartió su sospecha con Jamal la última vez que hablaron.

Fue varios días atrás.

Demasiados.

Habían acordado que su relación se limitaría a un intercambio telefónico frecuente hasta que se cerrara el caso, pero a ella le había dolido como una puñalada en el corazón. Cuando se lo comunicó, con aquella voz distante tan impropia de él, la hizo pedazos. Poco después de su encuentro fortuito en el St. Marien, Jamal la citó en la Central de la BKA. Ni siquiera la llevó a su despacho para que pudieran hablar con intimidad, como cabría esperar, sino que la hizo pasar a una sala de reuniones desangelada que olía a desinfectante. Lo acompañaba el *Spezialagent* Ulrich Grimmel, que le ofreció un té que ella declinó y la trató con la corrección habitual. Por un momento, creyó que su compañero los dejaría solos y que, entonces, Jamal la tomaría de las manos y le susurraría lo mucho que la echaba de menos.

Qué ingenua.

En cuanto se sentó, Nina supo con una seguridad incontestable que el hombre que tenía delante no era Jamal, sino el *Kriminalinspektor* Birkan.

—La hemos citado hoy aquí porque necesitamos su ayuda, *Frau* Haas —anunció, con un tono de voz serio y profesional.

Habló sin rodeos.

—¿Me está pidiendo que espíe a mi marido, *Herr Inspektor*? —preguntó Nina, tras escuchar la petición.

Lo que en realidad quería decir era:

«¿Me estás pidiendo que vuelva con Klaus, Jamal?».

Jamal cruzó las manos por encima de la mesa. Nina se perdió durante unos segundos en las venas que las recorrían como los ríos de un mapa, en los pronunciados nudillos, en la forma de los dedos, en las uñas pulidas, en las pulseras de cuero y plata que asomaban bajo la manga del grueso jersey azul marino. Hasta hacía muy poco, aquellas manos grandes, bronceadas y masculinas la acariciaban, le proporcionaban un placer indescriptible y la empujaban en busca de una versión mejorada de sí misma.

Pero ahora, la apartaban.

Tuvo que desviar la vista.

—Creía que de eso se encargaban ustedes —remató, incapaz de ocultar su desconcierto.

—*Frau* Haas, ya sabe que la BKA tiene indicios de la actividad terrorista de su marido —dijo Jamal. En ese instante, se produjo un momento incómodo en tres tiempos. Ulrich miró a Jamal perplejo; Jamal miró a Nina; Nina miró a Ulrich—. Es probable que Klaus salga del hospital dentro de poco o, al menos, eso parece. Llegado el momento, se le pondrá un dispositivo de seguimiento las veinticuatro horas, pero, por ahora, no contamos con autorización para intervenir sus comunicaciones. Por eso, necesitamos que nos preste sus ojos y sus oídos. Es esencial que coopere con nosotros para que podamos neutralizarlos a él y a la falsa Sonja Wenders antes de que retomen sus planes de atentar en Berlín.

La desolación, caliente y pesada como la cera fundida, se le extendió por las venas.

—Supongo que no me queda otra opción.

—Bien. Ha tomado usted la decisión correcta, *Frau* Haas. La protegeremos en todo momento, se lo prometo.

Cuando la reunión concluyó, Jamal la acompañó a la salida. Aunque se quedaron solos en el ascensor, se mantuvo distante, pero Nina le deslizó una mirada solicitante que reclamaba una merecida explicación.

—¿Es que no piensas decir nada?

—¿Qué quieres que diga, Nina?

—Me citas aquí y me sueltas que tengo que volver con Klaus como si no hubiese pasado nada. Al menos podrías tener la decencia de explicarme cómo afecta eso a nuestra relación.

Jamal exhaló.

—Debemos dejar de vernos hasta que el caso esté cerrado.

Todo el cuerpo se le tensó de dolor y sintió que iba a explotar allí mismo.

Nina sonrió con cinismo.

—Oh, vaya. Así que ahora tomas tú las decisiones por los dos.

—Oye, sé que no quieres estar con él, y yo tampoco, pero durante un tiempo tendrá que ser así. Es la única forma de acabar con esto de una vez por todas.

—¿Y hacía falta que me lo comunicaras con tanta frialdad, como si no nos hubiéramos acostado durante las últimas semanas? Primero me dices que no soportas verme con él y luego me arrojas a sus brazos. No te entiendo, Jamal.

—Nina, por favor. No quiero hacerte daño. Solo intento que las cosas no sean más difíciles de lo que ya son.

—¿Sabes? Creía que te importaba —le recriminó con amargura—. Pero ahora me doy cuenta de que, en realidad, nunca ha existido la menor posibilidad de que tengamos algo parecido a un futuro juntos. Todo ha sido una ilusión.

—Nina, no digas eso. Yo no…

Lo que se disponía a decir se le murió en la garganta porque, en ese instante, el ascensor se detuvo en la planta baja y la puerta de acordeón se abrió. Alguien entró al mismo tiempo que Nina salía.

—No hace falta que me acompañe hasta la salida, *Herr Inspektor*. Conozco el camino —sentenció.

Se fue de allí apretando el paso y se encerró en el coche, donde lloró durante al menos diez minutos hasta que consiguió aflojar el difícil nudo que le comprimía el estómago. Después, condujo hasta Kreuzberg, aparcó donde pudo, subió al apartamento de Jamal y recogió todas sus cosas entre lágrimas.

Kerem, que seguía instalado en casa de su hermano, intentó convencerla para que se quedara.

—Espera, *abla*. No te vayas así, por favor. Hablemos un poco. No sé qué ha pasado entre vosotros, pero seguro que tiene solución. Jamal te ama, Nina. ¡Joder, te ama de verdad, con toda su alma! Si te contara lo que ha hecho por ti, te replantearías el error que estás cometiendo ahora mismo.

Fuera lo que fuese, no quería saberlo.

Ya no.

—Adiós, Kerem. Cuídate mucho, ¿vale? —se limitó a decir.

Luego, dejó sobre la mesa el llavero con forma de nazar que Jamal le había regalado días atrás y se marchó.

Tras el portazo, el mundo se fundió a negro.

Aquella noche deseó con todas sus fuerzas que fuera a buscarla. Que reconociera que separarse había sido un terrible error. Que le dijera una vez más que la necesitaba. Que le susurrara palabras de amor en turco. Que le pidiera que volviese con él, a casa, juntos, para siempre.

Pero no lo hizo, ni aquella noche ni la siguiente.

Y ella se sintió como una flor marchita en invierno.

Sin energía, como si la hubieran drenado por dentro.

Nina cierra la cremallera de la bolsa de viaje negra donde ha guardado las pertenencias de Klaus y la deja junto a la puerta de la habitación. Él aguarda sentado en la cama, mirando por la ventana con aire taciturno. Lo observa de espaldas. No se parece mucho al hombre que era. Está muy delgado y presenta un aspecto frágil. Incluso ha perdido una buena cantidad de pelo. De repente, una asfixia incontrolable le comprime el esternón. El impulso de salir corriendo la golpea en las sienes, en la garganta, en el pecho. La angustia de tener que enfrentarse a esa vida fingida que le han impuesto de nuevo.

Si pudiera, huiría muy lejos.

Ojalá pudiera.

El doctor Fischer aparece en ese momento y se planta delante de Klaus.

—Bueno, *Herr* Haas. Por fin puede volver a casa —dice, de manera animada—. Recuerde que es muy importante que venga a rehabilitación tres veces por semana. La fisioterapia le ayudará a recuperar el tono muscular y la movilidad que ha perdido durante el coma. Procure llevar una dieta saludable y descansar, ¿de acuerdo? Si siente cualquier cambio o presenta algún síntoma distinto a lo habitual, cualquier cosa fuera de lo común, mareos, cefaleas, náuseas, lo que sea, llámeme cuanto antes. —Klaus asiente—. Nos veremos en la revisión, dentro de unos días. Lo dejo en buenas manos —añade, y dirige una mirada condescendiente hacia Nina.

A ella, sus palabras le provocan náuseas, pero se obliga a sí misma a permanecer fría e inalterable.

Llueve; otra vez esa llovizna pegajosa tan típica de Berlín. De camino al coche, Klaus se agarra a ella de manera instintiva para resguardarse bajo su paraguas. Al sentir el contacto, Nina se tensa. Quiere apartarlo, pero trata de imaginarse que no es más que una enfermera que asiste a un paciente. Cuando llegan al aparcamiento, le abre la puerta del copiloto del MINI y lo ayuda a subirse al vehículo. Nota lo rígido que se ha puesto de repente. «A mí no me engañas. Claro que te acuerdas del accidente», piensa. Hace además de abrocharle el cinturón y él le aparta la mano con brusquedad.

—Puedo hacerlo solo. No soy un jodido inválido —masculla.

Ahí está el Klaus de siempre, el hombre agresivo que le ha amargado la existencia. Entonces, comienzan a aflorar imágenes, escenas, retazos de conversaciones guardadas en un baúl enterrado desde hace semanas en el fondo de su alma. Creía que había borrado todo eso de la memoria; sin embargo, acaba de comprender que el pasado nunca se olvida, sino que se arrastra como una maleta llena de trastos inservibles. En ese momento se da cuenta, aterrorizada, de que su antigua vida, la previa a la noche de agosto en que todo cambió, ha vuelto y espera, inalterable, a ser retomada en el mismo punto en que la dejó.

¿Es *esa* vida y no la *otra* la que le pertenece?

Una sensación de soledad y vacío se apodera entonces de Nina.

—Como quieras —transige.

Entre suspiros de resignación, se sube al coche. El reproductor musical se enciende en cuanto arranca.

—¿Qué es esta porquería? —pregunta Klaus.

—Música turca.

—Apágala.

Nina obedece. Espera unos segundos antes de iniciar la marcha y toma la A100 desde Gallwitzallee en dirección a Charlottenburg. El silencio, roto tan solo por el ruido del limpiaparabrisas, es tan cortante como la hoja de un cuchillo recién afilado.

—¿Por qué no ha venido a verme nadie del bufete?

Las palabras de Klaus la alarman. No puede contarle la verdad. Las instrucciones son muy concretas: su marido no debe enterarse de que tenía restringidas las visitas ni de que varios agentes de paisano vigilaban su habitación las veinticuatro horas. Si llegase a albergar la más mínima sospecha de que la BKA lo tiene en el punto de mira, la investigación podría verse comprometida. A la policía le interesa sorprenderlo con las manos en la masa.

—Porque yo lo prohibí —improvisa—. El doctor Fischer fue muy claro al respecto. Tu situación era grave, así que restringí las visitas innecesarias. De todos modos, alguien se interesó por ti.

—Ah, ¿sí? ¿Quién?

—Sonja Wenders.

En la fracción de segundo que invierte en desplazar la vista de la carretera hacia el rostro de su marido, percibe que este ha arrugado el entrecejo. No parece incómodo, pero sí bastante sorprendido.

—¿Wenders? ¿Ese vejestorio? Si ni siquiera me llevo bien con ella. En fin, supongo que tendré que llamarla más tarde para agradecerle que se preocupara por mí.

—No —replica, quizá demasiado tajante—. Quiero decir que, ahora mismo, eso no es importante. Tu prioridad es recuperarte al cien por cien. Debes centrarte en la rehabilitación, Klaus. Ya habrá tiempo para hablar con tus compañeros de trabajo.

Una mueca de sonrisa maliciosa se perfila en los finos labios del hombre.

—Parece que, en mi ausencia, te has convertido en una mujer con carácter —advierte, a la vez que le pone la mano sobre el muslo. Nina contiene las ganas de sacársela de encima violentamente. Entonces, la sube hacia uno de sus pechos y se lo aprieta sin delicadeza. Diría que el gesto es una especie de advertencia—. Pero no creas que soy idiota. Te has cortado el pelo y no llevabas el anillo. —Nina abre la boca para defenderse y Klaus aprieta con más fuerza para acallarla—. Las enfermeras de la UCI del St. Marien dicen que no has pasado mucho tiempo conmigo. ¿Acaso planeabas dejarme?

Nina traga saliva.

—Estoy conduciendo, Klaus. ¿Quieres que nos matemos? ¿Eso quieres? Apuesto a que esta vez no sobrevivirías —le escupe, con rencor.

La dureza de sus palabras surte el efecto deseado. Klaus palidece y aparta la mano enseguida. El resto del trayecto transcurre en un silencio sepulcral.

Le ha plantado cara y eso la hace sentirse bien consigo misma.

En casa, Klaus lo examina todo con una suspicacia tan ridícula como inquietante. Rechaza la ayuda de Nina para ducharse, así como el consomé de huevo que ella se ofrece a prepararle, y le anuncia su intención de echarse un rato. Ambos se dirigen al dormitorio.

—Todavía no has contestado a mi pregunta. ¿Ibas a abandonarme? —dice, mientras se desviste despacio.

Nina deja encima de la cama el pijama que ha sacado de la cómoda para su marido.

«No iba a abandonarte; ya te he abandonado, maldito cerdo».

—Oh, Klaus, no digas tonterías, ¿quieres?

Hace ademán de darse la vuelta; sin embargo, Klaus la agarra de la muñeca para obligarla a permanecer quieta. Es evidente que empieza a recuperar la fuerza, y eso la aterra. La observa detenidamente, como si pudiera leer la verdad en sus ojos. Nina desvía la mirada. Él está desnudo. A pesar de su debilitado estado físico, hay algo demasiado intimidante en la escena, algo que consigue hacerla sentir como una presa en las garras de un depredador. De golpe, la luz entra por alguna rendija de su mente y lo ve con claridad: debe imponerse, demostrarle que no le tiene miedo. De lo contrario, volverá a someterla como ha hecho siempre.

De modo que alza la barbilla con un punto desafiante y le clava una mirada que destila odio.

—Suéltame —le exige—. Ahora mismo.

Klaus hace lo que le ordena con una mueca de superioridad instalada en el rostro. Entonces, ella gira sobre los talones, en dirección a la cómoda, comienza a rebuscar en uno de los cajones y extrae algo de ropa. A continuación, enfila hacia la puerta.

—¿Adónde vas?

—Al estudio. Dormiré allí hasta que estés recuperado.

—De ninguna manera. ¿Has olvidado ya cuáles son tus deberes conyugales?

Nina exhala de puro hastío.

—No te atrevas a hablarme de deberes conyugales, Klaus. Y, ahora, si no te importa, tengo cosas que hacer. Procura descansar —le espeta con frialdad, antes de abandonar el dormitorio.

En el cristal de la ventana del estudio repiquetean gotas de lluvia. Nina sigue su trayectoria con los dedos; observar el agua siempre la ha ayudado a calmarse. Un minuto después, escribe en su móvil:

«Klaus ya está en casa».

Y pulsa la tecla de enviar.

La respuesta de Jamal llega de forma casi instantánea.

«OK. Mantén los ojos bien abiertos».

Frío, directo y escueto, como todos los mensajes que ha intercambiado con ella en los últimos días. Sin embargo, cinco segundos más tarde recibe otro, y en este sí cree reconocer al hombre que ama.

«Dime que estás bien, por favor».

A lo que Nina contesta:

«Me estoy asfixiando».

Entonces, Jamal dice:

«Aguanta, te lo suplico. Ya queda poco».

Piensa en escribirle algo como «Sería más fácil si estuvieras a mi lado», pero no lo hace. En su lugar, borra todos los mensajes, tal como él le pidió que hiciera.

41. Jamal

Los días pasan con una lentitud extraordinaria, tal vez porque cuanto más ansioso está uno, más despacio parece fluir el tiempo. Ni las jornadas maratonianas de trabajo ni las duras sesiones de entrenamiento a las que se somete como un castigo autoimpuesto lo ayudan a aliviar el tormento. Al contrario; está tan centrado en el deber de olvidarla que no deja de pensar en ella a todas horas. Esa farsa le ha robado partes de sí mismo, días que fueron sagrados, pedazos de la historia que habían empezado a escribir juntos, y ya no lo soporta. Y, desde luego, que su padre le pregunte por ella con una frecuencia que raya lo obsesivo tampoco ayuda.

—*Baba,* ya te he dicho que Nina está muy ocupada —le explicó, mientras compartían el desayuno dominical—. Entre el trabajo y el voluntariado, apenas tiene tiempo para nada.

Orhan *Bey* frunció el ceño y lo miró de hito en hito.

—¿Seguro que no me estás ocultando nada? —preguntó, receloso.

—Claro que no. ¿Por qué piensas eso, *baba?*

—Porque últimamente tengo la sensación de que tanto tú como Kerem no paráis de hacerlo.

Le ha contado demasiadas mentiras, más de las que su conciencia es capaz de tolerar. Sin embargo, a veces, el fin sí justifica los medios.

Nina también lo está pasando mal, lo sabe. Ella no se lo ha dicho porque apenas intercambian un par de mensajes informativos escuetos al día. Ha sido su amiga. De un tiempo a esta parte, Enke Brückner y su hermano hablan mucho por teléfono, así que Jamal decidió pedirle su número a Kerem, la llamó y le dijo que necesitaba verla. A pesar de sonar sorprendida, no hizo preguntas. Quedaron a la mañana siguiente, en una cafetería de Prenzlauer Berg cercana a su apartamento. Pidieron un *Kännchen* de té cada uno y una porción de pastel de ruibarbo para ella, y se sentaron el uno frente al otro. Fuera, llovía a cántaros y el frío era punzante.

—Supongo que querrás saber para qué te he llamado.

Enke sonrió, aunque el gesto era cualquier cosa menos amable.

—Oh, no te creas, me hago una ligera idea. Y antes de que me lo preguntes, la respuesta es no, Nina no está bien —replicó, en tono acusatorio. Era evidente que Enke lo culpaba del sufrimiento de su amiga, y no le faltaba razón.

—¿Te lo ha dicho ella?

—Bueno, ya la conoces, le cuesta exteriorizar sus sentimientos, pero sé que está deprimida. ¿Cómo no iba a estarlo? —añadió, con una mirada belicosa—. Además, lleva varios días sin ir al centro de refugiados, su única vía de escape en estos momentos, porque el cerdo de su marido la tiene controlada. ¿Te das cuenta de lo que has conseguido, Jamal? Exijo saber por qué demonios la has convencido para que vuelva con él. Nina y tú estáis enamorados, por Dios.

—No puedo contártelo, Enke, pero te prometo que haré todo lo posible para revertir esta situación cuanto antes.

Sin embargo, no parecía que las cosas fueran a arreglarse de manera inmediata. La investigación seguía en el mismo punto muerto de siempre, y Jamal se encontraba al borde de un precipicio. Frustrado, atrapado, desesperado. Para empezar, esa rata de Sonja Wenders no había vuelto a aparecer en escena. Klaus tampoco salía de casa para nada, según el equipo encargado de vigilarlo, y, por lo que le contaba Nina, apenas usaba el móvil o el portátil. Una de dos: o realmente había perdido la memoria o el tipo era más astuto de lo que creía. Por supuesto, la primera opción quedaba descartada.

Necesitaba un golpe de efecto.

Y lo necesitaba con urgencia.

Entonces, sucedió algo inesperado. La noche anterior, Jamal recibió un mensaje de Nina en el que le pedía que la llamara. Aunque era bastante tarde, lo hizo enseguida. Temía que ese bastardo le hubiera hecho daño. Al quinto tono, ella descolgó. Oír su voz angelical después de tantos días se convirtió en una cura instantánea para su alma magullada.

—Parece que Klaus ha recuperado la memoria —explicó, en un tono apenas audible.

—Vale, cuéntamelo todo desde el principio.

—Pues a ver, justo acababa de llegar del trabajo. Estaba cambiándome para meterme en la cama cuando ha entrado en la habitación y me ha soltado la bomba.

Una llamarada de furia le incendió las venas en aquel momento. ¿Cómo que había entrado en la habitación? ¿Significaba eso que la había visto desnuda? Sabía que era ridículo, aunque solo con imaginarlo, le entraban ganas de estrangularlo.

Carraspeó y se concentró en el relato de Nina.

—¿Qué te ha dicho, exactamente?

—Que las imágenes de lo que sucedió aquella noche le habían vuelto a la cabeza de repente. Ha recordado que se dirigía con Andreas a alguna parte, aunque no ha especificado adónde y yo tampoco se lo he preguntado. Él iba en el asiento del copiloto. Andreas perdió el control del vehículo y chocaron contra la mediana. A partir de ahí, nada. Hay una especie de agujero negro espaciotemporal. Lo siguiente que recuerda es abrir los ojos en la UCI del St. Marien. —Hace una pausa—. ¿Tú le crees, Jamal?

—No. Todo esto forma parte de un gran paripé, Nina. ¿Te ha preguntado por su amigo?

—Sí. —Suspiro prolongado al otro lado de la línea—. No he tenido más remedio que contarle que murió en el accidente.

—Has hecho lo correcto. ¿Cómo ha reaccionado?

—Creo que no se lo esperaba. O, al menos, es mi impresión.

Buena señal. Eso significaba que Wenders todavía no se había puesto en contacto con él, por lo que la BKA le sacaba cierta ventaja. Claro que, las razones por las cuales había escogido ese momento determinado para, digamos, *recuperar* la memoria obedecían a criterios que Jamal desconocía. Tal vez había visto algo acerca de los crímenes del Bósforo en internet que lo alertase, quién sabe.

—¿Qué tengo que hacer ahora, Jamal?

—Nada, Nina. Tú no hagas nada. Ahora me toca a mí.

De modo que ahí está, a punto de mover ficha.

Aunque pueda parecer lo contrario, no ha sido fruto de un impulso, sino, más bien, un acto premeditado. Se acabaron las concesiones, ha llegado el momento de actuar. Necesita que Klaus Haas dé un paso en falso, y si hay que forzar la situación para conseguirlo, jura por Dios que lo hará. Por eso, le ha pedido a Frida que lo acompañara al domicilio conyugal de los Haas esa misma mañana.

—Pensaba que no querías que me acercara a ella. ¿Has cambiado de opinión, jefe?

—En absoluto. Pero tu carácter intempestivo es valor seguro para que Haas lo pase mal.

—Me lo tomaré como un cumplido.

Treinta minutos más tarde, aparca el coche policial en Charlottenburg. Aprovechan el momento en que un vecino sale a pasear al perro para colarse en el edificio, tomar el ascensor y subir al piso de los Haas; el factor sorpresa es decisivo en estos casos. Jamal descubre que le tiembla el pulso al acercar la mano al cajetín del timbre. Una sensación de euforia le recorre el cuerpo, un hormigueo que se le extiende desde el cuero cabelludo hasta el estómago. No es miedo, es una emoción distinta. Adrenalina.

Al momento, Nina abre la puerta envuelta en esa bata blanca de seda que conoce tan bien. Solía ponérsela en casa cuando se levantaba por las mañanas, encima de un camisón tan *sexy* que nunca lo conservaba puesto mucho tiempo. También la llevaba el día del registro. Siempre recordará el momento exacto en que la vio aparecer, con el aire de un cervatillo asustado y ese par de piernas esbeltas, tersas y sedosas cuya visión lo atormentaba.

Exactamente como ahora.

Un vendaval de emociones parecidas a un gran *déjà vu* lo sacude por completo al establecer contacto visual con ella. «*Melek yüz*». Lo siente todo de nuevo, tan candente y eléctrico como la primera vez que la vio. Nina es demasiado hermosa como para dejarla escapar.

Demasiado valiosa.

—¿Qué hacen ustedes aquí? No les esperaba.

Parece sorprendida.

—Buenos días, *Frau* Haas. Hemos venido a hablar con su marido. ¿Podemos entrar?

—Claro, adelante.

Se nota que está tensa, la pincelada de rubor en sus mejillas la delata. La garganta se le hunde a causa de la respiración, más agitada de lo normal. Le encantaría besarla justo ahí, en ese hueco sensual entre las clavículas y que a ella se le erizara la piel. La comprometida tesitura a la que está a punto de enfrentarse lo fuerza a sacarse esa imagen de la cabeza enseguida. Nina los invita a pasar al salón mientras va a avisar Klaus, que está vistiéndose, según les explica.

—Vuelvo enseguida. Pónganse cómodos.

Frida escanea el salón de arriba abajo mientras lo toquetea todo: los lomos de los libros, los elementos decorativos, los marcos, el borde de un jarrón sin flores.

Silba.

—Sí, señor. El hogar de un matrimonio feliz —ironiza.

—Estate quietecita —la reprende.

420

Nina regresa al cabo de pocos minutos acompañada de su marido, que tiene cara de pocos amigos. Jamal lo observa fijamente. Es la primera vez que lo ve fuera de la cama de la UCI, en plena posesión de sus facultades, y debe reconocer que está impresionado. Intercambia una mirada discreta y fugaz con su compañera. Frida debe de sentir lo mismo, a juzgar por su expresión de perplejidad.

—¿Qué quieren? —les pregunta, con hostilidad.

—Buenos días, *Herr* Haas. Soy el *Kriminalinspektor* Jamal Birkan, de la BKA, y esta es la *Spezialagent* Frida Bauer. —Ambos muestran las respectivas placas. Klaus examina la de Jamal detenidamente sin abandonar esa odiosa expresión de superioridad.

—¿Birkan? Usted no es alemán.

Jamal deja escapar una risa sardónica.

—Soy tan alemán como Joachim Löw, Albert Einstein o Claudia Schiffer, aunque mis padres nacieron en Turquía, de ahí mi apellido.

Klaus frunce los labios en un claro gesto de desaprobación.

—No sabía que la Policía Criminal Federal admitiera turcos.

—La desconfianza hacia los extranjeros siempre me ha parecido una potencial herramienta de manipulación. ¿A usted no, *Herr* Haas?

Durante unos segundos, los dos hombres mantienen una especie de duelo silencioso. La mirada de Klaus es fría como la de un enterrador de cadáveres, sin empatía ni humanidad. En ese instante, Jamal debe hacer un durísimo ejercicio de autocontrol para no insultarlo. «Maldito racista de mierda». Le encantaría poder hacerlo, detesta a ese hombre como a nadie, pero esta vez no podrá ser.

De momento.

—En fin, siéntense, por favor. —Señala un extremo del amplio sofá tapizado. Él se acomoda en el lado contrario—. Nina, cariño, sé buena y sírveles un café, vamos —le ordena, acompañando las palabras de una caricia impúdica en su pierna desnuda.

Nina traga saliva y recurre a Jamal con un llamamiento silencioso. A él, la sangre le hierve a borbotones. Perfora a Klaus con la mirada y aprieta el puño al tiempo que predice el mar de fuego que lo engullirá si vuelve a tocarla. La tentación de romperle la nariz es demasiado grande, pero, en vez de eso, toma aire y se resigna a contenerse.

—No se moleste, señora, no vamos a tomar nada.

Ella le dedica una tímida sonrisa de agradecimiento que lo ayuda a serenarse durante unos instantes y se sienta al lado de su marido, aunque deja un espacio de seguridad entre ambos que a Jamal no le pasa desapercibido.

—Ustedes dirán —los apremia Klaus—. Eso sí, les rogaría que fueran breves porque tengo que ir a rehabilitación dentro de un rato. No sé si son conscientes de que sufrí un grave accidente de coche en agosto.

—Sí, estamos al tanto de su situación —concede Jamal, que decide ir directo al grano para desestabilizarlo y bajarle esos humos de burgués advenedizo—. Hemos venido para hablar de Maximilian Bachmann.

Jamal examina la reacción de su interlocutor con atención; es la mejor forma de percibir cualquier atisbo de culpabilidad o sospecha. Aunque lo intenta, Klaus no es capaz de disimular la sorpresa que le ha producido oír ese nombre en boca de un policía federal. La expresión de su cara lo delata.

—Lo siento, no sé de quién habla.

Frida interviene.

—Pero Andreas sí sabe quién es, ¿no? O, mejor dicho, quién era. Una lástima lo de ese chico. La vida de un joven alemán tirada por la borda.

—Al parecer, ustedes eran muy buenos amigos —apunta Jamal.

El semblante de Klaus se vuelve sombrío, sus gestos erráticos denotan nerviosismo. Muestra una expresión que ha visto muchas veces a lo largo de su carrera; esa vacilante indecisión de alguien que no sabe si revelar una confidencia o buscar una excusa para salir del atolladero. Deja que el silencio se extienda por el salón para que Klaus se tome el tiempo de decidirse.

—No tanto, solo nos conocíamos del gimnasio. ¿Quién les ha dicho eso? —quiere saber. Acto seguido, desliza una mirada enfurecida hacia Nina—. ¿Has sido tú?

Pero Jamal impide que conteste a la pregunta.

—¿Recuerda algo del accidente, *Herr* Haas?

—Oiga, esto es un atropello a mis derechos fundamentales. ¿Me están interrogando, acaso? Porque, si es así, sepan que trabajo en un bufete de abogados, conozco cuál es el procedimiento en estos casos —asegura, con tono amenazador.

—Haga el favor de calmarse y cooperar, Haas. Por la cuenta que le trae —le advierte Frida.

—¿Recuerda adónde se dirigían Andreas y usted la noche del accidente? —insiste Jamal.

Klaus tuerce el gesto.

—Pero ¿se puede saber qué quieren de mí? —Pasa la mirada de Jamal a Frida para luego dirigirla a Jamal de nuevo como si distribuyera el peso de sus palabras entre los dos—. No entiendo qué hacen en mi casa ni el porqué de todas estas preguntas.

Jamal continúa presionándolo.

—¿Estaba usted al corriente de la actividad de Andreas?

—¿De qué actividad me habla?

Frida deja escapar una risa cáustica.

—¿No lo sabe?

—No, no lo sé —replica de malas maneras—. Díganmelo ustedes, ya que cuentan con más información que yo, por lo visto.

—Maximilian Bachmann, o Andreas, como se hacía llamar últimamente, era un terrorista en busca y captura, *Herr* Haas.

Entonces, el tiempo se detiene en un instante de caras desencajadas, de ojos abiertos de par en par, de la soberbia abofeteada que experimenta el cazador cuando se da cuenta de que se ha convertido en presa.

Por desgracia solo es eso, un mero instante.

—¿Y qué define a un terrorista, según usted, *Herr Inspektor* Birkan? Hoy en día, cualquier acto vandálico es susceptible de ser tachado de terrorismo. Vivimos en la época de la corrección política y todo es culpa de esos malditos *Sozis* y su imposición ideológica.

—¿Asesinar a sangre fría le parece lo suficientemente grave como para incluirlo en la definición? —le escupe Jamal.

La tensión entre ambos crece y luego remite bajo un silencio que Klaus se decide a romper.

—Oigan, todo esto es absurdo. Les aseguro que soy un ciudadano ejemplar. Ni siquiera tengo multas de tráfico. Díselo, Nina.

Sin embargo, Nina permanece callada y se limita a agachar la cabeza. La mirada de odio que le dirige Klaus no le gusta un pelo, de modo que decide reconducir la conversación. Para ello, se saca el móvil del bolsillo y busca el retrato robot de la falsa Sonja Wenders.

—¿Conoce a esta mujer? —pregunta, mostrándole la imagen.

Klaus la ojea durante un momento y finge no haberla visto en su vida. La expresión de su cara parece serena, pero un temblor en la voz lo inculpa.

—¿Está seguro, *Herr* Haas?

—Segurísimo. Y, ahora, si no tienen más preguntas, les agradecería que se marchasen. Como ya he dicho, tengo que irme en breve y ni siquiera he llamado aún al taxi.

Nina frunce el ceño.

—¿Taxi? ¿No prefieres que te lleve yo?

—No —responde, cortante—. Iré solo.

«Está cabreado. Mal asunto», piensa Jamal.

—De acuerdo, nos vamos. Pero le aseguro que volveremos a vernos las caras, *Herr* Haas —dice.

Si las miradas quemasen, la suya lo habría calcinado en tres parpadeos.

—Acompáñalos a la puerta, Nina. *Auf Wiedersehen, Herren.*

Cuando salen a la calle, Jamal toma una profunda bocanada del aire frío de noviembre y lo libera lentamente, como si así pudiera desprenderse de la costra de suciedad que se le ha formado por dentro. De camino al coche, una carga oscura lo arrastra. Echa una mirada al edificio, pulcro e inmaculado y piensa en Nina.

Debería volver.

Claro que debería.

—¡Menudo embustero! —exclama Frida, al mismo tiempo que extrae un paquete de chicles de menta del bolsillo de su cazadora. Le ofrece uno a Jamal, que lo rechaza con un movimiento de la cabeza, y se mete otro en la boca—. ¿Has visto con qué desfachatez escupía una mentira tras otra? Está claro que ese tipo le ha visto las orejas al lobo. Además, es un jodido machista incorregible. Ya sabes que su *mujercita* —remarca con un tono que le provoca náuseas— no es precisamente santo de mi devoción, pero ¿te has fijado en cómo la trata? Como si fuera la sirvienta.

Podría hacer que Frida cerrase el pico de muchas maneras, pero está tan concentrado en lo que hará a continuación que ni siquiera invierte un segundo en enfrentarse a ella.

El viento gélido le despeina el cabello. Se aparta un mechón con un dedo y dice:

—La buena noticia es que podemos conseguir que se desmorone con facilidad. Bachmann debió de ordenarle que no abriera la boca, pero no es un criminal preparado para soportar un interrogatorio ni una buena dosis de, digamos, presión policial razonable.

Frida sonríe con malicia, aunque la tensión de sus labios se deshace en el momento en que Jamal le lanza las llaves del coche.

—Espera a que salga y síguelo, a ver qué hace. Y procura no perderlo de vista.

—Pero si de eso ya se encarga un equipo.

—Tres pares de ojos ven más que dos. Envíame un mensaje en cuanto esté de vuelta, ¿vale?

—¿Se puede saber qué vas a hacer?

—Enmendar un error, Frida. O, por lo menos, voy a intentarlo.

42. Nina

3 de noviembre de 2015
Distrito de Charlottenburg, Berlín

El espejo le devuelve la imagen de unos ojos inflamados por las lágrimas que ha derramado desde que Jamal ha salido por la puerta. Necesitaba vaciarse, son demasiadas emociones a flor de piel. Un minuto después, con el alma más calmada, se dispone a meterse en la ducha cuando el sonido del timbre la disuade. Se pone la bata sobre el cuerpo desnudo, se la ata a la cintura y sale del cuarto de baño. Deduce que Klaus se ha olvidado las llaves y ha vuelto a por ellas, así que abre sin comprobar quién es. Quizá debería haberlo hecho.

O quizá no.

Traga saliva.

—*Inspektor* Birkan.

—Tranquila, estoy solo.

El lenguaje corporal de Nina cambia de inmediato. Baja los hombros y relaja la espalda. Le sorprende tanto verlo allí de nuevo que no sabe qué hacer. Jamal entra en el apartamento y cierra la puerta tras de sí. Entonces, se queda apoyado en ella unos instantes con las manos a la espalda.

—Si Klaus te ve aquí…

—No te preocupes, me avisarán antes de que vuelva. Tenía que asegurarme de que ese cretino no se pasaba de la raya. ¿Te ha dicho o hecho algo ofensivo?

Nina niega con un movimiento de cabeza.

—Bien. ¿Sabes? Antes has demostrado tener muchas agallas. Estoy orgulloso de ti.

—Solo he hecho lo que consideraba correcto.

Da un paso hacia ella, y luego otro, hasta que está tan cerca que una nube de perfume masculino se descarga sobre sus sentidos con la violencia de un chaparrón. Ahora es Nina la que necesita un apoyo para mantener la verticalidad. El miedo le recorre el cuerpo como una corriente eléctrica, un miedo delicioso que le provoca un cosquilleo en el cuero cabelludo y le tensa el pecho. Él la observa con ese brillo salvaje en el iris y ella no puede librarse de la sensación de que la está desnudando en cuerpo y alma con la mirada.

—Has estado llorando —afirma.

—No es problema tuyo.

Trata de sonar combativa, aunque solo consigue sonar despechada.

«Oh, Dios, eres patética», se recrimina a sí misma.

—Te equivocas. Todo lo que te pase es mi problema. —Hace una breve pausa para exhalar—. Odio esta situación, Nina. Con todas mis fuerzas. Están siendo unas semanas durísimas para mí.

Siente ganas de gritar, aunque sus labios solo dan paso a un reproche.

—¿Y crees que para mí no? Te recuerdo que, si estamos en esta tesitura, es porque tú lo has decidido.

El corazón se le acelera. Nina lucha por no quebrarse delante de él, pero su resistencia no está hecha a prueba de balas. Ha soportado con estoicismo hasta ese instante, y ahora su mera presencia amenaza con desbaratarlo todo. Gira la cabeza para ocultarle la lágrima rebelde que se le ha enredado en las pestañas, pero es en vano.

Jamal la toma de las mejillas con suavidad y la obliga a encararlo de nuevo, como hace siempre.

Como hacía siempre.

—Te aseguro que no ha sido fácil.

—Me da igual —solloza, reticente a devolverle la mirada—. No puedes venir aquí y fingir que no me has empujado a una vida que me hace profundamente infeliz sin darme al menos una razón. Me has abandonado cuando más te necesitaba, Jamal.

—Yo jamás te abandonaría, Nina. Estoy aquí, contigo. —Le agarra la mano y se la pone sobre el torso, desbordado igual que un río tras el temporal—. Vamos, mírame.

—No quiero verte.

—Entonces, pídeme que me vaya. Pídemelo y me iré ahora mismo. Saldré de tu vida, si eso es lo que quieres, pero vas a tener que pedírmelo. Venga, hazlo. Ten agallas para hacerlo. —Silencio—. No puedes, ¿verdad? No, claro que no, porque esta situación no tiene ningún sentido y tú lo sabes tan bien como yo. Mírame, *Melek yüz* —susurra de un modo demasiado sensual como para que le sea posible resistirse—. Tú y yo estábamos destinados a encontrarnos —dice, mientras le acaricia la boca con la mirada en un anticipo de lo que está por venir.

Nina tiembla como lo hacen las cosas que nacen de la indecisión. Y todo el valor que había reunido se deshace igual que el papel mojado en cuanto los dedos de Jamal emprenden el camino de su cuello, siguen hacia su pecho convulso y se posan sobre el cinturón de la bata. La mira a los ojos a la vez que se lo desanuda, despacio, muy despacio, sin que oponga resistencia alguna. Sabe que tiene razón: estaban destinados a encontrarse, y pretender que sea de otra manera sería absurdo. Entonces, algo cambia, se quiebra, y la resistencia cede. La piel se le eriza, el pulso se le dispara. El tacto de la seda que resbala sobre su cuerpo le nubla el juicio.

La prenda cae al suelo con ligereza.

En caída libre.

Nina está desnuda.

Ya nada importa.

—Eres mi ángel, Nina Kessler —susurra Jamal.

Cuando le cubre los labios con los suyos, su voluntad se desvanece por completo. Echaba tanto de menos el sabor de su boca, el roce áspero de su barba color caramelo y esa forma suya de besarla, frenética y desesperada, como si el mundo fuera a dejar de existir en cuestión de minutos... A partir de entonces, todo sucede a cámara lenta, aunque de un modo imparable. Jamal se deja caer de rodillas igual que un héroe vencido, se aferra a sus caderas y hunde la cara entre los muslos húmedos de Nina. Inspira hondo y se impregna de su aroma más íntimo. Después, echa la cabeza hacia atrás y la mira a los ojos con una hermosa expresión torturada. Apenas dura una fracción de segundo, pero es suficiente para que ella comprenda que la rendición del héroe es total, absoluta. Acto seguido, se incorpora. Sin mediar palabra, la toma en brazos como a una novia a punto de entregarse al placer inocente de una noche de bodas y la lleva al salón, donde la deja en el sofá. Se acomoda entre sus piernas, se deshace de la chaqueta, de la cartuchera con el arma reglamentaria y del jersey, y lo lanza todo al suelo con ímpetu. La luz nívea de la mañana entra a raudales por la ventana del salón y se derrama de un modo poético sobre las formas musculosas de su anatomía. ¿Es posible que exista una criatura más hermosa en el mundo? Lo duda. Se inclina sobre ella. Desliza los labios sobre los pechos estremecidos como si la acariciara con ellos, continúa bajando por el vientre ondulante y, al llegar al monte de Venus, la roza con la punta de la nariz antes de tocarla por fin. Nina gime en respuesta, y se retuerce de excitación bajo el robusto cuerpo de Jamal. La posibilidad de que Klaus los sorprenda juntos no cohíbe a ninguno de los dos; al contrario. No tarda en quitarse el resto de la ropa y se muestra frente a Nina en todo su esplendor. Al contemplar su pene, tan grande y duro, la presión en la ingle y el ardor de la pelvis alcanzan un nuevo nivel de intensidad.

—Fóllame. Por favor, fóllame —le suplica.

Y él lo hace.

Entra en ella de golpe. La expresión de su cara mientras la penetra refleja un placer indescriptible. La boca abierta, los ojos vueltos, la cabeza hacia atrás, la yugular hinchada. Los gemidos de ambos se encuentran y se mezclan en un eco que la perturba, la enciende. La pasión es una energía inflamable y ellos todavía pueden quemarse más. Cuando Jamal le coge la pierna por debajo de la rodilla, se la eleva y la abre para llegar hasta el fondo de sus entrañas, Nina tiene la sensación de estar al borde del delirio.

—¿Era esto lo que querías? —pregunta él, con una voz ronca.

—Sí… Dios… sí… Desde que has entrado por la puerta.

De pronto, descubre que un deseo arde en su interior. Quiere tener el control absoluto, ser ella quien domine la situación, de manera que se sienta encima de él y cabalga sobre su cuerpo abandonada al goce de la fricción, las palmas de las manos sobre el firme torso masculino, mientras las de él ascienden de su cintura a sus pechos.

—Nunca he sentido nada igual a lo que siento cuando estoy contigo —confiesa Nina, entre jadeos.

Entonces, Jamal se inclina ligeramente hasta que los rostros de ambos se encuentran en la misma trayectoria y le hunde los dedos en el pelo por la nuca.

—Te amo —susurra.

Nina ríe, llora y se deshace de placer al mismo tiempo.

—Te amo —replica.

Se besan con dureza como si quisieran hacerse daño, pierden el equilibrio y se dejan caer en el sofá para continuar con su particular lucha cuerpo a cuerpo, pero la contienda no dura mucho más. Nina es la primera en rendirse. Una devastadora explosión seguida de unas cuantas más igual de destructivas la agita como un vendaval a un diente de león. La rendición de Jamal sigue poco después, encadenada a sus últimas convulsiones. Se aferra a sus nalgas, se impulsa hacia su interior y eyacula dentro con la fuerza de un géiser.

—Oh… Nina… Oh… Dios… Sí…

El deleite físico precede al placer emocional de permanecer un rato abrazados en la misma posición.

El placer de sentirse amado.

Invencible.

Como si el destino les hubiera obsequiado de repente con cientos de oportunidades para acertar y ni una sola para equivocarse.

Desde el sofá de esa casa sin alma que no pertenece a nadie, Nina y Jamal, Jamal y Nina, echan un pulso a sus vidas. La fascinación del momento se les enreda en la respiración, en el pelo y en la manera de acariciarse; él, la espalda de ella; ella, la cicatriz de su antebrazo. Pese a todo, es hermoso estar allí para contemplar la certeza de que se pertenecen el uno al otro.

—¿Esto significa que volvemos a estar juntos?

—Tú y yo nunca hemos dejado de estar juntos, Nina. Métetelo en esta preciosa cabecita tuya de una vez. Puede que nos hayamos visto obligados a hacer un paréntesis temporal, pero sigues siendo mía aquí dentro. —Se toca el pecho—. Y ya sé que no es justo que te lo diga, pero solo de pensar que compartes la cama con él, me vuelvo loco.

—No lo hago, Jamal. No podría.

Nina nota que se pone tenso cuando pregunta:

—¿Ha intentado tocarte en algún momento?

Silencio. No quiere hablarle del día que volvieron del hospital y le retorció un pecho mientras conducía. Ni de lo desagradable que se puso cuando le dijo que dormirían en habitaciones separadas. Ni de la noche que se coló en el estudio, se metió en la cama y empezó a frotarse contra ella como una bestia en celo. Nina contuvo el aliento y fingió que dormía. Por suerte, Klaus se cansó de insistir y se marchó, pero aquello le resultó demasiado desagradable y violento.

—No.

Algunas mentiras piadosas son necesarias.

—Si se atreve a hacerte daño, lo mataré.

En ese punto, Nina levanta la cabeza y lo mira con expresión suplicante.

—¿Hasta cuándo va a durar esta farsa, Jamal? No puedo más. Odio vivir con él y tener que verle la cara todos los días.

No soporto fingir que sigo siendo la misma estúpida que lo ha aguantado durante ocho años porque ya no soy ni una sombra de esa mujer. Y, sobre todo, no puedo estar lejos de ti.

—Yo también detesto todo eso, *aşkım* —admite, acunándole el rostro con ambas manos—. Por un lado, me aterra que intente ponerte la mano encima y yo no sea capaz de protegerte. Y, por otro, tu ausencia me está destrozando. Física y emocionalmente. El apartamento se me cae encima desde que te fuiste. No me concentro en el trabajo. No puedo dormir. Y, para colmo, mi padre y Kerem no dejan de preguntar cuándo vas a volver. Claro que, ¿quién puede culparlos por echarte de menos, *Melek yüz*?

Ella sonríe con dulzura y vuelve a apoyar la cabeza sobre el pecho de él.

—¿Cómo está tu hermano?

—Bien, ya ha vuelto a casa con *baba*. ¿Sabes que Enke y él están conociéndose o algo así? Me temo que tu amiga no sabe dónde se mete —añade, de forma sarcástica.

—Pues yo creo que más bien es Kerem el que no tiene ni idea.

Las vibraciones de la risa amortiguada de Jamal le reverberan en el oído y, por un instante, las cosas entre ellos vuelven a ser como antes: fáciles, claras, sin complicaciones.

—Todo terminará muy pronto, Nina, te lo prometo. Solo necesito que aguantes un poco más.

Suspira.

No era esa la respuesta que esperaba.

Nina se aleja hasta colocarse en el otro extremo del sofá, con la cabeza vuelta para el lado contrario y las piernas bajo el regazo como una chiquilla. Está enfadada. No, enfadada no es la palabra exacta; decepcionada, más bien.

—Vamos, *aşkım*... ¿es que ya no confías en mí?

—Si al menos me explicaras por qué decidiste que teníamos que separarnos, tal vez comprendería qué demonios estamos haciendo.

Jamal exhala.

—No lo decidí yo. Fue Müller, mi jefe.

—¿Tu jefe sabe lo nuestro? —pregunta con una mirada horrorizada.

—Se lo conté —afirma. Entonces se incorpora, recupera su ropa del suelo y empieza a vestirse—. La idea de que espiaras para la BKA fue suya. Traté de disuadirlo, le dije que no me parecía correcto que te pusiéramos en una situación tan comprometida, pero no lo conseguí. En fin, no voy a aburrirte con los detalles de la conversación. Me harté de fingir, Nina. Así que le hablé de nosotros.

—¿Y cómo reaccionó?

—Mejor de lo que esperaba. Dijo que, si nos amábamos de verdad, no impediría que estuviéramos juntos. Obviamente, me puso una condición.

Las piezas comienzan a encajar.

—Espera, no me lo digas. Que antes resolvieras el caso, ¿no?

—Exacto. ¿Entiendes ahora de qué va todo esto en realidad? —Se pone en cuclillas frente a ella y le acaricia la rodilla denuda con suavidad—. No había planeado lo que acaba de pasar entre nosotros, lo juro. De hecho, ni siquiera debería estar aquí. Pero te veo y pierdo la cabeza, *aşkım*. —Se lleva una mano al corazón, como si quisiera enfatizar el mensaje—. Estoy enamorado de ti desde que te vi por primera vez. Quiero que vivamos juntos. Hacer planes contigo. Regalarte flores. Invitarte al cine los viernes por la noche. O a cenar. Y llevarte a Estambul en verano para que veas dónde pasé los años más felices de mi infancia, como me pediste. Deseo cogerte de la mano sin miedo y gritarle al mundo que eres la mujer de mi vida, la única que ha habido y la única que habrá, lo juro. Y hacerlo con la cabeza bien alta, no a escondidas como si fuéramos un par de fugitivos. Nos lo merecemos, ¿no te parece? Tú y yo no le debemos nada a nadie, salvo a nosotros mismos, Nina. Quiero todo eso y haré los sacrificios que sean necesarios para conseguirlo.

—Pero…

—Necesito cerrar esta investigación de una vez por todas. No solo por nosotros, sino también para tener la conciencia tranquila porque soy policía y lo seré siempre. Es tan simple y complicado como eso. Por favor, dime que aguantarás. Presiento que el final está muy cerca. Casi puedo tocarlo con las puntas de los dedos.

—Sí, Jamal. Aguantaré. Por supuesto.

En ese instante, el sonido de un mensaje los devuelve a la realidad de un miserable empujón.

—Mierda, pero ¿por qué cojones ha tardado tanto en avisarme? —se lamenta, después de revisar el móvil—. Tengo que irme ya. Tu marido está a punto de llegar. ¿Puedo ir al baño un momento? Solo será un minuto.

—Claro.

En esos sesenta segundos, Nina recupera la bata, abandonada en el suelo del recibidor, y adecenta a toda prisa el sofá. Jamal sale enseguida, con el moño rehecho, y se dirige a la puerta, donde lo espera ella.

—¿Cuándo volveré a verte?

—Muy pronto, te lo prometo. Mantenme informado de todo, ¿vale? De lo que sea, no importa la hora. Y estate pendiente, ya has visto lo nervioso que se ha puesto antes. Por Dios, no me mires así. Ven aquí —dice, y acto seguido la envuelve entre sus brazos y la estrecha contra sí—. *Seni seviyorum.*

—Yo a ti también. Mucho. Muchísimo. Más que a nada en el mundo.

Él sonríe, complacido y enamorado, y se marcha.

Cinco minutos después, está a punto de meterse en la ducha cuando oye el ruido de la puerta.

Klaus.

«Un poco más, Nina. Solo un poco más».

43. Jamal

3 de noviembre de 2015
Distrito de Charlottenburg, Berlín

—¿Por qué demonios has tardado tanto en enviarme el maldito mensaje? —pregunta Jamal en cuanto se sube al coche—. Te dije que me avisaras cuando Haas estuviera de camino, no treinta segundos antes de que metiera la llave en la cerradura, joder.

—¡Qué exagerado eres! ¡Pero si te he escrito con suficiente antelación! ¿Acaso temías que el marido de oro te pillara *in fraganti* con su mujercita? —replica Frida. Un destello malicioso le brilla en los ojos.

Jamal contempla a Frida con una mirada de furia, impotente porque no puede negar lo que su compañera acaba de insinuar. No obstante, se limita a respirar hondo y se concentra en controlar sus emociones. Sabe cómo hacerlo; está acostumbrado. Al contrario de lo que piensa mucha gente, en un trabajo como el suyo, uno debe ser capaz de canalizar la ira. Ajusta el asiento del conductor a su medida, recoloca el espejo retrovisor y se abrocha el cinturón de seguridad.

—Bueno, cuéntame —le pide, después de girar la llave con un movimiento decidido para poner el motor en marcha—. ¿Qué ha hecho Haas después de salir de su casa? ¿Ha ido a rehabilitación o se ha marcado un farol con nosotros?

—Sí que ha ido. Pero primero ha estado dando vueltas en el taxi por todo el condenado distrito. Que me parta un rayo si Charlottenburg no es la zona más pija y finolis de Berlín. Apuesto a que aquí los tíos se ponen guantes cuando mean para no ensuciarse las manos con la chorra, que te lo digo yo. En fin, ese cabrón nos ha hecho conducir a mí y al equipo de seguimiento de aquí para allá sin rumbo fijo. Menos mal que Ulrich no estaba o se habría quejado del gasto inútil de gasolina. Que si la contaminación esto, que si el cambio climático lo otro... —Chasquea la lengua—. ¡Menudo coñazo!

—Es evidente que el tipo estaba jugando al despiste, por si lo seguíamos —ataja Jamal. Hace una pausa para procesar su propia idea. Luego, algo agudo resplandece a través del cansancio de sus ojos—. Creo que lo hemos subestimado, Frida. Parece que Bachmann le ha enseñado bien.

—No irás a ponerte pesimista ahora, ¿verdad? Una cosa es la teoría y otra muy distinta, la práctica. Haas no es más que un pequeño burgués con ideas xenófobas, dudo mucho que tenga agallas para completar el plan de Bachmann. Caerá. Tarde o temprano cometerá un error.

Jamal desliza una mirada fugaz a través de la ventanilla. Las obras en la rotonda de Ernst-Reuter-Platz inundan el paisaje de una fría tonalidad cemento que compite con la gama grisácea del cielo. Su propia conciencia también se ha teñido de ese color oscuro y apagado. De acuerdo, a Frida no le falta razón. No obstante, si ha aprendido algo a lo largo de los años es que nadie corre con los lobos sin acabar convirtiéndose en uno de ellos. Puede que Klaus Haas no sea un asesino en términos estrictos, pero tiene los colmillos y las pupilas brillantes de un depredador. Jamal ha visto suficientes como él en sus quince años en el cuerpo como para saberlo.

Exhala y vuelve a centrar la vista en el asfalto. Pensativo, circula unos cuantos metros por la Strasse des 17. Juni en dirección a la Central de la BKA.

—¿Cuánto rato ha estado dando vueltas?

Frida se mordisquea el *piercing* del labio inferior mientras calibra la respuesta.

—Unos quince o veinte minutos, más o menos. Cuando se ha cansado, se ha bajado en Ku'Damm y se ha subido a otro taxi que lo ha llevado al St. Marien, eso es lo más absurdo.

—¿Y no ha hecho nada más? ¿Entrar en un cibercafé o algo así?

—Pues no. —Hace una pausa—. Mentira, sí. Acabo de recordar que ha comprado algo en un quiosco de la zona antes de tomar el segundo taxi. Diría que era una revista.

—Interesante.

—Ah, ¿sí? ¿Y qué tiene de interesante? La habrá comprado para leer de camino al hospital.

Jamal esboza una sonrisa cínica.

—¿Haas te parece la clase de hombre que compraría una revista en un quiosco?

—Yo me limito a informar de los hechos, tú extraes las conclusiones.

—¿Qué tipo de revista era?

—Y yo qué sé —responde con las palmas de las manos volteadas en el aire—. No tengo superpoderes, mi visión es limitada. Eso se lo preguntas a su *mujercita* la próxima vez que la visites a escondidas, Romeo.

El semáforo en rojo lo obliga a frenar con tanta brusquedad que los neumáticos chirrían. Jamal sujeta el volante con ambas manos y se queda inmóvil durante unos segundos con la vista fija en el parabrisas. Los ojos le echan chispas. Se acabó, se le ha agotado la paciencia. A continuación, vuelve la cabeza en dirección a su compañera y le dedica una caída de párpados fulminante.

—¿Sabes qué, Frida? Me aburre oírte, suenas como una esposa despechada. Así que hazte un favor a ti misma y no me toques más los huevos —le espeta con una frialdad glacial.

Ella lo contempla durante un momento, herida en lo más profundo, antes de desviar la mirada hacia la ventanilla. Justo en ese instante, el semáforo se pone en verde.

El resto del trayecto transcurre en silencio.

En su cabeza, en cambio, hay demasiado ruido.

En el centro de operaciones de la Unidad Seis de la División de Seguridad de Estado reina una actividad febril. Algunos miran grabaciones de cámaras de seguridad en sus pantallas, agrandan imágenes y afinan su resolución hasta máximos a los que el ojo humano no llega, otros buscan anomalías en redes sociales o foros de videojuegos y el resto procesa documentación diversa. Todo el mundo parece estar bajo la influencia del mismo cóctel de cansancio, adrenalina y cafeína. O teína, en su defecto.

En el coche, de camino a la Central, Jamal ha decidido ampliar el dispositivo de veinticuatro horas de vigilancia a Klaus Haas. De manera que, en lo sucesivo, en vez de dos equipos, lo seguirán cuatro; ocho de sus mejores hombres, en total. Le meterá a Haas un puñetero GPS por el culo, si es necesario. Va a por todas. Presiente que, de un momento a otro, ese malnacido tratará de ponerse en contacto con la falsa Sonja Wenders; el comportamiento errático y dubitativo que ha demostrado esa mañana es un indicio claro de ello. También ha decidido que Frida se encargará de coordinar el plan de acción, aunque todavía no se lo ha dicho. Tenía intención de disculparse por haber sido tan desagradable con ella, pero cuando han llegado al mastodóntico complejo de la BKA, su colega se ha bajado del vehículo dando un portazo y se ha dirigido hacia la entrada como si no tuviera nada que ver con él, de modo que le comunicará sus planes al mismo tiempo que a los demás. A tomar viento fresco. Se acabó el trato cercano mientras no corrija esa actitud hostil e irrespetuosa. Y, desde luego, no piensa pedirle perdón.

—¡Atención! —exclama—. Quiero a todo el mundo en la sala de reuniones en treinta minutos.

Después, se encierra en su despacho. Deja la chaqueta en el respaldo de la silla, se sienta y enciende el portátil. Mientras espera a que las dichosas actualizaciones del sistema operativo se completen, se queda quieto unos instantes, mirando por la ventana hacia Treptower Park. Intenta despejar la mente de detalles, de los miles de palabras pronunciadas, oídas y silenciadas sobre el caso, de los tableros de investigación, de las fotografías, de los informes, de las pruebas incautadas durante los registros, de las conjeturas. Algo le inquieta. Una idea en el fondo de la cabeza, en un rincón mal iluminado, fuera de su alcance. Jamal observa el manto plomizo que se cierne sobre la ciudad, los flecos de niebla húmeda que se enredan en las copas de los árboles. En algún lugar bajo el cielo de Berlín, lo sabe, hay una verdad fundamental esperando a que la revelen.

A que él la revele.

La imagen de Nina lo asalta de repente, y se estremece. Puede que ella tenga mucho que ver con esa verdad fundamental. O todo.

Decide enviarle un mensaje.

«Necesito preguntarte una cosa, *aşkım*: ¿te has fijado si Klaus llevaba una revista cuando ha vuelto de la rehabilitación?».

Se muerde el labio un momento, como si dudara, y manda otro mensaje a continuación:

«Por cierto, lo de antes ha sido increíble. Todavía tengo tu olor en los dedos. Me muero de ganas de repetirlo. TQ».

Deja el móvil sobre el escritorio y abre el correo electrónico, pero no consigue concentrarse en lo que ve en la pantalla; su mente vuela lejos. Pasados cinco minutos que se le antojan interminables, la respuesta de Nina llega a su teléfono.

«¿No crees que ya es hora de que te laves las manos? XD Yo también TQ, Delicia Turca. Intensa, loca y desesperadamente».

Jamal se sorprende a sí mismo sonriendo como un tonto mientras da vueltas en la silla igual que un crío en una atracción de feria. A los pocos segundos, recibe otro mensaje.

«Ah, y sí, me ha parecido ver una revista en la mesa del salón. ¿Por qué?».

De modo que escribe:

«Tu Delicia Turca no piensa lavarse las manos nunca más. ¿Sabes lo excitante que es sentir que aún sigo dentro de ti, N? (Tengo una corazonada. ¿Podrías echar un vistazo con discreción? Quiero saber qué revista es)».

Nina contesta:

«Si estás pensando en convertir esto en una especie de *sexting*, olvídalo. ¡Me da mucha vergüenza, J! (¿Es importante?)».

Jamal vuelve a la carga:

«Conque vergüenza, ¿eh? Pues hace un rato, mientras me follabas como si fueras una versión contemporánea (y mucho más *sexy)* de la diosa Frigg, no parecías tan tímida. Mierda, N... solo de pensarlo se me pone dura otra vez. (Si no creyera que es importante, no te lo pediría)».

Y Nina contraataca:

«Tienes la boca muy sucia, J. PERO ME ENCANTA <3 (Está bien, dame un momento)».

Los segundos corren en el reloj y Jamal se pone nervioso. Tamborilea con los dedos en la mesa, juguetea con un lápiz y dibuja con él círculos concéntricos en un *post-it*. Luego, se levanta y comienza a pasearse de acá para allá como una bestia enjaulada. No debería haberle pedido que lo hiciera. Quién sabe cómo reaccionaría Klaus si se diera cuenta de que lo está espiando.

—Soy idiota, joder —maldice en voz alta.

Por fin, el tono de un nuevo mensaje entrante lo ayuda a calmarse.

«Es la *Motorrad Magazin*. Me sorprende, a Klaus no le interesan las motos. ¿Qué se traerá entre manos ahora?».

Una sonrisa maliciosa se le perfila en los labios. Teclea:

«Creo que intenta comunicarse con su cómplice a través de esa revista. Enviará una carta por correo ordinario con un mensaje codificado a la sección de anuncios, es un método habitual entre terroristas clandestinos. Ahora tengo que irme a una reunión, *aşkım,* pero seguiremos en contacto. No creas que se me ha olvidado eso del *sexting* :P».

Cinco segundos después, añade: «TQ. Intensa, loca y desesperadamente».

Se imagina esos hoyuelos que se dibujan en su preciosa cara de ángel cuando sonríe y eso basta para hacerlo feliz.

44. Nina

4 de noviembre de 2015
Distrito de Charlottenburg, Berlín

La mañana es más fría que de costumbre y el clima ha empeorado en las últimas horas. La promesa de buen tiempo de la semana anterior se desvanece en el viento borrascoso de otoño que azota Berlín y que hace vibrar hasta los cristales. Por la ventana solo entran pequeños jirones de luz vespertina. Nina deja las bolsas sobre la mesa de la cocina, se frota las manos para calentárselas y se dispone a colocar la compra en la despensa. Odia tener que seguir haciendo lo mismo que antes del accidente. Hacer la compra para *él*, cocinar para *él*, poner la mesa para *él*, lavar los puñeteros platos que *él* ensucia. Lo odia con cada átomo de su ser. Está a punto de guardar un tarro de chucrut en el armario de las conservas cuando nota una mano masculina en el hombro.

Da un respingo.

—Por Dios, Klaus. No vuelvas a hacer eso, ¿vale?

—¿Tanto te repugna que te toque tu marido?

Nina traga saliva y fuerza la sonrisa más hipócrita del mundo.

—No es eso —miente—. Es que me has dado un susto de muerte. Por poco se me cae el bote al suelo.

—Ya, claro —dice Klaus, con una mueca cínica—. Bueno, ven conmigo un momento, anda. Quiero enseñarte algo.

—¿Ahora? ¿No puedes esperar a que termine de ordenar todo esto?

443

—No. Tiene que ser ahora —insiste, de un modo terminante que no le gusta un pelo.

—Está bien. —Suspira—. Vamos.

Nina sigue a Klaus al estudio. El portátil de su marido está encendido. No sabe por qué, pero el hecho la inquieta. ¿Qué querrá enseñarle? Será mejor que abra bien los ojos, por si acaso. Klaus bordea el escritorio. Ella se fija en la memoria USB que hay encima de un sobre blanco con sus iniciales manuscritas. «K. W. H.».

—¿Qué es eso?

—No seas impaciente. Enseguida lo verás.

Klaus introduce la memoria en el portátil y, al cabo de unos segundos, le da la vuelta para que vea la pantalla.

En ese preciso instante, a Nina se le forman cristales de hielo en las venas.

Horrorizada, se lleva la mano a la boca en cuanto empieza el desfile de fotografías. Un montón de imágenes de Jamal y ella se suceden delante de sus ojos desconcertados como una película de terror: desde la noche en que bailaron agarrados en el club Watergate, a principios de septiembre, hasta la misma mañana del día anterior, cuando él volvió al apartamento después de que Klaus se marchase y lo hicieron en el sofá. Instantáneas de los dos juntos, paseando de la mano, riéndose, besándose, amándose bajo el cielo de Berlín.

Un auténtico historial gráfico de su relación extramatrimonial.

Nina tiembla de miedo. Está paralizada, no sabe qué hacer. Una gélida garra le retuerce las tripas. Nota la garganta atascada, no puede tragar saliva.

—¿De… de dónde has sacado esto? —atina a preguntar, con un hilo de voz.

—Cállate, ¿me oyes? Aquí las preguntas las hago yo —le espeta Klaus. El tono es tan cortante como el filo de una navaja. Se planta delante de ella, con los brazos cruzados sobre el pecho, y la perfora con una mirada repulsiva—. Has estado follándote a ese… —Arquea el labio con arrogancia— *Bulle* mientras yo me debatía entre la vida y la muerte. Debería darte vergüenza. ¿Sabes? Podría llegar a tolerar que me hubieras engañado con un alemán, pero ¿con un turco, Nina? ¿De verdad has permitido que te meta la polla un sucio *kanack* de mierda? ¿Cómo has caído tan bajo?

Sin embargo, Nina no se arredra.

—Vaya, así que eso es lo que más te duele: no que te haya sido infiel, sino que lo haya hecho con un turco. Me das asco, Klaus.

—¿Yo te doy asco a ti? No me hagas reír, ¿quieres? ¡Si hasta te lo has tirado aquí, en nuestra propia casa! Ayer te faltó tiempo para abrirte de piernas. ¿Dónde lo hicisteis? ¿En la cama? Apuesto a que gemías como una puta.

—Se acabó. No pienso seguir escuchándote.

Gira sobre los talones con desaire, pero Klaus la agarra del brazo con una repentina fuerza descomunal que no se corresponde con la de un hombre que ha estado cuarenta y seis días en coma.

—¡Me escucharás hasta que a mí me dé la gana!

Nina observa aterrorizada la violencia con que le clava los dedos, aunque más bien parecen garras, y acto seguido lo mira a los ojos, inyectados en sangre igual que una bestia salvaje.

—Suéltame, Klaus. Me haces daño.

—Por eso te quitaste el anillo, ¿verdad? Para sentirte libre mientras retozabas por ahí con tu amante. Ibas a dejarme, lo supe en cuanto te vi. ¡Por Dios, Nina! —brama e incrementa la presión en el brazo—. ¡Pensabas abandonar a tu marido para largarte con ese turco! Pero ¿es que no tienes dignidad? ¿No tienes amor propio? ¿En qué demonios te has convertido?

Una marea de odio incontrolable le emponzoña el corazón. No va a callar más, no puede seguir fingiendo. Ya no tiene sentido.

—¿Y en qué te has convertido tú, Klaus?

—¿Qué has dicho?

—Sé lo que has hecho. Y la BKA también. Saben adónde ibas la noche del accidente y para qué, todas las veces que te reuniste en aquella nave con Bachmann, vuestra intención de atentar en Berlín, que has financiado su plan terrorista, que tienes una edición del puñetero *Mein Kampf* llena de anotaciones xenófobas y por qué has comprado la revista de motos. Lo saben todo. Te han investigado a fondo, Klaus. No tienes escapatoria.

La expresión de Klaus adquiere un matiz frío y calculador.

—Todo lo que he hecho, lo he hecho por el bien de Alemania. Y lo volvería a hacer, ¡¿te enteras?!

Nina sacude la cabeza, asqueada.

—Estás enfermo.

—¡Cállate! —chilla, y empieza a zarandearla—. ¡¿No te parece que ya me has humillado bastante?! ¡Te acuestas con un jodido *kanack* y me vendes a la policía! ¡Deberías pedirme perdón de rodillas!

—¡No quiero tu perdón! ¡No quiero nada tuyo! ¡Y más vale que me sueltes ahora mismo o…!

Klaus le retuerce el brazo todavía más.

—¿O qué? ¿Vas a decírselo a tu amiguito? ¡Abre los ojos, estúpida! ¡Cuando ese turco se canse de usarte, se deshará de ti como si fueras un pañuelo de papel!

—Jamal, se llama Jamal, y es cien mil veces más hombre que tú.

El rostro de Klaus se contrae en una especie de mueca de animal herido. Entonces, la suelta.

—No eres más que una maldita zorra barata —masculla.

La respuesta de Nina al insulto es una bofetada. Estruendosa, valiente, que duele en el orgullo. Una victoria contra la tiranía del miedo y la sumisión, un triunfo para su maltrecha autoestima, que renace de las cenizas como el ave fénix.

Sin embargo, no había previsto las consecuencias de su hazaña.

No contaba con que Klaus le propinaría un puñetazo en la cara y otro en el estómago que la doblaría por la mitad y la arrojaría al suelo.

—¡Mira lo que me has obligado a hacer! —grita, arrastrándola del pelo hasta sacarla del estudio. En el salón, le propina una patada en las costillas que la hace aullar—. ¡Tú sola te lo has buscado! ¡Puta de mierda!

Nina se encoge sobre sí misma y llora angustiada. Se siente igual que una muñeca rota abandonada en mitad de la calle. Klaus se arrodilla a su lado. Ella le suplica entre lágrimas que pare. Se cubre para protegerse de su agresor, pero es inútil; el odio solo engendra odio, y es lo que da forma a esa violencia de la que no puede defenderse. Klaus grita algo, la insulta, pero ella ya no oye nada salvo un zumbido en los oídos y el crujido de cada nuevo golpe. El aire le llega con dificultad a los pulmones, nota la lengua hinchada, la boca se le llena del sabor metálico de la sangre mezclado con las lágrimas. Una asfixia incontrolable le recorre el esternón. Las palpitaciones, cada vez más fuertes, le provocan un eco atronador en el pecho. Tiembla. Siente el tacto duro y frío del suelo en su rostro. El miedo en el corazón alcanza una dimensión primitiva y básica. La va a matar, lo intuye, ese día funesto, en ese instante ingrato. ¿Cuánto tiempo más resistirá hasta que le aseste el golpe definitivo? ¿Horas? ¿O quizá solo unos pocos minutos? Entonces, en el ir y venir del llanto, entre un puñetazo y otro, Nina cierra los ojos y piensa en Jamal. Su refugio, su paraíso, la luz que la guía. Y decide que el tiempo es algo más que una secuencia numérica compuesta por horas, minutos y segundos. Se mide en metas, en fatigas, en tensiones. En decisiones tomadas, algunas más difíciles que otras. El tiempo, en realidad, es un aprendizaje.

Aprender a vivir.

A amar.

«Hasta pronto, Jamal. Te amaré siempre. Desde el otro lado».

Después, todo se funde a negro.

45. Jamal

4 de noviembre de 2015
Central de la BKA en Berlín
Distrito de Treptow-Köpenick

Siempre ha detestado ese tipo de tareas de oficina. Pasar horas gestionando actas, buscando en los archivos, anotando datos y redactando informes no va con él. Jamal Birkan es un hombre de acción, hecho a sí mismo en la calle. Sin embargo, de vez en cuando alguien tiene que ocuparse del papeleo. Son los pros y contras de su trabajo como *Kriminalinspektor*. Le resulta muy difícil concentrarse en una tarea burocrática tan aburrida cuando tiene la cabeza en otra parte. Lleva horas enfrascado en el caso Bachmann. La sospecha de que Klaus Haas movería ficha se ha convertido en un hecho irrefutable que se deduce de la visita que hizo la tarde anterior a una oficina de correos en Schöneberg después de que Nina se fuera a trabajar. La postura de Jamal al respecto es muy clara: dejar que la carta siga su curso, que llegue a la redacción de *Motorrad Magazin* y que sus editores la publiquen en la sección de anuncios. A partir de ese momento, solo cabe esperar a que la falsa Sonja Wenders envíe una respuesta que aparecerá, con suerte, en el siguiente número de la revista. Serán mensajes en clave, por supuesto. Bachmann ha enseñado bien a sus cómplices, duda que sean tan estúpidos como para comunicarse mediante consignas codificadas del tipo «88» o «14», que son las que se emplean en la trastienda neonazi. No, Haas y Wenders han demostrado más astucia que cualquier cabeza rapada sin cerebro. No obstante, la BKA cuenta con los mejores analistas de toda Alemania. Y nadie es infalible.

—Tenemos un problema.

La repentina entrada de Frida en el despacho lo saca de sus cavilaciones. Uno muy gordo, a juzgar por el tono apremiante de su compañera y esa expresión de estar a punto de confesar los siete pecados capitales a la vez.

—¿Qué ocurre?

—Si quieres que te diga la verdad, no sé ni por dónde empezar.

—Vaya —dice, y arquea las cejas en un gesto que denota asombro—. Bueno, en ese caso, te recomiendo que empieces por el principio. Aunque suene a frase hecha, suele funcionar.

Frida cierra la puerta despacio y se acerca al escritorio arrastrando los pies. Todo en su lenguaje corporal destila nerviosismo: cómo juguetea con el *piercing* del labio, la forma de agarrarse al respaldo de la silla para visitas, el parpadeo excesivo, como si quisiera mantener a raya algún tipo de emoción inoportuna.

Traga saliva.

—Verás… —comienza a explicar. Infla los carrillos y expulsa el aire de golpe—. El caso es que… hemos perdido a Haas.

Jamal frunce el ceño.

—¿Cómo que «hemos perdido a Haas»? Explícate, por favor.

—Vale. A ver, hace un rato ha salido del aparcamiento comunitario en el MINI de su mujer, solo —puntualiza—, y, como no nos lo esperábamos… En fin, se nos ha escapado. Uno de los dos equipos de vigilancia ha dado con el vehículo a la altura de Wilmersdorfer Strasse y lo ha seguido durante varios kilómetros por la A11 en dirección a Velten, donde casi lo intercepta, pero ha habido un choque entre un camión con remolque y otro coche y…

-—Espera, espera, no tan rápido, ¿quieres? —Hace un gesto con ambas manos para frenarla—. ¿Dices que Klaus llevaba el coche de Nina?

—Sí, y me temo que a ese vehículo no le pusimos baliza de seguimiento. Un error de principiante, ya lo sé. Supongo que no contábamos con que lo fuera a utilizar.

—Está jugando con nosotros y, por ahora, es él quien pone las normas. ¿Adónde habrá ido? Para empezar, me extraña que se atreva a conducir, dadas las circunstancias. No me consta que hoy también tuviera rehabilitación, y, aunque así fuera, al St. Marien no se va por la A11. Voy a llamar a Nina ahora mismo —anuncia, casi al mismo tiempo que se dispone a marcar su número.

—Jamal, espera —le pide Frida.

Pero Jamal la ignora.

Un tono.

Dos tonos.

Tres.

—Qué raro. No contesta.

Se incorpora de la silla y prueba otra vez. Nada, no hay respuesta.

-—Jamal…

—Un momento —replica él con tono ausente, que trata de impedir que la voz de la *Spezialagent* lo desvíe de su objetivo—. Venga, coge el teléfono. Vamos, vamos, vamos —susurra, para sí mismo.

Sin embargo, Nina sigue sin contestar.

Una rigidez insoportable le sacude el pecho. Tiene un mal presentimiento. «Hay algo que no encaja y se me escapa», reflexiona. Comienza a dar vueltas alrededor del despacho mientras se devana los sesos para encontrar una explicación convincente a todo ese embrollo.

—¡Jamal! ¡Me estás poniendo nerviosa, joder! ¿Puedes parar de una vez y escucharme, por favor?

—Vale. Lo siento —concede. Se detiene delante de ella y la observa expectante—. Adelante, te escucho.

Frida toma aliento y lo libera lentamente, como si necesitara aliviarse de una carga interior muy pesada.

—Estoy segura de que ha pasado algo grave, Jamal. Creo que Haas ha hecho daño a su mujer.

El voltaje de la corriente eléctrica que se descarga sobre su piel aumenta de repente. En ese momento, le sobreviene un temor inexplicable contra el que se siente desarmado por completo. La angustia se le ha empezado a expandir por dentro con la misma rapidez que una enfermedad infecciosa y, aunque quisiera, le resultaría imposible ocultarlo. La vena de la frente le late como si estuviera a punto de explotar, le tiembla el pulso, el corazón se le va a salir del pecho y los ojos, de las órbitas.

«No».

«No, no, no».

—¡Frida, no juegues conmigo! ¿Lo crees o lo sabes?

—Por el amor de Dios, relájate. Te lo voy a contar todo, pero necesito que te calmes, ¿de acuerdo?

—¡No voy a calmarme una mierda! ¡O me explicas ahora mismo qué demonios pasa o te juro que...!

—He estado siguiéndote —ataja Frida—. Llevo tiempo haciéndolo. —Jamal la mira con incredulidad—. Sé que Nina Haas y tú tenéis una relación sentimental. Os he hecho fotos. Fotos comprometedoras, ya me entiendes. Y... se las he entregado a su marido.

De pronto, Jamal se ve inundado por una ira superior a cualquiera que haya experimentado jamás. Y esa ira, mezclada con el miedo cerval a perder a Nina, lo atraviesa como un rayo gélido que lo congela en su sitio.

—¿Que has hecho qué?

—Sé que está mal, y no iba a hacerlo, de verdad, pero me dolió tanto que dijeras que sonaba como una esposa despechada que no pude controlar el impulso. —Se masajea las sienes con los pulgares. Parece que el hecho de admitir hasta dónde ha sido capaz de llegar le provoca una vergüenza más insoportable que la peor de las jaquecas—. Esta mañana he ido a Charlottenburg y he dejado un sobre para Haas debajo de la puerta. Ella no estaba en casa en ese momento, aunque sabemos con certeza que ha vuelto al cabo de un rato. Lo más probable es que él... —Cierra los ojos—. Joder, la he cagado hasta el fondo.

Jamal la contempla atónito, torturado por la amarga sensación de no saber quién es la persona que tiene delante, de no conocerla en absoluto. Confiaba en Frida, la consideraba su amiga, y ahora ella lo ha destruido todo. Se pueden perdonar muchas cosas en la vida, pero, para Jamal, la traición no es una de ellas.

Traicionar es abrir una grieta en los cimientos de la amistad que termina por provocar su derrumbamiento.

—¡¿Que la has cagado?! —brama—. ¡No, no la has cagado! ¡Seguramente has hecho que ese psicópata hijo de puta se ensañe con ella! ¡¿Tienes idea del infierno por el que está pasando Nina?! ¡¿Cómo has podido hacer algo así, Frida?! ¡¿Por qué?!

—¡Porque te quiero, ¿vale?!

Para entonces, los gritos en el despacho del *Kriminalinspektor* a cargo de la Unidad Seis de la División de Seguridad de Estado resuenan con estruendo en la cuarta planta del edificio de Puschkinallee.

—¿De qué demonios hablas, Frida? Se supone que tú y yo somos amigos, eso es todo.

—¡Sí, claro! ¡Porque tú jamás me has visto de otra manera! —exclama, resentida—. Para ti nunca he sido más que una simple compañera de trabajo, ¿verdad? La fría, dura e insensible *Spezialagent* Bauer, alguien con quien ir a tomar una cerveza al salir de trabajar. ¡Ni siquiera me ves como a una mujer! ¿Te haces a la idea de lo duro que es amar a un hombre para el que eres invisible? ¿De lo que duele? Me obsesioné, lo reconozco. Desde el principio supe que sentías algo por ella y no lo soportaba, así que me convertí en tu jodida sombra. Te seguí a todas partes, te espié, vi cómo la besabas, cómo la cogías de la mano, cómo la mirabas… y me estaba volviendo loca de celos. He recurrido a toda clase de bajezas para apartarla de tu camino, es cierto, pero quiero que sepas que no me siento orgullosa. Me arrepiento, Jamal. Profundamente.

Se siente perplejo, humillado, invadido por una ansiedad que le provoca náuseas.

—Tu arrepentimiento no sirve de nada, Frida. Dime, ¿qué más has hecho? Aparte de traicionar la amistad que teníamos, violar mi intimidad, cometer un delito de acoso y poner en peligro a la mujer que amo —dice, y enumera con los dedos.

Las lágrimas brotan con desesperación de los ojos de Frida. Son espesas, dolorosas y sinceras, de eso no le cabe la menor duda porque incluso la fría, dura e insensible Frida Bauer tiene sentimientos. Sin embargo, en ese instante de incertidumbre, miedo y desengaño, su llanto no lo conmueve.

Porque lo que ha hecho no tiene justificación.

No se daña a quien se ama.

Amar es, con toda probabilidad, el acto más generoso que existe en el mundo.

—Responde a la pregunta —insiste.

Frida desvía la mirada.

—Yo… —titubea—. La pintada en la puerta de su casa. Eso también fue cosa mía.

—¿Fuiste tú? ¡Fuiste tú, maldita sea! —Se lleva las manos a la cabeza en un gesto de estupor—. ¿De verdad tuviste las agallas de mirarme a la cara y sugerir que había sido ella? ¿De verdad, Frida? ¿Sabes lo asustada que vino a mí aquella noche? ¡Monté un dispositivo de protección por tu culpa! Joder… No puedo creer que hayas caído tan bajo. ¿Qué clase de policía eres? Debería denunciarte ahora mismo. No mereces llevar la placa.

Lo que ocurre a continuación lo deja sin palabras durante un momento. En una secuencia tan desesperada como degradante, Frida se arrodilla a sus pies y lo abraza por los tobillos.

—Lo siento, Jamal… De verdad que lo siento en el alma… —solloza, desconsolada—. No sé qué me ha pasado… He perdido el juicio… Dime que podrás perdonarme, por favor… Por favor, por favor, por favor… Te lo suplico, Jamal… Perdóname… Haré todo lo que me pidas, cualquier cosa, lo juro.

A Jamal le incomodan sus confidencias, su cercanía, sus lágrimas, lo absurdo de la situación.

—Basta, Frida. Levántate —le ordena, con una deliberada carga gélida impresa en el tono, a la vez que la agarra de los hombros para obligarla a ponerse de pie.

Tiene ganas de destrozarlo todo, pero no puede dejar que las emociones lo dominen. Lo único que le importa en ese momento es asegurarse de que Nina esté bien y el tiempo corre en su contra. Toma aire. Luego, extrae un paquete de pañuelos de papel del cajón de su escritorio y se lo ofrece.

—Vas a decírselo a Müller, ¿verdad?

—Eso lo discutiremos más tarde. Ahora mismo, mi prioridad absoluta es Nina. —Frida asiente en silencio y se sorbe la nariz—. ¿Tenemos ubicados a los dos equipos de vigilancia?

—Uno sigue tratando de localizar el vehículo y el otro está cerca del edificio de los Haas, a la espera de órdenes para proceder.

Jamal se frota el puente de la nariz con la esperanza vana de aliviar el dolor palpitante.

—Bien. Que comprueben inmediatamente si Nina está allí o no.

—Eso ya lo han hecho, Jamal, pero nadie les ha abierto.

—Pues que tiren la maldita puerta abajo si es necesario, yo asumo las consecuencias. Vamos, ¿a qué esperas? ¡Llámalos de una vez! ¡Ahora!

—Es que…

—¿Es que qué, Frida? ¿Qué? Por Dios, no me digas que hay más sorpresas.

—Una vecina ha oído gritos y golpes procedentes del interior del domicilio. También asegura que los ha visto salir. A los dos.

—¡¿Y me lo dices ahora?! —grita, haciendo un esfuerzo por contener el impulso de empezar a darse cabezazos contra la pared—. ¡Me cago en la puta! ¡Ese cabrón se la ha llevado en contra de su voluntad!

El mero hecho de pensar en ello hace que Jamal sienta un dolor terrible que lo atenaza, capaz de aniquilar al planeta entero.

—Pero si Haas iba solo en el coche...

En ese preciso instante, una luz se enciende en algún lugar remoto de su cerebro.

—¿Dónde has dicho que lo han perdido? —pregunta Jamal.

—En la A11, en dirección a Velten.

Y, de repente, lo ve todo claro.

—Avisa a los equipos de vigilancia. Diles que se pongan en marcha y pide refuerzos. Pide un puñetero helicóptero o lo que sea. Venga, andando, tú vienes conmigo —le ordena, al tiempo que coge a toda prisa la chaqueta, el móvil y las llaves del coche. Frida lo mira con desconcierto—. La llevaba en el maletero —aclara—. Y sé adónde se dirigía.

Uckermarck, región de Brandenburgo

Una hora más tarde, el paisaje ha cambiado por completo. El enjambre de grúas, fábricas y naves industriales que proliferan a las afueras de Berlín ha quedado atrás, y una gran extensión forestal de robles, pinos y brezales bordea la carretera ahora. El cielo está nublado y solo el estallido de una tormenta podría aliviar la tensión en el denso ambiente.

Casi la misma que se respira en el interior del vehículo.

—Según el GPS, quedan unos veinte minutos para llegar —dice Frida.

Lo ha recordado de pronto, como si un interruptor invisible se le hubiera encendido encima de la cabeza. «Una casa en Lychen, junto al lago Zens, con ventanas blancas a cuarterones y el tejado de color azul». Eso fue lo que la propia Nina había dicho aquella tarde de agosto, cuando quedaron en Alexanderplatz y ella desnudó su alma ante él. En el transcurso de la conversación, le contó que, después de perder al bebé que esperaban, se habían mudado a una vivienda propiedad de los Kessler. Y ahí es adonde se la ha llevado, oculta en el maletero; está seguro.

Principio de la navaja de Ockham: la explicación más simple es la más probable.

—Veinte minutos pueden ser decisivos —alega.

Jamal pisa el acelerador. De golpe, vira el volante hacia la izquierda y adelanta a un monovolumen que circula dentro del límite de velocidad. Apenas ha intercambiado unas pocas palabras con su copiloto desde que han salido de la Central de la BKA a toda prisa. Y prefiere seguir así, en ese deliberado mutismo. No quiere ni oír su voz. Lo único que le interesa de Frida es que le indique la localización de los efectivos de refuerzo.

—Puma Uno para Puma Dos. ¿Me recibe? Solicito indique posición exacta. Cambio.

—Recibido, Puma Dos. Enviamos coordenadas al móvil. Cambio y corto.

A los pocos segundos, Frida le confirma que todavía van unos cuantos kilómetros por detrás de ellos.

—¡Pues que espabilen, joder!

—Cálmate, Jamal. No adelantas nada poniéndote así. Además, vamos a ciegas. Ni siquiera sabemos si Nina Haas está realmente en esa casa.

—Está allí, lo sé —sentencia, en un tono tajante.

Conduce a gran velocidad por la carretera circundada de bosques. Es una estampa bonita, casi bucólica, que en otras circunstancias se habría detenido a observar con atención. Pero lo único que le importa en esos momentos es Nina. Necesita encontrarla cuanto antes y, cuando lo haga, le arrancará el corazón a ese bastardo con sus propias manos.

Lo jura.

«A cincuenta metros, gire a la derecha en el siguiente desvío».

Jamal gira con brusquedad y le corta el paso a un BMW. El conductor toca el claxon, pero él lo ignora. Tras el desvío, se incorpora a un camino rural rodeado de granjas. Unas cuantas vacas pastan en mitad de una campiña muy verde. Más allá, el campanario de una vieja iglesia sobresale entre la niebla como un buque a punto de naufragar: es Lychen. Al norte, el cielo relampaguea detrás de las nubes. Pasan varios segundos hasta que resuenan los primeros ecos de un trueno. Un cartel desvencijado anuncia la proximidad del lago Zens. Durante unos pocos kilómetros, la carretera se convierte en un mareante vaivén de curvas, luego, en un tramo recto, aunque algo estrecho y, por fin, a lo lejos, se divisa el agua.

—La dirección que nos han pasado desde la Central es un poco ambigua, supongo que es lo habitual en zonas boscosas como esta. Según el GPS, ya deberíamos haber llegado, pero está claro que no —apunta Frida.

—Hay que encontrar una casa con el tejado azul y ventanas blancas.

—Eso es como buscar una aguja en un pajar. ¿Te haces a la idea de lo grande que es esto?

—Deja de poner pegas a todo de una puñetera vez y abre bien los ojos.

Los minutos pasan deprisa y él siente que se asfixia. Un peso enorme le oprime el pecho con tanta intensidad que le resulta imposible respirar. Baja la ventanilla. La brisa, más húmeda y fría que en Berlín —aunque también más limpia y vigorizante—, le golpea el rostro y le agita los mechones sueltos, que ondean alrededor de la frente. El cielo se ha convertido en una amenazante lámina color gris acero. Empezará a llover de un momento a otro y eso solo puede complicar las cosas. Ojalá no lleguen demasiado tarde.

Nunca se lo perdonaría.

Jamás.

—¡La veo! ¡Allí! ¡Es esa! —exclama Frida de repente, mientras señala con ímpetu hacia un punto entre la espesura.

Y ahí está la casa, tal y como Nina la describió, al otro lado del lago, frente a un embarcadero. El ritmo cardíaco se le dispara, igual que el velocímetro del Volkswagen Golf R azul atlántico, cuya aguja parece a punto de desintegrarse. El chirrido de las ruedas sobre el asfalto se fusiona con el sonido de las primeras gotas de lluvia al estrellarse contra el cristal. El paisaje se sucede a través de las ventanillas a un ritmo vertiginoso, deformado por la velocidad. Las casas quedan atrás, como minúsculas manchas rojizas diseminadas entre los árboles. Rodear el lago le lleva una eternidad. Por fin, diez minutos después, el coche derrapa al llegar a un terraplén a pocos metros de la parte trasera de la vivienda.

—¡Envía las coordenadas a los demás, rápido! —la apremia, al tiempo que aparca y sale prácticamente disparado del vehículo en una secuencia digna de una película de acción.

Frida dice algo, pero el eco de su voz se pierde entre el rumor del aguacero. Jamal saca la SIG Sauer de la cartuchera, le quita el seguro y corre hacia la casa con la adrenalina por las nubes. El MINI de Nina está junto a la puerta de atrás; ya no hay duda de que están ahí, ahora solo falta averiguar dónde la tiene ese malnacido. El maletero está abierto, de modo que se dispone a comprobar el interior con precaución. Aunque el corazón le late con la velocidad rítmica de un tambor, pronto consigue controlarse. Dentro del vehículo no hay nada.

Pero encuentra manchas de sangre.

—Mierda, mierda, mierda...

La puerta trasera de la casa también está abierta. Es una ventaja porque no tendrá que reventar la cerradura a balazos como había previsto. Gira el pomo y la abre con sigilo. Entra con el hombro por delante y el arma apuntando hacia abajo, como indica el procedimiento. Extiende los brazos para asegurar la esquina izquierda y luego la derecha de lo que parece una especie de desván. En el interior huele a moho y un molesto ruido intermitente da cuenta de las goteras del techo. Cuando abandona esa habitación, recorre un largo pasillo en penumbra. Aguza el oído en un esfuerzo por escuchar algo más que su propia respiración convulsa, pero es incapaz de percibir ningún otro ruido. En el salón no hay nadie. Los muebles están cubiertos con fundas que los protegen del polvo y otorgan a la estancia un helador aire de abandono. Despacio, sube los escalones que conducen al piso superior; estos crujen. Inspecciona las habitaciones una a una. Nadie en la primera, nadie en la segunda, nadie en la tercera. Tampoco en el cuarto de baño.

—¿Dónde estás? —pregunta en voz alta.

Empieza a desesperarse.

De vuelta en la planta baja, se dirige a la cocina, el único sitio que no ha comprobado. Una vez allí, se fija en que las ventanas son antiguas, de esas que se abren con manija giratoria. De los marcos se desprende pintura blanca cuarteada. Entonces, desplaza la vista unos centímetros más allá del cristal, hacia el exterior, y un parpadeo después los ve en el embarcadero. El latigazo de sudor frío que le recorre la espalda en ese instante es tan doloroso que podría doblarlo por la mitad. Una mano invisible le oprime la garganta y le impide tomar aliento. Aunque están de espaldas, se percibe que la tiene agarrada por el cuello. Le sorprendería que, además, no le hubiese atado las manos.

—Hijo de puta...

Siente la anticipación de una reacción sombría, la certeza de que la ira y el odio que lo invaden cristalizarán en breve. No obstante, tiene que ser rápido, sigiloso y extremadamente calculador. Aunque el corazón le pida a gritos lo contrario, no puede actuar como un hombre enamorado, sino como un policía.

Primero, debe evaluar los riesgos.

Trazar un plan de acción, prever posibles contingencias y, solo entonces, proceder.

Autocontrol, cabeza y sangre fría.

Procura no hacer ruido cuando abre la puerta y se dirige al embarcadero con los brazos extendidos y el arma apuntando al frente. Rodillas semiflexionadas, pasos cortos pero resolutivos. Deja atrás el porche, un manzano de cuyas ramas pende un viejo neumático que, en su día, sirvió como un columpio y una cancela de madera desportillada. Un metro, dos metros, tres metros. La lluvia le cala la ropa, el pelo, los huesos, el alma. No le importa, solo es agua. Avanza otro metro. «Vamos, Jamal, ya casi estás», se dice a sí mismo para infundirse ánimo. Sin embargo, los charcos sobre el terreno hacen que las botas suenen como mantequilla batida con cada pisada.

El sonido de sus pasos acaba por delatarlo.

Klaus se da la vuelta con brusquedad y Jamal frena en seco. En ese instante de tensión latente, su retina registra en cuatro tiempos:

1) El cuchillo de trinchar con que Klaus presiona la garganta de Nina.

2) La sangre en la nariz, pómulos y labios de Nina, que tiembla y le suplica que no le haga daño.

3) La brida en sus muñecas.

4) El brillo asesino en la mirada de Klaus que tan familiar le resulta. Lo ha visto muchas veces a lo largo de su carrera.

—¡Un paso más y le corto el cuello! —exclama Klaus—. ¡Tira el arma, turco de mierda!

Pero Jamal no se arredra.

—¡Suéltala, Haas! ¡Ya estás hasta el cuello, yo que tú no complicaría más las cosas!

—¡He dicho que tires el arma! —insiste y aprieta la punta del cuchillo contra la garganta de Nina.

Ella chilla y Klaus le tapa la boca con la otra mano.

—¡Cállate, zorra! —le espeta.

De repente, el universo se tiñe de color rojo oscuro. Necesita cambiar de táctica con urgencia o acabará perdiendo los papeles. Tiene que convertir esa guerra en una negociación y que venza el más astuto.

—¡Está bien, tranquilo! Dejo el arma, ¿lo ves? —cede. Con sumo cuidado, se agacha para depositar la pistola en el suelo. Acto seguido, se incorpora despacio con las manos en alto para generar confianza en su adversario, y avanza un par de pasos.

—¡No te acerques, *Bulle!*

—¡Tranquilo, Klaus! —Utiliza su nombre de pila de forma deliberada en un intento por sonar conciliador—. ¡Vamos a resolver esto como personas civilizadas, ¿vale?!

—¿Como personas civilizadas? ¡Te has follado a mi mujer, sucio *kanack* de mierda! ¡Esta puta —Aumenta la presión del cuchillo y Nina emite un terrorífico alarido gutural que suena amortiguado contra la mano de Klaus— se ha abierto de piernas para otro mientras yo estaba agonizando! ¡Para un turco! ¡Pero lo vas a pagar muy caro! —dice, y la zarandea—. ¡Lo vais a pagar los dos!

Jamal se encuentra al límite de sus fuerzas, desesperado bajo la tormenta y sin saber qué hacer. Ver a Nina en esa situación le duele igual que si le hubieran arrancado de cuajo cada una de sus extremidades. El miedo que le recorre las venas arde en su interior y toda la lluvia del planeta sería insuficiente para apagar ese fuego.

—Por favor, Klaus, suéltala. Nina no tiene la culpa. Fui yo quien la sedujo. La embauqué para que se metiera en mi cama. Estás cabreado con motivo. Te sientes traicionado y lo entiendo. Pero debes descargar tu rabia en mí, no en ella. Así que, por favor, déjala marchar.

Klaus emite una risa mordaz que se apaga enseguida.

—¡Venís a nuestro país, nos robáis a nuestras mujeres, os coméis el dinero de nuestros impuestos, ensuciáis nuestras calles con vuestra inmundicia! ¡Malditos turcos! ¡Ojalá Max os hubiera matado a todos de un tiro en la nuca!

«Max».

O sea, Maximilian Bachmann.

—Despídete de esta puta, Birkan —sentencia antes de hacer el amago de clavarle el cuchillo en la garganta.

—¡No! ¡Klaus, no!

A continuación, todo ocurre de forma rápida e incontenible, como si el mundo hubiera acelerado de golpe su movimiento. El sonido de un disparo le reverbera en el oído. No sabe de dónde procede. La bala alcanza el muslo izquierdo de Klaus. El impacto es tan demoledor que el hombre cae al suelo y libera involuntariamente a Nina para agarrarse la pierna herida con ambas manos. Entonces, Frida aparece en la escena y todo encaja. Su compañera corre hacia el embarcadero a una velocidad prodigiosa, se lanza sobre Klaus, le da la vuelta con destreza y lo inmoviliza al colocarle la rodilla en la espalda. Una técnica impecable que adquirió en su época en el Mobiles Einsatz Kommando.

—¡Maldita zorra, me has destrozado la pierna!

—¡Cierra el pico! —le espeta, y luego lo golpea en la cabeza con la culata del arma.

Mientras esa secuencia tiene lugar, Jamal vuela a por Nina, que serpentea en el barro para escapar. La toma en brazos y la saca de allí a toda prisa. Ella apoya la cabeza contra el pecho de él, como si buscara refugiarse de la lluvia y del dolor, y rompe a llorar.

Son lágrimas amargas.

Pero también de alivio.

—Ya está, *aşkım,* estás a salvo. Se acabó —le susurra.

Los efectivos de refuerzo llegan casi de forma simultánea entre ruido de sirenas y derrapes, luces LED y caos en medio del terraplén. Unos cuantos agentes con chalecos policiales desfilan a toda prisa hacia el embarcadero con la seguridad de quien sabe qué debe hacer. Ulrich aparece entre el séquito.

Lleva los cristales de las gafas salpicados de gotas, y Jamal no puede evitar alegrarse de ver una cara amiga.

—¿Está bien? —le pregunta, en referencia a Nina.

—Lo estará. Yo me ocuparé de ello —responde, con firmeza. ¿Para qué va a disimular? Ya no tiene sentido—. Hazme un favor, busca algo para cortarle la brida mientras la llevo al coche.

La acomoda en el asiento del copiloto de su Volkswagen y, cuando Ulrich regresa con una navaja policial, la libera. Se le parte el corazón al verle las frágiles muñecas en carne viva y no se resiste a acariciárselas suavemente con el pulgar.

—Todo irá bien —le susurra—. Te lo prometo.

Nina asiente y esboza algo parecido a una sonrisa.

—Lo sé —dice.

Tiembla de frío, así que Jamal coge su chaqueta del asiento trasero y la cubre. Con Nina por fin a salvo, solo necesita hacer una última cosa.

—Quédate con ella, Ulrich. Enciende el climatizador, necesita entrar en calor. Y asegúrate de que no se duerma, aún está conmocionada. Vuelvo enseguida.

Se dirige de nuevo al embarcadero, donde sus hombres tienen rodeado a Klaus, que permanece esposado en el suelo, manchado de sangre y barro. El hombre inclina la cabeza con dificultad y lo mira.

—Tienes suerte de que lleve grilletes.

Jamal se ríe expulsando el aire por la nariz.

—Más bien es al revés. Eres tú quien tiene suerte de llevarlos.

Aunque arde en deseos de patearle la cabeza, se contiene. Primero, porque no están en igualdad de condiciones y, segundo, porque lo único que le importa en ese momento es Nina. Toma a Frida del codo y la aparta unos metros del grupo.

—Voy a llevarla a Berlín, no quiero que pase ni un segundo más del necesario en Uckermarck. Encárgate de todo y mantenme informado. A Müller, mejor déjamelo a mí. ¿Habéis llamado a la ambulancia? Ese bastardo se está desangrando. —Frida asiente—. Bien. No te separes de él en ningún momento, ¿me oyes? Quiero que esté custodiado todo el tiempo hasta que se pudra entre rejas. —Hace una breve pausa—. Gracias. Por haber intervenido tan rápido. De no ser por ti, no estaría viva.

Frida traga saliva.

—No me vas a perdonar nunca por esto, ¿verdad?

Jamal deja ir una larga exhalación antes de responder.

—Eres mi compañera y, en esta profesión, a un compañero se le cubre hasta con la vida, así que no voy a denunciarte a Müller, ya pensaré qué le digo. Pero en cuanto cerremos el caso Bachmann, solicitarás el traslado a otra división. Nuestra amistad ha terminado para siempre.

La expresión de Frida Bauer es de absoluta desolación.

—Siento mucho que las cosas hayan ido así, Jamal.

—A veces, las cosas no van como uno quiere. Adiós, Frida. Cuídate.

Se dispone a regresar junto a Nina cuando oye:

—¡Eh, Birkan! —Al girarse, se tropieza con la mirada inyectada en sangre de Klaus, que le acecha desde el suelo—. No olvides nunca que yo fui el primero —le escupe.

Él lo observa fijamente unos segundos. Entonces, todas las emociones que lo atenazan, toda la ira y la angustia que se han apoderado de él, confluyen al mismo tiempo en su garganta y salen entre sus dientes.

—Ni siquiera te mereces respirar el mismo aire que ella.

Sus palabras suenan con una seguridad de vencedor, pero no reflejan con fidelidad cómo se siente.

De vuelta al coche, le toma el relevo a Ulrich y se despide del único amigo de verdad que le queda en la BKA. Se acomoda en el asiento del conductor y la contempla, muerto de amor y dolor al mismo tiempo.

Entonces, una verdad absoluta e incontrovertible se revela ante sus ojos.

Nina es su hogar.

Su *Heimat*.
Y si la perdiera, se quedaría huérfano.
Se convertiría en un apátrida.
—Vámonos a casa, *aşkım*.
La tormenta ha amainado. El cielo ya empieza a despejarse.

46. Nina

5 de noviembre de 2015
Hospital Universitario La Charité
Distrito de Mitte, Berlín

Cuando despierta, no es consciente de dónde se encuentra y necesita unos segundos para ubicarse tras despegar los párpados. Las letras bordadas en la sábana la ayudan a conectar con la realidad, así como la vía intravenosa de la mano derecha, que observa desconcertada.

—Estabas deshidratada —dice alguien a su lado, como si le hubiera leído el pensamiento.

Es Enke.

Nina sonríe hasta que el dolor de la cara y el cuello la obligan a contenerse. Se alegra de verla.

—Hola.

A modo de respuesta, su amiga se lanza a abrazarla con la rapidez de un tornado.

—No vuelvas a hacerme algo así en tu vida, ¿me oyes? Me has dado un susto de muerte —confiesa, al tiempo que se seca una lágrima incipiente con el dorso de la mano—. Mierda, se me ha corrido el rímel. Seguro que ahora parezco un mapache. Perdona, cielo. ¿Cómo te encuentras?

—Me duele un poco la cabeza y tengo la boca seca. ¿Cuánto tiempo he dormido? —pregunta, a la vez que presiona el botón para reclinar la cama que hay en el lateral.

Enke sirve un vaso de agua y se lo ofrece.

—Catorce horas.

—¿En serio?

—Te dimos un calmante. Sufriste una crisis de ansiedad, nada grave. Es normal, dadas las circunstancias.

Un montón de imágenes desfilan ante sus ojos como una película de terror protagonizada por ella misma que empieza con unas fotografías comprometidas. Luego, visualiza a Klaus, que la golpea en el suelo y revive la angustia densa y oscura como el petróleo que experimentó desde que la metió en el maletero de su coche hasta que la amenazó con el cuchillo. Debe esforzarse por controlar la repulsión que le causa el recuerdo de lo sucedido. Llegó a creer que moriría. Lo creyó de veras.

Entonces, apareció Jamal.

Y la salvó.

Porque es lo que ha hecho desde que se conocen.

Salvarla de Klaus, del mundo y de sí misma.

Recuerda que la tomó en brazos, la cubrió con su cazadora de cuero para que no pasase frío y la trajo a Berlín en su coche, aunque las imágenes son confusas a partir de ese momento.

—¿Dónde está Jamal?

—Ha tenido que salir un par de horas. Tranquila, volverá enseguida. No se ha separado de ti ni un instante desde ayer. ¡Oh, por favor, qué hombre! —Se lleva las manos al corazón—. Pasé a verte varias veces durante mi turno y siempre estaba a tu lado, mirándote y acariciándote la mano o el pelo con devoción absoluta. Tuviste un poco de fiebre y él se encargó de humedecerte la frente con una toalla para que te bajara la temperatura. Y me consta que también ha pasado la noche aquí, en esta misma silla, que no es precisamente cómoda. ¿Se puede ser más adorable que esa Delicia Turca? Permíteme que lo dude. No pierdo la esperanza de que su hermano aprenda algo de él. Me gusta, es bastante mono y no es mal chico, pero digamos que sus nociones de psicología femenina son más bien limitadas. —Ambas se ríen. No obstante, cuando el eco de las risas se extingue, la expresión de su rostro se endurece—. No voy a permitir que esto te afecte, ¿vale? Lo superaremos juntas. Estaré a tu lado, cielo.

Siempre ha sabido que Enke Brückner era una gran persona.

—Vale.

—Vamos, te ayudo a levantarte. Seguro que necesitas ir al baño.

Frente al espejo del pequeño cuarto de baño, Nina observa su reflejo, demacrado y pálido. Le cuesta reconocerse a sí misma. Tiene el contorno de los ojos tan oscurecido que da la sensación de que lleva una máscara. De perfil, incluso parece otra persona. Se palpa con cuidado las magulladuras del rostro: la nariz hinchada, el pómulo amoratado, el labio cortado, la herida en el cuello, justo donde el hombre con el que había estado casada le había clavado la punta del cuchillo. El recuerdo de los hechos que tuvieron lugar el día anterior la deja sin aliento durante un momento. Le duele todo el cuerpo, aunque ese dolor no es comparable al que se aloja en el centro de su alma. ¿Hay algo que hiera más que la humillación de saber que ni tu vida ni la de cualquiera vale lo más mínimo para otra persona? Que vale tan poco que se creería con derecho a arrebatártela en un parpadeo.

Sin embargo, el amor alivia.

Recompone.

Cura hasta la herida más profunda.

Quizá no borre las cicatrices por completo, pero sí las convierte en una simple mancha epidérmica con la que aprendemos a convivir cuando ya no define nuestra existencia ni quiénes somos.

El amor repara los corazones más frágiles, los que habían dejado de funcionar, y les devuelve el impulso vital para seguir luchando por cada latido.

Sobre todo, el amor propio.

El mismo que le impide llorar en ese instante.

Porque la vida, en ocasiones, se parece mucho a un *ring* de boxeo: hay que permanecer en pie, por más golpes que recibas.

Unos minutos después, Nina sale del cuarto de baño y encuentra a Orhan *Bey* y a Kerem en la habitación.

—¡Gracias a Alá que te has despertado por fin, *kızım!** —exclama el padre al tiempo que la abraza, emocionado. Lleva una bolsa de plástico en la mano—. Ven, deja que te vea. ¡Santo cielo, mira cómo tienes la cara! ¿Te duele mucho?

—*Baba,* no atosigues a mi cuñada de esa manera. ¿No ves que la pobre aún está convaleciente? —protesta Kerem.

—No pasa nada, estoy bien. Llevo puesta una bata de hospital y tengo un aspecto horrible, pero me encuentro bien, dentro de lo que cabe. ¿Qué hacéis aquí?

—¿De verdad pensabas que íbamos a dejarte sola en un momento como este? No es que no confiemos en las capacidades de *Fräulein* Brückner, aquí presente —Enke sonríe—, pero somos tu familia, hija, y en las familias, las personas cuidan las unas de las otras. ¿Tienes hambre? Te he traído una caja de *baklava*. Son de pistacho. Están muy buenos, te gustarán —dice. Abre la bolsa, le muestra el interior y a continuación la deja sobre la mesa auxiliar. Nina asiente en señal de agradecimiento—. Jamal nos llamó ayer para contarnos lo que había pasado. Queríamos venir antes, pero él insistió en que te dejáramos descansar al menos hasta hoy.

—¿Qué os contó, exactamente?

—Todo —admite Kerem—. No nos lo podíamos creer, *abla*. Al viejo casi le da un infarto. Lo que ha hecho tu marido es una auténtica salvajada. —Nina traga saliva e intercambia una mirada con Orhan *Bey*—. ¿Qué clase de hombre secuestra a su propia mujer y amenaza con degollarla? Ojalá ese hijo de mala madre pase el resto de su miserable vida a la sombra. Menos mal que mi hermano llegó a tiempo.

* Hija mía.

Enke pone los ojos en blanco y sacude la cabeza con cara de pocos amigos.

—Por suerte, esta chica es una todoterreno y se recuperará enseguida de las contusiones. Un poco de reposo y estará como nueva.

—Me gustaría hablar contigo, Orhan —dice Nina entonces—. A solas, si es posible.

—Claro —concede Enke—. Venga, Kerem, vámonos a tomar un café. No empiezo el turno hasta dentro de un par de horas, así que podemos salir del hospital. —Se dirige a Nina de nuevo—: Le voy a decir a la *Oberschwester* que avise al doctor para que pase a hacerte un reconocimiento. Llámame al móvil si necesitas cualquier cosa.

—Lo haré.

Cuando Enke y Kerem salen de la habitación, Orhan *Bey* la ayuda a acomodarse en la cama y la arropa con el edredón en un cálido gesto paternal. Adora a ese hombre, tiene que reconocerlo.

—Orhan, yo… creo que te debo una explicación.

—Ya sé lo que me vas a decir, *hayatım.** Y no quiero que te angusties, ¿de acuerdo? Con los años he aprendido a tomarme la vida de otra manera. Sí, soy viejo, ya has oído al zoquete de Kerem, aunque todavía tengo ilusión por algunas cosas; no muchas, solo las esenciales. Una de ellas es ver a mis dos hijos felices. Lo demás me trae sin cuidado a estas alturas. —Se sienta en el borde de la cama entre suspiros y le acaricia la mano con ternura—. Mira, Nina, yo siempre he pensado que el matrimonio es un pacto sagrado. Ahora bien, cuando alguien mancilla la unión de dos personas ante Dios o ante la ley, deja de tener sentido.

—Eres muy comprensivo.

—No se trata de comprensión, sino de justicia. Tú no eres culpable de los pecados que haya cometido ese… —Frunce los

* Mi vida.

labios con desdén— monstruo. ¿Por qué debería ofenderme yo contigo? Sí, tienes un pasado. ¿Y qué? ¿Acaso no lo tenemos todos?

—Un pasado muy presente, por desgracia —se lamenta—. De todos modos, siento que debo pedirte perdón por no haberte dicho yo misma que estaba… que estoy casada. Me abriste las puertas de tu casa, me trataste como a una hija y, aun así, te lo oculté.

—No estabas en posición de decir nada. Habrías comprometido a Jamal, lo entiendo perfectamente. Puede que pertenezca a otra generación y venga de un país con un pensamiento mucho menos liberal que el alemán, pero tengo la misma sensibilidad que cualquiera de vosotros. —Hace una pausa, como si quisiera darle tiempo para procesar las palabras—. Eres una buena chica, Nina. *Çok iyi ve güzel.** Y sé que ese hombre, con independencia de los delitos que haya cometido, no te merece. Las acciones son lo que definen a las personas, para bien y para mal. Como decimos en Turquía, «aquel que siembre vientos cosechará tempestades». Alá ha cerrado una puerta y al mismo tiempo ha abierto otra para ti, pequeña. ¿Quién soy yo para juzgarte? La pesadilla ha terminado, y eso es lo único que importa ahora. A mi león y a ti os espera un futuro prometedor.

—¿De verdad lo crees?

Orhan *Bey* le dedica una mirada que condensa todo el amor del mundo.

—Jamal tiene un corazón muy noble, Nina, y tú también. Lo supe en cuanto te conocí, aquella vez que viniste a la tienda.

Un par de hoyuelos se dibujan en sus mejillas magulladas.

—Te acuerdas…

—Por supuesto. Es imposible olvidarse de una carita de ángel como la tuya —reconoce.

Y le besa la frente como solo un padre entregado sabe hacer.

—¿Me he perdido algo?

* Muy buena y hermosa.

Jamal contempla la escena apostado en la puerta de la habitación con una sonrisa que le ilumina el rostro, desde los ojos, circundados por grandes surcos de felicidad, hasta la boca. Su mera presencia es un bálsamo para el alma de Nina.

—Ah, *aslan*, ya estás aquí —dice Orhan *Bey*. Al mismo tiempo, se pone en pie con intención de cederle su sitio en el borde de la cama—. Esta jovencita se ha despertado hace un rato. Tu hermano ha salido por ahí con Enke, y nosotros nos estábamos poniendo al día mientras esperábamos a que viniera a verla el médico. Bueno, tortolitos, voy a estirar las piernas un rato y así os dejo a solas; seguro que tenéis mucho de lo que hablar. *Güle güle!*

Da una palmada al hombro de su hijo y desaparece.

Jamal se sienta en la cama y le acaricia el pómulo con suavidad.

—¿Te duele?

—Un poco. En un par de días estaré bien —lo tranquiliza. Le atrapa la mano y le da un beso en la palma. Él sonríe. ¿Acaso hay algo más bello en el mundo que esa sonrisa franca y clara como el día?—. Te echaba de menos.

—Siento no haber estado aquí cuando has despertado, pero tenía que cerrar varios temas en la Central antes de mi ausencia.

—¿Ausencia?

—Voy a tomarme unos días libres hasta que te recuperes. De paso, aprovecharé para reorganizar un poco el apartamento. Apenas hay espacio, y lo vas a necesitar. Seguro que tienes un montón de pares de zapatos, bolsos y esas cosas.

—¿Me estás haciendo una proposición?

—No se te escapa ni una, ¿eh? —bromea.

Las risas de ambos inundan la habitación. Es maravilloso sentir que todo está en su sitio de nuevo. Luego, Jamal se inclina hacia ella y la besa con una delicadeza conmovedora en

* ¡Adiós!

la herida del cuello. El terciopelo de sus labios la estremece. Huele a algo fresco, un soplo de brisa marina que le despierta los sentidos.

—Gracias, *aşkım*.

—¿Por qué?

—No lo sé. Por seguir viva, supongo.

—Debería ser yo quien te diera las gracias a ti, ¿no crees?

Jamal exhala de pura frustración, y Nina atisba el tumulto de pensamientos que le pasa por la cabeza.

—Nunca debí dejar que volvieras con él —se lamenta—. Nada de esto habría ocurrido si yo hubiera sido más contundente cuando Müller lo sugirió. Prestarme a ello fue un error imperdonable. Maldita sea… —Chasca la lengua y se pasa las manos por el pelo—. No tendría que haber aceptado que me devolviese la placa —murmura, como si hablara consigo mismo en vez de con ella—. Tendría que haberme largado de su despacho en cuanto se la dejé encima de la mesa.

—¿Ibas a renunciar? —pregunta, asombrada.

—Ya te dije una vez que haría cualquier cosa por ti, ¿lo recuerdas? Y, sin embargo, no ha sido suficiente. Te he fallado. No he estado a la altura de las circunstancias ni como policía ni como hombre. Has sufrido sin necesidad porque no he sabido protegerte. Y casi te pierdo. —Un rictus de amargura le deforma el semblante—. ¿Qué habría sido de mí si te hubiera perdido, *aşkım*? El infierno sería un parque de atracciones comparado con una vida sin ti.

La extrema vulnerabilidad de Jamal le hace comprender un hecho incuestionable: él también ha sufrido muchísimo, también se ha roto. Por eso, ahora le toca a ella reunir todo el coraje y la fortaleza que pueda para recomponer sus pedazos. Es ella quien debe cuidar de él, porque sus heridas, aunque no se vean, duelen igual.

Le envuelve las mejillas con las manos para que la escuche con atención.

Para que le cale hondo.

—Eres muy duro contigo mismo, Jamal. No puedes seguir responsabilizándote de todo lo que ocurre a tu alrededor ni pretender salvar el mundo cada mañana. ¿Sabes lo que me ha dicho tu padre hace un momento? Que son los actos lo que definen a las personas. Y a ti, amor mío, te definen más que a nadie, créeme. Tu resolución, tu fuerza, tu sentido del deber, tu sensibilidad hacia lo humano y esa mágica seguridad en ti mismo. Eres un hombre extraordinario, Jamal. Lo que ocurrió ayer no fue culpa tuya. Lo que Klaus tiene en el corazón no es más que maldad y oscuridad, por fin me he dado cuenta; tarde o temprano habría sucedido algo así. Si estoy viva es gracias a tu intuición y a tu valentía. Tuviste la corazonada de que me había llevado a Uckermarck, te subiste al coche sin pensarlo, condujiste durante hora y media, te enfrentaste a él y, al final, me rescataste.

—Fue Frida quien apretó el gatillo, no yo.

—¿Y eso qué más da? —reitera, al mismo tiempo que traza círculos con los pulgares en su espesa barba—. Para mí, lo único que importa es que estabas allí, arriesgándolo todo por mí una vez más. Siempre dices que soy tu ángel, pero creo que, en realidad, tú eres el mío.

Jamal aprieta los párpados un instante, desbordado por las emociones, y Nina observa con detenimiento la dura geometría de su expresión: el arco altivo de las cejas, la ferocidad que destila la forma natural de los ojos y el brillo hiriente de su color, las pestañas densas como la maleza, la rectitud severa de las líneas paralelas del tabique nasal. Y toda esa dureza se corrige luego en los labios, en el momento en que estos trazan una sonrisa más elocuente que cualquier palabra.

Muestra dureza y fragilidad al mismo tiempo.

—Eres una mujer increíble, Nina, con una capacidad de resiliencia asombrosa —dice. Le toma la mano y la entrelaza con la suya—. Puedes con todo. Siempre. Por más rotas que tengas las alas. Me recuerdas a un junco en la tormenta: te agitas y te empapas sin quebrarte nunca. Dios… ¿cómo es posible que te ame con esta intensidad? Antes de conocerte ni siquiera me sentía preparado para tener una relación.

—Lo inesperado pone a prueba cualquier certeza, *Herr Inspektor*.

Jamal posa sus ojos en el rostro de Nina y le dedica una mirada de entrega total.

—Por favor, no me mires de esa manera. Estoy horrible.

—Tú jamás estás horrible, *aşkım*. Incluso en este estado, me sigues pareciendo la mujer más bella sobre la faz de la Tierra.

Nina deja ir un resuello que le provoca una ligera molestia en el pecho.

—Menos mal que eres policía, porque mentir se te da muy mal. No tendrías futuro como criminal.

—En eso estamos de acuerdo. ¿Qué hay en esa bolsa? —pregunta, al tiempo que señala la mesa auxiliar.

—Una caja de *baklava* que me ha traído tu padre.

—Vaya, vaya, vaya. —Sonríe y menea la cabeza—. El viejo Orhan *Bey* está loco por ti, ¿eh? Por cierto, tengo que confesarte algo. —Toma aire y cuadra los hombros—. Le he contado tu historia con Klaus. No he entrado en detalles, claro, solo le he explicado lo más relevante. Me sentía en la obligación de ser honesto con él de una vez por todas. Nina, necesito que empecemos de cero. *Tabula rasa*. Sin escondernos de nada ni de nadie. ¿Lo entiendes? Dime que sí, por favor. La conciencia me está matando desde ayer.

—Lo entiendo, Jamal. Era lo correcto. Además, decir la verdad es la mejor manera de romper cualquier vínculo que quede entre Klaus y yo. —Hace una pausa—. ¿Qué ha sido de él?

—Está bajo custodia policial. —Echa un vistazo a su reloj—. Dos agentes de mi unidad deben de estar interrogándolo por segunda vez ahora mismo. Lo habría hecho yo si *Herr* Müller no considerase que mi implicación personal trasciende demasiado como para permitir que me enfrente a él en nuestro propio terreno. Pero no importa, confío en las capacidades de mis hombres y sé que harán un trabajo impecable. De todas formas, ya había decidido ceder el relevo antes de hablar con mi jefe. Necesito desconectar un poco y estar contigo. Quiero cuidar de ti, ahora más que nunca. Por cierto, creo que deberías llamar a tus padres y contarles lo que ha pasado antes de que lo haga la BKA. Es un buen momento para que vengan a Berlín, Nina.

—No quiero que me vean así. Pero los llamaré, te lo prometo.

—Está bien, como quieras. En fin, al parecer el abogado de Klaus le ha aconsejado no declarar. No sé qué clase de estrategia pretende seguir ese jodido picapleitos de Brinkerhoff y Asociados, pero es indudable que a su cliente le espera una condena muy larga. Su situación es francamente delicada. La fiscalía tiene de todo contra Klaus, lo más probable es que el juez decrete la incondicional. Solo hace falta que trinquemos a su cómplice, y… —Chasquea los dedos al aire— ¡bitti! Se acabó.

Nina frunce el ceño.

—Hay una cuestión a la que no dejo de dar vueltas. ¿Quién envió las fotos a Klaus? Fuera quien fuese, es obvio que quería hacernos daño a los dos o no se habría molestado en seguirnos como una sombra durante más de dos meses. Pero… ¿por qué? No lo entiendo.

Se nota, por el movimiento oscilatorio de la nuez al tragar y por el brillo de inquietud en las pupilas, que Jamal se ha puesto tenso de repente.

—Oye, lo único en lo que debes pensar ahora mismo es en recuperarte. Esa debe ser tu prioridad. Te mereces un respiro, Nina. Lo de ayer fue muy duro, un final trágico a ocho años de infierno. La buena noticia es que Klaus ya está entre rejas y va a pagar por lo que ha hecho. Eso es lo que importa, ¿vale?

—Jamal, no soy una niña. Sé que me ocultas algo. Tienes la misma mirada que la noche que fuiste a ver a El Kurdo.

—Preferiría no hablar de aquella noche. Yo… —Agacha la cabeza y se frota la barba con indolencia—… hice algo de lo que me avergüenzo muchísimo.

—No sé qué hiciste, pero tampoco importa —lo anima Nina, que le busca los ojos de nuevo—, estoy segura de que tenías una buena razón para hacerlo.

—Una muy poderosa —asevera. Cambia de tema enseguida—. ¿Cuándo demonios va a venir el médico? No es normal que tarde tanto —protesta, con impaciencia—. Me muero por estar a solas contigo.

Nina alza una ceja.

—Sabes que aún estoy convaleciente, ¿verdad?

—No, no, no. No es lo que crees, *aşkım,* te lo garantizo —se defiende—. Es solo que… bueno, que necesito dejar atrás todo esto. Quiero llevarte a casa, a nuestro hogar. Nuestro pequeño apartamento de Kreuzberg parece incompleto sin ti. *Baya eksik.**

—Eso suena muy bien. Dilo otra vez.

Se acerca despacio a ella, le mira la boca y susurra despacio:

—Quiero llevarte a casa conmigo. A nuestro hogar. Y darte la vida que mereces desde hoy hasta el día en que me muera, *Melek yüz.* La única que mereces. ¿Te parece un plan lo bastante atractivo?

—Todavía no. Espera.

Él la observa extrañado. Sin embargo, las líneas de expresión de su rostro se suavizan en cuanto ve que Nina se quita la alianza, ese objeto inanimado y carente de sentido que la retenía cautiva en un tiempo ya pasado. La deposita sobre la mesa con decisión y le da la espalda. Después, lleva esa misma mano desprovista ya de ataduras hacia el cabello sedoso del hombre del que está enamorada, le deshace el moño y se coloca la goma en la muñeca.

—Ahora sí, Jamal. Ahora es un plan inmejorable.

* Bastante incompleto.

Por fin.

Jamal sonríe. Entonces, la toma con delicadeza de la barbilla y une sus labios a los de ella en un beso suave y reservado que rubrica todos los que están por venir.

Era necesario romperse para poder florecer.

Epílogo

Dice Orhan Pamuk en *Estambul, ciudad y recuerdos* que lo que hace especial a una ciudad no es su topografía ni las apariencias concretas de sus edificios, sino los recuerdos que acumulan a lo largo del tiempo las personas que habitan en ella. Los colores, los olores, la forma de las letras, las imágenes, la consistencia de las casualidades vividas, ya sean secretas o expresadas. Las ciudades, en realidad, están hechas de momentos congelados en sensaciones.

La sensación de estrechez en el «tranvía nostálgico».

El frescor de un *maraş dondurması** en la plaza Taksim.

El aroma inigualable de Hacı Bekir, la célebre tienda de dulces de Beyoglü.

El tacto de los libros viejos en el Avrupa Pasaji, donde toneladas de ejemplares antiguos se amontonan sin orden ni concierto en las estanterías o sobre las mesas y las sillas de las tiendas.

Y el sonido de las voces en la efervescente İstiklâl Caddesi, la arteria donde late el Estambul más moderno.

Mientras pasean cogidos de la mano por la céntrica avenida, Nina trata de encontrar la definición que mejor se ajusta a la ciudad que absorbe sus sentidos. Se le antoja poliédrica, rui-

* Helado tradicional turco.

dosa, caótica, por momentos casi trágica, romántica, infinita. Tiene luces y sombras. Huele a brea, a café molido, a tabaco de liar, a canela y a salitre. Un túnel del tiempo, un torbellino de años de historia, un abrazo entre culturas. Una ciudad de ciudades llena de contrastes y posibilidades: comer en un sencillo puesto callejero o en una lujosa azotea con vistas al Bósforo; escuchar los acordes de un saz en alguna tetería de la costa asiática o bailar música electrónica en un club nocturno de Nişantaşı.

Es el punto donde confluyen tradición y modernidad.

Oriente y Occidente.

Le fascina.

—¿Estambul o Berlín? —le pregunta Jamal, mirándola por encima de las grandes gafas de sol oscuras.

Nina medita la respuesta unos segundos.

—No sabría decidirme. Ambas son demasiado distintas; incluso el cielo es diferente. Reconozco que me encanta Estambul por su personalidad arrolladora y la amabilidad de la gente, pero soy alemana; me han educado en la contención, el orden y el pragmatismo. De modo que no sé si soportaría esta vorágine mucho tiempo.

Jamal esboza una sonrisa sarcástica.

—Más vale que mi padre no te oiga decir eso o se acabaron los desayunos en familia los domingos.

En el fondo, lo que más le gusta de Estambul es que es el hogar del hombre con el que comparte su vida.

—Lo tendré en cuenta. Dime una cosa: ¿qué se siente al volver después de tantos años?

—Pues verás, por una parte, es como si hubiera pasado una eternidad desde la última vez que recorrí estas mismas calles. Sin embargo, por otra, parece que fue ayer mismo. Todavía oigo a mi madre quejándose frente a la Mezquita Azul de que el calor le iba a estropear el pelo y que no saldría guapa en las fotos. *Anne* quería que la recordáramos hermosa, feliz y llena de energía, no como a una enferma terminal —admite, con aire melancólico—. La ciudad sin ella me resulta extraña. Le falta algo, un componente esencial.

Nina le aprieta la mano en un gesto que no necesita apoyarse en palabras.

Tiempo atrás, Jamal había dicho que la llevaría a Estambul cuando estuviera preparado. No se refería a su relación con Nina, aunque en aquel entonces ella lo había interpretado de esa forma, sino al cierre de un duelo personal. La muerte de Adalet Birkan había roto el equilibrio familiar, y el único modo de restaurarlo era regresando al lugar donde todo empezó y acabó a la vez.

Así que ahí están.

Orhan, Jamal y Kerem Birkan.

Cada uno se enfrenta a los recuerdos a su manera.

Y Nina es el hilo conductor de un punto y aparte muy necesario. Por eso, es tan significativo para Jamal que ella esté allí, con él.

—Hace un calor espantoso. ¿Te apetece que vayamos a algún sitio a tomar un té?

—No, por Dios. Más té no. Llevamos una semana tomándolo a todas horas. A este paso, voy a desarrollar gastritis crónica.

Jamal estalla en carcajadas.

—*Tamam, tamam.* Nada de té, entonces. Sigamos paseando hasta el puente de Gálata. De todos modos, tenemos que estar en Eminönü dentro de una hora para cenar con *baba* y Keremcığım.

—¿No te parece increíble lo bien que se llevan últimamente?

—Mi hermano ha madurado por fin. Hay que reconocer que Enke ha sido una buena influencia para él.

No solo Enke, claro. Su trabajo como asistente de producción en un modesto sello discográfico de hiphop le ha obligado a centrarse, a perseguir un objetivo concreto. Ha dejado atrás las malas compañías, el trapicheo de hachís, las peleas de barrio y los hurtos. Es un hombre nuevo con una vida propia.

—El amor obra auténticos milagros en las personas —dice Nina.

Ella lo sabe mejor que nadie.

Desde que vive con Jamal en su pequeño oasis de Kreuzberg, hace alrededor de nueve meses, Nina ha cambiado mucho. O quizá no. Es posible que siempre haya sido el espíritu libre que es ahora, pero que necesitara que alguien la ayudara a desplegar las alas.

Necesitaba aprender a volar de nuevo.

Y él le ha enseñado cómo se hace.

No siempre ha sido fácil. Unos días después de recibir el alta, Jamal la acompañó a Charlottenburg para sacar todas sus cosas de aquel apartamento infausto, ya que Nina había decidido rescindir el contrato de alquiler cuanto antes. Al ver la sangre reseca en el suelo, justo donde Klaus la había golpeado con una violencia inaudita, revivió la pesadilla y se echó a llorar. Él la abrazó, dejó que vertiera sobre su pecho hasta la última lágrima y, después, le dijo:

—Nunca te soltaré de la mano, *aşkım*.

Aquellas pocas palabras bastaron para calmarla.

Porque el amor era eso, caminar sobre un lecho de espinas o de pétalos de rosas. Pero hacerlo juntos.

Y en ese «juntos» cabe un infinito.

La vida con Jamal es muy diferente a la que tuvo en el pasado. Su día a día está lleno de matices, de grandes victorias y pequeñas derrotas tanto en lo personal como en lo profesional, que ella comparte sin miedo porque, a su lado, se siente invencible.

Es feliz.

Una mujer completa.

Cuando el trabajo en las urgencias de La Charité se lo permite, acude a Tempelhof a echar una mano. Por desgracia, la crisis humanitaria no ha terminado. Siguen llegando cientos de personas desde Oriente Medio en condiciones muy precarias, y Alemania todavía es un país dividido en materia social. No obstante, el gobierno parece dispuesto a priorizar la integración de los refugiados. Cuarenta y ocho horas después de las violentas protestas de grupos neonazis contra un centro de acogida en Heidenau meses atrás, la Oficina Federal de Migración y Refugiados aseguró que no aplicarían el Procedimiento de Dublín para la población siria. Eso quería decir que Alemania renunciaba a enviarlos de vuelta a los países por los que habían accedido a la Unión Europea y se comprometía a brindarles asilo político.

Excelentes noticias para Nina.

Muy perjudiciales para el plan de gentuza como Klaus Haas.

O Ann-Sophie Schneider, más conocida como «la falsa Sonja Wenders».

La detuvieron en una oficina de correos al norte de Berlín, poco después de haber atrapado a Haas en Uckermarck. Uno de los empleados la reconoció gracias a la difusión de su retrato robot y al inconfundible acento de Turingia del que se habían hecho eco los medios. Ideó una excusa para retenerla y llamó a la policía.

—Este es el tipo de ciudadanos que necesita Alemania —se congratuló Gerhard Müller entonces—. Más comprometidos con la justicia y menos acomplejados por el pasado. Con la que está cayendo, mirar para otro lado no conviene a nadie.

Curiosamente, mirar para otro lado fue justo lo que había hecho él hacía semanas, cuando Bettina Steinberg le pidió explicaciones sobre la relación sentimental de Jamal Birkan con una testigo. «Mire, *Frau Direktorin,* lo único que sé de Birkan es que es un *Kriminalinspektor* fuera de serie. Lo demás me importa un pimiento», respondió.

Era evidente que todo el mundo en Puschkinallee estaba al tanto de lo ocurrido. A su regreso, Jamal sintió las miradas de sus compañeros clavadas sobre él. Algunas mostraban un matiz reprobatorio; otras, algo parecido a la empatía. Lo suyo con Nina se había convertido en la comidilla del personal de la

Central de la BKA en Berlín. Sin embargo, a un hombre como él, la opinión de los demás acerca de su vida privada le importaba muy poco. Lo único que le interesaba era hacer su trabajo de la manera más eficiente posible y contar con la aprobación de Müller para interrogar a Ann-Sophie Schneider.

—¿Ha vuelto con las pilas cargadas, Birkan?

—Más que nunca, *Herr Direktor*.

—Bien. Entonces, tiene mi permiso para despellejar viva a esa terrorista.

El interrogatorio resultó duro, largo y tenso, no solo porque Schneider se negaba a colaborar, sino porque Jamal necesitó contar con las habilidades de Frida para sacarle una confesión final. Aquella fue la última vez que trabajaron juntos. Después, a la *Spezialagent* Bauer la trasladaron a la Unidad de Delitos Sexuales de la BKA en Bonn. Nunca le ha hablado a nadie de la implicación de la que consideraba su amiga en los hechos de Uckermarck. Ulrich le ha hecho muchas preguntas, pero él siempre ha respondido con evasivas. Es como si faltara información acerca de un lapso temporal en el caso Bachmann y Jamal no tuviera la más mínima intención de completarla. Es lo que se conoce de manera popular como «correr un tupido velo». Tampoco se lo ha contado a Nina. Ni que desembolsó cinco mil euros para protegerla de El Kurdo, que sigue abasteciendo de droga las calles de Berlín con total impunidad. No cree que vaya a hablar sobre el tema nunca, si puede evitarlo. Ann-Sophie Schneider acabó confesando su implicación y la de Klaus Haas en los crímenes del Bósforo. También detalló el plan diseñado por Maximilian Bachmann antes de su muerte para sembrar el pánico en la comunidad turcogermana: colocar un artefacto explosivo en Şehitlik, la mezquita más grande de Berlín, en pleno Ramadán. Suerte que la BKA actuó con rapidez y abortó la operación a tiempo, porque, de haberse cometido el atentado, el resultado habría sido una auténtica carnicería. Por lo visto, Schneider era una neonazi convencida que, sin saber cómo, había logrado pasar desapercibida ante la policía. Seguía a Bachmann en su delirio xenófobo desde hacía años. Él le enseñó a camuflarse y a mantener la boca cerrada durante un interrogatorio policial, pero ningún criminal es de piedra; solo hay que saber aplicar la presión adecuada en el momento adecuado.

De modo que Ann-Sophie Schneider y Klaus Haas están en la cárcel, a la espera de una sentencia.

A Jamal le aterra que llegue ese momento. Sabe que llamarán a Nina a declarar, y la idea de que tenga que pasar por ese infierno de nuevo le combustiona por dentro como gasolina en un incendio. No obstante, Nina ha demostrado ser una mujer muy valiente y fuerte. Por eso, cuando manifestó su deseo de ir a ver a Klaus a la prisión de Moabit, él respetó su decisión a pesar de que la situación le puso los nervios a flor de piel. Tenía miedo de que se le reabrieran las heridas antes siquiera de llegar a cicatrizar. Nina necesitaba respuestas al millón de preguntas que la estaban asfixiando. Sin embargo, al verlo detrás del cristal tintado, con el semblante demacrado y convertido en una sombra de lo que fue, lo único que sintió fue una oleada profunda de lástima. ¿Cómo puede haber personas incapaces de experimentar algo tan humano como el amor? Klaus estaba vacío y siempre lo iba a estar. Ese desierto en su interior lo había llevado a ser quien era, a cometer esos crímenes.

—Te perdono, Klaus. Ojalá puedas perdonarte tú algún día. Mi abogado le hará llegar al tuyo los papeles del divorcio muy pronto.

Y así fue.

Nina es, desde hace poco, una mujer oficialmente divorciada.

Libre.

Por fin.

—De modo que este es el famoso puente de Gálata, ¿eh? —advierte Nina.

—*Evet.* Cuatrocientos noventa metros de pasarela que unen el barrio de Beyoglü, conocido como «Pera» en la época bizantina, con Eminönü. Como ves —señala—, hay un paso subterráneo lleno de pequeños bazares y restaurantes, pero todo eso no es más que una trampa para turistas. Créeme, es mucho más interesante continuar por aquí arriba.

—De acuerdo, vayamos por aquí.

Dicen los estambulitas que el puente de Gálata hay que cruzarlo sin prisa y tomarse su tiempo para parar a cada paso y contemplar el paisaje desde la desportillada barandilla, junto a las docenas de pescadores que aguardan con paciencia a que sus cubos de colores se llenen de caballas frescas. El cielo, a esa hora de la tarde, es una infinita extensión azul surcada por una franja anaranjada que amenaza con engullirla. Motas plateadas salpican las aguas del Cuerno de Oro. El sonido de los ferris se mezcla con el graznido de las gaviotas, el maullido de algún gato callejero, los gritos de los vendedores ambulantes de maíz y pistachos y el *ezan,* la llamada del muecín a la oración cuando las sombras que proyectan los objetos son iguales a su altura. Jamal tararea una canción.

«Nasıl oldu anlamadım tanıştık birdenbire
Nedenini sorma boş yere
Seni kucaklamak geldi içimden
Kendimi tutamadım
İşte geldim yanına».

Nina sonríe. La reconoce, es *su* canción.

—Detengámonos un momento aquí para admirar las vistas —le pide.

El *poyraz,* el famoso viento del noroeste, les sopla en la cara y les revuelve el pelo. Él lo tiene cada vez más largo y a ella le encanta que se lo deje suelto debajo del moño. Jamal la abraza por detrás y le apoya la cabeza en el hombro; la fragancia de su champú le acaricia el olfato de forma instantánea. La necesidad de girar la cabeza y besarlo se apodera de Nina, pero se contiene solo porque los besos en público no están bien vistos en Turquía. «Cuanta más lengua haya, más cara será la multa», le explicó Jamal en su día. No sabe si hablaba en serio o se estaba burlando de ella, pero, por si acaso, decide no tentar a la suerte o a las fuerzas del orden turcas.

Nunca se sabe.

—Tu padre tenía razón cuando dijo que no existía nada comparable a la luz del Bósforo reflejada en el cielo.

—Precioso, ¿verdad?

—Mucho, parece una postal. —Suspira—. Qué pena que esta sea nuestra última noche en Estambul.

—Lo sé, lo sé, a mí también me da mucha lástima. Sobre todo porque no hemos tenido tiempo de visitar ni una cuarta parte de los sitios a los que había planeado llevarte. Me temo que ha habido demasiados compromisos familiares.

—No me interesa el Estambul turístico, Jamal. Me interesa el tuyo, el de tu infancia y tu adolescencia, y ese sí me lo has enseñado. De todas formas, es comprensible que hayamos pasado la mayor parte de la semana en Üsküdar. Hacía años que no veníais a Turquía. Considera la escapada de julio a Mallorca como nuestras pequeñas vacaciones. Lo pasamos muy bien, ¿verdad?

—Pues sí. Sobre todo en aquella playa. ¿Cómo se llamaba?

—Es Trenc.

—Eso es. Menudo polvo echamos dentro del agua. Y era tan cristalina que seguro que nos vieron follar hasta en Córcega. Joder, fue tan excitante que solo de recordarlo me pongo como si tuviera un misil norcoreano entre las piernas. ¿Lo sientes? —le susurra al oído, al tiempo que se aprieta contra el trasero de Nina con disimulo.

—Calla, no seas bruto —lo reprende ella, entre risas.

Jamal deja ir un resuello sarcástico.

—¿Bruto? Todavía no sabes lo que es un hombre bruto, *aşkım*. Pero no te preocupes, que me aseguraré de enseñártelo mañana mismo, en cuanto lleguemos a Berlín y estemos a solas de una puñetera vez.

—¡Oh! Lo dices como si yo hubiera tenido algo que ver.

—Desde luego que sí. Si no fueras tan encantadora, preciosa, dulce, inteligente y *sexy*, mis primos, tíos, vecinos y todo el condenado séptimo ejército de Mustafá Kemal Atatürk no se nos habrían pegado igual que un chicle a la suela del zapato. Ahora resulta que quieren venir todos a Alemania en busca de una esposa rubia y de ojos azules que se parezca a ti, hay que joderse. —Nina no puede evitar reírse—. Claro que están muy equivocados si piensan que el país está lleno de mujeres con cara de ángel. Solo hay una y es mía —afirma, y la abraza más fuerte.

—Las turcas también son muy guapas.

—Bah. No me interesan las turcas.

—Ya, pues tú a ellas sí. Algunas te miran como si te arrancaran la ropa con los ojos.

—No me digas que te has convertido en una mujer celosa.

—Claro que no. Solo constato un hecho objetivo.

—Lástima. La verdad es que me vuelves loco cuando te pones en plan reivindicativo, *aşkım* —zanja, antes de darle un beso discreto en el cuello. Nina se estremece con el roce de su barba, que a la luz de la tarde ha adoptado una tonalidad rubí—. En cualquier caso, me alegro de que hayamos viajado a Estambul y a Mallorca. Tenía ganas de conocer a tus padres. La vida nos ha cambiado mucho de un verano a otro.

—De forma radical. ¿Quién iba a decirme que sería tan feliz, más de lo que he sido nunca, después de tanto tiempo consumida en la tristeza?

Silencio.

Jamal toma aliento.

—Cuando mi hermano y yo éramos niños, nuestro abuelo solía traernos aquí. No hacíamos nada en particular, salvo chutar el balón contra alguno de esos muros de contención que ves ahí, comer pistachos y mirar el mar. Fíjate en todos estos pescadores alineados a lo largo del puente. Es como si el tiempo los hubiera congelado en la misma posición desde entonces. A mi abuelo le fascinaba observarlos, estudiarlos durante horas. Decía que de un pescador se aprende una de las mejores virtudes del hombre: la paciencia.

—Las cosas buenas de la vida a veces necesitan tiempo y no suceden cuando las buscas, pero acaban llegando en el momento exacto en que tenían que hacerlo.

—Nina, date la vuelta. Quiero preguntarte una cosa.

De nuevo frente a frente, Jamal se quita las gafas de sol y se las cuelga en la camiseta negra de tirantes, que se desplaza unos centímetros hacia abajo dando cuenta del vello incipiente y la constelación de lunares del torso. Traga saliva y la mira a los ojos. En ese instante, le parecen más claros que nunca.

—¿Te gustaría ser mi mujer?

—Ya soy tu mujer.

—Quiero decir de forma legal.

—¿Me estás pidiendo que me case contigo?

—Sí, *aşkım*. —La toma de las manos y argumenta—: Mira, estos nueve meses a tu lado han sido increíbles. En todos los sentidos. Eres mi alma gemela, el amor de mi vida. No necesito que formalicemos lo nuestro, y sé que tú tampoco; de hecho, entendería que me dijeras que no quieres involucrarte en otro contrato matrimonial. Pero quiero pasar de nivel. —Hace una pausa. Exhala—. No, qué demonios. No es tan simple. La verdad, Nina, es que estoy tan enamorado de ti que, de un tiempo a esta parte, solo pienso en casarme y tener hijos contigo. —Unos grandes surcos se le dibujan alrededor de los ojos—. Mierda, cada vez me parezco más a mi padre, ¿te das cuenta? Por Dios, di algo. ¿Quieres que me arrodille, *aşkım?* Porque si me lo pides, lo haré ahora mismo, aun a riesgo de que algún idiota nos grabe con el móvil y lo suba a YouTube.

—No hace falta que te arrodilles. Y no, no necesito que formalicemos lo nuestro.

La nota de decepción en el rostro de Jamal es visible.

—Lo entiendo —musita.

—Sin embargo —dice Nina, a la vez que le retira un mechón de la cara—, es tan romántico que me lo pidas aquí, en el puente de Gálata, que sería un crimen decir que no.

—¿Eso quiere decir que…?

—Que sí, amor mío, quiere decir que sí. Sí a todo y sí contigo. Pero con la única condición de que aceptes que conserve mi apellido. Ser Nina Kessler es esencial para mí.

—Si es tan importante para ti, entonces para mí también. *Seni seviyorum*. Te amo, Nina Kessler. Lo amo todo de ti.

Entonces, Jamal, que ya no puede más, la alza en vilo y la besa apasionadamente bajo el cielo aterciopelado de Estambul.

—Espera, espera. ¿Y qué pasa con la multa?

—Que le den a la multa. Ahora mismo, soy el hombre más feliz del mundo. ¡Soy feliz! ¡Sí, Dios! ¡Sí! —grita ante las miradas atónitas de los transeúntes.

Ambos ríen y lloran de felicidad al mismo tiempo mientras dan vueltas como una peonza, sin sospechar siquiera que, esa noche, cuando las ganas de amarse les quemen tanto que no puedan contenerse ni un minuto más, una nueva vida comenzará a crecer en el vientre de Nina. Será una niña preciosa, de pelo rubio y ojos color miel.

Y se llamará Adalet.

Agradecimientos

2020 fue un año realmente difícil para todos. Tuvimos que quedarnos en casa, cambiar nuestros hábitos, acostumbrarnos a esconder nuestras emociones tras una mascarilla y renunciar a esos pequeños placeres que nos parecían imprescindibles: un abrazo, una palmada en la espalda, un café con amigos, un viaje. Nos vimos obligados a posponer los planes, los futuribles, los mañanas; pusimos los sueños en pausa y permanecimos a la espera. Algunos, por desgracia, ya no están entre nosotros. Y a los que seguimos aquí, nos tocó aprender a vivir de otro modo. Por todos esos motivos, escribir *Bajo el cielo de Berlín* no ha sido nada fácil, pero lo bueno de los libros es que siempre serán el mejor de los refugios.

No podría haber sacado adelante esta novela sin el apoyo de unas cuantas personas a las que quiero dar las gracias de corazón.

En primer lugar, a Salva, mi marido, la luz que guía mi camino incluso en los tramos más oscuros y tenebrosos.

A mi familia, a la que echo tantísimo de menos. Ojalá podamos darnos pronto todos los abrazos y los besos que nos debemos.

A R. R. L., del Cuerpo Nacional de Policía, por haberme llevado a bucear a las profundidades del universo policial. Gracias por la disponibilidad, por las charlas interminables, por los datos, por el aprendizaje y por la paciencia infinita. Sin ti no existiría Jamal. Te lo debo todo y unas cuantas cervezas.

Especial mención a Alexander Dinger, periodista del Morgen Post, por haberme ayudado a entender el rompecabezas de la policía alemana (os aseguro que es para volverse loco) y por su inestimable visión de la vida en Berlín. *Vielen Dank für Ihre unendliche Hilfe!*

Y, ya que hablamos de visiones, tengo que agradecer enormemente a Andrés Mourenza, corresponsal en Estambul para *El País* (y compañero de una servidora en la facultad), por haberme prestado sus ojos durante este año de travesía literaria. Gracias por las curiosidades que me has contado sobre Turquía y por las traducciones. Eres un *crack*.

Cómo no, a Las Grau (Sandra, Yola y Noemí), mis amigas del alma, por quererme tal y como soy (igual que Mark Darcy a Bridget Jones) y estar ahí siempre, llueva, nieve o nos confinen. A Noemí, además, le debo que me haya ayudado a convertir a Nina en una enfermera decente.

A Montse Martín, de Escaparate Literario, mi hermana en la distancia y mi gurú literaria. Ha sido un año que querremos olvidar por muchas razones, pero nuestras conversaciones telefónicas de cuatro horas han sido una auténtica vía de escape; ojalá podamos extrapolarlas pronto a un escenario un poco menos virtual (una terracita en el centro de Madrid, por ejemplo).

A Patricia Gómez, que ha entrado en mi vida como un huracán y de aquí ya no la mueve nadie. Eres una de las personas más honestas y con el corazón más grande que he conocido en los últimos años.

A Gloria Ibáñez, Vanesa Nebot y Marta Cañigueral, lectoras que todo autor desearía tener: detallistas, entusiastas, intensas e incondicionales. Os merecéis todo lo bueno.

No olvido a Rami y Volkan, por su generosidad.

Ni a Mª José L. O., por arrojar luz sobre ciertas cuestiones legales.

O al doctor Jesús D. M., médico intensivista, por resolver mis dudas, pese al momento tan dramático que vive la sanidad española.

Gracias también a Principal de los Libros y a Chic Editorial por confiar en mí una vez más. Es fantástico crecer a vuestro lado como autora.

Y, por supuesto, gracias de corazón a quienes me leen. A quienes repetís y a quienes acabáis de llegar a mi pequeño refugio que ahora es vuestro. Sois lo que da sentido a todo esto.

Chic Editorial te agradece la atención dedicada a
Bajo el cielo de Berlín, de Carmen Sereno.
Esperamos que hayas disfrutado de la lectura
y te invitamos a visitarnos
en www.chiceditorial.com,
donde encontrarás más información
sobre nuestras publicaciones.

Si lo deseas, también puedes seguirnos
a través de Facebook, Twitter o Instagram
utilizando tu teléfono móvil
para leer los siguientes códigos QR: